THE ART OF FIELDING

written by
CHAD HARBACH

防守的藝術

查德・哈巴克 著
施清真——譯

獻給我的家人

所以囉，我的兄弟們，開開心心吧
千萬別讓你們的心直直落下
當勇敢的魚叉手
揮棒擊球之時

——衛斯提許學院戰歌

目錄

人物簡介

亨利・史格姆山德，暱稱小史。天才游擊手。高中時即嶄露頭角，原本個頭瘦小，受訓後逐漸茁壯。因史華茲的協助，進入衛斯提許學院，經選拔加入棒球隊，追平傳奇球星亞帕瑞奇歐的紀錄，成爲史上第二位連續五十一場未犯失誤的游擊手，視亞帕瑞奇歐所寫的《防守的藝術》一書爲經典。一次意外使其喪失信心，此後數度失常，幾乎放棄自己。經歷挫折沉潛，人生邁向新的局面。

麥克・史華茲，身材高大，熱心球隊事務，大亨利一屆。衛斯提許學院棒球隊隊員，後任隊長，帶領球隊前進全國賽；亦擔任過足球隊隊長，足球隊獲聯盟冠軍。協助亨利體能訓練，並給予心理支持。課業名列前茅，畢業後希望進入法學院研究所就讀，將來想要競選州長。和裴拉交往。猶太人。

歐文・鄧恩，亨利室友，黑白混血同性戀者。瑪麗亞・衛斯提許獎學金得主，廣覽群書，文筆優美。棒球隊一員，打擊力佳，右外野手。經常在球員休息區閱讀，在球場發生意外受傷，開啓與艾弗萊校長相識契機。性格淡定，綽號佛祖。

葛爾特・艾弗萊，衛斯提許學院校長，亦爲該校校友。原主修生物，是足球隊四分衛。三十歲進入哈佛大學博士班，研究美國內戰史（以及梅爾維爾）。論文以十九世紀美國文學的同性友愛和同性情慾爲主題。原在哈佛授課，榮獲多項傑出教師獎，五十二歲返回衛斯提許任教，已任教八年。

裴拉．艾弗萊，艾弗萊校長的聰慧女兒。幼年時母親過世，中學就讀住宿學校。曾是游泳校隊，高中未畢業與大她十餘歲的建築師大衛私奔，住在舊金山。人生曾經崩塌憂鬱，罹患恐慌症。四年後離開舊金山，前來衛斯提許投靠父親。在餐廳打工，也選修課程，努力重拾人生。

朗恩．寇克斯，球隊教練。曾被芝加哥小熊隊挑中，在小聯盟待過數年。二十二歲退休後，曾任電話公司維修員。離婚，有兩個小孩。

亞當．史塔布萊德，和亨利同屆，魚叉手隊王牌投手之一，高大英挺，球隊裡腳程最快的一員。

狄米垂斯．亞許，麥克的隊友和室友，球隊裡體型最壯碩的一員，綽號「亞胖」。

亞帕瑞奇歐．羅德里奎茲，有史以來最偉大的游擊手。美國大學聯盟連續最多場零失誤締造者。十四屆金手套得主，兩屆世界大賽冠軍，委內瑞拉人。成爲傳奇球星後，曾將球場經歷心得寫成與本書同名的《防守的藝術》一書。這本書中書是故事主角亨利和該校魚叉手隊的防守聖經，除了球場守備心法及戰策外，也有從球場生涯習得的人生體悟。

1

球賽進行時，史華茲沒有注意到那個小伙子。或者說，他只看到別人看到的：小伙子是球場上最瘦小的球員，他骨瘦如柴，動作飛快，但是打擊欠佳。你不太常看到這種游擊手。球賽結束後，小伙子回到豔陽高照的球場上繼續接幾個滾地球，直到這一刻，史華茲才看到亨利動作中的優雅。

那是八月的第二個禮拜天，史華茲剛要升上衛斯提許學院二年級。該所學校位於狀似棒球手套的威康辛州彎角，是一所小型的學府。他回去家鄉芝加哥過暑假時，他所屬的協會球隊剛打完一場準決賽，在一場不成氣候的錦標賽當中，擊敗一群南達科塔州的鄉下男孩。最後一個球員出局的時候，觀眾席上數十名球迷掌聲寥寥。史華茲整天熱得精神不振，他把捕手的面罩丟到一邊，勉強邁開腳步，搖搖晃晃走向球員休息區。他感到頭暈目眩，索性放棄，頹然坐到泥地上，隱隱作痛的虎背靠著鐵絲網圍欄休息一下。嚴格來說，現在已經算是傍晚，但是陽光依然毫不留情。他從禮拜五晚上起連打五場球，全身上下黑色的捕手裝備，感覺像一隻被炙烤的甲蟲。

他的隊友們把手套丟進休息區，走向販賣部。半個鐘頭後冠軍錦標賽就要開打。史華茲討厭掛病號，他不喜歡那種快要昏倒的感覺，卻束手無策。他整個夏天不停鞭策自己——每天早上舉重，在鑄造廠上十個小時的班，然後晚上打棒球——如今又碰上這種可怕的天氣。他不該參加錦標賽——足球重要多了，衛斯提許學院的足球隊明天一大清早就會開始練習，大夥穿上短褲，戴上護套，預備進行自殺式的操練。他現在應該小睡片刻，保存雙膝實力，但是他的隊友們苦苦哀求他留下。這會兒他被困在這個破破爛爛的棒球場，球場位居皮歐里亞市區之外的州際公路旁邊，夾在一個廢物堆積場和一家色情書店之間。如果他夠聰明，應該拋下錦標賽，往北開車五個鐘頭返回學校，自行到健康中心報到，打個點滴，小睡一下。一想到衛斯提許，他的心情爲之舒坦。他閉上眼睛，試圖召喚出一些力氣。

當他睜開眼睛的時候，那個南達科塔州的游擊手正邁步跑回球場。小伙子一邊踏過投手丘，一邊脫下制服球衫，丟到一旁。他穿著一件無袖的白色內衣，胸部瘦垮得不像話，上臂白皙，下臂黝黑，黑白極爲分明，兩隻手臂大概跟史華茲的大拇指差不多粗。他已經脫下綠色的協會棒球帽，換上一頂褪色的聖路易紅雀隊棒球帽，帽子底下冒出一捲捲淺黃色的亂髮。他看上去大概只有十四歲，頂多十五歲，儘管依規定至少十七歲才有資格參加錦標賽。

球賽進行時，史華茲估計小伙子太瘦小，不可能在酷熱中發揮打擊力，所以他叮囑投手投出一個又一個內角偏高的快速好球。投手投出最後一球之前，他悄悄告訴小伙子會是哪一種球，而且補了一句：「反正你也打不到。」小伙子揮棒落空，咬牙切齒地轉身，走回遠遠一頭的休息區。就在那時，史華茲開口罵了一聲「娘炮」——他說得非常小聲，好讓小伙子以爲話是從自己腦海裡蹦出來的。小伙子停下腳步，瘦弱的肩膀好像貓咪一樣緊繃，但他沒有轉過身來。從來沒有人敢轉身。

這會兒小伙子走到多人踏過、標示出游擊手所在的泥地。他停步，踮起腳尖稍微彈跳，甩甩手腳，好像整個人必須放鬆。他上下跳動，左右搖晃，以肩膀爲軸心旋轉手臂，發洩一些本該保留的精力。他跟史華茲一樣，已經在這種酷熱的氣溫中打了五場球。

過了一會兒，南達科塔州的教練一隻手拿著球棒，另一隻手提著一個五加侖的油漆桶，慢慢走上球場。他把桶子擺在本壘壘包旁邊，懶洋洋地朝著空中揮舞球棒。另一個南達科塔州的球員提著一個一模一樣的桶子，悶悶不樂地打著呵欠，蹣跚走向一壘。教練把手伸進桶子裡，拽出一顆棒球，把球秀給小伙子看看，他點點頭，微微跨蹲，雙手就定位，離地面只有一點距離。

只見小伙子悄悄滑到第一個滾地球前方，懶懶地、優雅地把球接進手套，一個轉身，傳向一壘。他的動作看上去不快，但是球似乎從他的指尖爆發出去，飛越球場，勢如破竹。球啪地一聲落入一壘手的手套，發出開槍般的聲響。教練再擊出一球，力道較強；小伙子姿態同樣優雅，球也再一次應聲作響。史華茲被勾起了興趣，稍微坐直。一壘手輕易接下每一記與胸部齊高的球，根本不需要移動手套，然後把球丟進腳邊的桶子裡。

教練愈來愈用力，球也愈打愈遠——球飛向中間方向，直飛三壘手與游擊手之間的內野區域。小伙子從不漏接。無論史華茲多少次堅信小伙子必須側身滑過去、撲過去，或是球太遠，不可能接得到，但他總是游刃有餘，從容接下。他的動作似乎不比其他優秀的游擊手迅速，但是他轉眼就移動到球的前面，而且毫無誤差，好像預先知道球會落在何處。或者說時間好像只爲了他而變慢。

每次接到球之後，他會立刻恢復接滾地球的姿勢，好像貓科動物一樣跨蹲，戴著小小棒球手套的指尖輕輕刮著被太陽烤焦的地面。他可以徒手接住一記緩慢的滾地球，旋即如火球般，迅速傳向一壘。他縱身一躍，攔下一記強勁的平飛球。當他的身子劃穿凝重的空氣時，一顆顆汗珠滾下他臉頰。即使全速接球，他也是面無表情，幾乎稱得上冷漠，宛如一位正在練琴的音樂大師。他頂多只有一兩一錢重。這個小伙子的心裡究竟在想什麼——在那個漠然的神情之後，他到底在想些什麼——史華茲看不出來。他想起英格蘭登教授詩學課上的一句詩詞：面無表情，只表達神的意旨①。

然後，教練的桶子空了，一壘手的桶子滿了，他們三人一語不發，離開球場。史華茲感到若有所失。

他希望表演繼續下去。他希望重新倒帶，再看一次慢動作。他環顧四周，看看還有誰在觀看——最起碼他可以跟另一個陶醉其中的觀眾，交換一個心滿意足的眼神——但是沒有人認真看待。少數幾位還沒有出去買啤酒、或是找樹蔭乘涼的觀眾，懶懶地盯著他們的手機螢幕。小伙子輸了球的隊友們已經站在停車場，用力關上他們卡車的車門。

開賽十五分鐘前，依然頭暈目眩的史華茲勉強站起來，他需要兩夸脫的速跑運動飲料才撐得過最後一場比賽，然後還得靠咖啡和一罐菸草提神，連夜開車返回學校。但他邁步走向遠遠一頭的休息區，小伙子正在那裡收拾裝備。走過去的途中，他已經想過要說什麼。史華茲一輩子始終渴望擁有一項大家看得到的才華，世人將看到他獨一無二的天賦，認同他是個天才。如今他目睹了那種才華，他不會放手讓它溜走。

① 出自詩人羅伯特・洛厄爾的詩句：Expressionless, expresses God。

2

亨利．史格姆山德站在起起伏伏、天藍和淡褐色條紋的帳篷下排隊，等著領取宿舍號碼。那是八月的最後一個禮拜，距離他在皮歐里亞碰到麥克．史華茲，剛好三個禮拜。他搭了整晚的巴士從蘭克頓來到這裡，帆布袋的肩帶在他胸前留下一個汗淋淋的叉。一個面帶微笑的女孩請他拼出自己的名字，女孩的天藍色運動衫上印著一個鬍鬚臉的男子。亨利依言照辦，一顆心怦怦跳。麥克．史華茲跟他保證一切已安排妥當，只見女孩微笑低頭翻閱列印的資料，每過一秒鐘，亨利就更加確定自己想得沒錯：他眞的不屬於這裡。校園的草坪修剪得整整齊齊，草坪四周盡是一棟棟灰石砌成的建築物，太陽剛剛升過水氣騰騰的湖面，圖書館的玻璃外牆光可鑑人，站在他後面的女孩一臉和氣，身穿一件無肩帶小可愛，女孩一邊嘆氣、一邊輕觸手中的 iPhone，她是如此成熟世故，以至於亨利完全無法想像她的生活，這一切更加讓他感覺自己不屬於這裡。

他在南達科塔州的蘭克頓出生，今年十七歲六個月。蘭克頓是個人口約四萬三千人的小鎮，四周都是玉米田。他爸爸是一個五金加工廠的領班，媽媽是基督教醫院的兼職放射科技師，妹妹蘇菲在蘭克頓高中讀高二。

亨利九歲生日的時候，爸爸帶他到運動用品店，跟他說他喜歡挑什麼都可以。他非常確定自己想要什麼——店裡只有一副手套凹處繡著「亞帕瑞奇歐．羅德里奎茲」的棒球手套——但是亨利依然慢慢挑選，每一副手套都試戴看看，光是挑什麼都可以這件事，就令他相當驚喜。當年手套似乎太大；現在則是剛剛好，比他的左手大不了多少。他喜歡那樣；可以強化球的觸感。

當他打完少棒比賽回家時，他媽媽經常問他犯了多少次失誤。「零！」他戴著手套，握緊拳頭，一邊興奮地大喊，一邊高舉他那心愛的手套。他媽媽至今依然沿用那個小名——「亨利，拜託，把『小零』收起來！」——當她這麼說的時候，他總是眉頭一皺，感到不好意思。但在他心田深處，他完全接受這個小名。他絕對不允許任何人亂碰「小零」。如果球局結束時，亨利剛好依然在壘，隊友們都曉得最好不要把他的球帽和手套帶到場上。「手套不是尋常之物，」亞帕瑞奇歐在《防守的藝術》一書中說。「對於內野手而言，手套不可離身，即使是個念頭、想一下，也會引發失誤。」

亨利是個游擊手，自始至終都只擔任游擊手，而游擊手是球場上最吃力的防守位置。滾地球大多飛向游擊手，頻率多過其他任何球員，接到球之後，他必須把球傳到一壘，距離最遠，也最具挑戰性。他必須傳球雙殺，跑者盜壘時，他必須守住二壘，還得防止二壘的跑者利用長打奔上三壘，他也得從外野攔截傳球。亨利碰過的每一個少棒教練都只看他一眼，然後指指右外野或是二壘。有些教練根本指都不指，只是聳聳肩，表示老天爺怎麼送過來這麼一個可悲的小蝦米、一個天生坐冷板凳的傢伙。

亨利在其他方面都很膽小，唯獨在這方面勇氣十足：不管教練怎麼說、眉頭皺得多緊，他始終站在游擊手的位置，套上他的「小零」，耐心等候。就算教練命令他過去二壘、右外野，或是大聲叫他回家找媽媽，他始終站在原地，眨眨眼睛，一臉呆相，霹霹啪啪拍打拳頭。最後總會有人朝他擊出一記滾地球，讓他展現他的能耐。

他擅長防守。他花了一輩子研究球怎麼飛出球棒、飛出去的角度、旋轉的方向，這樣一來，他事先就知道這球將會朝左、或是朝右移動，高空飛過、或是滾過地面。他接球的動作始終乾淨俐落，傳球的動作也始終完美無瑕。

有時教練還是堅持要他待在二壘，或是叫他坐冷板凳；他那麼瘦小，看起來那麼可悲。但是經過幾次練習和比賽之後——可能是兩次、十二次或是二十次，全視教練多麼固執而定——他會站上他所屬的位置，游擊手之位非他莫屬，一掃所有的陰霾。

升上高中之後，情況依然差不多。英特勃格教練事後告訴亨利，新手選拔進行到最後十五分鐘，他依然決定淘汰亨利。然後，教練從眼角瞥見亨利俯身接下一記強勁的平飛球，亨利整個人趴在地上，反手傳球，把球穩穩擲進二壘手的手中，雙殺！二壘手整個人目瞪口呆。結果那年乙級代表隊多了一名選手，而這名多出的選手穿的是特小號的新球衫。

到了高二，他已是校隊的先發游擊手。每一場比賽之後，他媽媽問他犯了多少失誤，答案始終是零。那年夏天，他參加一個地區協會贊助的球隊，他調整他在 Piggly Wiggly 超市的工作時間，這樣一來，周末的時候，他才可以跟著球隊四處參加錦標賽。僅只一次，他不必證明自己的能力。隊友們和英特勃格教練相當清楚，即使他無法擊出全壘打——也從來不曾轟出全壘打——他依然能夠幫助球隊贏球。

但是高三球季進行到一半時，他開始感到難過。他的球技比以往更加精進，但是隨著每一局的結束，他的棒球生涯也漸漸走向終點。他不指望加入大學棒球隊。大學教練們跟女孩子一樣：他們一眼就看上那些最高大、最粗壯的傢伙。那些傢伙有沒有真本事不重要。比方說安迪·泰薩德。安迪是亨利夏季球隊的一壘手，聖保羅大學已經提供全額獎學金，安迪的臂力普通，腳勁不佳，而且總是指望亨利告訴他怎麼傳球。他從來沒有讀過《防守的藝術》，但他是一個人高馬大的左打者，而且不時能轟出一記全壘打。有一天他擊出全壘打的時候，聖保羅的教練剛好在旁觀賽，這下他就有機會再打四年棒球。

亨利的爸爸希望他到五金加工廠工作——到了年底，兩名工人即將退休。亨利說他可能到蘭克頓社區大學修兩年課，選修一些簿記和會計的課程。有些同學準備上大學追尋他們的夢想；另外一些同學沒有夢想，打算找份工作，喝喝啤酒。他覺得自己跟這兩派都不一樣。他始終只想打棒球。

皮歐里亞的錦標賽是夏天最後一場比賽。在準決賽中，亨利和隊友們輸給一個來自芝加哥、打擊力強勁的球隊。比賽結束後，他跟往常一樣漫步回到球場的游擊手位置，練習接五十個滾地球。他再也沒有什麼理由好練習，再也沒有理由精益求精，但這並不表示他不求進步。英特勃格教練揮棒一擊、試圖讓球飛過他身邊的時候，亨利始終想著同一幅畫面：世界大賽第七戰，他是聖路易紅雀隊的游擊手，對手是紐約洋基隊，他置身洋基球場，紅雀隊領先一分，兩人出局，滿壘，只要再讓一個球員出局，冠軍手到擒來。

他把「小零」放進袋裡的時候，有人伸出一隻手抓住他的肩膀，逼得他轉身。他發現自己跟那個芝加哥球隊的捕手面對面——或者說面向對方的脖子，因為對方比他高，而且穿著釘鞋。亨利馬上認出他：比賽進行中，他刻意暗示亨利投手打算投出哪種球，然後羞辱他打不到。結果他也打出一支落在中外野牆外三十呎的全壘打。這會兒他黃褐色的雙眼緊盯著亨利，表情像是要殺了他。

「我眞高興找到你。」捕手挪下亨利肩上那隻汗淋淋的大手，向他伸過來。「麥克．史華茲。」

麥克．史華茲的頭髮結成一團，亂七八糟，臉上盡是汗珠和塵土，烏黑的汗水從眼際流下臉頰，滴到粗硬茂密的鬍碴上。

「我剛才看你接滾地球，」他說。「兩件事情令我印象深刻。第一，你在這種酷熱的天氣還到球場上練習。老天爺啊，我幾乎連走都走不動。你很有熱誠。」

亨利聳聳肩。「我比賽之後總是這麼做。」

「第二，你是一個非常棒的游擊手。第一步跨得好極了，直覺也很棒。剛才練球的時候，教練把球打出去，其中有一半我不明白你怎麼可能接得到。你明年幫哪一隊打球？」

「打球？」

「哪一所大學？你打算幫那一所大學的棒球隊打球？」

「喔，」亨利一時語塞，一來他沒聽懂問題，二來對於自己的答案也感到不好意思。「我不打算上大學。」

但是麥克．史華茲聽上去似乎很滿意。他點點頭，抓抓下巴漆黑的鬍碴，笑笑說：「只有你才這麼想吧。」

史華茲告訴亨利，多年以來，衛斯提許學院的棒球隊毫無起色，但是在亨利的協助下，他們可望扭轉劣勢。他暢談犧牲、熱情、渴望、注意細節、每天必須像個冠軍一樣努力奮鬥等等，亨利聽在耳裡，覺得字字句句優美動人，好像閱讀亞帕瑞奇歐的大作，感覺甚至更棒，因爲史華茲就站在他面前。返回蘭克頓的車程中，他擠在英特勃格教練小貨車的後座，忽然感到失落，因爲他覺得那個高大的男孩永遠不會再跟他聯絡，但是他到家之後，廚房的餐桌上已經擱著一張紙條，上頭是蘇菲女孩子氣的字跡：打電話給麥克．史沃。

他趁著爸媽上班的時候偷偷跟史華茲長談了三次，過了三天，他終於開始相信。「事情進行得相當緩慢，」史華茲說。「整個行政部門的人都度假去了。但是確實正在進行。我今天早上拿到你高中的成績單。你的物理還不錯。」

「我的成績單？」亨利困惑地問道。「你怎麼拿到的？」

「我打電話給你的學校。」

亨利大爲訝異。說不定這沒什麼——想要成績單，就打電話給學校。但他從來沒有碰過像史華茲這種人——這種人若是想要什麼東西，馬上二話不說，採取行動。那天晚上吃晚餐時，他清清喉嚨，跟爸媽提起衛斯提許學院。

他媽媽看起來相當開心。「嗯，史華茲先生，」她說。「他是這所大學的棒球教練囉？」

「噢……倒也不是。他比較算是球隊的成員。」

「嗯、啊、好吧。」他媽媽試圖維持開心的模樣。「上個禮拜天之前，你從來沒有見過他？現在卻冒出這些事情？我得說這件事聽起來有點奇怪。」

「我不覺得奇怪，」他爸爸拿餐巾擤鼻子，跟往常一樣流下一道沾了鐵灰的黑色鼻涕。「我確定衛斯提許學院需要他們搜刮到的每一分錢。只要付得起學費，他們會徵召一百個好騙的笨蛋加入棒球隊。」

整件事聽起來太合理，不相信都不行，亨利喝一口牛奶，平復心情。「史華茲爲什麼在乎？」

吉姆·史格姆山德嘟嚷一聲。「誰曉得人們爲什麼在乎？」

「愛情，」蘇菲說。「他愛上亨利。他們整天講電話，像一對情侶。」

「快猜對了，蘇菲。」他們的爸爸把椅子往後一推，端著盤子走向水槽。「是金錢。我確定麥克·史華茲可以拿到一筆佣金。每徵召一個笨蛋，他就收取一千美金。」

當天稍晚，亨利對史華茲大致重複這番對話。「喔，」史華茲說。「別擔心。他會改變立場。」

「你不了解我爸。」

「他會讓步。」

亨利整個周末都沒聽到史華茲的消息，他開始覺得又生氣、又愚蠢，他怎麼能容許自己如此樂觀？但是星期一晚上，他爸爸回到家裡，把中午沒吃的便當放進冰箱。

「親愛的，你還好嗎？」亨利的媽媽問。

「我今天午飯在外面吃了。」

「真不錯，」她說。多年以來，亨利曾經多次在午餐的時候過去找爸爸：不管天氣如何，大夥總是坐在面向馬路、背對工廠的板凳上，用力咀嚼三明治。「跟同事們吃飯嗎？」

「跟麥克．史華茲。」

亨利看看蘇菲——有時候當他發現自己說不出話來的時候，蘇菲會替他發言。但是這會兒她跟他一樣張口結舌。「啊哈！」她說。「快告訴我們！」

「他今天午餐左右路過來廠裡看看，請我去摩達克小館吃飯。」

若用「目瞪口呆」來形容亨利，或許不夠強烈，卻也說得過去。史華茲住在芝加哥，芝加哥距離這裡五百哩，豈是剛好路過來廠裡看看？他還請亨利的爸爸到摩達克小館吃飯，然後直接開車回去，完全沒跟亨利說他做了什麼，甚至沒有過來打聲招呼？

「他是個非常認真的年輕人，」他爸爸說。

「你所謂的『認真』，是表示亨利可以去衛斯提許讀書？或是不准去？」

「亨利想去哪裡都可以。沒有人阻止他去衛斯提許，或是其他地方。我唯一擔心的是——」

「太好了！」蘇菲把手伸過桌面，跟她哥哥擊掌。「你要去上大學囉！」

「——他是否了解這樣對自己有什麼好處。衛斯提許不是一般大學，課業相當繁重，棒球隊也需要全力投入。如果亨利想要在那裡出人頭地的話……」

……講話向來很少超過四個字、每逢星期一晚上更是寡言的爸爸，居然滔滔不絕暢談犧牲、熱情、注意細節、每天必須像個冠軍一樣努力奮鬥等等。他講的話跟麥克．史華茲一模一樣，但是似乎不太了解箇中精髓，事實上，他聽起來跟平常一樣，只不過說得比較多，而且覺得爸爸比平常稍加稱許他的才華。起身端著餐盤、走向水槽時，爸爸拍拍亨利的肩膀，露出一個大大的微笑。「好兒子，我爲你感到驕傲。這是一個大好機會，好好把握。」

這簡直是奇蹟，亨利心想。麥克．史華茲創造了奇蹟。在那之後，他繼續每天晚上跟史華茲通電話，兩人擬定計畫，商量細節——但是這會兒他坐在客廳裡大談特談，他爸爸在一旁走來走去，電視調到靜音，香菸煙霧裊裊，他爸爸一邊偷聽他的談話，一邊大聲提供意見。有時候史華茲會請吉姆過來聽電話，亨利把話筒遞給爸爸，爸爸則坐在桌前，仔細翻閱史格姆山德家的退稅單。

「謝謝，」買了巴士車票的那一天，亨利在電話裡說，心中充滿感傷。「謝謝你。」

「別掛心，小史，」史華茲說。「現在是足球球季，我會很忙。你先安頓下來，我會跟你聯繫，好嗎？」

「方博爾館四〇五室，」微笑女子說。她將一把鑰匙和一幅地圖塞到他手裡，指指左邊。「小方院。」

亨利悄悄走過兩棟建築物之間的清涼通道，一頭迎上鬧哄哄的光景。這裡可不是蘭克頓的社區大學，而是出現在電影裡的學府。一棟棟建築物看上去協調有致——每一棟都是四、五層樓高，皆由歷經歲月侵蝕的灰色岩砌成，窗戶深深嵌入岩石中，山形屋頂細高尖長。腳踏車停放架和長椅新漆上天藍色。兩個身材高大、穿著短褲和夾腳涼鞋的傢伙抬著一部重重的大螢幕平板電視，搖搖晃晃走向一扇敞開的大門，一隻松鼠從樹上衝下來，撞上那個倒著走的傢伙——他尖叫一聲，雙膝跪地，電視的一角陷入新鋪的濃密草皮裡，另外一個傢伙大笑，松鼠早就不見蹤影。上方的窗戶裡隱隱飄來小提琴的樂聲。

亨利找到方博爾館，爬樓梯到頂樓。標示著四〇五的木門稍微開著，門縫傳出噗噗通通、低沉勁揚的音樂。亨利在樓梯口緊張徘徊。他不知道自己有幾個室友，或者室友們是哪種人，也不知道是什麼音樂。如果他曾經想像衛斯提許學院的學生們是什麼模樣，他的腦海中肯定浮現一千兩百個麥克・史華茲、以及一千兩百個麥克・史華茲說不定會帶出去約會的女孩：男孩個個高大健壯、神情莊重、帶點神祕色彩；女孩個個一雙長腿、美豔動人、精通上古歷史。說眞的，整個情況讓人想了就害怕。他用腳輕輕把門推開。

寢室裡有兩張一模一樣的鋼架床和兩組一模一樣的深紅色木桌、椅子、衣櫃和書櫃。其中一張鋼架床收拾得乾乾淨淨，床上鋪著藍綠色、軟綿綿的被毯，還有好多個鬆軟的枕頭。另一張床上光禿禿，床墊上只有一個跟身體形狀差不多大小的土黃色汙漬。兩個書櫃已經堆滿了書本，書本按照作者姓氏整齊排列，從 Achebe①一直排到 Tocqueville②。其餘作者姓氏開頭爲T到Z的書籍排放在壁爐架上。亨利把袋子重重扔在土黃色汙漬上，從短褲口袋裡掏出他那本破破爛爛、亞帕瑞奇歐・羅德里奎茲撰寫的《防守的藝術》，他只帶了《防守的藝術》，也是唯一一本他讀到爛熟的書籍。不過這下糗了，他本來打算把書塞到 Rochefoucauld③和 Roethke④兩位作家之間，但是仔細一瞧，這裡早就擺了一本精裝版、已被翻閱過的《防守的藝術》。亨利悄悄取下書本，放在手中翻閱。書本的扉頁簽上歐文・鄧恩，字跡典雅優美。

昨晚連夜搭巴士時，亨利在車上讀《防守的藝術》，或者說，當巴士駛過一條條呆板的州際公路時，他最起碼攤開書本，擱在大腿上。到了這個年紀，閱讀《防守的藝術》已經不能算是閱讀，因爲他多多少少已經背下整本書。他可以翻到書中任何一章，光看到標題號碼、段落中簡短的字句，就能背誦出來。他一邊心不在焉地瀏覽書頁，一邊默默念誦：

26. 游擊手是防守的中流砥柱。他若能處變不驚，就足以穩定軍心，隊友們也予以回應。

59. 接住一記滾地球，身手必須從容優雅，胸有成竹。你必須跟著球一起移動，而不是反其道而行。拙劣的游擊手狠狠抓球，把球當成敵人，無異於跟球作對。真正的游擊手追隨球的行進，與之融為一體，因此他了解球，從而忘卻自我，自我正是麻煩所在，也讓防守大打折扣。

147. 傳球時善用雙腳。

亞帕瑞奇歐是聖路易紅雀隊的游擊手，爲該隊效力共十八個球季。他在亨利十歲的時候退休，曾經入選棒球名人堂，而且是有史以來最優秀的游擊手。身爲棒球員，亨利始終以這位英雄爲榜樣，從亞帕瑞奇歐側身一滑、雙手接殺滾地球的姿勢，到他壓低棒球帽、蓋住眼睛的模樣，甚至他踏入打擊區之前、輕輕在胸前點三下的習慣，亨利照單全收。當然還包括球衫號碼。亞帕瑞奇歐堅信號碼「3」的意義相當重大。

3. 防守三階段：不假思索，善加思考，回到不假思索。

33. 切勿混淆第一和第三階段。每個人都可以做到不假思索，但是只有少數人能回到不假思索的狀態。

老實說，《防守的藝術》的許多句子和闡述，亨利至今一知半解。但是那些晦澀不明的部分始終是亨利的最愛，甚至更勝過那些詳盡、極具實戰性的建議，比方說如何將跑者牽制在二壘（亞帕瑞奇歐將之稱爲挑逗），或是在潮濕的草地上應該穿那一種釘鞋。晦澀不明的部分讀了雖然感到挫折，卻能提供某個值得追求的目標。亨利始終夢想有一天自己的球技將精湛到某個程度，得以一一解開書中之謎，收獲隱藏其中的智慧。

213.
運動員的所作所為，莫不承受死亡的制裁。

噗噗通通、低沉勁揚的樂聲稍止。亨利注意到寢室角落有個房間，房門關著，門後似乎傳來一陣喃喃低語。他原本以爲是一個衣櫃，但是當他把耳朵貼上去，只聽到刷刷的水聲。他輕輕敲門。

沒有回應。他轉動門把，門撞上某個結實的東西，某人隨之大叫。亨利馬上關門。但是這麼做很蠢——他怎能隨便掉頭離開？他再度開門，又撞上結實的東西。

「噢！」裡面有人大叫。「拜託住手！」

原來一間是浴室，一個跟亨利年紀相仿的男孩雙手抱頭，躺在黑白相間的磁磚上。他淺灰色的頭髮剪得短短的，手上戴著亮黃色的橡膠手套，亨利看到他的手指間有一道沾了血的傷口，澡缸放滿了水，旁邊擺著一支牙刷，牙刷上沾了點清潔劑的泡沫。「你還好嗎？」亨利問。

「這個磁磚縫眞有夠髒。」年輕人坐起來，摸摸頭部。「你以爲他們會清理一下。」他的膚色像是淡淡的咖啡。他戴上一副金屬框眼鏡，從頭到腳仔細打量亨利。「你是誰？」

「我是亨利，」亨利說。

「眞的？」年輕人月牙般的眉毛稍微揚起。「你確定？」

亨利低頭看看自己右手掌心，好像說不定會在掌心上看到某種烙印著「亨利」的標誌。「我很確定。」

年輕人站起來，扯下其中一個亮黃手套，熱情地用力握亨利的手。「我以爲會見到一個比較高大的傢伙，」他解釋。「因為你打棒球。我叫做歐文・鄧恩，我將是你的黑白混血、同性戀室友。」

亨利點點頭，暗自希望反應得體。

「我原本應該獨享這間寢室。」歐文伸手在他前面一揮，好像展示一個寬廣空間。「我是『瑪麗亞・衛斯提許』獎學金的得主，這是獎學金的優惠條件之一。我始終夢想一個人住，你不也是嗎？」

其實，亨利始終夢想跟一個擁有《防守的藝術》的人一起住。「你打棒球嗎？」他邊問、邊翻弄手中這本《防守的藝術》精裝本。

「稍有涉獵，」歐文說，然後有點神祕地補了一句，「但是不像你。」

「這話是什麼意思？」

「我上個禮拜接到艾弗萊校長的電話，你讀過他的《壓榨精蟲者》嗎？」

亨利沒讀過。歐文一臉同情地點點頭。「我不訝異，」他說。「這本書近年來沒有引發太多學術討論，但是在相關領域中，它曾是極具開拓性的里程碑之作——精蟲，繁衍，哈哈，妙極了！當我十四、五歲的時候，這本書帶給我許多啟示。反正啊，艾弗萊校長打電話到我媽媽在聖荷西的家中，他說大一新生裡多了一個極有天賦的學生，整體而言，這對學校來是好事，但是住宿組卻面臨一個難題。既然大一新生中只有我住單人房，因此，他不知道我是否願意放棄獎學金的特權，接納一名室友。」

「艾弗萊極具說服力，」歐文繼續說。「他對你讚譽有加，還說到一些比較抽象的事情，比方說室友的價值等等，我幾乎忘了談判。老實說，我認為大學運動職業化很不可取，但是既然校方願意為我購買那件東西，」——他伸出一隻戴著黃手套的手指，比比他桌上的新款電腦——「而且加上一筆優渥的零用金讓我買書，只為了說服我跟你同住，那麼你一定是個非常優秀的棒球員，哪天若有機會跟你較量球技，我會感到相當榮幸。」

「他們付你錢，讓你當我的室友？」亨利問，他感到困惑、簡直不可置信，甚至沒有意識到歐文的提議。麥克．史華茲到底說了什麼、或是做了什麼，竟然說動衛斯提許學院的校長親自打電話，而且對他讚譽有加？「請問一下……你若不介意……我的意思是……如果不至於失禮……？」

歐文聳聳肩。「說不定遠低於他們付給你的金額。但是已經足夠買下那張地氈，對了，地氈所費不貲，所以拜託別把你的鞋子放在上面。除此之外，零用金也夠我吸一年極品大麻。嗯，說不定一學期，最起碼直到萬聖節。」

自從初次見面之後，亨利就很少見到歐文。大部分的下午，歐文經常一陣風似地衝進寢室，從背包裡取出幾本筆記簿，放進其他幾本，或是脫下他那件漂亮的灰色毛衣，換上另一件漂亮的紅色毛衣，然後又一陣風似地衝出去，僅僅說了一句：「排演」、「示威」或是「約會」。亨利點點頭，歐文在寢室待幾秒鐘，他就低頭看書幾秒鐘，假裝專心研讀眼前的功課，以免自己看起來像個廢物，或者只會胡思亂想。

歐文的男友是傑森．戈明，傑森今年大四，學校每一齣戲劇都由他擔任主角。不久之後，歐文的筆記本和毛衣慢慢搬到傑森的寢室。早上走去上課的時候，亨利經常看到他們在學校的咖啡館一起閱讀。傑森和歐文手搭著手，兩人眼前擺著一杯義大利濃縮咖啡和書本，慢慢消磨時光，其中幾本還是法文書。晚餐時分，亨利一個人坐在學生餐廳陰暗的一隅，試圖裝出怡然自得的模樣，以免引人側目，歐文和傑森則慢慢晃進來，拿出水果和餅乾維持排戲時所需的精力，然後慢慢晃出去。過了半夜，當亨利拉下百葉窗、準備就寢時，他經常看到他們坐在對面的階梯上一起吸一根大麻，歐文的頭微微歪向一邊，靠在情人的肩上。他們不需要花時間吃飯或是睡覺，最起碼亨利覺得似乎如此：他們太快樂、太忙碌，不必爲了這些瑣碎的俗事操心。歐文已經寫了一齣三幕的舞台劇，「有點類似新馬克思主義版《馬克白》，場景是開放式的辦公室，」，歐文曾經這麼描述，由傑森擔任主角。

那年秋季兩個周末，傑森開車回去芝加哥，或是芝城附近的某個郊區。對亨利而言，這兩個周末不但過得開心，心情也大爲舒緩。他身旁有一個朋友，最起碼直到星期天晚上爲止。歐文通常整個早上穿著格子花紋睡衣閱讀喝茶，有時吸吸大麻，或是懶懶地瞪著沉默的黑莓機，直到亨利故作淡然，小心翼翼問他想不想出去吃早午餐。歐文把頭一抬，透過他那副圓框眼鏡看一看，輕輕嘆口氣，好像亨利是個煩人的小孩。但是一踏出室外、迎向秋天的空氣，歐文就開始說話——他通常穿著睡衣，外面套上一件毛衣——回答一些亨利從來沒想過的問題。

「他得到我百分之百的同意才離開，」他一邊說、一邊再度看看手中尚未發出任何聲響的手機。「我百分之百同意，也百分之百諒解。我們已經限定哪些是可以容許的行爲，我非常確定他會遵守這些界限。我們開誠布公地溝通，跟成年人一樣。我知道我若跟著一起去，整趟旅程都會變調。」

亨利認眞地點點頭，其實他只知道所謂的「他」是誰，其餘則是一片懵懂。

「你聽我說啊，我甚至不想跟他一起去。我眞的不想。我就是這麼說，而且我是認眞的。我非常感激他據實相告，坦承現階段想要什麼。我們都年輕，他說，這點我無法反駁。但我想了依然心煩。原因有二，而我只怕這兩個原因都顯得我很老派，不太適應現代生活。第一，他的家人在那裡，他爸媽、他哥哥、他姊姊。他昨天晚上跟他們一起吃飯。另外四個容貌和舉止跟他一樣的成年人，你能想像嗎？我承認我想跟他們見面。我非常想要見見他們。這聽來說不定相當難爲情，因爲我們認識也不過七……六個禮拜。天啊，六個禮拜。我眞是可悲。但我知道如果我媽媽住在距離這裡開車可以到達的地方，我肯定已經逼著他們兩人見面，純粹只是爲了讓我這個大笨蛋開心。你了解嗎？」

亨利又點點頭，在盤子裡堆滿鬆餅。

「你不該吃這麼多澱粉，」歐文邊說邊幫自己拿了一個鬆餅。「我連吸大麻吸到很茫都不會吃這麼多澱粉。另一個原因啊，當然在於我堅持信奉單一配偶制。就算不是理論派，也做到身體力行。沒辦法，我就是相信這一點。我是否承認單一性伴侶的本質是種壓迫、退步？是的，我承認。我是否想要擁有一個只屬於我的性伴侶？沒錯，我非常想要。說不定我們可以提出某種解釋，讓這兩者不至於自相矛盾。說不定我相信愛情。說不定我只是非常渴望得到我母親的認可。等一等。」歐文跑回熱食攤位之前，又夾了四個鬆餅放在盤子上。「抱歉像這樣喋喋不休，亨利。我想我真的是吸大麻吸茫了。」

早午餐之後，他們到學生活動中心打桌球。歐文雖然吸大麻吸得飄飄然，但是依舊球技高超，令人驚訝。他揮拍輕緩，但是從不失誤，亨利非常討厭輸在桌球桌上，為了保持領先，他不得不東跑西跑，連聲抱怨，滿頭大汗。在此同時，歐文繼續大談愛情、傑森，以及單一配偶制的矛盾性，不太在乎球賽，但是依然巧妙地吊球，逼得亨利整個人趴到桌上。亨利偶爾冒出一句評論，表示他還在聆聽，而且很感興趣，但是對他而言，與其說單一配偶制充滿矛盾，倒不如說那是一個迷人、或許遙不可及的目標，因為他還沒有跟任何女孩上過床，更別提只有跟一個女孩交往過的經驗，因此，他的評論始終籠統含糊。讀高中的時候，他不太擔心自己缺乏經驗——畢竟那時他才十七歲——但是衛斯提許學院的校園裡，每個人都世故多了，更別提年紀也比較大，缺乏經驗似乎是種罕見而棘手的狀況，雖然不至於難以接受，但是你也不好意思跟別人提起，而且講出來也沒用。

但是打打球、動一動的感覺依然相當美好，亨利很快就大汗淋漓，脫得只剩下運動衫。每打完一局，他全身痠痛，非常確定歐文會放下球拍——歐文看來似乎有點無聊——但是歐文高聳的額頭清淨乾爽，睡衣外面依然套著毛衣的他只是喃喃說聲：「打得不錯，亨利，」然後再度輕輕發球。他們一直打到晚餐時刻，吃了晚餐之後，他們回到活動中心收看世界大賽，亨利傾身靠近螢光幕，研究游擊手們的動作，歐文拿著一本攤開的書，懶洋洋地躺在沙發上，偶爾想到什麼不開心的事情，他就突然坐起，掏出手機，直直盯著手機螢幕，然後再放到一旁。

亨利打了四小時桌球，筋疲力竭，不知怎麼地，歐文均勻的呼吸聲也令他心安，那天晚上，他睡得好極了。星期天傍晚，歐文的手機終於發出輕響，他再度不見人影。

即使不見人影，方博爾館四〇五室依然感覺得到歐文的存在，歐文的存在感如此明顯，以至於當亨利滿心困惑、獨自坐在床上時，他經常升起一股奇怪的感覺，好像歐文就在寢室裡，他自己反而不存在。書櫃上全是歐文的書，他的盆景和香料盆栽排列在窗台上，他的無線立體音響隨時播放他那些冷冽、極簡風格的音樂。亨利大可換聽別種音樂，但是他自己沒有半張CD，因此，他任憑音樂播放。地板上鋪著歐文昂貴的地氈，牆上掛著他的抽象派畫作，衣櫃架子上吊著他的衣服和毛巾。亨利特別喜歡其中一幅畫，也很高興歐文剛好把畫掛在他床頭的牆上——畫中有一個黏糊糊的綠色矩形和四條細細的白色線條，你不難把白色線條想像成棒球場的四條界外線。歐文的大麻煙味瀰漫在空中，混雜著一股強烈的柑橘和薑汁的味道，那是歐文慣用的有機清潔用品，但是亨利始終不清楚歐文什麼時候抽大麻、或是什麼時候清掃寢室，因爲歐文很少回來。

相較之下，亨利存在的證據不過是皺成一團的床單、幾本教科書、一件披在椅子上的髒牛仔褲，以及兩張貼在牆上的照片，一張照片是他妹妹，另一張是亞帕瑞奇歐·羅德里奎茲。「小零」手套擱在衣櫃架子上。好好安頓下來，他心想，麥克很快就會跟我聯絡。他想打掃浴室，以示善意，但是他始終看不到任何一點值得費心的汙漬或是灰塵。有時他想要幫植物澆水，但是一棵棵植物似乎沒有他照顧也活得很好，而且他聽說太常澆水可能害死植物。

雖然誠如艾弗萊校長在朝會中所言，他的同學們據說來自「全美五十州、關島以及二十二個國家」，但在亨利眼中，他們似乎都來自同一所關係親密的高中，最起碼他們都參加了某一個重要的迎新活動，單單只有他缺席。他們成群結隊，到哪裡都是一大群人，而且不停發簡訊給另一群人，當兩群人碰面時，大夥總是互相擁抱，親吻對方臉頰。沒有人邀請亨利參加派對，或是提議跟他練球，因此，他待在寢室裡，在歐文的電腦上玩俄羅斯方塊。他生命中的其他事情似乎超乎他的掌控，但是電動遊戲的方塊整整齊齊疊在一起，他的積分也愈來愈高。他把每天的成果記錄在物理學筆記本裡。晚上閉上眼睛時，四四方方的小方塊在他眼前翻轉墜落。

抵達衛斯提許學院之前，大學生活似乎博大、精深、莊重，就像麥克．史華茲一樣。結果他的日子卻是滑稽散漫，稀鬆平常，不盡完美——反倒比較像是亨利．史格姆山德。初抵校園的那段日子，他靜靜遊走在各個教室之間，四處不見史華茲的蹤影。或者，這麼說吧，他到哪裡都看到史華茲。偶爾他從眼角一瞥，似乎確定某人是史華茲。然而當他飛快跑過去，卻發現那只是一個不太像史華茲的學生，或是一個垃圾箱，或者什麼也不是。

小方院的東南角、方博爾館和校長辦公室之間，矗立著一座雕像。雕像的基座是一塊大理石，沉思冥想、滿臉鬍鬚的雕像跟一般雕像不一樣，他並未面對方院，反而朝著大湖的方向凝視。他左手拿著一本攤開的書，右手拿著一副小小的望遠鏡，微微舉向眼前，好像剛剛發現海面上有個東西。他背對校園，路過的行人只看到一道佈滿青苔的裂縫貫穿他的背部，好像一條鞭痕，因此，亨利從一開始就覺得雕像思緒萬千，擔負重責大任，非常寂寞孤單。在那個落寞的九月，亨利覺得自己跟這個大名叫做梅爾維爾的傢伙格外像是難兄難弟，而這傢伙也像校園裡的其他人一樣，好幾次被亨利誤認爲是麥克．史華茲。

① 奇努阿·阿契貝（Chinua Achebe，1930-2013），出生於奈及利亞小鎮，人稱「現代非洲文學之父」。

② 托克維爾（Alexis de Tocqueville，1805-1859），法國文豪。

③ 拉羅芬富科（Francois de La Rochefoucauld，1613-1680），法國作家。

④ 羅特克（Theodore Roethke，1908-1963），美國瘋狂詩人。

3

那年感恩節是亨利頭一次沒有在家裡過節。他找到一份新工作，留在學校餐廳洗碗。膳食服務處由斯皮洛多卡斯師傅負責，斯師傅是個非常嚴格的老闆，經常四處走動檢驗工作成果，但是這個工作的薪資遠超過他以前他在蘭克頓超市賺的工錢。他在午膳和晚膳時間值班，下工之後，斯師傅會切一片火雞雞胸肉給他，讓他帶回去放在歐文的小冰箱裡。

那天晚上、當他在電話裡聽到爸媽的聲音時，他心中湧起一陣思鄉的喜悅，他媽媽在廚房裡，他爸爸躺在客廳沙發上，電視調到靜音，菸灰缸擺在旁邊，半是敷衍地做著應該做的背部運動。亨利的腦海中浮現爸爸彎起膝蓋，慢慢從一側轉向另一側，長褲的褲管捲到小腿上，腳上套著一雙白襪。一想到那雙襪子是多麼潔白——他想像得到，而且畫面好清楚——他的眼中頓時充滿淚水。

「亨利。」他媽媽的聲音不帶感恩節的愉悅，跟他預期的不一樣——反倒有點懊惱、陰沉，聽起來怪怪的。「你妹妹跟我們說歐文是……」

他拭去淚水。他應該知道蘇菲會洩漏祕密。蘇菲總是藏不住話。她喜歡激怒別人，特別是他們的爸媽，正如亨利喜歡安撫爸媽。

「……同性戀。」

他媽媽刻意讓這個字眼懸在那裡。他爸爸擤擤鼻子。亨利耐心等候。

「你爸爸和我不曉得你爲什麼沒有告訴我們。」

「歐文是一個很好的室友，」亨利說。「他人很好。」

「我不是說同性戀人不好，我只是說，親愛的，對你而言，這是不是一個理想的環境？我的意思是，你跟他同住在一間寢室！你們共用一間浴室！你不會覺得不自在嗎？」

「我當然希望他會，」他爸爸說。

亨利的心一沉。他們會命令他回家嗎？他不想回家。沒錯，截至目前爲止，他沒有交到朋友，成績不太理想，甚至還沒碰見麥克．史華茲，而周遭眾人似乎都過得快快樂樂，但是正因如此，他反而更不甘願回家。

「你這麼大了，他們會讓你跟一個女孩子同寢室嗎？」他媽媽問。「不，絕對不會。這麼說來，他們爲什麼做出這種安排？我一點都想不通。」

就算媽媽的話不合邏輯，亨利也找不出錯處。他爸媽會叫他換寢室嗎？他若到學生住宿組要求更換寢室，那簡直比出糗更糟糕——住宿組的職員肯定馬上知道他爲什麼提出要求，因爲歐文爲人親切、愛乾淨、甚至幾乎很少回來，無異是最佳室友，只有憎恨同性戀的人，才會要求換掉歐文這種室友。這是一所眞正的學府、一個自由開明的地方——你會因爲憎恨某些人而惹上麻煩，最起碼亨利這麼猜想。他不想惹麻煩，他不想要一個新室友。

他媽媽清清喉嚨，準備揭發更多祕密。

「我們聽說他幫你買衣服。」

兩個禮拜之前的星期六早晨，亨利玩俄羅斯方塊的時候，歐文和傑森走了進來，歐文跟往常一樣沉穩愉悅，傑森睡眼惺忪，手裡拿著一大杯咖啡。亨利關閉俄羅斯方塊的視窗，開啓物理學的網站。「嗨，兩位，」他問。「還好吧？」

「我們要上街買東西，」歐文說。

「嗯，很好，逛街愉快。」

「所謂的『我們』也包括你。拜託你穿上鞋子。」

「啊，沒關係，」亨利說。「我不太喜歡買衣服。」

「但你也不是不喜歡，」傑森說。「不是不喜歡」，亨利在心裡暗念一次，想想兩者有何差別。「等我們回來之後，我要把那件牛仔褲燒掉。」

「這件牛仔褲哪裡不對？」亨利低頭看看自己的大腿。這可不是一句不須回答的反詰語：他的牛仔褲顯然有些不對勁。自從來到衛斯提許，他就意識到這一點，就像他已意識到他的鞋子、髮型、背包，以及其餘所有一切，全都有些不對勁。但他不太曉得究竟是哪裡不對。愛斯基摩人能用上百個字彙形容雪花，而他只知道用一種方式形容牛仔褲。

他們坐上傑森的車，前往多爾郡的一個購物中心。亨利走進試衣間試了一件又一件衣服，出來接受一次又一次檢視。

「行了，」歐文說。「終於可以了。」

「這件？」亨利拉拉口袋，扯扯褲襠。「我想這件有點緊。」

「以後會變鬆，」傑森說。「如果不會，那就更好。」

等到他們完成採購時，歐文已經批准兩件牛仔褲、兩件襯衫和兩件毛衣。成果算不上豐碩，但是亨利暗自加一加金額，總數超過他在銀行的存款。「我眞的需要兩件嗎？」他說。「剛開始有一件就不錯了。」

「兩件，」傑森說。

「嗯，」亨利對著衣物皺皺眉頭。「嗯……」

「啊，」歐文拍拍額頭。「我忘了說嗎？我有這家店的禮券，而且我必須馬上用掉，不然就會過期。」

他伸手拿走亨利手上的衣物。「我來。」

「但那是你的禮券，」亨利抗議。「你應該花在自己身上。」

「別傻了，」歐文說。「我自己絕對不會在這裡買東西。」他從亨利手中搶下那疊衣服，看看傑森。「你們在外面等我。」

這會兒換作亨利擁有兩件已經鬆了一點、但是依然太緊的牛仔褲。一個人坐在學校餐廳、看著同學們經過時，他注意到自己的牛仔褲跟其他人的非常相似。**進步**，他心想，**我正在進步**。

「真的嗎？」這時他爸爸說。「你讓那個傢伙幫你買衣服？」

「嗯……」亨利試圖想出一個不算說謊的回答。「我們一起去購物中心。」

「他為什麼幫你買衣服？」電話另一端又傳來他媽媽的聲音。

「不曉得他會不會也幫麥克．史華茲買衣服，」亨利的爸爸說。「我想絕對不會。」

「我覺得他想讓我跟大家打成一片。」

「**跟什麼打成一片**？或許這才是你應該思考的問題。親愛的，他們比較有錢，但這不表示你必須認同他們所謂的**打成一片**。你得做你自己。了解嗎？」

「我想我了解。」

「好。我要你跟歐文道謝，但是你絕對不能接受他的禮物。你不窮，你不必接受陌生人的施捨。」

「他不是陌生人，而且我已經穿過了。他不會把衣服拿回去。」

「他可以留下來自己穿。」

「他比我高。」

「那麼他可以把衣服捐給需要的人。亨利，我不想再討論這件事，好嗎？」

他也不想繼續討論。他忽然想到爸媽在遙遠的五百哩之外——他眞笨，反應眞慢，以前從沒想到這一點——他們可以命令他回家，他們可以拒付他們同意支付的部分學費，但是他們管不到他的牛仔褲。「了解，」他說。

4

時間已經將近午夜。亨利把耳朵貼在門上。裡面傳來的聲音急促而吃力，音量大到超過砰砰作響的程度。儘管隔著房門，他曉得裡面在幹嘛。聲音聽上去很痛，至少某個人是如此。

「Uhh，Uhh，Uhhh。」

「來，寶貝，來——」

「Ooohhh——」

「沒錯，寶貝，搞個通宵吧。」

「——uuhnghrrrrnrh——」

「好，慢慢來，慢點、慢點、慢點。沒錯，寶貝，就像那樣。」

「——ooohhhrrrgghh——」

「你真壯！你他媽的好壯！」

「——rrrrooaarhrraaaah——」

「放馬過來！來！快結束了！」

「——rhaa……rhaa……ARH——」

「對！對！對！對！對！」

「——RRHNAAAAAAAAGHGHHHH！」

有人從裡面把門推開，一直靠在門上的亨利搖搖晃晃溜進去，一頭撞上麥克．史華茲汗水淋漓的胸膛。

「小史，你遲到了。」史華茲扳一扳亨利那頂紅雀隊棒球帽，把帽子突出的前緣轉到後面。「歡迎來到重訓室。」

跟爸媽講完電話之後，亨利穿上外套，慢慢晃到外面黑暗的校園裡。四下安靜得不像話。他坐在梅爾維爾雕像的基座，遙望湖面。當他回到寢室時，答錄機一閃一閃。說不定是他爸媽——他們想了想，決定他該回家了。

小史！足球球季已經結束，棒球球季就要開始囉。半個小時後跟我們在體育館碰面。垃圾堆旁邊的側門開著。別遲到。

亨利穿上短褲，從衣櫃架上抓起「小零」，穿過不算太冷的暗夜，跑向體育館。過去三個月，他一直在等史華茲來電。跑到半路的時候，他已經氣喘吁吁，他放慢腳步，改爲步行。這三個月來，他最耗費體力的運動莫過於在學校餐廳洗碗。他期待大學學府要求所有人勤加鍛鍊，謹記人們應該生活在四度空間之中。說不定學校可以教你做自己寢室的家具，或是種自己要吃的食物。但是大家只注重心靈生活——這個概念跟他最近接觸到的許多事情一樣，聽起來很吸引人，靠自己卻辦不到。

「小史，這位是亞當．史塔布萊德，」史華茲說。「史塔布萊德，這位是小史。」

「你就是那個史華茲講個不停的傢伙。」史塔布萊德在短褲上擦擦手，好跟亨利握手。「棒球救世主。」他不像史華茲那麼高大，但比亨利壯多了，當他脫下那件閃閃發亮的暖身夾克時，看來更明顯。他右手的三角肌刺著兩個亞洲語系的文字，亨利根本沒有三角肌。他緊張地四下看看，健身器材蹲踞在昏暗的室內，感覺不懷好意。他把「小零」帶在身上，眞是大錯特錯。他試圖把手套藏到背後。

史塔布萊德把夾克丟到一邊。「亞當，」史華茲說，「我見過的所有男人當中，你的背部最光滑。」

「本來就應該這樣，」史塔布萊德說。「我剛剛處理過。」

「處理？」

「你知道的，我剛做了熱蠟除毛。」

「你別唬我！」

史塔布萊德聳聳肩。

史華茲轉向亨利。「小史，你聽聽，居然有這種事情！」他伸出他的大手摸摸頭，他的頭髮剃得非常短，髮線已經開始後退。「我拚命想要保住頭髮，史塔布萊德卻動用他的信託基金除毛。」

史塔布萊德一邊輕蔑地哼一聲，一邊對著亨利說：「保住頭髮？你聽他胡說！他是我見過毛髮最茂盛的男人。麥迪遜若是看到他的背，肯定馬上關門。」

「幫你做除毛的人叫做麥迪遜？」

「他的技術很好。」

「小史，我眞不明白，」史華茲悲傷地搖一搖他的大頭。「你記得以前當個男子漢有多麼容易嗎？現在我們都必須看起來像是服飾型錄的男模特兒。健碩的腹肌，百分之三的脂肪率，豈有此理。至於我嘛，我的時代比較單純。」史華茲拍拍自己厚實的腹部。「當時啊，背部毛茸茸是某種象徵。」

「是喔，象徵你是百分百的單身狗，」史塔布萊德說。

「才不呢。背部毛茸茸象徵溫暖、適者生存、演化優勢。那個時代啊，男人的妻小躲到他背上的濃毛裡避過寒冬，寧芙仙女把濃毛編成辮子，以歌唱讚頌。背部光禿的族群將難敵老天盛怒。現在這些全都被人拋在腦後。但我告訴你們：下一個冰河世紀來臨時，史華茲家族將東山再起。」

「你們史華茲家族啊，」史塔布萊德作勢打個哈欠，對著室內其中一個鏡子檢視自己左手手臂肌肉上靜脈血管。「只想從一個冰河世紀混到下一個冰河世紀。」

史華茲伸出一隻大手。亨利明瞭史華茲要他把手套遞過去。過去七、八年，除了亨利之外，沒有人碰過「小零」，說不定甚至更久，他已經不記得那是多久以前。他低聲默禱，把手套放在高大的史華茲的手中。

史華茲大手一揮，把手套丟在角落。「在那張凳子上躺下，」他指示。亨利聽話照辦。史華茲和史塔布萊德像賽車維修小隊一樣，快手快腳地從舉重桿上拉下史塔布萊德剛剛使用的槓鈴，兩人換下車胎大小的槓片，架上幾片跟碟子差不多大小的鐵片。「你練過舉重嗎？」史華茲問。

亨利搖頭表示沒有。

「很好，這表示你沒有任何史塔布萊德的壞習慣。大拇指朝下，手肘內縮，脊背放鬆。準備好了嗎？開始。」

半小時之後，亨利吐了，這是他長大以後頭一次嘔吐，他輕輕一咳，朝著鋪了橡膠的地上吐出一攤黏稠的火雞肉。

「好小子，做得好。」史華茲從口袋裡挑出一套鑰匙。「你們兩個繼續努力。」過了一會，他推著一個裝滿肥皂水的黃色水桶和一隻長毛拖把回來，他拿起拖把清理穢物，從頭到尾吹著口哨。

進行一套新的操練前，史華茲會先做幾下，示範標準動作，然後緊盯亨利和史塔布萊德，他們一邊操練，史華茲一邊大聲叫罵，一邊下達指令。「棒球球季開始前，寇克斯教練不准我舉重，」他解釋。「眞令我抓狂。但是如果這裡變得太壯，」──他拍拍自己的肩膀──「我沒辦法傳球。」

最後一項是人稱「壓碎頭顱」的推舉訓練。

「加把勁，小史，」亨利的手臂開始顫抖時，史華茲大聲咆哮。「你他媽的大叫幾聲。」

「啊，」亨利說。「喔。」

「這樣叫做大聲？」

「好好鍛鍊，」史塔布萊德在旁打氣。「臂力才會強勁。」

亨利兩隻手肘分開，彎彎曲曲的桿鈴朝著他雙眼中央起起伏伏，史華茲一放手，桿子悶悶敲上亨利的額頭，感覺幾乎爽快。他可以嘗到金屬鐵桿冷冰冰的滋味，感覺身上快要冒瘀青，陣陣抽痛。

「這就是壓碎頭顱式的推舉，」史塔克萊德讚許地說。

史華茲把亨利的手套扔給他。「今晚表現不錯，」他說。「亞當，你跟小史說他得到什麼獎品。」

史塔克萊德從某個陰暗的角落拿出一個非常龐大的塑膠罐。「快速健九〇〇〇，」他模仿電視益智遊戲主持人的聲調大聲宣布。「保證釋放你身體的潛能。」

「每天吃三次，」史華茲指示。「配牛奶一起喝。這是一種營養補給品，意思是補充正常飲食之外的營養，絕對不可以不吃飯。」

隔天輪值洗碗時，亨利感覺自己的肌肉愈來愈痠痛。他兩手各端著一大杯牛奶回到寢室時，歐文坐在書桌前，一身白衣，正動手自一袋大麻裡挑揀殘破枝葉出來。

「那是什麼東西？」歐文指指亨利留在小冰箱上的塑膠罐。

「快速健九〇〇〇。」

「看起來像是網購商品。拜託放在衣櫃裡，好嗎？擺在給客人用的毛巾後面。」

「沒問題。」歐文說的沒錯：這個高高的黑色罐子跟室內的擺設不太搭調。閃電狀的商標字母斜斜向前，後面噴出熊熊火舌，火舌纏繞著一張精心拍攝的照片，照片中是一隻亨利所見過最雄壯、最醜怪的手臂。「不過我得先試吃一下。」

歐文舔舔一張小紙片的邊緣。「怎麼試？」

「一大匙快速健配上八盎司的開水或是牛奶。」

「你打算**吃這個玩意**？」

亨利扭開蓋子，剝下封口閃閃發亮的鋁箔紙。一支透明塑膠湯匙半埋在罐內白白的粉末裡，好像被人丟在沙灘上的玩具。他把兩杯牛奶倒進亞帕瑞奇歐紀念馬克杯，那是蘇菲上個聖誕節在 eBay 幫他買的禮物，然後加進兩大匙快速健。

粉末非但沒有沉澱溶解，反而浮在牛奶表面，久久不散。亨利從他的書桌抽屜裡找到一支叉子，開始攪拌，但是粉末凝固在叉齒上。他愈攪愈快，叉子碰上馬克杯，鏗鏘作響。「拜託你到其他地方試試，」歐文建議。「或者根本別試。」

亨利停止攪拌，把杯子舉到唇邊。他打算一口氣喝下去，但是黏稠的混合液體似乎在他胃裡發酵。他把杯子放下時，杯裡幾乎還是全滿。「你看得出我身體的潛能被釋放嗎？」

歐文戴上眼鏡。「你的臉色有點發青，」他說。「說不定這只是過渡階段。」

兩個月之後、校隊選拔時，亨利看看鏡中的自己，他沒有變得比較粗壯，但是最起碼他已經不再嘔吐，而且舉得起稍微大一點的槓片。他早一個鐘頭到達更衣室，兩位未來的隊友已經在那裡。史華茲光著上身坐在置物櫃前，面對一本厚厚的教科書弓著背，角落有個人正在撫平衣架上的一件長褲——

「歐文！」亨利大吃一驚。「你在這做什麼？」

歐文看看他，好像他是個大笨蛋。「今天開始選拔校隊。」

「我知道，但是──」

寇克斯教練出現在門口，他跟亨利差不多高，但是胸膛厚實，下巴方正，老是嚼著口香糖。他穿著運動褲和衛斯提許棒球隊的運動衫。「史華茲，」他摸摸修剪過的黑色鬍鬚，板著臉孔說。「你的膝蓋還好吧？」

「還可以，教練。」史華茲站起來跟寇克斯教練問好，兩人先握手，然後擁抱一下。「我跟你介紹一下，這是亨利．史格姆山德。」

「史格姆山德，」寇克斯教練一邊點頭、一邊用力握握亨利的手，手勁強得痛人。「史華茲跟我說你打算跟坦能一較長短。」

列弗．坦能今年大四，是球隊的先發游擊手，也是隊長。史華茲不停告訴亨利，他可以打垮坦能──如今已經變成他們每天晚上健身的時候念誦的咒語。「坦能！」亨利使盡全力推舉，史華茲傾身彎向亨利，臉上的汗珠一顆顆滴進亨利大張的嘴裡，大聲嚷嚷。「打垮坦能！」亨利不明白史華茲怎麼這麼會流汗，史華茲沒有舉重，照樣汗流浹背，亨利當然更不清楚自己怎麼可能打垮坦能。他在校園裡見過坦能，坦能好像鯊魚一樣優游於校園之中，吸引了每一個女孩的微笑。「教練，我會全力以赴，」亨利說。

「好，我們拭目以待。」寇克斯教練轉向歐文，伸出一隻手。「朗恩．寇克斯。」

「歐文．鄧恩，」歐文說。「右外野手。我相信你不會反對讓一個同志加入你的球隊。」

「我只反對史華茲踢足球，」寇克斯教練回答。「這對他的膝蓋不好。」

選拔活動將在體育館內進行，但是寇克斯教練先把大家叫到寒冷的室外。「先做個小小的長跑訓練，」他指示大家。「繞過燈塔跑回來。」

眾人魚貫走向室外時，亨利試圖計算人數，但是大家不斷在他身旁走動，而且他也不知道多少人會入選。他拚命往前跑，這輩子從來沒有跑得這麼快。他跟第一批人率先跑完四哩，史華茲的身手異常敏捷，跟他同時抵達，兩人僅僅落在史塔布萊德之後。史塔布萊德領跑百米一馬當先，不見人影。第二組抵達的是球隊大部分資深球員，坦能和湯姆·邁希尼也在其中。史華茲的室友狄米垂斯·亞許殿後，這傢伙至少兩百六十磅，足球球季結束、棒球球季開始的空檔期間，他每天都抽半包香菸。大家以爲他是最後一名，但是歐文緩緩出現在大家眼前。

「鄧恩！」寇克斯教練大聲喊叫。

「寇克斯教練！」

「你他媽的跑到哪裡去了？」

「做個小小的長跑訓練，」歐文提醒他。「繞過燈塔跑回來。」

「你是不是想要跟我說，」——寇克斯教練把手擱在亞許的肩胛骨上，亞許整個人彎下腰，喘個不停——「你跑不過亞胖？」

歐文也彎下腰，直到他跟亞許面對面——亞許滿臉通紅，大汗淋漓，歐文則神情鎮定，神清氣爽。

「我打賭我現在跑得過他，」他說，「他看起來很累。」

但是打擊練習開始時，歐文轟出一記又一記平飛球，全數直衝訓練場的中外野盡頭。負責把球送進老式發球機的薩爾·菲拉克斯站在護網後方，不得不一直閃避。「好了，鄧恩，站到一邊，」寇克斯教練喃喃說。「免得你打傷別人。」

亨利從來沒有在人工草皮上接過滾地球；那種感覺有點像是置身在電動遊戲裡。球始終沒有撞上石頭、或是草尖，但是球落在人造纖維上，旋轉的角度可能相當奇怪。選拔活動爲期四天，亨利沒有漏接過任何一球。當名單公布時，四名新生正式入選：亞當·史塔布萊德、李克·奧沙、歐文·鄧恩以及亨利·史格姆山德。

5

六個禮拜之後，魚叉手隊踱步橫越綠灣機場的小跑道，大風颳過他們的臉龐，印著校徽紋章的背包斜斜掛在他們的肩上。除了亨利之外，每個人都戴著耳機，隨著音樂搖頭晃腦。那是一個晴朗、清洌的冬日，氣溫只有華氏二十幾度，但是他們身穿適合目的地氣候的衣物，不准套上夾克或是毛衣。飛機的螺槳翻攪晴空，大風勁揚，堆積了一個禮拜的白雪劃出一道道弧線，橫掃跑道。亨利兩肩一縮，盡量抬高他那五呎九吋的身子，好像電視裡踏上征途的運動員一樣昂首闊步。他們前往佛羅里達州打球，費用全由校方負擔。

他們下榻距離清水郡棒球場四小時車程的汽車旅館，年紀較大的傢伙們，兩個人擠一張床；新生們睡在加搭的鐵床上。亨利被指派到史華茲和亞許的房間。兩個體重加起來五百磅的大二學生擠在雙人床上，爭奪睡覺的空間，彈簧床被壓得發出嘎嘎呻吟，再加上亞許有如飛機引擎般的鼾聲，頭一個晚上，亨利聽著這些噪音，整夜難以成眠。他閉上眼睛，把帶著菸味的塑膠床罩蓋在頭上，等著時間一秒秒過去，直到他們頭一次展開戶外練習。

隔天是星期六，他們早上擠上巴士，駛向球場——球場分成相鄰的兩區，各有四個青綠、漂亮的棒球場地。一顆顆露珠在佛羅里達柔潤的陽光中閃閃發亮。亨利站上游擊手的位置，飛奔練習接殺一記內野滾地球，他縱身一轉，做個後空翻，只有落地的時候稍稍猶豫了一下。

「該死，小史！」史塔布萊德從中外野大喊。「你哪來這一招？」

亨利不曉得。他試圖回想自己剛才的動作，但是那一刻已經過了。有時候你的身體只是因應所需，做出該做的事。

「你應該試試體操選手選拔，」坦能說。「你的身材正好。」

打擊練習時，亨利估量一下左外野護欄，站到停車場接住「兩點半」屠沃爾轟出的一記又一記騰空、強勁、漂亮的全壘打。「歡迎歸隊，吉姆，」球一記又一記輕易飛過外野護欄時，寇克斯教練愉快地說。「我們眞想念你。」

眼神溫和的吉姆．屠沃爾是個摩門教徒，剛從阿根廷傳教回來。他身高六呎六，打擊非常強勁。他們之所以叫他「兩點半」，原因在於主場比賽之前，魚叉手隊通常在兩點半練習打擊。這時亨利站在護欄後方三十呎處，球一顆顆落下，好像雲端墜下的雨點。球迷們紛紛跑到停車場移車，鄰近球場上的球員們暫停練習，站在原地觀看。

「但是比賽進行當中，輪到吉姆揮棒打擊的時候，」史華茲告訴亨利。「我們不會叫他『兩點半』。」

「他會怎樣？」

「他會怯場。」

那天下午，魚叉手隊出戰佛蒙特州雄獅隊。別跟州立雄獅過不去，一位大老遠前來加油的媽媽舉著這麼一個標語。亨利坐在休息區，夾在歐文和李克．奧沙中間。史塔布萊德已經列入先發名單，擔任中外野手暨第一棒。

歐文從背包裡拿出一個電池發電的書燈，把書燈夾在球帽邊緣，翻開一本書名爲《魯拜集》的詩集。

亨利和李克若是膽敢在球賽進行時看書，肯定會被叫過去做熱身運動、或是擦拭頭盔，但是寇克斯教練已經懶得懲罰歐文。就懲處的角度而言，歐文是個令人頭痛的人物，因為他似乎不在乎自己是否上場。你若對著他大喊大叫，他通常只是靜靜聆聽、一臉感興趣地點頭，好像正在收集資料，準備撰寫一篇關於中風的報告。大家奮力往前衝時，他一個人慢慢跑步：大家跑步的時候，他一個人慢慢步行；他甚至在外野打瞌睡。寇克斯教練早就懶得對他大喊大叫。事實上，歐文已經成為他最喜歡的球員，也是唯一不需要他擔心的球員。大夥上場練習、跟往常一樣失誤連連時，他經常嘴角一動、輕聲跟歐文吐出幾句尖酸的評語。歐文對寇克斯教練毫無所求——他不要求先發上場、或是排在比較前面的打擊位置，他甚至不需要教練的任何意見——因此，寇克斯教練可以把他視為同儕，說不定像是神父看待教區裡唯一一位抱持不可知論者的教徒，這名教徒不想得救，卻為了彩繪玻璃和聖歌，一再造訪教堂。「好多時間閒沒事做，」亨利曾問歐文喜歡棒球哪一點，歐文回答說：「可以把手插在口袋裡等候。」

到了第六局，亨利幾乎按捺不住心中的不耐。「拜託克制一下，」當亨利的雙膝不停抽動時，歐文說道。「我正試著看書呢。」

「對不起。」亨利停下來，但是注意力一回到球賽，他的膝蓋又開始亂抖。他丟了一把葵花子到嘴裡，穩穩當當把空殼吐到地上一瓶瓶開特力運動飲料裡。他一下把棒球帽往後轉，一下把棒球放在右手裡轉一轉，然後丟到左手裡。「這不會讓你抓狂嗎？」他問李克。

「當然會，」李克說。「別鬧了。」

「不，我不是指我在做什麼，而是指坐著空等這件事。」

李克伸出手掌試試板凳，好像那是一張陳列展示的床墊。「我覺得還好。」

「你難道不會急著上場嗎？」

李克聳聳肩。「『兩點半』只是大三，而且是寇克斯教練眼中的紅人。如果他表現出一半實力，接下來的兩年，我都得坐在這裡乾等。」他看看亨利。「至於你嘛，你已經把坦能搞得七上八下。」

「我沒有，」亨利說。

「啊，是喔。昨天晚上我躺在鐵床上、假裝睡著的時候，他跟邁西尼囉哩囉嗦講個不停，你又沒聽見。」

「他說什麼？」

李克左看右看，確定沒有其他人偷聽，然後模仿坦能說話的模樣。「X你娘的史華茲，他沒辦法接受我是X你娘的球隊隊長，你猜他做了什麼好事？他不曉得從哪裡找來那個X你娘的小混蛋，你朝他打了什麼X你娘的球，他都接得到，沒錯，史華茲就是這麼屌。他還從早到晚操那個X你娘的小混蛋，整個X你娘的冬天都在跟寇克斯教練循循善誘，一直說那個小混蛋有多麼X你娘的優秀。搞屁啊？因為這樣一來，那個X你娘的小混蛋就可以偷走我X你娘的位置，而只是大二，X你娘的史華茲，這下就可以宣稱自己是X你娘的球隊隊長。」

歐文從書本裡抬起頭來。「坦能用了『循循勸誘』這個詞？」

李克點點頭。「還有『X你娘』。」

「嗯，他有理由擔心。亨利的表現始終非常傑出。」

「拜託喔，」亨利抗議。「坦能比我強多了。」

「坦能打擊力強，」歐文說。「但是守備馬馬虎虎。他缺乏小史炫目的架式。」

「我不曉得坦能這麼討厭史華茲，」亨利說，言下之意是：我不曉得坦能這麼討厭我。從來沒有人罵他是個X你娘的小混蛋。他注意到列弗練球的時候對他冷淡，但他以為對方只是無動於衷。

「什麼？你住在石頭底下嗎？」李克說。「那兩個傢伙一向勢不兩立，如果再過不久、事情一發不可收拾，我也不意外。」

「沒錯，」歐文表示同意。

雙方打到九局平分。坦能站上一壘，「兩點半」吉姆踏進打擊區，他後腳跟一旋，穩穩踩到泥地裡，舉高球棒，他今天已經擊出一支一壘安打和一支二壘安打，說不定阿根廷之行對他起了某些正面影響。

「吉姆．屠沃爾，」歐文在旁高呼。「你的球技高超！我們拜託你！」

一壞球。兩壞球。

「怎麼可能有人錯過那個好球帶？」李克問。

三壞球。

亨利朝三壘方向一望，看看寇克斯教練是否做出揮棒暗號。「讓他揮棒，」他報告。

「真的嗎？」李克說。「這聽來像個壞——，」他話還沒說完，球就砰地一聲撞上鋁棒，發出震耳欲聾的聲響。球直直劃過淡藍的天空，遠遠落到停車場。亨利好像聽到某人的車窗被打破，但他不確定。他們衝出休息區，歡迎吉姆回到本壘。

李克搖搖頭，大感震懾。「這下我永遠離不開冷板凳了。」

「沒錯！」歐文拿著他的詩集拍打「兩點半」的臀部，以示恭賀。「沒錯！」

贏了這場比賽之後，魚叉手隊旗開得勝，在大家的記憶中，包括寇克斯教練在內，這是魚叉手隊頭一次贏球。他們到汽車旅館附近的一家自助式中國餐廳慶功，接下來的三天，他們連輸五場，坦能漏接每一記朝著他打過來的滾地球，「兩點半」接二連三遭到三振。隨著輸球的次數日增，寇克斯教練的臉色愈來愈難看，他站在三壘壘包附近，雙手交握在胸前，低頭用釘鞋的鞋尖踢著泥土，堆出一道小小的土堤，他不停朝凹處吐菸草汁，好像想要躲去裡面，再也不用受到這群笨蛋的干擾。休息區的氣氛從樂觀轉變為堅決，然後從堅決轉變為陰沉，最後淪為帶著暴力的抑鬱。第七場比賽時，李克把手機藏在手套裡，他坐在板凳上，偷偷瀏覽同學們從西棕櫚、邁阿密、戴托納海灘、巴拿馬市上傳的臉書照片——一本又一本相簿裡盡是身穿比基尼的女孩、蔚藍大海和色澤鮮艷的調酒。「離得這麼近，」他一邊搖頭、一邊呻吟。「卻又是如此遙遠。」

「歐文，」亨利興奮地說。「我想寇克斯教練要你代替邁西尼打擊。」

歐文闔上達爾文的《小獵犬號航海記》，他最近才開始閱讀這本達爾文的著作。「真的？」

「一、二壘有人，」李克說。「我打賭他會要你短打。」

「短打的暗號是什麼？」

「拉扯左耳垂兩下，」亨利告訴他。「但是他必須先下達指示，也就是緊緊壓一下皮帶。但是他如果伸出左手或是右手摸摸帽子，或是喊出你的名字，那就表示按兵不動，然後你得等一等，看看是否——」

「算了，」歐文說。「我直接打個短打。」他抓起球棒，輕快走向本壘板，他朝向比畫手勢的寇克斯教練笑笑，揮棒擊出一記飛過投手的完美短打。游擊手把球傳向一壘，歐文只差四分之一步就踩上壘包，跑者攻占二、三壘，歐文快步走回休息區，接受隊友們的喝采。這是亨利最喜歡的球場慣例：當球員轟出全壘打時，隊友們可以忽略他，但當球員犧牲自己、幫助跑者上壘時，隊友們排成一列，等著跟他擊掌叫好。「好一記短打，」亨利邊說、邊與歐文握拳一擊。

「謝謝，」歐文拿起他的書。「那個投手長得不錯。」

整整一個禮拜，魚叉手隊友們一起吃飯、睡覺、坐車、練習、比賽。大夥不是在球場上、或是破爛的汽車旅館，就是擠在租來的老爺巴士裡，連最不重要的決定，比方說在家庭式館子或是自助餐廳吃晚餐，大家都可以吵個幾小時。「上大號的時候最開心，」李克說。「只有那個時候，我才能喘口氣。」

輸球的次數愈多，大家愈無法忍受集體行動。球場和汽車旅館之間的距離太遠，在漫長的旅程中，大三、大四的學長跟坦能坐在巴士後方，大一、大二新生跟史華茲坐在巴士前方。只有吉姆·屠沃爾手腳一攤，占據沒有人坐的座位：他身高六呎六，又是個摩門教徒，自然得以置身事外，不跟任何一方廝混。

在此同時，坦能的守備一天比一天更糟。他一臉冷酷，神情憔悴，面色猙獰，每次亨利一靠近，他就散發出強烈的敵意。兩場比賽的空檔期間，寇克斯教練經常一手搭在坦能肩上，低聲跟他討論，坦能則低頭看鞋子。「他用力過猛，」坦能暴傳二壘、搞砸了一次準沒問題的雙殺之後，李克說。「你看看他的表情。」

歐文清清喉嚨，一隻手搭在胸前。「他總是聽到背後傳來聲響／亨利的腳步快快逼近。」

星期四晚上，亨利和史華茲斜靠在汽車旅館游泳池旁的塑膠椅上，椅背非常僵硬，泳池上一堆雜物，根本無法下水。隨著氣溫緩緩降低，亨利漸漸注意到一些平常忽略的聲響：蟑螂和蜥蜴匆匆爬過磁磚，飛蛾撲過藍色安全燈，風中依稀傳來遠處的海浪聲。史華茲翻閱一本跟電話簿一樣厚重的LSAT（法學院入學考試）應考指南，即便他再過十八個月才必須應試。「你知道的，我只是新鮮人，」亨利說。「我可以等。」

「說不定你可以等，」史華茲沒有抬頭。「但是其他人不行。目前一勝七負，我們需要你上場。」

「如果有人告訴列弗什麼都別擔心，說不定他就會放輕鬆，表現得好一點。」

「你以爲寇克斯教練跟他講悄悄話的時候、都在說些什麼？他把一半時間花在安撫坦能的自尊心，一直跟他說我們都得靠他。但是列弗不笨，他知道你比他行。」

「但是我沒有比他行，眞的。坦能只是太較勁。」

「他太較勁，因爲他是個差勁的游擊手。他去年也是如此。失誤連連，不停抱怨。他的心態大有問題，小史，這跟你一點關係都沒有。至少根本沒有。」

「我也希望如此。」

「你希望怎樣都沒差。」史華茲啪地一聲闔上LSAT應考指南。「關鍵在於寇克斯教練。我非常敬重教練，但是他對於那些傢伙太死忠，原因只在於他們在球隊待了一段時間。爲什麼對一群敗將死忠？我討厭輸球。這裡是美國。勝者得勝，敗將下台。你應該上場，李克應該上場，佛祖說不定也應該上場，問題在於你是否已經做好準備。」

「坦能是大四學長，」亨利說，口氣不太確定。「我可以等明年。」

「等到明天吧，」史華茲說。「這是我唯一的要求。」

隔天下午，他們出戰佛蒙特州立大學，也就是他們唯一一場勝賽後的對手。球賽剩下一局，魚叉手隊四比一領先，但是九局下半，雄獅隊第一個打者朝游擊手方向擊出一記普通的滾地球，坦能卻沒辦法把球傳出去。雖然只是一個失誤，但是魚叉手隊的球員們看在眼裡，自己是一群敗將，注定會輸球。四名打者上場之後，比賽結束，魚叉手隊果然敗北。隊友們一臉頹喪、魚貫走向更衣室時，亨利留在休息區，一邊收拾垃圾，一邊遙望內野，下午的陽光下，內野看起來似乎格外青綠莊嚴。

當他走進更衣室時，史華茲和坦能已經打到不可開交，史華茲的鼻子冒出鮮血，汩汩流到坦能的頭髮裡。「你再試試看！」史華茲一邊大喊、一邊抓著坦能的頭顱狠狠撞向金屬置物櫃。「有膽你再給我試試看！」

「叫他放開我！」坦能哀求，他的嘴巴被史華茲厚實的前臂遮住，聲音聽起來悶悶的。「叫這個瘋狗放開我。」

「你這隻瘋狗！」歐文大聲鼓動。「放開他！」

沒有人出手干涉，局面僵持不動，幾乎靜止。史華茲抓著坦能的頭，慢慢撞向置物櫃，最後寇克斯教練終於衝了出來，還來不及扣上球衫的鈕扣，下擺罩著白色短褲，隨風飄動。他和亞許使勁從史華茲手中拉下坦能。

亨利等著寇克斯教練破口大罵，但是教練連喊都沒喊。「史華茲，把臉洗乾淨，」他說，聽起來好像是一個累了一天、心力交瘁的父親。史華茲昂首闊步走向洗手間，看都不看流過唇邊和下巴的鮮血。過了一會兒，他回來了，一個鼻孔塞了一團衛生紙，朝著坦能伸出一隻手。坦能仔細端詳了一秒鐘，然後用力跟他握握手。

「你們兩個今天休息一晚，」寇克斯教練的目光掃過室內。「亞許，你可以吧？」

「沒問題，教練。」

「亨利，你呢？」

「——」

「亨利？」

「當然沒問題，教練。」

暖身時，亨利從李克和歐文口中得知事情的始末：當亨利在休息區撿拾地上的紙杯時，史華茲走過坦能的置物櫃，悄悄在他耳邊說了幾句話，坦能猛然轉身，揮了拳，剛好打中史華茲的鼻子。史華茲往後仰，鮮血泉湧而出。「史華茲似乎很生氣，整個頭左右晃動，」李克說。「但是半秒鐘之後，他馬上露出某種微笑，好像他本來就打算讓坦能出手打他。」

「我想這正是他的打算，」，歐文說。

李克點點頭。「即使他抓著列弗的頭猛敲置物櫃，你也看得出來他不想傷害他。只是做做樣子。」

「他自編自導了這場戲，目的是要讓你上場，」歐文跟亨利說。「他甚至爲你挨了一拳。你應該感到榮幸。」

亨利感覺難以置信。但是話又說回來，史華茲已經保證他會被列入先發名單，而這會兒他確實在名單上。兩個小時之後，當他在燈光下慢慢跑進球場，他滿心愉快，有點頭重腳輕。他把重心擺在後腳跟，輕輕跳兩下，他像轉風車一樣揮動手臂，蹲下來拍拍地面。史塔布萊德從裁判手中接過一顆新球，進行當晚最後一次練投。「亞當、亞當、亞當，」亨利反覆念誦，他往左一跳，跳回右側，抬抬膝蓋，握拳拍打「小零」，縱身一跳，雙腳落地，再度擺出接球的姿勢。

低低的壞球。史塔布萊德叫聲暫停，對他招招手，亨利衝向投手丘。

「我們在開派對嗎？」史塔布萊德問。「我得專心投球耶。」

「抱歉、抱歉、抱歉，」亨利說。「抱歉。」

史塔布萊德看看他，朝著草地吐口水。「你是不是興奮過度？」

「倒不是，」亨利說。「說不定有一點。」

但是當第二位打者打出一支飛向左外野的高飛球時，亨利轉身背對內野，拔腿飛奔，他看不到球，只能從球飛出球棒的角度猜測落點。除了他之外，沒有人能夠及時到達；這下全靠他了。他伸出手套，整個人撲到草地上，落地前稍稍抬頭，剛好看到球落到手套中。連對方的球迷們都高聲喝采。

把亨利擺在游擊手的位置，就像從衣櫃裡拿出一幅塵封已久的油畫，你把畫掛在最理想的地方，馬上就忘了畫沒有掛上去之前、房間看起來是什麼模樣。到了第四局的時候，他已經開始指揮其他野手，叫喚大家朝東朝西，糾正大家的技術失誤。游擊手是防守的中流砥柱。他若能處變不驚，隊友們也予以回應。

魚叉手隊只犯了一次失誤，整趟旅程之中，這是他們失誤次數最少的一場比賽。那些微小、礙手礙腳的錯誤，大多消失無蹤。他們只輸了一分，但是球賽結束之後，寇克斯教練露出滿意的微笑。

隔天是他們在佛羅里達州比賽的最後一天。亨利擔任先發游擊手，坦能移到三壘。坦能非但沒有滿腔怒火或是尖酸刻薄，反而像是鬆了一口氣。當亨利遭到三振時——這很常見，他的打擊遠遠不及他的防守——坦能還拍拍他的頭盔，叫他不要放棄。他們贏了那場球，雖然兩勝九負的戰績稱不上太棒，但是很奇怪地，大家心中都能樂觀看待。

大一學期結束之後，亨利留在衛斯提許跟著史華茲一起訓練。他們每天早上五點半碰面。等到亨利可以一口氣在足球場的石階跑上跑下，史華茲就幫他帶來一件負重背心。等到亨利有辦法以七分鐘一哩的速度、連續跑五哩，史華茲就叫他換到沙灘上跑步。等到亨利有辦法在沙灘上跑步，史華茲就叫他換到水面漫過腳踝的湖裡。健身球，阻擋軟墊，瑜伽，自行車，繩索，樹枝，垃圾鐵桶，彈跳力訓練——任何點子、任何器材都不足爲奇，全派上用場。七點三十分，太陽剛在湖面露臉，亨利已經洗了澡，前往學校餐廳幫暑期班的學生們洗盤子。下班後，他走到衛斯提許運動場，史華茲已經架好投球機和錄影機。亨利一球接著一球打擊，直到手臂幾乎抬不起來。然後他們一起到體育館做重訓。晚間時分，他們到亞普頓跟一支夏季球隊一起打球。

亨利從來沒有這麼開心。大一是關鍵的一年，新鮮人生活精采愉快，天天都是冒險，整體而言雖然有所收穫，但也是個令人筋疲力竭的過程，充滿掙扎、調適和苦惱。現在一切總算在他的掌握之中。那年夏季，他每一天都遵循相同的規律過日子：鬧鐘在相同的時間響起，每天在相同的時間上班、健身、進餐、服用快速健，反覆進行，從不間斷。但是在「相同」和「反覆」之中，生命浮現出意義。他珍惜每一個小小的變動，每個變動都代表進步——沙拉搭配雞肉，而非鮪魚；多做兩回推舉。每一個舉動都有意義。他們健身時，史華茲經常背誦羅馬君王馬可·奧理略和希臘哲人愛比克泰德的名言——這兩人是史華茲最欣賞的哲學家，也是他眼中的亞帕瑞奇歐——亨利覺得自己了解那種感受。沒錯，他確實了解：**關鍵在於慎選夥伴，只與那些提高你的層次、激發你最佳潛能的人們爲伍**。他已經照辦：他已經碰到這麼一個朋友。他正慢慢成爲一個棒球球員。

到了大二球季開始時，亨利已經增加十二磅。他依然是隊裡身材最瘦小的傢伙之一，但是當他拿起球棒，似乎輕一點、靈活一點，跟以往的感覺不一樣。他的打擊率三成四八，而且榮獲UMSCAC①的最佳游擊手。三十一場比賽當中，他沒有犯下任何失誤。他在課堂上和校園裡依然害羞——他從來沒去過酒館，也很少參加派對；他有太多事要做——但是在隊友們之間，他日漸成長茁壯。他喜愛那些傢伙，跟大夥相處自在，如今大家公認他是全隊最佳球員，他也變成有點像是領導人物。他不像史華茲一樣大嗓門，但當他開口時，每個人都靜靜聆聽。十年來，魚叉手隊的勝率頭一次達到五成。

那年夏天，在勝利的激勵下，他投注更多心力。與其五點半起床，他五點鐘就醒來；與其每天吃五餐，他每天吃六餐。他感覺自己的思緒純淨而清朗。打擊的時候，球轟地一聲飛出他的球棒。他對《防守的藝術》的某些章節，逐漸有些新的領悟，他感覺自己胸有成竹，好像偉大的亞帕瑞奇歐不再是位神祇，而是一名隊友。

他還收了一個門徒——伊希·亞威拉，一個史華茲從芝加哥南區老家附近招募來的選手。史華茲喜愛衛斯提許學院，對於自己生長的老家，則是又愛又恨。他想要幫助其他傢伙離開芝加哥南區，前往衛斯提許。伊希是個優秀的運動員，成績也不錯，但他需要別人拉拔，而自己是最佳人選。伊希的兩個哥哥都是優秀的運動員——一個跟他們的媽媽同住，另一個已經入獄。「他有點嫩，」史華茲說。「今年先坐板凳，學點東西，亞傑畢業之後，明年他可以當二壘手。等你離校之後，他就是新的游擊手。」

伊希對史華茲又敬又怕，但是非常崇拜亨利。每天練習接滾地球的時候，他試圖模仿亨利的每一個動作。亨利談到內野各個防守位置的奧妙，伊希了解他的意思，不像其他隊友一樣聽得懵懵懂懂。若是不太了解，他就仔細研究，直到懂了爲止。他們練習接力傳球、夾殺、短打、假傳、牽制、雙殺。亨利送給伊希一本《防守的藝術》，當作他的生日禮物。

但就體力和心理層面而言，伊希還不夠格，無法跟著亨利參加最具挑戰性的健身鍛鍊。亨利跟著隊裡腳程最快的史塔布萊德訓練速度，隨同隊裡身材最壯的史華茲訓練體力，那兩個傢伙回家之後，他跟著歐文一起上瑜伽課。別人回去休息，他努力不懈。他在腦海裡模擬接滾地球，直到入睡爲止。隔天早上五點，他爬起來，從頭到尾再來一次。

到了大三球季開始時，他已經是一位衛斯提許學院從未見過的球壇新秀。前往佛羅里達州征戰，他第二場比賽轟出一支全壘打，第四場比賽再轟一支，第六場比賽轟出第三支。到了那時，球探們已經戴著雷朋太陽眼鏡，徘徊在本壘後方的擋球網附近。球迷們也到場觀賞，地方上的棒球愛好者都聽說了這個用手套展現魔力的年輕人，非過來看看不可。到了那個周末，魚叉手隊十勝二負，亨利的打擊率達五成一九，而且他只差一場比賽，就追平亞帕瑞奇歐當年在美國大學聯盟締造的連續最多場零失誤的紀錄。搭機返回威斯康辛州的途中，大家歡欣慶祝，一路歡騰。

---

① UMSCAC：Upper Midwestern Small College Athletic Conference，上中西部小型學院運動員聯盟。

6

一八八〇年春天，赫曼．梅爾維爾時年六十，他已經證明自己無法憑著寫作養家活口，所以他到紐約港口擔任海關稽查員。他沒有名氣，幾乎沒有賺到任何版稅。十三年前，他的長子麥爾坎自殺身亡。梅爾維爾的姻親和其他朋友擔心他的健康狀況，當他是個瘋子。他在《白鯨記》和《班尼托．西蘭諾》所揭示的血腥、令人害怕的爭鬥，早已在國內文壇失寵，一八八〇年間，《白鯨記》和《班尼托．西蘭諾》已經絕版，誠如他所預見，苦悶的氛圍並未隨著戰爭畫下句點而終止。

因此，不難想像，這位大作家說不定發現自己出言漸漸令人不悅，誠如他筆下最有名的主角所描述。或許他也認為現在正是重回大海的時刻，但他上了年紀，身無分文，而且飽受家務拖累，因此，他只好踏上一趟規模較小的探險。那年春天，雪融得較早，三月間，他登船前往伊瑞運河，航行於五大湖區，由此，他獨自再度踏上他跟友人伊利．富萊四十年前走過的旅程。學者們已經廣泛探討梅爾維爾在一八五六、一八五七年間前往耶路撒冷的朝聖，但是直到一九六九年才有人提到這趟年代稍晚於美國境航海之旅。該年，一位衛斯提許學院的大學生——該所學院位於密西根湖西岸，是一所著重人文科系、聲名頗佳的小型學院，但在那個年代已經有點破落——做出一項驚人的發現。

這名大學生叫做葛爾特．艾弗萊。當時他並非專攻文學，而是主修生物學，也是衛斯提許糖楓隊的先發四分衛。麥迪遜的西方和南方山丘林立，是威斯康辛州地勢較為起伏、頗具原野風情的地帶，艾弗萊在這裡長大，家裡經營小型酪農場，他是家中排行老四、年紀最小的男孩。他之所以到衛斯提許學院讀書，部分原因基於足球，雖然校方當年跟現在一樣，並未提供運動員獎學金，但是校方幫他在學校圖書館安插一份差事，藉此獎勵他為足球隊辛苦效力。按照規定，他每個禮拜應該花十二個鐘頭整理圖書，但是大家都默許他把時間用來讀書。

艾弗萊喜歡休館之後在圖書館裡晃蕩，他沒有忙著把書上架，也沒有利用時間讀書，通常只是四處看看。大三秋天的一個深夜，他在不可外借區發現一小捆發黃的文件，文件夾在兩本陳舊脆弱的雜誌之間，根據首頁褪色的字跡，那是「H．梅爾維爾」於「一八八〇年四月初」發表的演講。艾弗萊隱隱察覺到什麼，悄悄翻開文件。閱讀開頭的字句時，他內心興起一股強烈的震撼：

> 二十五歲時，我已經遠航四年。四年當中，我登上捕鯨船和護航艦，見識世間萬象，最起碼盡覽海域的多種景象，當然也遊歷了那些被世俗判定為不文明的青綠角落。回到家鄉紐約之後，我認真拿起我的筆，開始進行創作；從那之後，我幾乎每個禮拜都感覺自己打心眼裡茅塞漸開。

頭一次閱讀時，艾弗萊無法解析分號之前的語法，但是最後那個子句卻立刻深深烙印在他的心靈。他也想要打心眼裡茅塞漸開，體驗一下那種感覺：那是一種謎樣的承諾，似乎意味著更寬廣、更睿智的人生，令他大為著迷。他從來沒有離開過中西部，從來沒有撰寫任何老師規定之外的東西，但是這個充滿魔力的簡單字句，卻讓他想要遨遊世界，著書描述所見所聞。他把文件塞進背包裡，偷偷帶回他在方博爾館的寢室。

演講的主題定爲莎士比亞，但是H．梅爾維爾幫自己找藉口，狡猾宣稱「莎士比亞即是人生」，以這位吟遊詩人作爲理由，隨意講述他想要講述的話題——大溪地，重建法案，北上哈德遜河的旅程，韋伯斯特，霍桑，密西根，所羅門，婚姻，離婚，抑鬱，敬畏，工廠狀況，匹茲斐爾德的秋景，友情，貧窮，濃湯，戰爭，死亡——他講得零零散散、慷慨激昂，讓人難以駁斥他的姻親們的指控，不得不相信他精神或許有點失常。艾弗萊躲在寢室裡，陷入一種奇怪的心情，他愈沉浸在講稿之中，愈相信講稿是個突如其來的禮物，事先甚至毫無預警。人類的心靈能夠成長到如此豐美的境界，以至於一舉一動都似乎寓意深遠，想到這兒，他既是震懾，也感到謙卑。

隔天艾弗萊離開寢室，出外尋求專家指教。葛瑞．奧克辛頓教授是專攻十九世紀美國文史的專家，在艾弗萊的注視下，奧克辛頓教授拿著筆輕點下巴，慢慢檢視文件。閱畢之後，奧克辛頓表明，講稿雖然與梅爾維爾的文風相符，但並非梅爾維爾的字跡。講稿肯定由某位專心聆聽的學生謄寫——天知道正確性如何。他還加了一句，到了一八八〇年，梅爾維爾只不過是一個過氣的旅遊作家，這篇講稿很可能遭到誤置，歷史學家也沒有注意到梅爾維爾曾經造訪衛斯提許學院。

艾弗萊把講稿留給奧克辛頓教授，教授把副本寄給東岸負責編纂此類文件的相關人士，講稿正式列入學術紀錄。幾個月之後，奧克辛頓在《大西洋月刊》刊載一篇關於梅爾維爾中西部之行的論文——文中並沒有提到艾弗萊的姓名。

一九六九年悽慘的球季結束之後——糖楓隊只贏了一場——艾弗萊交回他的戰盔。足球只是個消遣；如今他找到了目標，而那個目標就是閱讀。轉系已經太遲，但是每天晚上、解完習題之後，他專心閱讀H．梅爾維爾的作品。他從最早出版的《泰皮》開始，一直讀到《比利．巴德》。接下來，他閱讀傳記、信件以及評論。閱畢學校圖書館裡每一本關於梅爾維爾的論述之後，他回頭閱讀霍桑，而《白鯨記》正是題贈獻給霍桑。讀著讀著，不曉得從何時開始，他忘了刮鬍子——當時是一九七〇年代初期，班上很多男同學都一臉鬍鬚，但在艾弗萊的想像中，他的鬍子跟別人不一樣：他留的不是嬉皮式的大鬍鬚，而是帶點灰白，比較古典，就像他在自己漸漸喜歡的書籍裡所見到的那種鬍鬚，鬍鬚爲書中一張張褪色的銀版攝影照片添增一絲優雅。

他也漸漸愛上密西根湖，自從踏進校園的第一天，他就喜歡大湖——他自小生長在不臨海的農業區，因此，大湖一望無際，湖面起起伏伏，卻又沉穩不變，令他深感驚奇。漫步湖畔時，他心中興起一股悸動，就跟閱讀梅爾維爾的作品一樣。閱讀梅爾維爾讓他了解自己爲什麼如此深愛大湖，而他對大湖的摯愛，也讓他更鍾情於梅爾維爾。他決心敦促自己遠赴大海。畢業之後，他展露一些海洋生物學方面的知識，勉強贏得一份幾乎不支薪的工作——也就是當今所謂的實習——登上一艘航向南太平洋的美國戰艦。其後四年，他見識了世間萬象，最起碼盡覽海域的多種景象，他也深深領悟梅爾維爾筆下那種千篇一律、卻又變化萬千的航海生活是多麼眞切。每天晚上，他每隔三小時醒來一次，記錄十幾種儀器的資料。他也拿出方格筆記簿，規律記下自己孤獨的思緒，盡可能讓它們讀來含義深遠。

四年之後，他回到中西部。他已經滿二十五歲，也就是茅塞漸開的年歲。現在是撰寫小說的時候了，就跟他仰慕的文豪一樣。他搬到芝加哥一處廉價公寓，動筆寫作，但是隨著章節日增，他也愈來愈沮喪。寫寫句子倒是不成問題，但是你若想要跟梅爾維爾一樣寫出一部精采巨著，每個句子跟已經成形的前一句、以及構思中的後一句，必須搭配得完美無瑕。換言之，每個句子都必須做到承先啓後，這樣一來，三個句子變成五句，五個句子變成七句，七個句子變成九句，你撰寫的每一個句子都像是細小的支架，支撐著整棟搖搖欲墜的大廈。你想寫什麼都可以，寫出的句子可以涵括任何事情，因此，寫作象徵全然的自由，而在艾弗萊的心目中，只有藝術家才享有這種自由，其他人沒有資格。一個句子責任重大，必須爲全書第一句、尚未寫出的最後一句和其間的每一句負責。他被每個句子、每個字彙弄得筋疲力竭。他以為問題說不定出在城市的噪音、他單調的日間工作、他的酗酒，於是他捨棄他的公寓，遷往愛荷華州，在一個嬉皮管理的農場裡租了一間小屋。但是他與自己焦慮的思緒鎮日獨處，感覺更糟。

他又搬回芝加哥，在酒吧找到一份工作，重拾閱讀。每次開始接觸一位作家的作品，他總是從頭一本讀到最後一本，就跟當年閱讀梅爾維爾一樣。遍讀十九世紀的美國作家之後，他擴大閱讀的領域。他試圖藉由廣泛閱讀洗滌心中的罪惡感，讓自己忘卻寫不出東西的挫敗，雖然成效不彰，但是他也害怕自己若是停下來，不曉得會發生什麼事。

三十歲生日的那一天，他借了一部車子，開車前往北方的衛斯提許學院。謝天謝地，奧克辛頓教授依然健在，而且頭腦清楚。艾弗萊出於絕望，擺出一副冷靜決然的模樣，他提醒老先生，梅爾維爾的講稿促使他的學術事業達到巔峰，他也提到老先生並未在《大西洋月刊》的論述中感謝他的貢獻。老先生不太願意承認、或是否認艾弗萊的指控，他溫和地笑笑，請問艾弗萊有何要求。

艾弗萊據實相告。老教授眉毛一抬，陪他一起走到校園的小酒館。暢飲啤酒之際，老教授當場對艾弗萊進行即席口試，內容涵蓋喬叟和納博科夫，但大部分關於梅爾維爾、以及跟他同一世代的作家。老先生相當滿意，說不定甚至印象深刻，因此，他打了個電話。

那年九月，艾弗萊修剪鬍鬚，買了一套西裝，進入哈佛大學博士班，研究美國內戰史。在那裡，他頭一次成為一顆閃耀的巨星——唯一的例外是以前在足球場上的幾個僥倖時刻。大部分的同學都比他年輕，而且沒有一個人如此拚命鑽研內戰時期的文學。同學們喝的咖啡，加起來還比不上他一個人喝得多，更別提威士忌。他們開他玩笑，說他跟《白鯨記》的亞哈船長一樣偏執；當他在專題討論的課堂上發言時——他經常說個不停，因為忽然間，他會有一肚子的話要說——大家紛紛點頭表示贊同。撰寫報告時，他振筆疾書，很快就交出三十頁的報告，以前當他撰寫那部尚未完全被自己遺忘的小說時，同樣的時間卻只寫得出一段。

忽然間，艾弗萊活得從容自在，他起先有點不習慣，他視自己爲一個失敗的作家，如此而已，就算他讀了一些書，似乎也沒什麼了不起。但他很快就認定學術界值得奮鬥——管它是實情如此，或者因爲他必須這麼想。多種獎學金等著他爭取，多篇論文等著他發表，多位知名教授等著被他打動。不管申請什麼獎學金，他一定手到擒來；他一旦暗示自己可能申請，同學們馬上悄悄退出。他在社交圈也得心應手。他原本就是個高大、寬肩的美男子；如今他具有一份使命感、一股氛圍、一種「還沒見到、大家就曉得他是誰」的名聲。**劍橋女士們來來去去／人來人往於葛爾特位在鮑爾街五十號的家中**。同學們微笑相傳，確實也是眞的。

他秉持著一股狂熱撰寫博士論文——一如他過去打算憑藉同樣的狂熱撰寫小說，他的英雄梅爾維爾也憑藉同一股狂熱，躲在麻塞諸塞州西部的穀倉裡，苦苦熬了六個月，寫出世間最偉大的巨著。艾弗萊的博士論文以十九世紀美國文學的同性友愛和同性情慾爲主題，論文日後成爲一本學術專書，書名爲《壓榨精蟲者》。這本一九八七年出版的著作掀起一陣風潮：不但在學術界深具影響力，譯成多國文字，《紐約時報》和《時代雜誌》還刊登專文評介，讚揚此書「睿智、可讀性高」、「揭開新批評學派的新紀元」、「天份無所遁形」。雖非《白鯨記》，但是《壓榨精蟲者》上市的頭一年，購買該書的讀者比購買《白鯨記》的還多，而且該書成爲文化論戰的試金石。三十歲那年，艾弗萊還是個沒沒無聞的小人物；三十七歲時，他在CNN露面，與艾倫·布魯姆①辯論。

他也突然當上了爸爸。寫書準備出版時，他跟一個叫做莎拉·庫威的女子交往，莎拉是麻州總醫院的傳染病學家，他們在許多方面都旗鼓相當：兩人都精於打扮，講話也都尖酸刻薄，而且同樣專注於個人的事業與自由，排除任何所謂「羅曼蒂克」的認眞關係。他們交往了十個月。分手之後幾個禮拜——莎拉首先提出分手——她打電話說她懷孕了。「孩子是我的嗎？」艾弗萊問。「不管是男孩還是女孩，」莎拉回答。「至少確定是我的小孩。」

他們將小孩取名爲裴拉——那是艾弗萊的點子，但是最後的決定權當然在莎拉手中。頭先兩年當中，艾弗萊想盡各種藉口，帶著昂貴的外食和新玩具，來到莎拉和裴拉在肯德爾廣場的住家。他覺得他的女兒眞是奇妙，光是憑空冒出這麼一個漂亮的小東西，他就感到不可思議。他不喜歡跟她親吻道別；但是當他回到自己家中，四下安靜無聲，書籍和論文散置一地，完全看不到嬰孩的蹤影時，他又不由自主地鬆了一口氣。

裴拉剛滿三歲時，莎拉獲得一筆烏干達的研究金，裴拉過來跟艾弗萊住了一個暑假。八月傳來消息：莎拉的吉普車在一處堤防翻覆，不幸身亡。裴拉成了半個孤兒，而他成了全職父親。

他本來擔任助理教授，突然獲得終身職，期間校方提供一連串優惠，以防史丹福大學和耶魯大學挖角。他始終沒有寫出另一部像是《壓榨精蟲者》之類的重要著作，但是他開的課最受系上學生歡迎，研究生們也很得他的賞識。他爲《紐約客》撰寫歷史專書的書評，榮獲多次傑出教師獎，而且閱讀不輟。他接掌英語系，經常登上《波士頓》雜誌最具身價單身漢之列。在此同時，他扶養裴拉長大，或說，哈佛大學教職員照料她的時候，他最起碼在旁陪著。他在查爾斯河上划槳，藉此保持身材。他帶著劍橋的女士們一起看歌劇。他以爲自己可以一直這樣過下去。

而後，二〇〇二年二月、裴拉八年級之時，他辦公室的電話響了。艾弗萊被對方的提議嚇了一跳，手中的義大利濃縮咖啡灑翻到一疊大四學生的論文上。訪談和協商將花上好幾個月的時間，但那一通電話讓他如此震盪，以至於他已經曉得接下來如何。他永遠不必拉著研究生走過哈佛廣場，夕陽西下之際依然忙著授課。他永遠不必單單因爲追求刺激，所以跳上駛往拉瓜地亞機場的接駁車。他永遠不必擔心最近發表多少篇論文，焦慮得難以成眠。他已踏上歸鄉之路。

①艾倫．布魯姆（Allan Bloom，1930-1992），美國著名的保守派學者暨作家。

7

葛爾特．艾弗萊，時年六十，衛斯提許學院校長。他輕輕搖晃玻璃杯中僅存的金黃色威士忌，腳上的義大利皮鞋輕踏辦公室的楓木地板。他的辦公室在史庫爾館一樓，校董會主席布魯斯．吉伯斯坐在一張雙人沙發上，時值三月的傍晚，艾弗萊已經當了八年校長。

除了艾弗萊的書桌和雙人沙發之外，辦公室裡還有兩把印有衛斯提許校徽的原木梳背椅、兩個原木檔案櫃和一個專門放置烈酒的餐具櫃。內嵌式的書櫃從地板一直延伸到天花板，書櫃上擺滿一冊冊皮面精裝的十九世紀、或是關於十九世紀美國文學的書籍，放眼望去一片黃褐、橄欖綠與褪色的灰黑，雖然有點單調陳舊，但是不失風雅，書籍旁邊陳列著一排排攸關校務的文件夾和帳冊，還有一組淡黃銅色的音響，艾弗萊經常透過隱藏式喇叭聆聽他最心愛的歌劇。他把他那些較具爭議性的戰後理論與小說，連同幾本真正有價值的藏書，放在樓上的書房——比方說《湖濱散記》的早期版本，馬克吐溫的《亞瑟王朝的康州美國佬》，幾本梅爾維爾的次要著作，當然還有《白鯨記》。室內的書櫃是如此眾多，以至於牆上只能掛上一件藝術品。那是一幅黑白的手繪標示，艾弗萊多年之前託人繪製，亦為他的珍藏品之一。**此處禁止自殺，**標示寫道，**起居室也不准抽菸**①。

吉伯斯的手杖搭在雙人沙發扶手上，他自己可是從來不把手杖稱為枴杖。他深深陷入皮沙發中，輕搖杯裡的琥珀色醇酒，低頭凝視僅存的一塊融冰。「泥煤味，」他說。「眞好。」

艾弗萊的威士忌早已喝完，但他若再倒一杯，無異於鼓勵吉伯斯多留一會。戶外的寒風透過窗臺吹到他的背上，他好想出去外面，趁著開車到密爾瓦基的機場接裴拉之前，過去棒球場看看。

吉伯斯清清喉嚨。「我有點困惑，葛爾特，我以爲我們已經同意暫緩新方案，直到校方完成債務重組。我們在股市遭到重挫，獎助學金大失血，況且，」——他直直迎上艾弗萊的目光——「我們幾乎沒有募得任何捐款。」

艾弗萊了解話中帶刺。他代表學校，募款本該是他的責任；接掌校務的頭幾年，他創下衛斯提許學院有史以來最高的募款紀錄。但是近幾年經濟情況不佳——股市崩盤、金融危機、經濟蕭條，隨你怎麼說都可以——先前募得的巨款逐漸削減，金主們也卻步不前。他在校董會曾經呼風喚雨，爲所欲爲，如今他的影響力卻漸漸下滑。

「現在啊，」布魯斯繼續說。「你忽然把這些新提議擺到檯面上。低流量水管系統，全面盤查碳排放量，溫度調控。葛爾特，你哪來的這些點子？」

「來自學生們的提議，」艾弗萊說。「我一直跟幾個學生團體保持密切合作。」其實他始終只跟一個學生團體密切合作。好吧，他始終只跟一個學生密切合作——那個他好想到棒球場看看的學生。但是吉伯斯不需要知道這一點。學生們確實希望減低碳排放量，這就夠了。

「學生們不懂眞實世界，」吉伯斯說。「你記得他們曾經要求我們跟石油業者畫清界線嗎？石油就是錢，他們一面抱怨學費調漲，卻又抱怨校方靠募款賺錢。」

「削減碳排放量有助於提升學校的形象，」艾弗萊說。「而且可以幫我們省下一大筆能源支出。跟我們同一級的學校已經這麼做了。」

「你聽聽看你在說什麼。如果跟我們同一級的學校已經在做了，我們怎麼可能藉此提升形象？除非是創舉，否則沒兩樣，也沒有所謂的提升學校形象。我們倒不如按兵不動，從他們的錯誤中學習。」

「布魯斯，其他學校比我們進步多了。基本上，目前業界倡導生態關懷，這是一種預付支出，學生們選擇學校時，生態關懷是五大重要因素之一。如果校方不正視這一點，我們的招生將會無限期受到影響。」

吉伯斯嘆口氣站起來，蹣跚走到窗邊。他們的關係建立在於預付支出、決定因素之類的經營顧問用語——艾弗萊試圖學習這些用語，尚未熟悉的部分，他就自創，或是憑直覺因應。吉伯斯凝視俯瞰大湖的梅爾維爾雕像。「如果這是個決定因素，我們就好好因應吧，」他說。「但是我不知道今年有沒有經費。」

「我們應該馬上開始，」艾弗萊回答。「全球暖化可是事不宜遲。」

這當然是事實——他已讀遍相關書籍，正義與公理都站在他這一邊——但他依然擔心吉伯斯或是某人會發覺他別有所圖，所以急於推行。他想要做他該做的事，幫助衛斯提許學院迎接下一個世紀，但是他也想要向O證明自己辦得到。一年、兩年、三年——校方官僚作風的時間表不符合他的目標。當你想要討好一個你覺得自己愛上的人，一年簡直像是永久。

---

① 原文「no suicides permited here, and no smoking in the parlor」，語出《白鯨記》第十七章。

8

吉伯斯離開之後，艾弗萊邁開長腿，盡快走到校園另一頭。學生們一個個經過他的身邊，他邊走邊跟大家點頭微笑，終於在一壘後方露天看臺最上方找個位子坐下，觀看衛斯提許魚叉手隊出戰米爾弗德麋鹿隊。這是一場未列入正式賽程的練習賽，簇簇雲層急急飄過逐漸西下的夕陽，草坪上參差不齊的陰影跟著匆匆移動。高大方正的足球場矗立在他的右方；密西根湖在他左方敞開，這個下午，湖水泛著深沉的灰藍，恰似家裡浴室地磚的色彩。那是一種冷峻、無情的顏色——他清晨四點起來上洗手間時，總是穿上拖鞋。來訪的麋鹿隊登上球場，外野手們呆呆站在結冰的遼闊草地上，從這個距離，艾弗萊看不出來是哪些傢伙，也猜不出他們各自站上守備位置時，究竟是感到如釋重負，或是灰心沮喪。

即使坐到露臺稍微高一點的地方，校園美景同樣一覽無遺，而坐落在湖畔始終是該校招生特點之一。艾弗萊重重呼出一口氣，看著呼出的空氣化爲一縷縷白煙。他的手肘擱在膝上，兩手修長的手指交叉相握。他的前臂、雙手和大腿構成一個形似鑽石的小池塘，他的領帶像是冰釣魚夫的釣魚線似地，垂落在小池塘中。這種絲質領帶在學校書店索價四十八美金，但是他每年秋天都獲贈半打，因爲領帶上印著衛斯提許學院的校徽。一群淡褐色的小人斜斜映著海藍色的絲緞，小人們站在一艘小船的船頭，人人高舉一支魚叉，準備把魚叉擲向尚未出現的鯨魚。艾弗萊還有幾條顏色對調的領帶，領帶上海藍色的小魚叉手搖晃於淡褐色的大海上。這些就是魚叉手隊的顏色；本壘板上的打者身穿淡褐色的球衫，球衫帶著一條條海藍色的細紋。

艾弗萊讀大學的時候，校隊的名稱還是「糖楓隊」，選手們身穿可笑的黃紅色制服，藉此讚譽州樹秋天的顏彩。艾弗萊畢業之後，由於他無意間發現的文學寶藏，校隊改名為「魚叉手隊」。演講結束前，H．梅爾維爾謝謝東道主的款待，說出下列一段話，而艾弗萊也早已謹記在心：「衛斯提許和這些大湖的絕世美景，令我至感謙卑，大湖寬廣遼闊，恰是美國內陸海域的神祕結晶。」校董會當然不願浪費如此動人的讚譽，因此，一九七二年間，校方為梅爾維爾立像，而且把這段話刻在雕像的底座。他們也把校隊的名稱改為魚叉手隊，制服的顏色也更換為海藍和淡褐——這兩個顏色，艾弗萊臆斷，大概分別代表梅爾維爾仰慕的大湖、以及那段仰慕之詞被抄謄下來的泛黃紙張。

衛斯提許學院遠在梅爾維爾家鄉千百哩之外，梅爾維爾造訪衛斯提許學院，也是九十年以前的事情，但是校方依然生搬硬套，似乎有點牽強，簡直是霸王硬上弓。但就重塑品牌的觀點而言，成效倒是不錯。校徽或是手冊印上新的顏色，看來確實比較莊嚴，校隊隊名的典故不是出自州樹，選手們也感到比較開心。這些年來，學校的梅爾維爾迷愈來愈多，比方說，走在校園裡，你可以看到女孩們身穿前面畫著一隻鯨魚的T恤，T恤後面印著：WESTISH COLLEGE; OUR DICK IS BIGGER THAN YOURS。你可以走進書店，購買梅爾維爾半身像的鑰匙圈和上了框的精美海報，海報印著「臨風之岸」①的全文，你可以買來掛在寢室牆上。招生手冊、申請資料和學校網站處處可見引自梅爾維爾作品的文句，英文系的選修課程永遠包括一門名為「梅爾維爾及其世代」的專題研討——艾弗萊希望未來找得出時間，親自教授這門課——圖書館已經購得一批數量不多、但是相當重要的梅爾維爾文件和書信。梅爾維爾在衛斯提許學院的學術傳奇，提振了艾弗萊，在此同時，這位文豪被物化為各種庸俗的商品，艾弗萊想到就沮喪。但是少了前者，後者不可能存在，艾弗來不至於天眞到忽略這一點。那些廉價商品幫書店賺了一大筆錢；他們把商品寄送到全世界。

中左外野的看板陳舊，客隊的「客」缺了「宀」，變成各隊，看板顯示衛斯提許6各隊2。來自湖面的大風始終冷冽，數十名主隊的球迷裹著毛毯，啜飲塑膠杯中早已不再冒出熱氣的低咖啡因咖啡。球迷們大多是隊員們的父母和女友。幾位父親——那些不屑喝低咖啡因咖啡、射殺野鹿的爸爸們——沿著緊鄰休息區的鐵絲圍欄站成一排，雙手深深插在外套口袋裡，身體前後晃動，一邊默默記下兒子們犯下的錯誤，一邊跟彼此喃喃低語。艾弗萊的純毛西裝外面只套上一件輕便大衣，沒戴帽子，也沒有手套，或許穿得不夠暖。先前跟吉伯斯一起飲用的那杯威士忌，依然從體內冒出暖意。衛斯提許的打者——亞傑・谷藍德尼，他爸爸在經濟系教書——擊出一支中間方向的一壘安打。球迷們零零落落地鼓掌，連指手套讓掌聲聽起來悶悶的。

本局結束，麋鹿隊快快退下球場。寒風中，衛斯提許的球員們魚貫站上球場，球員們露臉時，艾弗萊往前微微一傾。他知道全校兩千四百名學生的姓名，對此，他頗感自豪。即使從大老遠處，他也認得出球隊的高年級生：麥克・史華茲，亞當・史塔布萊德，亨利・史格姆山德。但是那個他專程過來看看的男孩在哪裡？

說不定他今天沒有上場。艾弗萊知道他是球隊的一員，但是他向來不清楚他是先發、後補，或是介於兩者之間。他選了這麼一個位子，看不到本壘後方的休息區，眞是愚蠢極了。但是他還能怎麼做？難不成移到另一個露臺跟客隊球迷坐在一起，變成一個投奔敵營的校長？那樣看起來才可疑呢。目前他最好按兵不動。他看不到O，但是他和O面對同一個方向，看著同一顆白球飛向本壘，眼見同一個緊張的打者揮棒落空，光是這一點，他就感到有點意義。

無論如何，他非得準時到機場接裴拉不可。遲到將是錯誤的第一步，他們兩人的關係已經夠微妙，最好不要一錯再錯。高三念到一半時，裴拉放棄學業跟大衛私奔，從那之後，艾弗萊就沒見過女兒。那是四年以前，感覺好像已經過了好久。如果當初情況有所不同，說不定今年春天即將大學畢業。

兩個晚上之前，她在他辦公室的答錄機上留話——她故意不打他的手機，因爲他說不定會接起來——請他幫她買一張回去衛斯提許的機票。「倒也不是急事，」她說。「但是愈快愈好。」艾弗萊買了一張回程日期不定的機票。她打算待多久，她跟大衛的關係有多糟，這些他都不清楚。

棒球——多麼枯燥乏味的運動啊！一個球員投球，另一個球員接球，第三個球員舉著球棒，其他人站在四處。艾弗萊四下觀望，考慮自己有哪些可行的方案。他只剩下不到一小時的時間。他必須找個理由或是藉口，慢慢晃到米爾弗德球迷們那一邊，這樣一來，他才可以偷瞄一眼他好想見到的人。他瞄瞄客隊球迷的露天看臺，目光落在兩個高大、衣著體面的傢伙身上，兩人的姿態和配備看起來跟其他球迷們大不相同。艾弗萊看在眼裡，再加上他最近聽到的傳言，猜想他們肯定是職業球探，特地前來看看魚叉手隊的游擊手、今年剛升上大三的亨利．史格姆山德。他可以過去跟這兩位訪客打個招呼——這似乎是個絕佳藉口。

他從長椅上起身，把領帶從兩膝之間的小池塘區域拉上來。他沿著看臺繞過擋球網，波紋形的鋁片在他腳下發出嗚響。他先後緊握兩人的右手，同時堅持杜艾和L．P直接叫他葛爾特。他在兩人旁邊坐下，冰涼的金屬長椅透過他的長褲傳來一陣寒意，感覺比剛才的座位更冷。

「兩位先生，」艾弗萊說。「你們來到衛斯提許有何貴幹？」

名叫杜艾的那名男子拿著太陽眼鏡朝著游擊手的方向指了指，意思是亨利．史格姆山德。「先生，我們爲了那個小伙子來的。」

原來L．P和杜艾都是不久之前才退出小聯盟。他們眉清目秀，彬彬有禮，身穿半正式休閒服，膝上擱著輕巧的筆記型電腦，黑莓機擺在身邊，兩人看起來好像是人高馬大的企業顧問，或是假扮成乖乖牌逃學生的中情局探員。L．P雙手交握，搭在後腦勺上，兩腳直直往前伸，佔了好幾排座椅；如果並排站，艾弗萊八成比他矮多了。杜艾一頭金髮，膚色白皙，身材比L．P結實，但是比較矮一點。大多由杜艾發言，他嘰嘰呱呱，帶點中西部的急促語調——艾弗萊猜想他大概來自明尼蘇達州，說不定是加拿大人。

「亨利．史格姆山德實在是個很棒的游擊手，我跟你說啊，葛爾特，我去年夏天頭一次看到他，老天爺啊，我忘了是哪一場錦標賽……」

如果想要的話，艾弗萊大可把頭輕輕往右轉，暫且不顧杜艾微笑的臉龐，低頭瞄一瞄衛斯提許球員休息區的一角，偷看他一眼。

「……我原本打算過去看看一個投手，我的天啊，他糟透了，但是我懶得離開……」

如果想要的話？他當然想要。就是因爲那股強烈到不可思議的渴望，所以他到目前爲止才尚未採取任何行動。艾弗萊不敢看——他怕自己看了之後，說不定會做出不可挽回的事情。但是什麼事情呢？他會做出什麼事情？

這會兒杜艾終於停下來喘口氣，艾弗萊放縱自己，趁機偷瞄衛斯提許球員休息區。噢，從這個距離看過去，他的五官朦朦朧朧，消失在休息區角落的眾多人影之中，他的球帽上冒出一道細細的光線，落在膝上的書本上。

「……球探這一行就是這樣，」杜艾大約如是說。「追蹤情報和消息，其中百分之九十五難免……」

五官看起來模糊，但是身形卻錯不了：他手腳瘦長，右膝稍微彎向左邊，身軀也朝著同一方向傾斜，整個人縮在一件衛斯提許連帽運動衫裡，外面罩上一件風衣，抵禦寒冷的氣候。他低著頭，下巴傾向一側，沒有在看比賽，反而專注在書本上。艾弗萊感覺心中竄起某種青春氣息，一顆心怦怦跳，疼痛中夾雜著某種甜蜜，好像被牛車拖著穿越一叢幸運草。他用力眨眨眼。

杜艾慢慢搖頭，好像不相信自己的記憶。「我看了好多場球賽，葛爾特，但是我從來沒見過像亨利這種球員，他有種百分之百的——L．P，你說那是什麼來著？」

L．P兩隻手肘大張，往後一靠，倚在後面一排長椅上，臉上那副超大鏡片的弧形太陽眼鏡遮住了雙眼。他回答了問題，好像剛從熟睡中醒來似地：「預知力。」

身穿栗色球衣的打者揮棒一擊，球在地上跳了一下，飛向游擊手方向。亨利反手接球，怡然自若，直接將打者封殺出局。那種從容和傳球的力道讓艾弗萊大為驚訝；他自己比亨利高幾吋，也曾是個稱職的四分衛，但是他投擲的距離只及亨利的一半。

「亨利球技相當好，」杜艾繼續說。「唯一的問題在於他有沒有好勝心。他在這麼糟糕的環境打球，很難看出他能夠發揮到什麼地步。對不起，葛爾特，我無意批評貴校。」

「沒關係，杜艾。」下一個打者被接殺，魚叉手隊在緩緩的掌聲之中慢慢跑出球場。觀眾席頂多只剩下三十個球迷。

「但是我可以跟你說，自從上個禮拜他在佛羅里達州比賽之後，大家都曉得這號人物。這會兒球探們就是這麼運作——與其說你發掘一個傢伙，倒不如說你拿出總名單，幫這些傢伙排名，如今亨利就在名單上。今天天氣太冷，附近又沒有像樣的機場，僅僅因為如此，所以這裡才沒有擠滿球探。但是他們會過來的。」

機場。裴拉。艾弗萊看看手錶。

「截至昨天為止，我們已經把他列為選秀會之中、排名第三的游擊手，他只落後在范斯．懷特和一個德州高中生後面。懷斯是去年首選的全美最佳球員，那個高中小伙子則被球探們稱爲『終結者』，因爲他的身材看起來像是實驗室創造出來的超人。」杜艾稍作暫停。「但是看了亨利今天的表現之後，我幾乎想要把他排在那兩個傢伙前面。他沒有粗壯到成爲最佳球員的地步，速度沒有快到足以並列第一，體能或是攻防數據也稱不上最棒。但他就是首選。」

「看了令人心曠神怡，」L．P戴著太陽眼鏡發表意見。

杜艾點點頭，淺藍的雙眼和紅通通的鼻子在冷風之中閃閃發光。「他跟資深的大聯盟選手一樣了解比賽，若是從防守的觀點來看，他更是無與倫比。今天他已經追平亞帕瑞奇歐．羅德里奎茲締造的紀錄，成爲史上第二位連續五十一場沒有犯下失誤的游擊手，而且可能破紀錄。」

杜艾的黑莓機發出聲音，他接起來，把手機緊緊貼在耳邊，一邊講話、一邊慢慢走開，講話的聲音非常輕柔，幾乎像是小孩子。他戴著婚戒；艾弗萊想像電話另一端是一位金髮、活潑的女子，女子從事行銷業，戴著一只大小適中的鑽石戒指，一邊輕輕傾吐普級的情話，一邊在聖克勞德市中心的有機食品超市購物。說不定她胸前紮著一條那種複雜的寶寶背帶；說不定她懷孕了，這會兒正在決定該買哪一種寶寶背帶。

艾弗萊沒有回頭瞄休息區，好像這樣就能再度壓抑心中的渴望。說不定他只是害怕。不管如何，他把注意力轉向亨利．史格姆山德，亨利已經重新回到球場上，他的球服鬆垮垮，但不知道爲什麼，感覺跟他卻非常搭調，球服強調他的存在，好像那些掛在艾弗萊書房的埃金斯石板畫，畫中醫生們和槳手們穿上制服，感覺更加栩栩如生。他天藍色的襪子拉到接近膝蓋，鞋子沾了塵土而灰白。投手投球之前，他神情自若地站著，手套插在臀部，圓圓的臉頰被風吹得通紅，帶著輕鬆的笑容幫隊友們加油、或是下達指示。但是球一飛出投手的手套，他的表情馬上變冷漠，說到一半的話語也戛然而止。他壓低天藍色的球帽，像隻大貓似地跨蹲，腿股與地面平行，手套輕輕掃過泥土，動作一氣呵成，流暢自然。他看似貼近地面，感覺卻相當輕盈，不太像是守備，反倒有如浮在空中。打者揮棒，球飛向界外，但他已經向左跨出兩大步，朝向他預期球會落下的方向移動。其他的野手根本動都沒動。

「預知力，」L．P又說了一次。

八局下半，輪到亨利打擊，這八成是他最後一次揮棒，自從艾弗萊抵達之後，他已經擊出兩支二壘安打，米爾弗德的投手看上去不想再讓他擊出安打。他被保送，飛快奔向一壘。杜艾和L．P不約而同站起來，收起他們的筆電。「我們看夠了，」杜艾說。「我們還得趕飛機。」兩人離開時，艾弗萊跟他們握手告別。夕陽緩緩朝向衛斯提許小教堂落下，教堂的尖塔劃穿金黃色的夕陽，縷縷陽光流瀉而下。他好高興裴拉即將來訪，但他也有點不想見到她——他們已經好久沒見面，兩人失和的時間甚至更久。他最後一次偷偷望向衛斯提許球員休息區，放任自己沉浸在悲傷之中，**啊**，自我，**啊**，生命②。倘若加上一絲濫情，他心想，說不定這整件事情只是一個老人的暮年之戀。晚年危機，露水情緣。

八局下半結束，九局上半輪到魚叉手隊防守。離開時，他順道折回一壘附近的看臺跟最後幾位冷得發抖的球迷打招呼，恭賀他們的孩子和男友們表現得如此英勇。他面向內野，扣上輕便大衣的鈕扣，這時，米爾弗德的打者擊出一支飛向游擊手的滾地球，亨利飛快衝過去，想都不想就把球扣進手套裡，那副從容自得的模樣，簡直就像是母親接下新生的小寶寶。他移動雙腳，擺出傳球的姿勢，肩膀一轉，兩隻手臂成了晃影。球飛出他的手套，在艾弗萊眼中，看來精準無誤。

但是不曉得爲什麼——說不定湖面忽然颳起大風，沒錯，確實有此可能，但是就算風勢強勁，可能造成這種後果嗎？——已經飛過三分之一路徑的球，忽然急速轉向。球朝著內陸方向飛去，不停飛轉，一壘手李克．奧沙半認眞地騰空一跳，眼睜睜看著球飛過。艾弗萊的左手拉扯一下領帶上的半溫莎結，領結周遭的小魚叉手各個仰身向上，球繼續以嚇人的速度移動，直直衝向球員休息區裡艾弗萊始終想要注視的那個角落。一片靜默取代勁揚的風聲。麥克．史華茲原本拋下面罩，飛快衝向壘線，準備助接，這時他呆呆站在原地，朝著艾弗萊的方向急急轉頭。

接下來艾弗萊只看到一張張臉孔。麥克．史華茲靠得最近，一張大臉痛苦地扭曲，亨利離得較遠，一張圓臉依然冷漠，看不出任何情緒，休息區那個角落則傳來低沉、卻令人痛心的砰裂聲，然後有人轟地一聲倒地。

歐文。

---

① 「The Lee Shore」，《白鯨記》第二十三章。

② 原文「O me, O life」引自惠特曼的一首詩，在艾弗萊的腦海中，O也象徵他暗戀的對象。

9

亨利伸出右手抹抹大腿，來來回回，抹個不停。他的食指肯定滑過球的縫線，沒錯，絕對是那樣。他沒抓準縫線，手指一滑，然後忽然颳起大風，球被吹偏了方向，結果比單純手指滑更加偏離軌道。手指一滑，球只會偏離某個程度，大風一吹，球被吹偏的距離也有限，但是手指一滑加上大風吹，說不定造成某種加乘效果，就像喝酒喝了半天之後吸大麻。亨利很少喝酒，也從來沒有吸過大麻，因此他無從想像何謂加乘效果，但是這會兒肯定發生類似那樣的事情，不然你要如何解釋。

所謂的類似那樣的事情就是歐文死了。亨利曉得。他的右手不停抹著大腿，來來回回用力摩擦球褲冰冷、上了漿的彈性針織布。來，回，來，回。他摸摸食指，最靠近指尖那道指間摺的上面癢癢的，怎樣抓都沒有用。球就是從此處滑出去。

歐文死了。雖然目前大家還沒說，但是亨利知道。他不需要過去，醫護人員、裁判和教練擠進休息區，大家圍在歐文旁邊，他看了就曉得。他可以自己一個人留在內野。他蹲下來，發癢的食指搓揉大腿和內野紅褐色的泥土。

剛才那記傳球重重擊中歐文的臉。歐文正在看書，電池發電的書燈夾在球帽帽緣；他根本沒看到球飛過來。他的頭忽然往後一仰，撞上身後的水泥牆，像是一顆骨頭做的小球一樣反彈。然後他懸在原地，身子挺直卻搖搖晃晃，一時之間，一切陷入靜止，他的眼睛大張，蒼白而空洞，似乎直直凝視亨利，詢問某些無言的問題。然後他整個人前傾，趴倒在休息區的地板上，亨利再也看不到他。

史華茲原本沿著一壘壘線往前衝，準備支援封殺，這時他急急跑向休息區，寇克斯教練跟著跑，一個高大、身穿西裝的男人——可能是艾弗萊校長嗎？——跳過休息區旁邊的低矮圍欄，邊跳邊對著手機大喊大叫。兩名裁判跟著艾弗萊校長走下休息室階梯。這會兒他們五個人跟著醫護人員一起蹲在歐文旁邊，俯視歐文的屍體。

那個滾地球彈跳了一下，距離亨利的左邊只有兩步，應該很容易就可以封殺。球一出手，他感覺還好，不過是例行公事，似乎跟其他數百次傳球沒什麼兩樣，先前也都次次完美。

棒球場燈光亮起。亨利環抱自己，微微發抖。他身後記分板的燈依然亮著，九局上半，一人出局，衛斯提許8各隊3。兩隊的球員們嚼著葵花子或是口香糖，默默凝視遠方。但是沉默的感覺相當不好，亨利但願他們放聲大叫，搖頭大喊謀殺，直到醫護人員把歐文抬上那個看似衝浪板的淺藍東西，將他送往停屍間。

史華茲從休息區冒出來，走過內野——他人高馬大，O型腿，行動不急不徐。他依然戴著護胸和護腿，球帽往後翻。他轉頭，隨同亨利看著同一個方向，一手搭在亨利肩上。

「你還好嗎？」

亨利咬咬嘴唇，看著地面。

「佛祖不省人事。」

「不省人事？」用這種方式形容某人已經死了，似乎有點奇怪，但是倒也說到重點：還有什麼比死了更加不省人事？

「不省人事，」史華茲確認。「你把他打慘了。他明天肯定痛得半死。」

「明天。」

「今天、明天，你明白吧？」

他們兩人站在球場的燈光下，燈光暈黃，遠處的東西似乎近在身旁，感覺不太真實。過了一會兒，史華茲說：「幸虧事情亂成一團之前，那兩個球探就離開了。」

亨利也想到這一點，即便他很高興不是由自己說出口。醫護人員把歐文抬出休息區，壓低摺疊式擔架，把他推向救護車，觀眾們和米爾弗德的球員們在旁鼓掌，當電視上出現這種畫面時，躺在擔架上的運動員總是抬起一隻手跟群眾打招呼，表示自己還好、毅力終將戰勝任何挫折與障礙。歐文卻沒有這麼做。艾弗萊校長跟著擔架爬進救護車，救護車呼嘯而去。

裁判們和教練們在本壘附近商量了幾分鐘，跟彼此握握手。寇克斯教練一邊走向其他球員，一邊跟亨利和史華茲招手。史華茲把手搭在亨利瘦弱的背上，帶著他走向鬧哄哄的眾人。

「我們決定中止球賽。」寇克斯教練摸摸臉上整齊的黑鬍鬚，語氣沉重。「沒錯，我們贏了。我知道你們擔心鄧恩，但是我們二十個人不能全都擠到醫院裡。回家，洗個澡，一聽到任何消息，我馬上通知你們，了解嗎？」

李克．奧沙舉手發問。「明天休息？」

寇克斯教練指指他。「奧沙，說話小心一點，三點鐘練球。好，我們走吧，免得被凍僵。」球員們各自離開之時，他捏捏亨利的肩膀。「我要去醫院，你要不要我載你過去？」

「我們開我的車，」史華茲跟他說。「這樣一來，你等一下可以直接上路。」

寇克斯教練住在密爾瓦基，距離學校開車兩個小時，球季期間，他向來開車通勤。「該死的鄧恩，」

他一邊喃喃自語，一邊摸摸小鬍子。「他跟他那些該死的書。」

隊友們收拾球具時，亨利在一旁等候，他全身發抖，冷得起雞皮疙瘩，隊友們默默拍他的背，邁步穿過伸手不見五指的練習場，踏過初春的泥土地，走向校區。隊友們漸漸消失在視線之外，到後來連視力絕佳的亨利也看不到他們，亨利這才深深吸一口氣，沿著休息區的階梯走下去。

長長的休息區低矮，一片漆黑。水泥牆散發出一股陰森的寒氣，感覺好像置身在一艘南極冰船的船艙。一道細弱的光線劃穿數寸灰黑，照亮一小片牆面。歐文的書燈依然夾在那頂魚叉手隊的球帽上。亨利把燈關掉，把書燈連同球帽一起放進歐文的背包裡，然後他把大背包甩到肩上，雙肩各背一個——其中一個印上歐文的球號0，他自己的球號是3。他走出休息區，階梯爬到一半時，他想到歐文的眼鏡。他甩掉背包，跪到地上，在黑暗中摸索板凳下面的黏答答地板：一灘灘吐出來的菸草渣，一團團印滿齒印的口香糖，一個個開特力的塑膠瓶蓋，瓶蓋上尖銳的齒緣好像小小的荊棘冠冕。歐文的眼鏡被踢到最裡面，亨利撿起眼鏡，拉起球衫擦擦鏡片。眼鏡的一支鏡臂有點搖晃。

他和史華茲抵達聖安妮醫院時，艾弗萊校長正在急診室的等候區走來走去。他低頭往前跨出六大步，穿過整片方格地板，轉過身來，再跨出六大步走回來。史華茲清清喉嚨，表示他們已經到了。艾弗萊原本以爲旁邊沒人，神情憂慮而疲乏，一看到他們，他的神情馬上轉變，露出具有校長之風的微笑。「麥克，」他說。「亨利。眞高興見到你們。」

亨利沒想到艾弗萊校長知道他的名字。他們經常在小方院的路邊擦肩而過，因爲方博爾館就在校長宿舍旁邊，但是他們只說過一次話。那時亨利剛剛抵達衛斯提許，他參加迎新烤肉，站在帳篷支架之間，慢慢吃著第四、或是第五支熱狗。

「葛爾特・艾弗萊。」一位長者一邊喝飲料一邊對他伸出手。

「亨利．史格姆山德。」

「史格姆山德？」艾弗萊笑笑。「我只怕我們必須七百七十七分之一拆帳①囉。」他戴著一條銀色的領帶，跟他銀白的頭髮相當搭調。他的衣袖捲到手腕到手肘的中間——衣袖從肩膀垂到袖口，不但沒有起皺，而且燙線整齊畫一，看上去這人安然自若，能夠從容面對周遭的一切。當蘇菲叫亨利描述一下衛斯提許的時候，亨利的腦海中馬上浮現艾弗特完美捲起的衣袖。

「情況如何？」這時史華茲問道。

「他在救護車裡醒過來一會兒，」艾弗萊說。「原本不省人事，然後忽然張開眼睛。他說四月。」

「四月？」

「四月。」

「四月，」亨利重複一次。

「最難熬的一個月，」史華茲說。「特別是在威斯康辛州。」

「四月，」他把這兩個字分解成非常微小的分子，小到不再具有任何意義，就像他踏入一處寬闊的空間，分子的固態部分在此全都分離。「明天是四月一日。」

寇克斯教練走進等候處。他跟亨利和史華茲一樣還沒換下魚叉手隊的條紋球衫，他一手拿著兩個白紙袋，大大的袋上印著一道金黃色拱門。「情況如何？」

「他正在做電腦斷層掃描，」艾弗萊告訴他。「他們要確定他腦內沒有出血。」

「該死的鄧恩。」寇克斯教練搖搖頭。「如果他出了什麼事，我會殺了他。」他把紙袋重重擺在角落的仿木圓桌上。「我買了晚餐。」

史華茲和寇克斯教練在桌邊坐下，拆開他們的大麥克。亨利喜歡速食，但是今晚那股味道令他反胃。

他頹然坐在一張硬梆梆的沙發上，抬頭看著高高釘在牆上的電視。螢幕上有個耶穌吊在十字架上的雕像，一道強光投射在雕像上，耶穌的下巴下垂，貼在瘦弱、長袍斜掛的肩上。管風琴音樂，螢幕上的字幕寫道。鏡頭一轉，螢幕上出現熱帶島嶼的一隅：碧藍的海水，粉紅色的沙灘，生氣盎然的棕櫚樹。島嶼鼓聲。

「吃點東西，」寇克斯教練說。「維持你的體力。」

亨利呆呆拿著薯條。鏡頭不斷快速跳動，螢幕五彩繽紛，他看了更不舒服。十月的世界大賽結束之後，他就沒看過電視。

艾弗萊校長暫時停下腳步，坐在沙發上。亨利把手中薄薄的紅色紙盒稍稍歪向艾弗萊，艾弗萊點頭致謝，抽出一根薯條。這個舉動讓艾弗萊想到自己從前抽菸的日子——自從回到衛斯提許之後，他多多少少已經戒菸。接下這份工作時，他曾到聖安妮醫院做身體檢查，那是他十五年來頭一次體檢，新的保險計畫要求他必須接受檢查。他以爲醫生會默默發出讚賞；他剛剛受邀參加哈佛八人隊的練習賽，雖然只是客串性質，但他幾乎沒有拖緩校隊的速度。但是醫生卻提出一堆統計數據，義正詞嚴地教訓他一番。一提到他的家族病史——他父親兩度心臟病發；他哥哥喬治六十二歲的時候就因爲所謂的心血管疾病而過世——醫生馬上勸他必須小心。他的低密度膽固醇指數兩百，已經達到危險邊緣。他長年以來每星期抽三包菸，等於是自殺。醫生再三強調事情的嚴重性，艾弗萊被逼得不但承諾戒菸，而且答應少吃紅肉、少喝幾杯，醫生還幫他開了降低膽固醇的立普妥（Lipitor）、TriCor，以及治療高血壓的 Toprol-XL。他被判終身服藥，還得每天吃一顆低劑量的阿斯匹靈。

最讓他難過的倒不是放棄這些壞習慣，而是某個趾氣高昂的年輕醫生堅持要他照辦。難不成他必須聽命於一個小毛頭？一個人年過五十，顯然就得接受這種待遇，即便他看起來身強力壯。喬治過世之後，艾弗萊感到難過，但不至於害怕；喬治比他大十八歲，而且他們始終不親，兩人有點像是叔姪關係。但是他們的基因確實部分相同。生了一陣悶氣之後，艾弗萊終究遵循醫生囑付，最起碼大部分都做到了。在此同時，他盡量讓自己依然享有部分自由，他一星期五天準時服用醫生開的藥和低劑量的阿斯匹靈，放暑假的時候，他把服藥的間隔拉長，彷彿吃藥是個工作，他必須偶爾放個假；他戒菸，只有偶爾偷抽一支；點牛排或是第二杯威士忌之前，他也稍微想想，但是「稍微想想」跟「真的說不」是兩回事，尤其是威士忌。放棄這些東西對他是否有所幫助，目前爲止不得而知，但他確實感覺不錯。

電視螢光幕上一群身穿黑襯衫、教士領的年輕男子魚貫走下渦輪式螺旋槳飛機的階梯，對著燦爛的陽光瞇起眼睛。歡迎來到信仰試煉，主持人說道，他一臉沉思，雙手插進寬鬆長褲的口袋裡。被任命為神父之前，這十二名男子將接受比待在沙漠四十天更嚴苛的試煉。鏡頭一轉，畫面上出現一些年輕女孩的畢業紀念冊照片，女孩們長相平庸，穿著樸素的連身裙，留著瀏海，戴著牙套。這些年輕的女士都是天主教學校的學生，她們都將「信仰」列為未來擇偶的重要條件，噢，還有一點——螢幕上出現五光十色的跳接畫面，每個畫面上都是沾滿汗珠的小腹、胸部和大腿——她們全都非常、非常性感火辣。

是嗎？艾弗萊不太確定。面帶稚嫩的成熟女子們輕解羅衫，在海灘小屋裡跑來跑去，有些慢慢套上無袖洋裝，有些甩甩一頭秀髮。他又拿了一根薯條。她們散發出青春的氣息，洋溢著性吸引力，從表面上看來確實非常性感。你可以說她們清新、亮麗、身材美好、肌膚油亮，沒錯，甚至性感火辣——但你絕對不能說她們可人，她們絕對沒有歐文那種可人的氣質。

一個娃娃臉的西班牙裔見習神父坐在應試椅上，翻閱一本破舊的聖經，那雙悲傷的西班牙裔眼睛注視著鏡頭。羅德瑞戈：為什麼？我覺得天父把我派遣到這裡，目的在於試煉我的信仰，就像祂試煉自己的孩子。鏡頭一轉，畫面上出現一個水藍色的腰子形游泳池。羅德瑞戈跟三個女孩打水上排球，女孩們身穿蜜桃、條紋和乳白色的比基尼。羅德瑞戈縱身殺球，脖子上的金色十字架晃向他的肩頭。

「電視眞奇怪，」亨利說。

艾弗萊又悄悄拿了一根薯條，心裡暗想還有什麼事會令亨利感到奇怪。一個大學校長如此關心一個學生，很奇怪嗎？校長甚至跑到棒球場上？跟著一起坐上救護車？坐在等候處看三流的電視節目、猛吃薯條、等候消息？

「你認識歐文多久了？」他問。

亨利抬頭瞪著螢幕。「我們從大一開始就是室友。」

室友！啊，當然、當然，艾弗萊這下記起來了：三年前，行政和運動部門請他幫忙說服歐文接納一名室友。那位室友比較晚註冊，據說是某個棒球好手。艾弗萊當時不以為然，勉強答應；他不喜歡運動員得到特殊待遇，他也看不出來一個球員怎麼幫得了這麼一支差勁的棒球隊。如今亨利確實是個棒球好手，而且受到聖路易紅雀隊的青睞。

那時艾弗萊之所以認識歐文，純粹只是因爲他負責瑪麗亞．衛斯提許獎學金的甄選。歐文文筆優美，博覽群書，令人激賞；他極力推薦，即便其他候選人的在校成績比較高。但那純粹是公事公辦，或者當時看來似乎是如此。他始終避免跟學生發生牽扯，更是從來沒有想過跟一個男學生扯上關係。

兩個月前，校園的環保團體要求跟他會面。十二個學生擠在艾弗萊的辦公室裡，他們力陳全球暖化的嚴重性，跟他上了一課。他們拿出一張十頁的名單，名單上的大學學院都已誓言在二〇二〇之前、達到碳中和的目標。他們要求校方提升設備，採用節省能源的燈泡，在練習場後方增建生質能源廠，燃燒木屑發電。「你們太晚過來找我，」他們說完之後，他說。「我們經費充裕的時候，你們人在哪裡？」名單上四分之三的學校肯定食言；另外的四分之一則是非常有錢。除此之外，在場只有十二個學生——他們只能召集這麼一些人嗎？請願書在哪裡？爲什麼沒有示威遊行、怒氣騰騰的群眾？爲了十二個學生興建生質能源廠？校董會肯定笑彎了腰。

思索這些事情之際，他的目光始終被歐文所吸引。其他同學比手畫腳、大喊大叫時，歐文只是靠在門邊，雙手擺在鬆垮運動褲的口袋裡。他講話的時候，聲音柔和輕緩，但是其他人全都靜了下來；即使大家情緒最高昂的時刻，他們也等著他出言干預。

那天稍晚，當他依然想著歐文、以及自己爲什麼想著歐文時，他收到一封電子郵件：

親愛的葛爾特：

非常謝謝你今天跟我們會晤。我認為我們的會晤頗有建樹，但是現場過於吵雜，說不定效果不彰。我不想打擾你忙碌的工作，但是我們可不可以安排一次規模較小的會晤、從經費的觀點研商一下哪些方案或許可行？

誠摯的O

一般而言，學生如果直稱**親愛的葛爾特**，而且只簽上姓名縮寫，艾弗萊會覺得無禮。但不知爲何，這回他的感覺比較像是親密，而非無禮。在那之後，他和歐文見了幾次面，共同商議出一個方案，以及實施計畫。歐文所屬的團體將發動學生連署；艾弗萊將遊說教職員和校董會。

歐文是否注意到他的凝視、明白他的心意？那就是爲什麼他寫了那封電子郵件嗎？那雙戴著金屬邊眼鏡的眼睛似乎把一切看在眼裡。其後的會晤中，歐文從容自在，不慌不忙，有時逗逗他；艾弗萊心慌意亂，急著討好他。他跟學生互動了將近三十年，這下竟然發現自己站錯了邊，成了神魂顛倒的一方。幾個禮拜之後，神魂顛倒已經不足以形容他心中的感覺。

艾弗萊從紙盒裡抽出另一根薯條。亨利緊緊閉上雙眼——他不像睡著了，反而像是畏縮逃避，說不定正想著先前的誤傳。他的臉色慘白，依然沾著內野的泥土。他穿著整套球服，只缺球帽。他的手套擱在膝上。「沒事，」艾弗萊說。「他會沒事。」

亨利點點頭，看起來不太相信。

「他是個不錯的年輕人，」艾弗萊說。

亨利的下巴一縮，好像快要哭了。「史華茲，」他說，「你手邊有球嗎？」

史華茲吃完晚餐，已經拿出筆電開始敲打鍵盤，一疊卡片堆在他的手肘旁邊。這時他身子一彎，從背包裡拿出一顆棒球，隨手丟給亨利。亨利右手拿著球轉一轉，重重甩進手套裡。這個舉動似乎有助於他開口說話。「我一直看到那個景象，」他難過地說。「我從來沒有傳球傳得那麼糟，我不明白怎麼可能發生這種事。」

史華茲暫停敲打鍵盤，抬頭看看，筆電螢幕冷冰冰的光線照過他的臉龐。「小史，不是你的錯。」

「我知道。」

「佛祖會沒事的，」史華茲說。「他已經沒事了。」

亨利點點頭，依然一臉懷疑。「我知道。」

「該死的鄧恩，」寇克斯教練盯著電視螢幕上身穿比基尼的天主教女孩，女孩們正忙著搓揉見習神父們的背部，藉此試煉他們的信仰。「我要扭斷他瘦巴巴的脖子。」

有人開門。「葛爾特．艾弗萊？」一個身穿淺藍色手術衣的女人，大聲念出手中筆記板上的名字。

「我是。」艾弗萊站起來，拉直他的魚叉手領帶。

「我是柯林斯醫生，你是歐文．鄧恩的親人嗎？」

「噢，不是，」艾弗萊說。「他的家人……嗯……其實在……」

「聖荷西，」亨利說。

「沒錯，」艾弗萊很快說。「聖荷西。」剛才醫生叫他的名字時，他心中升起一股強烈的驕傲，好像他真的是歐文最親近的人，他覺得自己真是愚蠢。醫生轉而跟亨利說話：

「整體而言，你朋友的情況還不錯。電腦斷層掃描顯示腦膜沒有出血，而在目前這種意外之中，我們最擔心的就是這一點。他的腦震盪相當嚴重，頰骨弓一處破裂——也就是臉頰的骨頭。除此之外，一切似乎正常。我們必須進行顏面整形手術，修復頰骨，既然他現在人在醫院裡，我想我們會馬上安排開刀。」

柯林斯醫生一臉倦容，雙眼出現黑眼圈，但除此之外，她看起來頂多二十五歲，她暫時不說話，拉拉手術衣的V字領，衣領上方的肌膚有些斑點，泛著淡淡的粉紅。艾弗萊看到——或者想像自己看到——她疲倦的雙眼落在亨利身上，好像對他有點意思。

「我可以見他嗎？」亨利問。

柯林斯醫生搖搖頭。「他的腦震盪相當嚴重，我們今晚把他留在加護病房。他的短期記憶似乎受到影響，我們確定將來會改善。如果你想的話，明天可以過來看他。」她帶著安慰的表情拍拍亨利的手臂。

艾弗萊的手機頂著大腿輕輕顫動。來電者的區域號是312，看來不熟悉，但他知道對方是誰。他朝醫生揮揮手表示道歉——醫生卻沒有注意到——走進走廊。「裴拉，妳在哪裡？」

「我在芝加哥。轉機一切順利。我們正要登機，所以我應該會準時到達。」她的聲音微弱，夾雜著公共電話的雜音，斷斷續續。「我想我們說不定可以去包家小館吃飯。」

密爾瓦基的包家小館是裴拉最喜歡的餐廳，他們就在那裡慶祝她的十六歲生日。如果艾弗萊已經沿著

I—43公路行駛、奧迪汽車裡播放著義大利的歌劇，這個建議說不定會讓他欣喜若狂，因爲裴拉似乎藉此表達善意。只不過他現在肯定會遲到，他不禁猜想裴拉是否已經察覺他的疏忽、或是他即將表現出來，所以故意提出這個建議懲罰他。「這個點子不錯，」他說。「但是我想我有點來不及。」

「噢。」

失望，脆弱，**讓我們敘敘舊、聯絡一下感情**——電話線另一端一陣沉默，傳達出種種情緒。「我在醫院裡，」艾弗萊說，試圖不要多想。「學校出了一點意外。我會盡快趕過去。」

「明白，」裴拉說。「隨你便。」

匆匆離開時，艾弗萊暫且停步，在醫院禮品店買了一包香菸——百樂門，他以前最喜歡抽的牌子。醫院居然販賣香菸；他想了想，不太確定這是代表希望，或是厄運。他把一張二十美金的鈔票推給櫃檯後面的灰髮女子，拿起香菸塞進口袋裡，試圖不管找零，只想趕快離開，但是她把他叫回來，堅持找錢，而且故意點數十元、五元鈔票以及幾個銅板，速度極慢，說不定在表達抗議。寇克斯教練開車送他到他的車旁，他沿著空蕩的州際公路飛快前進，搖下車窗，費加洛婚禮的樂聲震天作響。

---

①語出《白鯨記》第十六章，比勒達（Bildad）上尉提出採用七百七十七分之一的拆帳法，瓜分捕鯨的利潤。

10

裴拉只帶著一個軟趴趴、把手細長的藤編包包離開舊金山，裡面裝著九個月前、她最後一次去海灘留下來的各種東西，全都是沒有用的廢物——太陽眼鏡、衛生棉條、蟲蟲軟糖、細沙——除了這些東西之外，她只帶了皮包和一件專爲職業泳者設計的黑色泳裝。

飛機在芝加哥和密爾瓦基之間的狹長工業通道慢慢攀升，密西根湖隨之浮現，從右邊的窗子往外看，漆黑的湖水一望無際。她已經開始後悔自己打包時，沒有帶行李箱。大家都知道她行爲有些戲劇化，至少她覺得大家這麼想，但她已經長大了，沒必要裝模作樣。說不定她認爲若是不帶行李，她和大衛之間就可以斷得更乾脆、更容易、更決然：你瞧，我不需要你。我不需要任何東西。甚至不需要內衣褲。她根本懶得去想威斯康辛州的衛斯提許市附近，說不定連像樣的購物場所都沒有。

她心情惡劣，生活一團糟，卻說不出個所以然，想了覺得自己眞是愚蠢，心裡更難過。沒錯，她可以隨便編個故事，說不定不久的將來，她的境遇眞的會變成一個故事……是的，我結過一次婚。我高中休學，跟一個到我們學校演講的建築師私奔。當時我在泰爾曼蘿斯中學讀高三，剛滿十九歲，大衛三十一歲。他到我們學校演講，待了一個禮拜，他離開之前，我跟他發生了關係。我們其中之一肯定會跟他上床，既然我是學校的風雲人物，當然由我拔得頭籌。我曾跟年紀比較大的傢伙約會——初中的時候，我跟高中男孩出去；在泰爾曼蘿斯念書時，我約會的對象是大學男孩，他們幾個都是那種窮到沒飯吃、正打算去波士頓或是紐約發跡的藝術家型男孩——但是大衛不一樣，他是個男人、是個句點，對我而言是個全新的體驗。

他說不定也有點儒弱——陰晴不定，呆板拘謹，老謀深算。但這都是事後諸葛。當時我只看到他溫文儒雅，成熟世故，一臉褐色的鬍鬚，一雙閃閃發亮的黑眼睛，知識極爲淵博。更重要的是，我在他身上看到美德。他是一個照規矩過活的男人。他認爲經典文學相當重要，因此，他成爲這方面的專家，即便在他那一行，經典文學只沾得上邊。他利用所學，設計出一棟棟具有古典風味的美麗建築物，這一點就稱得上是個美德。他不是那種看電視、上健身房、浪費時間的男人。他不吃肉，而且只爲了炫耀他懂得品酒才喝兩杯。

他下午演講授課，中午和晚上參加各種餐會，我把他的行程摸得清清楚楚，而且始終有辦法讓自己受邀。我顯然有種戀父情結，甚至比平常更嚴重。他學識淵博，品格高尚，在我面前有點不知所措，這些全都讓我想到我爸爸，而且他比爸爸張揚多了，他大剌剌地表現出這三項特點，甚至到了有點做作的地步。我爸爸很酷，大衛像是爸爸，但是一點也不酷。學校裡有個女孩叫我「裴拉佩特拉」，暗暗諷刺我像是埃及豔后克麗奧佩特拉，這個女孩不是我的頭號敵人，但我卻最怕她，因爲她跟我一樣聰明。對於這個綽號，我無法抱怨什麼，因爲她說得眞貼切，剛好點到爲止。**這種榮格式的小聰明，妳也只能玩一次**，我回應，**好好享受吧**。

因爲大衛品格高尚，形象聖潔，因此，我必須扮演誘惑者的角色，而我也確實做到。誘惑計畫在他離開前的那個晚上達到高潮。我覺得自己好像奪去他的貞操，倒不是因爲他的床技比其他男人差——我必須再次強調，當時他三十一歲——而是因爲他一直到最後才卸下品格高尚的面具。**你眞是硬梆梆**，我們親吻之前，我對他說——那是當晚最後一句堪稱猥褻的雙關語。

一個禮拜之後放春假。我剛拿到耶魯大學的入學許可。我和朋友們計畫前往牙買加歡度春假，飲酒作樂。我們抵達柏林頓的機場時，已經人手一杯，大衛走了進來，他肩上扛著一個背包，手裡拿著兩張飛往羅馬的機票。**我們走吧？**他說。他滿頭大汗，暗中策畫，高領毛衣外面套著一件大衣，急切等待我的答覆——一點都不酷。

春假只有一個禮拜，但我們在羅馬待了三個禮拜。之後，我們飛回舊金山，當時大衛在舊金山參與一個建築工程；我洋洋得意，興高采烈，好像跳過耶魯和青春歲月，直接邁入成人世界。跟大衛開始交往之初，我們置身羅馬崩塌的建築物當中，連續好幾個禮拜，我覺得自已比大人還要成熟，自認嚴肅，高興得昏了頭。現在一想到我的人生，心中難免浮現「崩塌」二字，或許事出有因。

裴拉喝乾威士忌，依照指示把椅背豎直。好吧，你可以把那部分說得像個故事，好像寫小說似地，你甚至可以最後再加上一段誇張的話語，藉此吸引人們的注意，但這是因爲那些只是故事，而非事實。換言之，她無法藉此回答她最害怕的問題：你是誰？你做什麼事？你想要做什麼事？

不，過去四年來——特別是過去兩年——她的生活像是一場夢，而沒有人想要聽你作了什麼夢。她一事無成。到了某個階段，她意識到婚姻是個錯誤，但她沒辦法對自己坦承這一點。她把自己隔離在種種困擾之外，很不巧地，所謂的種種困擾卻是她的一生。結果她變得無助而沮喪，大衛不介意，因爲當她感到無助而沮喪時，她必須依賴他，如此一來，她就不可能拋下他，投入一個跟她年齡相仿的男人的懷抱，而他始終最害怕這一點。

因此，連續好幾個月，裴拉窩在他們陽光燦爛的摩登公寓，強迫自己奔波藥房和精神科醫生之間。大衛一下子氣惱，一下子決心幫她走出陰霾。他們參加各種活動、爭吵、出遊，但是全都沒有用，沒有一項能夠穿透她周遭那層濃霧。我在羅馬毀了一生，而且糊里糊塗，定居舊金山。他們愈來愈不常做愛，兩人卻都避而不談。「他們」很好。她必須好起來。爲什麼所謂的「他們」包括他在內、卻沒有她的份？大衛立下各種規矩，幫助她晚上入睡：不准喝咖啡，不准看電視，不准開電燈。每天晚上，她躺在他身旁，他的呼吸聲一改變，她馬上起來，走進廚房，慢慢品嘗威士忌，嚼食葵花子，藉此度過漫漫長夜，獨自承受活著的煩悶與寂寥，滿心苦楚。

不可避免地，她終究被送進醫院。她服用多種藥物，引發了心悸——安眠藥成藥、抗焦慮藥物、醫生開的止痛藥，她幾乎來者不拒，更別說威士忌和她的抗憂鬱症藥。住院之後，院方管控她的一舉一動，嚴防她自殺。當時她並不想自殺，即便她現在感覺好一點，大可說自己當初不想死。一想到死亡，她總是不由自主想到她媽媽，心中交雜著痛苦與歡愉、恐懼與自在，而且比重幾乎一樣。「艾弗萊家的男士們一向早逝，」她爸爸很久之前曾說，他想要安慰這個九或十歲、他始終不確定該拿她怎麼辦的女兒，結果說出這番奇怪的話。「女士們則長命百歲。」雖然艾弗萊家族確實有些例子，但她不相信這套理論適用於她、或是她爸爸。她很難想像爸爸總有一天會過世，而她自己卻長命百歲。

意外住院不久之後，醫生幫她開了一種實驗中的抗憂鬱症新藥——這種天藍色的小藥丸叫做「Alumina」，用意在於藥丸將爲你的人生帶來光明①，但是裴拉一看到這個字就連想到「Alumna」②，她無法不視爲一種惡意的諷刺，似乎嘲弄她沒有完成高中學業。她用油性簽字筆塗掉藥名標籤，稱之爲她的天藍色藥丸。但是藥丸奏效了，而且比她服用過的任何藥物都有效。她又開始閱讀。她覺得好一點；她有辦法思索自己的人生。她一心想要超越那群追求卓越、家境良好的同學，因此，她選了一條另外一群沒有野心、家境平凡的同學們可能走上的路：戴上婚戒、待在家裡、操持家務。但她走得太快、太遠，結果繞了一圈，現在反而遠遠落後。

最近幾個月，她的恐慌症比較緩和，也比較不常發作。大衛睡著之後，她穿上層層衣物，拿著手電筒走到種滿花草的露台上，遠方的市中心和海灣大橋一閃一閃，她坐在一張躺椅上看書，度過舊金山的寒夜。她可以感覺自己慢慢恢復精力，好像準備執行某項使命；但她不曉得是哪一項。而後，一個星期二的清晨五點，大衛到西雅圖出差，家裡只剩她一個人，她發現自己撥了她爸爸的電話號碼。自從遇見大衛之後，她就沒有見過爸爸，父女兩人從去年聖誕節之後就沒有聯絡。

飛機降落時，裴拉猛嚼口中的口香糖。下機後，她走向行李提領處，倒不是因爲她有多少行李——唉，除了婚姻失敗的心理包袱之外——而是因爲當年她從泰爾曼蘿斯返家時，她和爸爸總是約在行李提領處碰面。她手腳一攤，佔了三張塑膠椅，看著行李輸送帶的轉盤吐出一個又一個附有輪子的黑色行李。爸爸說他會遲到——他總是遲到——但沒說會遲到多久。黑色行李全都被取走之後，換上另一架航班的行李，過了一會再換上另外一批。機場酒吧就在附近嗎？或許吧，但是她太累，懶著站起身尋找。一想到爸爸居然讓他們在這種情況下重逢，她不禁有點難過。轉盤上的行李一片模糊，她閉上眼睛。

「對不起，」某人說道，是個男人。那傢伙諂媚地笑笑。「妳或許不應該在這裡睡覺，」他說。「妳的行李說不定會被偷走。」

「我沒有睡，」裴拉說，即便先前顯然已經睡著。

那傢伙又笑了笑。近來大家的牙齒都好白，甚至連密爾瓦基的人們也不例外。他指指行李轉盤。「我可以幫妳拿行李嗎？」

裴拉搖搖頭。「我喜歡輕裝旅行。」

那傢伙猛點頭，好像他從來沒聽過這麼有趣的事情。他伸出一隻手，自我介紹。裴拉也跟他說她叫什麼。

「天啊，好名字，那是個英國名字嗎？」

「嗯，親愛的，我不太清楚，」她故意用最糟糕的英國口音說。「你認爲呢？」

那傢伙聽了皺起眉頭，但是很快又恢復正常。「妳要上哪兒？」

「回家。」這些西裝筆挺的男士們是怎麼回事？他們表現出一副駕馭世界的模樣。裴拉看到爸爸快步走過長長的航站，領帶一晃一晃。「啊，我的未婚夫來了，」她說。

那傢伙看看慢慢接近、上了年紀的男人，然後再看看裴拉。他再度皺起眉頭。這樣下去，他的臉上會有很多皺紋。「妳沒有戴戒指，」他說。

「啊，被你看穿了。」她爸爸看起來疲倦、恍惚、失落——他正要走過裴拉身邊，裴拉就跳起來，拉拉他的衣袖。「嗨，」她說。她的心跳得好快。

「裴拉。」他們面對面，兩人中間隔著藍色的絨毛地氈。四年了，他們父女終究是一步之遙。裴拉把玩運動外套的拉鍊。她爸爸舉起雙手，手掌一攤，帶點歉意地表示歡迎，看上去幾乎是無助。「抱歉遲到了。」

「沒關係。」從演化的觀點而言，你若認爲自己的家人頗有吸引力，顯然是好事——這樣一來，家人們就比較願意保護彼此，抵禦外來的威脅——但是裴拉無法想像誰看不出來她爸爸多麼英挺。他今年六十出頭，大家通常認爲過了五十歲，一切就開始走下坡，但是除了眼神帶著困惑憂慮之外，他看起來跟她記憶中完全一樣。他一頭濃密的灰髮帶點銀白，膚色黝黑紅潤，讓人以爲他說不定眞的流著印第安人的血統。他的雙肩方正筆挺，好像一幅幾何證明圖形。

「敗家女回來了，」她說，兩人很快擁抱了一下，感覺生硬。

「妳說的沒錯。」

兩人分開時，裴拉聞一聞他的頸際。「你最近抽菸嗎？」

「不、不，我嗎？我說不定在車裡抽了一支。今天出了很多事情，我只怕……妳有行李嗎？」

裴拉對著她的藤編包包皺起眉頭。「其實啊，我只帶了這個包包。」

「喔。」艾弗萊原本希望她多待一陣子；畢竟機票的回程日期不定。但是她沒帶行李，看來不妙。他不敢多問；最好享受當下。他如果一直不提她何時離開，說不定她會忘了她想離開。「好吧，我們上路囉？」

穿過密爾瓦基的北郊之後，I－43公路直直朝北，貫穿一大片平坦、尚未栽種作物的田野。雲朵遮掩了月亮和群星，南下的車輛稀稀落落。公路右邊是密西根湖，漆黑的湖水隨著公路延伸，無形中引導行車路徑。裴拉準備接受連番拷問——妳打算待多久？妳跟大衛分手了嗎？妳要回學校上課嗎？——但是她爸爸似乎很焦慮，心不在焉。她不確定自己究竟是鬆了口氣，或是覺得受辱。大部分的車程，他們默默不語，開口說話時，兩人也只冷淡應答，比較像是瑞蒙．卡佛筆下的人物，而非眞實生活中的艾弗萊一家。

校長宿舍位於小方院東南角、史庫爾館的頂樓，宿舍內裝備黑色原木地板以及皮革家飾，溫馨舒適，充滿書卷氣。二十世紀期間，衛斯提許歷屆校長全都住在市中心，在湖畔的一棟典雅白屋定居，二十一世紀的第一位校長艾弗萊則決定重振校長宿舍的原始使命，跟學生們一起住在校園裡。家裡畢竟只有他一個人。這樣一來，他的辦公室就在樓下，黎明時分，他可以隨便披件衣服、悄悄下樓，趁著麥卡勒斯特太太抵達、以及當天的各項會議之前，安安靜靜處理公事。

他幫兩人倒了杯威士忌，他自己的那杯加水，裴拉那杯沒加。「我猜妳現在喝酒不犯法囉，」他邊說邊把杯子遞給她。

「沒錯，但是樂趣減低了一半。」裴拉在一張方正的皮椅上坐好，雙膝縮到胸前。「校務如何？」

艾弗萊聳聳肩。「校務就是校務，」他說。「我不知道他們爲什麼一直聘請英文系教授處理這些工作，他們應該雇用高盛之類的投資管理人才。我每天若有十分鐘不必擔心錢的問題，就算走運。」

「你身體還好嗎？」

他用力拍拍小腹。「像頭蠻牛，」他說。

「按時吃藥？」

「我每天到湖邊散步，」艾弗萊說。「那比吃藥還好。」

裴拉帶著母性的關懷看他一眼，神情憂慮。

「我有吃藥，」他說。「我吃了又吃，但是妳知道我對藥物的看法。」

「吃藥就是了，」裴拉說。「你有沒有看上哪個人呢？」

「喔，嗯……」看上一詞確實相當貼切。「這麼說吧，地球上沒有太多迷人的女子。」

「如果有的話，我確定你一定追得到手。」

「謝謝，」艾弗萊淡淡地說。「妳呢？大衛還好嗎？」

「還好，但當他發現我不在家，心情大概會差一點。」

「他不知道妳來這裡？」這番告白比沒有行李更驚人；艾弗萊壓下那股站起來揮揮拳頭的衝動。

「他在西雅圖出差。」

「嗯。」

艾弗萊最近覺得學生們似乎愈來愈年輕；說不定只因爲自己年紀愈來愈大，或者說人們的壽命日增，青春期也跟著延長。大學成了高中；研究所成了大學。但是裴拉跟往常一樣，似乎執意急急超越她的同輩。她看起來當然比他記憶中成熟——她的臉頰不若以往圓潤，五官也比較明顯——但樣子看起來不只二十三歲，似乎飽經風霜。

「妳累了嗎？」他問，暗自提醒自己別說妳看起來累了。

她聳聳肩。「我最近睡得不太好。」

「嗯，客房的床很棒。」錯了：他應該說妳房間。但是這樣聽起來操之過急嗎？不管怎樣，繼續說下去：「這裡的夜晚也很棒。那種漆黑跟波士頓或是舊金山完全不一樣。」

「太好了。」

「妳想待多久都可以。」

「謝謝。」裴拉喝完威士忌，凝視她的杯底。「我可以再請你幫個忙嗎？」

「說吧。」

「我想開始修課。」

「眞的？」艾弗萊摸摸下巴，思考一下這個令人欣喜的訊息。「應該沒問題，」他說。他試圖不要流露出喜悅之情；他若顯得太熱切，說不定會造成反效果。「秋季班的申請日期已經截止，但妳可以用訪問學生的身分申請暑期班，如果妳報名下一梯次的LSAT，我確定我可以說服行政部門——」

「不、不，」裴拉輕聲說。「我是說現在。」

「妳說什麼？」

「我……我希望馬上開始修課。」

「但是，裴拉，夏天快要到了，現在已經四月。」

裴拉緊張地笑笑。「我想的是明天。」

「明天？」艾弗萊脊椎的每根神經都在抽動，一半是因爲他深愛女兒，一半是因爲女兒無理的要求。

「但是，裴拉，這學期已經過了一半，妳可別指望中途插班。」

「我趕得上。」

艾弗萊放下酒杯，手指敲敲椅子的扶手。「我絕對相信妳趕得上。如果有心的話，妳是個頂尖的學生。但問題不在趕不趕得上，而是尊不尊重。身為一位教授，我可以告訴妳，我不喜歡忽然被告知——」

「拜託，」裴拉說。「我可以旁聽，我知道這不應該。」

裴拉的媽媽過世後的頭兩年，姑且是個適應期吧，他試了托兒所——而且是昂貴的托兒所——但裴拉是他的女兒，艾弗萊一旦接受這一點，其他教授們的兒女馬上狀似一群懶散、眼睛長在頭頂上的同伴。最好讓她跟庶民百姓相處，讓她提振他們的水平——但是，不，那樣說不定更糟。他想要把她帶到另一個國家，義大利、烏干達，或是其他某個地方，他說不定能在那裡好好把她扶養長大；他想要在愛達荷州或是澳大利亞買一塊地，附近山丘、小溪、林木、岩石、小鳥、小獸一應俱全，裴拉可以自由奔跑，四處探險，而他跟在後面，看著她長大；有時他也希望把她送到孤兒院，讓自己重拾過去的生活。

但當裴拉學會閱讀之後，他們父女都有些轉變。熬夜工作、早上掙扎起床之後，他經常發現她已經醒來穿好衣服，坐在家中廚房的角落，低頭閱讀某一本小說——茱蒂．布倫、崔西．貝爾登③、她那本精簡版《白鯨記》——或是某一本她從哈佛總圖書館翻找出來、充滿圖片的科學書刊。閱讀時，她拿著彩色鉛筆抄下金句，或是在圖畫紙上草繪她最喜歡的一門生物。她手肘旁邊的碗裡漂著幾口剩下的玉米穀片，象徵她完全獨立，不需要人照顧，令艾弗萊印象深刻。

當艾弗萊清清喉嚨、稍微吵到她的時候，裴拉從書本裡抬起頭，拂開散落在眼睛旁邊的捲髮，很奇怪地，她臉上的表情讓艾弗萊想到自己以前的論文指導教授，以前艾弗萊突然出現在他辦公室門口時，教授的臉上總是露出同樣的表情，艾弗萊看在眼裡，始終想到「學習受到干擾」一詞。他依然睡眼惺忪，女兒的勤奮也讓他嚇一跳，因此，他通常只是揉揉女兒的頭髮，按下煮咖啡機，轉身走回床上。如果老師們非叫她上學不可，他猜想，他們自己會過來敲門。

接下來的三年，父女二人相安無事。《壓榨精蟲者》數度再版。裴拉上了幾所劍橋的公立學校，她老是翹課，而且成了哈佛校區的某種名流。她背著背包在哈佛廣場遊蕩，分發素描和詩作給那些停下來閒聊的學生們。大一新鮮人爭強好勝，各個領域競爭激烈，每一屆新生莫不極力爭取裴拉的好感。午餐時刻，她若願意跟你一起坐在大一活動中心吃飯，你的地位頓時不同凡響。她靜靜坐在客滿的演講廳裡，聆聽艾弗萊教授的美國一八四〇年代史，她還參與艾弗萊在研究所開設的尼采和梅爾維爾專題講座，而且似乎跟研究生沒什麼兩樣，唯一的差別在於研究生們忙著取悅艾弗萊，她不費吹灰之力就辦得到，因此，她更有餘力獨立思考。

艾弗萊接下衛斯提許校長的職位時，他和裴拉都同意她最好不要同行。她進了佛蒙特州一所貴得不像話的住宿學校「泰爾曼蘿斯中學」，從學業的觀點而言，這個決定合情合理；當時裴拉即將升上九年級——十一歲左右，她開始每天到「葛萊姆與帕克小學」上課——泰爾曼蘿斯比威斯康辛州北部的任何一所高中都優秀。但這個決定的背後隱藏著一個不言而喻的事實：到了那時，他們父女幾乎沒辦法一起待在波士頓，如果搬到一個像是衛斯提許一樣陌生、與世隔絕的小城，艾弗萊根本不敢想像會發生什麼狀況。裴拉大部分的朋友都比較年長，而且她要求跟他們享有同等程度的自由。她愈來愈晚回家，有時甚至晚到艾弗萊沒辦法熬夜等她回家，聞一聞她喝了什麼東西。

八年級的那年春天，裴拉提到想要刺青。

「什麼圖案？」錯了：什麼圖案都不重要。

「中文的『虛無』。刺在這裡。」她指指瘦弱的臀部。

「十八歲之前不准刺青。」

「你自己就有個刺青。」

「我早就超過十八歲了，」艾弗萊辯駁。「更何況刺青工作室在麻州不合法。」以地理位置作爲理由，聽起來有點牽強——如果他們住在其他地區呢？——但是最起碼這一點增加執行的難度。

兩個禮拜之後，他走進廚房，發現裴拉站在水槽前，故意在寒冷的三月天穿上一件無袖背心。

「嗨，」她說。

她左手手臂上多了一個抹香鯨躍出水面的黑色刺青。抹香鯨方方正正的頭部朝著尾巴轉過去，好像正要撲打某艘無助的捕鯨船。刺青周圍的肌膚發紅，點點黑斑。「妳在哪裡弄了這個刺青？」他問。

「普洛威頓斯。」④

「妳怎麼去得了普洛威頓斯？」艾弗萊大吃一驚。倒不是因爲她不聽他的話——她一說出**刺青**，他就知道她遲早會忤逆他——而是刺青本身。那個圖案跟他自己的刺青一模一樣。甚至連大小都相同，相似程度驚人。他們如果並肩站立，上臂貼著上臂，兩人的黑色刺青也會並排站好，像對雙胞胎。

即使是現在，裴拉所做的一切依然令人費解。當年他的刺青已有三十年歷史，現在則邁向第四十個年頭，他始終將之視爲自己私密、神聖、懷舊的一部分。裴拉是不是表面上忤逆他、但是下意識裡向他看齊、試圖跟他建立某種永久的約定？她始終喜愛那本他們所稱的「巨著」，說不定她也愛她的爸爸，而愛意藏得很深。刺青是他們共享的感情連繫。他們的頭髮、他們的眼睛、他們的膚色全都不一樣——裴拉長得非常像她媽媽——但是這個刺青是個證據、某個甚至比血緣更親密……

除非，讓我們姑且這麼說吧，她故意搞他。她說不定存心搞他，嘲弄那些對他重要到不合情理的事情，故意表明他對女兒、那本巨著，以及所有一切的愛意，全都荒謬至極。**你過去所做的一切都毫無意義，老**

傢伙。任何人都做得來，每一件小事都不例外，我就辦到了，而我才十四歲。

艾弗萊從來沒有那麼生氣。她年紀還小的時候，他從不體罰，甚至連想都沒想過，但是這會兒他卻想要拉著她大力搖晃，晃出她心中每一絲無情與傲慢——如果她真是無情傲慢的話，當然也可能完全不是這麼回事——把它們甩到地上。

他反而只是走進他的書房，輕輕關上房門。

從某個層面而言，他們的關係就此走到盡頭。艾弗萊前往衛斯提許，裴拉去了泰爾曼蘿斯。她每次說要回家，結果總有百分之五十的機會臨時取消，宣稱學校或是游泳隊有事。她的成績不錯，但是每隔幾個禮拜電話就會響起，來電者是校方的行政人員，想要跟他討論一下某些「意外事件」。

如今她坐在他面前，要求在衛斯提許修課，懇請他再度賦予慈父的關愛。艾弗萊打開最上頭的抽屜，取出行事曆。「妳想要修什麼課？」

「歷史。」裴拉在椅子上坐直。她想要證明她是認眞的。「心理學。數學。」

艾弗萊揚起眉毛。「不想修繪畫？」

「爸，拜託，我好久之前就放棄了。」

「不想修文學？」

她打個呵欠，急急把玩她的拉鍊。她看起來疲倦——眼睛下方一圈青紫，嘴角微微顫動。「說不定只修一門。」

艾弗萊記上幾筆，闔上日程本。裴拉又打了個呵欠。「妳該睡了，」他說。「我看看我能做些什麼。」

① 「alumina」和「luminous」發音相似，而後者的意思是光明、明亮。
② 女校友。
③ 崔西．貝爾登（Tracy Belden），少女偵探小說系列。
④ 普洛威頓斯（Providence），羅德島州的首府。

11

亨利啪地一聲打開電燈，把身上的裝備丟在地氈上，頹然坐到他亂七八糟的床邊。他踢掉鞋子，幾乎馬上睡著。但是電話響了，他必須接電話，可能與於歐文有關。

「小史。」

「史華茲。」他們十分鐘之前才說再見，史華茲把他載到學校餐廳的卸貨處旁邊。

「你吃了嗎？」

「沒有。午餐之後就沒吃東西。」

史華茲嘆了口氣，顯示父執輩的責難。「小史，你得吃東西。」

「我不餓。」

「餓不餓都無所謂。喝杯快速健。你什麼時候來足球館跑步？」

「六點半。」亨利往後一躺，閉上眼睛。「喂，我忘了問，學校方面有任何消息嗎？」史華茲正在申請法學院，申請的對象包括哈佛、史丹福、耶魯之類的頂尖學府。亨利的背包裡塞著一瓶醜小鴨威士忌，聽到好消息的時候，他打算送上這瓶史華茲最喜歡的波本威士忌。亨利希望好消息早點到來——威士忌不算重，但是他已經帶著它四處跑了好幾個禮拜。

「郵差一天才送一次信，小史。我會跟你報告狀況。」

「我聽說艾蜜麗．紐卓爾進了喬治城大學。」亨利提供消息。「說不定你也快了。」

「我會跟你報告狀況。」史華茲重複一次。「喝杯快速健。我們早餐見。」

亨利起床，取出冰箱裡從學校餐廳偷拿的牛奶，在牛奶裡加入兩匙快速健。他自從進了衛斯提許之後就想辦法增重，而且一試再試，努力不懈。他已經長高了一吋，增加了三十磅；他可以跟著足球球員一起做四十下拉單槓和仰臥推舉。但是體型依然是他最大的弱點。中外野需要巨無霸球員，球隊偏好那些能夠轟出全壘打的傢伙；以前光靠防守就能出頭，比方說歐瑪．威茲奎爾①，或是亞帕瑞奇歐．羅德里奎茲等守備天才，但是那段時光已經一去不復返。他必須既是巨無霸，也是守備天才。他必須吃了又吃，吃了又吃。他舉重，這樣才可以咕嚕咕嚕喝下快速健：他咕嚕咕嚕喝下快速健，這樣才可以舉得更重；他舉得更重，這樣才可以咕嚕咕嚕喝下更多快速健；舉重，咕嚕咕嚕，舉重，咕嚕咕嚕，盡量在這個叫做亨利．史格姆山德的上身增添幾磅肌肉。這種方法並不是非常有效率——老實說，過程之中產製許多臭氣沖天的廢物，逼得歐文頻頻點蠟燭、氣餒地搖頭。但是他莫可奈何。

比賽已經結束好幾個小時，他依然穿戴彈力護襠，感覺不太舒爽。他從鼠蹊扯下護襠，脫個精光，爬到床上。他在內野左撲右跳，俯身接球，雙腳和雙腿沾滿沙粒，床單上身，感覺刺痛。

電話又響了。他必須接電話；說不定是關於歐文的消息，或是某人來電詢問歐文的狀況。

「請問是亨利．史格姆山德嗎？」

「我是。」不是隊友——那是個女人的聲音。說不定是醫生。

「亨利，我是斯薩波運動有限公司的瑪蘭達．斯薩波。我聽說了好消息，特別打電話來恭喜。」

「恭喜什麼？」

「恭喜什麼？你已經跟偉大的亞帕瑞奇歐．羅德里奎茲並駕齊驅，這值不值得恭喜呢？今天打平了紀錄，對不對？」

「喔，嗯，我……沒錯，確實是今天。」當某一局進行到一半，球賽就宣告結束時——大部分是因為下雨——正式的統計數據只計算到球賽結束前的那一局。因此，根據正式紀錄，魚叉手隊在第八局以八比三擊敗米爾弗德麋鹿隊。根據正式紀錄，九局上半從未發生。根據正式紀錄，他從來沒有犯下失誤。

「太好了，」瑪蘭達．斯薩波說。「你在休息，我這麼晚打電話給你，真是抱歉。但我人在洛杉磯，剛剛幫凱文．邁賽談成一筆合約。」

「凱文．邁賽？洛杉磯道奇隊的三壘手？」

瑪蘭達．斯薩波停頓半秒鐘，時間掐得剛剛好，吊人胃口。「凱文．邁賽，道奇隊的三壘手。但是你可別把這個獨家新聞告訴彼得．蓋曼斯。」

「我不會，」亨利保證。

「好極了。明天才能見報。我們還在研商一些細節，幫這個小小的合約做些最後潤飾。四年五千六百萬美金。」

「哇。」

「經濟不景氣，談成這種價碼，我們還不賴吧？有時候我覺得自己挺棒的。」瑪蘭達．斯薩波承認。

「但是言歸正傳。亨利，我一直注意球場動態，最近我只聽到你的名字，史格姆山德、史格姆山德、史格姆山德，好像繞口令，但是聽起來更加流暢順耳。」

「哇。謝謝。」

「每個人都問說：這個小伙子打哪裡冒出來？大家都不知道。」

「我來自南達科塔州的蘭克頓。」

「沒錯。沒有人知道你從哪裡來，但是大家都知道你要往哪裡去。接下來你將一口氣衝到選秀名單的最前頭。我聽說在第三輪，甚至更前面。」

「更前面?」

「比我聽到的更前面。第三輪、第二輪，誰知道呢?好，亨利，請聽我說。」

「嗯?」

「請仔細聽我說。你就讀一所好學校，試圖兼顧棒球和課業，肯定相當忙碌。我們不熟，但我對你略有所知，了解你的處境。我也知道接下來你會更忙。你知道去年第三輪選秀球員的平均簽約金是多少嗎?」

「嗯，不知道。」亨利始終專注於明年的選秀，直到最近這一陣子才想到今年的選秀會——大三和大四學生都有資格參選——他的目標是明年第五十輪，如果幸運的話，說不定第四十九輪就入選。他幾乎懶得做白日夢，想都沒想過簽約金。他根本不知道高中棒球當紅選手、或是史丹福和邁阿密大學全壘打王之類的五星級球員的身價。

「猜猜看，」瑪蘭達．斯薩波催促他。

「嗯，八萬美金?」他說出這麼一大筆數目，即使跟他扯不上關係，依然感到難為情而貪婪。

「還差一點。你少說了三十。三十八萬美金。」

「他媽的!」他爸爸得花多少年才賺得到這麼多錢?六年?七年?「對不起，我不該說髒話。」

「沒關係，你儘管說。好，這個數目當然比不上凱文．邁賽的簽約金，但金額也不小，到了六月，我想你最起碼可以拿到這個數目。那是個人生的岔路，情況相當複雜。你需要某人幫你爭取最佳利益。你需要一位經紀人。」

「經紀人？」

「絕對正確。你需要一個經紀人、一個能夠帶領你走過十字路口的專業人士。這個人會幫你規畫生涯和財務，亨利，你必須精挑細選，絕對不能馬虎。你的經紀人會幫你打江山，就像是當你站上外野的時候、手上戴的棒球手套。亨利，你信任你的手套嗎？」

「當然。」

「那麼你必須同樣信任你的經紀人。你的經紀人——如果這個人夠優秀的話——絕對不會光是擬定合約，然後不見人影。你的經紀人會變成那個關注財務、注意細節的你。這樣一來，你們——亨利和你，而不是瑪蘭達和亨利——才能夠專心打棒球。還有求學。亨利，你了解我的意思嗎？」

「我想我了解。」

「其他想要代表你的經紀人跟你聯絡了嗎？」

「嗯，沒有。」

「相信我，他們會的。你跟瑪蘭達．斯薩波講了電話，光是這一點，每個經紀人、甚至每個經紀人的媽媽，都會打電話給你，主動提供服務。每次都是如此。」

「他們怎麼知道妳打過電話給我？」

「他們就是知道，」瑪蘭達．斯薩波嘆了口氣，表示自己的預測絕對沒錯。「這些人是野獸。」

接下來的幾個鐘頭，亨利躺在床上，聽著方博爾館老舊的暖氣轟轟作響，心中浮現各種奇怪的念頭。寢室裡少了歐文的呼吸聲，感覺怪怪的。十二點、一點、兩點，雖然不算清醒，但是他依然感覺得到時間流逝，聽得到小教堂每一刻的鐘聲。他大部分同學都熬夜、一覺睡到早上第一、二堂課下課，亨利不一樣，他幾乎從來沒有聽過、或是看見夜晚這個時分。他太勤於健身，每天太早起床。周末偶爾參加酒桶派對，他總是靠在牆壁上，客氣地拿著一杯啤酒，稍後回寢室途中，啤酒多半被他倒到樹叢裡。窗戶稍稍打開，因爲他們位居頂樓的寢室始終溫暖。下面的方院飄來宏亮的叫聲，偶爾吹起一陣大風，一格格玻璃窗隨之顫動。風聲慢慢飄進亨利的腦中，化爲那陣害他傳球偏了方向的大風。他但願今晚能夠看看歐文。只要偷瞄一會兒，只要看看歐文在加護病房睡覺，他就曉得歐文沒事。醫生跟他講是一回事，他自己親眼看到又是一回事。亨利睡睡醒醒，經常夢見歐文瞪著他，時間凝結在歐文猛然摔到休息區地上的那一刻，他的雙眼睜得好大。爲什麼？

爲什麼？就亨利的經驗，運動員不該問這個問題。爲什麼他傳了如此差勁的一球，差勁到李克甚至接不到？因爲那些球探嗎？他因爲那些球探而緊張嗎？不，這麼說沒道理。首先，球探們根本不在場，他們第八局結束之後就離開，他也看到他們走了。更何況他不怕球探，最起碼他感覺不到心中的懼意。是不是因爲他不想打破亞帕瑞奇歐的紀錄？他是不是不願意把亞帕瑞奇歐從紀錄中除名，因爲亞帕瑞奇歐是亞帕瑞奇歐、而他只是亨利？或許吧。但是在他搞砸之前，他應該可以追平紀錄；然後他們可以並駕其驅。但是話又說回來，他已經追平紀錄；那次失誤沒有列入統計。他有機會在下一場比賽打破紀錄。如果他沒有打破，那就表示他又搞砸。說不定他又會搞砸。這就是爲什麼運動員不問爲什麼。問了只會讓你亂了陣腳。但是只要歐文沒事，他明天早上就會OK。

瑪蘭達．斯薩波來電，史華茲聽了會很開心。興奮萬分。欣喜若狂。亨利始終擔心史華茲畢業、前往東岸或西岸攻讀法律之後，情況會是如何。但是說不定他可以跟著一起前往，荷包裝得滿滿的，提早一年在小聯盟磨練。他非常喜歡衛斯提許，一想到離開，心裡苦甜參半，但是棒球就是棒球，再說，他跟史華茲說不定一起離校，也很理想。少了史華茲，就沒有衛斯提許學院。其實想想，少了史華茲，幾乎也就沒有亨利．史格姆山德。

①歐瑪・威茲奎爾（Omar Vizquel，1967 -），委內瑞拉籍美國棒球球員，曾經效力西雅圖水手隊、克里夫蘭印地安人隊、舊金山巨人隊、德州遊騎兵隊，他是大聯盟最佳游擊手，曾經連續十一年榮獲金手套獎，目前為芝加哥白襪隊效力。

12

史華茲的法學院申請文件、跟他大多數郵資已付的信件一樣，信封上的住家地址如下：

麥克．史華茲
體育館
衛斯提許學院
衛斯提許，威斯康辛州 51851

他在格蘭街租了一間破破爛爛、專門租給學生的兩房獨棟住屋，室友狄米垂斯．亞許跟他一起帶領足球隊，同時也是棒球隊的後備補手，但他卻很少回家。白天他得上課練球，還得監督亨利健身，晚上則在體育館的頂樓撰寫他的論文——《美國的禁慾主義者》——他很久以前就將這個鋪著暗色地毯的會議室權充私人辦公室。史華茲在體育處沒有正式職銜，但是過去四年裡，他為校隊貢獻了那麼多時間和精力，以至於校方二話不說就把體育館的鑰匙交給他。一本本書脊陳舊、缺頁破損、透過館際搜尋商借而來的書籍，歪歪斜斜沿著橢圓長桌排列，書本周圍堆了一疊疊用顏色做記號的卡片、線圈筆記本和馬克杯，空空的馬克杯已被用來盛放菸草渣。他兩年前戒掉嚼菸草，但是嚼菸草有助於提振注意力，因此，趕論文趕到最後階段時，他已經破了幾次戒。好好嚼些菸草，再補上兩顆感冒藥，他一晚可以擠出九或十頁。他不喜歡Adderall①。

史華茲珍惜這些用功念書的私人時光。白天一整天，不管多麼拚命，不管完成多少事情，他始終覺得腦海裡有個聲音，斥責自己懶惰、倦怠、無法專心。他只關心枝微末節的小事。他的史學淺薄。他的拉丁文很爛，希臘文更糟。那個聲音質問，你連兩個拉丁文單字串在一起都不曉得是什麼意思，怎麼可能了解史哲學家奧理略和愛比克泰德的精義？Vos es scelestus bardus②。過了半夜，其他人都睡了，他無事一身輕，一個人靜靜待在這裡，只有這個時候，史華茲才有辦法說服自己，相信自己已經盡了全力。這些時刻像是意外之財，附加到他的生命中。那個聲音靜了下來，連他膝蓋的痛楚都漸漸緩和。

但是今天晚上，他似乎注定不得安寧。先是佛祖受傷，這會兒他踏出體育館電梯，邁向長長的走廊，周遭一片漆黑，只有走廊兩端的出口號誌發著紅光，他可以看到他辦公室門上那個權充信箱的牛皮信封套鼓出來。他伸手壓一壓黃褐色的信封套：沒錯，裡面確實有個東西，那件物品——他慢慢抽出來，一顆心狂跳——印著耶魯大學的藍色校徽。

史華茲向來以誠實而自豪。如果哪個隊友言詞閃爍，他就直接給對方難堪，如果哪個同學或是教授說出一番似乎不可信、或是不完備的評論，他也挑明了講。這倒不是因爲他懂得比他們多，而是因爲唯有擊破不成熟的主張，人們才能研習學問，精益求精。這是希臘人流傳下來的智慧；那位猛敲他那輛別克汽車車窗的利克奇教練，也讓他有此領悟。

那樁事件發生在他媽媽癌症過世兩年之後。他一個人住。他從來沒見過他爸爸——他爸媽曾經訂婚，但他爸爸酗酒、運動簽賭、在史華茲出生之前就離開了。他媽媽下葬之後的一個月，兒童和家庭服務中心派了一位女士過來，他跟她說自己已滿十八歲，她手邊的文件清楚記載他尚未成年，但他已經身高六呎、體重一百八十磅，買菸不成問題，有時甚至買得到啤酒。「拜託喔，」他說，他站在公寓門口，手臂交握在胸前，小狗在身後汪汪叫。「我看起來像十四歲嗎？」女士一臉困惑地離開，雖然稍微調查一下就足以證明他說謊，但是她沒有再上門。

黛安阿姨住在附近，史華茲經常過去吃晚飯。現在回想起來，黛安讓他一個人住，似乎有點奇怪，但是話又說回來，黛安跟她先生有三個幼小的孩子，家裡又太小，況且不是只有陌生人把史華茲的身材和心智成熟畫上等號。他媽媽有一筆爲數不多的存款，剛好拿來付房租。

他的學校在芝加哥南區、卡爾高地國宅附近，學校每個入口都有金屬探測器，走廊上站著佩槍的警衛。教室沒有窗戶，課桌椅用釘子固定在地上，人高馬大的史華茲幾乎坐不進去。即使他是白人，他的老師們依然小心翼翼盯著他：他們似乎想要防止某些說不上來、卻可能發生的災禍；事實上，防止災禍說不定是學校秉持的校訓——就史華茲看來，這個地方意圖利用枯燥的教材麻痺三萬個可能發神經的瘋子，直到他們一個個年滿十八，邁向成年。史華茲無法忍受，更何況銀行存款愈來愈少。高二那年的十一月，足球球季一結束，他就不去上課。他在鑄造廠找到一份工作——到了那時，他的身高已經跟現在一樣六呎二吋，人們經常問他能夠做幾下俯地挺身，而不是他今年多大。他值日班，學會駕駛堆高機，把成噸的鋁合金從廠裡這一頭拖拉到另一頭。試用期滿之後，他每個鐘頭賺十三塊半美金，加班費另計。有些晚上，他一個人灌便宜的啤酒，一喝喝到天亮。其他晚上，他帶以前班上的女同學到俯瞰密西根湖的海鮮餐廳吃飯。如果起個夠早，他就到圖書館翻閱財經新聞——等到存了幾千美金，他心想，說不定改上晚班，白天在網上操作股票。

學校沒有半個人提到他缺課，直到隔年八月、足球球季重新登場的時候，有天下午飄起雨來，沾濕了人行道，他下班，走向他的車子——那是一部笨重、鏽跡斑斑、缺了後保險桿的別克汽車，剛開始工作時，他花了好幾個禮拜的薪資買下這部汽車。他身上沾滿汗水和工廠的金屬煙塵。他爬進車裡，伸手到車座下翻出一瓶啤酒，那天是星期四，周末將至。他拉開一瓶溫暖、沾了灰塵的啤酒。開瓶時，他高中足球隊的助理教練用力敲副駕駛在乘客座的車窗，史華茲靠過去，打開車門，教練擠進車裡，質問史華茲究竟在幹嘛。難道他不覺得自己應該別再鬼混、滾回學校上課嗎？

史華茲看著教練運動衣的口袋，口袋重重下垂，顯然擺著一把槍。他在方向盤後方挺直身子，眼睛直直盯著教練。「那個地方是監獄，」他說。

「這裡不是嗎？」教練咯咯一笑，伸出大拇指比一比工廠低矮的廠房。他在學校足球隊擔任助理教練；史華茲去年是乙級校隊的隊長，他甚至不記得這人叫做什麼。

「這裡只是破爛骯髒，」史華茲說。「不是監獄。」

教練聳聳肩，擺著手槍的口袋上下搖動。「隨你說吧，」他說。「但是這個鬼地方沒有足球隊。」他爬出車子，掉頭離去。雨珠一顆顆落下，史華茲盯著破舊的雨刷掃過雨絲，乾掉啤酒。

隔天他回學校，然後參加練習。他不怕槍，但是教練口袋裡擺著槍、專程過來找他，這個舉動就算不代表關愛，最起碼也是一種惦念，讓他相當感動。教練沒有拋棄他，也沒有裝作知道自己在做什麼。教練反而專程過來一趟，當著史華茲的面，用他所知的最強烈口氣，明明白白說出心中的想法。從來沒有任何人——親戚、老師、朋友——爲史華茲這麼做，在此之前沒有，之後也沒有。史華茲發誓他要用同樣的方式幫助別人。

但是最近他一直說謊，甚至對亨利也不說眞話。特別是在亨利面前，因爲他問個不停。史華茲背包的內層口袋裡，小心藏著五個從各個法學院寄來的信封，每個信封都已撕開，裡面放著一封信，每封信的開頭都令人難過：我們很抱歉通知您……我們這次無法……很不幸地，我們眾多申請人當中……

史華茲打開走廊上的電燈，他高舉信封，但是信封紙質良好，纖維綿密，他什麼都看不見。說不定紙質良好的信封代表好消息；說不定學校寄給落選人的信封都是薄而透明。他把信封擺在手掌上，掂掂重量，即便他已經聽說信封的厚薄多半沒什麼意義。他拿起信封在手掌上敲兩下，試圖感覺一下裡面是不是有一張回函卡——我，麥克・史華茲，很榮幸接受您的入學許可。他研判不出來。

信封裡面是他最後的希望。如果你想用一個老掉牙的比喻，他現在的比數是零比五，這會兒九局下半、兩人出局，他只剩下最後一個機會挽救聲譽。耶魯是全國競爭最激烈的法學院，但是他申請的其他學校幾乎一樣難進，而且他的學士論文指導教授是耶魯榮譽校友。史華茲這輩子大多不相信運氣，但是他這會兒說不定鴻運當頭。說不定那五封拒絕信只讓申請過程更加刺激。

不管怎樣，站在這裡胡思亂想，實在有點荒謬。幾個禮拜之前，一群系主任已經做出決定，不可能變更。**拆開信封，你這個白癡**。史華茲心想。**看看裡面寫些什麼，做出反應，繼續工作**。

他把指甲塞進信封的一角，但他只能強迫自己做到這個地步。他靠著牆坐下，任憑信封滑落到兩腿之間。他花太多時間蹲在本壘板，做了太多蹲舉，蹲舉的重量太重，槓鈴像個逗點一樣彎過他的雙肩，結果雙膝的軟骨裂痕累累。他背部的肌肉揪成一團，神經收縮不定，相當痛苦。他打開背包，翻找那瓶布洛芬止痛藥，扔了三顆到嘴裡。撰寫論文時，他通常試著不吃止痛藥，但今晚是特例。他需要在按摩浴缸裡泡一泡；好好泡個澡之後，他會放鬆下來。他走回電梯旁按下B2，齒間緊咬著信封。

二樓有個全新的按摩浴缸，經費由史華茲籌措，但他依然比較喜歡這個地下室二樓、更衣室旁邊的破舊玩意。更衣室伸手不見五指，但是他憑著直覺走到置物櫃。他輕輕扭轉號碼鎖，右一下、左一下、右一下，每次轉到正確的號碼，他可以感到鎖面輕輕一凹，好像女孩的頸際。他從最上頭的架子拉下一條毛巾——毛巾聞起來幾乎算是乾淨——放低身子，坐到身後的長椅上。他把信封放在右手裡。冷水水管滴水；熱水水管發出焦味。他像個老人一樣慢慢彎下腰，脫下長褲、靴子和襪子。水泥地朝向排水口緩緩傾斜，他光腳踩在地上，地面重新油漆過數十次，感覺光滑。

依照史華茲的經驗，更衣室始終在地下樓層，好像碉堡或是防空洞。這種設計不是基於建築所需，而是具有某種象徵意義。當你最脆弱的時候——剛要上場之前、以及比賽剛剛結束之後，若是足球比賽，甚至包括中場時間——更衣室保護你。上場前，你卸下那套穿在身上、面對世間的服裝，換上那件面對敵人的球衣。穿脫之間，你全身赤裸裸。比賽結束之後，你不能把球場上的情緒帶回世間——你若帶著下場，肯定會被送進精神病院——因此，你潛入地下，淨化心情。你大喊大叫，亂丟東西，猛敲置物櫃，可能出於震怒，也可能出於欣喜。你擁抱你的隊友，或是大聲叫罵，或是打他一拳。不管發生了什麼事，更衣室始終是個避難所。

史華茲把毛巾圍在腰間，找到那封信——信函在黑暗中散放出能量——慢慢繞過一個個置物櫃和長椅，走向渦漩水療室。他啪地一聲打開開關：一個光禿禿、懸掛在電線上的燈泡微微一閃，室內的光線灰濛濛，他偏好完全漆黑，但他非得知道自己的命運不可。他啪地一聲打開另一個開關，按摩浴缸猛然顫動，不情不願地發出呻吟，水面開始攪動，散發出一股汙濁漂白水的氣味。

他丟下毛巾，慢慢爬進浴缸，調整坐姿，把下背部朝向噴水口。他的胸毛飄向水面，好像對著陽光伸展的水草。他心想，這個學校需要一位全職按摩師。他放任自己稍稍想像一下按摩師：她的雙手毫不留情地揉搓他頸部的肌肉；她的鼻息暖暖地飄過他的耳際；她的乳頭透過薄薄的布料貼著他的肩胛骨，說不定是故意的。這個幻想起不了任何作用；他在水面下的陽具依然軟趴趴，像隻褐色小蝸牛一樣自個兒縮成一團。

再看看手錶時，已經是三點零九分。他喜歡把手錶調快四十二分鐘——這個習慣不太理性，就像戴著手錶泡澡，兩者都沒什麼道理——這表示現在其實是兩點半。如果想在天亮之前交出某些成果，他最好趕快上樓，嚼兩口菸草，開始動筆。熱氣和蒸氣使得信封的黏膠失去黏性；他只需要輕輕掀開信封，往裡一瞧。但他反而跳出浴缸，打開擱在龜裂磁磚地上、沾了點點油漆的舊收音機。他又浸入熱水裡，聆聽經典搖滾，信封四個角落愈來愈鬆軟，捲了起來。

沒什麼大不了的，他心想。如果今年申請不到學校，總是還有明年。長遠來看，一年的時間不算什麼。你可以回去芝加哥，找一份律師助理的工作，到巡迴法院擔任志工。沒錯，過去兩年，你苦讀準備LSAT考試，但是你總有辦法更用功一點。你可以幫有錢的學生們補習，賺些現金，明年你絕對進得了該死的法學院。你終究會成功，因爲你拒絕失敗。你是麥克．史華茲。

但是問題就出在這裡：他是麥克．史華茲。不管在哪個領域，每個人都指望他成功，因此，他不能失敗，即使是暫時受挫也不行。沒有人能夠了解，甚至連亨利都不能。尤其是亨利。在亨利眼中，史華茲始終所向無敵，攻無不克，他們的友誼奠基於這個迷思，這下迷思即將瓦解。

「看起來四月跟雄獅一樣來勢洶洶，」凌晨時分的電台DJ說。「歐格菲爾德郡和亞莫爾賽郡正下著大雪，一個鐘頭之內，衛斯提許也會下起大雪，交通肯定大亂，所以啊，大家最好做些準備。哪有什麼全球暖化？」

史華茲看看手錶，減去四十二分鐘：快要五點了。他已經多年沒有白白浪費這麼多個鐘頭，除非是喝醉酒。他忽然好想跟亨利說話，幾乎難以克制，他拖著身子爬出浴缸，摸索走過黑暗的更衣室，找到他那疊摺好的衣服，從牛仔褲口袋裡掏出手機。

「早，」電話響了一聲，亨利就接起來，聲音只帶著一點點睡意。這是他們之間的一種習慣：史華茲經常隨時打電話給亨利，亨利也會隨時打電話給史華茲，另一方很快接起電話，口氣輕鬆自在，準備面對一切狀況，而且從來不說這種時候打電話過來多奇怪，因爲相較於他們必須進行的工作，睡眠、現在幾點、外面一片漆黑，這些怎麼值得一提？通常是史華茲打電話給亨利。

他慢慢地又在浴缸裡坐定。「小史，」他說。「好點了嗎？」

亨利壓下一聲呵欠。「還好。你在哪裡？」

「在體育館泡一泡背。快要下大雪了，你最好趁下雪前過去足球館。」

「好。謝謝。」

史華茲低頭看看手中的信。剛才撥號的時候，他不確定自己爲什麼想跟亨利說話；現在他意識到他想把這整件事情告訴亨利。然後他們可以一起打開信封，分享懊惱、憤怒、狂喜，或是不管哪種心情。就這麼一次，他想讓小史幫他打氣。「聽好，」他說。「我一直打算跟你說——」

「對了！」亨利忽然聽起來精神振奮。「我昨天晚上回寢室之後，發生了一件怪事。」他開始詳述他跟瑪蘭達．斯薩波的談話。

「第三輪？」史華茲重複。「她說第三輪？」

「她就是這麼說。第三輪，甚至更前面。你覺得是不是有人惡作劇？我一直想像有個壘球球員在打電話，李克和史塔布萊德坐在後面大笑。」

史華茲把信舉到與眼睛齊高，在手裡翻轉。他把信拿到鼻子前面，聞一聞黏性已失的黏膠。他知道現在亨利對他有期望，但他花了整整三十秒才擠出聽起來像是他會說的話。「這是眞的，小史。從現在開始，你的生活就會像現在這樣。我們拚了四年，就是爲了追求這種成果。」

「三年。」

「沒錯，三年。」信封封口已在濕氣之中張開。史華茲輕輕掀開封口，直到看得見裡面的信紙印著一個漂亮、充滿希望的藍色校徽。「最重要的是，」他繼續說。「照著計畫進行。你不能控制選秀會。既然不能控制，你就不要浪費時間多想。你只能控制今天多麼努力。」

「沒錯，」亨利說。

「如果今年有些成果，」他說。「當然很棒。如果沒有，明年再看看。」史華茲閉上雙眼，把手伸進信封裡：信紙摺成三摺，尚未受到室內的水氣沾濕，感覺簇新硬挺，充滿希望。亨利繼續提到棒球分析師彼得．蓋曼斯，但是聲音似乎遙遠。浴缸的金屬內板貼著史華茲的兩肩顫動。他攤開三摺的信紙。

「哈囉？」亨利說。「史華茲？」

---

① Adderall 是一種安非他命緩釋製劑，在美國是合法處方藥，專門治療注意力不足過動症，可用來增強注意力，但有副作用。

② You are awfully stupid。你眞笨。

13

亨利呼出的空氣在他面前凝結成一團薄薄霧氣。他的擋風夾克裡面還穿了T恤、暖暖衣和厚運動衫，T恤外面套上負重背心。還沒下雪，但是雲層低斜，好像一個快要崩塌的遮陽篷。他先是慢慢走，然後換成小跑步，從小方院跑到大方院。大方院的建築物比較宏偉，尤其是高高坐落在北邊的圖書館和小教堂。光禿禿的樹木在風中顫抖。體育館樓上的窗戶透出一盞孤零零的燈光：那是史華茲的辦公室。

石砌、馬蹄鐵型的足球館是一百年前興建，館內一根根羅馬拱柱，有如巨大的洞穴，龐大的總面積顯現出某種怪異的野心。即使是校友返校日的主場比賽，足球館也從來坐不滿四分之一。每個禮拜四天，亨利到這裡運動，一鼓作氣衝上又寬又陡、權充看臺的水泥階梯，然後從比較低淺、被人當作台階的地方跑下來。

足球館幾乎密閉，館內一片沉靜，氣氛略有不同。他懶得暖身——只是踮起腳尖跳幾下，前後晃晃身子，在黑暗中直接往上衝。石階跟膝蓋齊高，每一階都得跳上去。憑藉信心一躍，這樣說倒也沒錯，因為館內暗到他幾乎看不到下一階。冷冽的空氣猛然襲向肺部。剛到衛斯提許之後的幾個月，他頭一次試圖衝上階梯的時候，不小心在第三區滑了一跤，牙齒斷了一截，衝上第九區之後，他整個人癱在地上，連嘔吐的力氣都沒有，史華茲卻在他耳朵旁邊低聲侮辱他。當時史華茲的膝蓋還行，還有辦法在足球館跑上跑下，他個頭那麼大，身手倒是出奇敏捷。

他每跨一步，一陣寒意就直衝脊椎。一步，一步，又一步。史華茲幹嘛叫他在這種時候、這種天氣過來運動？他喜歡早起，但現在不像黎明，比較像是夜晚，空中沒有一絲閃亮的晨光，也沒有啾啾叫的小鳥跟他作伴，眞是荒謬。四周只有漆黑的寒意，漫天烏雲不停壓下。他擔心歐文，一直想著那次傳球，幾乎一夜沒睡。如果歐文專心看球，而不是低頭看書，這樁意外當然不會發生，但是亨利依然覺得自己必須負責。除了害歐文受傷之外，光是在球場上失手，就夠讓他生氣。他已經好久沒有失誤，幾乎忘了自己可能犯錯。他在球場上總是追求完美。幸好那些球探在出事之前就離開。

他奮力跨跳，衝到最上一排，伸出戴著手套的那隻手，用力拍打釘在後牆上的一號鋁桿。他重重打了一下，但是冰冷的大鋁桿幾乎響都沒響。他轉身，發現自己站在陡峭的石階頂端，石階直直墜入黑暗之中。他把背靠在後牆上，邁開顫抖的雙腳，盡快移向第一區和第二區之間的台階。他幾乎摸得到頭頂上皺皺的雲層。

他快步跑下兩區之間的台階——往下衝雖然比較不花腿力，但是令人膽寒——邊跑邊用擋風夾克的袖口抹鼻子。跑到台階底層的時候，他轉身，往回一跳下，急忙低頭，擺出跳高選手向前衝的模樣。「來吧！」他模仿史華茲的聲音怒吼，試圖幫自己打氣。他勇往直前，一臉陰鬱地再往上衝，疲倦地邁開一步又一步，握起拳頭猛敲冰冷的二號鋁桿。

跑半座足球館就好，往下衝的時候，他告訴自己。他全身發抖，猛烈搖晃手腳。半座足球館，十七區，然後回家沖個熱水澡，洗澡水燙到讓他發麻的肌膚感覺冰涼，然後用歐文的電爐，沖杯熱巧克力或其他熱飲，躲到熱騰騰的被子裡，一直睡到上物理課，而物理課距離現在還有五個鐘頭。

但是跑到第五區時，他的雙腳開始放鬆，肺部也漸漸舒展，腦海中飄過比較樂觀的念頭。他加快速度。血液在體內暢流，留住層層衣物之間的暖意。他雙腳落在石階上，感覺比較輕盈。

他先脫下手套甩到一旁。跑完兩區之後，他一手抓住紅雀隊棒球帽，另一隻手扯掉擋風夾克，他一邊扔掉夾克，一邊重新戴上球帽。外套被風吹起，緩緩飄揚，最後落在石階上。亨利的臉上散發出熱氣，帶著鹹味的鼻涕流過上嘴唇。他放了一聲響屁，一舉衝上第十二區，他重重拍一下區號標誌，好像跟隊友擊掌叫好，標誌輕輕抖了一下，以示回應。這下他昂然前進，管他周圍一片漆黑。他脫下厚運動衫和長袖內衣，停都沒停。他在黑暗中前進，慶幸周遭一片漆黑，與黑暗化為一體。他用上自己的體溫，脫得只剩下負重背心和T恤。在淒冷龐大的黑暗中，只見一團黑影冒著熱氣。

14

剛才躺下之前，裴拉從籐編包包裡拿出泳衣，攤平放在床上大衛習慣佔用的那一邊，藉此提醒自己今天要做什麼。現在她脫下衣服，穿上泳裝，再穿上衣服。她沒有眞的睡著；現在是舊金山時間清晨三點半。泳衣有點合身——好吧，泳衣非常合身——但她身邊只有這一件。她盤算一下自己什麼時候眨眼睛，趁著眨眼睛的時候趕快側著身子走過鏡子前面。如果沒人看到，包括她自己在內，她看上去是什麼模樣就不重要。

她可以聽到廚房的腳步聲，濃縮咖啡機大聲抗議，滴出最後幾滴咖啡，但是現在太早，連跟爸爸寒暄都嫌早。她偷偷下樓，走到外面的方院，方院的草坪已經積了一層厚厚、溼答答的白雪。她大剌剌地拉起厚運動衫的帽子——此舉純屬誇張，因爲她不一定非得拉起帽子——把帶子打成一個蝴蝶結。

裴拉已經好久沒游泳，但當她盤算是否回到衛斯提許、跟爸爸待一段時間時，她腦海中不斷冒出一個快樂的念頭，那就是晨泳。她以前是泰爾曼蘿絲的游泳校隊，專精蝶式。學校放假、回家看爸爸時，她利用清晨到體育館游泳，這個時候游泳池裡只有老人，老先生們穿著直筒泳褲，泳褲裡冒出瘦弱無毛的雙腿。八成是理學院教授，她猜想；這些可愛的老人家個性執拗，到哪裡都騎腳踏車，每天吃七頓少量餐點，偷偷計畫活到一百二十歲。她爸爸雖然不是游泳池的常客，但也有點像是這種老先生。六十歲的他，看起來至少可以活到一百二十歲。

裴拉慢慢走過停車場，她低著頭，試圖避開隨風飄來的白雪，以免雪花飄進眼裡。走上體育館的階梯時，她被一樣東西絆倒，那是某人的大腿——有個身材非常高大、幾乎赤身裸體的傢伙，伸出一隻光溜溜、毛茸茸的大腿。她顯然因爲睡眠不足，幻想出一個裸體的伐木工人。伐木工人坐在階梯上，身上蓋著一條沾滿雪花的毛巾，一臉憂傷地凝視前方，濡濕的雪花一朵朵飄落在他的頭髮、鬍鬚和胸毛上。裴拉被他的大腿絆倒，雙手不得不搭在水泥階梯上，以免跌個狗吃屎，即使如此，他依然無視她的存在。她側身一翻，跟他一起坐在階梯上。

「你的毛巾還不賴。」

沒反應。

「你還好嗎？」

寬闊的肩膀一起一落。裴拉從來沒有幻想、也從來沒有跟這麼一個偉岸的裸體男子離得這麼近。

「你被鎖在外面嗎？」她說。「因爲我想體育館應該六點鐘開門。現在肯定剛過——」

「大門開了。」伐木工人重重嘆口氣。「妳看起來不怎麼眼熟，」他疲倦地說，眼睛依然直視前方。

「妳是大一新生嗎？」

「不是，但從某方面而言，我猜你可以說我是——嗯，我只是過來看看。」裴拉說。「你呢？」

「麥克・史華茲。」他伸出右手橫過身體跟她握手，但是臉依然看向停車場、石砌的足球場、以及遠方漆黑的大湖。

「裴拉，」她說，故意不提自己姓什麼。雪花悄悄迴旋落下，再加上麥克・史華茲顯然無視她的存在，她覺得自已像個無名氏，感覺相當自在，她只怕一提到自己的姓氏，這種感覺恐怕不保。

「希臘古城裴拉？」

「沒錯。」

「西元前一六八年被羅馬殲滅。」

「你很用功讀書喔。」

一位老先生像個鬼影似地騎著腳踏車過來——在這種灰白色的晨光中，一切看起來都像是鬼影——他輕快地跳下來，把車子停放在階梯底、有如骨架的腳踏車架上。他稀疏的頭髮沾滿雪花。他從車子的把手上取下一個帆布袋，快步爬上體育館的階梯。走過他們身邊的時候，老先生跟他們點點頭，神情怡然自若，從他的表情研判，你會以爲麥克·史華茲每天早上都披條毛巾坐在階梯上，迎接勤上健身房的人們。就裴拉所知，說不定他果眞如此。「你不冷嗎？」

「冷只是一種心理狀態。」

「嗯，我的心理狀態是冷斃了。」裴拉站起來，拍掉大腿上的雪花。「很高興認識你，麥克。」

就在那一刻，他終於轉頭看她。裴拉看到他盈滿亮光的雙眼，那種顏色好像是晶瑩剔透、保存著史前昆蟲的琥珀。那雙漂亮的眼睛裡懷藏一股受挫的困惑，好像她先前答應在這裡坐一整天，現在卻忽然反悔，令他大惑不解。一時之間，她感覺自己的靈魂受到估量，徹底被看穿。然後他低頭瞄一瞄她的胸部。裴拉雙臂交握在胸前，他這種目光毀了這一刻，令她有點生氣；莫非她氣的是自己在連帽外套裡面穿了泳衣以至於胸部被壓得扁平？

「我沒進，」他沉重地說。

「什麼沒進？」

他指指腳上那雙夾腳拖鞋，拖鞋中間有個信封，信封已被埋到雪裡。「我沒進法學院。」

「這就是你為什麼在下大雪的早晨坐在這裡？因為你被法學院拒絕？」

「沒錯。」

「你那塊腰布有點掀起來，嗯，那裡。」

「對不起。」他調整一下毛巾。「妳知道嗎？這件事我只告訴妳一個人。這是個祕密。妳應該拍拍我的肩膀，跟我說別難過、別難過。」

「對不起。」她拍拍他的肩膀。「別難過、別難過。好吧，你為什麼想上法學院？法學院的學生超級無聊。」

「我本來打算競選州長。」

「威斯康辛州？」

「伊利諾州。我是芝加哥人。」

「你不是猶太人嗎？」

「至今只有三位猶太人州長，」他嚴肅地說。「但是，沒錯，我是猶太人。」做出這個雄心萬丈的宣示時，他的口氣聽起來不像是嘲諷。事實上，他似乎不容許自己語帶嘲諷。

「嗯，」她說。「總有明年。」

「是的。」

裴拉忍不住一直發抖——她從舊金山來沒帶襪子——但不知道為什麼，她不想離開。雲層裡的天空漸漸明亮，白雪遮蓋了早春枯黃的大地。麥克的手肘穩穩擱在膝上，一臉陰鬱地低頭看著緊握的雙手。

「你喜歡衛斯提許嗎？」

「喜歡極了，」他說。「這裡是我的家。」

他是如此眞摯、如此誠實、如此偉岸——不知怎麼地，三者加在一起非常吸引人。她又坐下。她覺得感動，也想要做出一番告白，讓他暫且忘掉傷心事。「我爸爸是校長，」她說。

「艾弗萊？他是妳爸爸？」

「是的。」

「那麼我猜妳已經聽說昨天比賽的時候發生什麼事。」

裴拉沒有。麥克重述事情始末。「妳爸爸甚至跟歐文一起搭救護車到醫院，」他說。「他眞的安撫了亨利。」

裴拉不知道歐文和亨利是誰。「我猜想那就是爲什麼我爸昨天這麼晚才到機場。」

「他沒跟妳說爲什麼？嗯，說不定他喜歡偷偷做好事，爲善不欲人知。」

「我以爲你是猶太人，不信這一套。」

「撒馬利亞人多多少少也算是猶太人。」

這個伐木工人州長不像裴拉猜想的那麼笨。他依然凝視著停車場。「我眞不敢相信艾弗萊是妳爸爸，」他若有所思地說。「那個傢伙口才非常好。」

「我知道。」

「我就是因爲他，才到這裡上大學。我的選擇並不多，但我開車到這裡參加準新生周末活動時，聽他說了一個關於愛默生的演講，我從來沒有聽過那麼動人的演說。」

裴拉點點頭。她非常清楚這個愛默生的小故事，但是麥克顯然想說一下，如果這樣能夠讓他開心，她不介意聽一聽。

「愛默生第一任太太年輕的時候患了肺結核過世。愛默生傷心欲絕。過了幾個月，他一個人到墓園挖掘她的墳墓，他打開棺材，往裡面瞧，看看他心愛的女人還剩下什麼。妳能想像嗎？那肯定糟透了，眞的很糟糕。但重點是愛默生必須這麼做。爲了了解死亡、讓死亡的感覺有種眞實感，他非得親眼看看不可。妳爸爸說這種必須親眼見證的心態，即使是環境非常不容許，正是教育的——」

「艾琳十九歲，」裴拉打斷他的話。她非常討厭故事裡的女人們沒名沒姓，好像她們在世間走一遭，目的只是爲了讓男人們提出隱喻性的見解。「當年醫生們建議的療法之一是震動，這表示結核病人必須坐上馬車，沿著車轍痕跡深深凹進路面的小徑奔波。這也表示艾琳過世之前的幾個禮拜，甚至幾個月，她都坐在劇烈晃動的馬車裡跑來跑去，咳嗽咳得出血。」

「哇，」麥克說。「眞可怕。」

「沒錯，是嗎？」裴拉又站起來，再一次作勢拍掉大腿上的雪花。「嗯，我最好進去游泳。」她朝著大門轉身，她多多少少以爲麥克會跟過來，但他留在原地，凝視愈積愈高的白雪。「喂，」她回頭大叫。「說不定你應該穿件褲子。」

他心不在焉地點點頭，專注於某些她無法解讀的思緒，可能想著法學院、她爸爸的演說、或是他受傷的隊友。「我說不定會照辦。」

15

艾弗萊喝了濃縮咖啡，偷偷往裡一瞧，裴拉已經不在客房，說不定這是個令人擔心的跡象——他猜想她隨時可能永遠消失——但他卻鬆了一口氣，因爲他不必跟她解釋、或是謊稱自己要去哪裡，此刻他正要前往醫院。

時間尚早，而且下著大雪，聖安妮醫院的走廊安靜無聲。艾弗萊從護士口中得知病房號碼，輕敲一下門側。無人應答。他猶豫地把門推開。歐文似乎半睡半醒；他的目光懶懶追隨艾弗萊走進病房，蒼白的手臂上插著兩隻細長、蜿蜒而上的管子。

「嗨，」艾弗萊說。

歐文揚起眉毛表示回答。他看起來好脆弱、好俊美，就像一個破碎的古董花瓶，人們發現花瓶象牙般的碎片，重新加以黏合，令精雕細琢的梅花重現生機，沉寂了一世紀之後，細緻的金銀線條再度循著原本的圖案延展。或者，這種比喻有些失當？歐文畢竟帶著奇異的古典美，他具有亞洲人的細緻，即便他不是亞裔；說不定因爲瘀青、皮膚失血，所以他的臉上浮現梅花和象牙的色彩；沒錯，他現在受了傷，而這種脆弱只是平添他的美……

無論如何，即使左邊的臉頰腫得嚇人，不知怎麼地，歐文看起來就是俊美。艾弗萊感到遲疑。他好想移向床邊，摸摸歐文，安慰歐文，感謝老天爺讓歐文平安無事，但他也生怕不管做出什麼舉動，都不免顯得踰矩和做作。最後他終於走過床邊，感覺自己好像犯下某種微小、卻依然難以原諒的過失，小心翼翼在窗邊的椅子上坐下。

歐文緩緩張開嘴巴，然後露出苦笑，講不出話。後來他又試了一次，他小心張開嘴唇，透過齒間小小的空隙輕聲細語，欠缺平日的辯才與犀利：「葛爾特，你跟校董們的會開得怎樣？」

艾弗萊笑笑。「很順利，」他說。「我想我們已經達成共識。」

「我的英雄，」歐文每個字都講得很痛苦，他的目光朝向艾弗萊，但是眼睛似乎無法正確對焦。

「感覺疼痛就別開口，」艾弗萊跟他說。「我只想說聲嗨。」

「我喜歡講話。」他暫時停頓，顯然感覺疼痛。「我出了什麼事？」

「你不記得？」

「醫生說我被球打到，但是我不記得有揮棒。」

「你在休息區。亨利傳球傳偏了。」

「亨利失手？真的？你確定嗎？」

「我確定。」

「嗯，那些你覺得最穩當的人啊，出錯的總是他們。」歐文閉上眼睛。「我什麼都不記得。那時我在看書嗎？」

艾弗萊點點頭。「我警告過你，那是危險的嗜好。」

歐文嘴角一側、距離傷口較遠之處微微上揚，露出看似微笑的表情。

「我很高興看到你，」艾弗萊說。

「我不曉得爲什麼。我確信我看起來很可怕。」

「不會。」

「我也很高興看到你。但是說眞的，我不太看得見。我的眼鏡在附近嗎？」

艾弗萊這才意識到自從他們相識以來，歐文頭一次沒有戴著眼鏡，歐文之所以看起來如此不同、如此脆弱、如此俊美，倒不是因爲他的臉頰腫脹瘀青，臉上一道黑色的細線縫起棒球留下的傷口，而是因爲他沒有戴眼鏡。「眼鏡沒有被帶上救護車，」他說。「很可能斷了。」

「啊。」

「你有另外一副嗎？」

歐文點點頭。「在我寢室裡。」

「我幫你帶過來，」艾弗萊主動提議。

「不、不，」歐文說。「你很忙，我會請亨利幫我拿過來。」

「一點都不麻煩，反正順路。」艾弗萊思索著再說些什麼，深恐歐文意識自己欲蓋彌彰：聖安妮醫院距離衛斯提許五哩，途中什麼也沒有，無所謂順路。「我會從維修處拿鑰匙。你還需要其他什麼東西嗎？」

歐文想了想。「我有一些大麻，在我衣櫃最上頭的抽屜裡。」

艾弗萊大笑。「我猜我可能躲不過警衛的盤查。」他奮力從椅子上起身——既然已經排定下次來訪，這下他可以安心離去。走向門口途中，他忽然冒出一股勇氣，伸手摸摸歐文光滑的額頭。他把手貼在繃帶和瘀青的上方，歐文的眼睛閉著，肌膚感覺出奇溫暖，艾弗萊馬上想要叫護士過來，然後他意識到歐文不是因爲發燒而炙熱，而是專屬於年輕人的青春和溫暖。他感到不好意思，趕緊把手移開，插進外套口袋裡。他不願想像歐文對他的碰觸有何感覺——冰冷而僵硬，絕對是的。難怪他終於墜入愛河——如今他可以奉獻的青春和溫暖，只剩下這麼一點點。他眞是個笨蛋。他走向門口，滿心挫敗。

「你會幫我拿眼鏡過來？」

「當然。」

「這裡好無聊，而且我不太能夠專心，一個念頭掃進我的腦海裡，馬上又掃了出去。說不定你可以過來為我朗讀？」

就這麼簡單一句話，艾弗萊的心情又振奮起來。

16

鏟雪車從天亮之前就開始工作，中午陽光溫煦，路面幾乎已經清理乾淨。亨利拚命設想歐文需要什麼東西，把他所能想到的全都帶過來：課本、備用眼鏡、紅色毛衣。

「很有趣，不是嗎？」他在車裡說。「我原本擔心你離開學校之後、明年會是什麼狀況，但是這會兒我說不定也不會留在這裡。」他猶豫了一下，瞄了史華茲一眼，說出腦海中醞釀了一整天的念頭。「我剛剛在想，如果我拿到一筆不錯的簽約金，比方說像是斯薩波小姐提到的金額，我們可以用這筆錢支付你法學院的學費，這樣一來，你就不必欠更多錢。」

史華茲緊緊握著方向盤，指關節泛白。「小史……」

「那不是貸款，」亨利說。「比較像是投資。法學院畢業之後，你會賺大錢，所以我們可以——」

「亨利。你銀行裡有多少錢？」

亨利試圖記起上次花多少錢買快速健。「我不知道。四百美金？」

「那麼你手邊就只有這些錢。」史華茲把別克巨大的車頭繞過雪堤，駛進醫院停車場。「不管哪個當紅的經紀人怎麼說。」

「沒錯，」亨利說。「我只是在想——」

「別想了。」史華茲說，他目光迷濛，一臉倦意，熄滅引擎。「如果其他人打電話給你，不管是經紀人、球探，或是什麼人，你叫他們打電話給寇克斯教練，了解嗎？」

「當然，」亨利說。

當他們找到病房時，歐文在睡覺。「他吃了很多藥，」護士告訴他們。「即使醒著，也是語無倫次。」他從眼窩下方的凹處開始青腫，左邊臉頰腫得非常嚴重。亨利盯著腫脹的瘀青，顏色既是青紫，又是黃褐，看起來混濁醜惡。他眞不敢相信自己居然對朋友做出這種事情。青腫和頰骨破裂不至於影響呼吸，歐文大聲吸氣，大聲呼氣，聲聲間歇沉重。亨利把東西留在床邊。

當他們過來練球時，寇克斯教練正對著史塔布萊德大喊。

「史塔布萊德。」

「是的，教練？」

「你剪頭髮了？」

「嗯，沒有，教練。」

「別跟我廢話。我昨天晚上八點見過你，你的頭髮亂得像隻長毛狗。」

寇克斯教練只有兩條鋼鐵紀律：⑴練球的時候準時出現，⑵比賽的前一天不准理髮。剪了頭髮之後，球員頭部的重量和空氣動力起了微妙的變化，會影響球員的平衡。根據寇克斯教練的認定，你必須花兩天才調整得過來。這個規定對史塔布萊德卻是個難題，因爲這個傢伙非常重視自己是否體面，一旦容貌稍有不整，立刻會去找造型師。

「你明天要坐冷板凳嗎？」

「不要，」史塔布萊德陰沉地說。

「那麼練球之後，你再練習二十次傳接球，把結打開，重新恢復平衡。」

史塔布萊德低聲抱怨。

「你再抱怨，就做三十次。」寇克斯教練指指亨利。「我可以跟你說幾句話嗎？」

「當然，教練。」

他們走到走廊上。「我接到UMSCAC執行長的電話，」寇克斯教練說。「聯盟顯然想要吹捧一下你的連勝紀錄。」

「喔，」亨利說。「這沒有必要。」

「你他媽的說得沒錯，確實沒有必要。但是戴爾似乎打定主意。你知道的，公關宣傳，以及諸如此類的活動。」寇克斯教練摸摸小鬍子，直直盯著亨利，一副準備宣布重大消息的模樣。「聯盟那裡有人設法跟亞帕瑞奇歐．羅德里奎茲通了電話，他說他願意爲此過來一趟。」

「亞帕瑞奇歐？」亨利輕聲說。「你在開玩笑。」

「他說他想要見一見那個打平他紀錄的年輕人。」

亨利的耳朵開始轟轟作響。亞帕瑞奇歐，他最崇拜的英雄，十四屆金手套獎得主，兩屆世界大賽冠軍，有史以來最偉大的游擊手。

「他顯然每年這個時候都會來美國指導紅雀隊的內野手，而且他主動提議過來一趟，然後再回委內瑞拉。這表示時間大概是球季的最後一個禮拜，也就是我們迎戰寇斯瓦爾的那場比賽。」

寇克斯教練緊盯亨利的雙眼，嚴厲地看著他。「我不希望你、或是其他人因爲此事而分心。如果我們乘勝追擊，那幾場對抗寇斯瓦爾的比賽肯定很有看頭。」

「別擔心，」亨利向他保證。「任何事情都不會讓我分心。」

「我知道。」寇克斯教練臉上浮出一絲笑容。「事情都是衝著你來，小史，你他媽的鴻運當頭囉。」

練完球之後，史華茲和亨利走向體育館四樓的臨時打擊場，史華茲裝滿投球機，然後站到亨利旁邊，雙臂交握在胸前，一下子咕噥，一下子抱怨，偶爾提出一兩句建議。亨利一再揮棒，球一顆顆飛過打擊場中央。跟往常一樣，他打算一揮棒就把球打向投球機，球成直角飛出，沿著原路飛回去，重新落進投球機，震得機器的塑膠輪子往後旋轉，好像讓時光倒轉。他練習了數百次，當然尚未達成這個目標，但他始終相信成功是遲早的事。

「臀部，」史華茲說。

砰。

「沒錯。」

砰。

「不要亂動。」

砰。

砰。

砰。

每個禮拜五，不管是球季當中、或是球季結束之後，打擊練習結束後，亨利和史華茲總是開車到卡拉佩利小館，兩人坐在常坐的包廂，不管卡拉佩利太太送上什麼開胃菜，他們就吃什麼，然後再吃一個加料醬汁、加料起司、加料肉類的特大號招牌比薩。飽餐一頓餐之後，史華茲啜飲一杯杯頸細長的啤酒，亨利灌下一大杯快速健，兩人聊著棒球，一直聊到卡拉佩利小館打烊。

但是今天晚上麥克走向他和亞許的家。「你要去哪裡？」亨利說。

「回家。」

「但是今天是禮拜五。」

史華茲停下腳步，低頭看看自己粗糙的手指。他戴著露出指頭的手套，食指昨天晚上被米爾弗德的打擊手揮棒擊中，指甲已經轉爲紫黑，不久之後就會脫落。固然阮囊羞澀，但他之所以不想去卡利佩拉小館，倒不是因爲沒錢。他非常不想坐在那裡，假裝爲了亨利即將享有的盛名而開心。他還沒有告訴亨利關於耶魯法學院的事情。亨利也不曉得哈佛、哥倫比亞、紐約大學、史丹福和加州大學全都拒絕了他。「我今晚最好待在家裡，」他說。「趕寫論文。」

「喔，」亨利說。「好吧。」他一直等著吃飯的時候說出關於亞帕瑞奇歐之事，他們可以在卡利佩拉小館好好分享這個好消息。但這件事可以等到明天——也必須等到明天，因爲史華茲已經豎起衣領抵擋寒風，低頭走過停車場。

17

艾弗萊爬上方博爾館的樓梯，緊張地摸摸外套口袋裡的鑰匙。他的宿舍位於隔壁的史庫爾館，兩棟建築物在許多方面幾乎一模一樣，樓梯同樣彎彎曲曲，樓梯轉角處同樣裝上格子窗，百年歷史的石頭同樣吸收一股難以形容的湖水氣味，但他覺得這裡是個不同的世界。幾扇門後面傳出大聲的音樂，學生們應該已經出去吃晚餐，但是依然播放著音樂。舍監們必須強調節約能源——他必須跟邁爾金主任談一談。骯髒的碟子堆在窗台上，門上掛著白板，彎彎曲曲的細繩繫住黑色簽字筆。白板上寫滿潦草的電話號碼、引用文句和行車導引。其中一個白板上，一個火柴男人跟一個火柴女人面對面，一個箭頭指向男人與肩膀齊高的勃起——正題，白板上寫道。另外一個箭頭指向女人兩腿之間被塗黑的毛髮——反題。嗯，艾弗萊心想，年輕人就是這樣。

住在方博爾館的大多是新鮮人，依然因爲剛解放的自由而瘋瘋癲癲。頂樓感覺比較沉靜。沒有噪音，沒有髒盤子，沒有不雅的塗鴉。窄窄的樓梯轉角平台只有兩扇門，各佔一邊。艾弗萊面對左邊的那一扇，敲一敲門。他希望亨利．史格姆山德不在，這樣一來，他就可以跟歐文的私人物品獨處——他可不是偷偷亂翻，而只是置身其間——因此，當無人回應時，他感到相當開心。樓梯間傳來聲音，他把鑰匙塞進門鎖裡，急忙潛入寢室。

這裡果然屬於歐文：井然有序，滿室書籍，空氣中隱隱留有一絲大麻的氣味。從許多方面而言，這裡的擺設比艾弗萊的住所更理想：綠色植物生氣盎然，牆上掛著畫作，各種銀白色的小型家電。室內唯一髒亂的區域是一張沒有整理的床鋪。

不准逗留，他心想。不准翻閱書籍。找到你要找的東西，趕緊掉頭離開。他四下瀏覽，看看有沒有一副眼鏡。他一看就知道歐文的書桌是哪一張——兩張書桌之中比較整齊的那一張。艾弗萊靠向書桌，手腕無意間碰到歐文電腦的滑鼠，螢幕刷地一聲亮起，他不看都不行。歐文開了一個視窗，視窗上是個二十幾歲的男子，男子肌肉虯結，古銅色的肌膚光滑油亮，懶洋洋地坐在一張木椅上，一隻手握住昂然勃起的巨大陽具，好像那是艾弗萊奧迪汽車的變速桿。艾弗萊猛然闔上筆電，試圖辨識擺在窗台上的一排香料盆栽。薄荷。九層塔。那是百里香嗎？沒錯，百里香。

種種情緒浮上心頭，最先浮現的是失望。歐文絕對不會要我，他心想。如果歐文想要這種男人，那麼歐文絕對不會要我。說不定在他的腦海中，歐文始終是偶像崇拜，純粹屬於精神層面，終於與他情投意合。但並不全然如此，不是嗎？因爲歐文有血有肉，也有肉體需求——提到這一點，艾弗萊如何看待歐文的肉體呢？他對歐文可有肉體的渴求？因爲那個網站、那張照片——那是肉體慾望。他怎麼可以讓自己、或是想要讓自己陷入那種情關？歐文不見得要他。但是如果歐文要他——歐文眞的會想要他這副上了年紀、肌肉鬆垮、以六十歲的標準算是不錯、以四十歲的標準算是過得去、但絕對不是二十幾歲的軀體嗎？愈想似乎愈不可能——那麼他也想要歐文的肉體嗎？他覺得他想要，甚至多少幻想過這碼子事，但是他的幻想只限於愛撫和講悄悄話，相較於那張線條分明的照片，顯得甜蜜卻抽象。

兩組問題在艾弗萊的腦海中盤旋——一個是歐文的情色慾望，另一個是他自己的情慾。他從來沒有把兩者跟眞槍實彈的色情影像聯想在一起。但是那個網站就在眼前。不管多麼微不足道，那是歐文生活的一部分；如今，因為他打破了不准偷窺的訓誡，所以也成為他生活的一部分。他打開筆電，準備再看一次，測試一下自己的反應。樓梯間又傳來腳步聲——但這次腳步聲踏過三樓的轉角處。

亨利勉強走到學校餐廳時，沙拉吧已經清理乾淨，熱食區的不銹鋼盆已經卸下，食物也已清空。他找到一具校園電話，打電話給李克．奧沙，問他要不要去卡拉佩利小館吃飯。

「對不起，小史，」李克說。「史塔布萊德和我早就吃飽了。史華茲人呢？」

「他在趕他的論文。」

「我想也是。你剛好插播到我祖母的電話，她正跟我說柯林頓為什麼比傑克．甘迺迪更適合當總統。明天一早見，好嗎？」

亨利走回學校餐廳，幫自己倒了兩杯脫脂牛奶，他得加進雙倍的快速健，藉此充飢。斯師傅穿著木底鞋，劈哩啪啦從廚房走出來，低頭瞪著他的筆記板。「嗨，斯師傅，」亨利說。

斯師傅不情不願地從筆記板抬起頭來，他的眼睛被臉上的橫肉擠得細細的，對焦緩慢。他通常不喜歡跟學生們說話，但當他看到來人是亨利時，他點了點頭。「小伙子，你什麼時候回來上班？」

「快了。」亨利幾乎樂於在學校餐廳打工。斯師傅主張烹調是門藝術，廚房是工作室，餐盤是畫布，你怎能在骯髒的畫布上創造藝術？許多半工半讀的學生被斯師傅的長篇大論逼得辭職——但對於亨利而言，這種紀律和他的生活習慣恰好不謀而合。但是嘛，如果他被選中，如果球隊花錢請他打球，他就不能繼續在這裡工作囉。「我想快了。」

斯師傅小小的黑眼睛蒙上一層水氣。「我用得上你。」他抬起一隻手，不自然地拍拍亨利的肩膀。

「你的同學們是一群笨蛋。」

亨利走回方博爾館，他把兩杯牛奶擱在樓梯間的地板上，伸手到袋子裡找鑰匙。他找到鑰匙，然後發現門沒鎖——這就怪了，因爲歐文人在醫院。他用臀部把門頂開，端起牛奶。轉身進入寢室時，他從眼角瞄到一個人影。驚嚇之餘，他把一杯牛奶摔到地上。杯子落在歐文那張西藏地氈和地板的交界點，啪地一聲裂成閃閃發亮的碎片。牛奶濺到他的運動褲、桌腳和一半地氈。

「亨利，」艾弗萊校長跨了兩大步，急急從寢室角落走過來。「天啊，對不起。」

「艾弗萊校長，嗨，對不起，你嚇了我一跳。」

「我確實嚇了你一跳。」艾弗萊動手收拾碎片，把碎片扔進字紙簍裡。「我這麼做眞是愚蠢。」

「別放在心上，好嗎？」亨利把袋子甩到地上，從洗衣籃抓了一條毛巾。「來，讓我來。」在寢室裡見到校長，感覺很奇怪，但是看著校長趴在地上、仔細搜尋地氈上看不到的碎片，感覺更奇怪。

「非常對不起，」艾弗萊校長說。「我剛才只是——嗯，你知道的，醫院下午打電話到我辦公室，因爲我最早抵達醫院，所以院方把我列爲歐文的聯絡人。他們需要找個人幫他把眼鏡送過去。」

「他的眼鏡？這就奇怪了，我練球之前已經送過去了。」

「啊，嗯，原來如此，難怪我怎麼找也找不到。」

「我把眼鏡留在床邊，最起碼我想我留了。我希望眼鏡沒有從袋子裡掉出去。」

「我確信這只是溝通不良，」艾弗萊校長很快說。他們跪在地上，濕淋淋的毛巾擱在兩人中間，各自從地氈上撿拾玻璃碎片。亨利試圖找些話題。艾弗萊校長似乎感到悲傷，或是寂寞，看起來怪怪的，但說不定只是因爲這會兒兩人蹲在寢室的地板上，所以感覺有點奇怪。「你的領帶，」亨利說，校長絲質領帶的尖端泡到一灘牛奶裡。

「什麼？啊，謝謝。」

撿拾碎片告一段落時，艾弗萊校長站起來，扣上外套鈕扣。「再次抱歉叨擾你，亨利。我欠你一杯牛奶。」

亨利想不出來該跟艾弗萊校長說些什麼，但是他也不想讓校長離開。說不定不是校長感到寂寞——說不定是他自己。「當你假定別人跟你面臨同樣問題的時候，」他問，「你怎麼稱呼這種心理狀態？」

「投射作用，」艾弗萊說。

「對，投射作用。你可曾經歷這種問題？」

「你的意思是說，我可曾把自己的問題投射到別人身上？」

「是的。」

艾弗萊笑笑。「怎麼了，你呢？」

「我先問你的。」

「好吧，」艾弗萊說。「每個人不都會如此嗎？」艾弗萊轉身離去，房門跟著關上，他昂貴的皮鞋踏在樓梯上，發出響亮的噪音。

亨利在剩下的那杯牛奶裡加進三匙快速健，攪拌成黏糊糊的一團，用湯匙舀著吃。這是哪門子晚餐，但他還能怎麼辦？他天還沒亮就起來，沒有力氣再離開寢室。他翻開物理課本，試圖閱讀，卻只看到球如何從他的指尖飛向歐文的臉，一次又一次。電話響了。

「亨利。」

「歐文！你還好嗎？」

「好多了，謝謝。」

亨利知道不管歐文感覺如何，他都會這麼說，但是聽到他親口說出來，亨利還是相當開心。閒聊時，亨利聽得出來歐文有點反常——他講話很慢，有時候忘了自己正在說什麼。只有亨利提到他和瑪蘭達・斯薩波的談話時，歐文才變得生氣勃勃。「三十八萬美金！」歐文說。「我的天啊。那眞是太荒謬了。但是太棒了。荒謬極了的棒。」

「那是個平均數目，」亨利說。「但是高中生通常比大學生拿得多。說不定我只能拿到二十五萬。」

「以金錢彌補欠缺的正常教育？我還沒聽過如此荒謬的事情。」歐文愈來愈興奮，表達能力也跟著變好。

「高中生掌握較多籌碼，」亨利解釋。「他們可以拒絕簽約，選擇攻讀大學。」

「胡說！一個巴掌拍不響。我們可以幫你報名GRE，威脅說要送你上研究所，他們會讓步，喔，他們很快就會讓步，以至於……」

「等等？」亨利說。「我有另一通電話。」他按了插播。

「亨利？我是杜艾・羅傑爾。我是聖路易紅雀隊的區域球探。昨天那場比賽眞棒。我冷得半死，所以提早離開，但我聽說你打平亞帕瑞奇歐的紀錄。恭喜。」

「嗯……謝謝。」

「我老實跟你說，亨利。我去年看過你打球，印象相當深刻，但我認爲你還得磨練兩年。我們另一個球探今年夏天看到你，他也有同感。我們的看法是先觀察一陣子。」

「好的，」亨利說。「先觀察看看。」

「但是我上個禮拜開始聽到我們在佛羅里達州的球探說：『杜艾，你把這個叫做史格姆山德的傢伙藏到哪裡去了？他比范斯・懷特還棒。』」亨利知道范斯・懷特是邁阿密大學的全美最佳游擊手。「自從上個球季之後，你往前跨了一大步，亨利，你進步多了。你剛滿二十，對不對？」

「十二月剛滿。」

「天啊，你年紀還輕。很多剛從高中畢業的傢伙都是十九歲。這點很好，你有足夠的時間成長。好，我得提醒你，現在爲時尚早，選秀會之前可能發生很多事情。但在我們的名單上，你竄升得非常快。我們希望看到你穿上聖路易紅雀隊的制服。可惜你的球衣號碼已經退休。」

「我知道。」杜艾也曉得他知道。那就是爲什麼亨利穿3號的球衣——因爲亞帕瑞奇歐爲紅雀隊效力的十八個球季當中，所穿的球衣正是3號。

「你跟經紀人簽約了嗎？」杜艾問。

「沒有。」

「嗯，其實我不被允許跟你討論這類事情，但我私下跟你說，我們球團的行政經裡們非常欣賞你，我們也希望盡早簽下值得培養的球員——也就是那些不會讓球團破產的選手。一個超級咄咄逼人的經紀人——比方說史考特・波拉斯、或是瑪蘭達・斯薩波——可能降低你入選的機率。你明白我的意思吧。」

「當然。」

「選秀會之前，」杜艾繼續說。「球隊和球員達成非正式協定，並不是不常見。比方說，我們可能過來跟你說：亨利，如果你答應以合理的金額跟我們簽約，我們將在第一輪第二十六順位挑選你。我們姑且說六十萬美金、或是諸如此類的數目。」

電話插播再度響起，歐文又打電話來，但是亨利誰也顧不了。「第一輪？」他輕聲說。

「這件事只有你知我知，」杜艾說。「但是，沒錯，第一輪。」

「哇。」

「一下子接受這麼多消息並不容易，」杜艾說。「而且現在言之過早。選秀會還有一段時間，可能發生很多事情。但是我們球團總經理希望我早點跟你展開對話。

「亨利，紅雀隊是最理想的去處。若是得到適當的栽培，你可能成爲下一個亞帕瑞奇歐。我個人認爲，參與此事的每個人——你、我、行政經理們——應該盡其所能，確定你戴上聖路易紅雀隊的球帽。」

亨利伸手摸摸帽簷。「我現在就戴著一頂。」

18

史華茲穿著短褲，懶洋洋地攤在沙發上，拉開第二罐四十盎司的瘋馬啤酒。他從來不在球季當中喝酒，尤其是比賽的前一晚，但是今天是個特例。沒拿到法學院入學許可的一天。他的陽具從短褲褲襠冒出來，袒露在外面。他誇張地東翻西弄了幾下，但它依然軟趴趴，好像是屬於別人的東西。六月中旬將至，他即將失業，無處可去，只有一個歷史系學位和一筆快要到期的八萬美金學生貸款。瘋馬啤酒總共耗資六塊九毛四，他隨便抓了一張還沒刷爆的信用卡付了帳。他不記得上一次打手槍是什麼時候的事。

如果他待在家裡，他恐怕會抓起冰箱裡那瓶伏特加。嗯，喝得爛醉，忘掉一切，這個點子倒是不錯，但是巴士早上七點就開往歐本妥。他習慣性地打開手機，但他不能打給亨利，尤其是他放了亨利鴿子，沒有一起去吃晚飯。或者這麼說吧，他可以打電話給亨利，但他不想打。他瞄了瞄書架，看看有沒有校園電話簿。艾弗萊家裡的電話號碼似乎不可能登錄在內，但號碼此刻清楚呈現在眼前。就讀小型人文學院就有這個好處。

艾弗萊校長接起電話。「校長先生，你好，」史華茲說。「我是麥克．史華茲。」

「麥克，你有什麼事嗎？」

「首先，我想跟你報告，歐文的情況好多了，看來這個周末就可以回家。」

「太好了，」艾弗萊校長說。「謝謝你告訴我。」

「謝謝您昨天幫那麼多忙，」史華茲發覺自己因爲瘋馬啤酒變得多話起來。「整個球隊都非常感激。」

「別客氣。我只是做我該做的事。晚安，麥克。」

「嗯，我能不能跟你女兒談談？」

「我女兒？你認識她？」

「我們今天早上碰了面。」

「啊，好，我想你找對了地方。請等等。」

艾弗萊校長把話筒從嘴邊拿開。「裴拉，」他大喊。「電話。」裴拉大聲回應，然後稍微靜默。「不是大衛，」艾弗萊回答。「麥克・史華茲打電話來。」

半秒鐘之後，裴拉接起電話。「你沒凍死啊。」

「妳游泳游得怎樣？」

「只撐了一趟半，然後我得在泳池邊躺下。救生員跑過來要做人工呼吸，但我揮揮手叫他走開。」

「聽起來很糟。」

「我喜歡慢慢開始，」裴拉說。「給自己一些進步的空間。」她開始講些別的事情，好像關於下雪。

史華茲猛然喝乾剩下的啤酒，打斷她的話。

「妳今天晚上有沒有空。」

「有沒有空？天啊，才沒有呢。練習無伴奏合唱之後，我得到流動廚房當義工，一邊服務，一邊撰寫以哈姆雷特的復仇爲主題的論文。然後我的姊妹會跟另一個姊妹會聯誼，我的暴食症互助小組也打算聚在一起吃甜點，在那之後，我得跟足球隊隊長約會。」

「我是足球隊隊長。」

一陣長長的沉默。

「喔，好吧，既然如此，你幾點鐘過來接我？」

「妳還眞有本校精神，」他一邊評論一邊接下她的運動外套，隨手把外套披在卡拉佩利小館門口走廊的木頭釘架上。「貨眞價實的魚叉手。」

裴拉低頭看看自己的衣著：一件天藍色的衛斯提許休閒衫，外面套上一件乳白色的衛斯提許毛衣，再加上那件她穿了上飛機的牛仔褲。「對不起，」她說。「學校書店沒有太多選擇。」

「不、不，」麥克說。「妳看起來很棒。」

「謝謝。嗯，我可以問你一個問題嗎？」

「請說。」

「你一直留著鬍子嗎？」

麥克一邊摸摸臉頰，一邊側身滑進包廂。「我把留鬍子當成某種激勵自己的方式，」他說。「尤其是撰寫論文的時候。妳知道的，忙著寫論文、忙到沒時間刮鬍子等等。」

「有用嗎？」

「最近不太有用。我猜妳不太喜歡鬍子。」

裴拉聳聳肩。「我的前夫留鬍子。」

「大衛。」

「你怎麼知道？」

「剛才我們打電話的時候，我聽見妳爸爸提到他。」

一位女子搖搖擺擺走過紅地毯，朝著他們的桌子走來，她伸出手臂表示歡迎。「我以爲你們這兩個小伙子——」一看到裴拉，她馬上尖叫一聲，然後朝著麥克轉身，好像想要保護他，讓他不要受到傷害。「我的亨利呢？」

「亨利跟妳問好，卡拉佩利太太，」麥克說。「他今天晚上必須用功。」

「用功！聽起來不像是我的亨利。」卡拉佩利太太悄悄把菜單擺到裴拉面前，擺出一副正式、冷淡、「今晚我將爲您服務」的表情。菜單本身似乎代表某種侮辱，因爲她沒有拿菜單給麥克。「這位小姐，您想喝些飲料嗎？」

裴拉看看麥克。「我們應該點瓶酒嗎？」

「嗯……當然。」

「我們不點也可以。」

「不、不。請給我們一瓶你們最好的白酒。」麥克輕輕拍一下卡拉佩利太太的肩膀，表示請她放心，卡拉佩利太太隨即轉身，踏著低矮的鞋跟一步一步離去。

「別放在心上，過去幾年，亨利和我每個禮拜五晚上都來這裡。」

「但是今天晚上他得讀書？」

麥克一隻手肘擱在桌上，伸出大手摸摸他的髮線。「我現在不想跟亨利講話。」

「怎麼回事？」裴拉說。麥克開始講述，起先講得有點猶豫，她聽著聽著，心臟開始狂跳，那種感覺既熟悉，又可怕。一對三十出頭的情侶坐在吧台邊，兩人愛撫對方的手，高腳椅下的雙腿交纏。女人身上那件紅色的洋裝跟掛在他們頭頂上的油畫不太搭調，巨幅油畫的畫框花俏，畫中一層又一層濃濃的深紅和金黃油彩，好像一幅劣等的梵谷畫作。裴拉感覺自己額頭冒出一顆顆汗珠。拜託，現在不要發作，她心想。最近幾個月，她的恐慌症已經逐漸減緩，她知道如何克制，但是現在絕對不是發作的時候。她考慮該不該說聲抱歉、走去洗手間，但是這樣似乎很失禮，因爲麥克講話講到一半，而且愈說愈激動，更何況洗手間似乎遠得不像話，她必須穿過餐廳、走過通道、轉個彎、穿過一扇門，而且洗手間一定會有某種柑橘的味道、柑橘混雜著糞便……

麥克已經暫停講話，他的頭稍微歪向一側，神情關切。「妳還好嗎？」

裴拉點點頭，偷偷在桌下緊緊扣住雙手。

「妳確定嗎？妳的臉色有點蒼白。」他用他那盈滿亮光的雙眼看著她，一隻手搭在她的手臂上，暫且停留一會兒。裴拉試圖回想今天早上有沒有服用避孕藥和天藍色的小藥丸，其實她好多個月之前就停止服用避孕藥。拜託，振作起來吧。「我沒事，」她說。「請繼續說。」

等到麥克說完亨利事件的始末時，酒瓶幾乎已經空了。他看起來是如此氣惱，以至於裴拉的心情開始好轉，好像卡拉佩利小館的包廂裡只能承載這麼多懊惱。

「嗯，」她邊說邊切下一小塊超大號比薩，放在自己的盤裡。「讓我看看我是否了解。自從你碰見亨利之後，你一直是他的精神導師。你教他該吃什麼、該修那些課、怎麼打高速球等等。從A點走到B點之前，亨利一定會先想想：麥克要我怎麼做？否則他不會行動。」

「我們通常說是快速球。」

「好吧，快速球。現在你的努力有了成果。你沒有看錯那個小伙子——你三年前看到的潛力，現在成了眾所皆知的事實。但你卻沒有因此感到喜悅，最起碼不如你想像中的開心。事實上，你開始厭惡那個不知感恩的混蛋。」
麥克皺皺眉頭。「亨利懂得感恩。」
「但還不夠。當年若是沒有你，他現在肯定在工廠當班。現在他反而即將實現他的夢想，而且賺一大筆錢。」
麥克雙手交握，擱在顎下。有個人願意在她面前表現得如此沮喪，好像她不在場似地，令裴拉鬆了一口氣。大衛從來不會這麼做——大衛的目光總是緊盯著她，既是仰慕、欣賞，也是評判。那就是他所謂的愛情。「這讓我感覺自己像個混蛋，」麥克說。
「什麼？」
「我是說我無法爲他感到高興。」
「你確實爲他感到高興。」
「但不是百分之百，實在是不理性。我幫亨利制定了計畫，而計畫果眞奏效。我幫自己制定了計畫，但是卻行不通。我不應該把氣出在他身上。」
「嗯，感情本來就不理性。」
麥克把兩塊比薩疊成三明治的模樣，直接塞到嘴裡。他陰鬱的心情似乎不影響他的食慾。「在下正在以馬可．奧理略爲主題，撰寫一篇兩百頁的論文，我應該知道什麼叫做理性。」
「你多大？」裴拉問。
「二十三。」
「我也是。今年秋天我非但上不了法學院，甚至連高中都沒畢業。我碰到大衛的時候就休學了。」
「一見鍾情，是嗎？」

裴拉聳聳肩。「我猜當初是的。現在回想只覺得當初想要做件大事、某件跟我同齡的人都不會做的事。大衛到我就讀的私立高中講學。他不是教授，但他比我的老師更精通古希臘文。他也是個已婚男子，但我當時並不知道。」她抬起頭來，看看麥克對於大衛已婚一事作何反應。

麥克眼睛大張。「他懂希臘文？」

她點點頭。

「妳也懂希臘文？」

「略知一二。」

他摸摸他的鬍子。「哇。」

「當時我高三，」裴拉說。「我已經拿到耶魯大學的入學許可——小時候，我爸爸在哈佛教書，因此，我只想要跟他走一樣的路，即便我假裝跟他唱反調。之前我擔心進不了耶魯，但拿到入學許可之後，一切都顯得好無趣，你知道嗎？我們班上一半同學都進了耶魯。但是一次失敗的婚姻——最起碼讓我超前大家五年。」

她在胡言亂語嗎？她最近很少說話，以至於難以判定。「大衛住在舊金山，」她說，跳過一些細節。「我跟他一起飛回去，我們搬進他正在裝修的摩登公寓。我過了一陣子才發現他有太太——他們已經分居。到了那個時候，我差不多已經決定留下來。」

麥克哼了一聲，表示不可置信。「校長怎麼說？」

「跟你預期的差不多。起先他打電話來說教、跟我說我毀了自己的一生。接下來是冷戰，情況大約持續了一年，但很難說誰先發起。從那時開始，他每個月都寄給我一份衛斯提許學院的申請書。」

「這會兒妳來了。」

「沒錯，這會兒我來了。」她看著麥克，麥克也正看著她。「我說不定會待一陣子。」

「好極了，」他說。「最起碼對我而言。」

裴拉感到不好意思，大拇指咻咻畫過手中的空酒杯。她頂多吃了三小塊比薩。她從來沒看過這麼巨大的比薩，儘管麥克猛吃，他們依然沒吃完。「有趣嗎？」她悄悄問道。

「妳說什麼？」

「我是說大學。」

他聳聳肩。「我不是爲了好玩才上大學。」

兩位年輕的女服務生看起來都像是卡拉佩利家的小孩，女服務生膚色黝黑，身材豐滿，她們的母親則是膚色黝黑，體型富態。其中一個女服務生沿著一排排包廂往前走，邊走邊收拾盛放帕馬森起司玻璃瓶和紅椒碎片的玻璃調料罐，同時悄悄把帳單擺在他們桌上。麥克從皮夾裡掏出一張藍色的信用卡擱在帳單上，他若有所思地瞪了那張信用卡，過了一會又拿出皮夾，換上一張灰色的信用卡。

他勇敢地笑笑，但是灰色的信用卡似乎依然讓他擔心。當他們聊天時，他不時偷瞄信用卡。「別走開，」他終於說，然後一邊側身滑出包廂，一邊一把抓起信用卡和帳單。

「沒事吧？」

「沒事，」他說。「我馬上回來。」

裴拉眞想鑽到桌子底下——她身邊沒有半毛錢，卻冒昧點了一瓶酒，更別說她幾乎碰都沒碰比薩。這算是哪門子獨立？她頹然坐在椅子上，拉拉休閒衫的衣領——休閒衫當然也不是她自己出錢，而是用爸爸的信用卡買的，這會兒信用卡安然擱在客房的五斗櫃上，先前她大可以理所當然地帶著信用卡出門——她束直衣領，緊緊圈住脖子。

「下次換我付帳，」麥克拿著他的夾克和她的運動外套走過來時，她跟他說。「我……嗯……忘了帶皮包。」

麥克笑笑。「別傻了，我約妳出來的。」

「我還是不好意思，」裴拉說。麥克不像衛斯提許其他學生一樣稚嫩。他似乎既是成熟，又是年輕——頗似她的心境。「這話聽起來或許有點奇怪，」她說。「但是我已經好久沒有跟同年齡的朋友消磨時間了。」

「感覺如何？」

「還不錯。」麥克幫她拿起外套，她一邊點頭，一邊伸出手臂套上袖子。「感覺還不錯。」

雖然餐廳離校園才十條街左右，但是他們依然開車過來——說不定麥克想要表現騎士精神，免得她吹風受寒，不然就是想要炫耀他那部像艘大船一樣的汽車。回程途中，他們選了一條比較遠的路，沿著湖邊繞過燈塔。浪濤一波波衝撞堤岸，激起一陣陣簾幕般的浪花。朝南朝北放眼望去盡是湖水，漆黑的湖水沒有邊際，悄然融入漫無星光的陰暗夜空。「我已經忘了大湖多像海洋，」裴拉邊說邊搖下車窗，聞聞大湖的味道。

「唯獨不帶鹽味。」

「我們住在劍橋的時候，我爸爸總是開車帶我們到海邊。即使是冬天，他也找些藉口過去。」霧氣透過開著的車窗襲入，隨之飄來腐魚的臭味。

「我剛才應該警告妳，」麥克說。「那扇車窗搖不起來。來。」他把暖氣開到最大，調整風口吹向裴拉。他們已經繞過燈塔，現正朝向校園前進，車速非常緩慢，輪到麥克那一邊面向大湖。裴拉感覺悲傷微微湧上心頭，每次旅程結束之際，她的心中總是湧起這種哀傷的情緒。

「我們有三個選擇，」麥克說。「我們可以去巴雷比，那是個酒吧。我們可以回我家，而我家裡非常亂。或者，我們可以繼續開車閒逛，直到車子拋錨，我想大概快了。」

如果去他家，會不會不夠矜持，甚至放蕩？裴拉不知道時下大學生約會有哪些常規——吃了他三塊比薩，喝了他半瓶甜滋滋的白酒，是否表示願意跟他上床？不管怎樣，麥克似乎自有一套約會的規矩。她不想顯得厚顏或是放蕩，但就像今天早上在體育館的台階上一樣，她也不想離開他。

「我想我們去你家吧，」她說。

「我可是事先警告妳囉。」

房子像是典型的大學租屋：骯髒簡陋，垃圾桶堆在前廊，籬笆歪歪斜斜，破爛不堪，遮擋風雪的外門僅靠一條鉸鏈支撐，信箱上貼著一個快要脫落的膠帶，上面寫著：史華茲／亞許。

「我可以開燈，」他邊說、邊拉著走在後面的她，帶她穿過黑暗的起居室。「但是家裡實在令人難爲情。」

裴拉聞得到陳年的啤酒味，屋裡還有另一種黏膩的臭味，可能是潑在地上的牛奶。地板黏黏的，沾在她的鞋底。「住在這種地方，」她輕聲說，「你怎麼可能帶女孩子回家？」

「我從來不帶女孩回家。」

她故意忽略這個謊話。他們穿過一個低矮的拱門，走進第二個房間，這裡說不定是飯廳，但是吊燈下的桌子似乎是個乒乓桌。除了啤酒味之外，這裡還有一股二手書店地下室的陳年灰塵氣味，在那種地下室裡，你花二十五分錢就可以買到平裝本的《麥田捕手》、《兔子，快跑》以及里昂·尤瑞斯的作品。

「書，」裴拉說。

「太多了。」

「那是什麼噪音？」

「我室友。」

裴拉再度感到在這種情況下，自己既比其他人成熟，也比其他人年輕。她跳過室友、啤酒惡臭、二手家具的階段——一旦住過整齊清爽、屬於你自己的屋子，你八成不會想要回頭過著那種日子。但是這會兒她置身此地，麥克的大手牽著她的手，她感覺那股長久以來盤據在心頭的壓力漸漸消散。她想像自己隱居一、兩年，遍讀一本本泛黃易碎的平裝書，最後再度露面，神清氣爽，身心無恙。但是有人必須把地板刷乾淨。「你想他還好嗎？」她說，她指著是他的室友。

「他睡覺打呼，妳會習慣的。」

「什麼時候會習慣？」

「頂多幾個禮拜。妳要喝些什麼嗎？」

「不了。」

成熟。年輕。成熟。年輕。他們走進一個房間，一張低矮的床佔了大部分空間，麥克放開她的手，關上房門。裴拉在床邊坐下，一大疊書從床墊上滑下來，砰地一聲掉到地上。「對不起，」她輕聲說。

「沒關係。」

她脫下鞋子，仰躺在枕頭上，閉上雙眼。四年以來，她只跟大衛上床，而且她已經不記得上次跟大衛做愛是什麼時候的事。最起碼一年以前囉。就算她曾是早熟、放蕩的女孩，如今她再也不是。周遭世界趕上了她，超越了她。每一個曾經躺在這張床上的姊妹會女孩說不定都比她「經驗豐富」，最起碼從性伴侶的數目而言。她聽到麥克在黑暗中摸索，然後啪地一聲劃亮一根火柴。她的眼前似乎閃過一道綠光。「蠟燭，」她說，眼睛依然閉著。「好優雅喔。」

「謝謝。」另一疊書從床上移開，然後她感覺麥克在她身旁躺下。他身體的重量壓得床墊下沉，她滾向他，他輕輕呼喚她的名字，不知道爲什麼，她聽在耳裡，感覺出奇怪異。說不定他只是想要確定他記得她叫什麼。她可以感覺到他柔軟的鬍子貼著她的額頭——他的鬍子比大衛濃密，觸感也較爲柔軟。燭光閃爍搖曳，牆的另一邊依稀傳來鼾聲。她貼著他的身體躺好，聞著他頸際甜膩的汗香，沉沉墜入夢鄉。

19

魚叉手隊沿著維修不佳的高速公路緩緩前進，前往伊利諾州歐本妥參加中午開打的雙重賽。一半的隊員睡著了，另外一半戴著耳機，瞪著窗外駛過的農田，耳機跟專業DJ的耳機差不多大小，緊緊夾住棒球帽。晨光透過層層雲朵洩入車窗，破破爛爛、凹凸不平的橄欖色座椅抹上光影。史華茲半因宿醉，太陽穴陣陣抽動。他平常可不會在賽前灌下八十盎司的瘋馬啤酒，但他的心情比昨天好多了。今天兩場比賽，明天休息一天，之後說不定再跟裴拉小姐共度一個類似約會的夜晚。他試圖不要想她，甚至不想她的名字；他把她偷偷藏在心裡，好像那筆銀行帳戶裡多出來的一千美金。嗯，這個比喻不佳：他的存款已經正式告罄，昨晚的晚餐已刷爆他的信用卡。如果他想在休息站買杯咖啡，他得跟亨利伸手。忽然之間，這點小錢對亨利不成問題。

好吧，暫且想一下裴拉：對於一個經常失眠的人而言，她睡得可眞好。他忘了調鬧鐘，也忘了設定手錶的鬧鐘功能，今天早上，直到亞許用力拍打臥室房門、宣布已經準備出門，他才猛然驚醒。這表示他們已經遲了，因爲亞許總是睡過頭。史華茲悄悄從裴拉的懷中抽身，套上運動褲，把骯髒的球衣扔進裝備袋裡（魚叉手隊員們通常自己洗球衣，或說應該自己洗）。他走向大門，走到一半的時候，他暫且停步，撥開垂落在裴拉眼前的一簇鬈髮，他不確定是否該叫她起床，她動都沒動，說不定她會待在這裡睡一整天，屋裡只有她的呼吸聲。想到這兒，他內心十分喜悅。

這會兒他拿出筆電，在螢幕上點開他的論文。自從接到第一封拒絕信以來，他頭一次覺得自己說不定寫得出東西。

「高中！」伊希一邊大叫，一邊指著外面一棟高大的灰色建築物，磚砌的建築物面積寬長，沒有窗戶，頂端有座小塔。

「高中，」菲爾．盧朵夫表示同意。

史提夫．威洛比側身橫越走道，朝著窗外看。「那是監獄，」他說。「那是一座設備齊全的拘留所。」

巴士搖搖晃晃開過去時，一個方方正正的招牌證實那棟建築物果真是「衛克菲爾德監獄」。

「不公平！」伊希說。「史提夫看到招牌！」

「不，我沒看到。你看看那個地方，那裡有狙擊手的尖塔。」

「拜託喔，那有什麼了不起？我以前的高中也有。」

「威洛比得到一分，」亨利說。

「**老天爺**喔，」伊希頹然陷入座椅內。「佛祖不會讓他得分。」

「我不是佛祖，」亨利說，大家就此閉嘴。佛祖既然不在場，大夥若是碰到高中抑或監獄這種屢見不鮮的爭議，便由亨利擔任客座仲裁。前往歐本妥途中，哪一位新鮮人得分最多，當天下午就不必管理器材。「這下比數成了二比一，」亨利宣布。「嗯，應該是比〇，因爲奎斯在睡覺。」

「哇，難分軒輊。」

「誰比較強？」伊希問史提夫和盧朵夫。「亨利還是基特？」

「我認爲基特比較強。」

「最起碼亨利的守備較佳。」

「就守備而言，亨利當然比較好，但是基特的打擊比較強。」

「五年之後的亨利，或是基特？」

「你是說現在的基特、還是五年之後的基特？因爲啊，到那個時候，他就不行了。」

「他現在已經不行了。」

「五年前的基特。五年後的亨利。」

「你們瘋了嗎？」亨利猛拍一下盧朵夫的後腦勺。「閉嘴。」

「對不起，亨利。」

車上每個球員，從人高馬大的史華茲到個頭袖珍的盧朵夫，人人從小夢想當個職業選手。即使當你意識到自己永遠達不到那個境界，你也不會放棄夢想，最起碼心中依然懷抱希望。這會兒亨利美夢成眞。成長過程中，這些男孩們大半時間在自家後院，悄悄夢想站上大聯盟球場，如今只有亨利一步步接近他們每個人夢中的目標。

就史華茲而言，他很久以前就發誓絕對不要成爲一個可悲的前運動選手，那些人將高中和大學視爲人生的黃金年代，但是人生相當漫長，他不想沉醉在過去的光榮事蹟之中，把未來的六十年花在回顧過去的二十二年。這就是爲什麼他不想擔任教練，即便衛斯提許的每個人都期望他這麼做，特別是教練們。他已經知道自己可以擔任教練。你只需要觀察一下球員，然後問自己：這個傢伙希望別人把他看成哪一種人？然後你照著他的期盼，說出他想要聽的話。你帶著一點宿命的口吻緩緩道來。你提到他的缺點。你強調種種可能阻礙他成功的障礙。一位棒球英雄必須受盡千辛萬苦，才能邁向最後的凱旋之路，這種故事才會格外英勇。史華茲知道人們喜歡吃苦，前提是吃苦必須有道理。每個人都吃苦，重點在於選擇吃哪一種苦。

大部分的人無法獨自承擔；他們需要教練。一位好教練讓你承受適合你的苦，一位壞教練則讓每個人承受同一種苦，結果像是虐待大家。

過去四年來，史華茲把自己奉獻給衛斯提許學院；過去三年來，他把自己奉獻給亨利。現在兩者都將拋下他，繼續邁向未來。**謝謝你所做的一切，麥克，再見囉**。選秀會之後，亨利身邊會有很多人幫他打點一切。經紀人，經理，成群教練、訓練師，以及隊友。他再也不需要史華茲。史華茲不知道自己是否做好心理準備，勇於接受再也沒有人需要他的事實。

伊希坐在亨利後面一排，整個人趴到椅背上爭取亨利的注意。「如果你明年登上大聯盟，」他若有所思地說。「那麼我就變成先發游擊手。嗯，那樣眞棒。但是你不會在這裡。」

「我不會登上大聯盟，」亨利提醒他。「差得遠呢。我會是個菜鳥，我會先窩在蒙大拿州或是其他地方，每天搭著這種巴士東奔西跑。」

史華茲暗自點頭，稱許這番冷靜的措辭。

「即使在小聯盟，女孩子也會蜂擁而上，」伊希說。「我說的可是火辣辣的馬子。」

「聽起來不錯，」亨利心不在焉地凝視窗外，把一顆棒球扔進右手。

「大夥也會想要找你幹架。你一走進酒館，某個傢伙就朝你頭上扔酒瓶。我在《美國棒球》讀過這種報導。」

「怎麼會有人想找亨利幹架？」盧朵夫看起來有點難過。

「因爲他是棒球選手。」

「那又怎樣？」

「因爲他是棒球選手。他有錢有勢，衣著光鮮。他戴著洋基隊的球帽，老兄啊，那可是眞正的球帽，而不是從二手市場買來的。他一走進小酒館，女孩子就輕呼我的天啊，那些傢伙會嫉妒，他們想找他碴，證明自己也是大人物。」

「他們想要給他點顏色瞧瞧，」史提夫幫忙解釋。

「沒錯，給他點顏色瞧瞧。」

盧朵夫搖搖頭。「亨利甚至不上酒館。」

亨利悄悄坐到史華茲對面。「少了歐文，感覺怪怪的。」

史華茲點點頭。其實不至於奇怪：佛祖只會靜靜坐著看書，偶爾出聲裁定是高中或是監獄。

「你申請的學校有回音嗎？」

「還沒有。」

「我但願他們動作快一點。」

「我也是。」

「我已經把這個東西帶在身邊好幾個禮拜。」亨利把手伸到袋子裡，掏出一瓶 Duckling 波本威士忌。「聽到好消息的時候，我打算馬上慶祝。」

這正是史華茲想要的東西，一股渴求猛然竄過他的脊背。Duckling 是他最喜歡的威士忌，最近他手邊沒有半毛錢，卻始終好想喝一杯。「小史——」他開口，但不確定如何說下去。亨利沒有假造的身分證，校園附近也沒有販賣威士忌，他肯定花了一番工夫才得手。

「你現在就收下吧，」亨利邊說邊把威士忌塞到史華茲手裡。「帶來帶去煩死了。」

「我不能收下，」史華茲說。

「就算是逾越節的禮物吧。」

「但這是尋酵①。」

「什麼是尋酵？」

「我若祭奉逾越節，我就得把這瓶威士忌丟到垃圾桶裡，或是讓某個非猶太人的傢伙把它偷走。」

「喔。」亨利認眞想想。「那就當作是提前給你的畢業禮物。」

史華茲開始感到惱怒。他現在不能告訴亨利。這個小傢伙已有夠多事情煩心——今天若不失誤，他將打破亞帕瑞奇歐的紀錄，各個壘包附近肯定擠滿眾多球探。一旦瑪蘭達・斯薩波打電話給你，你就是個大人物，你也必須有所表現。

「你不會等太久，」亨利說。「我跟你說過艾蜜麗・紐卓爾進了喬治城大學，對不對？」

史華茲咬緊牙根。巴士放慢車速，開上歐本妥學院的出入口。魚叉手隊的其他球員們戴上耳機，隨著賽前的音樂搖頭晃腦，消除各種雜念，只留下有助於贏球的正面思緒。亨利依然握著威士忌酒瓶。「那個東西很貴，」史華茲粗聲說。「你應該留著。」

「我要威士忌做什麼？」

「選秀會當天打開來喝，慶祝你這一陣子贏得的名聲和財富。」

這句話聽來刻薄，口氣不對，亨利的臉上掃過一絲困惑。在亨利的腦海中，選秀會那天暢飲波本的應該是史華茲，他會舉杯碰碰亨利的快速健奶昔，慶祝兩人離開衛斯提許，邁向更廣大、更美好的世界。亨利把威士忌塞回袋子裡。他在座位上轉個身，凝視著窗外。

老天爺啊，史華茲心想。他應該從一開始就坦白告訴小史，每次收到拒絕信就直接跟他說。這會兒他讓自己陷入「說也不是、不說也不是」的窘境。現在比賽即將開始，他更不能告訴亨利，以免亨利分心——但是他表現得粗魯無禮，已經害得亨利分心，乾脆全盤托出算了。

「我沒進。」這句話聽起來比他預期得更嚴肅、更戲劇化。

亨利看著他。「什麼?」

這次試著說得輕鬆一點。「我沒進。」

「沒進哪裡?」

「哪裡都沒進。」

亨利搖搖頭。「不可能。」

「沒錯。但這是事實。」

「哈佛給你回音了?」

「是的。」

「史丹福給你回音了?」

爲了避免他逐一列出每所學校，史華茲把手伸到袋子裡，掏出一疊信封。亨利一封封翻閱，他沒有讀信，只是瞄瞄寄信人的精美校徽，慢慢在腦海中標注出六所學校。他把一疊信封還給史華茲，一臉絕望地看著他。「現在怎麼辦?」

巴士停在歐本妥學院的停車場。魚叉手隊的球員們從座位上站起來，伸伸懶腰，打個呵欠。

「現在，」史華茲盡其所能打起精神說。「我們打球。」

---

① 逾越節期間不能食用任何含有酵母的東西，威士忌是酵母發酵，當然包括在內。

20

裴拉意識到自己已經睡了好久。床邊的鬧鐘——麥克床邊的鬧鐘——顯示一點三十三分，陽光透過沒裝窗簾的窗戶流洩進來。一想到過去十二個鐘頭以來、自己神遊何處，她既是高興，又是害怕。她但願自己知道昨晚幾點幾分入睡，這樣一來，她才可以記錄甚至評估：我居然睡了這麼漫長的一段時間！

麥克不曉得在哪裡，她完全不記得他離開。昨晚她沒有吃任何安眠藥——只喝了半瓶酒，比醫生建議的多一點。她走向浴室，浴室出奇清潔，最起碼比屋子其他地方乾淨。她上了廁所，然後純粹爲了好玩，打開水槽上方的櫥櫃，裡面只有一管止汗劑、一條治療香港腳的藥膏和一條牙膏。男人眞是一種令人驚訝的生物。她用力拉開浴簾，發現典雅的舊式四腳浴缸裡擺著一個破爛的啤酒桶，金屬桶蓋上覆滿黴菌。至少有個浴簾。

麥克大可留張字條——「我很快就回來！」——但是她在浴室沒看到字條，廚房裡也沒有。算了，他人那麼好，讓一個幾乎陌生的女孩躺在他的床中央睡大覺，自己不得不蜷縮在牆邊，沒留字條也沒關係。

便利貼和攤開的書本散置在廚房流理台上，書本旁邊有個煮咖啡器，咖啡壺裡沒有噁心的黴菌，她決定煮杯咖啡，坐下來慢慢喝，然後再回去她爸爸的住處。爸爸說不定氣炸了；她事先沒跟他說不會回家。

儲物櫃裡擺著一盒盒經濟包裝的玉米片，以及一桶桶某種叫做快速健的粉末，她在櫃裡找到濾紙和五磅裝的普通咖啡。所有東西都是大量購買；那似乎是麥克・史華茲的消費哲學。艾弗萊一家則是咖啡饕客，勢利得很。她掀開塑膠盒蓋，聞聞咖啡——如果這叫做咖啡的話——罐中的粉末跟木屑一樣淺灰，但是比不上木屑的芳香。湊合一下吧。

她把喝剩的咖啡倒進水槽，咖啡在水槽裡化為濁水，順著一疊盤子的盤緣慢慢流下。目前為止一切順利。但是當她試圖清洗咖啡壺、重新加水時，她沒辦法把壺口塞到水龍頭下方。她試圖移開盤子，挪出水龍頭下方的空間，但是盤子好像積木堆成的金字塔，最底下是幾個玻璃杯，她生怕一整疊搖搖欲墜的盤子會啪地一聲，摔得粉碎。

她其實應該把盤子洗一洗。事實上，她有股強烈的衝動想要洗盤子。她動手把盤子搬到流理台上，這樣一來，她才可以在水槽裡注滿清水。最底下的幾個盤子眞噁心，盤面覆滿被水浸濕的食物殘渣，玻璃杯裡浮著一層白色的細菌泡沫，但一切只讓她更想征服髒亂。說不定她在拖時間；她昨晚徹夜未歸，不想面對爸爸。

她把洗碗精倒進源源流出的熱水，心中忽然出現一個小小的警告：麥克會怎麼想？幫忙洗盤子算是好意，但也可能被當作是訓斥：「如果沒有其他人動手清理這個爛地方，我就自己來！」事實上，她這麼做一定會令他這麼想。她關掉水龍頭。就算她和麥克已經約會了好幾個月，自己動手洗盤子說不定很奇怪，甚至顯得好管閒事，傲慢無禮。除非是她自己把盤子弄髒，那就不一樣囉。如果她把盤子弄髒，她就應該洗盤子。說不定不洗盤子才是問題。

但是她沒有弄髒盤子，她和麥克也不是男女朋友。他們甚至尚未接吻。因此，她若幫他洗盤子，只會被視爲奇怪、神經質、好管閒事。麥克的室友——那位信箱所示的亞許先生——一看到她擅自動手、把家裡弄得整整齊齊，肯定會說些尖酸諷刺的話，比方說「老兄，那個馬子是不是神經病?」麥克聽了聳聳肩，從此再也不打電話給她。

她低頭看看白色的泡沫。熱水霧氣騰騰，拂過她的臉頰和下巴。她一隻手擱在熱水水龍頭上，水龍頭觸感溫暖。她眞的好想洗盤子。剛搬到舊金山不久之後，有天晚上，她眞的好想剖開一顆微軟的酪梨，搓揉一下果核。那是一種嗑藥之類的快感，即便她從來沒有嗑過藥。她叫大衛開車載她到三家超市，尋找理想中的酪梨。她跟他說她好想吃酪梨醬——這股衝動比較合理，即便也很奇怪。很幸運地，當她伸出手掌、搓揉黏膩膩的果核時，他睡著了。隔天早上，她把玉米片和黃綠色的黏稠果肉埋在垃圾桶深處，宣稱她把酪梨醬吃得一乾二淨。直到現在，她依然不知道怎麼做酪梨醬。

裴拉特別記得那件事情，象徵著一股微小卻無法抗拒的欲望，但是這會兒她好想洗這堆盤子，心中的欲望更甚當年。她腦海中浮現一幅畫面：水槽經過刷洗、漂白之後清爽潔白，一排排鍋碗瓢盤倒置在流理台上，等著晾乾。說不定亞許先生不會把她看成是個神經病。說不定他會很開心。誰不想要一個不支薪的女傭呢?說不定亞許先生跟她一樣長久鬱悶，所以廚房才會如此髒亂。說不定一個刷得乾乾淨淨的水槽正好能令他振作起來。邋遢跟沮喪脫不了關係——心情一沮喪，你就沒辦法維持周遭環境。嗯，提到沮喪嘛，她還沒服用她的天藍色藥丸。說不定再過五分鐘，她就會感到頭痛欲裂。她最好趁著還沒發作之前，好好享受這段時光。

這些思緒盤旋在她飽受睡眠滋養的大腦之中，這一會兒，她已把幾個盤子刷乾淨，一個個攤放在流理台上晾乾。一堆扁平的餐具正在呼喚她。不管她會遭到什麼報應，她別無選擇，只能把盤子清洗乾淨。她把洗碗布塞進叉子的齒縫，用力刷洗。

大功告成時，她已經忙得滿身大汗，她也必須服用她的天藍色藥丸，而不單只是喝杯咖啡。走出大門時，她在門口停留了一分鐘，觀賞一下空蕩蕩的水槽。

21

魚叉手隊員們魚貫下車時，人人拍一下車門上方的黑色膠環，以祈求好運。往南開了四小時之後，天氣變好，小鳥爭鳴，空氣中瀰漫著春天濃郁而豐潤的氣息。盧朵夫開始打噴嚏。雲層漸漸消散，範圍愈來愈小，雲層間冒出紋理分明、青藍交替的藍天。歐本妥學院的球員們穿著破舊的黃褐和淺綠兩色制服，沿著界外線灑上石灰，好像年老的自耕農一樣耙理跑道。

「歐本妥還是老樣子，」李克．奧沙說，他一邊抓抓剛剛冒出來的啤酒肚，一邊眨眨眼睛去除睡意。「球衣還是一樣難看。」

史塔布萊德點點頭。「一樣是群混蛋。」歐本妥學院抱持某種基督徒使命感，始終和顏悅色，而且永遠不願更換落伍得無可救藥的制服。魚叉手隊最受不了他們，更何況在「上中西部小型學院運動員聯盟」中，歐本妥學院的棒球經費比衛斯提許更少，卻總是有辦法痛擊衛斯提許，想了更是讓人氣得說不出話。歐本妥的球員們從來不罵人，話語之中不含一絲侮蔑。你若被保送，一壘手會說：「眞會選球。」你若轟出一記三壘安打，三壘手會說：「打得漂亮。」比數落後時，他們面帶微笑，比數超前時，他們看起來憂心忡忡，甚至有點難過。他們棒球隊的隊名是「聖詩人」。

歐文通常會帶領隊友們做做瑜伽，藉此開始暖身。今天亨利取代歐文，他省略歐文滔滔不絕的評論

（「假裝你們的肩膀已經放鬆，好、好、不對，讓兩個肩膀完全放鬆……」），反而只是從一個伸展動作進行到下一個伸展動作。魚叉手隊員們一邊憑著記憶做瑜伽，一邊偷瞄露天看臺。看臺上沒有半個女孩子，歐本妥學院沒有太多女學生，但是球探們一個接著一個出現，球探們不是打開筆電，就是抽起雪茄，端視世代年齡而定，新來的菜鳥也跟其他球探握手致意。

伸展筋骨之後，亞許把史塔布萊德帶到牛棚，開始投球暖身，其他隊員們跑到各自的內外野守備位置，進行演練。史華茲爲了保存體力，通常盡量減少練球時間，他退回球員休息區，今天將是漫長的一日：先前他趕著出門，忘了帶布洛芬止痛藥。現在他像個貨眞價實的毒蟲似地，倒出袋子裡的所有東西，清空每個口袋，仔細檢視長凳上每一件物品。找了半天只找到兩顆缺角、骯髒的Sudafed感冒藥、三顆Advil止痛錠和一顆橢圓形的小球，小球看來頗似藥丸，結果卻只是一顆薄荷糖。他把這些全往嘴裡丟，有沒有細菌都不打緊，然後猛灌一口微溫碳酸汽水，一起呑下肚子。

他慢慢走到牛棚，查看史塔布萊德的進展。球砰地一聲正中亞許的手套中央。

「亞胖，他看來如何？」

「好極了。」

「曲球？」

「沒問題。」

「變速球。」

「沒問題，」亞許宣稱。「各種球路都得心應手。」

投了幾球之後，史塔布萊德慢慢走向他們，他邊走邊運動，瘋狂地轉動右手。投球時，史塔布萊德進入一種狂亂、幾乎無法溝通的狀態。你若不知情，說不定會宣稱他吸了古柯鹼。「你看看他們，」他邊說邊朝著球探們搖搖頭，球探們依然絡繹不絕地到來。

史華茲聳聳肩。「剩下來的球季都會像這樣。不如早點習慣。」

「習慣什麼？」史塔布萊德輕蔑地說。「那些傢伙過來看亨利，眼中沒有其他人。我可以丟掉十分，或是三振二十個人，他媽的沒什麼兩樣。」

「我可覺得不一樣，」史華茲輕聲說。

寇克斯教練召集魚叉手隊員們。「打擊順序如下：史塔布萊德，小金，史格姆山德，史華茲，奧沙，勃丁頓，奎斯，菲拉克斯，谷藍德尼。大家好好選球，隨機應變。麥克，你想說兩句嗎？」

史華茲不但忘了帶止痛藥，而且忘了挑選一句名言。比賽的前一晚若是出去約會，你就會落得這種下場。他必須臨場發揮。他走到人群中央，檢視隊友們，測試大家如何回應他的瞪視。「布魯克，」他說，眼睛直直盯著布魯克．勃丁頓，勃丁頓是隊裡少數的大四學生之一。「你頭一年打球的時候，我們的紀錄是什麼？」

「三勝二十九負，麥克。」

「奧沙，你呢？」

「嗯……十勝二十負？」

「差不多。去年呢？詹恩森？」

「十六勝十六負，史華茲。」

史華茲點點頭。「不要忘記，大家全都不要忘記。」他環顧四周，悄悄把瞪視的火力調高到五，最高火力為十。他看看亨利，亨利看看他，但是兩人之間並沒有交換什麼有用的訊息。史華茲脫下球帽，擦掉額頭上的汗水。他覺得有點不對勁，不太像是平日的自己，反倒像是在電視上飾演自己。他可以聽到自己的聲音在腦海裡隆隆作響。

但是隊友們人人點頭，殷切期盼，臉上露出冷酷堅決的表情：他們熱愛史華茲的熱情與激勵。他們為此而活。他們打算為了自己的兒孫而仿效麥克。他繼續說：「別忘了那些失敗的球季。不只是為了我們，而是為了我們之前的每一位隊友。一百四十年的棒球歷史，衛斯提許學院、我們的學院，從來沒有拿過聯盟冠軍。從來沒有。

「現在我們有了一支不一樣的球隊。我們十一勝二負。我們擁有世界上最具天賦的球員。但你們另一個休息區的那些傢伙。來，看看他們。」大家觀望時，他靜靜等候。「你們認為那些傢伙在乎我們的紀錄嗎？才不呢！他們認為他們會騎到我們頭上，因為我們來自衛斯提許學院。他們看到我們這身制服，目露凶光，他們覺得這身制服是個笑話。」史華茲用力拍拍胸膛，胸前有個藍色魚叉手，獨自一人站在船首。「這是個笑話嗎？」他大聲咆哮，咒罵兩句。「這真的是個笑話嗎？」他放緩聲調，準備做出戲劇化的收場；變換音量和韻律相當重要。「讓我們給他們一點教訓，讓他們瞧瞧這身制服的能耐，」他說。「讓他們見識一下衛斯提許學院。」他的目光掃過在場每個人。他的隊友們緊縮下顎，怒氣騰騰。他們大多戴著太陽眼鏡，但他所見到的幾雙眼睛之中，已經冒出蓄勢待發的火光。就連他自己也稍稍受到鼓舞。

亨利把一隻戴著打擊手套的手伸到群眾中央，手掌朝下。其他人也跟著做。「數到三就喊歐文，」他說。「一、二、三——」

「佛祖。」

史塔布萊德被保送上壘，小金犧牲打，把他送上二壘，亨利擊出一壘安打，球直直飛過投手的耳際。

史華茲轟出一記中左外野方向、又高又遠的二壘安打。歐本妥的球場沒有一般的外野牆——只有遠遠一張鐵絲圍欄，分隔棒球場和足球場。換作另一個跑得較快、或是服用了適當藥物的打者，說不定可以衝到三壘，甚至跑回本壘得分，但是史華茲只是快步跑到二壘，他雙手緊貼著背部，站在二壘壘包上，皺著眉頭看著李克和勃丁頓出局。二比零，衛斯提許領先。

亞許說的沒錯。史塔布萊德確實得心應手，投出一記又一記好球，史華茲從來沒看過他表現得這麼優異。打者不是擊出疲軟的高飛球，就是直接飛到投手手套裡的滾地球。聖詩人隊的打者揮棒落空時，史華茲聽到其中兩位暗暗咒罵。他們的咒罵跟史華茲的詛咒不一樣，然而一聲聲「呸」、「婆娘」和「蠢蛋」之中，卻隱藏著同樣陰沉的怒意。但是他們一下子又恢復愉悅的神情，要嘛因爲他們的周遭充滿神蹟與奇蹟，心中平安喜樂，再不就是因爲他們認定歐本妥絕對會贏，故意逗弄衛斯提許的球員們。

接球的空檔之間，史華茲偷瞄一眼群聚在本壘後方擋球網的球探。球探們坐在距離擋球網後方三步的位置，包住眼睛的太陽眼鏡遮掩了他們的思緒。在場的球探就算不是來自每支大聯盟的球隊，也是全數到齊。他幾乎但願史塔布萊德表現得差一點，這樣一來，聖詩人隊才有機會發揮，小史也得以展現守備功力。

四局下半，聖詩人隊的打者終於擊出一記低飛球，球飛向游擊手和三壘手之間的防守死角，亨利跟往常一樣快速逼近，反手一接，俐落地攔下低飛球。但是當他站穩、準備傳球時，球卻似乎卡在他的手套裡。他必須趕快傳球，結果球低低飛出，偏離壘包，李克．奧沙整個人橫跨出去，撈起偏低的球，然後舉起手套，讓裁判看見球在他的手中。

「安全上壘！」

「什麼？」李克勃然大怒，像是被黃蜂叮到一樣跳上跳下。「我接到了！」他一邊大喊，一邊揮著球。

「我明明接到了!」

裁判搖搖頭。「腳沒踩壘包。」

「不可能!」

史華茲不敢確定李克的腳是否踩著壘包。在一般的情況下,他說不定不會爭辯,但是李克似乎非常堅持——況且如果跑者安全上壘,裁判將會判定是個失誤,亨利的連續無失誤紀錄就此終止,亞帕瑞奇歐的紀錄也將維持不墜。他轉身面向主審。「史坦,你看到了嗎?」

「輪不到我裁定。」

「你是主審。」

史坦搖搖頭。

「我馬上回來,」史華茲走過去時,壘審再度蹲低身子,雙手擱在大腿上,眼睛盯著本壘方向,好像投手正要投出下一記球。他那副樣子等於是說:**別靠近我**。史華茲走了過去。「判決相當接近吧。」

壘審的雙手依舊擱在大腿上,一臉嚴肅,不理會史華茲。「史坦說我可以過來這裡,」史華茲告訴他。

「史坦說得好。」

史華茲瞄了亨利一眼,亨利低著頭,專心用他的球鞋踏平泥土。「球比他先到,」他說。

壘審依然蹲低身子,直直瞪著前方。

「你給我站起來,像個男子漢一樣跟我說話,」史華茲說。

「你當心一點。」

「你才需要當心。你判決錯誤,你自己也很清楚。」

「小伙子，我不知道你以爲自己是哪根蔥，但我數到一，你馬上給我滾開。」

「小伙子？」史華茲重複一次。他低下頭，瞪著這個可悲、沒用男人霧濛濛的雙眼。

不管壘審是否故意，或是因爲兩百三十磅的史華茲高高站在他面前、讓他緊張得胡言亂語，或是僅僅因爲兩個人站得這麼近、難免發生這種狀況，壘審噴出一滴口水，濺到史華茲的臉頰上。史華茲的臉漸漸通紅。他剛才實在不應該告訴亨利關於法學院的事。「你這個沒用的傢伙，」他低聲說。「你眞正的差事不屌，你老婆也不吸你的屌，所以你每個周末來這裡支配一群大學生，讓自己感覺像個男人、幹你娘的大男人、幹你娘的小家子氣男人，現在你居然吐我口水？你知道你他媽的跟誰搞鬼嗎？我會把你撕成碎片，我會撕碎你、吃下你他媽的——」

接下來他只知道寇克斯教練抓住他的手腕，拉著他離開野區。教練鎭定地嚼著口香糖，史華茲則扭著身子，好讓自己繼續對著壘審吼叫。壘審把玩手上的記球器，假裝沒聽見。史華茲喊到一半停下來，眼際的紅雲漸漸消散。他心想自己究竟說了什麼。他當然被驅逐出場。他回頭看看亨利，亨利稍稍抬起肩膀，以示回應。史華茲眞的不應該告訴他，不該在比賽之前告訴他。

史華茲把目光移向右野方向的記分板。遠遠望去，「失誤」二字下方的綠燈閃閃發光，明顯耀目。有人透過擴音器說了幾句話，宣布亨利的連續無失誤紀錄就此終止。全場觀眾一致起立，其中包括球探和兩隊隊員，大家開始鼓掌。

22

艾弗萊偷偷溜出辦公室，一本薄薄的惠特曼詩集塞在外套的內口袋裡，像把隱藏的槍枝似地。他朝著他的車子走去，一路上，他始終靠向史庫爾館的潔白石牆，這樣一來，大家從上面的窗戶就看不到他。史庫爾館和小方院的其他建築物面積相仿，設計風格也差不多，但史庫爾館是校長辦公室暨宿舍，理當看起來比較出眾，因此，校長辦公室的地基和人行道之間的細長泥地已經翻土、施肥、種上春天的花苞。濕潤的泥地，再加上一顆顆小小的白色肥料，散發出一股宜人的土香。他已經告訴裴拉他必須工作到下午四點，然後他們開車前往杜爾郡，幫她添購一些新衣服。

他開得很快，停妥奧迪。聖安妮醫院的玻璃門大開，歡迎他到來。艾弗萊把菸蒂丟進垃圾桶，想到裴拉的母親。她一輩子——或說最起碼他們相識的那段期間——置身病患和瀕死的人們之間，但是生理和心理似乎絲毫不受影響。說不定她天生體格強健，說不定正因爲她必須照顧那麼多脆弱的病人，所以沒有時間抱怨，或是感到沮喪。以前艾弗特感冒或是心情不好時，她往往只是皺皺眉頭，置之不理。他當作她缺乏同情心，甚至是遲鈍，但也許是個明智之舉。他是否已經學會——或說究竟可曾學會——拋棄那些他用不上的念頭？愛情能夠包容多少同情，這個問題始終無解。

當他走進歐文的病房時，歐文已在床上坐起，一位身穿套裝、儀態端莊的黑人女子坐在旁邊一張椅子上，艾弗萊已經私下認定那是他的座位，但她把椅子拉得距離病床好近，艾弗萊可絕對不敢坐得這麼近。「艾弗萊校長，」歐文說，他的聲音聽起來比昨天好多了。「眞令人驚喜啊。」

女子站起來，伸出一隻手。「珍妮芙．威斯特。」她的聲調和微笑好像在說這間病房在她掌控之下。嗯，說不定是個醫生，或是物理治療師——他們周末說不定不穿制服。她的裙子剛好落在膝蓋上方，雖然穿著低跟鞋，但小腿修長，線條優美，令人幾乎難以忽視。

「葛爾特．艾弗萊。」

她依然緊緊握住他的手，比艾弗萊預期的多出幾秒鐘。「你撞傷了頭，」她說，語調既是擔憂，又是感動，難以辨識。「學校校長親自前來探視。我始終耳聞歐文在衛斯提許受到很好的關照，看來顯然是如此。」

始終耳聞？艾弗萊先看看珍妮芙．威斯特，然後看看歐文．鄧恩，最後再看看珍妮芙．威斯特。歐文點點頭，好像回答一個他聽得到的問題。「她是我媽媽，」他解釋。

「啊。」艾弗萊忽然想到，現在若有人朝他胸部開槍，惠特曼說不定可以幫他擋住子彈。綠色封面的小本詩集緊貼在他胸口，彷彿一股隱藏在內心、荒誕的渴望。他究竟是怎麼回事，居然帶了一本描述小伙子的詩集過來——強壯的小伙子、陰柔的小伙子、橫躺在你身上的小伙子？這不僅只是荒誕；而是罪惡。

即使想著這一點，他依然因爲沒有機會爲歐文朗讀而感到難過。他整個早上夢想著這一刻。但是惠特曼！他究竟在想些什麼？大聲朗讀出來非常親密：一個聲音，兩對耳朵，精心雕琢的字句——你何必冒這種險。他應該帶托克維爾的作品過來，或是威廉．詹姆斯，或是柏拉圖。不，不能帶柏拉圖。

他放開珍妮芙．威斯特的手，對她露出自己最迷人、最討母親歡心的笑容。但他心中依然七上八下，好像正跟一個展現權威的長者說話，而不是面對某個比自己小十二或十五歲的女士。「妳的姓氏難倒我了，」他帶著歉意說。

「當我跟歐文的爸爸離婚時，我覺得『歐文·威斯特』不太好聽。」

「啊，」艾弗萊又傻呼呼地說。愛情眞奇妙！你遇見一個美得令人心痛的人，他是如此俊美，似乎不可能是精子與卵子的結合，也不可能出自那個不盡完美、錯誤叢生的過程——直到他的媽媽出現在你面前。

「我有個好消息，」歐文說。「他們准許我明天出院。」

「這下你不必大老遠跑過來探視囉，」珍妮芙開玩笑說。

「太好了，」艾弗萊說。「眞是太好了。」他看得愈久，愈能發覺母子兩人的相似之處。他剛開始被兩人膚色的差異搞混了。歐文的膚色——除了那些斑駁、紅得發紫的瘀青之外——比較近似艾弗萊的膚色，只不過歐文較爲紅潤，艾弗萊比較蒼白。珍妮芙則像個西非人士，膚色極爲黝黑。歐文是黑人，艾弗萊心想。他當然知道這一點，但是看到歐文的媽媽之後，他更加確定。

珍妮芙的輪廓比較深邃，比歐文冷硬，但是兩人黑色的雙眼幾乎如出一轍。兩人的體型更是相像：圓潤的肩膀同樣緩緩下垂，手腳同樣靈敏，手指同樣優雅修長。她坐在床沿，手掌輕輕一揮，示意艾弗萊在空著的椅子上坐下，那副輕巧靈活的模樣，說不定是花了無數個鐘頭觀察她兒子，從中學習而來。當然反過來也說得通，說不定是歐文模仿他的母親。

「我眞的沒辦法待太久，」艾弗萊說。「我只是順便過來一趟，確定歐文受到妥善照顧。顯然啊，」——他對珍妮芙熱切一笑——「他確實是的。」

「嗯，你人眞好，這麼關心他，」珍妮芙說。

「別客氣。」艾弗萊掏出手帕，擦擦眉際。他很少在社交場合感到如此尷尬——嗯，除了昨天晚上在歐文寢室碰到亨利之外。但是在那之前，他已經很久沒有在社交場合感到不自在。

「說不定你願意讓我們表達一下謝意？稍晚你如果有空，歐文和我想請你一起吃飯。」

「噢，我絕對不能麻煩兩位，」艾弗萊脫口而出，但說不定這話聽來幾乎無禮。「我的意思是說，我很樂意跟兩位吃飯，兩位實在太客氣了，但是很不幸地——嗯，當然不是不幸——我女兒剛從舊金山來訪，事實上」——他瞄了瞄手錶——「我跟她約了見面，我已經遲——」

「你女兒？」珍妮芙說。「太好了！我以爲你會說你得處理公事呢。我們四個可以一起吃飯。我請客。」

爲什麼、爲什麼他不自己宣稱必須處理公事？艾弗萊默默向歐文求救，但是歐文靠在枕頭上，看起來既像是很感興趣，也有點漠不關心，好像正在看電影似地。「我媽媽可不是常常來訪，」他指出。

珍妮芙點點頭。「我對中西部敏感。」

「我女兒也是，」艾弗萊附和，聲調聽來不再堅持——他聽得出來，歐文和珍妮芙也馬上聽出來——等於同意接受邀請。「校園附近有家法國館子，」他說。「羅勃特之家，裝潢有點過時，但是菜很好吃。」

「聽起來好極了，」珍妮芙說。

艾弗萊慢慢走向門口時，珍妮芙站起來，伸出兩隻手臂，作出擁抱的姿勢。艾弗萊試圖避免肢體接觸，只想作勢擁抱她，但她親熱地抱住他，惠特曼詩集夾在兩人胸前。「那是什麼？」珍妮芙問道，她一邊放開他，一邊透過艾弗萊的外套口袋拍拍詩集封面。

「沒什麼，」艾弗萊慌張地說。「只是一些閱讀資料。」

「我可以看看嗎？」珍妮芙顯然不介意碰觸別人，艾弗萊還來不及躲開，她的手已經伸進他外套的翻領裡，掏出那本詩集。「歐文，你看——華特．惠特曼，你的最愛。」

「惠特曼不是我的最愛，」歐文說。「同性戀色彩太濃。」

「喔，拜託，」珍妮芙邊說邊拿著詩集揮揮手。艾弗萊想把書搶回來，但是顯然已經太遲。「你以前很喜歡惠特曼。」

「沒錯，當我十二歲的時候。」歐文瞄了艾弗萊一眼。「剛出櫃的人都很喜歡惠特曼。他像是讓人上鉤的毒品。」

「我確定惠特曼對各種各樣的人都具有吸引力，」珍妮芙說。「他是大眾詩人。」

歐文牽動嘴巴沒有受傷的一隅，微微一笑。「大家現在這麼稱呼他嗎？」

艾弗萊比他以前一天抽半包菸的時候更想抽一支菸。醫院從哪一年終於開始禁菸？如果你照常抽菸，結果會如何？他想讓歐文了解他的心思，卻也不想讓歐文摸透他——就像歐文筆電裡的色情照片，你一旦摸透某人，事情就變得真實，感覺也更加刺激、更令人害怕——但他絕對不想讓歐文在珍妮芙面前看透他。艾弗萊很高興珍妮芙先說大眾詩人；不然他也會提起，或是說些諸如此類的話，感覺更像個蠢蛋。

「你高中的時候自始至終熱愛惠特曼，」珍妮芙說。「那首關於樹的詩？橡樹是吧？」她翻開詩集，開始檢閱目錄。

「拜託，把那個東西拿開，」歐文說，好像詩集是一片骯髒的尿布似地。他輕咳，盡量避免張開嘴巴凝血僵硬、上了麻藥的一側，小心翼翼地開始朗誦：「我在路易斯安那看見一棵橡樹在生長，／它孑然而立，枝條上掛滿青苔……」

一聽到歐文朗誦那些熟悉的詩句，艾弗萊的心情平靜了下來。一個人一生花了那麼多時間閱讀；若能找個人一起讀書，倒也合情合理。況且他始終喜歡這首詩，他景仰詩人的內心世界，正如詩人景仰眼中的橡樹——那種表露無遺的獨立——即便在當時，詩人堅稱自已完全仰賴他的朋友們。

朗讀到了一半，歐文慢慢停下來。「啊，」他說。「我的頭。」

艾弗萊克制不了自己。他清清喉嚨，從歐文停下來的地方接著朗讀，只有念到「男性情愛」一詞的時候，稍微張口結舌。「儘管如此，」他朗讀到詩末，聲調不禁稍微上揚，換作一副演說的模樣。「這橡樹在路易斯安那一片空曠的平地上孤獨地閃爍，／終年發出歡欣的葉子，周圍沒有一個朋友和愛人，／我知道我做不到。」

「太棒了，」珍妮芙叫好。她把詩集遞給艾弗萊。

艾弗萊羞怯地笑笑。他心情愉快，卻也覺得被人看透。一時之間，他想到 flush 一字的詞形變化：高興、狂喜的時候，你會臉紅：受到侮辱的時候，你也會臉紅；你把小鳥強行逐出藏身處，然後開槍射殺。他看看歐文，試圖猜測歐文對他的朗讀有何看法，但是歐文的眼睛閉著，倒不是睡了，反而像是欣賞歌劇的福爾摩斯，專心聆聽，嘴角微微浮出一絲笑意。

「嗯，」艾弗萊說。「我想我最好告辭。裴拉和我今晚跟你們碰面。」

「她的名字眞好聽。」珍妮芙殷切地握住艾弗萊的雙手說再見。「誰曉得呢？歐文，說不定這位裴拉·艾弗萊小姐會成爲你的理想伴侶，畢竟她的爸爸如此迷人。」

「別逗我笑，」歐文說，眼睛依然閉著。「我的臉會痛。」

23

在歐本妥學院棒球場現場的人不到兩百人，其中包括球員和球探，但是相當吵鬧，大家站起來用力跺踏露天看臺，歡呼的聲音不但沒有減弱，反而愈來愈大聲。亨利意識到他們不打算停止，他慢慢抬起頭來，看看史華茲，史華茲站在休息區入口，筋疲力盡，一臉懊惱，但好像怒氣已消。他拍拍他那雙大手，亨利用力眨了幾下眼睛。彈性勢能 = $\frac{1}{2}KL^2$，他心想，重力位能 = mgh。

史華茲指指球帽的邊緣。亨利呆呆看著他。史華茲又比了一次，這次亨利看懂了。他舉起一隻手，輕輕碰了球帽一下。大家歡聲雷動，達到高峰，然後靜了下來。史華茲蹣跚走回巴士，亞許匆匆穿上護胸，鬧哄哄走出去接替他在本壘板後方的位置。

兩局之後，亨利再度失誤。這次跟前一次很像：他接起一記普通的滾地球，手臂甩了又甩，結果球傳出去太低且太偏，李克不得不跑離壘包。他握起拳頭，用力搥一下手套，把球帽壓到最低。究竟怎麼回事？他的手臂不對勁嗎？不，他的手臂很有力，沒有問題。不要多想。隨它去吧。

比賽結束之後——魚叉手隊八比一獲勝——他走向巴士跟史華茲說話，但中途被一個傢伙攔了下來，這人寬肩、金髮、身穿正式場合的襯衫，襯衫上印著紅雀隊的標誌，他流著鼻水，鼻孔紅通通。「亨利，」他邊說邊跟亨利握手。「我是杜艾．羅傑爾，我們通過電話，今天打得不錯。」

「但願我表現得好一點。」

「別管那些失誤，」杜艾說。「天啊，你兩年半才失誤兩次？我們要是這麼幸運就好囉。我在小聯盟待了九年，兩度在大聯盟打擊。我跟你說啊——每一個跟我共用更衣室的傢伙不是變成酒鬼，就是成爲重生的基督徒。酗酒或是信主，這就是打棒球的下場。棒球這種運動充斥著挫敗，如果沒辦法應付挫敗，你撐不了多久。沒有人是完美的。」

亨利點點頭。杜艾雙眼黏答答，太陽躲在層層雲朵之中，照得他的眼睛閃閃發亮。他又跟亨利握握手。「我很快會再跟你談談，」他說。「好嗎？」

「好，」亨利說。

其他幾個球隊的球探——金鶯隊、費城人隊、小熊隊——過來打招呼，然後亨利加入隊友們，大家已經站在草地上，贏了球之後，人人輕鬆愉快，圍成一個圓圈，大嚼火雞三明治。李克・奧沙高舉手中的運動飲料，舉到頭頂上方。「敬小史，」他說，「我們有生之年，他的名字將與偉大的亞帕瑞奇歐並列。」

「說得對！說得好！」

「加油，亨利。」

「幹得好，小史。」

史華茲不像平常一樣站到中間，反而躲在一旁伸展筋骨——他要嘛不想被打擾，要嘛只想躲避亨利。亨利不曉得何者爲眞，帶點遲疑走了過去。

「嗨。」

「嗨，」史華茲說。

「對不起，害你被驅逐出場。」

「那個混蛋對我吐痰。」史華茲用力把膝蓋揮轉到身體另一側。「抱歉我沒有早點告訴你法學院的申請結果。」

「說不定他們搞錯了，」亨利建議。「說不定他們搞砸你的LSAT成績或是其他文件。」

史華茲搖搖頭。「搞砸的人是我。」

「我以為你的考試成績不錯。」

「還好。」

「你參與好多課外活動，還是兩個球隊的隊長。你幫衛斯提許做的一切，你幫我做的一切。」

史華茲伸展雙腿，按摩一下膝蓋骨。「我想他們覺得那些都不算什麼。」

他們在那裡坐了一會，兩個人都沒說話，周遭的天光蔚藍涼爽。

史華茲勉強從草地上站起來，韌帶啪啪作響，以示抗議。「我們走吧，」他說。「從頭開始締造另一個連續無失誤的紀錄。」

魚叉手隊以十五比六的比數，贏了第二場比賽。比賽當中，只有兩次球朝向亨利滾去，每一次他的手臂總是甩了又甩，慢了半拍才把球傳出去。傳球力道軟弱，不但不像子彈一樣直直飛向目標，反而像是一隻從籠裡放出來的白鴿。他不知道球會往哪裡飛，每次他都緊張觀望，像是不明所以地，看著球最終落入遠方一壘手李克的手套裡。

那天晚上、返回衛斯提許的漫長車程中，他靠著巴士顛簸的一側打瞌睡，臉頰下方塞著一件厚運動衫禦寒。他的隊友們在座位之間走來走去，開心地想些花樣。今天贏了球，既然明天難得沒有比賽，今晚肯定大有看頭，大家都默默規畫。

「米蘭妮・昆恩，」有人說。

「金恩・艾德碧。」

「漢娜・薩莉絲。」

這些名字動聽悅耳，代表著美夢與期盼。亨利的右手臂散發出痠痛貼布的味道。他的腦海中冒出一個畫面，畫面不斷重複，單調乏味，卻也令人暈眩——畫面中的白球偏離軌道，直直打中歐文的顴骨，歐文瞪著亨利，眼神蒼白而驚訝，然後重重倒在休息區的地上。他悄悄計算一下。短短十五局中，他已經做出大學生涯之中最糟糕的五次傳球——一次打中歐文，兩次造成今天第一場比賽的失誤，還有今天第二場比賽兩度出手，兩次都傳得不像話。這五球的路徑都相同，事實上，幾乎完全一樣：打者用力揮棒，球幾乎是直接朝他飛過來，因此，傳球之前，他有足夠時間站穩雙腳，看看李克站在哪裡。這種球非常單純，他從青春期就沒有失手過。他的控球肯定出了問題。明天他打算晚點起床，補作自從歐文受傷後就擱在一旁的習題。星期一練球的時候，他會打開傳球的死結。他的問題就像人生大部分的難題，關鍵說不定在於工夫下得不夠深。

24

裴拉靠向五斗櫃的鏡子，兩隻手肘撐在櫃子上，強行把一個銀色耳環——耳環是今天下午爸爸買給她的——穿進原本有個小耳洞的地方。她已經好多個月懶得戴耳環，也沒從舊金山帶來任何一副耳環。一小滴鮮血凝聚在銀色細針的尖端，然後慢慢消退。她穿上那件新買的淡紫色洋裝，幾乎覺得自己很漂亮。洋裝圓領、無袖，剪裁簡單大方，今天下午在杜爾郡逛街時，她在一家小店看到它，不禁駐足欣賞；爸爸主動開口說要買給她，爸爸一番美意，但是裴拉感覺自己身無分文，爸爸的美意也因自己心中的羞愧打了折扣。儘管如此，她的心情依然不錯。她雙眼青紫的眼袋慢慢消散。她的頭髮在燈光下閃閃發亮，頭髮剛洗過，貼在她的脖子上，感覺輕軟。

她爸爸的臉出現在鏡中，兩人的臉頰並列，好像爲了拍攝家庭合照而擺姿勢，只不過較爲年長的艾弗萊先生，看上去心浮氣躁。「這個領帶還可以嗎？」他邊問，邊調整半溫莎結扁平的頂端。他擦著常用的古龍水，房裡充滿一股刺鼻、熟悉的蘋果醬香。

「當然，」裴拉說。「你每一條領帶都很好看。」

艾弗萊皺皺眉頭，繼續調整已經完美無瑕的領結。「但是說不定另一條更好。妳瞧」——他伸出細長的手指拉起領帶，好讓領帶銀白與酒紅色的條紋跟他的臉頰平行——「這兩個顏色讓我的毛細管變得好明顯？我看起來像個沒救了的酒鬼。」

「那會，才沒有呢。」裴拉硬是把另一個耳環穿過耳洞，轉身直直盯著爸爸。「你的皮膚跟十歲的小孩一樣。更別提人又聰明。你什麼時候變得這麼虛榮？」

艾弗萊假裝板起臉來。「我代表學校，我必須讓那些付學費的家長們留下好印象。」

「嗯，特別是單身的女性家長。」

他還來不及做出回應，手機就發出顫音。他從口袋裡掏出手機，三兩步跨進走廊。「珍妮芙，妳好！」

裴拉回到鏡子前面。大衛今晚自西雅圖返家。他多久才會發現她已經離開？應該不會太久——她沒有朋友，也沒有其他親戚，她的生命中只有兩個揮之不去的人物：大衛和她爸爸，而她總是周旋在兩人之間。大衛一定以爲她跟某個跟她同年紀的傢伙私奔，他始終認定她會這麼做，而他絕對會把家裡翻得亂七八糟，找尋線索。但是家裡不會有線索。每當他拿起電話、追尋她的下落時，只會撥一個號碼。

她可以聽到爸爸在走廊上講電話，口氣輕鬆詼諧。當這位珍妮芙女士現身時，裴拉八成會見到一位辣媽，十之八九比一般女兒已經二十一歲的母親火辣。這頓晚餐感覺像是兩對男女一起約會，她不確定自己爲什麼被牽扯進去，但她想要縱容爸爸，證明他們父女可以再度成爲朋友。更何況，他花錢幫她買了這件洋裝。

艾弗萊把頭探進裴拉稍掩的房門，一頭銀灰髮的他，這下看起來更煩躁了。「計畫有變！」他說。「準備飲料！」說完就不見人影。

他又探頭進來。「飲料！」他催促。

裴拉撫平洋裝，放任自己最後再照一次鏡子，欣賞一下鏡中的自己。她走到書房倒了兩杯威士忌，一杯加冰塊，一杯不加。她把加冰塊的那杯拿到廚房，她爸爸正在廚房裡切韭菜，他切得又急又快，刀聲斷斷續續。「怎麼回事？」她問。「你什麼時候換了領帶？」

艾弗萊低頭看看淺藍色的領帶。「妳不喜歡？」他說，語調充滿孩子氣的失望。

「我喜歡，」裴拉說。「但我覺得你很奇怪。」

艾弗萊心不在焉地點點頭，繼續單手猛切韭菜。在此同時，他伸出另一隻手搶過盛滿威士忌的酒杯，仰頭喝下三分之二。他滿臉通紅，酒紅色的額頭冒出一滴滴小小的汗珠。「怎麼回事？」裴拉問。

「歐文榮獲卓威爾獎。」

「什麼獎？」

「卓威爾獎。那是一筆獎學金。他明年將到東京研習。」

「嗯，聽起來好極了，是嗎？」

「棒極了。」艾弗萊從水槽旁邊的木碗裡取出一個番茄，啪地一聲切成一半。「我們學校很多學生申請，」他邊說，邊快手快腳把番茄剁碎。「但是從來沒有人獲選。這是一項聲譽極為卓著的獎助金。妳想像一下——歐文前往東京！」

「你在忙什麼？」裴拉指指流過切菜板的番茄泥。

「我在準備餐前小點心。」

「我以為我們要出去吃晚飯。」

「歐文不想出去。可憐的傢伙，他最近幾天吃了不少苦。珍妮芙認為他說不定覺得餐廳過於吵鬧，她建議她和我單獨出去吃飯，但我覺得不太恰當，更何況這會兒我們獲知歐文的好消息，更是應該慶祝，所以我邀請他們過來。」

「過來吃小點心？」

「沒錯。」艾弗萊喝光他的威士忌，重重坐在切菜小桌旁邊的一張高腳椅上。他環顧四周，眼神帶點悲傷，令人摸不透。一時之間，他看上去非常蒼老——比實際年齡老十歲，甚至比他平常的模樣老了二十歲。「東京，」他喃喃自語。裴拉從他手裡接下菜刀，擱在流理台上。她偷偷瞄了一下冰箱裡面：萊姆、奶油、一個個裝著咖啡豆的漂亮白袋子。「我過去學校餐廳看看，」她說。「說不定他們可以幫我們準備一些東西。」

25

星期六晚上，學校餐廳氣氛冷清，校園其他各處喧鬧歡騰，似乎吸走了餐廳的歡樂，留下哀傷的空寂。餐廳已經停止供應晚餐，只有幾個孤獨遊蕩的學生坐在土綠色的椅子上，一邊慢慢翻弄盤中的食物，一邊盯著眼前的教科書。遠遠的牆上掛著一個大鐘，時鐘閃閃發亮，網格紋狀的鋼鐵指針賣力移動，嘎嘎作響，時間一分鐘接著一分鐘在噪音之中流逝。去其他地方吧，指針的噪音似乎說道，哪裡都行，就是別來這裡。

裴拉穿過敞開的門口，進入廚房。一個男人正把馬鈴薯泥刮到一個大袋子裡，這人矮小，但是身材結實，身體重心距離地面不遠，好像一座低矮的印地安陵墓。他的五官相當醒目，鼻孔大張，雙眼下方有幾道痘疤，頭上戴著一頂兩邊凹進去、頂端下垂的廚師帽。「休息了，」裴拉還沒開口，他就可憐兮兮地說，眼睛看都不看裴拉。「休息了。」

「我知道。抱歉打擾你，但我想說不定——」

「休息了。」他輕聲宣告，好像訴說一個悲傷、但不可避免的事實，然後拿起舀馬鈴薯泥的勺子敲打鍋緣。

「我知道，我只是……」

這次他甚至沒說半句話，只是輕輕搖頭，繼續拿著勺子敲打鍋緣。鍋子被敲得咻咻響，不知怎麼地，聽起來跟他的聲音相當搭調：休……休……休……休息了。

「沒錯，」裴拉說。「但是，艾弗萊校長叫我過來。」她欲言又止，拉拉一隻柔軟、剛被刺出耳洞的耳垂，等著看她爸爸的名字有多大影響力。矮壯的男人把一袋馬鈴薯泥舉到與眼睛齊高，手腕微微移動，沿著垂直方向慢慢旋轉袋子，把靠近袋口的地方緊緊扭成一條細線。「艾弗萊校長，」他懶懶地說，口氣有點不在乎。「我是斯皮洛多卡斯大廚。」他的語調似乎暗示，哪一個頭銜比較響亮，純屬見仁見智；不管哪個頭銜比較響亮，他們都只是凡人；因爲都是凡人，所以他們兩個都難逃一死。他打開一個超大型冰箱，把袋子扔進去。

除了他之外，廚房裡還有一個矮小的拉丁裔男子，手裡正拿著高壓水管，用力洗刷一個超大的鍋子，一團團燒焦的黏膩殘渣飛濺而起，噴到他的襯衫上。裴拉想像鍋子慢慢被洗刷乾淨，一道道強勁的水流沖刷一層層厚厚的醬汁、湯汁、或是——誠如架在她旁邊的餐卡所示——西南風味蔬菜千層麵，焦黑的鍋子隨之恢復銀白。那個傢伙看起來不太開心，他的目光呆滯，臉上汗光閃閃，但是他的工作目標明確，令裴拉羨慕：去除骯髒，恢復清潔。若是有一支像這樣的水管，她心想，清理麥克和亞許的廚房肯定更加得心應手。

「嗯……，」她說，她不確定自己該如何面對這位大廚，而斯師傅已經從一個超大捲軸上面扯下另一個塑膠袋，再度開始動手舀馬鈴薯泥。「艾弗萊校長和我——他是我爸爸，我是他女兒——我們家裡有客人，客人忽然出現，我們在想……如果不太麻煩的話，你這裡說不定正好有幾道菜，我們可以拿來當作開胃小點心？」

「正好有幾道菜？」斯師傅鬱鬱地重複。「拿來當作開胃小點心？」

他把舀馬鈴薯泥的勺子，好端端地擱在鍋子邊，雙手重重壓在流理台上，瞇起眼睛，頭一次緊盯著裴拉。裴拉覺得他是一個很接地氣、非常隨和的人，她但願自己跟平常一樣穿套頭厚運動衫、一頭亂髮、兩眼黑眼圈，而不是一身漂亮的淡紫色洋裝、戴著耳環、化了妝。她胸罩的肩帶滑了下去，更加魂不守舍。

「一千個人。」斯師傅伸出一隻結實的手臂用力一揮，示意涵括廚房、工作區域和餐廳。「這裡每一天餵一千個人吃飯。爲了餵飽一千個人，你不可能做到盡善盡美。你只能放手去做。妳了解嗎？」

裴拉剛想說是的、她了解，但是他已經踏著木屐鞋，消失在廚房裡。若是缺了那雙木屐鞋，他還眞是矮得不得了。時間一分一秒過去。他沒回來。裴拉非常確定他已經拋棄她了，而且她沒有替代方案。因此，她只好站在那裡，看著拉丁裔洗碗工拿著高壓水管拚命刷洗。洗碗工使出全力，一張臉脹得通紅。

她已經放棄開胃小點心，但是依然呆呆站在那裡。這時，斯師傅走了回來，結實的手臂抱著一個滿滿的購物袋。購物袋裡不曉得裝了什麼東西，最上方擱著一條尚未烘烤的麵包，麵包肉桂香四溢，上面還有黑醋栗或是葡萄乾。「妳一回家馬上把麵包放進烤箱，」他說。「跟咖啡一起送上。」

「哇，」裴拉說。「哇。這是現做的嗎？」

「廚師永遠不會洩漏祕密。」斯師傅頭一次露出愉悅的神情；臉色似乎變得柔和。他伸出一隻手，笨拙地拍拍裴拉的背。「跟妳爸爸說我盡了全力。我時間不夠，也沒有事先接到通知，但我盡了全力。好嗎？」

「好，」裴拉。「非常謝謝你，斯師傅。我爸爸會非常感激。」

她轉身準備離去，卻發現自己的雙腳在天藍和淡褐色相間的磁磚地上生了根。她心中升起一個小小的聲音，聲音充滿企盼，輕輕柔柔，斷斷續續，彷彿想訴說什麼；她停下腳步，專注傾聽。

過了一會，斯師傅放下手中的馬鈴薯，抬起頭來。「還有什麼事嗎？」

「嗯……」裴拉把重心從一隻腳移到另一隻腳。「我剛剛在想，你以前有沒有雇人在廚房幫忙，你知道的，洗盤子或是其他等等。」

「我以前有沒有雇人洗盤子？」斯師傅重複一次，口氣相當訝異，邊說邊搖頭。「有。」

「你現在雇不雇人？」

「我總是在雇人。」

「我可不可以拿一張申請表？」

他的眉毛上揚。「幫誰拿？」

「幫我拿。」

斯師傅打量她那雙白色的平底涼鞋、蒼白的雙腳、平整的洋裝，以及其他正好被他看在眼裡之處。裴拉感覺他的眼光在自己身上逗留，但他不像其他男人一樣盯著她的胸部，而是看著她的刺青。「妳在廚房工作過嗎？」他問。

「沒有。」這話脫口而出，迴盪在空中。「我工作非常努力，」她很快補了一句，但她不曉得如何證明此話屬實。

「早餐時段有個空缺，」斯師傅說。「早上五點半上工，星期一到星期五。」

「五點半，」裴拉說。

斯師傅點點頭，看起來有點難過。「我了解，那太早了。」

「確實很早，」裴拉說。「我們星期一見。」

26

艾弗萊一邊望向窗外，一邊擦拭剛才切番茄留下的紅色汁液。他看到珍妮芙和歐文走出方博爾館，兩人手牽著手，像是一對相處自在的情侶，慢慢穿過方博爾館和史庫爾館之間的草坪。春季濡濕的草坪，遠遠看來迷濛一片。他看到兩人的身影，心中升起一股荒謬而強烈的妒意，當初發現亨利・史格姆山德成了歐文的室友，他也感到同樣的妒意。你想想啊：他居然嫉妒那個男孩的母親，只因爲她牽了男孩的手。他照照走廊的鏡子，檢查一下自己的領帶和袖扣，趕在門鈴響起之前走到門口。

珍妮芙放開歐文的手，捏捏艾弗萊的雙手，在他的雙頰各印上一吻。「葛爾特！居然有這種事，你能相信嗎？」

「幾乎不能，」艾弗萊說。

「從一方面而言，我心想，親愛的，你爲什麼非得去日本？你眞的必須拋棄你可憐的母親嗎？但我感到好驕傲。況且說眞的，東京和聖荷西的距離，跟聖荷西和衛斯提許的距離差不了多少。」

「而且比衛斯提許暖和，」艾弗萊表示同意。「也有趣多了。」

「噢，你太謙虛了，」珍妮芙說。「你們的校園相當古雅，非常……具有十九世紀風格。沒想到因爲歐文住院，我才終於來訪，想來眞是慚愧。」她伸手撥弄頭髮，她的頭髮短到說不定會被看成女同性戀，但她顯得成熟世故，女人味十足。她身上依然是早上那件藍色裙子和白色襯衫，但是多了幾個精巧的變化——手腕上多了一串銀手環，襯衫的一顆扣子沒扣——給人完全不同的印象。她盯著艾弗萊：「等我有時間，我一定會過來拜訪，而且待久一點。」

「我們總是歡迎家長們來訪，」艾弗萊謹慎地說。他對歐文伸出一隻手，兩人的掌心碰在一起時，他感到強烈的喜悅流竄全身。「小伙子，恭喜你，你是衛斯提許第一個贏得卓威爾獎的學生。」

歐文牽動嘴巴沒有受傷的一角，微微一笑。「嗯，他們一九八二年才開始頒發卓威爾獎，」他短短回了一句，語氣中帶著驕傲。兩人依然手握著手。

上樓之後，艾弗萊開了一瓶酒、告訴珍妮芙洗手間在哪裡、敦促歐文脫掉鞋子、請他把腳擱在矮凳上。「拜託，」他說。「請不要拘禮。」艾弗萊拿了一個靠枕塞在歐文的頭後面，歐文的頭裹上繃帶，後面腫了一大塊。他似乎又聽到歐文漂亮的頭顱砰地一聲撞上休息區的水泥牆。「你感覺如何？」

歐文小心地點點頭。「以前還有更糟糕的時候。」

「以前什麼時候？」

「嗯，或許沒有吧。但我可以想像說不定有一、兩次。」他兩眼眼圈微微發紅；紅腫沿著臉頰延伸，一直蔓延到血塊凝滯的嘴角，因此，他講話的速度相當慢，字字句句從嘴巴的一角冒出來，聽來有點凝重。「我頭昏，」他說。「我不太記得事情。很難說是腦震盪，還是藥物作用。」他停了一下。「而且會聽到一些可怕、單調的聲音。」

衛斯提許教堂的鐘聲響了八下。「每個鐘頭都聽到？」艾弗萊說。

「大約每個小時。」歐文雙手擱在微微腫脹的腹部，閉上眼睛。「我想我以前確實有一次感覺更糟。當傑森跟我分手的時候。」

傑森。那個名字像是海浪一樣朝向艾弗萊襲來。「傑森？」他問。

「傑森．戈明。你記得他嗎？」

艾弗萊花了一分鐘才想起他是誰。「噢，我記得，他是我們成績最好的學生之一。」

歐文點點頭。「而且最好看。」

「我可不記得這部分。」

「噢，我確定你記得，」歐文說，口氣含糊。「他比我好看多了，說不定甚至比你更英俊。」歐文抓抓下巴，語氣像是在評頭論足，說不定有點揶揄。艾弗萊臉色一白。如果歐文覺得傑森比艾弗萊英俊一點，但比歐文好看多了，那就表示歐文認爲艾弗萊比自己好看。這是一種讚美，不是嗎？但是他被歐文的前任男友比下去，不是有點沒面子嗎？但是歐文用了假設語氣：說不定甚至。這簡直像是同性戀調情的聯考試題。同性戀調情和異性戀調情並沒有太大差異，但如果兩者沒有不同，艾弗萊爲什麼表現如此拙劣？

珍妮芙已經走了回來，現正仔細檢閱艾弗萊的書櫃，她背對著他，啜飲她的酒。

「那麼糟嗎？」艾弗萊悄悄問道，他說的是分手一事。

「我難過得拒絕進食。亨利必須強迫我吃東西。」歐文張開眼睛，看著艾弗萊。「我不喜歡讓自己心碎。」

艾弗萊還來不及解析這句話，珍妮芙就坐到他旁邊，朝著他翹起她那雙美腿。「葛爾特，這裡眞不錯。」

「妳喜歡嗎？」

她環顧四周，下巴微微揚起，擺出深思的模樣。「我喜歡，」她說。「但是這裡顯然非常……」

「具有學術氣息？」艾弗萊暗示。

「我正在考慮要說是像大學部的寢室，或是陽剛。但我想你女兒可以幫幫忙，最起碼緩和一下陽剛之氣。嗯，她人呢？」

「她出去幫我們張羅一些點心。」

「你最好不要太麻煩她，」珍妮芙對著艾弗萊輕輕搖動一隻手指。「今天晚上應該由我出面謝謝你照顧歐文。」

「哪兒的話。你們兩位是主客，妳大老遠前來拜訪，歐文為衛斯提許爭光。卓威爾獎的消息將傳遍全世界——這種事情讓大學校長相當有面子。」

「你這位大學校長已經很體面了。」珍妮芙微笑。艾弗萊也回以一笑。這是異性戀的調情嗎？那雙美腿似乎示意他非得調情不可，但是話又說回來，說不定這件事無關美腿，而只是因為他不知道該用其他哪種方式跟女性相處。倘若無法調情、迷惑、讚美，你還能怎麼辦？你可以表現出博學的模樣，繼續進行高尚的對話，但是艾弗萊從過去的經驗得知，這麼做通常也被視為調情。很幸運地，歐文似乎打起瞌睡。即便可能只是假裝睡著。

有那麼短短一秒鐘，艾弗萊以為珍妮芙的手輕輕搔弄他的大腿；他不由自主地往後一縮，踢到咖啡桌，酒也從他杯中濺了出來。原來只是他的手機在口袋裡作響。珍妮芙伸手輕拍他的大腿。「別急，」她邊說邊拉拉他薄羊毛長褲的皺褶。「你還好嗎？」

「哈、哈，沒事，我當然還好。對不起，」艾弗萊說。「我的手機。」他從口袋裡掏出那支邪惡的手機，查看來電顯示。區域號碼415——嗯，應該是裴拉，但是裴拉把手機留在舊金山。那麼應該是大衛，不管之前到哪裡出差，現在他已經回家，發現太太的手機擱在廚房餐桌上，他的留言塞爆了語音信箱。他現在肯定感到困惑，很快就會激動起來。艾弗萊讓手機繼續響著。

27

倘若裴拉先前懷疑爸爸爲什麼表現得這麼奇怪，她一走進書房，看到那位漂亮的黑人女士，心中的疑惑馬上消散。黑人女子練瑜伽練出一副好身材，裴拉看到她倚著爸爸坐在沙發上——或許不能算是倚著，而是跟一個幾乎陌生的男子坐得非常近——肌膚散發出年輕的光澤，頭髮剪得非常短，雙腿和睫毛修長得不像話。當她分開交叉的雙腿、從沙發上站起來跟裴拉打招呼時，那雙美腿呈現出誘人的曲線，好像藝術家布朗庫西的精美雕塑「空中之鳥」①。

「裴拉！眞高興見到妳。」珍妮芙捏捏裴拉的手肘，不著痕跡地從她手中接下購物袋，好像兩人已經習慣這麼做。裴拉在這麼一位時髦優雅的女子面前，再度感到自己笨手笨腳又邋遢。她雙手抱在胸前，掩飾自己鬆軟下垂的乳房和二頭肌，暗中發誓明天開始勤練游泳。

「裴拉，這位是歐文，」艾弗萊說。「歐文，這位是裴拉。」

歐文的半邊臉微微露出笑容，舉手打個招呼。

「恭喜你拿到獎學金，」裴拉說。

「謝謝。」他那沒有露出微笑的半邊臉腫得很大，而且全是瘀青，他身穿白色上衣和紅色睡褲，睡褲上印著黑白兩色的陰陽圖幟，衣著打扮相當怪異。但最令她印象深刻的是他看起來纖細而溫文；她知道他打棒球，她以爲會見到一個跟麥克一樣高壯的運動員。

「裴拉和我待在廚房。」珍妮芙拿起食物，那副模樣好像這裡是她自己的家。「你們兩位男士自己找事情做吧。」

裴拉溫馴地跟在後面慢慢走，珍妮芙打開廚櫃，找到一些餐盤，開始忙著把斯師傅臨時準備的食物——炸豆丸子、鷹嘴豆泥沾醬、蔬菜、裹在葡萄葉裡的某種料理，以及帶著茴香香味的某種菜餚——從塑膠罐裡盛到餐盤上。裴拉手足無措，她甚至不曉得廚櫃裡有些餐盤。她試圖想想可以幫什麼忙，最後終於看到那條擱在流理台上的黑醋栗肉桂麵包，珍妮芙剛才把麵包放在流理台上，她趕快把麵包放進烤箱。

「好了，」珍妮芙邊說、邊幫自己再斟一杯酒。「既然我們都待在廚房裡，我們何不聊聊天呢？」

「當然。」裴拉瞇著眼睛看看烤箱。華氏三百度？四百度？她決定把溫度調到三百五十度。

「妳說不定預先加熱比較好。」珍妮芙碰碰裴拉的手肘，以免裴拉覺得自己在命令她。

「當然。」她按下預先加熱的按鈕。

「說不定先把麵包拿出來？」

「啊。」裴拉從烤箱裡取出烤盤，放在爐頭上。在舊金山的家中，她有一套合乎餐廳標準的不銹鋼廚具，具有自動清潔功能，烤箱與火爐一體成型，還有六個爐頭，但她甚至不知道怎樣才不會燒焦別人準備好的食物。

「太好了，」珍妮芙說。「好，妳爸爸現在單身？」

「他一直是單身，」裴拉說，她沒有打算表現得如此熱誠。她已經好久沒有聊些關於男孩子的閒話，感覺眞是有趣，即便那個男孩子是她爸爸。

珍妮芙點點頭。「他看起來像是一輩子的單身漢。負責，但是算不上成熟。再說，這間公寓嘛——這裡有點像是主修英文系的學生寢室，只不過書架上不是平裝本，而是初版精裝本。他在哪裡度過夏天？」

「這裡。」

「眞可憐。」珍妮芙的頭髮比麥克還短，但當她感到困惑時，她跟麥克一樣伸手把頭髮撥到一邊。說不定兩人的舉動稱不上相似——珍妮芙隨手一撥，看上去風情萬種，麥克撥弄頭髮之後，總是哀傷地大聲嘆氣。不管怎樣，裴拉心想，我都是在找藉口想麥克。這可能表示我喜歡他。但是說不定我不想喜歡他。她的酒杯空了，她幫自己再倒一些威士忌，仔細思考這個問題——難道，不正是因爲不想受牽連，所以她才來到衛斯提許嗎？

珍妮芙專注地看著她。

「對不起？」裴拉說。

「對不起，那個問題冒犯到妳嗎？」

「什麼問題？」

「我從來沒有想過這件事，」珍妮芙很快說，口氣聽來帶著歉意，「但是歐文高中的時候讀了妳爸爸的書——我忘了書名——而且深深著迷。我想他上網搜尋葛爾特．艾弗萊，所以才知道衛斯提許這所學校。」

「啊，」裴拉說。「妳想知道我爸爸是不是同性戀？」

珍妮芙緊張地看著她，好像等著受到諒解。

「事實上，」裴拉說，「那本書很少講到同性戀這回事。書中大多提到十九世紀的男性友誼，兄弟會、捕鯨船、棒球隊等等，也就是兩性平權之前，男性之間如何培養感情。」

「妳的意思是僞兩性平權。」

裴拉笑笑。「沒錯，僞兩性平權。我想我爸爸很寂寞，」她補了一句。「我們住在劍橋的時候，他始終有一、兩個女朋友，甚至好幾個。但是她們都沒有留在他身邊。我想自從我媽媽過世之後，他不想太快投入感情。」裴拉語帶保留。事實上，她不知道爸爸對媽媽的死有何感受，而這個她小時候相信的簡單語句——**太快投入感情**——現在聽起來卻像個謊言。

「反正啊，」她擺出非常樂觀的神情，因爲珍妮芙看著她，顯然帶著「天啊，妳媽媽過世了」的同情與關切。「他需要找個女朋友。」

珍妮芙把剩下的酒倒進杯裡。「我想我得到妳的祝福囉。」

裴拉樂於配合，伸手在她和珍妮芙之間畫個十字。她取出爸爸塞進冷凍庫裡的香檳，她們把食物和香檳端進書房。

「敬歐文，」她爸爸邊說邊舉高他的酒杯。「希望他在日出之國諸事順遂，就像他在飄雪之境一樣。」

「太貼心了，」珍妮芙說。「說得好！」

「我們會想念他，」——艾弗萊的聲音蒙上一絲哀傷——「但是我們會繼續樂觀度日。」裴拉稍微想想；她爸爸肯定很想帶珍妮芙上床。你也不能怪她爸爸；四十出頭的女人很少有一雙那樣的美腿。

他們碰碰酒杯。「小伙子，你只能淺嘗一口，」珍妮芙邊說，邊傾身捏捏她兒子的腳趾。「你吃了好多藥。」她轉身面向裴拉。「我還沒請問妳在舊金山做什麼？」

「做什麼？嗯，妳知道的……」

「等等，別告訴我。妳是研究生，主修」——珍妮芙的指尖輕觸鬢角，閉上眼睛——「某種時尚、富有藝術氣息的科目，比方說……**建築**。」她張開眼睛。「我猜得對不對？」

大衛在她身上留下這麼深的印記嗎？裴拉伸手抓抓刺青附近的搔癢。「妳猜得很接近，」她說。

「我就曉得！多麼接近？」

「媽，妳太沒禮貌了。」歐文打了個呵欠，他小心地張開嘴巴，因爲他的嘴巴也腫了半邊，然後揉揉肚皮。「只有美國人會堅持問別人的工作。」

「嗯，親愛的，我們是美國人。」

裴拉把剩下的香檳分倒在大家的杯子裡，她特別幫歐文倒了滿滿一杯，以示感謝他出面干涉。他對她眨眨眼，慢慢喝了一口，然後睫毛一眨，閉上雙眼。他的睫毛非常漂亮，跟他媽媽一樣。他穿著睡衣，學校的校長又在場，但他居然如此怡然自得地打瞌睡，令裴拉大爲驚嘆。她慢慢開始欽佩這人。

「我們以其人之道，還治其人之身，」她爸爸說。「珍妮芙，妳做什麼呢？」

「我是主播，」珍妮芙說。「聖荷西晚間新聞的電視主播。」

「哇，」艾弗萊說。「我們這裡有位社會名流。」

「主播工作其實沒有那麼光鮮。整天坐著盯看網路，然後花好多時間弄頭髮和化妝——這就是爲什麼我把頭髮剪得很短，這樣一來，我才可以省略一個步驟。」

珍妮芙稍作停頓，等著艾弗萊讚美她的髮型，但是艾弗萊幾乎沒有注意到。歐文眞的睡了嗎？他心想。說不定歐文只是假裝睡了，藉此測試他如何對待珍妮芙？這比較像是歐文會做的事情——悄悄地、懶懶地掌控全局。

「妳的髮型很美，」他拖了好久才說。

珍妮芙綻放出愉悅的神采，隨手撥弄一下短髮。「跟我的製作人說吧。我以爲他要炒我魷魚呢。但我是黑人，而且已經在電台待了很久。」

「沒錯，」艾弗萊說。

歐文忽然張開那隻沒有受傷的眼睛。「那是什麼？」

「什麼？」

「外面的聲音。你聽。」

艾弗萊往前一傾。「我什麼都沒聽見。」

「說不定只是風聲，」珍妮芙說，但是聲音再度響起，窗台上啪啪作響，好像有人朝上扔了一把小圓石。艾弗萊走到窗邊，低頭凝視黑暗的小方院。他看不清楚有哪個人、或是什麼東西在下面，於是他打開拴著的窗戶，半分鐘之後，他搖搖擺擺地往後退，一隻手忽然摀住下巴，香檳隨之濺了出來。一個圓圓的東西掉到書房地上，看起來不像小圓石，而像是石塊。「誰在那裡？」他大喊。

「嗨，艾弗萊校長，我是麥克．史華茲，我……嗯……我的目標是氣象儀。」

艾弗萊摸摸下巴。「你失手了。」

那個小方院的灰色身影——明天早上，他站立之處將籠罩在梅爾維爾雕像的影子之中——高高舉起手臂，擺出被釘在十字架上的模樣，表示道歉。「我想我有點累了。我們今天打了兩場球。」

「最好兩場皆勝。」

「是的，先生。」

「很好。諸位今年爲校爭光。」艾弗萊一邊慢慢從窗邊往後退，一邊試探性地摸摸下巴隆起來的小硬塊。「晚安，麥克。」

「嗯，艾弗萊校長？」

「什麼事？」

「我可不可以跟裴拉談談？」

艾弗萊看看裴拉，裴拉點頭表示同意。啊哈，艾弗萊心想。「我該用桶子送她下去，」他對著窗戶說。「或者你寧願自己上來一趟？」

「我不介意上來，先生。」

「趕快上來吧，」艾弗萊大吼一聲，語調稍帶嚴肅，儼然像是一位慈父粗聲粗氣跟女兒的追求者說話。「香檳快要變溫了。」

麥克．史華茲喃喃說著對不起走進屋裡，鬍鬚和棒球帽之間的眉頭皺了起來，一臉懺悔的模樣。他看到歐文，忽然停下腳步。「佛祖，你出院了。」

「沒錯，」歐文說。「麥克，這位是我媽媽珍妮芙。媽，這位是麥克．史華茲，衛斯提許學院的道德指標。」

珍妮芙從沙發上站起來跟麥克握手，天藍色裙子底下的美腿微微一閃。「這下我只要見一見大名鼎鼎的亨利，」她大聲說。「這趟來訪的任務就圓滿達成。」

艾弗萊先前走進廚房，這會兒端著托盤回來，盤裡擺著酒杯和幾瓶酒。「邀請亨利過來吧，」他說。「為了慶祝歐文的好消息，我想我們應該品嘗一些威士忌。」

「沒錯，打電話給他！」珍妮芙說。「我已經跟他講電話講了好多年，他幾乎是我第二個兒子，但我從來沒有見過他。眞是荒謬。」

麥克搖搖頭。「他說不定已經睡了。小史今天過得很糟。」

歐文問起怎麼回事，麥克詳細敘述，裴拉聽都聽煩了——傳球失誤、傳球再次失誤等等。

「可憐的亨利，」珍妮芙說。「聽起來他需要喝一杯。」

那是上好威士忌，應該慢慢啜飲，但是裴拉幫自己多倒一些，縮到沙發上。麥克、歐文、珍妮芙——她碰到的每個人似乎都想談談亨利。從學校餐廳出來的時候，她看到尚未收拾的桌上擺著一份《衛斯提許號手報》周末版。「亨利邁向五十二」，粗黑的標題寫道，標題之下是張半版的照片，照片上有個傢伙站在球場上傳球，他壓低帽子，幾乎遮住眼睛，隨便哪個傢伙在隨便哪個球場上傳球，看起來都是這副模樣。

眾人的談話暫時歇止時，她碰碰麥克的手肘，對他露出最具誘惑力的笑容，即便嚴格來說，那個笑容比較像是「我們走吧」的表情。他對著她的窗戶丟擲小圓石，當然稱得上羅曼蒂克，即便所謂的丟擲變成運動員式的傳球，小圓石變成石塊，窗戶變成她爸爸的臉。他試了，他用了他那種誠摯卻笨拙、好像大黑熊的方式試了——他始終惦記著她。況且他那雙琥珀色的眼睛是如此可愛……

那雙眼睛與她四目相對，卻完全不了解她的心思。「什麼？」他說，談話再度歇止，每個人都轉頭看著他們。

「說不定我們該走了。」

麥克呆呆地看著她。「爲什麼？」

「你知道的……我們打算看那部電影？那部你一直想看的電影？」

「妳在開玩笑吧？」他說。「我怎麼可以錯過這個品嘗校長典藏威士忌的機會？我已經等了好多年。」

「噢，請留下來！」珍妮芙附和。「我明天早上就走了。」

於是什麼都別說了。艾弗萊聽到麥克提起他的典藏威士忌，高興之餘再拿出三瓶酒。他們依序品嘗，一邊喝酒，一邊喃喃讚嘆：**噢，帶點泥煤味……啊，煙燻味**。他們舉杯祝賀珍妮芙來訪、裴拉抵達衛斯提許、歐文榮獲卓威爾獎，以及缺席的亨利。麥克在屋子裡晃來晃去，檢視書櫃上多得數不清的藏書，裴拉還沒看過他這麼開心，最後他終於找到《白鯨記》——那個超大本、手工裝訂、Arion Press 印行的版本，她爸爸一九八五年花了一千美金購入，現在的價錢已經超過當年的三十倍……即便你沒辦法用金錢來衡量這麼一件美麗、心愛的東西。麥克、歐文和珍妮芙很快就圍在一起，大家一邊讚賞這部鉅著，一邊出神地傾聽艾弗萊描述梅爾維爾的中西部之行、自己如何發現那份遭到錯置的破爛講稿、校方如何爲梅爾維爾立像、魚叉手隊的隊名由何而來。

裴拉呆坐在沙發上。對於爸爸的表現，她的心情相當複雜。她打心眼裡喜歡聽爸爸說話，而且衷心認爲他應該成爲名流——最起碼是哈佛大學的校長，或是統御後蘇聯時代某個版圖狹小、但頗具影響力的小國。但他說話說到某個程度就施展更多個人魅力，然後陶醉在聽眾們的仰慕之中，那副模樣令她生厭。她知道這正是教授的職責——教授本來就應該琢磨授課內容，逐年累月加以精煉，儘量使出超凡的魅力授課。爲了莘莘學子們，你看起來必須始終陶醉於自己的話語，即便你可能已經講授上百次同樣的內容。

艾弗萊說完之後，麥克伸出大手握住裴拉的手，對她輕輕一笑。她透過他的目光一窺衛斯提許學院，心中的厭煩逐漸消散。對她而言，衛斯提許是一所破爛、偏遠的學校，她爸爸基於穩定的考量，把自己放逐到此地；對麥克而言，衛斯提許是他的全部：他的家庭、他的親人。他爲了衛斯提許學院付出一切，但是學期一結束，他卻將被永遠逐出。他一直試圖找到一個新家、一所願意接納他的法學院，但卻未能如願以償。如果家是你的心繫所在，那麼衛斯提許學院就是麥克的家。如果家是那個無論如何都願意收容你的地方，那麼衛斯提許學院就是她的家。她捏了捏他的手。

再喝一輪威士忌之後，夜晚慢慢退燒。麥克在椅子上睡著了，他那保齡球似的雙肩微微起伏，一隻手掌攤開撐住半邊臉頰。艾弗萊看著裴拉盯視沉睡中的麥克，她向來不喜歡大學運動員──他們太刻板，太容易聽命於人──但是艾弗萊看好這個傢伙有潛力。過去兩小時內，大衛已經在艾弗萊的手機裡留了三次話。

珍妮芙的肩膀緊緊貼著他，但是她的注意力已經轉移到裴拉身上；她們兩人都看著史華茲，而且像小女孩似地講悄悄話。艾弗萊告退，把杯子端回廚房。他拿起擦碗巾，撢去流理台上的一些麵包屑。他隨手打開水槽上方的電燈，然後又把電燈關掉。他在拖時間，而他不曉得爲什麼，或說最起碼假裝不曉得爲什麼。最後歐文走進廚房，靠在沒有半點麵包屑的流理台邊。

「我可以問你一個問題嗎？」

「請說。」

「我媽似乎相當喜歡你。」

艾弗萊勉強擠出微笑。「身爲一個前英文系教授，我得指出那不是一個問句。」

「我說得直接一點吧。你不打算跟我媽上床，對不對？」

拱形門口的另一側、離艾弗萊站立之處不到五碼的地方，珍妮芙坐在沙發上，纖細黝黑的雙腿垂在沙發邊，一隻腳勾著涼鞋輕輕搖晃。「不，」艾弗萊說。「我沒有這種打算。」

「很好。」

歐文專注地看著艾弗萊，艾弗萊感覺──嗯，艾弗萊覺得自己像個白癡。接下來會如何？他把洗碗巾晃到肩上，然後把毛巾扯下來，像個拳擊手一樣把毛巾纏繞在手上。艾弗萊忽然感到非常無助，那種感覺就像多年前的那個晚上，他發現裴拉的母親去世，他女兒的到訪忽然不再是個新奇的經驗，也不再是流傳在系所之間的笑話，反倒變成一個恆久不變的生活方式。現在的他心中同樣感到無助，同樣令人不知所措。

「你要離開了，」他說，他指的不是今晚，而是日本。「你快要走了。」

「沒錯。」

「我們會想念你。」

歐文笑笑。「誰是我們？」

艾弗萊沒有回答。他比歐文高一點，但因為他們都靠在流理台邊，所以兩人的眼睛剛好在同一高度。

「你說不定還得再忍受我幾個月，」歐文說。「蘇貝爾博士請我幫暑期班的學生們，開一堂劇本創作課。」

整整三個月耶——這雖非艾弗萊所企盼的永恆，但也比什麼都沒有好。他點點頭，稍稍表現寬慰，但沒有完全表露心中的情緒。「這裡的夏天很漂亮。」

「我聽說了。」

「釣魚，有些地方很適合釣魚。」

歐文笑笑。「聽起來很殘忍。」

「我們可以一起去，」艾弗萊提議。「找個星期六的早晨出去釣魚。」

歐文又笑笑。「只要我們不殺死任何一條魚。」他的襪子擦過艾弗萊的高級皮鞋。「或是任何小蟲。」

月光在陳舊的塑膠地板上留下一方光影，艾弗萊一直想換掉地板，現在看來有點後悔莫及。接下來會如何？歐文傾身靠向他，他揚起一邊的眉毛，露出善意的嘲諷，眼神高深莫測，幾乎有如先知的眼睛。他愈靠愈近，小心翼翼地轉開臉頰受傷、青腫的一側。月亮悄悄躲進雲層裡，塑膠地板蒙上一層灰白。艾弗萊的心臟噗噗跳，陣陣緊縮。手機在他口袋裡再度震動。那個吻輕輕落下，印在他的嘴角。

① 布朗庫西（Constantin Brancusi，1876-1957），羅馬尼亞籍雕塑家，現代主義雕塑先驅，風格簡約優美，「空中之鳥」（Bird in Space）是他的代表作之一。

28

星期天早上是衛斯提許學院一周當中最安靜的時刻。學校餐廳沒有供應早餐。小教堂沒有舉行晨間禮拜。體育館十一點才開門，圖書館則到中午才開館。

春天的腳步真的近了，知更鳥和麻雀棲息在足球館頂端吱吱喳喳，海鷗高高飛過，高聲鳴叫。亨利的腦海中不斷冒出一個字眼。他把字眼吐在寬闊的石階上，但它反彈回來。它陰險狡詐，好像霓虹燈一樣刺眼。**幹你娘**。他用力吐出去，它卻又彈回來。他衝上石階的最上方，反手拍拍「第十七排」的標誌，沿著石階邊緣走幾步，走到下一排的石階，增速三倍往下衝。最南邊那根球門柱的油漆顏色單調，斑駁剝落。**門柱需要上漆了，幹你娘**。

他盡全力跑，毫不保留。他一舉衝上石階頂端，然後兩步作一步往下衝，運動背心緊緊貼在他身上。他想到引擎運轉，熱氣騰騰，飛濺在地上的煤油也燒起來。當視線變得模糊、汗水刺痛眼睛時，他把鹽粒想成是種不純淨的雜質——讓汗水潑灑在水泥上，看著它揮發。**獻給老天爺吧，幹你娘**。

他想要追逐那種運動直到忘我之境、心中清明而空洞的感覺，他想讓自己的身體像個空空的鼓。他想讓大湖冷冷的灰藍、以及校園的黃褐與青灰湧入體內，撐開他的雙肺。但是他太激憤、太氣惱。他上上下下，兩度跑完整座足球館的石階。他回頭看看另一邊，一陣刺痛從腳踝直衝小腿。他加快步伐。

他氣喘吁吁地跑完第三趟，轉身看整座足球館。他的腦中依然充滿雜音，但最起碼他已經把自己的雙腿折磨得胡亂顫抖。太陽高高升到大湖之上。一對小鳥在空中轉圈，飛著飛著，小鳥忽然衝向他看不見的獵物，卻什麼都沒找到，只好悄悄停駐在湖面。露水垂掛在足球館稀疏的草皮上，足跡累累的泥地上冒出一塊塊濡濕的青綠。史華茲靠在遠方的一根球門柱上，手裡端著兩個冒著熱氣的紙杯，喝著其中一杯。他穿著印有校徽的體育褲、夾腳拖鞋和一件法蘭絨運動衫，運動衫的一角沒有塞進褲裡，隨風飄揚。亨利拾起散落一地的衣物，跳過分隔看臺和球場的矮牆。

「你瘋了，你知道吧？」史華茲把一個紙杯遞過來。「你今天應該休息。」

亨利用力吸進熱可可濃郁的人工甘甜，但是依然喘個不停，沒辦法好好喝上一口。「我睡不著。」

「我也睡不著。」

他們穿過練習場，走向體育館，太陽暖暖照在他們的脖子上，史華茲的拖鞋踏過泥地，發出噗噗啪啪的聲響。他們從體育館取出他們的手套、一支球棒、一桶棒球和一支掃帚，邁步走向棒球場。

一壘壘包被一根金屬桿固定在地上，棒子剛好插進一個四四方方的深洞；亨利拉出桿子，丟在一旁，把掃帚插進洞裡。掃帚搖搖擺擺，有點歪斜。他用手拍打，試試夠不夠牢固，然後喝乾香甜的熱可可，慢慢跑到游擊手的位置。

「手臂還好嗎？」史華茲大喊。大風從湖面吹來；很難聽得清楚。

亨利運動一下肩膀，朝著史華茲豎起大拇指。

「慢慢來。」史華茲大叫。「我們可不想弄傷你的手臂。」

「什麼？」

「放輕鬆！」

史華茲把球舉高。亨利點點頭，蹲低身子。第一記球高高飛向他的左側，啪地一聲落到他的手套裡。他空想了一整個晚上，這會兒站在球場上付諸行動，感覺眞好。他後腳跟站定，目光專注在掃帚上，手臂一揮。球劃穿橫向穿來的大風，穩穩擊中掃帚。

桶子裡有五十顆球。十七顆擊中掃帚。其他幾十顆繞過掃帚，劃出一道道緊密的弧線，好像馬戲團表演者朝著珠光寶氣的助理丟擲的一把把尖刀。「感覺好一點了嗎？」他們收拾東西、走回學校餐廳時，史華茲問道。

「還不壞，」亨利點點頭。「一點都不壞。」

星期二。馬斯金根學院。天空雲層波濤洶湧，漫向四方，低處的雲朵飄飄邈邈，有如被扯成碎片的棉花。高處的雲朵陰沉黯淡，慢慢化爲令人害怕的漆黑。除了球探們和盡本分的女友們，看臺上沒有其他人。馬斯金根學院的隊員們身穿長袖運動衫，外面套上淡藍色的球衫。魚叉手隊的隊員們光著手臂。史華茲堅持大家這麼做：假裝不受天氣影響，玩心理戰。你若假裝不受影響，你就果眞不受影響。

亨利查看一下隊友們，確定大家站好位置，同時對著亞傑揮揮手，示意他往左邊移動。「薩爾、薩爾、薩爾，」他反覆呼喊。「薩爾達利，桃莉芭頓，胡裡胡說。」到了大學這個層級，內野手不玩裝腔作勢那一套，因爲這樣不酷，但是亨利克制不了自己。他握起拳頭，捶打一下手套柔軟的凹口。「點上i的圓點，畫上t的橫線，抹上一點起司。抹上一點點莫恩斯特，一點點瑞士。」

薩爾擺出怪異的投球準備動作。亨利蹲低身子。把球打給我，他暗暗祈禱。把球打給我。贖罪的時候到了。薩爾投出一記指叉球，球外角下墜，落點正如史華茲所求。打者揮棒，球直直飛出，發出鏗鏘回響。亨利早在球尚未碰到球棒之前就已挺直身子。落地前一秒鐘，球擦過草地裡隆起的草皮，彈跳到一側。他調整一下手套，乾淨俐落地接起球——你若準備周全，球朝向哪裡彈跳根本不成問題。

他伸出右手按住接到的球，稍稍轉動一下，摸索球的縫線。他彎起手臂，眼睛盯著李克的手套。他的手臂往前揮動，沒有時間多想，但他還是忍不住，無法決定應該加快、或是減緩傳球的速度。他感覺自己算個不停，不斷調整手的位置，好像一個服用不明藥物、嗑藥嗑得爽歪歪的狙擊手。

球一離開手套，他就曉得自己搞砸了。李克・奧沙試圖撈起陷入土裡的球，但是球打到手套後側，滑了出去。亨利轉身背對內野，抬頭看看滾滾雲層，喃喃說著自己近來最喜歡的字眼：**幹你娘**。

史華茲大喊暫停，蹣跚走向投手丘，招手呼喚亨利。「你還好嗎？」他問。他頭上的捕手面罩微微後傾，眼下的黑色油膏黏糊糊地流向鬍鬚。

「還好，」亨利粗率地說。

「你確定嗎？手臂沒有痠痛，或是——」

「手臂沒問題。我很好。我們繼續打球，好嗎？」

「好，」史華茲說。「沒人出局。解決他們。」

這下亨利又多了一次必須彌補的缺失。**把球打給我**，他拚命想著。**把球打給我**。「薩爾、薩爾、薩拉曼德爾，」他一邊反覆念誦，一邊用力搥打手套，滿心憤怒。「狠狠投一記指叉球。讓我和亞傑表現一下雙殺。」

薩爾又投出一記落點良好的指叉球。打者用力一揮，球直直飛向亨利的左方。他伸手攔下，轉身面對正衝向二壘壘包的亞傑。這種距離必須側投——他已經做了成千上萬次。但是這次他稍作停頓，手臂還是甩了又甩。上次那球力道太弱，這次最好加點勁——不、不，不能太用力，太用力不行。他又甩了一次手臂，這時跑者已經快要衝到二壘，亨利別無選擇，只好用力傳球。球速眞的很強，離他三十呎的亞傑根本應付不來；亞傑呆呆站著，看著球滑過他的手套後側，滾進右外野。

這局結束之後，亨利過去跟亞傑道歉。

「沒關係，」亞傑笑笑說。「我還不是搞了你好多次飛機？」

李克·奧沙按住亨利的雙肩。「別擔心，小史。我們都會碰到這種慘劇。」

「強打！強打！強打！」有人一邊大喊，一邊捶打休息區的木頭後牆。

「強打！強打！強打！讓我們給他們顏色瞧瞧！強打！強打！」

史華茲轟出一支全壘打。勃丁頓跟進。再過一局，亨利在滿壘的情況下擊出一支三壘安打。打完六局之後，主審宣佈提前結束比賽，魚叉手隊以十九比三的比數得勝。這種「憐憫規則」（mercy rule）的用意在於解救慘敗的一方，但是沒有人比亨利更鬆了一口氣。有生以來，他頭一次不想待在棒球場上。回程途中，他心情鬱悶，強忍淚水，緊緊貼著巴士猛烈搖晃的一側。

「你在球場上非得放鬆不可，」史華茲對他說。「放輕鬆，別逼自己。」

「我知道。」

「放手傳球，就像你對著掃帚開火一樣。必要的話，打斷李克的手也沒關係。」

「好。」

外面的景致一路延展，牛群、告示板、賣煙火的小店、情色用品店，看起來跟往常一樣令人沮喪。史華茲愼選用詞。「你明天何不放鬆一下？」他建議。「暫時不要跑步，練球的時候跟我一樣少做一點。沒必要把自己逼得太緊。」

「我很好。」

「我知道你很好。我只是說我們不再處於備戰狀態。接下來的二十天，我們有十五場比賽。我們必須保持體力。」

史華茲再度轉頭看時，亨利已經閉上雙眼，額頭輕輕頂著骯髒的車窗。他的右眼眼角不斷跳動，史華茲看得出來他不是眞的睡了，但卻沒有揭穿。

史華茲感覺得到出了哪些問題，或說出了哪個問題：他正試圖與亨利保持距離，而且他拿裴拉當藉口。這就是爲什麼他甚至尙未跟亨利提起裴拉。這幾年來，他對亨利毫無隱瞞；最近幾個禮拜，他卻隱瞞了兩個祕密。

這樣做實在不對：跟亨利保持距離，假裝一切如常，同時卻放手讓亨利自生自滅——而你之所以這麼做，原因在於你沒辦法面對亨利的成就。

他不能這麼做，他不能這樣對待亨利。問題一發不可收拾。何況如此苛責自己，說不定有點抬自抬身價，但這無所謂。若能解決亨利的問題，他什麼都願意做。就算清晨四點、裴拉躺在他身邊、他必須起來接電話，他也不介意。就算接下來的兩個月，他全副心思都得花在亨利身上，全心全意想著怎麼幫他，他也不在乎。裴拉可以等。他的人生可以等。亨利需要他，而魚叉手隊需要亨利。他知道這一點就夠了。

29

「今天，」英格蘭登教授一臉嚴肅、在黑板前面講課，她雙腳像是芭蕾舞伶似地張開，細瘦的手臂上戴著一圈圈手環，一邊瞪著視聽中心提供的錄音機，一邊比手畫腳，「與其跟往常一樣上課，我希望大家稍微忍受一下，跟我一起聆聽詩人湯瑪斯．史登．艾略特的作品。我們聽聽他朗讀自己這篇帶有詩歌風格、篇幅較長的《荒原》，聆聽的同時，請大家思索一下現代主義如何反駁、保留、說不定甚至改造我們這學期一直討論的口語傳統特質。」

亨利始終無法完全理解英格蘭登教授說些什麼，但他覺得這表示今天課堂上不會進行太多討論，他陷入椅子裡，鬆了一口氣。他坐在圓形小劇場的最上排，兩旁坐著李克和史塔布萊德，三個人都縮在面積過小、桌面像是鋼琴的書桌前，一身比賽當天穿戴的襯衫和領結，居高臨下地看著課堂上其他身材較爲矮小、比較沒有運動細胞的同學們。李克穿著皺巴巴的長袖白襯衫，黃綠色的領結像是槲寄生似地垂落在寬闊的胸前，當他伸伸懶腰打呵欠時，腋下的汗漬清晰可見。史塔布萊德繫了一條閃閃發亮的金黃色領帶，朱紅的襯衫散發出晚秋落葉的色澤，看起來好像準備到華爾街、或是好萊塢上班。亨利的穿著跟往常一樣：陳舊的藍色襯衫，海藍和淡褐色的衛斯提許領帶。他和李克戴著魚叉手隊的球帽，史塔布萊德沒戴球帽，他只有在棒球場上才會遮蓋那頭擦得油亮亮的頭髮。麥克主張大家穿上襯衫，打上領帶，寇克斯教練可不贊同。「厚運動衫有什麼不好?」魚叉手隊的隊員們魚貫走進更衣室時，他經常低聲抱怨。「該死的大學小伙子。」

亨利在秋季班的時候已經修了物理實驗課，因此，這些課程不會對球季造成干擾。春季班的時候，他選修一些比較容易過關的課，還有幾門歐文或是史華茲已經買了教科書的科目。這門英語系一二九、或者說是跨系列至人類學系一四一的「改造口語傳統」，便是後者。這門課稱不上營養，但是李克和史塔布萊德都修了，史華茲也已「修改」亨利以《伊里亞德》爲題的報告，使之達到A^{+}的水準。

教室面向東方，到了這個時候通常滿室陽光，但是今天大湖劇烈起伏，看起來好像快要下雨。亨利感覺一個念頭悄悄潛入心中，他從來想像不到自己居然會有這種念頭：**我希望比賽會因下雨而取消**。

「瑪麗!瑪麗!」艾略特高聲尖叫，似乎徒然無助地爭取亨利的注意。史塔布萊德在一張紙上草草寫兩句，攤開擱在亨利桌上：

!?!

既然出自史塔布萊德之手，這只可能代表一件事。亨利環顧教室四周，看看史塔布萊德提到的那個女孩。女孩是個新面孔，她坐在英格蘭登教授旁邊，髮長及肩，髮型奇特，閃耀著淡紅或是深紅的色澤。她看起來比一般學生大，但是不到教授的年紀。她可能是個研究生，但是衛斯提許學院沒有研究所。她看起來正是那種亨利完全不熟悉的女孩——嗯，說不定應該說是女人。她有一張心型的臉蛋，低頭嚼著她厚運動衫上的一條繫繩，這倒不是出於緊張，而是其他因素，因爲這副長相的人不可能感到緊張。說不定她之所以嚼繫繩，原因在於她正苦思這首令人難以理解的詩篇，構思各種攸關現代主義的主張，而英格蘭登教授肯定會讚許這些想法。

史塔布萊德又寫道：我可是樂意用嘴巴來改造她。以前見過她嗎?

亨利對他微微聳肩，表示沒有。

她二十五、二十六歲，不是準大學生。

微微點頭。

有點憔悴，但是依然……

亨利對此不予置評。

英格教授的女朋友？

亨利翻個白眼。只有史塔布萊德這種好色之徒，才會想像英格蘭登教授有個二十幾歲的蕾絲邊女友，而且把女朋友請到班上聽課。

跟你講也沒用。把李克叫起來。

亨利用手肘頂了頂李克，動作輕微得令人幾乎無法察覺。他不喜歡在英格蘭登教授的課堂上講話，倒不是因爲他怕惹麻煩，而是因爲英格蘭登教授似乎跟磨破皮的膝蓋一樣敏感，她在課堂上時常因爲一首首優美的詩詞而垂淚，亨利擔心自己會讓她失望。

李克猛然抬起下巴，抹去嘴角一絲黏膩的口水。「幹嘛？」他問。亨利指指紙條最上方。！？！李克皺起蒼白的眉毛，環顧教室，他鬆開眉頭，又皺起眉頭，再多看兩眼。「老天爺啊，」他一邊輕聲說，一邊拿起亨利的鉛筆。艾略特繼續低聲朗誦。英格蘭登教授雙眼望向天花板，狂熱揮動細瘦的手指，好像是個指揮家。那位神祕的女孩／女人一邊嚼厚運動衫的繫繩，一隻腳的大拇趾猛踢另一腳的腳後跟，如果她不是這種人，這麼做反而會讓人以爲她很緊張。誰曉得她是哪種人？李克畫掉二十五和二十六，寫上二十二，然後拿起鉛筆輕敲下巴，接著畫掉二十二，寫上二十三。史塔布萊德指指以前見過她嗎？

幾乎認不出來。泰爾曼蘿斯中學。她比我大一屆。裴拉・艾弗萊。

艾弗萊，艾弗萊？

李克點點頭表示確認。很野。他寫道。而且瘋狂。

什麼意思？你上過她？

才沒有呢。

我想也是。史塔布萊德寫道。

李克故意忽視這番嘲諷。她跟一個來學校講述希臘建築的傢伙跑了。他想了想，然後在傢伙前面多加上了年紀、留鬍子幾個字。

聽說她生了一群小孩。

史塔布萊德瞄一眼教室另一頭，審慎地點點頭。難怪她有那種奶子。

亨利幾乎不在乎兩人在討論什麼，他們的筆談已經從原來那張小紙條蔓延到他的筆記本上，而且幾乎寫滿整整一頁。他大多只是遙望窗外，心想會不會下雨。他可以感覺自己多多少少希望下雨。他小時候相信自己能夠藉由意念，改變遠方發生的事情，而他始終如此相信。四月初的衛斯提許學院棒球場泥濘潮濕；雨勢只要持續十五分鐘，說不定就足以延後比賽。天空一秒比一秒漆黑，教室裡愈來愈陰暗，老舊的錄音機吱嘎作響，聲音斷斷續續，交織出來的氣氛倒是不謀而合。艾略特開始朗誦雷電說些什麼，亨利先前草草做了作業，也曉得很快就會打雷，但他依然認爲是自己的潛意識發揮了作用。**Da da da shantih shantih shantih**①。再過不久，天空即將烏雲密布，大雨即將橫掃球場，他今天就不必打球。但是隨著艾略特的聲音逐漸靜默，日光也照亮教室半邊的百葉窗。英格蘭登教授宣布下課，李克、史塔布萊德和他把背包甩在肩上，走向出口。

「亨利？」後面傳來一個女孩的聲音——聲音低緩、謹慎、帶點詢問的口氣，但是依然令人嚇一跳。

他呆呆站在門口，腦海中閃過各種宿命的倒楣場景。說不定英格蘭登教授整個學期頭一次找上他：史華茲幫他重寫那份伊里亞德的報告之後，他最起碼應該再看一次。史華茲喜歡炫耀，而且常用一些古老的外國字，亨利連在微軟文字軟體裡都查不到這些字眼。作弊會害他被踢出球隊，說不定被學校退學。但是即使如此，他還是會入選——除非繼續表現得這麼糟糕，大聯盟的球隊才不會選上他。但是球隊確實考慮所謂的「品格」，過去整個禮拜，他練了球之後都熬夜填寫不同球隊的球探所提供的問卷，這些多重選擇的人格測驗問卷都相當怪異。

如果你的隊友之一跟你說他曾犯了強姦罪，你會怎麼做？

你最喜歡金錢的哪一方面？

如果你是一隻動物，你會想當哪一種動物？

純粹因爲懶惰，所以他沒有重看一次報告，潤飾那些看似出自史華茲之手的部分；對於這類事情，他通常比較謹慎。

「亨利？」那個聲音再度響起，這會兒距離更近，探詢的口氣甚至更濃，亨利意識到那根本不是英格蘭登教授，反倒是裴拉．艾弗萊，她站在那裡，手上沒有半本書。「你是亨利．史格姆山德嗎？」

亨利呆呆地點點頭。

她對他報上姓名。「我猜你一定是亨利。麥克跟我說了好多關於你的事情。」

「喔。」亨利覺得有點失望。他幾乎已經認定這位奇特的陌生女孩知道他是誰；最近地方新聞經常提到他。「妳認識麥克？」

「嗯，是的……」這下換成裴拉露出失望之情。「我想他還沒提過我。」

「他當然提過妳，」亨利說得含含糊糊，即便史華茲沒提過她。「我只是……我腦子裡有太多事情。」

「我聽說了。」

李克和史塔布萊德看到兩人交談，謝天謝地，他們無法聽到談話內容。亨利隔著裴拉很快看了他們一眼，眼神嚴厲、迫切、拜託他們走開。史塔布萊德色瞇瞇地舔舔食指，在空中畫一個小小的得分符號，最後他們終於緩緩走向北邊的出口。亨利走向另一邊。裴拉．艾弗萊跟上他的腳步，一路跟著他到學校餐廳排隊，然後一起走到外面，兩人把餐盤放在梅爾維爾的雕像附近。天氣晴朗時，這裡是相當受歡迎的地點，因爲你不必離開方院也可以遙望大湖，但是今天天空陰沉，雕像附近只有他們兩人。亨利喝一口脫脂牛奶，等裴拉開口，牛奶在陽光的照耀下，微微泛著藍光。

「具有某項才華，」她說。「感覺一定很棒。」

閃電劃過西北方某處的天空。「嗯，」亨利不好意思地說。

「我讓你難堪嗎？對不起，我不是有意的。」

「沒關係。」

「我只是不曉得如果你對某件事情非常在行、而且知道自己很行，心裡會有什麼感覺。高中的時候，有段時間我以爲自己想當個藝術家，可是我放棄了，因爲我始終不敢相信自己有足夠的天賦。」

亨利不確定該說什麼，於是哼了一聲，表示自己感興趣，鼓勵她繼續說下去。

「我的意思是說，我畫了一些不錯的畫，但是沒有一件作品展現出活力。你了解嗎？最後我乾脆放棄，與其說自己喜歡畫畫，倒不如說我喜歡把自己弄得滿身油墨、喝很多咖啡，因此，現在我偶爾才拿起畫筆。」她拿起叉子翻弄盤中的鷹嘴豆，低頭笑笑。如果你百分之百確定裴拉．艾弗萊這種女孩也會感到緊張，那麼你或許可以說她正發出緊張的笑聲。她抬頭看看亨利。「所以囉？」

「所以怎樣？」

「所以囉，技壓群倫的感覺如何？」

亨利聳聳肩。「始終有人比你強。」

「麥克可不這麼說。他說你是全國最佳——什麼來著？游擊手？」

亨利想了想。「感覺不怎樣，」他說。「說眞的，只有在搞砸的時候，你才會注意到這種事情。」

遠方的湖面上，雲層漸漸散開，空中出現一塊塊淺灰的雲朵，隱隱露出湛藍的天空，天色日漸清朗。曾有多少個日子，比賽當天若是下起小雨，他也會這樣望著教室或是巴士的窗外，暗自祈求撥雲見日？但是現在一想到自己必須打球，他的胃裡就一陣翻騰。

當他抵達更衣室時，史華茲和歐文正在討論中東局勢。亨利遲到了；兩人的討論已經接近尾聲。

「以色列！」

「巴勒斯坦。」

「以色列。」

「巴勒斯坦。」

「以色列！」史華茲大喊，雙手狠狠拍打他的金屬置物櫃。

歐文搖搖頭說：「巴勒斯坦」，雖然小聲，但是語調同樣堅定。

這是歐文受傷之後頭一次出現在更衣室。「歐文，」亨利說。「你的臉還好吧？」儘管兩人是室友，而且幾乎天天見面，但是他還是好高興看到歐文，想來眞可笑。雖說如此，但是換成寒假期間，或是今年和去年夏天、歐文在埃及旅遊時，或是歐文返回加州探親時，亨利並不太想念歐文。他愈常看到歐文，愈是想要常常看到他。

「好多了，」歐文說。「但是閱讀依然有點問題，字句好像飄來飄去。」

「你今天上場嗎？」

「不、不，我得等到骨頭癒合之後才能打球。他們說或許等一個月。我過來幫隊友們打氣。」

「佛祖！」李克．奧沙高興地說，他從洗手間慢慢晃出來，皮帶還沒扣上。「怎麼了？你想念我光裸裸的身子嗎？」

「我對胖子沒興趣，」歐文說。

「胖子？我才不胖呢。只是有點油脂。」李克掀起T恤，拍拍鬆軟的肚皮。「來，摸摸看。」

「哎喲，離我遠一點。」

「隨你便。」李克拉下T恤，拍拍亨利的背。「嗨，小史，你跟裴拉．艾弗萊聊得如何？我看見她伸手摸你的衣料喔。」

亨利很快環顧四周，他擔心史華茲聽了會想歪，但是史華茲已經拖著傷痕累累的軀體走向健身教練的辦公室接受包紮。伊希小鬼似的臉孔從另一排置物櫃後面冒出來，他把頭歪向一邊，取下耳朵上一顆閃閃發亮的鑽飾；比賽的時候不准佩戴任何珠寶。「**摸他的衣料？**」他說。「這是哪門子的措詞？」

「哪門子的措詞？你這句話是什麼意思？」李克說。「這只是一個慣用語，表示她喜歡他。她喜歡他。她摸他的衣料。」

伊希搖搖頭。「那並不是一個眞正的片語。」

「當然是。那是美國文化的慣用語。」

「Estupido②。」伊希把鑽飾從一隻手扔到另一隻手，朝著地上的溝槽吐了一口口水。「你自己編的，老實招來吧。」

「我沒有。」

「你有。」

「沒有。」

「有。」

「就算是我編的，那又怎樣？」李克激動得滿臉通紅。「慣用語從何而來？你以為慣用語從哪裡冒出來？必須要有人編出來。」

「某人，」伊希說。「但不是你。」

「為什麼？因為我不是黑人？黑人有什麼了不起？」

「我們比較正宗，」歐文說。

「愛爾蘭人才正宗。你們看看我這下巴。你認為這個下巴不夠正宗嗎？」

「那是一個很棒的慣用語，」亨利說。「我哪天說不定也會用。」

李克笑笑，亨利總是說好話打圓場，李克對此相當感激。「謝啦，小史。」

伊希又吐一口口水。「Estupido。」

寇克斯教練探頭進來。「鄧恩！你他媽的還好嗎？」

「好多了，寇克斯教練。」

「嗯，你看起來糟透了。小史的確打傷了你的臉。小史，你有空嗎？」

「當然，教練。」

他們走出更衣室，慢慢晃到體育館的走道。劍擊社的社員們並排站在一間全功能訓練室裡，人人單手擱在背後，沿著一條條美紋膠帶貼出的直線進擊。他們穿著鎖子甲背心，戴著亨利覺得像是海盜的帽子。另外一間全功能訓練室依稀透出燈光，室內的擴音器傳出銅管和木管樂器的迷人樂聲，學員們盤起雙腿坐在地上。「如果感覺想要放屁，」指導老師和顏悅色地說。「你就請便，這點相當重要。」

一顆健身球斜斜躺在走廊上。兩人經過時，寇克斯教練重重踢了一下。他不太習慣談論私事。「我說啊，」他說。

亨利點點頭。「嗯。」

「這個禮拜不好過。但你不能垮下來。」

「我知道。」

「上場放輕鬆就好。有沒有球探都無所謂。讓他們坐在那裡對著他們酷炫的電腦打字、用他們酷炫的手機講電話。放輕鬆，好好打球。」

「是，」亨利說。「我會的。」

「我知道你會的，」寇克斯教練彆扭地拍拍他的背。「我們都支持你，小史。」

等到亨利回到更衣室時，賽前的嚴肅氣氛取代了原先的喧鬧。每個魚叉手隊的隊員都坐在各自的置物櫃前，有人幾乎穿好球衣，有人穿到一半，大家低頭聆聽賽前 iPod 歌曲清單選播的音樂。史華茲手執一台老式的隨身聽，亨利根本不聽音樂，伊希調整一下手環，秀出耐吉的商標，小金扣上球衣最下方的兩個鈕扣，解掉一個，扣上兩個，再解開一個，戴特莫德．詹恩森拿著一把多鋸齒的小剪刀修飾皮手套，慢條斯理地剪掉多出來的一公分線頭。亨利走進洗手間，裡面依然瀰漫著李克．奧沙濃重的體味。他撒了一泡長長的尿，抹些粉紅色的液體肥皂，洗一洗手臂和雙手，擦拭乾淨。

他的胃部隆隆作響，感覺奇怪。比賽之前，他的胃部總是一陣緊縮，倒不是出於緊張——反倒比較像是一種自足的狀態，好像目標非常明確，根本不會想要吃東西。今天卻好像少了什麼。他可以感覺喉嚨深處湧出膽汁。他走進一間廁所，把門關上，跪到地上，把臉埋進抽水馬桶裡。他曾聽說大聯盟的球員們賽前因爲緊張而嘔吐，這並不見得是怯懦，也沒什麼了不起。雖說如此，但他依然不希望讓人聽見。他乾嘔了一、兩次。他不確定怎樣催吐。他把中指伸到嘴裡摩擦舌頭，用力按按舌根。他的手指嘗起來像是粉紅色的肥皀，粉紅的色澤暗示香甜，這一刻嘗起來卻是溫熱可怕。那個味道讓他極度反胃。最後他的手指終於按對地方，胃部一陣翻騰，大吐特吐，午餐盡數而出，好像瀑布一樣。他頹然坐在地上，感覺好多了，幾乎昏昏欲睡。一陣快樂的化學信號湧進大腦。

他走回更衣室。這下他有點遲了，但他依然慢慢來，不願打亂賽前的例行準備工作。他檢查護襠、護陰、滑壘褲、長褲、紅雀隊運動衫、球衣、衛生襪、球襪吊帶、皮帶、打擊手套、手套和球帽，檢查了兩、三次。他測試身體各個部位是否放鬆：手腕、手指、腳趾，以及每一條胸部和頸部周圍的不知名的肌肉。他綁好鞋帶，把鞋帶調整到理想的鬆緊度，這樣一來，腳趾頭剛好頂到鞋子，但不至於壓得太緊。他跟著隊友們走到外面。

「他們回來囉，」伊希說，意指球探們。租車公司的車子一排排停在停車場上，天色陰沉，鮮艷的車身染上一層灰。停車場上還有幾部車胎老舊的箱型車，速食店的包裝紙和保麗龍杯散置在車裡。球探們分爲兩類：一類租車，另一類自己有車。

進行暖身時，亨利的手臂輕盈靈活，跟小鳥一樣生氣勃勃——但是暖身時的感覺並不重要。你必須在壓力下做出表現。他第一局擊出一支二壘安打，第三局又轟出一支遠遠的全壘打，但當一記普通的滾地球朝他飛來時，他猶豫了一下，球傳得偏低，離一壘偏遠，逼著李克不得不把球從泥土地裡撿出來。過了三局之後，他又犯了一次失誤，只不過這次李克來不及撈撿。他又失誤了，這個禮拜的第五次；失誤次數就像恐怖片裡的屍體一樣愈疊愈高。

比賽結束後，《衛斯提許號手報》的體育記者莎拉．派索拿著錄音機走向他。「嗨，亨利，」她說。「打得很辛苦喔。」

「我們贏了。」

「沒錯。但是你個人呢？」

「我打了四支安打。」

「沒錯，但從守備而言，你最近似乎有點勉強。你今天又有兩次傳球不穩。」

「我們十五比二獲勝，」亨利說。「這是學校有史以來的最佳比數。我們只會愈打愈好。」

「這麼說來，你不擔心你最近傳球的狀況囉？」

「十五比二，」他重複一次。「這才是重點。」

「你個人的前途呢？那難道不重要嗎？特別是選秀會離現在只有八個禮拜。」

「只要我們繼續贏球，我就開心。」不管亨利創下什麼紀錄，或是被誰掛上「本周最佳球員」、「本月球星」之類的封號，莎拉通常請他發表感言，而他始終帶著那種明星賽球員慣有的漠然跟她說，如果魚叉手隊經過上百年的努力、最後終於贏得聯盟總冠軍，就算他得放棄獎牌和獎杯，甚至坐上冷板凳，他也心甘情願。直到今天，他始終確信自己說的是眞心話。

「你知道誰是史提夫．布雷斯嗎？」莎拉問。

「從來沒有聽過，」亨利說謊。史提夫．布雷斯（Steve Blass）是一九七〇年初匹茲堡海盜隊的明星賽投手，一九七三年春天，不曉得爲什麼，忽然之間沒辦法投球進壘。他掙扎了兩年，試圖重振雄風，最後還是沒辦法，只好宣告退休。

「邁奇・薩瑟呢？」

「從來沒聽過。」薩瑟是大都會隊的捕手，曾經心生畏懼，害怕到不敢把球傳回投手手中。他經常一而再、再而三地甩動手臂，不敢相信自己有辦法把球傳出去，對方的球迷們大聲歡呼，計算他甩動手臂的次數，對方的打者們則一壘接著一壘往前跑。當這種情況發生在薩瑟身上時，大家說他患了「布雷斯症候群」。

「史蒂夫・薩克斯③？恰克・納柏洛克④？馬克・華勒斯⑤？李克・安凱爾⑥？」

如果莎拉不是個女孩子，亨利說不定已經一拳打在她臉上。莎拉姓氏和名字之間有個X開頭的中間名，亨利心想，她的中間名說不定甚至不是X開頭，說不定只是爲了登在報上看起來比較顯目，所以她故意編造。「那些傢伙都不是游擊手，」他說。

「別跟我生氣，亨利，我只是做我該做的工作。」

「妳是大學生，莎拉，妳幫《衛斯提許號手報》做事，他們沒有付錢請妳寫稿。」

莎拉一臉刻薄，先看看球場，然後再看看亨利。「他們也沒有付錢請你打球。」

---

① 出自艾略特《荒原》。

② 白癡、笨蛋。

③ 史蒂夫・薩克斯（Steve Sax），道奇隊二壘手，一九八三年間，薩克斯忽然傳球失準，犯下三十次失誤，直到

一九八九年才完全復原。

④恰克．納柏洛克（Chuck Knowblauch），曾爲雙城隊和洋基隊效力，納柏洛克原本是個非常優秀的二壘手，一九九九年傳球開始失準，自此每況愈下，始終未能再度重回二壘。

⑤馬克．華勒斯（Mark Wohlers），亞特蘭大勇士隊的終結投手。

⑥李克．安凱爾（Rick Ankiel），安凱爾原本是紅雀隊的投手，後來投球失準，一直無法投出好球，於是棄投從打，而且改守外野，目前爲國民隊效力。

30

麥卡勒斯特太太跟許多中西部的人一樣，早早就過來上班。到了下午四點半，她已經工作超時一個鐘頭，準備回去她那個有座半英畝花園的家，享用麥卡勒斯特先生烹調的豐盛晚餐，三個獵鹿季節之前，麥卡勒斯特先生摔斷了左臂，不得不退休，現在他在他太太的花園裡種植蔬菜，以自家蔬菜調製的醬汁，搭配手工擀製的義大利麵。午餐時，麥卡勒斯特太太經常悄悄送一盤到艾弗萊的辦公桌上；即使用微波爐加熱，麵點的滋味始終非常可口。

當魚叉手隊沒有排定主場比賽的時候，歐文已經習慣四點半左右、麥卡勒斯特太太離開之後，順道過來艾弗萊的辦公室；他的傷勢仍未痊癒，因此，他還不能跟著球隊到外地比賽或是練習。歐文經常一語不發地進來，帶上房門，悄悄卸下他的郵差包，背包的帶子上別著彩虹圖樣、粉紅色三角形、黑白太極，以及三枚分別寫著立刻節能減碳、保障基本生活工資、衛斯提許棒球隊的徽章。然後他在雙人沙發上躺下，沙發的長度不夠兩個人坐，躺著也嫌太硬，但是歐文似乎不介意。他脫下鞋子，兩隻光溜溜的腳踝交叉跨在沙發另一端的扶手上，閉上眼睛，十指交握，擱在他那有如孩童一般柔嫩的肚子上。他兩隻大拇指慢慢、慎思地互相敲打，唯有這樣做才表示他還醒著。他要艾弗萊爲他朗讀。

艾弗萊也想這麼做。他們之所以會面，最初的藉口是歐文受了腦震盪的影響，難以專心閱讀。但現在歐文受傷已經過了兩個禮拜，艾弗萊不確定當初的理由是否依然成立——歐文甚至經常轉頭，跟著一起閱讀——但是他不想多問，以免打破神奇的氣氛。他從他的書桌座椅上站起來——座椅太古舊，體積也太大，移動不易——移到專爲訪客準備、印有衛斯提許校徽的梳背椅上。他把梳背椅拉到雙人沙發旁邊，歐文從背包裡取出作業，遞給艾弗萊——今天的作業是《櫻桃園》的最後兩幕，以及一篇厚厚的擬劇論論述，論述是授課講義的一部分，影印品質不佳。艾弗萊開始朗讀。

「你不覺得這很奇怪嗎？」過了一會、艾弗萊翻頁時，歐文喃喃說道。

「什麼？」

歐文揉揉肚子，眼睛依然閉著。「你知道的，我們每天下午這麼做。我躺在這裡，你爲我朗讀，我們聊天交談。」

「確實不大尋常，」艾弗萊表示同意。「我從來沒有做過這種事。」

「我不是這個意思。」歐文忽然坐起，張開眼睛，直直盯著艾弗萊。「我的意思是……我幾乎覺得你不喜歡我。」

「我喜歡。」艾弗萊伸出一隻手，指尖輕輕撫過歐文頭蓋骨的小小隆起，但是這個舉動就算稱不上虛僞，似乎也不夠有說服力。他覺得自己像個受到恫嚇的男學童。自從那天在月光照耀的廚房中、試探性地接觸之後，他們就沒有碰過對方。

「我不曉得你知不知道自己在做什麼。」

艾弗萊有點怨恨歐文，因爲歐文擾亂、或是破壞了他的幸福。沒錯，他在這裡爲歐文朗讀，心裡的感覺就是幸福，即便他正從一份影印品質不佳的講義中朗讀枯燥乏味的字句。在兩個人可以私下共享的種種活動當中，艾弗萊尤其喜歡大聲朗讀。說不定正是因爲他天生拘謹，偏好獨處；藉由朗讀，他可以躲在其他人的字句後面坦露心思。說不定他當初應該嘗試演戲。他經常覺得裴拉會是一個出色的女演員。

歐文悄悄靠過來，傾身向前，雙手托住他的臉頰，好好印上一吻。那絕對是一個吻，但是當歐文的頭稍微一歪、轉開受傷的半邊臉頰時，那一吻的感覺好輕柔謹愼。艾弗萊突然有所了悟：一般人可以享有多種說不出來、或是不敢嘗試的生活方式，而他卻始終連想都不敢想。小教堂的鐘聲響起，慢慢敲了六下。他的舌頭，歐文的舌頭，兩人的舌頭交纏。最起碼他還沒有老到雙唇無法親吻。他想到惠特曼的箴言：物以類聚，惺惺相惜，即便他和歐文沒有太多相似之處。況且，從某個方面而言，親吻歐文跟親吻一個女人也差不多。你閉上眼睛，觸感同樣柔軟，兩人的鼻尖同樣輕輕擦過，臉頰內側同樣溫暖濕潤。只不過親吻女人時，艾弗萊傾身向前，這會兒自己卻往後靠。

歐文脫下毛衣，水綠色的毛衣觸感輕柔，一隻手肘的部位有個小洞。艾弗萊的指尖沿著歐文光裸的臂膀上下游移，伸到他的襯衫裡。他們再度貼上彼此的雙唇，不停親吻。令人訝異地，這種感覺依然與男女無異——即便世上只有我天眞到以爲有所不同，艾弗萊心想——然後歐文伸出一隻手包住艾弗萊人字紋長褲前方的鼓脹。艾弗萊退縮了一下。歐文停下來看著他。「你還好嗎？」

他還好嗎？平心而論，他相當緊張。甚至害怕。如果歐文是個女孩，艾弗萊必須擔心人事糾紛、師生倫理，以及目前這種狀況的權力關係——正因如此，所以他從來不跟女學生有所牽扯——但是現在他必須擔心更多事情，而且歐文顯然主導一切。艾弗萊覺得頭暈目眩。但他已經走到這個地步，似乎沒有理由喊停。他點點頭。

「你確定？」

「是的。」

歐文解開長褲的扣子，拉下拉鍊，亮晃晃的鍊齒一個接著一個分離，他的臉上露出狡猾的笑容，笑意之中帶著淘氣、愉悅，說不定還有一絲邪惡，極爲複雜。這麼一個俊美、肌膚光滑的男孩啊——他甚至需要刮鬍子嗎？——他或許不會變老，但總有一天難逃一死。他伸出雙手應付難纏的長褲和底褲，終於讓艾弗萊赤裸裸地示人，然後他蹲下來，像個女人一樣親吻陰莖的尖端，吻了好幾秒才抬起頭來。「我想我沒辦法，」他抬頭笑笑，這會兒笑意中帶著懊惱、柔情，以及一絲不悅。他伸出手指輕輕點一下受傷的下顎。「我幾乎張不開嘴巴。」

「沒關係。」艾弗萊說，他是眞心誠意，即便聲音聽起來沙啞怪異。他從沙發上拾起歐文的毛衣，動手摺疊，一隻衣袖與另一隻衣袖對齊。他捏捏中間的摺縫，把毛衣搭在肘臂上。他挑三揀四，拖延時間，心中卻始終盈滿喜悅。這跟電影裡熱情洋溢、撕扯對方衣物的戀人是多麼不一樣啊。他很久以前就發現慢慢扣上女友的外套、幫她拉上毛衣的拉鍊、爲她穿上一身厚重的衣物，其實別有一番奇特的趣味，而多年以來，他的足跡踏遍衛斯提許、康乃狄克、劍橋，最終又回到衛斯提許，幫過不少女子穿上衣物，抵禦來自北方的寒風。仔細摺疊之後，他把毛衣擺在歐文的兩隻鞋子中間，那雙兩色的鞋子擱在原木地板上，看起來像是老人家穿的鞍部鞋。然後他像個不到四十歲的男人一樣敏捷，一顆心像個十七歲男孩一樣狂跳，悄悄滑下座椅，跪在地上，雙手搭著歐文的雙膝。不管現在是什麼狀況，不管想來多麼諷刺，也不管自從第二次梵蒂岡會議之後就不曾有過這種感覺，但是一跪下來，他幾乎無法不想到小時候跪在床邊念誦的拉丁文彌撒以及晚禱——鐘聲輕敲六下，信徒們跪下祈禱；六點鐘的晚禱，誠如信徒們的祈願。

31

亨利和史塔布萊德面對面站著，各自拿著沉重的啞鈴做彎舉，亨利的右手隨著史塔布萊德的左手移動，史塔布萊德的左手隨著亨利的右手移動，兩人節奏一致，彷彿盯著鏡中的自己。史塔布萊德目光一閃，低頭看著亨利血脈賁張的二頭肌，好像那是自己的肌肉似地；亨利也不自主地照著做。

菲爾．盧朵夫躺在扁平的板凳上呻吟扭動，伊希在他附近徘徊，高聲大喊：「來吧，菲爾！吃點苦頭，蛋頭。痛苦的感覺就像毒氣！」

「痛苦的感覺確實是種氣體，」史華茲補充說明。他坐在一張金屬摺疊椅上監督，大腿上擱著一份報紙，膝蓋上敷著毛巾包裹的冰袋。「你容許多少空間，痛苦就佔滿多少。因此，我們不應該害怕痛苦。沉重的痛苦並不比輕微的痛苦更加傷人，也不會佔據更多心理空間。維克多．弗蘭克爾①如是說。」

「來吧，蛋頭！痛苦的感覺就像是氣體。」

亨利和史塔布萊德彎舉了一百下。他們的雙手一軟，啞鈴從手中滑落，在鋪了橡膠的地板上彈跳一下。「我們去田徑場，」亨利說。

史塔布萊德伸出汗水淋漓的手撥弄頭髮。「現在？你瘋了嗎？」

「我們走吧。」

史塔布萊德發出他特有的嘆息——長長的嘆息聲中帶著不耐，好像其他人活著只爲了惹怒他，佔他的便宜，也好像他爲了跟全校第一火辣的西西莉・克朗姆約會，不得不拋下全校第二火辣的安娜・薇莉。他們走向門口。

田徑場空無一人。月亮斜斜掛在絲絨般的空中。「百公尺賽跑，」亨利說。

「幾回？」

「二十回。」

「你瘋啦，我這個周末還得上場投球。」

「好，二十五回。」

「不管你心裡有哪些屁事，」史塔布萊德說。「別帶下田徑場。」

他們往前衝，穿過薄暮。史塔布萊德輕鬆贏得第一回。他具有短跑健將的爆發力，比別人多了一檔馬力；田徑教練老是拜託他參加重要的賽跑，沒有受訓也無妨。他們走向田徑場上另一條起跑線，再度起步。

「二比〇，」史塔布萊德說。

亨利點點頭。他們曾經爭相跑上足球館的石階，或在田徑場上較勁，兩人也曾在寒冬之中，踏上相鄰的兩部跑步機比賽，兩人的球鞋踏在磨損的橡膠步帶上，顫抖的中指猛敲按鍵，不斷加快跑步機的速度，步帶愈轉愈快，跑步機的馬達嘎嘎呻吟，他們的汗水各處飛濺，好像渾身濕漉漉的小狗甩掉水滴。但是不管比賽了多少次，亨利從來不曾擊敗史塔布萊德。

接下來的兩回，史塔布萊德再度獲勝，而且每次都在最後十五公尺拉開距離。「我鞋底的扣眼看起來如何？」他問。「乾淨嗎？」

亨利咕噥一聲。沒錯，他從來沒有贏過史塔布萊德——但是他們已經好久沒有好好比賽。他的體能狀況從來沒有像現在這麼棒。「四回了，」他說。

史塔布萊德贏了第五、第六、第七回。亨利肩膀下垂，像個無精打采的天使。他們走向第八回的起跑線，史塔布萊德氣喘吁吁，胸腔劇烈起伏。亨利繼續慢慢、淺淺地吸氣；隱藏你的弱點，隱藏你的優勢。如果想要擊敗史塔布萊德，他不能靠速度。他唯有擊潰對方的意志。

第八回，亨利暫時領先，但是史塔布萊德轟隆隆追趕過他。**幹你娘**，亨利心想。他想要一把抓住史塔布萊德那件時髦銀白襯衫的領口，用力往後一扯，把這個傢伙摔在田徑場上，重重地踩他的胸膛。他沒有理由生史塔布萊德的氣，但他想要傷人，哪個人都無所謂，而史塔布萊德剛好在這裡，算他倒楣。

「幾回了？」史塔布萊德問，好像不曉得似地。

「八回。」

他們並肩沿著跑道奔跑，兩人的雙腿猛烈擺動，遠遠望去好像是隻落荒而逃的四腳野獸。「平手，」亨利堅定地說。

「什麼？好，平手。」你不得不佩服史塔布萊德——他勤於操練，體能狀況極佳。但這會兒他往前一傾，雙手搭在大腿上，上氣不接下氣，試圖在下一回開始前爭取一點時間。這下他完了。

亨利贏了下一回。其後的五回也得勝。他的肺部幾乎脹到喉口。他的雙腿不停顫抖。他們從來沒有用這種速度跑這麼多回，尤其是在球季期間。他雙手搭在臀部，下巴微微一仰。頭暈目眩中，淺灰色的雲朵似乎瘋狂迴旋，劃穿傍晚的夜空。**來吧**，他心想，**撐著點**。

他贏了接下來的兩回。他的心臟狂跳，胃部翻騰。下一回他只領先一個鼻尖的距離。亨利九勝，史塔布萊德八勝，一回平手。史塔布萊德臉色慘白，兩人走向下一個起跑線時，他的腳步搖搖晃晃，不太穩定。亨利幾乎想問他好不好、是不是打算放棄了——但這不是遊戲規則。史塔布萊德可以自己照顧自己。

亨利故意輸掉第十九回。兩人平手。這樣一來，史塔布萊德依然有機會贏得勝利，也會把自己逼到最後一刻。他們走到起跑線。亨利用盡每一絲剩餘的力量往前衝，史塔布萊德強撐到最後一刻，絕對不願放棄的史塔布萊德，邁步跟著一起衝。完全放空你自己，亨利可以聽到史華茲說，放空你自己。

他高聲吶喊，加速前進，跑得比自己的呼吸還快。他拉開自己和史塔布萊德的距離。史塔布萊德在距離終點幾碼之處慢了下來，劇烈咳嗽，搖搖晃晃地往前走，雙手穩穩搭著大腿，在田徑場上大吐特吐。亨利頭重腳輕，雙手擱在臀部，也試圖壓下嘔吐的衝動。他慢慢晃到一邊，留給史塔布萊德一點空間。遠方的湖面上，一朵朵白色的浪花猛烈打上海堤，捕捉了些許光源。一隻飛蛾撲上亨利的手臂和肩膀，最後撞上他潮濕的胸膛。他伸手圈住飛蛾，飛蛾毛茸茸的翅膀猛烈拍打他的掌心。史塔布萊德依然蹲著，好像小狗一樣可憐地嗚嗚叫。換換口味，把別人整得大吐特吐，感覺還真不錯。

---

①維克多．弗蘭克爾（Viktor Frankl，1905—1997），奧地利心理學家，強調自我意志與積極思考，存在主義心理治療的先驅，人稱意義治療大師。

32

「你還好嗎？」

「當然。」

「不，說真的，你臉色不太好，說不定生病了。」

「我沒事，」艾弗萊說。這會兒他和歐文並肩坐在雙人沙發上，歐文的左腳搭在艾弗萊的右腳上，兩人的手臂圈住彼此的肩膀。

「如果你不舒服，請跟我說。」

「噓。」艾弗萊的胃部感覺怪怪的，但他不打算這麼說。

「你要我離開嗎？」

「不，」艾弗萊說。「一點都不想。」但是當歐文把手腳移開、雙人沙發多出一些空間時，他倒不介意。他甚至鬆了一口氣。他不願歐文離開，但也不願歐文留在這裡。

歐文一邊繫上功夫褲的細長腰帶，一邊看著他，眼神中帶點謹慎。「說不定我們不該這麼做。」

「我沒事，」艾弗萊說。「給我一秒鐘就行了。」

「我不希望你做出不願意做的事情。我不要逼你。」

「你從來沒有。你沒逼我。」艾弗萊的胃部翻攪得厲害。他感到困惑，說不出話來。他但願歐文走開，只要一下子就好，但是又無法忍受看著歐文走出那扇門。

「如果你是異性戀，你就是異性戀，」歐文說。「人生就是這麼一回事。」

嗯，他是異性戀嗎？沒錯，艾弗萊確實以爲自己是異性戀。或者，最起碼他不認爲自己是同性戀。但他也知道自己再也不會跟任何一個女子、或是其他任何男子在一起。雖然年紀不算太大，但他的性生活似乎已經寫下最後一章——從今之後，他只跟歐文在一起。沒有別人，就只是歐文。

「說話啊，」歐文說。

「我不確定該說什麼。」艾弗萊注意到自己的右手緊抓著胃部，看上去讓人覺得他不舒服。他把手塞到大腿下。「我沒有這種經驗。」

「嗯，你當然沒有，」歐文說。「那是相當明顯的。」

艾弗萊臉色發白。他的作爲不但奇怪可恥，而且有點不正常——所謂的「不正常」並非從一般的道德標準而言，而只是因爲他覺得如此奇怪、如此困窘、如此啞口無言——不單如此，他還表現得非常差勁。

「剛才很糟嗎？」

「還好。」

「還好？」

「比還好更好。更棒了。你確定你沒事嗎？」

艾弗萊點點頭，一臉懇求地看著歐文。千頭萬緒在心中翻騰，他沒有勇氣說出來，也不知道如何表達，他希望自己不必明說，歐文從他的眼中就能理解，他希望歐文心平氣和就能理解一切，但是他無法要求任何人做到這些，甚至連歐文都不行。說不定歐文完全了解他的感覺，而問題就出在這裡。歐文站起來，拍拍艾弗萊的肩膀以示安慰，走了出去。

幾分鐘之後，艾弗萊的胃部不再翻攪。他走到窗邊。薄暮漸漸落下，春雨輕輕瀰漫花床，微風吹過，冒出新葉的樹木隨風顫動。方博爾館四〇五室一片漆黑。如果歐文沒有回去寢室，那麼他上哪裡去了？說不定出去吃飯。說不定上圖書館。說不定投向另一個比較適合、比較有經驗的情人的懷抱。艾弗萊已經開始想念他。他剛才爲什麼不能暫且壓下心中的困惑、表現得自然一點？他爲什麼沒有跟歐文解釋自己在想什麼？有時候愛情不也需要坦白嗎？

辦公室逐漸變暗，艾弗萊站在窗邊，打定主意不再刻意贏得歐文的好感。反正過了今天之後，他再怎麼努力也沒用。歐文不會回到他身邊，說不定這樣對大家都好。歐文若跟一個年齡相仿、比較勇於接受自己性傾向的男子在一起，日子會過得快樂一點。艾弗萊打算打電話給裴拉，帶她到羅勃特之家吃晚飯——反正他就應該這麼做。他們父女太少見面。他的胃痛就是一種徵兆。

他走到書桌旁，撥電話到樓上看看裴拉在不在。他聽著電話響了兩聲，辦公室的門又被推開。歐文站在門口，受了傷的半邊臉頰沐浴在燈光中，半邊嘴角微微揚起，任何一位大師都勾勒不出這麼聖潔的微笑。裴拉剛說聲哈囉，艾弗萊就把電話掛回話筒。「我以爲你走了，」他說。

「走了？鞋都沒穿怎麼走？」歐文朝著鞍部鞋點點頭，鞋子整齊地擱在地上，剛好就在雙人沙發旁邊。艾弗萊，你眞是愚蠢啊！「我出去泡杯咖啡。」他遞給艾弗萊一個熱騰騰的馬克杯，杯上斑駁的粉紅色字母寫道：如果老媽不高興，誰也不會開心。「我們抽根菸好嗎？」

艾弗萊笑笑。他一直逃避這個念頭：你跟你聖潔的情人、二十一歲的聖潔情人、二十一歲的聖潔男性情人做愛之後——或說口交之後——應該抽根菸。這個念頭就像是埋藏在內心深處的開關，他必須打開開關，趕走心中模糊的恐懼，恢復原有的自我。當然！事情其實比表面上單純。葛爾特，把這句話當作大悲咒一樣再說一次：事情其實比表面上單純。

「這裡啊，」他朝著牆上手繪標示點點頭，同時拍拍大衣口袋找香菸。「絕對禁菸。」

兩人就此建立了一套牢不可破的例行模式：不管他們那天做了什麼，完事之後，歐文走到外面的門廳，八分鐘之後，他端著兩杯熱騰騰的馬克杯回來，馬克杯原本擱在煮咖啡機上方的木櫃裡，而且總是同樣兩個馬克杯：他自己那一個印著**親我一下，我是愛爾蘭人**，艾弗萊的那一個印著**如果老媽不高興，誰也不會開心**。他們喝咖啡、抽菸、閒聊、一起閱讀契訶夫，歐文頭痛好一點之後，兩人把書傳來傳去，共同閱讀。這些俗氣的馬克杯來自麥卡勒斯特太太家中的廚房，都是不受青睞的淘汰品。聽起來或許很傻，但是艾弗萊愛極了歐文總是選用同樣兩個馬克杯。如果杯子髒了放在水槽裡，他說不定甚至不嫌麻煩，動手清洗。歐文自始至終遵循同一套模式，似乎表示他覺得兩人的午後時光值得一再重複，甚至包括最微小的細節。這種家居作息給人一種如夢似幻、置身天堂的感覺：你們之所以每天重複同樣的瑣事，完全是因爲你們都願意這樣過日子。

艾弗萊跟麥卡勒斯特太太說他將恢復每天運動的習慣，於是必須把傍晚的時間空下來處理公事。夜晚時分，他躺在床上想著歐文，多多少少等著裴拉從麥克·史華茲的住處回來，當樓梯間傳來她夾腳涼鞋的啪啪聲，他總是感到鬆了一口氣。他天亮之前起床，沿著心愛的大湖散步，然後回到辦公室埋首處理最近忽略的公事。他幾乎沒睡，卻幾乎不累。他一顆心撐得滿滿的，既是膨脹，又是甜蜜，好像是一個成熟到幾乎撐破果皮的水果。每一天，每一刻，他跟歐文在一起的時時刻刻，歐文來訪之間的分分秒秒，他希望一直持續下去，永遠不要停止。一生之中，好些漫長的時刻，他過得快樂，充滿感恩，但他幾乎從來不敢想像自己會如此知足、如此滿足於現況。長久以來盤據在心中的煩躁消失無蹤。他別無所求。他只希望把握目前擁有的一切。他幾乎感到心痛。生活之中的每一個浮光掠影——晴朗的一天、天空忽然蒙上雲朵、以前的同事傳來一封電子郵件、跟裴拉的對話沒有演變成爭吵——似乎都帶著痛，以至於他發現自己幾乎流下矯情的淚水，彷彿唯有藉著自嘲，才能應付這種荒謬的心情。艾弗萊啊，你這個濫情的老傢伙。艾弗萊啊，你這個傻瓜。

33

搭乘渡輪從萬懷特返回途中，史華茲獨自坐著，聆聽那捲破舊錄音帶裡的歌曲。裡面特別收錄「金屬製品合唱團」和「人民公敵」的歌曲，每場比賽前，他總是聽這些歌曲。但現在比賽已經結束，而且輸得很難看——他聽音樂不是爲了提振心情，而是爲了放空。夕陽已經西下，一陣陣冷風透過艙板的縫隙，不斷吹進渡輪老舊的船艙。他吞下兩顆止痛藥和一把感冒藥丸，盡量拉緊身上衣物，準備進入無意識狀態。

儘管音樂開得震天價響，他的眼睛也已經閉上，不知怎麼地，他依然感覺有人站到他旁邊。他以爲是亨利，結果是寇克斯教練。

「你看到小史了嗎？」寇克斯教練問。

「我想他在甲板上。」

「甲板？外面冷得要命。」寇克斯教練坐下，搓揉雙手，對著合起的手掌吹氣。史華茲取下耳機，闔上他根本沒在看的書本。其他隊友在主甲板下方船艙裡，大家圍在點心吧檯旁邊，拿鹽包當籌碼打撲克牌。「你跟他談了？」寇克斯教練問。

「談了一會。」

「他還好嗎？」

史華茲聳聳肩。「似乎不錯。」

「他的手臂沒問題？」

「手臂沒事。」

寇克斯教練摸摸小鬍子，考量一下狀況。「嗯，去他的。」

九局下半。兩人出局，二壘有人。衛斯提許七比六領先。盧朵夫投出一記絕佳的曲速球，打者揮棒一擊，球直直飛向亨利。他只要把球傳向一壘，比賽就宣告結束。但他反而把球丟進手套裡，一次，兩次，三次，然後側身跳向一壘，好像但願自己能夠一路跳過去，親手把球遞給李克，大家也都看在眼裡。他丟了第四次，這下他必須趕快出手，因為跑者已經幾乎到達一壘。球一出手，飛得太高，力道也太強，李克幾乎懶得跳起來接球。球一路飛過一壘後方的圍欄，那裡沒有看臺或是觀眾阻擋，因此，球一路滑過停車場旁邊的街道，滾到某人的卡車車輪之間。二壘跑者回到本壘得分，雙方打成平手。下一位打者擊出一壘安打，比賽宣告結束。幾個星期以來，魚叉手隊頭一次吃了敗仗。

「最後那次傳球之前，他看起來不錯，」寇克斯教練說。「我以為他克服了障礙。」

「我也是。」

「聽好，」寇克斯教練粗嘎的聲音蓋住急勁的風聲。「我聽說你手頭很緊。」

「誰跟你說的？」

「沒人跟我說。我聽到的。」

「亨利告訴你？」

寇克斯教練聳聳肩。「我借你一點錢，」他說。「你總得吃飯吧。」

史華茲有學校餐廳的餐券，一個禮拜十餐。最近他一個禮拜只吃十頓飯，再加上他可以藏在背包裡帶出來卻爲數有限的東西。查看證件的小姐們始終不領他的情——在其他場合，他的身材或許是個優勢，但在學校餐廳只讓人起疑。裴拉在學校餐廳洗盤子，她下班之後經常幫他帶些火腿起司三明治。她也提議刷她爸爸的信用卡，帶他出去吃晚餐。史華茲狼吞虎嚥吃下三明治，但是婉拒晚餐約會。讓女朋友幫你付帳，實在難爲情。約會的時候，他們大多窩在史華茲的房間裡，一邊吃沙丁魚、喝立頓紅茶，一邊閱讀各自的書本。有時候巴雷比酒吧啤酒特價，一品脫只要一塊錢美金，他們才出去喝兩杯。現在他們上了床，他也得花幾塊錢買保險套。保險套很花錢。但沒什麼好抱怨。

「我不需要錢，」他說。

「胡說。」寇克斯教練掏出一疊橡皮筋綁著的百元大鈔，開始點數。他悄悄把一些鈔票塞到史華茲手裡。

「我不能收，」史華茲說。

「不可以才怪。收到口袋裡。」

早在史華茲加入球隊前，大家就謠傳寇克斯教練在某個地方存了兩百萬美金。「他符合那種典型，」坦能曾說。「他只穿印了校徽的運動服，只在麥當勞吃飯，車子的里程數已經達到三十萬哩，我跟你說啊，這傢伙錢多得很。」

史華茲始終不確定教練沒有有錢。除了棒球之外，寇克斯教練從來不談其他事情。他高中的時候是三壘手，受到芝加哥小熊隊徵召，在小聯盟打了幾年球，二十二歲的時候退休，因爲啊，誠如他自己所言：「我沒本事，他媽的，我連假裝自己有本事都不行。」他搬到密爾瓦基，在電話公司擔任維修員，結婚，生了一個小孩，接掌衛斯提許學院的棒球隊，再生一個小孩，離婚，辭去電話公司的工作，自己創立一個只有兩部卡車的小生意，結果啊，如果你相信魚叉手隊員們所言，小生意幫他賺進兩百萬美金。

他們的掌心相貼，兩人都不想握住鈔票。強風中，這樣僵持著相當冒險。史華茲終於讓步。有了這筆錢之後，他明天晚上可以帶裴拉出去吃飯。他們已經吃了好多頓紅茶配餅乾的晚餐，更別說連這種約會他也取消過好多次，陪著亨利在衛斯提許球場的燈光下練習滾地球。這下他可以好好補償。他可以帶她去羅勃特之家——他只跟他的歷史學指導教授去過一次那家超貴的法國餐廳——他們可以喝瓶酒。他稍稍闔起手掌。

寇克斯教練站起來，前艙隨之晃了一下，紙鈔幾乎從史華茲手中滑落；他把鈔票塞進防風夾克的口袋裡，順便摸摸鈔票邊緣，點算一下這筆剛進了荷包的財富。金額不小：大約八、九張百元大鈔。湖面緩緩晃動，有如液態的維柯丁止痛藥，他閉上眼睛，陷入波濤聲中。

說不定過了幾秒鐘，說不定過了一個鐘頭，這會兒亨利忽然站到他前面，淺藍的雙眼似乎盈滿苦悶的眼神。他的下唇微微顫抖，下顎縮成一團，試圖阻止自己哭出來。「小史，」史華茲說。

「嗨，」亨利的聲音粗嘎，聽了讓人難過；他咳了一下，清清喉嚨。

「你沒事？」

亨利點點頭。「沒事。」

「你今天表現不錯。」史華茲取下繞在頸際的耳機，塞進外套口袋裡。「臂力強勁，一切看起來都滿棒的。我們的戰績相當理想。」

「我害我們輸了球。」

「只不過傳球傳糟了，」史華茲說。「到了九局下半，我們應該已經攻下十二分。」

「但是我們沒有，」亨利在史華茲旁邊坐下，然後很快又站了起來，好像鋁製的長椅燙傷他的臀部似地。他雙手扣住那頂戴了好久、陳舊發黑的紅雀隊球帽，好像一個想要預防抽筋的長跑選手。「我該怎麼辦？」他說。「我該怎麼辦？」他的聲音微弱，充滿懷疑；甚至帶點畏怯，因爲他發現自己陷入這種狀況。

他仰頭面向天花板，痛苦地嘆氣。他放低雙手，緊張地搓揉，然後又扣住頭頂。他的動作斷斷續續，舉止怪異，像個思想中毒的人。

「沒關係，」史華茲說。「我們沒事，」但是亨利已經穿過船艙的金屬防風門，砰地一聲把門關上，走到外面甲板上。史華茲勉強站起來，跟到外面。等到他走到甲板上的時候，亨利已經不見人影。史華茲重重靠在欄杆上，四周一片漆黑，空中沒有半顆星星，也看不到銀白的月光。維柯丁雖然幾乎無法減緩小腿和膝蓋的疼痛，但卻悄悄在腦海中流竄，感覺好極了。他只想回家，放鬆自己，像個小孩一樣窩在床上，一隻手擱在裴拉柔軟的肚子上。

船艙艙門大開，一個黑黑的人影出現在門口。那人大聲打了呵欠，低聲嘟囔打了招呼，借用依然開著的艙門擋風，劃亮一支火柴。火光中隱隱浮現李克・奧沙那張髒兮兮、笑咪咪的大臉，嘴裡叼著一根自己捲的菸。「史華茲？」他哈了一口菸，瞇著眼睛望向漆黑，放手任憑艙門砰地關上。「好傢伙，是你嗎？」

「是我。」

李克慢慢走過來，靠在欄杆上，若有所思地對著暗夜吹出煙霧。「他媽的球賽。」

史華茲點點頭。

「你跟小史談了？」

史華茲還沒決定如何回答，遠處就傳來清晰的腳步聲。另一個人影赫然出現在眼前，這人的雙手扣在頭頂，手肘像翅膀一樣伸展，頭部上下晃動，隨著聽不見的樂聲舞動。人影愈來愈近，史華茲漸漸聽到呼吸聲，呼吸聲極爲短促，幾乎像是缺氧。

「小史，」史華茲一手按住亨利光滑的暖身夾克，但是亨利繼續移動，沒有放慢速度。「我只是走走，」他上氣不接下氣地說，依舊不停搖頭晃腦。「我只是走走。」

「小史，你沒事吧？」李克問。「你是不是抽筋了？」

「只是走走，」亨利說。「我要一直走下去。」

他繼續沿著甲板往前走，消失在黑暗的船尾。

李克最後再吸一口，然後把菸蒂彈過欄杆。橘紅色的火光閃了一次、兩次，隨後消失無蹤。「恐慌發作，」他說。

「我們該怎麼辦？」

「我媽通常喝兩杯螺絲起子，她說橘子汁有安撫的效果。」李克忽然想到一事，追著亨利跑。史華茲試圖跟上，但雙腳使不上力。

過了一會，李克和亨利再度出現，兩人快步同行，亨利依然雙手按著頭頂，搖頭晃腦。李克的臉緊緊靠向亨利的臉，低聲耳語。史華茲退到一邊，讓兩人走過去。

走了幾圈之後，亨利雙手垂到身體兩側，李克朝著史華茲豎起大拇指，表示一切沒事。他們走了七、八圈，愈走愈慢，亨利像個發條鬆了的玩具一樣放慢速度。當他們終於停下腳步時，渡輪已經接近碼頭。

34

那夜稍晚，史華茲和裴拉躺在他的床上。即使賽後吃了一些止痛藥，雙腳死氣沉沉，他卻從來不曾不舉。他們親吻時，裴拉試圖逗弄他，她的手指輕輕滑過他的內褲邊緣，但是依然沒用。「沒關係，」她說。「你要不要跟我聊聊？」

「聊些什麼？」

「你知道的，關於亨利。」

「情況很糟，」史華茲說。「我開始擔心真的很糟。最近幾場比賽啊，他似乎恢復水準，但是今天——今天真糟糕。」

「你確定他沒有受傷？說不定他傷到手臂，而且不敢告訴任何人。」

「他的手臂沒問題。妳應該看看他練習傳球時的模樣。比賽中，就算打者與球幾乎同時抵達壘包，他傳球也沒問題。他沒有時間多想，他的守備簡直是大自然的傑作。」

裴拉什麼都沒說。牆的另一邊傳來亞許輕輕的鼾聲，幾乎讓人心安。「出問題的始終是那些直直飛向他、容易解決的球，」史華茲說。「你幾乎可以看到他的腦袋轉個不停：**我會搞砸這一球嗎？說不定我會**。我只想抓住他的肩膀，狠狠晃醒他。所有問題都是他自己想出來的，完全是無中生有。」

裴拉挨近一點，整個人再度貼向他的內褲前方。透過床單，他可以看到她的乳頭，臥室幾乎全黑，激突的乳頭看起來格外黝黑。他渴望她身體的每個部位。她不喜歡自己的大腿，她說她自己的大腿太短、太壯，腳踝太粗，不夠女性化——就史華茲看來，這些全是傻話。別的不提，他只希望裴拉常常待在這裡，幫助他安定下來。

自從第一次發生關係之後，他們幾乎天天做愛，但是今天晚上顯然不行。他太累，情緒太緊繃，在渡輪上吞了太多藥丸。他們的關係終究會慢慢傾向平淡的家居生活，已是不可避免——這是正常、自然的發展，甚至可能讓人心安，但是史華茲看得出來今天晚上最好不要想太多。裴拉會認爲他們之所以不做愛，原因在於他擔心亨利。他非常不希望她這麼想，即便那是眞的。

她已經說沒關係，但她依然堅持繼續試。她把手滑到他的內褲裡，輕搔他的骨盆和大腿內側。史華茲試著用心感覺。一飛衝天的飛彈，高入雲霄的紅木，華盛頓紀念碑。拜託，他心想，一次就好。

他有幾顆零散的威而鋼，藏在破舊衣櫃最下面抽屜的牛仔褲下面。沒有必要不好意思，對不對？有時候——嗯，或說通常吧——當你帶著女孩子回家，你喝醉了，體能欠佳。有時候女孩太笨拙、太聒噪，或者不夠性感。有時候你就是需要一點額外的協助。裴拉之所以讓他鬆了一口氣，部分原因在於他對她的反應是如此直接、如此原始——他幾乎忘了那些藥丸的存在。現在他卻但願先前吃了一顆。

裴拉抽回手，擱在他肚子上，隔著他的T恤拍拍他。史華茲仔細聆聽，看看她有沒有懊惱地輕輕嘆氣——他聽到幾聲嘆息，但她說不定只是打呵欠，他不該疑神疑鬼。

「那是一種心理障礙，」她說。「就像作家無法下筆，或是怯場。」

「是的。」

「說不定他應該找人談談。」

「他已經跟人談過，」麥克說。「他跟我談過。」

「你知道我的意思。我是說專業人士。」

史華茲生氣了。「亨利不會同意。」

「如果你叫他去，他就會去。」

「他會被嚇到。他會以爲他出了問題。」

「嗯，他沒有問題嗎？」

「他會沒事。他只是需要放鬆。」

裴拉的手指又滑過他的內褲。「說不定你也應該放鬆。」

史華茲稍微退縮。「這話是什麼意思？」

「哪些話是什麼意思？」

「我需要放鬆。」

「沒什麼。只不過你今天晚上似乎有點緊繃。」

一聽到**今天晚上**，史華茲馬上一肚子火。他已經緊繃了一個月。去他的，他已經緊繃了一輩子。今天**晚上**有什麼特別不一樣？

「我沒有。」

「好吧，」裴拉說。「隨便你怎麼說。」

床太小，兩人不得不擠在一起，格外不自在。史華茲縮在裴拉和牆壁之間，房間沒有百葉窗，一條骯髒的灰色床單懸掛在窗前權充窗簾，幾乎連鄰居車庫的燈光都遮不住。

自從搬出宿舍之後，他只有偶爾帶女孩子回來這裡——他比較喜歡去女孩的住處，那裡有好多抱枕和相簿，房間裡充滿不知名的香味，床上鋪著乾淨的床單，書架上陳列著仔細貼上標籤的課堂檔案夾。在衛斯提許這種地方，女孩子的房間必定讓人感覺到家的存在，不僅只是上了框的家庭照片，房間的陳設大致像是童年臥房的翻版，只是稍微做些更動，顯示自己已經成年；房裡留下幾隻絨毛玩具，保險套的紙盒、或是避孕藥擱放在顯眼之處，藉此跟不住在這裡、無法出面訓示的父母親示威。女孩子的家人們雖然不在場，但是他們撫慰了史華茲的心靈；在短短的幾小時裡，他可以把他們想像成自己的家人。

「他應該去看心理醫生，」裴拉說。「諮商心理師，或是治療運動員的專業人士。他不一定非得自由聯想、牽扯到他的母親等等。」

「說不定那正是他所需要。或許他就是需要自由聯想，聊聊他的母親。」

「我是認眞的，」裴拉說。

「我也是，」史華茲說，但他不是。不曉得爲什麼，他非常不滿裴拉試圖干預。他試圖用一種比較和緩、比較誠摯的方式表達自己。「好吧，找個諮商師。但是誰來付錢？」

「亨利的家人沒辦法幫忙嗎？我的意思是說，他將來會賺很多錢，對不對？這就像是投資。」

「史格姆山德一家沒有錢投資，」史華茲說。「他爸爸不是大學校長。」

「我沒有以爲他是。」

「我不確定妳以爲怎樣。」

「別故意跟我吵架！你爲什麼故意跟我吵架？」

「對不起。」

他們靜靜躺了一會兒。最後裴拉終於說：「我最近一直打算賣掉結婚戒指。亨利可以借用一部分，就當是貸款。」

話一出口，裴拉馬上知道自己說錯話。她眞心誠意想要幫忙——但是說話的時機不對，她從麥克的表情可以看出他心裡怎麼想：她正在試圖介入他和亨利之間，她正在暗示她自己、或是一位治療師可以協助亨利解決他幫不上忙的問題。她正在炫耀她的經濟優勢。她正在提醒他，雖然他們餐餐都以餅乾配紅茶果腹，但是她大可以不必這麼寒酸。

「亨利的貸款已經夠多了，」他說。

「那麼我就把錢給他。或是把錢交給你，由你跟諮商師約時間。亨利不需要知道那得花多少錢。」

「我相信一定很貴。」

「嗯，」裴拉說。「那枚戒指相當値錢。」

史華茲心裡冒出無名火。他已經上網搜尋過裴拉的先生，也在建築師事務所的網頁上看到那個傢伙的照片：那位大建築師靠在繪圖桌前，手裡拿著自動鉛筆，臉上勉強露出寬容的笑容，專注地看著鏡頭。他身穿喀什米爾毛衣，鬍鬚修剪得整整齊齊，看起來一副拙相，但是他有錢、懂得希臘文，而且他媽的娶了裴拉。不管她多麼鄙視他，他依然是她世界的一部分——那個輕鬆享有特權、她隨時回得去的世界。「我想也是，」他說。「我確定戒指値很多錢。」

「你要知道戒指値多少錢嗎？」裴拉的口氣跟他一樣尖銳，甚至更冰冷。「一萬四千美金。這下你心裡好過一點了嗎？」

「哼！」

「我感覺好極了，」史華茲說。「像是賺了一萬四千美金。」

街尾有人正在運球，籃球上下彈跳，聲聲透過車庫下方、連接家家戶戶的波紋排水管響徹鄰里。「算了，」史華茲說。「我們不需要妳的錢。」

「我又沒說要把錢給你，」裴拉說。「我也不知道你爲什麼老唱反調。如果亨利的手肘受傷，他會去看醫生，對不對？而且你確定會幫他找最棒的醫生。」

「我們說的不是他的手肘。我們說的是他的腦袋。」

「我只是做個比喻，」裴拉說，好像他說不定沒聽過比喻二字。「而且是個恰當的比喻。但是你不想好好說話，對不對？」

該死的，史華茲心想。他們剛才若是有做愛，現在肯定一切沒事。威而鋼就在抽屜裡的牛仔褲旁邊；距離如此接近，卻又如此遙遠。

「如果亨利看了心理醫生，而且對他有幫助，」裴拉說。「你會生氣嗎？」

「這是哪門子問題？」

「你怕的不是心理醫生幫不上忙——如果你果眞有此顧慮，那就太荒謬了，因爲已經沒有其他人幫得上忙。你擔心的是心理醫生幫得上忙。你怕他入選大聯盟，成爲職業運動員，從此一帆風順。他會快快樂樂，而且不再需要你。但是只要他待在衛斯提許，只要他過得一團糟，你就可以繼續呼風喚雨。」

史華茲抬頭盯著那張骯髒的灰色床單，微風吹拂，床單隨之飄動，在他鼻子上方晃來晃去。「妳胡說。」沒錯，他知道她在胡說，但這話不無道理，他聽在耳裡，感覺自己被看穿了。

裴拉還沒講完呢。「你們兩個是典型的依存症，需要接受伴侶諮商。你們其中一人的心理問題和需求，表現在另一人的——」

「喔，閉嘴。」

「別擔心，我會閉嘴。但我得先告訴你一件事。」她的目光變得柔和，令她有點吃驚。「大衛快來了。」

「妳那個大衛？」

「沒錯。」

此話一出，今天晚上所發生的一切——他們無法好好做愛，然後又發生爭吵——忽然全都改觀。史華茲原本願意責怪自己，把問題歸咎於亨利、疲倦和維柯丁。但是裴拉自己也有心事。她故作一派輕鬆地走進房裡，親吻著他，爬到他身上，然後滿口沒關係、寶貝、別擔心，其實他感覺到的是她的猶豫和躊躇，散發出警告訊號的是她，而不是他。其實她擔心大衛快來了。或者，更糟的是，她很高興大衛即將來訪。

「什麼時候？」

「快了。」

「多快？」

「我不知道……說不定明天。」

「說不定，」史華茲重複一次。他打算嘲諷她，但聽起來卻顯得多疑而可悲。他再試一次。「說不定？」

「明天，」裴拉坦承。「他明天會到。」

「他會待在哪裡？」

「旅館。」

「妳會待在哪裡？」

她捶了他肩膀一下，原本只是開玩笑，但出手眞的用力。「你想我會待在哪裡？我爸爸那裡。」

「不是我這裡。」

「我不行。明天不行。」

「因爲妳先生。」

「我們還沒正式離婚，所以他是我先生。」

「這麼說來，他爲什麼過來？」

「他在芝加哥開會，至少是他的說法。不管怎樣，我一度覺得自己可以一走了之，事情自然而然就會解決，這種想法實在愚蠢。我們必須坐下來把事情講開，你知道的，爲一切畫下句點。他最近一直打電話到我爸爸那裡，每天打十次。」

「我會跟他談談。」

「得了吧，」裴拉說。「如果他知道我們亂搞，你覺得他會鎮定下來嗎？」

「亂搞？妳就是這樣形容我們的關係？」

「你知道我的意思。」

「我不確定我知道。」

「你要我說什麼？好，我們亂搞，或者，直到今晚以前，我們每天都亂搞。」

史華茲不確定她是在批評兩人今晚沒辦法做愛，或者宣告跟他分手。先前他把手機擱在權充床頭櫃的紙箱上，現在手機開始胡亂顫動。裴拉馬上全身僵硬。他不能接亨利的電話，現在絕對不行——但是這通來電已經造成問題，接與不接都於事無補。手機最後再顫動一下，然後悄然無聲。

「我不知道自己究竟爲什麼決定過來這裡，」她說。

「那麼妳走啊。誰阻止妳了？」

「別擔心，我這就走人。」裴拉跳下床，拉上厚運動衫的拉鍊，蓋住赤裸裸的身軀。史華茲看著她美麗而赤裸的身軀消失在眼前，心中感到強烈的懊惱。她在門口轉過身來，眼中燃燒著怒火。「你喜歡跟自己過不去，對不對？麥克．史華茲是尼采口中的『駱駝』，寬闊的雙肩承擔著世間的重責①。但是你猜怎麼著？

並不是每個人都希望把自己的痛苦擴大到極限。有些人只能一天熬過一天，甚至連這樣都做不到。我很抱歉我上了貴族中學，好嗎？我很抱歉我從來沒有在工廠上過班。沒錯，我高中輟學，我在學校餐廳洗盤子，但這些都只是偶爾到中下階層混混，對不對？這些都不是真的，我也沒有真的吃苦，這裡不是他媽的芝加哥南區。我只能說對不起。我他媽的真的很抱歉，因爲我爸爸念了研究所，而不是喝酒喝到——」

「我以爲妳要走了。」

「我已經走了。」

臥室的門砰地一聲關上，大門也是。院子的圍欄啪地一聲打開，啪地一聲關上。史華茲打開電燈，試圖看書，但他無法專心，因此他丟了兩顆明天才該服用的維柯丁到嘴裡，慢慢晃到走廊上。

洗手間的門關著，門縫裡透出光線。抽水馬桶發出聲響，亞許那副甚至比史華茲還要龐大身軀擋住了整個門。他抓抓四角褲裡的胯下。「你還好嗎？」他沒戴隱形眼鏡，瞇著眼睛問道。

史華茲聳聳肩。他必須勉強擠出一些話。「可能更糟。」

「總是可能更糟。」亞許消失在他的臥房裡，然後拿了一疊他媽媽烤的巧克力核桃薑汁餅乾走回來。「微波幾秒鐘，」他說。「冰箱裡有牛奶。」

「謝謝。」

亞許又抓抓胯下，瞇起眼睛。亞許讓人感到心安，不只因爲他爲人親切，部分也因爲他宏偉的體型——他那種體型暗示著世界上有些人比史華茲更強壯——即使他們無法保護史華茲，最起碼也不需要他的保護。「我才不管女人們，」亞許引用時下風行的饒舌歌詞。「我只在乎比賽。」

「謝謝，」史華茲又說一次。亞許的房門輕輕扣上，床墊的彈簧被壓得嘰嘎作響，透過牆壁充耳可聞。

屋裡再度冷冷清清。史華茲摸黑經過發出啤酒惡臭的餐桌，走向廚房。What you missed about these

bitches / Is they all can feel my fame. / My sick hits make 'em ticklish / Till they screamin' out my name 。天啊，不管多麼努力抗拒，你腦子裡還是塞滿這些鬼東西。那可不是米爾頓的詩作；那甚至不是黑幫饒舌傳奇人物恰克（Chuck D）的歌曲。說眞的，他應該鼓吹巴雷比酒吧停播嘻哈音樂，改而播放詩歌。這麼一來，你塞進一元美金，按下10－08，點唱機隨即傳出「當我畏懼我可能邁入人生的盡頭」，你可以一邊享用啤酒，一邊沉浸於詩人濟慈的詩句之中。

相較於屋裡的其他地方，廚房乾淨得令人發毛。水槽上方的小燈照得水槽閃閃發亮，幾乎重現原有的淺白光澤。裴拉每次過來，總是習慣性地刷洗水槽，因此，史華茲也開始刷洗，免得麻煩裴拉，最近似乎連亞許也動手刮除合成地板上的污漬——比方說以前房客黏在地上的口香糖，或是最近吐在地上的菸草殘渣——而且沖洗垃圾桶。史華茲把餅乾放進微波爐裡加熱三十秒，丟了一塊到嘴裡，倒了一品脫牛奶到芝加哥小熊隊的紀念玻璃杯裡，喝光牛奶。冰箱依然開著，他站在冰箱透出的燈光裡，草草吃光剩下的餅乾。亞許這個好傢伙買了一打斯麗茲啤酒；史華茲抓了兩罐，走進黴臭黑暗的客廳，坐在沙發上。專門播放詩歌的點唱機，多麼愚蠢的點子啊，但他還是覺得不錯。他多麼希望跟裴拉分享這個點子，好讓她嘲笑一番、說他是個芝加哥的保守分子。

他們從來沒有吵過架；如果吵架是爲了傷害對方，那麼她算是深諳此道。一想到自己居然這麼難過、一個女孩子居然刻薄到傷他的心，氣憤之餘，他也稍稍感到稱心。或許裴拉說得沒錯，說不定他眞的喜歡受罪，而且受罪的時候最爲開心。但你必須加上「有道理」，這話才算屬實。他喜歡因爲「有道理」而受罪。誰不是如此呢？沒有人喜歡活受罪。但是他已經沒有理由再受罪。法學院，學士論文，亨利，裴拉，他在腦海中一一將之刪除。

他已經不是一個來自低收入住宅區的孩子。如果他跟眾多史華茲家族的老前輩一樣喝酒喝到送命，他也只能怪自己。他沒有任何藉口。縱使耶魯法學院不收他，他依然有些選擇，他之所以上不了法學院，原因僅僅在於他沒有申請數百所願意給他入學許可的學校。他能言善道，頭腦清晰，雄才善辯；他旁徵博引，廣結善緣，認眞負責，懂得自省。去他的，他口袋裡甚至擺著一千塊美金。他走回廚房，再抓兩罐啤酒。

裴拉可以輕輕鬆鬆、一小時閱讀七十頁亨利．詹姆斯、珍．奧斯汀或是湯姆斯．品瓊的作品，而且全都記在腦子裡，好像生來就具有這種天賦。他喜歡看著她把眼鏡架在鼻間專心看書，沉浸在與他無關的思緒之中。

她誤解了他的一生。他並不想把所有事情搞得那麼困難；但是所有事情就是那麼困難。姑且不管金錢。他不像她那樣聰明。他只曉得如何鼓舞別人。但是最終而言，這根本算不上什麼，只不過是操控、擺家家酒。如果能夠擁有自己獨特的天賦，比方說像是亨利，他願意付出什麼代價？他願意付出一切。那些自己做不來的人才會成爲教練。

一部車子沿著格蘭特街慢慢駛過，車子的低音喇叭隆隆作響，播放著史華茲剛才一直哼唱的那首爛歌。他強迫自己不要再記起更多歌詞。他喝掉啤酒，回到廚房再拿兩罐。他把一張張百元大鈔攤放在茶几上，茶几上有個打火機，他拿起一張鈔票，對著打火機的火苗輕輕揮動鈔票，一想想了好久。鈔票的邊緣稍微焦黑，但他不至於如此愚笨，也還沒有醉到那種地步。

---

①尼采在《查拉圖斯特拉如是說》指出，人生的經驗有三種變形，分別是駱駝、獅子和小孩。駱駝代表勇於承擔苦痛的堅毅；獅子指的是自主自由的勇敢；小孩指的是永不停止的淘氣與創造力。

35

裴拉想要去巴雷比酒吧喝個爛醉，但她發現自己站在格蘭特街的中央，兩隻腳光溜溜，踏在滿是碎石的人行道上，這種舉動恰好符合她一向過於戲劇化的形象，至少她自已這麼想。因此，她只好慢慢走回史庫爾館。即使沒穿鞋子，酒吧那些足球選手保鑣也會讓她進去，因爲她是個女孩，況且她不但是個女孩，而且是史華茲的女朋友——哈、哈、眞可笑——但是酒吧的地板濺了啤酒變得滑溜溜，而且沾黏著一層層被拖把抹去的穢物，光腳踩在上面肯定令人作嘔，她的心情只會更糟。

該死的麥克·史華茲！過去幾個禮拜，他多少次答應跟她在某個地方碰面，結果卻只在最後一刻打電話說：抱歉，甜心、親愛的、小寶貝、小親親—對不起，但是亨利和我在健身房、亨利和我在棒球場、亨利心情不好、亨利和我在看錄影帶、亨利和我在聊天，我走不開。他就是這麼就事論事、連哄帶騙，甚至強迫她接受，好像她幾乎能夠體諒爲什麼亨利每一次心情變化、每一個心理需求，全都重要到令他無法忽視。

裴拉曾對這一切表示異議嗎？從來沒有。打個比方吧，她從來沒說亨利已經成年、幾乎是個大人，應該可以照顧自己；她也從來沒說偶爾失手、無法把球從一個地方傳到另一個地方，算哪門子悲劇；她更是從來沒說過如果亨利覺得自己有辦法好好傳球，他就會好好傳球，說不定大家最好暫時別理他，任憑事情自由發展。人們總是把彼此逼到角落，強迫彼此按照狹隘的方式行事，想來令人訝異。大家似乎覺得如果亨利沒辦法馬上振作起來，世界就會崩潰，好像一個人若是稍微懷疑自己，說不定就永遠無法進步，好像亨利絕對沒有理由暫時離開棒球隊，學習怎麼打毛衣、拉大提琴、說蓋爾語——老天爺啊，他怎麼可以！他必須孜孜不倦、專心致志、一試再試、保持樂觀、放鬆心情、正向思考、繼續埋頭苦幹、聽從麥克或是其他人丟給他的句句陳腔濫調，他必須不停擔憂、直到恐慌症發作。老天爺啊，這或許稱不上是個悲劇，但看起來也不太樂觀。

可憐的亨利。哪個人眞正關心這個愚蠢的小伙子碰到什麼愚蠢的問題？相較於全球暖化、生物滅絕、殘酷的死亡，或是某些藉由禽鳥或是水源傳染、伺機消滅人類的疾病，個人的問題都算不上什麼。亨利的問題尤其愚蠢。然而她卻浪費好多時間在亨利的問題上，不斷在腦中思索，拚命希望問題會消失，這樣一來，麥克才會少花點時間想亨利，多花點時間想她。因爲她喜歡他。

或者說她曾經喜歡他。她一邊想著，一邊重重踏過黑暗潮濕的草地，走向圖書館一扇扇倒映人影的大窗——沒錯，她曾經喜歡他，過去式。因爲啊，她爲什麼還要喜歡他？他們相識已經一個月，他依然還沒剃掉那臉愚蠢的鬍子。她討厭鬍子。「我討厭鬍子，」她大聲喊叫，攤開手掌猛拍校園裡一棵細瘦多節的小樹。「討厭、討厭、討厭。」她逃開一個留了鬍子的男人，投入另一個留了鬍子的男人懷抱，這點只證明了什麼都沒變，她永遠都沒變，不管她在哪裡過日子，結果命運都是一樣悽慘，因爲她就是知道。

兩個男孩坐在圖書館階梯上抽菸，她左右開弓，誇張地、氣憤地拍打樹幹，男孩們饒富興味地看著她。「接下來換我！」其中一人大喊。

「不，換我！我喜歡來硬的。」

裴拉轉身對他們比中指。他們邪邪一笑，揮了揮手。她打算最後再重重拍打一下樹幹，但她動作幅度太大，不但沒有拍到樹幹，中指反而笨拙地敲到多節的樹皮。她一邊急急把指頭塞進嘴裡，一邊喃喃罵句粗俗、最後一字是「me」的髒話①。

「說得好，寶貝！」

「我以爲妳永遠不會問我呢！」

手指不是扭傷，就是斷裂。她走向那兩個男孩，她眼前一片昏花，紅光亂跳，看不清楚兩人是誰。他們一人戴了一頂冬天的毛帽，另一人沒戴帽子，兩人的背包擱在旁邊的階梯上。因爲她是女孩子，所以他們沒有站起來罵人、或是跑開，反而只是愣愣地看著她，兩人的白癡臉龐帶著笑意，很感興趣的樣子。

「嗨，」其中一人說。「那是史華茲的馬子。」

這種時候他們說什麼都不對，但是這句話絕對說錯了。她斜斜衝上階梯，破口大罵。男孩們一把抓起背包，飛快衝進圖書館。看到她沒有追過來時，他們一邊大笑，一邊握起拳頭輕輕一碰。

她沿著圖書館一側的水泥走道前行，走進小方院。方院一片漆黑，清靜舒坦。她的指頭感覺僵硬，鮮血直流，陣陣抽痛。教堂鐘聲響了四下，她意識到現在是大清早，就算想去巴雷比酒吧，她也去不成。她駐足於黑暗中，忽然注意到有個人影——盜匪？強暴犯？小混混？——人影抓著附近一根樹枝上下晃動，發出沉重的喘息聲。

「亨利？是你嗎？」

亨利嚇了一跳，趕緊放手，跌跌撞撞後退一步。「嗨。」

「你在做什麼？」

「拉舉。」

「你能做幾下？」

他聳聳肩。「你總是可以多做一下。」

她端詳他的臉龐，看看他是否像是麥克所宣稱的承受極大壓力，但是什麼也看不出來。他的呼吸恢復正常。他心不在焉地甩甩手腕，眼神空洞，好像是個訓練有素的海軍陸戰隊員。裴拉的心中閃過一絲恐懼，她對於他一無所知，說不定會出手攻擊她。「有點像是『季諾悖論』②，」她說。「我的意思是說拉舉。如果你總是可以多做一下，你怎麼停得下來？」

亨利聳聳肩。「確實不能。」

「沒錯，我猜這就是你爲什麼清晨四點跑出來。」

他沒回答。她發現自己玩弄起厚運動衫的拉鍊——這麼做很危險，因爲她裡面沒穿任何衣服。她把拉鏈拉到最頂端。

「妳的手指怎麼了？」他問。

「沒事，我敲爛了一棵樹。」

「妳要一些冰塊嗎？我宿舍地下室有個製冰機。」

「沒關係，我可以在我爸爸那裡拿些冰塊。」

「好吧。」

她爸爸的住處亮起燈光。最近他的作息時間很奇怪，清晨三、四點就醒了，而且起來後很快就去樓下的辦公室。說不定這表示他上了年紀，男性更年期到了。爸爸在裴拉小時候就拿到終身職，但在裴拉的記憶中，爸爸始終遵循研究生的習慣，工作到三更半夜，隔天一早勉強起床，雙眼迷濛，咖啡因不足，一臉濃密的棕色鬍鬚亂七八糟，迷迷糊糊看著她出門上學。

她不想清晨時分衣衫不整、光著雙腳、手指腫脹、被逮到偷偷回家。說不定她可以趁爸爸洗澡的時候溜進去。「我不吵你，你繼續做拉舉吧，」她對亨利說。「我今天很忙。」

「我也是，」亨利說。當她打開史庫爾館的側門時，他又縱身一跳，拉住一根樹枝，開始另一輪拉舉。

她爸爸已經刮了鬍子，穿好衣服，正坐在廚房的一角，喝他那杯清晨的義大利濃縮咖啡。「裴拉，」他在她走進屋裡的時候說。「我可以跟妳談談嗎？」

「不行。」

「好吧，讓我鄭重地再說一次。」他擺出「失望老爸」的模樣，好像這會兒她還是八年級，再度違反宵禁。「拜託，我親愛的女兒，請坐，我來沖杯咖啡。」

「我一個鐘頭之內就得上班，」裴拉說。「我沒有時間交心。抱歉。」

她從冰箱裡拿些冰塊，裝滿一個冰袋，拿塊毛巾包起來，貼在她的手指上。

「那是什麼？」艾弗萊說。「讓我看看。」

雖然有點幼稚，但是當裴拉朝著爸爸伸出中指，還是忍不住暗爽。指頭非常礙眼——腫脹、充血、僵硬、一道青紫的瘀青從第二個指關節往上蔓延。

「噢，甜心，怎麼回事？」

「沒事，我被門夾到。」

「嗯，繼續冰敷。說不定妳今天應該請一天假。」

「我很好。」

「很好？裴拉，妳看看妳的手指腫成什麼樣子。我會打電話給學校餐廳，跟他們說妳今天不會過去。然後我們到學生健康中心做個檢查。」

「現在來不及找人代班。」

她爸爸那雙文人雅士的雙手乾乾淨淨，十指修長，濃縮咖啡的杯子在他手中顯得袖珍。「別那麼固執。妳可以請一天假。」

「校長先生，得到你的批准，我眞是高興啊。但是謝啦，我情願趕快準備上班。」

「我是說眞的，我認可妳的職業精神，但是——」

「誰要你認可我的職業精神？」她說得太大聲。「你是我的上司嗎？」

她爸爸看起來吃驚。「嗯，不是，」他說。「當然不是。但是妳的健康比在學校餐廳操勞幾小時更重要。」

裴拉心頭一緊。她希望大家重視她在學校餐廳的工作，這樣難道太過分嗎？麥克認爲她工作的目的只是偶爾到中下階層混混，因爲她是校長的女兒。她爸爸認爲她只是想裝出獨立的樣子，其實她應該學習拉丁文、或是諸如此類的學科。他們都沒有明說，但是她看得出來。除非她只是任性，再度憑自己的意願生活。但是每個人都是憑自己的意願生活，你必須遵循自己的感覺。

「就算是操勞又如何？」她的耳根忽然通紅，好像先前在圖書館的階梯上一樣。「什麼工作不操勞？寫研究報告？算了吧。但是最起碼寫報告比較不丟人，對不對？老天爺啊，我是堂堂校長的女兒耶。我不應該跟一群移民勞工一起刷盤子——」

「裴拉——」

「別跟我說教。」她拉出一張椅子，重重坐在廚房一角的小餐桌前面。桌子太小，桌面下的空間幾乎容納不下他們父女的四隻腳。爸爸套著優雅的西裝褲，她則是一雙腳鬆軟無力，氣勢上就輸了。「好吧，」她說，口氣相當衝，「你剛才要跟我說些什麼？」

「沒什麼，」艾弗萊說。「以後再說。」

「幹嘛等到以後？」她一隻手擱在桌面，拿起包了毛巾的冰袋放在手上。疼痛的感覺灼熱。「你不喜歡我在麥克家裡過夜。」

「我們不妨以後再說。」

「我們最好現在就談。我已經成年，我想在哪裡過夜，就在哪裡過夜，這就是我的立場。」

她爸爸看著她。她顯然已經傷了他的心，而且不僅因爲她指控他是某種緘默的種族歧視者。但她的怒氣依然在心中翻騰。

「好，現在你說說你的立場。」

「裴拉，拜託——」

「我幫你起個頭。你覺得我不尊重人。因爲我住在這裡，而且沒付房租，所以我應該像個小孩一樣遵守規則。你覺得我是個小孩，即便我已經結婚四年。」

艾弗萊低頭檢視小咖啡杯裡的殘渣。屋裡一片靜默。然後冰箱不再嗡嗡叫，四下更加寂靜。「看吧？」裴拉說。「這樣不是很有意思嗎？」

她爸爸修長的十指圈住小咖啡杯，杯子隨之消失無蹤，好像表演某種恐怖的小把戲。他張著深邃的灰色雙眼，哀傷地看著她。「裴拉，」他說。「我愛妳。如果妳需要我的忠告，而我曉得妳並不需要，請聽我說：妳最好不要急著跟任何人墜入情網。花點時間獨處，暫時不要跟男孩子交往。」

「整個校園到處都是男孩子。」我愛妳三個字起了功效；她的語調已經不再刻薄。「百分之百一團糟的男孩子。」

她爸爸笑笑。「被妳說中了。」

冰塊麻痺了她的中指和無名指。「麥克和我分手了。」

「眞是抱歉。」

「而且大衛明天到達，嗯，我的意思是今天。」

「大衛？」艾弗萊在座椅裡變得僵硬，好像聽到某人即將入侵。

「他宣稱他在芝加哥出差。我才不信呢。他從來沒有去過芝加哥出差。但他知道我在這裡，而且想要過來，我跟他說這樣不好，但他堅持，所以他租了車子，開車過來一趟，今天就到。當他離開這裡的時候，我跟他就不再有任何瓜葛。」

「好吧，」艾弗萊說。

「我需要你的支持，好嗎？」

艾弗萊點點頭。「沒問題。」

裴拉把椅子往後一挪，拿起緩緩融化的冰袋，輕輕吻了爸爸的鬢角。「對不起，我講話太刻薄。」

「妳不刻薄，」他說。「浴室裡有止痛藥。」

她吃了幾顆止痛藥，用一隻手洗洗臉。她走進客房，慢慢脫下衣服。厚運動衫的袖子一吋吋地滑過受傷的指頭，動作遲緩笨拙。最起碼她不必費勁褪下運動衫或是胸罩——先前她把運動衫和胸罩留在麥克家，這會兒省得費事。每一朵烏雲都有一道銀邊③，不是嗎？她再過一小時就得起床，但是最起碼她不必擔心自己睡不著。啊，又多了一道銀邊。

她走到窗邊拉上窗簾。天快亮了。她以爲方院空空蕩蕩，但是一個人影放開樹枝，跳到地上，蹲低身子、雙膝張成八字形。他居然還在那裡，實在難以置信，但是他確實還在。他晃晃手腕，甩掉手臂的疼痛或是壓力。他循著順時鐘的方向，繞著樹幹走了五圈，然後循著反時鐘方向再繞五圈。他兩手一拍，只拍一下，然後用力往上一跳，再度抓住樹枝。

①這裡所謂的髒話應該是「fuck me」。

②季諾悖論（Zeno's paradox），希臘哲學家季諾提出的矛盾詭辯，重點是一個人如果每次都朝目標前進一半的距離，那麼他將永遠無法到達目標。

③原文爲「Every cloud has a silver lining」，意思是「塞翁失馬，焉知非福」。

36

剛剛天亮，空中雲朵低垂。史華茲走向體育館，他已灌下八罐斯麗茲啤酒，感覺不算酒醉，但也稱不上清醒。他搭電梯上去他的辦公室，打開檔案櫃，櫃裡存放著天藍色的檔案夾，以及一大疊他去年九月買的的昂貴浮水印紙。他權充書桌的會議桌看起來糟透了，桌面到處都是裝滿菸草殘渣的馬克杯、高蛋白棒的包裝紙和一張張記事卡，卡片上寫了數百句他始終沒有引用的摘錄和詞句。他連引言都還沒寫完，更別提參考文獻。去年十二月，他的指導老師看了他的研究摘要之後，曾經信誓旦旦跟他保證他的論文會得獎。

他用學生證撬開體育處主任度恩・傑金斯辦公室的門鎖，辦公室裡有一部印製傳單、海報和新聞稿的高速、高畫質印表機，史華茲把浮水印紙放進送紙匣，接上筆電，選用白癡大學運動員專屬的12級Courier字型，印出部分草稿。

印表機吐出一張張Courier字型的草稿，草稿一式三份，列印時，史華茲拿起傑金斯的電話。

「小史，」他說。「你爲什麼沒去上課？」

「如果我現在應該去上課，」亨利回了一句。「你幹嘛打電話給我？」

「你可以休息一天，小史……」天啊，史華茲已經厭倦自己這套把戲。

「……但是我不能休息，我知道的。」亨利聽起來不耐煩；他也厭倦這套小把戲。史華茲不記得亨利哪一次翹過課。他想談談亨利的恐慌發作，但是他們之間的距離似乎太遙遠。「感覺好一點了嗎？」

「我沒事，」亨利說，亨利永遠說自己沒事，而這正是問題所在。一般而言，史華茲認為這種心態相當正確——你說自己沒事，你就真的沒事。正因如此，亨利才成為這麼優秀的後進。但是現在不一樣；現在一切都出了問題。說不定裴拉說的沒錯，亨利確實需要一位諮商師，反正現在也沒時間管這些。再過二十四小時，他們就抵達寇斯瓦爾；再過二十四小時就是「亨利．史格姆山德日」。

「十分鐘後跟我在體育館碰面，」他說。「不必換衣服。」

史華茲辦公室的櫃子上，存放著一長排亨利練習打擊的光碟。光碟貼上標籤，按照日期排列。在史華茲的教導下，亨利一周接著一周苦練，終於成為一位強打者，這些光碟完整記錄亨利從大一球季到現在的進展。他們已經花了數百小時一起觀看這些光碟，兩人不斷停格，研究一個個影像，分析改進亨利的揮棒技巧。如果你擁有剪接器材，時間也很充裕，你可以從每一天的打擊練習剪下一個畫面，按照日期把一個個畫面連接起來，這樣一來，你可以看到等著揮棒的亨利和揮棒之後的亨利。前者模模糊糊，球棒在他瘦巴巴的右手手肘上方揮動，動作遲鈍且缺乏自信；後者清晰可見，像是刻鑿出來似地，他猛然一揮，球棒繞轉一圈，撞上肩胛骨之間，他一臉決然，目光冷硬，一頭鬈髮剪短了半吋。一位棒球好手於焉誕生：真正的天賦激發出百分百的潛能。

對史華茲而言，這正是棒球、足球、或是其他運動的矛盾所在。你之所以喜歡這項運動，原因在於你將之視為一種藝術：運動本身顯然沒有任何用途，選手們具有特殊才華，他們避而不談運動的價值，但是不知怎麼地，他們似乎傳達人類處境之中某些眞實、甚至不可或缺的面向。所謂「人類的處境」，說穿了就是我們活在世上，有機會接觸眞善美，甚至偶爾製造出眞善美，只不過我們有一天終將過世，而且不見得勤奮追尋。

棒球是種藝術，但若要打得好，你必須成爲一部機器。不管手氣最順的那一天表現得如何，不管傳了多少次漂亮的球，不管有些時候表現得多麼完美，這些都無所謂。你不是畫家或是作家——你不在私下場合工作，你無法丟棄失誤，大家重視的也不只是那些傑作。對於任何一部機器而言，最重要的是重複性。只要能夠減少錯誤，啓發人心的時刻根本不算什麼。球探們不在乎亨利超乎常人的優雅球技；他們或許具有獨特的審美觀，他們也可能是差勁的球探，但他們只在乎你可不可以像是一部汽車、一座壁爐、一把手槍，收到指令就立刻有滿分表現。你可不可以傳一百次球，每一次都傳得那麼精準？如果沒辦法百發百中，最起碼也得百分之九十九。

架上光碟的最左邊是一個沒有標籤的錄影帶。史華茲伸出手指，悄悄勾出錄影帶，放進陳舊過時的錄影機裡。

「這是什麼？」亨利問。

「你看了就知道。」

史華茲有時一個人看這捲帶子，通常是深夜時分，就像他重新閱讀奧理略的一些文句。此舉讓他找回個性當中的某些無名特質，如果他沒有保持警惕，這些特質恐怕一去不返。

攝影機那天架在本壘後面的三角架上。擋球網細細的鐵絲藩籬斜斜出現在畫面上，鏡頭中的太陽閃爍著白色的光芒，畫面的一側一片花白，因此，當亨利出現在鏡頭右側時，他的白色汗衫和瘦巴巴的身軀悄悄融入刺眼的白光。

亨利看著自己接了幾個滾地球，把球傳到一壘。「這是皮歐里亞那場球賽嗎？」

史華茲點點頭。

「眞奇怪，你從哪裡拿到帶子？」

「我的協會球隊。我們錄下每一場比賽。」那個酷熱的下午，亨利做完守備練習之後，史華茲檢查一下攝影機，發現紅燈依然亮著。他想要留下一份紀錄，證明自己看到了什麼——他想對其他人提出證據，尤其想讓自己看看，他沒有誇大亨利的才華，或者亨利這號人物並非出自他的想像。因此他調來帶子，看了好幾次，寄了一份拷貝給寇克斯教練。這支錄影帶多多少少成了亨利申請衛斯提許學院的申請函。

亨利不曉得有這支帶子。史華茲說不出爲什麼過去三年來、自己始終偷偷保存這支帶子——說不定他覺得亨利的某一部分屬於他，他比亨利更值得擁有這一部分，他不願意跟任何人分享，甚至不願意讓亨利知道。

「眞奇怪，」亨利又說一次。「你看我當時多麼瘦小。拜託給那個小伙子一些快速健。」

「繼續看吧。」

亨利兩手把球丟來丟去，盯著螢幕。「你要我看什麼？」

「專心看就是了，小史。」

「我以爲你說不定注意到什麼。」

「說不定你會注意到什麼，」史華茲很快回了一句。「如果你閉嘴、專心看的話。」

亨利看起來有點難過，他不再把球丟來丟去，眼睛盯著螢幕。

「抱歉，」史華茲喃喃說道。他只幫亨利做了這麼一點事情，眞是不可原諒的少。多陪他練接幾個滾地球，重複幾句愚笨的陳腔濫調，比方說放輕鬆、隨它去——這些都只算是精神支持，但是僅此而已。一旦站上棒球場，亨利就全然孤單一人。

螢幕上隱約呈現出那種孤單：反手接球、飛速把球傳進一壘手的手套時，亨利的臉上浮現的便是那種執著、漠然的孤單。亨利並非疏離隊友們；事實上，他在球場上比在其他任何地方都活潑。但是不管他多麼聒噪、多麼愉悅、多麼活躍，他的眼神中始終帶著某種令人害怕的疏離，好像是一位已與音樂融爲一體的獨奏者，你根本探測不出他的心思。**你無法跟隨我到這裡**，那雙淺藍色的眼睛似乎說道。**你永遠不會了解這種感覺**。

最近這一陣子，當亨利走到棒球場上的時候，那雙眼睛依然傳達著同樣的訊息，但隱約之中卻湧現與日俱增的恐懼。**你永遠不會了解這種感覺**。平心靜氣而論，棒球是一種令人傷透了心的運動。足球、籃球、曲棍球、長曲棍球——這些都是打混戰。你可以比另一個傢伙更拚、更狠，藉此爲球隊效力。只要保持渴望，就能捲土重來。

但是棒球不同。在史華茲眼中，棒球是一種英勇的運動——棒球不是並排爭球，而是一系列各自孤立的競賽。打者對抗投手，防守對抗打擊。你不能橫衝亂撞，嘲弄彼此，拍打彼此，就像史華茲打足球的時候一樣。你站在原地，靜靜等候，試圖淨空思緒。輪到你的時候，你非得做好準備不可，因爲你如果搞砸了，每個人都曉得誰犯了錯。還有哪一種運動競賽殘酷到不但記錄你的失誤、而且把失誤張貼在計分板上公諸於世？

他們花了十分鐘從頭到尾看完帶子。史華茲倒帶，從頭觀看慢動作重播，然後以正常速度看了一次，最後再看一次慢動作重播。春雨滴滴答答敲打著體育館平坦的屋頂。螢幕上的小伙子接了一球又一球，神情專注，毫無倦意，陶醉在自己略微無聊的喜悅之中。

「我們可以走了嗎？」亨利一隻腳緊張地輕踏地毯。「我餓了。」其實他不餓；他最近食慾不佳，但他想要離開這裡。史華茲看得那麼專心，實在相當奇怪，甚至令人毛骨悚然——他好像想要憑藉意志力，喚回那個瘦巴巴、神情漠然的小伙子；好像亨利已經辭世，而不是坐在這裡。我人在這裡，亨利心想。

「再看一次，」史華茲說。「一次就好。」他們又看一次，史華茲的手指依然壓在倒轉鍵上。在史華茲眼中，螢幕上那個小伙子似乎像是一組密碼、一座獅身人頭雕像、一個來自另一時空的沉默使者。你永遠不會了解這種感覺。但是史華茲已經試了好多年，現在依然繼續嘗試。如果他能夠悄悄潛入那個空蕩蕩的腦子裡，破解隱藏在那個小伙子漠然神情之中的神諭——面無表情，只表達神的意旨——說不定他就曉得應該怎麼辦。

亨利出去吃中飯，史華茲抱著一疊檔案夾走向格藍登寧館。回家之後，他用了三罐刮鬍膏，刮去他爲了寫論文而留的鬍鬚。

37

「來，」早餐輪班的時候，胡洛跟她說。「我幫妳看看。」

裴拉揮揮手打發他。「算了，我沒事。」真的，她的手指感覺沒有那麼糟；指頭有點僵硬瘀青，但不至於每分鐘都疼痛，只有偶爾碰到鍋子、盤子、或是水槽的斜角時，她才感到一陣劇痛。斯師傅已經跟她說她可以回家，但她不想回家——她想把餐具分類放好，用力沖掉平底鍋的培根油漬。早餐時間結束之後，她想幫沙拉吧檯補充番茄醬、楓糖漿和藍莓優格，撇去浮在美乃滋上面的黃色乳皮，裝滿不鏽鋼鋼桶底層的冰塊。今天是星期五，她必須值兩次班。她想要工作。她不願多想昨天晚上跟麥克起爭執、或者今天將跟大衛見面。周遭傳來拗口的葡萄牙語，某人的收音機大聲播放 salsa 音樂，垃圾壓縮機和強力洗碗機交互怒吼，到處都是水，再加上斯師傅生氣時的怒吼，她想要置身在這些聲響之中，她想要走來走去，待在鬧哄哄的餐廳裡。她已經一點一滴找回生活的動力，她上課、游泳、工作、從圖書館借書、頭一沾枕就呼呼大睡。她發現自己竟然不排斥在衛斯提許待上四年。但她也察覺這種進展是多麼不堪一擊。她很可能再次放慢腳步，封閉自己，重新回到原點，整天臥床卻無法入睡，白天感到驚恐，夜晚更是加倍恐慌，始終不接電話，衷心盼望自己再也不需要別人善意的關懷。

「來。」胡洛不耐煩地對她招招手。他拿起菜刀切下一段白色的急救繃帶，用繃帶裹住她受傷的中指和無名指，兩隻指頭被緊緊綁在一起。「這樣才不會夾到指頭。」

「嗯，」裴拉大爲佩服。她看起來好強悍，像個足球選手。雙手在熱氣騰騰的肥皂水裡泡了幾個鐘頭之後，繃帶的黏性消失，胡洛又切下一段繃帶，再度幫她包紮。她順利値了兩趟班，沒有再夾到指頭。這時，午餐的碗盤已經清洗乾淨，她的制服沾滿食物的殘渣和洗碗機的泡沫，皮膚沾滿黏膩的油汙，她頹然坐在餐廳裡一張仿木圓桌之前，重新裝了一袋冰塊擱在指頭上。午後的陽光透過高高的窗戶照進來，日光逐漸強烈，散發出油亮亮的金黃。大衛快到了。

輪班的空檔時，斯師傅把一個硬硬的信封塞到她手裡。這時她從口袋裡掏出信封，她摺起信封邊緣的穿孔紙帶，撕開封口，心中出奇緊張。信封裡擺著一張貨眞價實的支票——一張開給裴拉．泰瑞絲．艾弗萊的薪資支票。詳列政府抽取社福金、醫療保險、州稅、聯邦稅等稅金扣除額。支票總金額爲四十九點八三美金。她頭一次繳稅捐助公立學校、垃圾回收、圖書館和公路維修，以及戰場上的屠殺。

她一直盯著支票，即便支票本身沒什麼好看的。她和大衛以前一頓晚餐的費用都不只如此。但是沒關係，尤其是現在待在這種鳥不生蛋的小地方，而且不必支付食宿費用。更何況這張支票是她的。她再也不必跟她爸爸伸手。她可以買幾件內衣，替補先前留在麥克家的那一件。

她必須沖個澡，換件衣服，大衛習慣早到，但她反而從冷飲機倒了一杯雪碧，再度坐下欣賞支票。她依然打算賣掉婚戒，但這張支票更棒。誠如《白鯨記》裡的伊什梅爾所言：拿工錢——還有什麼比這個更爽！她心裡好得意，眞是不好意思。這張支票證明她最近活得起勁，而且有所成就，即便成就微不足道。這就是爲什麼人們愈來愈執著於賺錢，即使他們並不需要錢。人們就是藉此肯定自己，衡量彼此的價値。

斯師傅穿著那雙減緩背痛的厚底鞋，重重踏步走出廚房，他皺著眉頭低頭看看手上的筆記板。「裴拉，」他說。「妳還沒走啊。」他講話的口氣好像宣佈一個相當重大、她卻或許尚未察覺的消息。

「還沒。」裴拉伸出沒有受傷的那隻手，悄悄把支票藏到桌子底下，支票的邊緣貼著桌面內側。斯師傅在她對面坐下。「妳應該回家，」他說。「妳看起來累了。」

根據裴拉以往的經驗，你若跟一個女人說她看起來累了，意思就是她看起來很糟，而且上了年紀。

「你是說我眼睛下面出現眼袋。」

斯師傅抬起頭來。「眼袋？什麼眼袋？我是說妳努力工作，身體疲憊。回家吧，跟妳的男朋友喝杯小酒。」

「我的男朋友，」裴拉說，「正在練習打棒球。」

斯師傅揮揮肥短的五指。「那麼妳就再找一個。像妳這樣的女孩子不愁沒有男朋友。」他放下筆記夾，一臉嚴肅地看著她。「妳是一個很好的員工，」他說，聲音之中充滿感情。

「謝謝。」

他又揮揮指頭，好像想要揮去她口氣中的淡漠。「妳聽我說，妳在乎廚房，妳擦乾杯子上的水漬，妳以為沒有人注意到，」——他的手指輕輕點一下眼睛和太陽穴之間——「但是我注意到了。妳是一個很好的員工。」

裴拉感覺自已的雙眼逐漸濕潤。人類眞是一種可笑的動物，她心想，但說不定只有我如此可笑：我號稱是個知識分子，而且據稱了解女性和勞工長久受到壓迫——這會兒卻幾乎哽咽，只因爲某人跟我說我善於清洗碗盤。「謝謝，」她又說了一次，這次帶著濃濃的感情，恰好與感性的斯師傅不相上下。

他一隻手肘撐在桌上，肥胖的手指捏捏柔軟的下巴，瞇著眼睛，帶點感傷地看著她。「人們說細節決定一切，妳了解這一點，我知道妳會是個好廚師。」

「眞的嗎？」

斯師傅聳聳肩。「或許吧，」他說。「如果妳願意的話。」

「喔。」裴拉腦中閃過她希望擁有的餐廳：小小的餐廳上了白漆，雖然全白，但是感覺溫馨。偶爾心血來潮，她會根據心情把一張白色的椅子或是白色的桌子漆上顏色，粉刷門框或是天花板的雕花飾板，在白色的牆壁掛上一幅油畫，這樣一來，全白的餐廳將會慢慢浮現各種色彩，客人們也會親眼見證餐廳的變化。幾個禮拜、幾個月、幾年之間，餐廳逐漸綻放顏彩，從一片潔白轉化成青綠、金黃和橘紅，展現出蓬勃的生氣。大功告成之後，她會抹去所有色彩，漆上一層厚厚的白漆，從頭再來一次。那就是她想要擁有的餐廳。至於想要供應哪種餐點，她倒是不太清楚：她看到白色的餐盤移來移去，嘩啦作響，但是看不出盤裡擺了什麼菜餚。她看得到盤中的擺設，食物色澤鮮明，對比強烈，但她不曉得是哪一種料理。對於烹飪，她有太多必須要學。說眞的，若是開起餐廳，她得忙著烹調、管理廚房，哪有時間油漆？這麼說來，她必須重新構思自己想開哪一種餐廳、以及如何經營，她也必須從廚師的觀點構思，而不是從室內設計師的角度著想。目前她沒有任何想法，但她希望將來想得出來。或許她根本不想當個廚師，只是想要做些事情。長久以來，她頭一次感覺自己似乎可以做一些有趣、而且眞實的事情。

「回家吧，」斯師傅命令她。他把椅子往後一推，再度低頭盯著筆記夾。「如果妳再過一個月還沒辭職，不像其他那些小伙子一樣，說不定我可以教妳燒幾道菜。我畢竟不是一個光說不練的人。」

38

歐文沒有過來。他還沒過來。他還沒反手輕叩三下校長辦公室厚重的門，悄悄溜進來，隨手把門鎖上，卸下扁平的郵差包，緊緊握住艾弗萊的雙手，帶點嘲諷地輕輕在他的嘴唇印上純潔的一吻。

根據艾弗萊的手錶，現在是四點四十四分，牆上的時鐘顯示為四點四十二分。

歐文曾經遲到這麼久嗎？艾弗萊覺得沒有。他用力打開書桌中間的抽屜，抽屜的輪子猛然震動，輪子和輪軌不太切合，發出嘰嘰嘎嘎的聲響。他胡亂搜尋散落各處的筆、訂書針、香菸盒，以及一排排忘了吃的降高血壓藥，翻出一張皮夾大小、摺成三折的衛斯提許棒球隊賽程表，賽程表的封面是一張亨利的照片。

艾弗萊幾乎已經熟記賽程表；他這輩子對於棒球不甚熱衷，這會兒卻成了魚叉手隊最忠誠的球迷。他當然是衝著歐文，但是他也關心球隊，在頑強的麥克．史華茲領軍之下，魚叉手隊散發出一股「我們辦得到」的神采，衛斯提許學院歷屆校隊或許從來不曾散發出這股士氣。觀看球賽時，艾弗萊最關心的莫過於亨利．史格姆山德的狀況，他希望亨利能夠慢慢好轉，**慢慢好轉**——這個詞彙說中了他的心意，好像亨利罹患某種可怕的疾病，說不定永遠好不了。艾弗萊對他的關切，遠超過對於任何小說人物的同情。事實上，他從來沒有如此設身處地為任何人著想。我們都有弱點，也難免自我懷疑，但是可憐的亨利必須公開面對自己的疑懼，球場一半的觀眾心情緊綳，仰賴他的表現，另外一半大聲嚷嚷，等著看他失手。他在每一個人面前表露內心的掙扎，好像舞台劇的演員；但他又不像演員一樣，散場之後就可以回家，換上另外一副面孔。他的掙扎是如此赤裸裸，以至於觀看球賽時，你幾乎感覺侵犯了他的隱私。情況最糟糕的時候，在場觀看球賽的艾弗萊感到罪惡感，甚至懷疑這種時候怎麼能容許觀眾在場。

艾弗萊把賽程表翻過來。主場比賽是粗黑的大寫字體，客場比賽則是普通字體，他希望先前看錯了，今天魚叉手隊確實在主場比賽，因為這樣一來，他就可以解釋歐文為什麼沒有過來，不然還能夠作何解釋？他也可以趕到棒球場，好好看幾局。但是今天是四月最後一天，根本沒有賽程。歐文沒有理由不過來。艾弗萊摺起賽程表，塞回抽屜裡。

昨天出了問題。最起碼現在回想起來，昨天似乎出了問題。當時不覺得怎樣，當然不像是個轉捩點——只是不得不承認你和情人是不同的個體，兩人的世界觀難免不一樣。他沒瘋，也不至於被愛情沖昏了頭，當然必須承認這一點。但是事態說不定不僅於此，說不定他大錯特錯，因為根據他的手錶，現在已經四點四十九分，牆上的時鐘顯示四點四十七分，歐文依然還沒過來。

昨天歐文在雙人沙發後面書櫃的最下排，找到一整排衛斯提許學生名冊。名冊按照年次排列，你若從左邊瀏覽到右邊，你會發現藍色的書脊漸漸不再褪色，書脊上的金黃色古體字也愈來愈耀眼。對艾弗萊而言，學生名冊就像家具——八年前、剛剛接任校長時，他曾經帶著懷舊的心情翻閱名冊，但是從那之後，他就沒有意願再翻開。昨天他處理公事的時候，歐文懶懶地躺臥在雙人沙發上，抽出一九六九—七〇的名冊，不經意翻到一張年輕人的照片。照片佔了半頁，年輕人扶著腳踏車走過方院，他雙肩寬闊，身穿打摺的灰色羊毛長褲和寬領的正式襯衫，襯衫的袖子稍稍捲起，看起來頗為紳士，只有髮型顯現出叛逆，他的頭髮剛好碰到衣領，英挺帥氣，擺明了違逆葛姆西教練的命令，連續兩年拒絕把頭髮理成小平頭。年輕人踏過落葉，扶著腳踏車沿著一條距離他們現在所坐之處不到五十碼的小徑往前走，你幾乎可以聽到照片上的落葉沙沙作響。年輕人臉上沒有笑容，但在那個秋天的下午，他不必練習足球，看起來心滿意足。他還沒開始留鬍子。

「哎喲，哎喲，」歐文說。「那是誰啊？」

「哈哈。」艾弗萊身子一僵。他注意到歐文用了一個不同的馬克杯：別帶著你的各個器官上天堂——上帝知道我們這裡需要它們。「你那個親我一下，我是愛爾蘭人的馬克杯呢？」他問，故意裝出不在乎的模樣。

歐文抬起頭來，倒是沒有不高興。「我只是隨便拿了這一個，」他說。「我用完了會洗乾淨。」

「不、不，沒有必要，」艾弗萊說。「只不過你最近似乎只用那個愛爾蘭人的馬克杯，如此而已。」

「嗯、嗯、嗯。」歐文指指照片，手指落在艾弗萊捲起的衣袖下方。「你看看這副臂膀。」

「那是因爲我抓著腳踏車的把手。」艾弗萊不禁偷偷瞄一瞄自己現在的臂膀：唉，完全不比當年。

「那是什麼時候？你大四那一年嗎？」

「大三。」

「大三。我的天啊。你一定把整個學校迷得神魂顛倒，男女通吃。」

「沒這回事，」艾弗萊說。「我不合時宜，怪裡怪氣，有點獨來獨往。」照片裡那個傢伙一副狂妄的模樣，這話聽起來像是故意謙虛，但他是說眞的。

「才怪呢。」歐文翻到下一頁，沒看目次。「你有沒有多幾張這種照片？」

「應該沒有。」

歐文很想多看幾張，於是逐頁翻閱。他抽出艾弗萊大一、大二和大四的名冊，疊放在大腿上。他對著艾弗萊的足球隊照片、小平頭、墊肩、緊身運動褲微笑；艾弗萊大四的時候蓄起一臉惠特曼模樣的鬍子，歐文看了格格輕笑。翻著翻著，他又翻到那張扶著腳踏車的照片，艾弗萊感覺歐文一臉嘲諷地翻閱照片，這會兒神情卻非常專注。艾弗萊喝著變涼的咖啡，在梳背椅裡換個坐姿。歐文爲什麼用了不一樣的克杯？艾弗萊活生生站在他面前，他爲什麼猛盯著那些照片？歐文哇哇讚嘆，他說不定應該感到榮幸，但他反而覺得受到冷落。不管歐文和照片上那個年輕人產生什麼情感交流，他都插不上手。「但願我認識那個時候的你，」歐文滿心期待地說。

「你不想認識現在的我？」

歐文伸手捏捏艾弗萊穿著襪子的腳踝，眼睛依然盯著照片。「那個時候以及現在，」他說。「永遠都想。」

「我那個時候不太一樣。你說不定不會喜歡我。」

「我相信我會非常喜歡。有什麼不喜歡的？」

「我不太一樣，」艾弗萊重複一次。不曉得爲什麼，他急著想要解釋這一點。照片裡的男孩不單只是臂膀比較強壯，頭髮比較散亂。去他的，他現在也可以留那種頭髮，縷縷銀髮點綴其間，看起來肯定更加迷人。但是髮型不是重點。「那個時候，」他說。「我不是我。不像現在……我……我永遠不可能墜入愛河。」

「嗯，當然。」歐文繼續心不在焉地輕撫艾弗萊的腳踝，眼睛依然盯著照片。「你看看你，這樣的男孩子幹嘛費勁談戀愛？」

確實沒錯。歐文問說可不可以把大三學生名冊借給他，他想要複印那張照片，艾弗萊別無選擇，只能說好、當然、請便。他們耳鬢廝磨了一會兒，朗讀一、兩段《李爾王》，歐文才離開。那是昨天的事。此時此刻，教堂的鐘聲已經響了五下，歐文依然不見蹤影。艾弗萊又盯著棒球賽程表的粗黑字體，明知無謂，他依舊希望賽程表會突然冒出來一場主場比賽。他把厚重的椅子往後一推，走到窗邊，抬頭看看方博爾館。雨勢漸漸變大，好一場氣勢磅礡的春雨。艾弗萊看著歐文寢室窗台上的香料和迷你仙人掌，一盆盆植物後面毫無動靜。他拉開辦公室的門——去他的歐文，他自己可以泡杯咖啡。走廊上有個男人，男人全身濕透，正握著拳頭準備敲門。艾弗萊從未見過這個留了鬍子的男人，但從這傢伙事務所的網頁照片上，艾弗萊馬上認出他是誰。

39

艾弗萊不怨恨大衛，不，他再也不怨恨。他也沒有多麼重視此人，但是最近幾年來，除了裴拉和歐文之外，沒有另外一個人像大衛一樣經常盤據在他的心頭。經年累月下來，他對大衛的觀感逐漸轉化為同情。他絕對不會原諒大衛，但是大衛已經成為他生活的一部分，不管他希不希望大衛好好活著，大衛照常生龍活虎，他必須勉強接受這個事實。他曾經認為大衛是個自我中心的帥哥，而且幾乎算得上是個戀童癖；現在對他而言，大衛比較像是一個曾經跟他起了爭執的男人，甚至可說是——得了、得了、別這麼想——他的女婿，即便大衛跟他並不合拍。

最近這一陣子，艾弗萊的道德感也不像以往那麼強烈，原因當然相當明顯。無論是身為眾人爭相追求的系主任或是受人追捧的型男教授，甚至當他成了CNN的常客、《哈佛大學學生報》刊登他的照片、稱他為「令人怦然心動的文學院帥哥」，他也嚴守界線，絕對不跟學生扯上關係。他長年抗拒持續不斷、甚至顯而易見的誘惑，因此，他站得住腳，有權批評大衛這種誘惑純真、脆弱女孩的成年男子。但是現在艾弗萊能說什麼？他怎知大衛當年是不是臣服於同樣的魔障、跟他一樣完全沉醉於這種甜蜜而幸福的感覺？除此之外，裴拉宣稱他們的婚姻已經走到盡頭。艾弗萊贏了，當然變得寬宏大量。

因此，當他看到大衛站在辦公室外面的走廊上、慌慌張張地打手機、看起來困窘而心煩時，他幾乎覺得大衛相當可憐。他自然而然想到斯巴達王梅納雷阿斯前來索回海倫，但是相較於斯巴達王，大衛遜色多了。外面下著大雨，雖然穿上橡膠雨鞋和防水夾克，但是大衛的頭髮和長褲依然完全濕透。艾弗萊心想，這人爲了這種事情上門，居然記得隨身帶一雙橡膠雨鞋，究竟是個怎樣的人？

「大衛，」他說。「我是葛爾特．艾弗萊，看起來你需要喝杯咖啡。」

「我太太呢？」大衛說。

艾弗萊忽然平靜了下來。他已經多次夢見這種狀況：他的敵人出現在眼前，站在他的辦公室裡，照著他的規矩行事。但是那股報復的慾望已經消散。

「你打了樓上的電話嗎？」

「打了好多次。」

「她說不定還在工作。」艾弗萊朝著敞開的辦公室點點頭。「進來吧，請坐。」

大衛本人不像照片中那麼氣派，事務所網頁上的那個傢伙身穿套頭線衫和毛衣，靠在一張繪圖桌旁，手裡拿著自動鉛筆，和顏悅色地微笑，他的鬍子修飾得整整齊齊，再加上那副打扮，讓艾弗萊聯想到某些一絲不苟、泰然自若的福音派基督徒，最起碼照片中的他給人這種印象。今天的他顯得慌張多了。

「我認爲你一定相當滿意目前的狀況，」大衛說，他的聲音輕緩但尖銳，艾弗萊已經不管大衛，逕自泡了咖啡。他遞了一杯熱騰騰的咖啡給大衛。

大衛坐在一張印著衛斯提許校徽的梳背椅上，辦公室裡還有一張類似的梳背椅，如果想讓訪客感到自在、地位平等，艾弗萊通常特意坐在這張椅子上，這時他卻悄悄在大書桌後面坐下，桌上堆滿了文件，他最近的工作表現實在欠佳。「這得看看你所謂的『狀況』是什麼意思，」他說。「我擔心裴拉。」

「她是我太太，」大衛說，他全身發抖，依然滴著雨水。他把滿滿一杯咖啡擱在艾弗萊的書桌邊緣，舉止中帶著最後通牒的意味。說不定他刻意婉拒艾弗萊的款待，說不定他需要牛奶。「我們已經結婚四年了。」

「我知道，即便我沒有受邀參加婚禮。」

「我有權跟她說話。」

「她會下來，」艾弗萊說。

春雷悶悶響起，缺了閃電，儼然不同於七、八月間的轟天雷。大衛從桌角端起馬克杯，小心別把咖啡濺在艾弗萊的文件上，啜一小口，試試咖啡燙不燙。這麼做似乎讓他放鬆，他平靜下來，四下觀望，檢視上了框的文憑和獎狀、以及一排排陳列在胡桃木書櫃上的藏書。「木工不錯，」他說。

「謝謝。」

「現在已經沒有這種書櫃，造價太高，這些書櫃是一九二〇年代製造的嗎？」

「我想是一九二二年。」

大衛點點頭。「也就是《尤里西斯》出版的那一年。史考特．蒙克利夫也在同一年推出《追憶逝水年華》的第一部《去斯萬家那邊》的譯作。當然還有艾略特的長詩《荒原》。」

艾弗萊不確定大衛是否試圖順著自己的話題回應，或者大衛平常就是這樣說話。「沒錯，」他說。

「她還好嗎？」大衛邊問、邊喝了一大口咖啡。「你說你擔心她。」

「她沒事，」艾弗萊說。「比剛到的時候好多了。」

「她剛到的時候怎麼了？」

聽了這個問題，艾弗萊頗為驚訝；他本來打算借用這句話稍微挖苦大衛，而不是讓大衛繼續追問。

「嗯，你知道的，她看起來……很憔悴。」

大衛坐直身子，一臉憤怒，緊緊抓著椅子的扶手。「你當然不是暗示——」

艾弗萊舉起雙手，表示求和。「不、不、不、不。」

「我絕對不會那麼做。」

「當然不會，」艾弗萊說。有人敲門——可能是歐文嗎？就算遲到，也比沒來好。歐文當然不能留下來，大衛在這裡，歐文更是不能久留，但沒關係，重要的是他決定過來。艾弗萊把椅子往後一推，但他還沒站起來，門就被推開。

裴拉站在門口，身上依然穿著學校餐廳的工作制服。艾弗萊從她小時候就沒看過她戴棒球帽。說不定正因為如此，所以她忽然顯得好年輕。或者，說不定因為她緊張地徘徊在門口，好像等著大人們講完話，所以看起來格外像個小女孩。「地上沒有血跡，」她說。「這倒是個好現象。」

艾弗萊笑笑。「我們在外面動手。」

大衛從椅子上站了起來。「貝拉①。」他朝著她跨出一步，艾弗萊全身緊繃，準備衝過去擋在兩人中間，但他依然坐在書桌後面，況且這股衝動也很愚蠢。他們親吻彼此的臉頰，好像兩個有教養的人，艾弗萊仔細端詳女兒的臉龐，搜尋愛情的跡象。

大衛兩手搭在裴拉肩上，稍稍保持距離。「貝拉，妳的手指頭怎麼了？」語氣之中帶著父執輩的愛戀，既是訓誡，也是寵溺。

「我撞上一棵樹。」

「我猜這裡的人常常撞到樹，」他開玩笑說。「這裡樹太多了。不過秋天的顏色很漂亮。」他依然握住她的肩膀，慢慢端詳她。他看到她的襯衫沾滿汙點，有點不高興。「我以為我們要出去吃飯。」

「沒錯。」

「難不成我的穿著過於正式?」

艾弗萊相當熟悉這種男人:他們在其他男人面前無精打采,一跟女人打交道就神采奕奕——這種男人百分百是異性戀,對於其他男人要嘛不在乎、看不起,要嘛心懷畏懼,但是絕對迎合女性的需求和愛好。剛才裴拉一走進來,大衛馬上就展現出神采奕奕的模樣。

「我得準備一下,」裴拉說。「你到旅館確認房間了嗎?」

「沒有,貝拉,我直接過來找妳。」

「我在羅勃特之家訂了八點的位子,我確定你不會喜歡那家餐廳,但是這裡沒有其他選擇。」

「我確定我會喜歡,」大衛說。

「好吧。」裴拉看看艾弗萊。「大衛等一下過來接我們?還是我們自己過去?」

「我們?」大衛說。

我們?艾弗萊心想。稍早兩人促膝談心時,裴拉曾說大衛來訪的時候、她需要他的支持,但艾弗萊沒想到這表示他必須跟這個男人一起吃飯。他並非不願意;如果裴拉需要他當個擋箭牌,他樂於從命。她需要他在場,他深感榮幸,這也表示他們父女之間還有希望。

「我們,」裴拉說。「我爸爸和我。」

「貝拉,」大衛嘁著嘴小聲說話,意思是不想讓艾弗萊聽見,「我的意思是,說真的——」

艾弗萊瞄了瞄方院,細細的雨絲之中,他看到方博爾館四〇五室的兩扇天窗透出燈光。有人回寢室了,說不定是亨利——但是他馬上認出那個出現在燈光中的瘦長身影。那人伸出雙手推開窗戶,探出身子查看霧濛濛的方院。那人消失在寢室裡,過了一會兒再度出現,手指間捏著兩樣小東西,他把其中一樣東西放進嘴裡,另外一樣東西在他的雙手之間冒出火苗,他嘴裡那樣東西隨即冒出一縷煙霧。然後歐文對著陰暗的方院探出身子，手肘靠在窗台上，開始抽起大麻。一看到他的身影，艾弗萊覺得好難過。不僅因爲歐文沒有過來，而是因爲歐文看起來如此心滿意足，他靠在窗邊抽菸，沉浸在自己的思緒之中，看起來像是某種在荒野中進食的溫和小獸，不需要任何人幫助或是陪伴。艾弗萊看在眼裡，不但感覺自己是個多餘的人，相較於歐文的沉靜自若，他更感覺自己的內心煩躁到了無可救藥的地步。他需要歐文，但歐文——歐文自給自足，或者只要一支大麻就心滿意足——從來都不需要他。

①裴拉原名爲Pella，大衛暱稱她爲Bella，亦有「美麗女子」之意。

40

大衛回旅館，裴拉上樓換衣服。艾弗萊撥了校內電話的五個號碼，電話響了一聲、兩聲、三聲，歐文八成在洗澡——但是，不，他的身影閃過桌燈。四聲。五聲。答錄機應聲接起。

說不定他是個糟糕的情人。人們曾經說他是個好情人，他的英國女友們——劍橋時期始終不乏來來去去的女子，其中幾位是英國人——甚至稱許他棒極了。當年那些英國女子總是從他身上滾下來，嘆口氣說：太棒了！但是他現在年紀大了。況且不管來自哪一國，那些性伴侶都是女性。何況你在某方面具有專長，並不表示你在另一方面也吃得開。你跟子女關係和善，並不表示你是個好父親；你是一位好教授，並不表示你能夠成爲一位稱職的大學校長；你善於幫女人口交，並不表示你能夠搖身一變，開始爲男人吹簫，更別提你缺少練習。

唉，天啊。

艾弗萊從頭到尾聽完答錄機的錄音，只爲了想聽歐文帶點嘲諷的輕柔語音，但他不能留話。首先，歐文只有一天沒露面，他就追著人家跑，可悲極了。更何況如果歐文拒聽留言，反倒是亨利聽到了，那該怎麼辦？他爲什麼不曉得歐文的手機號碼？爲什麼？爲什麼？他們之所以不用手機或是簡訊聯絡，或許可以解釋爲根本沒有必要，畢竟他們的住處相隔五十碼，而且一星期見面五次。但是話又說回來，學生們幾乎無時無刻都在講電話和傳簡訊，簡訊最能確保兩人之間的親密關係，但是他從來沒有傳簡訊給歐文，也從沒有收過歐文傳來的簡訊。他不知道歐文的手機號碼，甚至只是出於緊急用途。這一刻，他覺得他們之間存在著一道鴻溝。艾弗萊放下聽筒，滿心沮喪。那個身影再度閃過桌燈。

他走出辦公室，來到方院。他滿心焦慮，迷迷糊糊，不太清楚自己在做什麼。走著走著，他發現自己走進方博爾館，爬上樓梯。時值晚餐時刻，剛好是學生們進出宿舍的尖峰時段。謝天謝地，他在樓梯間沒有碰到任何人，也沒有人開門跟他友善地打招呼，即便每個人都可能看到他走過方院，說不定大家全都躲進寢室。

「葛爾特，」歐文打開房門。他抽大麻抽得雙眼迷濛，但他似乎嚇了一跳，或是感到驚喜。艾弗萊意識到此舉相當冒險，而且不僅因爲自己可能被逮到。在他的辦公室裡，最起碼他可以維持某種均勢，或是營造出某種假象，讓人以爲他有辦法掌控情況。但這裡不行。他置身此處只會顯得荒謬。大學部宿舍走廊的燈光是如此通明，他不禁想到自己在這種燈光下會顯得多麼蒼老。

「你好嗎？」

「我很好。」樓下一間寢室的門開了又關，女鞋踢踢躂躂輕快地下樓。「我可以進來嗎？」艾弗萊問。「如果有人看到……」

「當然。」歐文隨手把門關上，指向一張罩上玫瑰花布的休閒椅，椅子放置在寢室中央，左右兩邊各有一組學校分發的書桌、床鋪、五斗櫃、書櫃和衣櫃，椅子擺放在兩組一模一樣的家具之間，看來格外獨特。艾弗萊站在原地欣賞牆上的畫、吊勾上的爬藤植物、壁爐架上的一瓶瓶醇酒和威士忌。他聞得出來歐文的生活方式和習慣——大麻，刺鼻的清潔劑；修補書本的黏膠；硬硬的白色香皀，嗆鼻的大蒜味——這些都已深深烙印在牆上和地板之間。相較之下，除了幾雙綁成一束的灰襪子之外，寢室裡幾乎沒有亨利的印記。歐文已經把這裡打造成一個家。相較之下，艾弗萊的住處一看就知道是個單身漢的窩，瀰漫著過客的氣氛，即便他在那裡的時間，遠比歐文住在寢室的時間多出三倍。他單身了一輩子，始終宛如過客，他浪蕩飄流，在廣大的世界度過一個又一個不具承諾的夜晚。生命畢竟只是暫時。但是跟歐文同住一處，讓歐文把他的家打造成他們的家——那將會非常有意義。

歐文幫小冰箱上面的電茶壺插電，準備泡茶。

「我打了電話，」艾弗萊說。他半是指控半是道歉，試圖解釋自己為什麼不請自來。「你沒接。」

「我幾分鐘前才到家。」

「我撥號的時候看到你站在窗邊。」

歐文揚起眉毛，艾弗萊希望這表示他感到訝異。「是嗎？」

「是的。」

歐文手指一彈。「亨利。」他走到電話旁邊，檢查一下話機，打開開關。「他最近把鈴聲關掉。他回到寢室，不想跟任何人說話。球探、他爸媽、甚至麥克的電話都不接，令人擔心。」

「嗯。」艾弗萊不想談論亨利，最起碼現在不想。

「我今天去練球，」歐文說。

「真的？」

「明天跟寇斯瓦爾比賽，我打算上場。或者這麼說吧，我已經錯過那麼多場比賽，明天不太可能輪到我上場，但我會穿上球衣，乖乖坐在板凳上。柯林斯醫生今天下午說我可以打球了。」

「你自己去了聖安妮醫院？」艾弗萊說。「我可以開車載你去。」

「那就是爲什麼我沒有開口。我已經佔用你太多時間。你得管理學校。」

「胡說。」艾弗萊雙膝發軟，頹然坐到罩著玫瑰花布的蓬鬆休閒椅上。「這個地方不需要我管理。」

他忽然想到他們或許走到感情的盡頭，當初那顆誤傳的棒球打中歐文的臉，他倆的感情有了開端，現在歐文重新歸隊，他倆的感情也將畫下句點。這段期間，歐文靜靜休養、暫且離開球隊，他們一起度過，共享一段不應該屬於他們的時刻。如今已經期滿，而他愚蠢地來到此地，加速兩人分手。「太好了，」他說。「我是說你可以打球了。」

歐文溫和地笑笑。「你爲什麼看起來如此消沉？」

「沒什麼，我只是想念你。」

「我也想你。」

歐文遞給艾弗萊一杯茶，弄亂他的頭髮，俯身親親他的額頭。艾弗萊不禁感覺受到安慰，好像一個剛把金魚弄死的小孩。「我但願你跟我說。」

「說什麼？」

「你要去練球。你一定事先就知道。」

「我不曉得會得到醫生的准許。麥克跟我直接去練球。」

「麥克帶你去醫院。」

「是的。」

這個訊息沒什麼意義，但是歐文說出的每一句話都給他一種不祥的感覺。「你每天都過來，」艾弗萊說。「我以爲天天都會見到你。」

「我只是一天沒過去。」

「嗯，大家都說把握每一天。天天都算數，只有這麼多個日子。」

「葛爾特，別生氣，我的意思是說，你幹嘛生氣？不過一天下午，我的行事曆無法配合你的工作日程？你從來沒有過來找我，你知道的，這是你頭一次打電話給我，你卻只是打來責備我。」

「我沒有責備你，我只是——」

「你以爲這是我想要的嗎？偷偷摸摸在辦公室裡口交、好像拍小電影一樣？」

艾弗萊大惑不解。「我沒這麼想。」

「那你怎麼想？」歐文站在桌子前面，臀部頂著桌子，手掌貼著桌緣，長腿的腳踝交叉。艾弗萊認得出這種姿勢：歐文是個掌控全局的講師，相形之下，艾弗萊坐在一張不屬於自己的椅子上，心煩氣躁，準備不周，儼然是個學生。「我過去你那裡，我們看書，東聊西扯，幫對方口交，抽支香菸。我離開，你用穩潔擦拭沙發，然後我們重來一次。這就像是同性戀版的《今天暫時停止》①。」

「我們……我沒有擦拭沙發，」艾弗萊抗議。「我……我們喝**咖啡**。」他聽起來可憐兮兮而且愚蠢，似乎試圖在「喝咖啡」三個字裡注入情感，讓這個平淡無奇的舉動顯得很重要。

「每個人都喝咖啡，」歐文說。

寢室裡那座裝飾性的壁爐爐架上擺了一瓶威士忌，艾弗萊帶著渴慕的眼神瞄了威士忌一眼，注意到旁邊有一本天藍色的冊子。冊子看來眼熟，他心想，啊，那本該死的學生名冊、那個該死的二十歲的我。他想像大學四年級的自己跟歐文手牽著手走過校園，兩人坐在圖書館的階梯上分享一支大麻，在咖啡館幫彼此倒了一杯又一杯茶，沉醉於兩人在校園裡的名聲。這實在很難想像，但他卻不難想像歐文腦海中浮現這些畫面，著實令人難過。

「葛爾特，你有沒有在聽我說話？」

「有，」艾弗萊鬱鬱地說。

「你認爲呢？」

「我已經六十歲。下個禮拜就六十一。」

「這是事實，」歐文說。「但我不確定這跟我們正在討論的事情有何關連。」

「什麼事情？」

「我們的交往跟一般人完全不同。我們從來沒有出去吃晚餐。我們從來沒有出去看電影。我們甚至從來沒有租過電影。」

「我不喜歡電影。」

歐文笑笑。「那是因爲你研究美國文化，而且自命清高。但是我每天下午出現在你的辦公室裡，感覺像個妓女，而且是個收費低廉的妓女。」

「我並非不想做那些事情，」艾弗萊說。「我確實很想。」

「但是？」

「但是……目前的狀況很微妙。」

「我知道很微妙。我知道我們不能手牽手四處閒逛。我們面臨一些限制。我擔心的是你把這些限制當作藉口，甚至覺得有必要。如果我們住在紐約、舊金山，甚至置身杜爾郡的荒郊野外呢？如果你跟我一起去東京呢？你會跟我在街上閒逛嗎？你能不能面對櫥窗、看著鏡中的我們手牽著手？或者你覺得這樣太像同性戀？最好還是待在這裡，躲在你這些限制的後面，避免面對問題。」

「你最近讀太多傅柯，」艾弗萊說。

「不可能，反正啊，你也別狡辯。」

他提到東京，再加上那幾個字——如果你跟我一起去呢？——艾弗萊聽了心慌意亂。是有可能，眞的可能。他可以休假一年，假裝打算寫書，當起天不怕地不怕的導遊，隨同歐文漫遊日本。佛寺，霓彩貓咪，茶道，富士山，那個他兩位叔叔喪生的島國，那部比爾．莫瑞主演、他卻從來沒看過的電影，片中有位豐滿的金髮美女和旅館酒吧，美女和比爾．莫瑞在那個遙遠的國度，展開一段黃昏之戀。

「別誤會我的意思，」歐文補了一句。「我不是試圖爭取一些什麼。我甚至沒說我喜歡你。但是不管交往多久，我爲什麼要跟一個哪裡都不能跟我一起去的人交往？天知道這種情況還得持續多久？我要活得大大方方，葛爾特，我不要躲在你的辦公室裡。只有頭一個禮拜有點意思。」

他瘦長的手臂交握在胸前，表示已經不再主導談話，而是願意等艾弗萊回應。如果他選擇走上教學這條路，歐文肯定是個一流的老師；但是話又說回來，不管從事哪一行，他都會成爲箇中翹楚。他的傷勢已經痊癒，只有眼睛下方留下一道淡藍色的疤痕。艾弗萊在玫瑰色的椅子裡移動一下。他知道自己正在應考，他應該回答問題，而不是提出問題，但是他覺得好累，他頹然陷進椅子裡，克制不了自己。「我應該離開嗎？」

歐文鬆開手臂，放鬆姿態，不再擺出講師的模樣。他眨了眨眼睛，神情陰鬱。「如果我是你的話，我會請我出去吃晚飯。我會穿上一件跟我眼睛顏色相配的襯衫，我會開我那部銀白的奧迪過來接我，我會一邊開車一邊教我欣賞歌劇，我會開車載著我們駛過黑暗的鄉間小路，前往某個偏僻的小鎮，大嚼星期五晚上的炸魚片。」

「你不吃魚，」艾弗萊說。

「我知道，但這個邀請會讓我大爲心動，以至於我根本不在乎自己吃不吃魚。然後我會帶我到一家旅館，關掉暖氣，跟我一起爬到床上，看電視看到凌晨。兩個心甘情願的成年人有權利這麼做，即便他們通常不愛看電視。我會整夜摟著我、親吻我的耳垂、隨便念誦一首我牢記在心的詩句、餵我吃那些販賣機買來的加工零食，因爲啊，我可不碰炸魚片。隔天早上，我會早早載我回來，這樣一來，我才趕得上在比賽前跟隊友們一起吃早餐。」

①《今天暫時停止》（Groundhog Day），比爾・莫瑞主演的喜劇片，描述一個狂妄自大的氣象播報員不停重複過著同一天。

41

洗了澡、換好衣服、吹乾頭髮、化了妝之後，裴拉在家裡走來走去，等著大衛回來。爸爸書房的桌上堆滿了文件，其中有一包抽了一半的百樂門香菸。她猜得沒錯，他果眞又開始抽菸；這下不妙了。她必須讓他戒菸，即便這表示必須打電話給他的醫生、打他的小報告；艾弗萊家絕對不准抽菸。

她自己不太抽菸，至少從初中之後就沒抽，但是現在抽支菸，說不定會幫她冷靜下來。她用沒有受傷的那隻手敲敲菸盒，抽出一支香菸，她設法劃根火柴點菸，盡量不要弄糊尚未全乾的指甲油。她打開書房的窗戶，探出身子呼氣，她一探頭就看到爸爸從史庫爾館對面那棟建築物走出來。她不太清楚校園的平面圖——每棟石砌建築物都歷經風霜，看起來大同小異——但她相當確定那棟建築物是學生宿舍。昨天晚上亨利說要幫她拿冰塊時，他就指了指同一棟建築物。爸爸左顧右盼，好像偵探小說裡以爲受到跟蹤的人物。然後他穿過方院，走向學校餐廳後面的弄道，也就是他停車的地方。

過了三分半鐘、當她在窗台上按熄香菸時，歐文．鄧恩從同一棟建築物走出來——這並不奇怪，因爲亨利和歐文是室友。但她依然不明白爸爸爲什麼跑去學生宿舍。說不定那是一棟多功能的建築物；說不定他需要那部製冰機。

樓下的電鈴響了；大衛到了。開始播放厄運即將來臨的配樂吧。她跑到洗手間，咕嚕咕嚕漱了幾次口。

42

他們開大衛租來的油電車前往羅勃特之家。羅勃特之家是個高檔、稍微陳舊的法國餐廳，以前她從泰爾曼蘿斯放假回家的時候，經常跟爸爸來這裡吃飯。置身成年人之間的感覺眞好，即便所謂的成年人是大衛以及一些早已過氣的老學者。這些老傢伙說不定從來不曾享有盛名，而且已在北威斯康辛州度過太多個冬天，皮膚像是漂白過似地。羅勃特之家基本上等於是衛斯提許學院的教職員俱樂部，一個個光禿禿的腦袋在暈黃的燈光下閃閃發亮，一雙雙眼睛透過金絲邊眼鏡檢視永遠不變的菜單，一杯杯琥珀金黃、矮腳小口的白蘭地酒杯輕碰一個個璀璨紅潤、高腳窄口的紅酒酒杯。裴拉的口述歷史學教授——那位酷得不像話、跟威斯康辛州百分百不搭調的朱蒂·英格蘭登教授——一身近似全黑，一本書攤開放在面前，獨自坐在角落用餐。一條柔軟的萊姆綠披肩披掛在她對面的椅子上，權充友伴。英格蘭登教授注意到裴拉，大衛跟平常一樣客套多禮，他幫她拉椅子的時候，裴拉害羞地對著英格蘭登教授招手，教授笑了笑。

大衛不耐煩地揮手召喚服務生，看都沒看酒單就開始盤問餐廳供應哪些酒。服務生大約跟裴拉差不多大，但他的頭髮蓬鬆而銀白，好像多年寒冬添增他的歲數，幫他漂了白。他喃喃說了幾次**不錯**、**帶點辛辣**，大衛點了一瓶波爾多紅酒。

「你怎麼知道我要喝什麼？」裴拉說。「說不定我想喝白酒。」

「這款酒不錯。」大衛抬頭看看匆忙跑過來的服務生，服務生已經被他嚇得百依百順。「Ah，merci——la dame le goutera①，」他說，即便那個可憐的傢伙不太可能懂法文。

裴拉往後一靠，讓服務生倒酒，紅酒的橡木辛香慢慢縈繞在她口中。大衛懂酒，就像他熟悉建築和古希臘藝術，也知道怎樣在廚房架設網路、選擇哪一檔基金。她對服務生點點頭。「不錯，」她說。

「這件洋裝很漂亮，」大衛說。

「謝謝。」這是爸爸買給她的淡紫色洋裝。她還沒機會穿上洋裝跟麥克約會；自從頭一晚在卡拉佩利小館吃飯之後，他們就沒有出去約會，除非你把在床上吃餅、或是看著麥克在巴雷比酒吧猛灌折價啤酒算作約會。

「顏色跟妳的指頭很相配，」大衛說。「妳說指頭怎麼回事？」

「我走路撞到一棵樹。」

「啊，沒錯，大學生活眞是危險。」

大衛的幽默感怪怪的，而且有點制式化，彷彿從書上學到這一套。但是時間一久，這種一板一眼的幽默感倒也令人發噱。他似乎變得比較會打扮——說不定另外有人幫他打理。或者，他只是比麥克懂得打扮：他的襪子成雙成對，而且穿上西裝外套。他的體型稍微瘦小，尤其是相較於麥克，但是西裝外套簇新，而且相當合身。服務生走過來，靜靜幫她把酒杯倒滿；她喜歡服務生這麼做，因爲這樣一來，她就數不清自己喝了多少杯。

桌子是四人座，即便她訂了三個人的位子。裴拉希望爸爸到了之後，他會邀請英格蘭登教授加入他們。這倒不是因爲多了英格蘭登教授，席間的談話肯定能平心靜氣，而是因爲裴拉非常仰慕她。再者，自從頭一次上了口述歷史之後，裴拉就暗自希望英格蘭登教授和爸爸說不定能夠湊成一對。他們過去八年都不來電——或者，說不定他們曾經交往，但已分手——因此，他們八成永遠不會來電，但她依然不自主地懷抱希望。英格蘭登教授實在太迷人、太性感，她的雙眼閃爍著珍奇鳥類的神采，髮型時髦俐落，夾帶著一縷縷灰髮，好像蘇珊・桑塔格。她或許不是傳統的性感美女——她瘦小到你可以把她像支雨傘一樣折起來、帶著她走來走去——但爸爸懂得欣賞不一樣的美感。如果方圓五十哩之內有人配得上爸爸，那就非英格蘭登教授莫屬。

「妳真的打算待在這裡？」大衛說。「幫那些兄弟會的男孩子打掃善後。」

「你可以這麼說。」

「我不曉得我還能怎麼說。」

「斯皮洛多卡斯大廚不會光說不練，」她說。「他真的很有本事。」

大衛擠出那種寬容的笑容。「我確定他的廚藝精湛，如果他想在其他地方開家一流的餐館，他一定辦得到。他只是剛好喜歡幫一些流鼻涕的小伙子準備黏糊糊的炒蛋。」

裴拉順一順、拉一拉洋裝的裙邊。她爸爸在哪裡？麥克爲什麼沒有猛丟磚塊、打破餐廳的濾光玻璃窗、順手把她扛在肩上、帶著她離開？他一身肌肉，究竟有什麼用？就因爲他們起了一次小小的爭執，他就打算坐在家裡生悶氣、任憑大衛贏回她的芳心嗎？他算是男子漢嗎？她又喝了幾口酒。指望其他男人幫她脫困，期盼找到一個新媽媽——她的幻想一秒接著一秒消逝，跟大衛在一起就會落得這種下場。很奇怪地，他似乎總能勾起她內心的無助。

「妳想要學習烹飪，」他說，「我覺得是個好主意。」

「是嗎？」

「絕對是的。過去幾個月，妳之所以深受焦慮之苦，我認爲原因在於妳沒有地方發揮創造力。不，不是無處發揮——而是缺乏一股眞正的動力。如果妳不想畫畫，說不定烹飪能夠彌補妳生命中的空缺。這也有助於改變社會現況。目前所有頂尖大廚都是男性。許多女性在廚房賣命工作，卻只有少數被視爲廚藝家，太可惜了。」

大衛始終如此——他說的每一句話都是話中有話，夾帶大量評論，但與事實沒什麼關聯。你若想要深入探究，提出修正，只是白費工夫。他當然相信她的「焦慮」源自不想畫畫，而不是因爲嫁給了他；他當然相信她的「焦慮」只持續了幾個月，而不是幾乎從頭到尾籠罩他們變質的婚姻。她已經好多年沒有再拿起畫筆，但他依然試圖將她冠上藝術家的頭銜，她想到就抓狂；所謂的藝術，感覺像是年少的殘影。倒不如乾脆稱她爲游泳好手，因爲她曾是泰爾曼蘿斯高中一百公尺蝶式的紀錄保持者。這酒不錯。她一飲而盡。

「但是妳若眞的放棄畫畫，我會相當失望，」大衛繼續說。「妳的天賦令人嘆爲觀止。」

「哪有所謂的『嘆爲觀止』？」裴拉說。「你什麼時候曾經感到嘆爲觀止？」

「妳令我嘆爲觀止，貝拉，妳的聰明才智令人讚嘆。那是我愛上妳的原因之一。」

「你還沒看過我的畫作，我們就已經同居，就像我還不曉得你已婚，我們就已經住在一起。我至今不知道你怎麼瞞過我的。」

「我對妳隱瞞我已婚，正如妳對我隱瞞妳會畫畫。我們慢慢發掘對方是怎樣的一個人。當年我們都很年輕，而且非常相愛。」

「我很年輕，」裴拉說。

「我非常愛妳。不管怎樣，貝拉，我想說的是：如果妳想成爲一位廚師，我百分之百支持妳。但我認爲妳應該遵循適切的管道。我不確定跟妳爸爸一起住、爲了每小時十塊錢美金刷洗鍋子——」

「七塊五。」

「我的天啊，眞的嗎？好吧，七塊五。這樣怎麼可能成爲一位廚師？藝術，學術，烹飪——不管妳選擇哪一條路，妳必須融入最頂尖的一群人之中，才可以成爲箇中翹楚。」說出這番話的時候，大衛挖出滿滿一叉子焗田螺，揮舞叉子，把灰黑、油膩的田螺當作例證。「我不說妳也知道，舊金山灣區有些全世界最優秀、最勇於創新的廚師。亞洲和歐洲料理；海鮮食材，即便我曉得妳不太喜歡海鮮；更別提大家相當關心生態和永續——」

「這麼說來，我應該回家囉。你爲什麼不挑明了說？」

「我覺得我已經相當坦白。貝拉，這個社會有些問題，妳可以幫忙解決，但是妳卻打算躲在一群大孩子之中，洗盤子洗到三十歲。妳打算怎麼辦？」

裴拉當年愛上大衛的正直，現在依然無法忽視這一點。她想要當個好人，這表示她應該好好規畫自己的生活。沒錯，從某個觀點而言，衛斯提許的學校餐廳是一片荒漠，餐廳支持屠宰場、剝削移民勞工、持續供應卡車載送過來的工業化食品，學生匆匆吞下這些食品，造成大量的浪費。但是她在學校餐廳感到自在。這不就是重新開始的先決條件嗎？除非稍微感到自在，否則你怎能在一個地方重新開始？你怎能學習任何事情、達成任何成就、激發任何動力、鼓勵自己做個好人？

英格蘭登教授買單，那條萊姆綠的披肩披在她黑色大衣的衣領上，好似圍巾。她拿起那本厚重的精裝本書籍，足蹬五吋高跟鞋躡手躡腳走向門口，她的姿態優雅端莊，但不知怎麼地，她看起來好像承受不了書籍的重量，似乎會被書本壓倒在地。裴拉朝著她的方向投以求助的眼光，明知不可能，但她依然希望英格蘭登教授會躡手躡腳走過來，跟他們好好聊一聊，好讓大衛明瞭衛斯提許是個高尚的學府，她在這裡可以活得很有意義。但是她的希望落空，英格蘭登教授離開了。羅曼蒂克的戀情？算了吧，裴拉心想。大衛的新丈母娘？別提了。她爸爸究竟到哪裡去了？

「我不知道應該跟你說什麼，」她說。「我喜歡洗盤子。」

大衛的指尖輕輕撫弄修剪得整整齊齊的鬍子，嘆了一口氣，他的神情疲憊難解，似乎暗示他不在乎裴拉打算做什麼，只是但願她不要那麼生氣。「妳知道的，貝拉，如果妳想要離開，妳大可選擇客氣一點的方式。」

「我以爲我已經很客氣了，」裴拉說。「沒有動刀，也沒有濺血。」

「好吧，說不定我應該說**成熟一點**。貝拉，妳已經不是青少年。妳不能每次感到懼怕未來就逃家。不管妳碰到什麼麻煩，我但願妳跟我談談。我確定我們應該可以找出解決方式。我相信我們依然可以。」

裴拉喝乾杯中剩下的酒。她已經準備轉換今晚的話題，改口責備大衛。「是喔，」裴拉說。「我可以想像我們會怎麼談。『唉，大衛，你控制慾強、不講道理、善妒得讓人受不了，所以我要離開你。你不要我出去工作、不要我出去上課、甚至不要我學開車。好吧，甜心，你有何看法呢？』」

大衛敲敲酒杯的底座，帶著一種「這是哪門子歪理」的表情看著她。「貝拉，不要曲解我的話。妳當時還在服用某些藥物，我不要妳在那種狀況之下學開車，如此而已。」

「什麼藥物？Ambusal？Kelvesin？你以爲現在是西元哪一年？每個開車上路的人多少都服用某種藥物。」

「那些人已經知道怎麼開車。妳那個時候相當脆弱，對於一個新手駕駛而言，舊金山的路相當難開，交通阻塞，街道不停上上下下。我覺得相當危險。」

「我們應該可以住在一個比較幽靜的地方。你應該可以做些妥協。但你反而藉機更加孤立我。如果我有車，誰知道我會惹上什麼麻煩？」

大衛喜歡這些爭論，裴拉愈講愈瘋狂，大衛卻愈來愈鎮定。但瘋狂的當然是大衛。「貝拉，妳讓我相當訝異。我們結婚之初，我希望妳馬上到大學修課，妳記得嗎？妳跟我說妳只在乎愛情和畫畫，所以我們決定妳不應該出去工作。」

他在嘲弄她，隨便亂用愛情、工作、藝術等字眼。「那是剛開始的時候。」

「剛開始的時候眞是好棒。記得我碰到瑪麗亞塔，請她過來吃晚飯嗎？我們挑了妳最棒的作品，那張橘紅的巨幅拼畫，把畫掛在她椅子對面？當她上鉤的時候，我覺得自己好像躲在幕後操控的黑幫老大。那天晚上眞棒。」

瑪麗亞塔．鄭有間藝廊；她以四千美金買下《海洋——水花》，那是裴拉第一幅、也是唯一一幅售出的畫作。她差一點改變心意，不想賣畫，原因究竟何在，她也說不清楚，但是大衛說服了她。他說雖然他們不需要錢，但她必須建立自己的身價。不久之後，裴拉的心情開始陷入低潮。她把賣畫的錢全都花在復古時裝，以及其他早已被她丟棄的小東西——早知如此，她還不如留下那幅自己眞心喜愛的作品。

「剛開始你答應讓我出去工作，」她說。「但是後來……」

「後來妳病了，貝拉，我希望妳好起來，如此而已。」他握住她的手。「貝拉，如果妳想離婚，我們就離婚。我不會勸阻妳。但是這裡——」他眼光一閃，不但看看焗田螺和上了年紀的顧客們，也盡覽學校、市鎮和整個中西部——「不適合妳。貝拉，妳可以住在我們的公寓，我另外租房子住，妳可以在餐廳找份工作、申請烹飪學校、遵循適當的管道。誰知道呢？說不定有一天妳會讓我設計妳的餐廳。」

該死，裴拉心想。大衛不想贏回她的芳心——唉，她算是哪門子戰利品——但是不管她最近累積了多麼微小的動力，他都打算予以摧毀。如果她打算註冊就讀衛斯提許學院，她必須相信自己應該這麼做。她必須相信跟爸爸一起住、跟著斯師傅工作、隨同英格蘭登教授研習，這些都有助於開創新生活。如果她質疑自己是否屬於這裡，結果她將再度賴在床上，受制於心中的懷疑，什麼都做不成。目前而言，衛斯提許似乎佔了上風——雖然沒有高中文憑，她依然可以入學，她不必支付學費，她人已經在這裡，而且感覺不錯。但是這會兒賣相不佳的主菜端上桌，垂垂老矣的顧客們逐漸離去，她爸爸跟往常一樣放她鴿子，麥克在某個地方安撫亨利，她怎麼可能不質疑自己？如果今天晚上必須投票決定是否留在衛斯提許，看起來似乎偏向否定。她已經不愛大衛，但是基於過去的感情，她已經習慣透過他的眼睛看世界，而在他眼裡，這個地方無聊乏味，糟糕透了。

杯中已是白酒，這表示他們換了另外一瓶酒。

她太依賴男人。一下子是麥克，一下子是爸爸，她始終需要一個男人又一個男人的拯救；就連斯師傅也是個男人，嗯，多少算是吧。說不定她需要多結交幾位女性朋友，正因如此，所以她才一直惦念著朱蒂·英格蘭登。但她始終跟男性處得比較好，來到衛斯提許也不太可能改變，尤其是這裡大部分女孩都比她小，不管她做了什麼，她們肯定排擠她、懼怕她、指責她放蕩。她是不是太悲觀？反正她只能靠自己。

某樣東西嗡嗡響。大衛從口袋裡掏出黑莓機，看了看螢幕。「妳爸爸打電話來，」他說。

「那你就不要接——」她說，但是大衛已經接了。他把手機遞給她。

「裴拉，真是對不起，我十五分鐘就到——」

「沒關係，」她輕快地說。「我想你沒來是對的。大衛和我必須單獨把事情談開。」

「真的嗎？」她爸爸說，聽起來不太相信她。

「真的。」

「妳沒有生我的氣？」

「你還有其他事情嗎？」她口氣愉悅，真心誠意。爽朗，誠實，而且醉醺醺。

「嗯……你們談得**還**好吧？」

「那是我的私事。」裴拉隱約聽到背後的噪音——人聲、某種玻璃碰撞聲、微弱的音樂聲。「你在餐廳裡嗎？」

「我？……不，不，當然不是。我被布魯斯．吉伯斯攔了下來……校務之類的事情……妳確定我幫不上什麼忙嗎？」

「明天見，」裴拉說。

現在還不到九點半，但是顧客們已經紛紛買單，穿上大衣。這就是中西部的生活型態：晚間十點看看新聞，天一亮就起床。裴拉抓住酒瓶細長的瓶頸，不願等待服務生過來倒酒。她看看大衛。「我跟某人上床。」

「我不信。」

她知道他是說眞的；他不相信她。「我是說眞的。」

「我不信，」他重複一次。「我甚至不知道妳爲什麼這麼說。我們呢？」

「我們怎麼了？**我們**又沒有上床。我們已經一年沒有做愛。」

他瞪著她。「妳胡說。」

「我當然沒有胡說，」裴拉說。「最起碼一年。」

「貝拉，妳不記得我們最近一次做愛？」

裴拉試圖記起。但她爲什麼應該記得？他們愈來愈不常做愛，然後就停了。他們倒不是刻意叫停，甚至稱不上經過愼思。

「那天是聖誕節，」大衛說。「我送給妳這個東西的那一天。」他把手伸進口袋裡，掏出一個小小的牛皮信封套。她翻開摺口，搖一搖信封，一對璀璨的藍寶石白金耳環隨即掉到桌巾上。裴拉從來沒有看過這對耳環。她沒看過嗎？

「你瘋了，」她說。

「我想你說不定想要留下它們。我自己不太用得上。」

裴拉壓下拿起耳環的衝動。「我們聖誕節的時候沒有上床，」她說。

大衛一語不發地盯著她看，眼神之中帶著同情，接下來通常是某些措詞得當的建議，比方說妳應該鎮定下來、喝點水，或是考慮一下、找個人談談。「貝拉，」他帶著責備的語氣說。「妳知道我不喜歡妳這麼做。」

「怎麼做？」

「假裝妳不記得。好像除非是爲了方便，才記得往事。如果不想保留，隨時可以丟棄。但是我不明白妳爲什麼不想保留那些美好的回憶。我們起床，那是一個大晴天，我做了早餐，我們聽戴斯金．克雷賓斯貝爾的第三號交響曲，我們做愛。我們到義大利餐館吃晚飯。我送給妳這對耳環。」他的聲音平靜得令人氣惱。裴拉急需一顆天藍色的小藥丸，但她不確定自己的皮包在哪裡。她想伸手拿酒瓶，但是酒瓶也不見了，說不定已經被服務生拿走。她說不定一個人喝完那一整瓶。大衛總是喝了兩杯就打住。她瘋了才會忘記這對耳環，而她顯然沒瘋，百分之百沒瘋。絕對、絕對、絕對沒瘋。她依稀記得他們十二月底出去吃晚飯，那天太陽白花花，她坐困家中，那位大衛口中「當代獨一無二」的戴斯金．克雷賓斯貝爾的樂曲嘎嘎作響，感覺詭異。他們沒有做愛——絕對不可能。但是人們想要相信什麼，就會相信什麼。她已經告訴大衛她跟麥克上床，他拒絕相信，而且馬上忘記，因爲他的大腦不容許他相信這種事情。如果他想要相信他們聖誕節的時候上過床，那就隨便他吧。

但是耳環是另一回事。耳環確實存在。耳環放在桌上，看起來有點眼熟——他們肯定在舊金山市區某家精品店看到這對耳環，裴拉大爲讚嘆，大衛注意到她的讚嘆，而他出手向來大方——他可能飛往芝加哥之前買下耳環。如今他假裝這是以前送她的禮物，她拿起其中一個，放回牛皮信封套裡。這招不錯：如果把耳環擺在全新的盒子裡送給她，耳環就顯得全新。大衛總是設法讓她以爲自己瘋了，藉此重新贏得她的芳心，這是他典型的手法。**他讓她瘋狂**，沒有別人。但他的品味確實不錯。另一個耳環從她手中滑了出去，掉進她空空如也的酒杯裡，躺在白白的殘渣當中。她應該把它喝下去，吞了它——她要是這麼做，看起來就眞像發瘋。他看了也會抓狂。

她舉起酒杯，碰碰大衛依然半滿的酒杯。她冷冷迎上他的目光，把杯子湊到唇邊。**幹你娘的麥克·史華茲**，她腦子裡冒出這句祝酒詞。**幹你娘的麥克·史華茲，我活著就是爲了幹你**。她絕對不會醉到語意不清。她想到的是**我活著就是爲了幹你**，而不是**我愛幹你**，或是**我喜歡幹你**。**喜歡幹你**說不定最爲適切，但也沒什麼差別。大衛邊說邊把手伸過來。她往後一靠。她的酒杯幾乎已經顚倒過來，但是耳環依然卡在杯底小小的凹洞。她用受傷的那隻手敲敲酒杯，耳環噹噹掉出凹洞，順著杯子滑進她嘴裡。她用舌頭撥弄，金屬和寶石感覺冷冷的。她輕輕咬一咬，把耳環藏到舌下，感覺不錯。

「把耳環吐出來，」大衛說，一臉警戒。

她朝他伸出舌頭。

「妳可能受重傷。」

一千美金的晚餐。一場小小的表演。

「妳表現得像個五歲的小孩，」大衛說。「不太得體。」

「你說你用不上。」

「別鬧了，吐出來。」

她像個吃完菠菜的五歲小孩一樣朝他張開嘴巴，讓他看看嘴巴裡面：乾乾淨淨。吞下耳環時，她先是興奮，然後感到害怕——如果耳環卡在喉嚨，那該怎麼辦？但耳環很小，吞下去不成問題。

大衛一臉驚恐。他掏出手機。

「你在做什麼？」

「打電話叫救護車。那個東西會割破妳的內臟。」

「喔，別緊張。」她把她的椅子往後一推，身子有點不穩，走離桌旁。靠自己著實不易；你必須狠得下心。女性盥洗室有兩間廁所，兩間都沒人。她始終不是一個眞正的暴食症者，但是這種事情啊，女孩子就是知道如何處理。她幫自己催吐，粉紅色的紅酒和焗田螺的醬汁翻騰而出，耳環跟著吐了出來。她左手按住頭髮，右手伸到馬桶裡撈出藍色的漂亮耳環。她走到水槽旁邊漱漱口，然後沖洗耳環。洗手台旁邊有個擺乾燥花的藤編籃子，鏡子裡的她臉色蒼白而憔悴，看起來最起碼三十歲，但她胃裡的酒吐得一乾二淨，她已經覺得好多了。她明天甚至不會受宿醉所苦。

---

①啊，謝謝——女士請試喝看看。

43

史華茲練球之後沖個澡，身上依然濕淋淋，他站在乾淨得出奇的廚房裡，喝一口沒氣的薑汁汽水，吞下兩顆維柯丁，這時，他聽到院子的圍欄嘎嘎作響，門廊傳來腳步聲。門鈴響了。裴拉，他癡癡想著，但她跟那個建築師出去了。史華茲曾經幻想逮到他們，就算沒有把那個建築師打到投降，也得好好嚇嚇他，但是裴拉沒有手機，他不知道去哪裡找她，他也得在明天比賽之前好好睡一覺。

「兩位好。」他點點頭，先握握史塔布萊德的手，然後再跟李克握手。「想喝些什麼嗎？」

「不了，謝謝，」史塔布萊德說。李克一臉嚴肅地搖搖頭，方方正正的下巴慢慢搖晃。

「出了什麼事嗎？」史華茲問。「李克看起來好像要去參加葬禮。」

李克低頭凝視腳上的勃肯鞋。史塔布萊德緊張地翻了翻信箱封蓋，避開史華茲的目光。「有件事我們想跟你談談。」

「嗯，說吧。」

「好。」史塔布萊德深深吸口氣，幫自己打氣。「今天練球的時候，我們討論了一下，我們覺得亨利明天最好不要上場。」

史華茲整個龐大的身軀變得緊繃。「誰是我們？」

「李克和我。勃丁頓和菲拉克斯。詹恩森，亞傑，亞許。」史塔布萊德瞄了李克一眼。「還有誰？」

李克看著史塔布萊德的模樣，好像剛剛被人逼著供出一位猶太叛徒。「小金，」他喃喃說。

「沒錯，小金也在場。」

「你們開了會，」史華茲說。

史塔布萊德聳聳肩。「倒不是正式會議，只是一些大三和大四的隊員。」

「佛祖在場嗎？」

「佛祖最近不常出現。」

「我呢？我在場嗎？」

「不，」史塔布萊德勉強承認。「你不在。」

「聽起來像是開會。」史華茲語氣溫和，隱隱帶著一絲威脅。「你們這些天才們還做了什麼？自行選了隊長？」

「史華茲，拜託，請聽我們說。」李克的臉頰向來紅通通，這會兒卻一臉蒼白，他左手的大拇指作勢彈開一個假想的打火機，輕輕敲打一支假想中的香菸。「那不是開會。球隊怎麼可能開會討論這種事情？我們還能怎麼辦？召集大家，當著小史的面，討論他出了什麼問題？」

「所以你們背著我，」史華茲說。「偷偷進行。」

「不是這樣。我們只是臨時起意，隨便討論一下，然後達成共識。況且我們馬上就過來告訴你，你是我們的隊長。」

「你們設想得眞周到。」

「我告訴你怎樣叫做設想周到，」史塔布萊德說。「這個周末有四場比賽，擊敗寇斯瓦爾，我們就拿下上中西部北區小型學院運動員聯盟的冠軍，晉級分區錦標賽。」

「你們覺得少了亨利，我們可以擊敗寇斯瓦爾？」史華茲說。「就算可以，我們打進錦標賽的時候，你們要讓亨利坐冷板凳嗎？你們瘋了。」

「他昨天害我們輸球，」史塔布萊德說。

「昨天整場比賽當中，我們每個人的表現都糟透了！李克漏接一個下墜球，勃丁頓漏接兩個滾地球，三壘有人的時候，我卻遭到三振，亨利那一球只是其中之一，比賽進行到那個時候，我們應該已經領先十二分。」

「我們確實應該已經大幅領先，」史塔布萊德說。「但是我們沒有。」

李克抓抓薑黃色的頭髮，苦惱地嘆口氣。「史華茲，你知道我對那個傢伙的感覺，我喜歡他，我願意爲他上戰場，他就像是我理想中的弟弟，而我有四個兄弟。但是他的問題干擾到所有人。你覺得我們昨天爲什麼表現得那麼糟？我不是說那是亨利的錯，但是……」

李克舉起手臂，雙手一攤。史華茲一語不發，等他把話說完。「我們都不曉得怎麼跟他說，整個球隊的氣氛也跟著變了。贏了球的時候，沒有人想要慶祝，因爲亨利是我們的頭頭，你和他是我們的領隊，而他顯然很難過。輸了球的時候……嗯，我們不應該輸。我們不應該輸給萬懷特，我們比他們強多了。」

「伊希練球的時候狀況不錯，」史塔布萊德加了一句。「他應該可以上場，幾乎不會出差錯。」

一部小卡車緩緩駛過，兩桶啤酒擱在卡車的開敞式載貨台上，卡車轟轟隆隆播放當紅的饒舌歌曲。一般學生們已經開始周末狂歡。前廊的木地板破舊不堪，史華茲感覺一根木刺扎到腳底板。「明天是『亨利·史格姆山德日』，」他說。「小史的家人們都會到場。亞帕瑞奇歐也會出席。你們以爲他會乖乖坐冷板凳？」

「他或許不想，」史塔布萊德說。「但是爲了球隊，他應該這麼做。」

「無論如何，如果他想要的話，他可以守一壘，」李克說。「我來坐冷板凳。什麼都行，只要他不必站上游擊手的位置，把球傳到一壘。史華茲，他很難過。你知道的，每個人都看得出來。」

「他只是把自己逼得太緊，他會沒事的。」

「如果他之前把自己逼得太緊，」史塔布萊德說。「你覺得他明天會怎麼樣？」

史華茲倒不是沒有想過這個問題。練球時，他的確注意到伊希表現得多麼俐落、多麼有自信。伊希已從亨利身上學到如何當個稱職的游擊手，他的打擊比不上亨利，兩人相差甚遠，但是伊希有助於提升全隊的防守——想到這裡，史華茲覺得自己背叛了亨利。說不定史塔布萊德說的沒錯；亨利明天將面臨十倍以上的壓力，如果派他上場，說不定不僅是愚蠢，甚至是殘忍。說不定小伙子會崩潰。說不定史華茲必須防止這種情況發生。

「你們幹嘛跟我提這件事？」他說。「寇克斯教練才能決定誰上場、誰不上場。」

「你知道寇克斯教練非常忠心，」李克說。

史塔布萊德點點頭。「記得『兩點半』嗎？那個傢伙腦筋有問題，但是寇克斯教練不肯讓他坐板凳。教練堅信屠沃爾上場之後，忽然之間會像練球的時候一樣轟出強打，這種心態害我們輸了多少場比賽？」

「目前的情況不一樣，」史華茲說。

「小史失去自信心。屠沃爾則是從一開始就沒有自信，」史塔布萊德聳聳肩，雙手用力插進越野夾克的口袋裡。「他們兩個都完蛋了。」

「所以你要我決定亨利明天不該上場。」

「你是隊長，」史塔布萊德說，聲音中帶著一絲暗諷。史華茲右手緊緊握拳，然後慢慢鬆開，好像想要避免心臟病發作。他眞想一拳打斷史塔布萊德幾顆亮晶晶、白森森的牙齒。

「就讓他休息一天吧，說不定這樣對他比較好，」李克說。「他可以放輕鬆、寬寬心，禮拜天的表現會更好。他說不定甚至鬆了一口氣。」

史塔布萊德冷冷地看著史華茲。「史華茲，別忘了你應該把什麼擺在首位。不是亨利，也不是亨利的前途。」

而是這支球隊。

對這支球隊而言，亨利坐冷板凳不見得是上策——少了他們的最佳球員，球隊撐得了多久？——但是史塔布萊德所言讓史華茲感到躊躇。沒錯，他確實只顧及亨利、亨利的感覺如何、亨利怎樣在球探面前戴罪立功。雖然還不至於對球隊造成傷害——亨利和魚叉手隊的優秀戰績始終相輔相成——但這不是沒有可能。當初那個霸道的大二學生史華茲，故意激怒列弗．坦能出手，藉此讓亨利列入先發球員名單，現在他說不定必須想辦法讓亨利主動退出。有時你必須快刀斬亂麻；你必須清理門戶。當初那個史華茲曉得這一點。當你不是主事者的時候，你看事情看得比較清楚。

「你們講了一大堆狗屎理論。」史華茲原本打算帶著挖苦的語氣大聲說出，但他可以感覺自己的話語洩漏出感情，好像一個舊氣球洩出內部的空氣。他嘆了一口氣，伸手摸摸鬍子——但他臉上已經沒有鬍子。他的手摸到剛剛刮了鬍子的臉頰，臉頰已經灼熱得發痛。「我辦不到，」他說。「我們球隊成也小史，敗也小史。」

44

他想跟歐文說話，但是歐文不在。有些時候，他覺得自己這輩子只在兩個場合得以暢所欲言：一個是棒球場上，另一個是置身黑暗中、跟歐文各據寢室的一側。躺在床上，耳朵貼著枕頭，你比較容易看穿自己心裡想些什麼，大聲說出來。你講出來的話不會反過頭來苦苦糾纏，而是輕輕落入歐文的耳朵，停駐在那裡。有個室友就有這種好處，尤其是像歐文這種室友，但是歐文不在。

他拿起電話，撥了蘇菲的手機號碼。

「亨利，」他妹妹小聲說。「等一下。」電話那頭轟轟響了二十秒。「對不起，」她說。「我剛剛走到外頭。」

「你們在哪裡？」

「爸爸背痛，所以媽媽開車，她累了，我們找了一家汽車旅館休息，大概距離你那裡五十哩。旅館有點噁心，但我自己一個房間。你怎麼醒著？」

「我睡不著。」

「哥，別緊張。你會表現得很好。」

「我知道。」跟蘇菲說說話感覺很好——她在乎他快不快樂，一點都不關心棒球——但他始終擔心蘇菲跟爸媽講太多，而他對爸媽幾乎是報喜不報憂。幸好他幾乎沒有提起球探、經紀人，以及六月份可能到手的一大筆錢。據他們所知，他只是亨利、他們家的大學生、那個打平亞帕瑞奇歐紀錄、今年球季相當順利的小伙子。

「亞帕瑞奇歐・羅德里奎茲，」蘇菲說。她只知道這麼一個棒球球員。「你很興奮吧？」

「當然。」

「別緊張，」她勸他。「放鬆心情，好好享受這一刻。你會表現得很棒。」

「我知道，」亨利說。「我會的。」

「然後我們明天晚上出去慶祝，對不對？你答應說我上了高三，你會帶我出去。」

「蘇菲，我這個周末非常忙。我們禮拜天還有兩場比賽。」

「亨利，你答應我的。你不能讓我整個周末又跟爸媽在一起。」

「妳再過幾個月就上大學，到時候妳愛怎麼玩都可以。」

「是喔，我會在聖地牙哥州立大學玩得痛快。但衛斯提許學院好酷。我帶了一件洋裝過來，別告訴媽媽。」

亨利不禁微笑。「好、好，我們會出去慶祝。」

掛了電話之後，他依然無法入睡。如果歐文今晚拿任何藥丸給他，他絕對照吞。但是歐文不在。亨利悄悄下床，套上暖身運動褲和魚叉手擋風夾克，隨手戴上紅雀隊的棒球帽，走向衛斯提許球場。

他坐在二壘和三壘之間的潮濕沙地上，他在這個守備位置已經花了成千上百個鐘頭。他從擋風夾克的口袋裡掏出《防守的藝術》，破舊的書脊啪地攤開，露出一頁他心愛的字句。

99. 伸手接一記自己從來沒有接過的球，把自己發揮到能力的最極限，然後再跨一步；游擊手皆夢想如此。

他翻到另一頁。

121. 游擊手努力了這麼久，以至於已經不再思考，也已不再行動。這句話的意思是，他不打算採取行動，他只是做出反應，就像你站在鏡子前招手、鏡子反射出你的動作。

目前這種困境不是光靠想一想就能跳脫，放鬆心情也解決不了問題。寇克斯教練、史華茲、歐文、李克、史塔布萊德、伊希、蘇菲一再告誡他放鬆心情、不要多想、相信自己、相信手中的球、不要太過努力，不管他們說了多少次，結果依然相同。你只能試著不要努力過頭，但是試到某個地步，你還是會過頭，結果又回到原點。誠如大家所言，太過努力是錯的，徹底錯了。

以前在蘭克頓念小學的時候，他妹妹和史考特．漢特柏格經常跑在前頭，用力拉開街上一個個信箱，亨利跟在後面，把一個個雪球扔到信箱裡，他從來不會失手，除非信箱裡擺著信件。信箱裡如果有信，他就把雪球丟向信箱旁邊的小紅旗，小旗隨之下垂，他再趕快跑過去拉起旗子。當年他怎麼丟得那麼準？現在想起來都覺得不可思議。一個穿著厚厚雪衣、行動受阻的小男孩，手指被雪球凍得發麻、紅通通，居然百發百中。

游擊手努力了這麼久，以至於已經不再思考——那只是一種說詞。你無法選擇要不要思考。你只能選擇要不要努力。而他不是已經選擇好好努力嗎？難不成這會兒好好努力無法幫他脫離困境？明天走上球場時，他將帶著努力了一輩子的成果上場：過去三年跟史華茲一起努力，在那之前也毫不懈怠。他自始至終只專注於棒球，一心一意想要更上一層樓。他畢生的努力相當牢靠，他可以倚賴自己的努力。

如果他倚賴自己的努力，一切就會沒事。四月份過得很糟，但是明天將是眞正的考驗，就像是一門只有期末考才算數的課程。球探杜艾跟他說，他在選秀會的身價已經下滑，但是下滑的程度絕對不像他以爲的那麼多。「球隊在乎潛力，」杜艾說。「甚至重於表現。你年輕，你的速度很快，你的打擊力極佳。我跟你保證，星期六會有二十個球隊代表在場，你在他們面前好好秀一手吧。」至於魚叉手隊，他們和寇斯瓦爾只有一場之差——這個周末若是四戰三勝，他們將首度贏得分區聯盟冠軍，晉級分區錦標賽。他必須把握機會贖罪。亞帕瑞奇歐將會出席，他爸媽和蘇菲也會在場，明天將是「亨利．史格姆山德日」。這些全都不重要，他只要上場打球，跟往常一樣享受打棒球的樂趣，幫助隊友們擊敗寇斯瓦爾，其他事情自然水到渠成。

做出反應，就像鏡子反射出你的動作。

他站起來，拍掉運動褲後面的潮濕沙土。他翻到書的倒數第二段，雲朵吞噬了低垂的月亮，他幾乎根本看不到字句，但這不打緊。

212\. 離開球場始終讓我感到難過。即使封殺最後一位打者、贏得世界大賽，內心中最真實的深處，我依舊感到生無可戀。

啊，好個亞帕瑞奇歐！

45

艾弗萊把他的奧迪停在校園幾條街之外的巷道裡。歐文把手伸過排檔桿，大拇指拉扯一下艾弗萊的口袋；他們不能當著出來除草、割草的衛斯提許居民們面前親吻。「我得走了，」歐文說。「我遲到了。」

「我會過去看比賽，」艾弗萊說，急著稍稍鞏固兩人的未來。

歐文笑了。「我也是。」他輕輕關上副駕駛座座那邊的車門，朝校園北端、運動場的方向漫步。看著他轉進谷羅姆街、快要消失在視線之外的那一刻，他搖搖屁股，大搖大擺滑行了幾步，故意嘲弄同性戀男子走路的模樣。艾弗萊暗中觀察周遭，生怕別人說不定會看到，但就算有人看見，八成也不在乎。歐文扭扭屁股，只有他了解這個逗趣的舉動——歐文曉得他在注視。歐文倒不是逗他開心，也不是拿他開玩笑，反而比較像是邀請他一起開個玩笑。別把事情看得太認真，葛爾特。別太拘謹。異性戀、同性戀、黑人、白人、年輕、年老——這不會殺了你，也不會讓你活下去。

奧迪車中的沉默似乎永無止盡。艾弗萊搖下車窗，好讓自己聽聽割草機轟隆作響，他拍拍口袋，找根香菸。

昨天他們開車遠至鄉間，前往某個沒有人認得他們的地方，結果來到一個賣炸魚條的地下餐室，室內燈光泛著青綠，他們坐在非吸菸區，店裡賣的啤酒顏色淺白，分量很少，每一杯大約九或是十盎司，艾弗萊每次低頭就發現杯子空了，每次抬頭一看，那位咳嗽的藍髮女侍就把杯子斟滿。他們點了兩份炸魚條——這樣才不會顯得無禮，艾弗萊說，只見歐文揚起眉毛：你只不過是不希望人家以為我們是同性戀，艾弗萊帶著責備的神情瞪了他一眼，朝著旁邊的桌子眨眨眼，歐文說：吃吧，小老虎。歐文吃掉兩份西生菜、淺粉紅塊狀番茄，以及切片小黃瓜調製的沙拉。艾弗萊吃掉自己和歐文那份裹了啤酒油炸粉漿的鱈魚條，因爲這樣才不會顯得無禮，人家也不會以爲他們是同性戀。女侍接著端來更多炸魚條，因爲這裡的餐點是吃到飽，艾弗萊也全都吃下肚，管他的膽固醇。等到想起來他應該跟裴拉和大衛吃晚飯時，他已經半醉。老天爺啊，他眞是一個糟糕的爸爸。她電話裡聽起來不太生氣，倒是令人意外。艾弗萊相信她，他不得不信；羅勃特之家距離這裡四十分鐘的車程，況且他一支香菸在手，幾杯啤酒下肚，鞋尖在桌下緊緊貼著歐文的鞋尖。不管她怎麼說，他實在應該趕過去吃甜點。但是他反而跟歐文找了一家汽車旅館，旅館位於衛斯提許西方四十哩之處，名叫「軍團旅社」。

這會兒他決定把奧迪留在這裡，沿著湖邊散步。今天早上他還沒出去走走。他的太陽穴緊繃，百分之百是宿醉。他喝了多少啤酒？跟歐文共度一晚、同床共寢、做愛做的事，他緊張到什麼程度？顯然非常緊張。他的初次性經驗距今已經四十二年。他從來沒有想過自己會再度失去童貞。如今既已發生，如今他曉得那是怎麼回事，他心裡居然有點悲傷。倒不是因爲性愛的感覺不佳，或是他們從此不會再上床，而是因爲生命中的諸多祕密，又有一樁曝了光。

46

午後慵懶的陽光下，魚叉手隊的球員們在外野晃蕩，相互投擲威浮球——這是寇克斯教練最喜歡的練習項目——寇斯瓦爾隊的巴士便在此時抵達。「那群愚蠢的混蛋到了，」魚叉手隊的候補捕手蓋瑞格·粟凱斯恨恨地嘟囔，氣憤之餘，他揮棒過猛，連威浮球的邊都沒沾到。「眞是一群愚蠢的混蛋。」

就這麼一次，大家都跟粟凱斯意見一致。即使天氣溫煦，寇斯瓦爾隊的球員們依然身穿無可挑剔、光滑筆挺的甜菜紅色運動夾克，肩上斜斜背著無可挑剔、甜菜紅色的運動背包，腳上穿著無可挑剔、甜菜紅色的多功能訓練球鞋——再過一會兒，他們將換上無可挑剔、甜菜紅色的釘鞋。除了新生之外，魚叉手隊的球員們從過去的經驗得知，那件運動夾克裡面是一件無可挑剔、甜菜紅色的打擊練習球衫，進行整套的暖身練習時，寇斯瓦爾隊的球員們身穿練習球衫，等到比賽即將開始時，大家一致脫下球衫，露出——還有別的嗎？——無可挑剔、甜菜紅色的球衣，而且每個球員的姓氏都繡在肩胛骨之間。亨利不曉得他們怎麼辦的到；說不定他們學校雇用某家專業的洗衣公司，或是他們每場比賽前都換上全新的裝備。球季一開始、打了三場球之後，他心愛的球衫就髒兮兮、皺巴巴，那雙他自己花錢買的釘鞋，還沒穿順腳就已磨損、起毛邊。過去十年來，寇斯瓦爾已經拿下八屆「上中西部北區小型學院運動員聯盟」冠軍。

寇斯瓦爾隊的球迷們很快陸續抵達，個個一身甜菜紅色的裝扮。他們在客隊露臺區擺上無可挑剔、甜菜紅色的坐墊和遮陽傘，然後走回停車場擺設烤肉架。「一群又一群愚蠢的混蛋，」粟凱斯喃喃自語。

李克出現在亨利身旁。「佛祖在哪裡？」他問。「我以爲他今天會上場。」

「我也是。」歐文昨晚沒回家，今天早上也沒有跟隊友們一起吃早餐。他好歹應該開始擔心，最起碼稍微掛念，但是亨利沒有餘力多操心。「他會來的。」

寇斯瓦爾隊先上場進行內外野操練。魚叉手隊三三兩兩站在主場球員休息區附近，伸展筋骨，閒聊兩句，假裝左顧右盼，裝出毫不緊張的模樣。歐文曾說寇斯瓦爾隊練球像是李斯特鋼琴獨奏曲一樣乾淨俐落；李克將之比喻爲北韓軍團。三個粗壯、身穿甜菜紅色制服的教練同時用力揮棒，甜菜紅色的臉頰一鼓一鼓。三十一位球員——人數比魚叉手隊多了十二位——對著彼此接球傳球，動作完美、繁複、不斷變換。截傳二壘，截傳三壘，截傳本壘，三壘傳一壘，一壘傳三壘，5—4—3，6—4—3，4—6—3，1—6—3，3—6—1，觸擊短打，趨前防守，觸擊短打，趨前防守①。始終是三顆棒球同時飛來飛去，轉傳補位絕無閃失，傳球從未失誤。十五分鐘、時間到了之後，他們一臉志得意滿，快步跑離球場。你感覺他們說不定將應觀眾要求重返球場。寇斯瓦爾的球迷們端著小點心，從停車場走回鋪了坐墊的座位，主場的觀眾席也漸漸坐滿，亨利從來沒看過大家這麼早、這麼快就來到球場。

魚叉手隊站上外野時，歐文身穿海藍和淡褐色條紋的球衣，腳上穿著釘鞋，沿著一壘壘線慢慢走過來。他把背包重重甩進休息區，神情愉悅地對著寇克斯教練鞠躬致意，快步走向右外野換下小金。亨利笑了。眼見歐文受傷之後首度穿上0號球衣，感覺好像從一場惡夢之中醒了過來。那時和這時之間所發生的每一件事情都可以被遺忘。今天是個大日子，而大日子是好事。陽光普照。觀眾席上坐滿球迷。有機會打場勝仗。

他跟伊希互擊手套。伊希攔接左外野手盧朵夫傳過來的球，用力傳給三壘手勃丁頓。「伊希、伊希、伊希，」亨利念唱。「眞正一身好身手。」

「來吧，蛋頭們，」伊希大喊。「大家來吧！」

「截傳本壘，截傳本壘！」

「我們可不會讓那些混蛋來我們的地盤，搶我們鋒頭。不，才不呢！」

「來吧，就是現在！」昆汀．奎斯一邊大叫、一邊接下史華茲擊出的高飛球，傳向本壘。「就是現在，就是這裡！」整整一年當中，奎斯從來沒有像現在一樣喊得這麼熱情、這麼大聲。

「有人叫醒奎斯囉！」亨利大喊。「有人叫醒奎斯囉！」

「奎斯！奎斯！奎斯！」

「有人叫醒奎斯囉！」

「有人叫醒亨利囉！」

「有人帶回佛祖囉！」

「佛祖！佛祖！佛祖！」

「歐文！歐文！歐文！」

「我們的地盤！」

「Nuestra casa②！」

「歐文！歐文！歐文！」

高聲喊叫，一喊再喊，在清朗明亮的春陽下高聲大喊無意義的話語，感覺眞棒。每個人都相當緊張，喊得高亢激昂。亨利感覺手臂有如小鳥般輕盈，輕盈而靈活，好像快要脫離自己的軀體。他猛然把球傳給亞許、李克、亞傑，每個人都快速傳球給彼此——亨利環顧四周，尋找那股初次的悸動，他看到這支球隊變得多麼優秀，他們今天也非常可能擊敗寇斯瓦爾。「伊希，」他大喊，即便伊希就站在他旁邊。「爲什麼好人叫做『蛋頭』、壞人叫做『混蛋』？」

「就是這樣，蛋頭！沒有爲什麼！」

外野手們操練完畢，快步衝向休息區，邊跑邊像瘋子一樣喘吁吁。離開球場時，每個內野手都接下一記寇克斯教練滾過來的假短打。輪到亨利時，他用手肘輕輕推了伊希一下。「看好。」他全速衝向前，赤手接球，朝後一揮，傳給背後的李克，然後跑離內野，衝下休息區的階梯，他沒有回頭，也沒有停步。完美至極。

歐文已經窩在休息區他最喜歡的一角，閱讀書燈夾在帽緣，手裡拿著一本書。他抬頭看看亨利，露出微笑。「套句行話，手臂還好嗎？」

亨利點點頭。「很好。」

「要不要做一做我們那套握手儀式？」

「來吧。」

歐文站起來，把《防守的藝術》攤放在板凳上。他們的握手儀式包含雙手和雙肘，在臉頰印上一吻，作勢捶打胃部，有點像是邊唱歌邊拍手，更像是功夫架勢。亨利從袋子裡拿出黑眼膏，在兩眼下面畫上一條線。他脫下棒球帽，捏擠一下被汗水沾濕的帽緣，重新戴到頭上。他對著「小零」用舊了的凹處吐了幾口口水，伸出拳頭把口水揉進手套凹處。準備好了。主審套上護胸。「教練們，兩分鐘。」

寇克斯教練不太善於賽前訓話。「各位，今天的打擊順序是：史塔布萊德，菲拉克斯，小史，史華茲，李克，勃丁頓，奎斯，亞傑，小金。我們沒有理由應付不了這些傢伙。史華茲，你想補充什麼嗎？」

史華茲把手往下伸，從膝蓋護袋掏出一張目錄卡。「德國哲學家席勒曾說，」他說。「人類只有在能夠充分自由發揮人性本質的時候，才有能力玩遊戲，而人類也只有在遊戲的時候，才稱得上是個完整的人。」史華茲稍作停頓，慢慢環顧眾人，眼光停駐在每個隊友臉上，神情急切卻和藹。不管魚叉手隊員們殘存多少緊張，隊長一開口，他們心中的焦慮馬上像氣體一樣蒸發。「我們盡了全力。我們練跑，我們舉重，我們吐得一塌糊塗。我們從一無所有當中，創造出這支球隊。我們讓自己為這身球衣感到驕傲。我們再也不必向任何人證明任何事情。我們已經證明自己辦得到。今天，我們上場打球。」他把一隻手伸到大家中央。他看看亨利，露出微笑。「數到三就開打。一、二、三——」

「開打！」

「幹掉那群愚蠢的混蛋，」歐文說。

---

① 棒球各個守備位置的防守代號如下：1——投手，2——捕手，3——一壘手，4——二壘手，5——三壘手，6——游擊手，7——左外野手，8——中外野手，9——右外野手。5—4—3表示「三壘手傳二壘再傳一壘」，通常造成雙殺。6—4—3則表示「游擊手傳二壘再傳一壘」，其餘同理類推。

② 我們的家、我們的地盤。

47

裴拉游了六趟，在池邊稍作休息，然後再游六趟。漂白氯水緩緩流過她的鼻腔。她心中一片清明。她曾經可以一口氣游好幾哩，也曾經有個平滑的小腹和修長健壯的雙臂——現在啊，唉，不提也罷。她把自己撐出池面，三頭肌微微顫抖，一邊在池邊伸展筋骨，一邊甩乾水滴。她可以感覺救生員半帶疑慮、坐在高高的救生椅上看著她，她慢慢穿過光滑的磁磚、走向更衣室時，他也一直盯著她，完全忽視在池中水淺之處濺水玩樂的教職員孩童。經過他坐的救生椅時，她卸下泳帽，甩甩頭髮，讓頭髮散落在肩上。

她沖個澡，穿好衣服，走向室外，她的頭髮尚未全乾，衛斯提許擋風夾克的拉鍊拉到下巴。她從來沒有去過棒球場，但她可以看到群眾聚集在青綠練習場的對面。一本全新的村上春樹小說從她的夾克口袋冒出來，小說的封面鮮黃，她在校園書店買下這本小說，慶祝她生平頭一次領到薪水。

整個校園的窗戶、楓樹和告示板上都貼著傳單：衛斯提許迎戰寇斯瓦爾！支持魚叉手隊！亞帕瑞奇歐．羅德里奎茲！最近學生們在餐廳裡排隊吃飯時，幾乎都在談論這件事。裴拉基於懷柔，所以過去看球——她要支持麥克，她要他看見她在觀眾席上，她要他看到她支持他，她要他對於兩人的爭吵感到懊惱。她當然不是過去看棒球，在所有的團隊運動當中，她覺得棒球最無趣。棒球步調太慢、太過講究，這一球是好球，那一球是壞球，但是每一球看起來都一樣。她小時候，爸爸帶她去了幾次芬威球場，而她也留下相當美好的回憶——蘭斯唐街一排排的攤販，香噴噴的洋蔥和胡椒吱吱作響，海灘球蹦蹦跳跳穿過一排排露臺，臭烘烘的洗手間裡擠滿聒噪、高得不像話的女子，而爸爸不得不在外面等候——但是對於爸爸或者她而言，那些星期天午後與棒球無關；那些只是文化觀察，就像去聽音樂會、或是參觀美術館。

「嗨，」諸多雜音之中，有人放聲大喊。「小心！」一個方格皮球朝著裴拉滾過來，她意識到自己闖入一場校內的足球賽。「對不起，」她喃喃說道，大半是對著自己說。她正想把球踢過去以示道歉，但是那個剛才大聲喊叫的女孩已經跑了過來。「滾開！」她露出細小的白牙，大聲尖叫。裴拉跨過足球，女孩隨即匆匆跑向界外球區。裴拉嘆了一口氣，深深慶幸自己沒有闖下大禍。走了五十碼之後，她才發現自己把小說遺落在足球場上。

衛斯提許 2，各對 1。好耶。好耶。棒球場上觀眾雲集，雖然不像紅襪隊比賽的時候那麼轟動，但是人數也不少——一千人，說不定更多。裴拉看到朝西的露天看台上還有幾個空位，其他地方全都坐滿觀眾，人人身穿鮮艷的甜菜紅色衣物。她爬到第五排的空位區，擠過群眾、向前移動時，她那件衛斯提許擋風夾克引來不少鄙夷的注目。

她匆匆看了球場一眼，尋找麥克的蹤跡。啊，看到了。他站在身披甜菜紅色球衣的打者和一身黑衣的主審之間，跨蹲在泥土地上，一副方格面罩蓋住他的臉。投手——她在英格蘭登教授的課堂上看過這個金髮、英俊、自以為了不起的傢伙——投出一球。看起來像是一記好球，然而球忽然飛進泥土地裡，打者揮棒落空，衛斯提許的球迷們高聲歡呼。麥克急急俯身抓球，球彈跳一下，直直打到他的胸膛。這算哪門子樂趣？難怪他的膝蓋總是疼痛。更別說球棒離他的臉只有幾吋。

投手再度出手，客隊的打者擊出一記直衝外野的高飛球，外野手猶豫地轉圈圈，裴拉覺得這個傢伙真是可憐——天空佈滿雲朵，棒球只是個小黑點，誰能在這種狀況下接到球？——但在最後一刻鐘，外野手舉起手套，球直直落入手套之中，令人難以置信。裴拉跳起來歡呼，坐在看台上的其他觀眾狠狠瞪了她一眼。

衛斯提許的球員們快步離開球場時，麥克翻起面罩，裴拉看到他刮掉了一臉大鬍子。他看起來跟她想像中一樣英俊，即使他的眼睛下面抹上一道奇怪的黑色眼影，即使他的臉頰被刮鬍刀刮得紅腫，他依然英挺。他不是那種必須仰賴大鬍子來遮掩粉刺、下巴不夠方正或雙唇不夠厚實的男人。他的雙唇飽滿，足以媲美男模特兒，頰骨也絕對夠格。但他為什麼決定**這個時候**刮掉大鬍子？她已經暗示了幾百次，她拿他的大鬍子開玩笑，甚至試圖裝作不太在乎他留不留鬍子。他卻只是低聲嘟囔，擺出那副麥克・史華茲出了名的無動於衷。這會兒他們分手，忽然之間，他把一臉大鬍子給剃了。說不定是為了下一個他想追求的女孩，或是他已經追上的新女友。

「我們得把球打到史格姆山德那裡，」一個坐在裴拉後面的傢伙說。「讓他漏接幾球。」

坐在他旁邊的人吃吃地笑。

「我是說真的。那個傢伙顯然沒輒了。你沒讀湯姆・帕爾森的部落格嗎？」

「你說的是那個創下連勝紀錄的游擊手？那個所有球探都想爭取的小伙子？」

「噢，他們沒興趣了。根據湯姆・帕爾森的說法，球探們才開始打聽，他就忍不住想東想西。你知道這麼做的下場如何嗎？」

「多想礙事，丟了工作。」

「沒錯。」

「但是我敢打賭這個小伙子會想辦法解決。在這個聯盟裡，我沒看過比他更棒的球員。他在球場上簡直像個特技演員。」

「你想打賭嗎？」

「什麼意思？」

「如果他在這場比賽結束前把球扔到觀眾席，我就輸給你一百塊美金。」

第二個傢伙想了想。拜託喔，第二個傢伙！裴拉暗自鼓動。讓第一個傢伙瞧瞧誰有骨氣！「算了，」他終於說。「但是眞可惜。我以前好喜歡看他打球。」

還搞不清楚自己在做什麼，裴拉就轉身面對第一個傢伙：「好，賭了。」

他的模樣跟想像中的差不多：營養過剩，油光滿面，身穿一件甜菜紅色的高爾夫球衫。他肥短的雙手緊緊抓住一個乘滿烤蝦子的塑膠盤，往後一靠，好離她遠一點，彷彿她是隻野獸：「妳說什麼？」

裴拉拍拍擋風夾克口袋裡那疊薄薄的二十元鈔票。來得容易，去得也快。「我們賭了，」她淡淡地說。「我跟你賭一百塊美金，亨利不會把球扔到觀眾席。」她把手伸過去跟他握握手。他卻沒有反應。

第二個傢伙露齒一笑，對著裴拉眨眨眼。他拍拍第一個傢伙的背。「蓋瑞，說不出話了嗎？聽起來像是打賭喔。」

蓋瑞牽動臃腫的五官，擠出一個不自然的笑容。「好，我們賭了。」因爲她是女生，所以他的手沒出力，要不就是帶點施捨的意味。握手之後，裴拉故意在夾克上擦擦手。

「祝妳的男朋友好運，」第二個傢伙說，他指的是亨利。

裴拉朝著蓋瑞眨眨眼，「也祝你的男朋友好運。」坐在附近的幾個人哄堂大笑。隨便說幾句恐懼同性戀的笑話，最能贏得群眾的心。

她轉頭瞄了圍欄一眼，她看看圍欄另一邊的衛斯提許隊，忽然看到那頭熟悉、些許銀白的髮絲。爸爸一直好忙，清晨四點就窩在辦公室裡，從早忙到晚，忙到昨天晚上沒時間出面吃晚飯——這會兒卻抽得出時間看棒球。他比裴拉晚回家，卻在她醒來之前就出門——除非他根本沒回家。誰知道最近他有沒有交個女朋友？他從來不談這件事，甚至連她拿珍妮芙．威斯特開玩笑的時候，他也板著臉，不置一詞。

他坐在主場球員休息區後方露天看台的第一排，一邊坐著一個身穿皮夾克、身材高大的金髮男子，另一邊坐著一個瘦高的拉丁裔男子，拉丁裔男子跟他一樣身穿西裝，打著領帶。爸爸看起來跟往常一樣迷人，他是校長，但是不知怎麼地，在他們三人之中，拉丁裔男子似乎主導局勢。他神情自若、雙手交握擱在膝上、沉著鎮定，看起來像是一位優雅、正直的修士。他說話的時候，其他兩位身材比較高大的男士不約而同靠過去，專心聆聽，拚命點頭。裴拉想像他極度謙虛、非常小聲地傾吐偉大的眞理。

幾分鐘之後，她爸爸告退。他站起來伸伸懶腰，沿著鐵絲網圍欄往前走，跟家長和學生們握手，閒話家常，擺出一副和藹可親的模樣，一直走到圍欄盡頭、與休息區相鄰之處。有人靠在圍欄上，好像等著他過來，而那人正是歐文．鄧恩。

裴拉急著想看看接下來會怎樣。她爸爸放慢腳步，停下來，說了幾句話。歐文瞪著球場，食指按在書上，微微牽動嘴角，回應她爸爸的話。她爸爸低下頭，露出那種似乎快要大笑的表情，但是他沒大笑，最起碼看起來沒有。他們站在原地，一起遙望球場。

球場上有些動靜——衛斯提許那邊的露天看台歡聲雷動，裴拉附近的甜菜紅色的人群低聲嘆息。歐文轉頭大喊一聲，打破宛如畫中的場景，消失在休息區之中。她爸爸徘徊在圍欄附近，似乎在回味歐文曾經站在此處的感覺，臉上流露出憂傷、天眞的純純愛意。

可能嗎？起先她試圖甩掉這個念頭——這似乎不像直覺，而比較像是一時神智不清。但是這個念頭揮之不去。不只是他臉上的表情，即便那種表情已經道盡一切。也不只是他跟歐文站在圍欄兩側，置身數千人之間，兩人如此不著痕跡地溝通。而是她爸爸爬上救護車，陪同歐文前往醫院；而是當歐文和珍妮芙過來小聚時，他顯然心神不寧；反而是在那之後，他顯然對珍妮芙無動於衷；反而是他昨晚從宿舍冒出來，幾分鐘之後歐文也跟著溜出來；反而是今天早晨她起床的時候，他甚至還沒回來。只要更換假設，否定爸爸是異性戀，一切都合情合理。但是話又說回來，她這一輩子都假設她爸爸是異性戀，甚至是她一生的起點。

一個穿著衛斯提許厚運動衫的女子走向她爸爸，拍拍他的手肘。他心不在焉、不甘不願地暫且不想歐文，轉身跟那名女子說話。裴拉隔了兩道圍欄的距離，遠遠看著球場另一邊的爸爸，心中充滿憤怒和恐懼。爸爸騙了她，一騙再騙，一切都將隨之改變。但他也面臨危險——他忘了自己，讓自己變得太脆弱，否則他不會冒著這些愚蠢的風險，墜入愛河，當眾跟歐文說話。她覺得好累。她想縮成一團躺在看台上，沉沉入睡，但是看台上沒有足夠的空間。

蓋瑞湊過來，鼻息間散發出蝦子和辣醬的氣味。「妳還眞走運，挑了那個傢伙，」他說。

48

球傳得太高，而且愈飛愈高。球一出手，亨利就想要抓回來；即使動作已經完畢，他的指尖卻依然緊緊一抓，好像這樣做就可以把球抓回來。**幹你娘**。

球似乎注定越過圍欄，飛向看台，但不知怎麼地，兩百多磅、有個啤酒肚的李克居然一躍而起——他這一跳，釘鞋底下激起強烈的氣流，看了令人稱奇——他伸出特大號的手套，球懸在手套虎口邊緣，然後抓穩站定，縱身一轉，觸殺急奔的跑者。一人出局。

亨利伸出兩隻指頭，怯怯表示感激。李克點個頭，眨個眼——小事一樁，小伙子——手臂一揮把球傳回亨利手中，開始角傳。

亨利把球扔進將球傳出的那隻手中。球冷冷的、滑滑的，感覺陌生。他把手套夾在手臂底下，雙手不斷搓揉棒球，試圖讓它恢復一點生氣。嚴格來說，這樣算是犯規，因爲只有投手才可以這麼做，但是裁判們無意阻止他。一分鐘之前，他感覺不錯，或者自以爲感覺不錯，但是現在他開始猜想自己可能失誤，而「可能失誤」和「眞正失誤」僅是一念之差。他覺得自己好像站在湖水之中，水面直升到腋下，肺部一陣緊縮。

放輕鬆，隨它去。他只准自己暴傳一次，而他剛剛已經暴傳，這下不必多想。李克幫他解圍。他們領先兩分。他把暴傳拋在腦後，穩住呼吸，把球傳給亞傑。他轉過身子，朝向左邊的奎斯揮揮食指；一人出局。他看都不必看就曉得亞帕瑞奇歐、他妹妹、他爸媽，以及蘭克頓高中的英特勃格教練都坐在看台上，英特勃格教練戴著一頂鮮綠色的棒球帽，在眾多戴著紅帽與藍帽的球迷之中，默默為他打氣。歐文的聲音飄過草坪：「亨利，你很行！我們為你歡呼！」

他伸出拳頭用力拍打手套，張開雙腿，半蹲下來。史塔布萊德投出一記外側曲球，看起來似乎擦過內角。裁判大喊「壞球」。「看來不錯、看來不錯、看來不錯、看來真的不錯！」亨利輕輕歡呼。保持警戒，繼續歡呼，不要退縮，不要畏怯。「這就是你的好球區，亞當，這本來就是你的好球區，可別中計了。」**愈多傢伙遭到史塔布萊德三振，球愈不可能朝著我這個方向滾過來。**亨利發現自己抱持這種想法，不禁暗中責備自己，然後他逮到自己責備自己，趕緊試圖叫自己安靜下來。

下一個打者轟出一支中間方向的一壘安打。**這下球如果打到我這裡，最起碼我不必傳到一壘。我可以把球傳到二壘，封殺跑者出局。如果球打到亞傑那裡，我可以跑過去補位。我補位從來沒有發生過問題。**

安靜。安靜。安靜。

寇斯瓦爾隊的球迷們站起來，一邊吹口哨，一邊用力跺腳，準備大喊加油。史塔布萊德接下史華茲的暗號，一滴滴汗水順著太陽穴滾下。他看看跑者，投出一記二縫線快速球，球的角度下垂，直直飛進本壘，打者抬起前腳，球棒揮了一半，亨利就知道球會飛向哪裡。那將是一記強勁的滾地球，球將落在距離他左邊三步之處，最適合進行雙殺。球滾過來時候，他已經等在那裡，亞傑飛快衝過去守住二壘，亨利依然雙腳跨蹲，他略一轉身，手臂斜斜一揮，就像已經練習了數千次一樣，但在最後一刻，他覺得傳球的力道說不定太強，亞傑可能接不住，於是他試圖稍微減低力道，但是那也不對，而且也已太遲，球已經離開他的手套，開始向右傾斜，飛向拚命往前衝的跑者，亞傑盡力拉長五呎五吋的身軀，努力想要接住球，但是球滑過他的手套尖端，落到狹短的右外野，跑者邁開雙腿用力往前衝，把他撞得摔個大筋斗，等到小金追過去接到球時，跑者已經踏過二壘，衝向三壘。亞傑仰躺在沙地上，低聲呻吟。寇斯瓦爾的休息區裡傳來一句：「謝啦，亨利！」

蓋瑞又湊過來跟裴拉說話。「這次姑且不算吧。」她爸爸已經坐回金髮傢伙和沉著的拉丁裔男子之間。「這次怎麼能算？」裴拉生氣地說。「球又沒有落到觀眾席。」

「機會多得很。現在才第三局。」

亞傑一躍而起，揮手趕走健身教練。史華茲喊暫停，慢慢走向投手丘，他故意走得優閒，表示自己依然鎮定。他揮手召集各個內野手。「再搞一次這種把戲，」他說。「我們就會丟掉一分。」史塔布萊德苦笑一聲，狠狠地盯著亨利。「他媽的，我們如果再不認眞一點，可能丟掉不只一分。」

「拜託你保持目前的水準，」史華茲說，口氣溫和。「我們應付得來。」史塔布萊德朝著他們中間的沙地吐了一口口水。「遵命，隊長。」

下一個打者遭到三振。兩人出局。熬過這一局就行了。亨利心想。回到休息區，重新調整陣容。

第一球，快速球。亨利跟往常一樣準確看出球會落到哪裡：球將直直朝著他飛過來。全世界最容易解決的一球。他衝過去，接住與胸部齊高的球，剛好停在內野邊緣的草地上。李克朝著他伸長身子，舉起大大的手套作爲投擲目標。打者沿著一壘壘線只跑了三分之一的距離，時間還很充裕，亨利斜跨一步，甩甩手臂。

他又甩了一次手臂，一次次、再一次把球抓在手裡。這時候，他早已踏進內野的草地，離壘包不遠。李克的手套看起來幾乎近得觸手可及。還有時間。

打者跑過一壘。三壘的跑者衝過本壘，彎腰撿起被丟在一旁的球棒。二壘的跑者衝上三壘，停了下來。亨利手掌向上，呆呆地看著球，他的腦袋終於安靜下來。

他走向史塔布萊德，史塔布萊德站在投手丘前面大喊大叫，嘴巴一張一合，白牙顯而易見，但是亨利聽不到他說什麼。他把球遞給史塔布萊德，慢慢走向休息區，這一段路程，他始終抬頭仰望蔚藍的天空。

裴拉從來沒見過這麼多人安靜到這種程度。一滴淚水滾下她的臉頰，另一滴淚水跟著滾下，一滴接著一滴，天知道她流了多少滴淚水。她轉身瞪著蓋瑞。「你欠我一百美金，」她說。

49

當他走下階梯時，休息區裡的魚叉手隊員們——亞許、盧朵夫、詹恩森，以及其他球員——個個垂下目光。他表現得很冷靜，氣氛因此格外詭異。球迷們靜默無聲，球員們呆呆站在球場上，一臉困惑，不知所措，紛紛望向休息區，裁判們也盯著看，寇克斯教練不停猛嚼口香糖，所有人都不知道該怎麼辦。他們不確定少了他怎麼繼續比賽，也不確定還有哪些選擇。

亨利站到伊希面前，一隻手搭在這個新生的肩上，等著伊希抬頭看他。「開始暖身吧，」他說。「該你上場了。」

伊希看一眼寇克斯教練，寇克斯教練回過神來，立刻從運動褲後面的口袋裡掏出打擊順序卡。「伊希．亞威拉！」他大喊。「他媽的，動作快一點！」

伊希抓起他的手套，快步跑到球場上，陽光有些刺眼。

亨利走到板凳的盡頭，坐到歐文旁邊。歐文闔上書本，把書擱在大腿上，但是不曉得該說什麼。亨利扯下左腳的釘鞋，然後是右腳，他輕輕把兩隻鞋子的鞋帶繫在一起，纏繞在背包的帶子上，悄悄套上塑膠涼鞋，腳上還穿著衛生襪。

寇克斯教練跟裁判們商議時，伊希蹦蹦跳跳，用力旋轉手臂，試圖鬆弛肌肉。他抖動肩膀，抬頭挺胸，整個人氣宇軒昂，多不可思議啊——那副模樣簡直是亨利的翻版，幾乎像是致敬。李克傳給他一記滾地球，他不急不徐地攫取，姿態優雅。

亨利解開球衫的鈕扣，把球衫疊得四四方方，好讓左邊口袋的魚叉手圖案正面朝上。他的球衫裡面始終穿上一件紅雀隊運動衫，運動衫已經褪色，帶點粉紅色。他把球衫放在背包裡，慎重地把手套擺在最上面，拉上背包拉鍊，把背包推到兩腳之間的板凳下方。他又坐下，雙手擱在大腿上，遙望球場。比賽重新開始。

50

艾弗萊依然坐在兩名棒球界人士之間。

「首先是布雷斯，」杜艾・羅傑爾開口，打破一陣漫長、可怕的沉默。「然後是薩瑟，華勒斯，納柏洛克，薩克斯。」①

「我跟薩克斯先生交手過好多年。」亞帕瑞奇歐始終輕聲細語，讓人不得不靠過去傾聽，但他現在講得更小聲。「他是個好人，儘管政治立場搖擺不定。」

「恰克・納柏洛克和我曾是隊友，他只在小聯盟待一年——我則待了十年。」

亞帕瑞奇歐點點頭。

「接著就是爲我們球隊效力的李克・安凱爾。」

艾弗萊不認識他們。杜艾語帶敬意，彷彿心有不甘地說出一個個姓名，好像是在憑弔戰場上身亡的朋友們。

「他們稱之爲『史蒂夫・布雷斯症候群』，」杜艾跟艾弗萊解釋。「布雷斯是第一個碰到這種狀況的球員。他曾是匹茲堡海盜隊的投手，年代稍微比我早了一點。」

「那些是克萊蒙特②時代的匹茲堡球員，」亞帕瑞奇歐說。「他們一九七一年奪得世界大賽冠軍，克萊蒙特獲選最有價值球員，但是布雷斯先生也有資格獲得這項殊榮。他控球的能力極佳。

「一年之後的大年夜，克萊蒙特先生搭機前往尼加拉瓜分送救援物資，途中墜機身亡，春訓開始時，布雷斯先生失去了向來的控球能力，忽然之間，他連連暴投，不停保送打者。過了一年，也就是他的職業生涯達到尖峰之後的兩年，他決定退休。」

「你認爲這跟克萊蒙特的死有關？」艾弗萊問。

亞帕瑞奇歐摸摸下巴。「我的語氣之中帶有這種暗示，是嗎？我不曉得。克萊蒙特的死深深影響了我，儘管我跟他從來沒碰過面。我當時還小，又跟他一樣來自中美洲，克萊蒙特是我們的英雄。一般而言，隊友們不見得對彼此這麼感興趣。」

寇斯瓦爾隊的打者擊出短打，人高馬大的李克·奧沙倒是身手靈活，他衝過去把球牢牢接住，但是傳向三壘的時候傳得太偏，左外野手來不及補位。寇斯瓦爾再下兩城，目前的比數是五比二，各隊領先。

「你們的投手非常認眞，」杜艾說，亞當·史塔布萊德一臉氣餒，戴著手套猛打大腿。「也很有天賦。但是其他隊員們好像不行了。」

他們坐在衛斯提許休息區的正後方，因此，他們看不到亨利在休息區裡。「那些患了這種症候群的球員，」艾弗萊問。「他們後來有沒有好起來？」

「史蒂夫·薩克斯後來復原。在那些知名球員當中，他或許是唯一的一個。納柏洛克從二壘換到外野，外野傳球的距離比較遠，對他比較不會造成問題。安凱爾也換到外野。」

「但是距離更遠，傳球應該更困難，」艾弗萊指出。

杜艾聳聳肩。「有時候愈困難，愈順手。」

這番對話有助於了解亨利究竟是怎麼回事，釐清事情的來龍去脈，艾弗萊的心情爲之舒緩，但是亞帕瑞奇歐始終靜靜盯著球場，就連一向嘮嘮叨叨、講個不停的杜艾似乎也不想多談。某個球員碰到這種狀況，而且人離得這麼近，大家還在這裡議論紛紛，顯然不是棒球界的正派作風。艾弗萊決定冒險再問最後一個問題。

「在那之前眞的沒有發生過嗎？我是說一九七三年之前？」

亞帕瑞奇歐深呼吸，嘆口氣，有些不以爲然。他等了好久才回答，像是在表示不滿，抗議艾弗萊要求他回答這種問題。「同樣的問題發生了多少次，我們才幫它冠上名稱；有了名稱之後，大家才承認問題確實存在，因此，說不定問題已經發生好多次，但是始終沒有一個名稱。

「然而，很多人研究棒球歷史，其中包括棒球球員們，而且還有數據、檔案、傳奇和傳說。如果更早的球員們曾經碰到類似麻煩，那些故事應該會流傳下來，日後據以冠上名稱。」

一九七三年。在大眾的心目中，那一年動盪不安：水門事件，羅伊訴韋德案，越南撤軍，《萬有引力之虹》問世。那一年，社會上不也瀰漫著自我懷疑的氣氛嗎？——同樣的氣氛是否也在那一年潛入棒球界？某個世代的藝術家們感受到的心理氛圍——比方說一次大戰的現代主義者——通常過了一段時間才顯露在大眾之間，這麼說也不無道理。如果那種心理氛圍所摧毀的正好是攸關個人行動最關健的自信心，特別是當它蔓延到一群極度自信的人當中——比方說職業運動員——它就成了社會上的流行病。事實上，我們說不定可以據此爲後現代世代下定義：在後現代世代當中，連運動員都是苦悶的現代主義者。從這個觀點而言，美國的後現代主義起始於一九七三年春天、當一個名叫史蒂夫．布雷斯失去了控球能力時。

我敢嗎？我敢嗎？③

即使概念有點混沌，艾弗萊依然覺得這個假設値得深究，內心爲之興奮。但當他瞥見亞帕瑞奇歐神情哀傷、雙手交握、擱在大腿上時，興奮之情漸漸化爲羞愧。文學研究可能讓你變成一個混蛋；他已從主持研究所專題的講座習知這一點。問學之餘，你可能把眞實世界的眾生視爲小說人物，你可能將之視爲追求學問的工具，眾生成爲一個個冷冰冰的人物，被你用來磨練自己的批判技巧。

「人們心中始終存有懷疑，」亞帕瑞奇歐說。「甚至連運動員也不例外。」

---

① 這些都是美國大聯盟曾經遭受心理障礙的球員，請參見第二十九章的譯註。

① 克萊蒙特（Roberto Clemente，1934—1972），美國大聯盟史上最受人尊敬的波多黎各籍球員，克萊蒙特是海盜隊五、六〇年代的傳奇人物，生涯打擊率超過三成，總安打數超過三千支，外加十二次榮獲金手套獎，他致力於慈善事業，一九七二年參與投遞物資給尼加拉瓜大地震的受災民眾，途中墜機身亡。

③ 原文 Do I dare, and do I dare? 出自詩人艾略特的《普魯夫洛克的情歌》。

51

魚叉手隊以十比二敗北。兩場比賽之間，沒有人提起那個原本爲了表揚亨利而舉辦的慶祝典禮。衛斯提許的球員們反而沿著球場，走向右外野的界外標竿，大夥圍在這個平常聚集的地方，三三兩兩站在草地上，面無表情地咀嚼剛從學校餐廳送過來的三明治。那天下午陽光普照，燦爛耀目，甚至有幾個急著把皮膚曬成古銅色的女孩，穿著比基尼躺在練習場上做日光浴。亨利身上穿的是那件褪色的淺粉紅運動衫，看上去跟其他隊友們格格不入。他仰躺在草地上，閉上雙眼，示意大家繼續活動，不要管他。史塔布萊德焦急憤怒，一邊拿著萬金油用力搓揉赤裸裸的右手臂，一邊喃喃自語。其他人繼續裝死，甚至無視正在本壘後方簽名的亞帕瑞奇歐。

亨利輕輕拍了伊希的膝蓋一下。「他們的第三棒上場打擊時，你可以稍稍靠近內野區域。你應該接得到他最後打出的那一球。」

伊希點點頭。

「特別是薩爾投球的時候。相較於亞當，薩爾上場的時候，大家必須稍微移向打者，藉此幫助薩爾，除非他想投變速球，不然你就只要盯緊麥克打出的手勢，然後憑自己的直覺。」

伊希低頭看著他的優格。

「了解嗎?」亨利說。

伊希點點頭。「了解,亨利。」

亨利奮力站起,走向圍欄,圍欄旁邊有個瘦瘦的女孩等著他,女孩一頭大波浪捲、淡褐色的長髮,神情活潑。他走近的時候,女孩伸出食指插進鐵絲網中,過了一會,亨利也伸出指頭碰碰她的食指。

「那是誰?」史塔布萊德問。

「我想那是小史的妹妹,」李克看著歐文。「佛祖?」

歐文點點頭。

「啊,」亞當說。「滿正點的。」

52

當天連打兩場。第二場比賽中，第十局下半，雙方六比六平手，史華茲轟出一記左外野邊界的二壘安打，伊希奔回本壘，奪下致勝的關鍵一分。魚叉手隊從休息區蜂擁而出，迎接伊希跨上本壘壘包，大家跟他碰拳頭、用力擁抱、喃喃讚許。今天的戰績一勝一負，中西部北區小型學院運動員聯盟的積分中，魚叉手隊依然落後寇斯瓦爾一分。明天將在寇斯瓦爾學院的球場，繼續連打兩場。「明天，」有人脫口而出，大家馬上跟進點頭。

「明天。」

「明天。」

回到更衣室之後，大家各自進行賽後的例行公事，伸展筋骨，熱敷冷敷，沖澡，刮鬍子，擦掉黑眼膏，塗上厚厚一層難聞的 Icy Hot、萬金油、Fire Cool，噴灑爽足粉、爽身粉、足癬粉、胯下粉，各種白色的粉末讓人鼻子發癢。史華茲走去按摩浴缸泡澡。他打開電燈，坐到轟轟作響的浴缸裡，試圖暫且不想棒球，也不想亨利，任憑浴鹽和滾滾翻騰的熱水撫慰他的軀體。他今天在觀眾席上看到裴拉——她沒有跳上飛機、跟著那位大建築師一起回舊金山。在一片俗艷的甜菜紅之中看到她那件天藍色的擋風夾克，感覺真好。

當他回到更衣室時，大家都走了，他的背比往常更痛，他花了兩分鐘才穿上內衣，他丟了一把 Advil 到嘴裡——他手邊已經沒有效果更強的藥物——儘快穿好衣服。

等到他出現在體育館寬大的石階上時，夕陽已經西下，夜晚蒙上春天的寒意。半明半暗之中，他看到一個人影在停車場跟飛蛾一樣轉圈子——木門嘎嘎關上時，她停下來抬頭看。「蘇菲？」他說。

「麥克？」

她快步跑過來，背包在肩上晃來晃去。她一臉同情地擁抱他，史華茲感覺自己跟她很熟，即便他們只碰過一次面。她看上去非常像她的哥哥——脖子同樣細長，儀態同樣優雅，五官同樣柔和，雙眼散發出同樣淺藍色的光芒。她看起來比亨利桌上那張褪色照片中的女孩大一點，幾乎像個大人，但跟亨利剛剛抵達衛斯提許的時候一樣瘦小，容易受騙。史格姆山德一家人都是大器晚成。「亨利呢？」

「說不定跟其他隊友們在卡拉佩利小館，我遲到了。」

「我已經看到其他隊友，」蘇菲抗議。「亨利沒有跟他們在一起。我以爲他在你這裡。」

眞該死。史華茲伸手拿手機——他最先想要打電話給歐文，但他不想讓蘇菲知道自己不曉得亨利在哪裡。他反而傳了一個簡訊：亨利在你那兒？「妳哥哥喜歡從防火門進出，」他說謊。「這是他的習慣之一。妳爸媽呢？」

蘇菲一臉不耐煩。「我媽把我爸拉回旅館，免得他一直對著亨利大喊大叫。他啊，他看起來好像快要動脈瘤爆炸。」她壓低聲音，作勢怒吼。「那個小伙子就這麼一走了之，丟下他的球隊不管，活該遭到報應。」

「他會鎭定下來的。」

「再過幾天吧。反正啊，我們都待在同一個房間，我想跟他們保持距離。」

史華茲不確定該怎麼辦。他可以把蘇菲帶到卡拉佩利小館跟隊友們吃晚飯，她可以跟亞帕瑞奇歐碰面，沒有人會反對——但他已經意識到亨利說不定不在那裡。亨利或許已經走了，姑且不論在這個小小的校園之中，所謂的「走了」代表什麼意思。

他的手機在手中顫動。他以爲歐文打電話來，但是來電顯示是他自己家裡的電話號碼。

「哈囉？」

「嗨，」裴拉說。「你在哪裡？」

「體育館前面。」

「圍著那條你最喜歡的毛巾？」

史華茲花了幾秒鐘才想起來她在說什麼。

「我眞的必須跟你談談。你快回家了嗎？」

「我得跟隊友們一起吃晚飯。我大概十點左右回去。」

「我可以過去找你嗎？對不起，麥克，我知道你今天過得不順。我只是非常需要你的建議。這事攸關我爸爸。」

「對不起，」他說。「我十點之前會到家。」

裴拉嘆了一口氣。「好吧。我在這裡等你，可以嗎？」

蘇菲已經晃到幾碼之外，她穿著一雙無鞋帶的球鞋，這會兒坐在最底下的階梯上，雙腳輕輕踩踏地面，低頭凝視自己的球鞋。史華茲不能把她送回她爸媽身邊，也不能帶她一起去吃飯，更不能把她留在這裡。他正要掛電話，忽然想到一個點子。

「你要我做什麼？」裴拉不悅地說。

「妳曉得我要妳做什麼。」

「你在開玩笑吧，麥克，今天眞是怪事連連。」

史華茲是認眞的。「回去換件衣服，」他一邊跟蘇菲說，一邊掛了電話。「裴拉半個鐘頭之後在這裡跟妳碰面。」他塞了兩張寇克斯教練給他的鈔票在蘇菲手裡。「跟她說妳請她帶妳去『羅勃特之家』吃飯。」

53

晚餐後，史華茲和歐文到圖書館和學生中心找人——星期六晚上只有這兩個地方開放——但是依然沒有找到亨利。他不在寢室，也不在他爸媽那裡；亨利的媽媽打電話給歐文找他，歐文跟她說亨利出去散步。

他們前往體育館，從一樓往上逐層搜尋，一邊上樓一邊打開所有電燈，然後再從頂樓往下找，一邊下樓一邊再把電燈關掉。兩人離開時，史華茲把門鎖上。西方的大湖微微吹來一陣寒風。「我不喜歡這樣，」史華茲說。「一點都不喜歡。」

「亨利是個大人，」歐文說。「或者說可以算是大人。他現在說不定只想自己靜一靜。」

「他現在沒有權利自己靜一靜，除非他跟我們說他在哪裡。」史華茲對著一盞藍色的街燈舉起手錶。

「再過八小時，巴士就開往寇斯瓦爾。」

「說不定我們應該回去事發現場。」

他們前往衛斯提許棒球場，一階階搜尋足球館寬廣的石階，依舊一無所獲。附近沒有太多電燈，細長的月牙斜斜垂掛在雲朵之間，像是一道眼睫毛。史華茲進了衛斯提許學院之後才體驗到這種漆黑；剛剛抵達校園的頭幾天，他甚至害怕入睡，好像暗夜與靜默會把他整個人吞噬。現在他卻無法想像自己再回到城市居住。

「我想他應該不會出去借酒澆愁，」歐文說。

除非不得已，比方說隊友生日，或是魚叉手隊的迎新之夜，否則亨利從來不上酒吧。但是史華茲和歐文依然不由自主地走向巴雷比酒吧。衛斯提許就這麼點大，沒有太多地方可去。

時值五月初的星期六晚上，離期末考還有兩個禮拜，正是一般學生們飲酒狂歡的大好時機。排隊等著進去巴雷比酒吧的人群沿著粗粗的繩索排隊，一路延伸到街尾。女孩們穿著單薄的洋裝，兩人合披一件黑色薄外套，在寒風中顫抖。男孩們雙手插在口袋裡，佯裝不怕冷。

史華茲從套著金屬圓球的桿子上鬆開繩索，移到隊伍最前方，歐文跟在他後面，一個年輕的足球隊後衛高高坐在門邊一張木頭圓凳上面，把玩手中的可按式計數器。史華茲親切地用力拍拍他的背。「羅帕茲，我以為你已經休學了。」

羅帕茲聳聳肩。「還沒有。」

史華茲窺視不透光的玻璃門後。「裡面滿擠的。」

「擠死了，」羅帕茲說。「我現在甚至不讓女孩子進去。」

「你有沒有看到小史？」

「亨利？這裡？」羅帕茲瞇起眼睛、搔搔下巴，好像被迫思索某個非常複雜的問題。「我想沒有。但是亞當在裡面。」

「史塔布萊德？他在這裡做什麼？我們明天還得比賽。」

羅帕茲聳聳肩。「我哪知道？他跟幾個女孩子在一起。」

「真有本事，」史華茲說。「他真行。」再過七個鐘頭，巴士將載著他們前往他在衛斯提許求學生涯中最重要的比賽——如果他們輸了的話，也將是他最後兩場比賽，所以他們絕對不能輸。他還沒上床休息，藥吃完了心情欠佳，半毀的膝蓋一陣陣抽痛，全隊最有實力的球員意志消沉，不見人影，非但如此，這下連全隊實力第二強的球員都爲了泡妞而違反宵禁。「我可以進去瞧瞧嗎？」

羅帕茲伸出光裸的前臂推開玻璃門，讓兩人繞過隊伍，而且沒有收取兩塊錢美金的入場費。酒館裡面擠滿了人，四處都是炫目的燈光。牆上花俏的霓虹燈閃閃發亮，宣傳各種當地的啤酒——Schlitz、Blatz、Hamm's、Pabst、Hubert、Old Style——這些老式的啤酒都已被一家南方的菸草集團收購。電視播放職籃賽，點唱機播放饒舌歌曲，兩個粗壯的當地居民手拿塑膠槍對著電玩機瞄準。歐文靠過去，在史華茲耳邊大喊。

「你說什麼？」史華茲也大喊。

「我說我站在一大灘啤酒裡。」

「我們都站在一大灘啤酒裡。」

「怎麼搞的？好噁心。」

這裡太吵，就算他想解釋，他也不方便跟歐文闡述異性戀男女的約會模式，因此，史華茲繼續推開人群往前走，仔細盯著一個個戴著棒球帽的傢伙以及秀髮如雲的女孩子，不停尋找亨利的蹤跡，即便他曉得亨利絕對不可能在這裡。天啊，啤酒聞起來眞誘人。他試圖不在比賽之前喝酒，但是在沒有維柯丁的情況下——他今天早上已經吞下最後一顆——他幾乎非喝幾杯不可。

歐文輕輕拍拍他的肩膀。「我看到亞當。」

「他在哪裡？」

「吧檯另一邊。」

他正在親吻一個女孩，女孩一頭濃密的栗色秀髮，遮住了他的臉孔，但是那件閃閃發亮的銀夾克絕對屬於史塔布萊德。親吻女孩之後，他把一塊萊姆果皮放進嘴裡用力一吸，把果皮丟進一個矮矮的杯子裡，舉起兩隻指頭，示意酒保再來一輪。女孩伸出一隻手臂圈住他的脖子，頭倚在他肩上，流露出帶著醉意的仰慕。

「噢，我的天啊，」歐文說。

史華茲推擠穿過人群，大家揑起拳頭一張一合，隨著旋律慢慢起舞，跳得上氣不接下氣。酒保又倒了兩杯龍舌蘭。蘇菲站起來，伸出雙手把頭髮紮起來，把脖子湊向史塔布萊德，史塔布萊德慢慢舔了一口，從吧檯上拿起鹽罐，灑了一些鹽在蘇菲濕潤的脖子上。蘇菲從酒保的小盤中拿起一塊萊姆，緊緊咬住，果肉朝外。她閉上眼睛，頭微微往後仰，史塔布萊德靠過去，從容自在，好像蜥蜴似地舔去她脖子上的鹽粒，然後湊過去索吻，手腕輕輕一甩，把整杯亮閃閃的龍舌蘭往後一潑，剛好潑在史華茲的襯衫上。

「嗨，兩位好，」史華茲說。

史塔布萊德臉色發白。「麥克！」蘇菲輕呼一聲，兩隻手臂圈住史華茲的脖子，在他的臉頰上輕啄一下。她的膚色跟他哥哥一樣蒼白，但是少了冬天在足球館練跑、長時間風吹日曬而留下的印記，反倒多了龍舌蘭的酒斑，紅紅的斑點從兩頰蔓延到她那件奶黃色洋裝的頸口。「歐文！」她高聲歡呼，再度伸手擁抱。

歐文輕鬆自若地笑笑，就是這種怡然的微笑，爲他贏得佛祖的暱稱。「哈囉，親愛的，玩得開心嗎？」

「好開心。我哥呢？我得找到我哥。讓我們都來杯龍舌蘭加檸檬片吧。」

「我們還指望你們碰到他呢，」史華茲說。「裴拉在哪裡？」

「裴拉，」蘇菲說。「好漂亮。」

「我同意。佛祖，拜託你幫蘇菲點一杯咖啡，好嗎？我得跟亞當好好談談。」

「遵命，隊長。」歐文伸出修長的手臂攬住蘇菲的肩膀，把她帶開，他邊走邊揮舞另一隻手臂，像是在講述某件複雜的事情。蘇菲恍惚地點點頭，她皺著眉頭，好像表示不管自己喝得多醉，她依然夠聰明、聽得懂歐文說些什麼。佛祖就是佛祖。

史華茲看著史塔布萊德，史塔布萊德的臉頰幾乎已經恢復血色，即便臉上看不到他那招牌的冷峻微笑。「裴拉在哪裡？」

史塔布萊德悶悶不樂地聳聳肩。「我在街上碰到她們。裴拉說她不太舒服。」

「她把蘇菲交給你看管？」史華茲跟史塔布萊德生氣也沒用；史塔布萊德還是老樣子，正如狗就是狗，鯊魚就是鯊魚；你不能指望一隻鯊魚有什麼道德感。但是裴拉——她怎麼可以把亨利的妹妹交給一隻鯊魚？爲什麼、爲什麼、爲什麼？她怎麼可以如此不負責任？他信任她，他想要信任她，他希望她跟自己一樣恪守某些原則。現在她卻搞出這種把戲。「球隊的宵禁是午夜，」他說。

「我也可以問你爲什麼還在外面晃蕩。」

史華茲仗著自己的身高，狠狠把對方瞪得低下頭。「我可沒有建議你這麼做。」

「我沒喝酒，」史塔布萊德說。「即便你認爲我喝了。我只是帶蘇菲出來逛逛。」

「她是亨利的妹妹。」

「那又怎樣？你從來沒跟朋友的妹妹有過一腿？」

「她十七歲。」

史塔布萊德聳聳肩。「她跟我說她十八歲。反正小史欠我一筆。那個混小子今天害我輸球。」

史華茲兩手抓住史塔布萊德的腋下，好像從澡缸裡抓起小寶寶、讓他跟自己保持距離，以免水滴濺在自己身上，只不過史華茲的襯衫已經被龍舌蘭潑濕了。史塔布萊德雙腳亂踢。史華茲把他架到電玩機旁邊，用力把他壓到機檯的一側，機器劇烈晃動。兩個粗壯的當地居民轉身叫罵，但是史華茲怒目而視，以示警告，他們看了馬上住嘴。

史華茲左臂一揮，一拳打上史塔布萊德的鎖骨。史塔布萊德往後倒，啪地一聲撞上電玩機的塑膠殼，他痛得勃然大怒，怒氣卻激得他莞爾一笑。史塔布萊德這個人絕對不會打退堂鼓。「你他媽的有什麼毛病？」他說。「亨利讓你爽了好多年，我只不過是分享一點史格姆山德家族的奉獻。」

史華茲的前臂緊緊壓著史塔布萊德的胸膛，往上一抬頂住他的喉結。史塔布萊德一邊咳嗽、一邊把頭轉到一側，拚命想要呼吸。他膝蓋一抬，頂到史華茲的胯下——只是稍微一頂，但還是頂到胯下。史華茲跌跌撞撞，挺直身子，伸出手掌貼住史塔布萊德的額頭，再度把他的頭壓到電玩機的塑膠蓋上。史塔布萊德兩個眼珠骨碌碌地轉動，身子不停地蠕動扭曲，空出的一隻手胡亂揮舞。

即使氣得頭昏眼花，史華茲依然看得出喧擾、擁擠的人群已經漸漸察覺有人在打架。他得趁某個他不認識的警察出現之前趕快做個了結，否則就糟糕了。他好想殺了史塔布萊德，但他反而握起拳頭，不著痕跡地全力朝史塔布萊德的肚子狠狠揍下去，這樣一來，沒有人看得出來史塔布萊德挨了一拳，他也不至於痛得明天無法比賽。史塔布萊德大口喘氣，順著電玩機的一側斜斜倒下，滑到沾滿啤酒的濕滑地上。他抬頭看史華茲，可憐兮兮地打個噴嚏。

「哎喲，」蘇菲抗議，她喝醉了，兩隻手臂重重圈住史華茲的脖子，史華茲抬高她的手臂，拉著她走向出口。「我以為我們要喝杯龍舌蘭加檸檬片。亨利在哪裡？亞當在哪裡？」她靠向史華茲，湊在他耳邊講悄悄話。「他好帥，眞的好帥。」

「他很有魅力。」歐文幫他們壓住前門，羅帕茲行禮致意，然後他們走入暗夜之中。

「我的車子停在街尾，」史華茲說。「走這邊。」

他們還沒走到別克汽車之前，史華茲的手機就響了。手機說不定從剛才響到現在，只不過他在喧鬧的巴雷克酒吧裡沒有聽見。他瞄了一眼來電顯示：家裡。

「哈囉。」

「哈囉，」裴拉說。「找到了人嗎？」

「我們找到一個姓史格姆山德的人，但不是那個我們想找的傢伙。」

「什麼意思？」

「我是說蘇菲。記得蘇菲嗎？那個託給妳照顧的小女孩？她在巴雷比酒吧，衣不蔽體，史塔布萊德還猛舔她的臉。所以我把他揍了一頓，我說不定不該這麼做，但是啊，去他媽的。」史華茲怒氣又起，用力拍了車頂幾下。「妳做了什麼好事？把她灌醉、把她推給妳眼前那個靠不住的傢伙？妳怎麼可以這麼做？妳人在哪裡？」

「我在你家裡。」

「我知道妳在哪裡！」史華茲大喊。「妳爲什麼沒跟蘇菲在一起？我爲什麼必須看管整個該死的學校？我爲什麼不能只擔心我必須擔心的事情？」他的聲音隨著風聲飄盪在街上。一群咯咯輕笑的大二女生足蹬高跟鞋、搖搖晃晃地走過去，她們剛剛離開巴雷比酒吧，正要去某人家裡的派對續攤，女孩們身穿露肩小洋裝，或是荷葉邊的迷你裙，各人的剪裁款式或是顏色不太相同，這些小小的差異卻讓人覺得她們的整體穿搭是經過仔細搭配。她們手挽著手走過去，假裝沒聽見史華茲說話。史華茲看著那十雙在寒風中凍得發紅的修長大腿，以前某些喝得酩酊大醉的夜晚，他很可能曾經把臉湊進其中兩、三人的大腿之間。他試圖藉著這個念頭安撫自己，但卻沒有用，這會兒女孩們看起來荒謬至極，更何況他覺得宇宙中不管有多少雙凍得發紅的大腿，他還是逃避不了他的問題。裴拉絕對不會打扮成這樣。

「對不起，」裴拉說，語氣不像帶著歉意，而是悶悶不樂。「晚餐之後，我們碰到亞當，我問說旅館在哪裡，他說他正好往那個方向走，他可以送蘇菲回去。我憑什麼不相信他？然後我就回去你住的地方找你。」她停頓一下，史華茲並沒有趁著空檔再度吼叫，於是她主動改變話題。「還是沒有亨利的消息？」

「沒有。」

「現在怎麼辦？」

「我不知道，」史華茲說。「我得先找個地方安頓蘇菲，她現在這副模樣，我不能送她回去見父母。」

「他們曉得亨利依然不見人影嗎？」

「我正要打電話給他們。我打算跟他們說他們的兩個小孩都睡得正熟。」

「好吧，」裴拉又對著電話嘆口氣，聽起來像是一隻受傷的小貓咪。「麥克，我知道現在時機不對，但我真的得跟你談談。這件事與我爸爸有關。」

「我會過去，」史華茲說。「拜託妳等一等。」

等到他跟史格姆山德夫婦通了電話、坐到別克汽車的駕駛座上時，蘇菲已經窩在後座睡著了，後座跟一張雙人床一樣寬大，史華茲高中時代大多在車上把妹。她的膝蓋縮到胸前，洋裝皺成一團，裙襬下微微露出白皙的小腿。她沒有吸吮大拇指，但是她彎起大拇指，牙齒輕咬指甲，好像在想心事。她喝得醉醺醺，睡意矇矓，臉上再也看不到少女叛逆的神情，以及故意裝出來的世故，看起來甚至更像她哥哥。史華茲低聲啓動引擎，盡量不要振動車子的底盤，慢慢駛離彎道。

「我很擔心，」他說。

歐文點點頭。他們沿著谷羅姆街慢慢前進，史華茲始終沒有踩油門踏板，兩人像是多年一起執勤的警察一樣，靜靜地巡查樹叢。

「如果可以的話，我們把蘇菲帶回你的寢室吧。」

「當然可以。」

史華茲把車子停在學校餐廳的卸貨區。他抱起蘇菲有如小鳥般輕盈的身軀走過小方院，蘇菲連動都沒有動，腳上那雙綁著鞋帶的涼鞋左右搖晃，鞋跟輕輕敲打他的大腿。方博爾館的大門被一疊藝術史教科書頂開，磁卡讀取器閃著綠光，歡迎大家入內。一樓一間寢室傳出時下流行的嘻哈歌曲，震耳欲聾的樂聲夾雜著模糊而歡愉的說話聲。一首歌曲播完，另一首歌曲馬上接著開始，低音貝斯隆隆響起。

「來杯啤酒？」歐文問道。

「好吧。」

歐文溜進派對，端了兩杯冒著泡沫的天藍色塑膠杯回來。「全都脫了，」歐文報告。

「女孩子也脫了？」

「每個人都脫光光。」

歐文端著啤酒走上樓梯，史華茲抱著蘇菲跟在後面。雖然沒有明說，但是兩人都希望亨利會躺在寢室的床上，閱讀過期的《運動畫刊》雜誌，史華茲將會比以往更加兇惡，狠狠罵他一頓——史華茲整個晚上都在盤算該說哪些重話、用上哪些髒字——然後一切都會沒事。但是寢室漆黑靜默。怒氣從史華茲體內流洩，殘存的精力和希望也隨之消逝。他把蘇菲放在亨利亂七八糟的床上，幫她蓋上毯子，折起毯子的邊角，解開她涼鞋複雜的鞋帶，把鞋子擺在門邊。歐文遞給他一杯微溫、泡沫又過多的啤酒，他一語不發地接下，慢慢一口喝光。裴拉在十條街外的格蘭街等著他，但是感覺像是隔了一千哩。他仰躺在血紅色的地氈上，做起天曉得是什麼的夢。

54

比賽結束後，亨利暫且加入隊友們，圍在本壘板附近慶祝。在此同時，他的一隻眼睛始終盯著一壘看台上的亞帕瑞奇歐，亞帕瑞奇歐穿著西裝，打著領帶，正在幫薩爾的小弟簽名。這個說不定即將當上委內瑞拉總統的偉大球員穿著西裝，打著領帶，遠從聖路易而來，卻只看著亨利丟人現眼。他看起來跟亨利想像中一模一樣：他的身材跟還沒退休之前一樣結實，脖子修長，儀態尊貴，膚色褐黃，雙肩跟亨利的肩膀差不多寬。杜艾・羅傑爾站在旁邊，拿著手機講話，即使不懂唇語，亨利也曉得他在說些什麼：「那個史格姆山德小子沒戲唱了。」

亨利一把抓起背包，悄悄溜到人群之中，假裝想跟艾弗萊校長握手。校長一個人站在那裡，一臉同情地看他一眼，終其一生，他都得想辦法避開這種憐憫的表情。艾弗萊校長轉頭看其他地方，亨利趕緊繞過圍欄，安全地躲到衛斯提許棒球場和足球館之間的三不管地帶。清冷的空氣中飄來陣陣青苔和濕泥的甜香，他坐在一道拱牆的陰影下，抱頭痛哭。

下場之後的感覺更糟。上場比賽時，他緊張焦慮，受到使命感的驅使，腎上腺素激增——**讓我離開這裡，遠離每一個人**——下場後，腎上腺素慢慢轉變成死氣沉沉、深沉廣闊的憂鬱。這種時刻總會浮現，而且一再浮現。他這輩子都擺脫不了這些時刻。

他打開木箱，箱子裡擺著他在足球館練跑用的負重背心。他把背心套在他那件紅雀隊運動衫的外面，扣上腰間的帶子。比賽結束時已近傍晚，現在天色全黑。他狠狠拉緊帶子，直到背心掐進胸膛。

他離開足球館，往東穿過練習球場，朝著湖邊走去。大湖吹來陣陣寒風，風勢勁揚，毫不留情。他跌跌撞撞走下遍地碎石的小斜坡，朝著沙灘前進，邊走邊抓住蓬亂的小樹叢保持平衡。他走到沙灘上，然後沿著湖邊繼續朝北走。

沙灘盡頭有條小徑，小徑劃穿濃密的草叢，草叢被雨水淋塌了，其間傳來低低的蟲鳴。走了兩哩之後，小徑到了盡頭，眼前出現一片草地。草地上有座燈塔，亨利穿著負重背心，跟往常一樣慢跑，他繞著燈塔跑一圈，邊跑邊拍打一個個歷史學會鑲嵌在灰石上的凸紋字母，然後回到起點。遙遠的北邊只有一個金屬刺條的鐵絲網，高高的鐵絲網沿著湖邊伸展，一路繞回西方的公路。鐵絲網的另一邊是一片私人林地，林地另一邊是北邊一個小鎮。亨利不知道鎮名；他從來沒有去過那裡。

白白的燈塔高大而尖細，燈塔已經除役，但是外觀依然維修完好。衛斯提許每一家商店和餐廳都掛著燈塔的畫和照片。兩扇寬板木門坐落在燈塔後方一個凹處，他拉拉尖細的鑄鐵把手，但是木門緊緊上了鎖。他把背包丟進凹處，涉水走入冰冷的湖水裡。

波浪緩慢起伏，拍打著他的下巴，走著走著，他來到一處淺灘，臀部高過水面。寒風吹過他濕透的運動衫和負重背心，冰冷刺骨。他的牙齒大聲打顫，湖水雖然冰冷，但是感覺上比大風溫暖。他低頭沉入湖中，沉到水面下的時候，他那頂紅雀隊的棒球帽漂浮在湖面，好像拒絕參與他打算做出的蠢事；棒球帽隨著波浪漂浮，漂到手臂搆不到的黑暗之處。他在水中漂浮，開始游泳。

剛開始划了十幾下，感覺沉重，甚至快要划不動，因爲負重背心是個累贅。但是游了一陣子之後，速度漸趨穩定，背心對他就不造成妨礙。他游過第一個浮標，然後第二個。校園的燈光慢慢消失在身後。他繼續往前游。

當他覺得自己似乎遊過了半個湖面時，他放慢速度，緩緩打水，下巴浮出漆黑的水面，昂首於漆黑的虛空中。他只看得到繁星。此處沒有海鷗，四下寂靜無聲。大概從來沒有人游到這裡、距離岸邊如此遙遠。說不定數千、數百年前，大家經常游到這裡。說不定這是他們常做的運動。湖水感覺沉重，層層浪濤上下交疊，相互擠壓，似乎被壓得發出呻吟。

他轉頭面向校園，幾簇燈光依稀閃爍。他在湖裡撒了一泡尿。他整個人放鬆下來，即便只是一時半刻。

他始終只想保持現況。或者說他只想讓情況變得更好，每天進步一點，一天接著一天慢慢來，永遠慢慢進步。這麼說聽起來有點瘋狂，但是棒球對他做出這種承諾，衛斯提許學院和史華茲也對他做出同樣承諾。他夢想每天過著同樣的生活。每天都跟前一天一樣，只不過稍微進步一點。你在足球館跑得快一點。你多做幾下仰臥推舉。你在打擊練習場揮棒稍微再用力一點；然後你跟史華茲一起觀看錄影帶，多了解一點你的揮棒技巧。你的揮棒動作變得更單純一點。每件事情慢慢變得單純一點。你吃同樣的食物，在同一個時間起床，穿上同樣的衣服。所有的躊躇不決，不良的積習，無用的思緒——你不需要的一切，全都逐漸消逝。單純有用的一切，全都保留下來。你慢慢進步，直到一切變得完美，而且保持完美，永遠不變。

他知道這麼說聽起來有點瘋狂：追求完美，想讓一切變得完美。但是他知道自己一輩子始終渴望達到那種境界。說不定他喜愛的甚至不是棒球，而是那種完美的感覺；在那種單純而完美的生活之中，每個舉動都合情合理，棒球只不過是個媒介。藉由棒球，他可以達到那種境界。或者說可能達到那種境界。沒錯，這麼說聽起來有點瘋狂。但是如果你說出心中最真摯的心願、畢生最想要追求的承諾，聽起來卻顯得瘋狂，那又代表什麼意思？那就表示你瘋了。

球季結束之後，他的隊友們，甚至包括史華茲，莫不縱情於手邊現成的事物——香菸、啤酒、咖啡、眠床、色情錄影帶、電玩、女孩、甜點、書本。只要得以縱情享用，不管什麼東西都一樣。縱情享用不見得帶來快樂，你看到他們四處晃蕩，惶然懵懂，但是他們愛怎麼享用、就怎麼享用，這才是重點。

亨利明白事理，他不想要自由，對他而言，受到規範的生活才有價値。他只要那種史華茲傳授給他的生活。你受制於自己唯一的心願，追求單純與完美。這樣一來，生活中盡是一片片藍天，任你自在徜徉。你做出犧牲，而這些犧牲合情合理。你吃飽肚子，然後喝快速健，因為每一盎司肌肉都有意義。不管多麼辛苦，你絕對不會苦惱，也不會覺得被人強迫，因為正在做你想做的事情。因此，每一刻的辛苦都算數。他從來不了解隊友們練球的時候怎麼可能遲到，或者幾乎遲到、非得匆匆換上球衣。他在衛斯提許學院已經待了三年，從來不曾匆匆換上球衣。

他打水打了好久，感覺自己的四肢釋放出無窮的能量。他似乎可以一直游下去。最後他終於轉身朝向岸邊前進，波浪打在他的背上，推著他往前，他揮動手腳，慢慢游到岸邊。游到岸邊時，他整個人趴下來，好像野獸一樣喝幾口帶著海藻怪味的湖水。他看不到燈塔，也不確定燈塔在北邊或是南邊。他的力氣全數耗盡。他的牙齒打顫，格格作響。他的肩膀猛烈抽搐，幾乎喘不過氣來。他還有一輩子要過；想了卻不開心。他剝下濕透的衣服，使出全力把衣服深深按進沙裡，沉沉入睡。

55

陽光尚未籠罩湖面之前，他跟著鳥兒一起醒來。低垂的雲朵捕捉了拂曉的日光，天空佈滿種種柔和的色澤，更添黎明之美。他全身發抖，呆呆地看著天空。小學的時候，班上閱讀《安妮日記》，亨利心驚之餘，發問安妮爲什麼不假裝自己不是猶太人，就像聖彼得爲了逃避羅馬大軍的追捕、假裝自己不是基督徒一樣。在聖經的故事中，彼得因此惹上麻煩，但你若從安妮的角度著想，那個可憐的女孩子不但是個眞實人物，而且只是個小孩，假裝自己不是猶太人，不是比較合情合理嗎？如果人都死了，信仰哪種宗教又有什麼關係？因此，飽受驚嚇的亨利，做出求學生涯當中最熱切、可能也是最冗長的一次發言。

老師回答說，首先，聖彼得確有其人，更何況身爲猶太人不像穿上一件毛衣，想穿就穿，想脫就脫。討論就此結束，但是亨利卻不滿意。既然宗教是個人的選擇，他不明白人們爲什麼會被宗教印上不可磨滅的印記。

他不知道自己爲什麼一醒來就想到這件事——他剛才肯定做了某個惡夢。如果非得找出爲什麼，這似乎表示他無法改變自己是誰，除了回去方博爾館之外，他無處可去。巴士即將開往寇斯瓦爾。他可以回去寢室，拔掉電話插頭，上床睡覺。寇克斯教練會罰他暫時禁賽，但這無所謂，因爲反正史華茲打算殺了他，但這也無所謂，因爲他累了，更因爲他活該。

這時幾乎已經天亮，他可以看到自己先前游著游著，慢慢漂浮到距離燈塔南邊一百碼的地方。他彎下腰，撈起一手掌青綠的湖水，嘗了一口，吐了出來。然後他蹣跚走回燈塔，拾起背包，動身離開。返回校園的兩哩感覺像是二十哩。他的塑膠涼鞋已經遺失在湖中，這會兒光著雙腳，每踩到一塊石頭或是樹根，他都不得不抬起腳後跟，感覺格外吃力。他從星期四就沒吃東西，也不怎麼想吃。

回到寢室之後，他拔掉一閃一閃的答錄機，幫自己倒了一杯開水，上床睡覺。

睡到大白天，有人猛敲寢室的門，把他吵醒。他拉著毯子蓋住頭——這陣敲門聲遲早也會停——但是敲門聲一直沒停，而且有個女孩大聲喊他的名字，好像怒氣騰騰地問他問題。他穿著四角短褲，跌跌撞撞走到門口，胡亂摸索門的把手。門口站著裴拉．艾弗萊。「亨利，」她說。「你看起來好糟糕。」

妳自己也好不到哪裡，亨利心想，她看起來確實疲倦，好像熬了一整夜，但是你不應該跟人說這種話。

「對不起，我不是那個意思。你知道的，麥克非常生氣。他每隔十分鐘就打電話給我，當然不是想跟我說話，但是嘛……我該怎麼跟你說呢？他的鑰匙在車裡，他把車停在體育館，如果引擎無法啓動，就用力踩油門。還有什麼？喔，路線圖一張，標示出你現在應該去的地方。路線圖在車子的前座。」

亨利點點頭。「謝謝。」

「喔，不客氣。我星期天早上還能幹嘛？只能幫大明星傳遞消息。」她低頭看著亨利的腳，他的雙腳依然發皺慘白。「很遺憾你們輸球。你的運氣實在不好。」

「運氣，」亨利重複一次。

「我猜運氣一詞不太恰當。反正啊，我只是……如果你想找人談談，你可以找我。」

「謝謝。」

「你講的話都只有兩個字，你曉得吧？」

「對不起。」

「這樣好多了。」

亨利以爲她會離開，但她反而只是站在那裡，把玩厚運動衫的線繩，一下子低頭看看他的腳，一下子逕自盯著寢室。他試圖擠出幾句客氣、而且不是只有兩個字的句子。「妳想要喝杯茶嗎？」

裴拉聳聳肩。「你說不定趕時間，你知道的，路線圖已經擺在車裡囉。」

「我哪裡都不去。」

「嗯，好吧。既然如此，我就喝杯茶吧。」

亨利從來沒有泡過茶；那是歐文的專利。他試著在水燒得差不多的時候拿開電水壺，他試著在陶壺裡放入適量的英國早餐茶，其實他根本不曉得多少叫做適量。「就大學寢室而言，」她說。「這裡滿好的。」

「大多是歐文的東西。」

「那是歐文的作品嗎？」她指指掛在那幅牆上的綠白畫作，畫掛在亨利床頭的上方，看起來隱約像是棒球球場，因而深得亨利喜愛。

「我剛搬進來的時候，問過歐文同樣的問題，他說：『也算是吧，我從Rothko①那裡偷來的。』我以爲他說的是『Shopho』②，而且他眞的從店裡偷來這幅畫。我覺得很訝異，因爲這幅畫好大，怎麼可能偷運出去？後來我修了藝術史，才搞清楚怎麼回事。」

裴拉大笑。亨利後悔自己說了這段小插曲，這讓他顯得很矬。說話很花力氣，好像把一塊塊石頭從井裡拖上來，但他決定盡量試試。最起碼她似乎開心了一點。

「你眞的喜歡這裡，」她說。「對不對？」

「妳這話什麼意思？」

「我的意思是，你們這些傢伙——你、麥克、我爸爸。甚至包括歐文，即便我跟他不熟——你們似乎都非常喜歡這裡，好像永遠不想離開。我有點懷疑麥克不想進法學院，潛意識裡故意搞砸自己的入學申請，因爲這樣一來，他就不得不留在這個唯一讓他快樂的地方。你想想，不然他爲什麼只申請六所學校？而且是六所全國最頂尖的法學院？這實在不合理。」

「不管進不進法學院，他都會畢業，」亨利指出。「他不能留在這裡。」

「他不能留下來，但也不能離開，尤其是他不曉得接下來要去哪裡。嗯，說不定你也一樣。說不定你只是還沒準備好。」

亨利看著她。

「對不起，」裴拉說。

「其他人都覺得我非常想進大聯盟。妳覺得我根本不想。」

「你覺得呢？」

「我覺得你們都應該他媽的少管閒事。」

裴拉咧嘴一笑。「說得好，你已經跨出康復的第一步。」她走到壁爐架旁邊，架上擺著一顆棒球和歐文僅有的一瓶威士忌，一本薄薄、皮革精裝、亨利從來沒看過的藍色書冊緊靠在酒瓶旁邊。「這裡一點灰塵都沒有，」她說。她從厚紙板圓筒裡取出晶瑩的琥珀酒瓶。「我可以嘗嘗嗎？」

亨利點頭。裴拉倒了一點在酒杯裡，啜飲一口，含在嘴裡，略微品嘗。「嗯，不錯。」她把酒杯遞給亨利。

亨利接下杯子，啜飲一口醇酒，酒色澄黃晶瑩，就像史華茲閃亮的雙眼。他睡眠不足，味覺失靈，承受不了威士忌；他咳了兩聲，把酒吐到地氈上。

「喂，別浪費這酒。」裴拉逕自盤腿坐在歐文床上，她取下那本藍色的書冊——它看起來像是一本舊學生名冊——翻開檢閱。一會兒之後，她抬頭看亨利，眼神令人費解。「我爸爸和歐文上床。」

「妳爸爸？」亨利說。「艾弗萊校長？」

裴拉把翻開的書冊遞給他。「左上方。」照片上那個人看起來像是某個知名詩人或是劇作家的舊照，歐文說不定會把這種照片裱框掛在牆上，填補寢室少數空白的牆面。然後亨利注意到照片裡有兩棵楓樹，看來眼熟；楓樹後面有一棟建築物，你若不管褪色的前門，那棟建築物很可能是方博爾館。他再看看照片裡那個推著腳踏車的高大年輕人，年輕人的五官也漸漸凝聚爲某個熟悉的臉孔。這一頁貼著一小條撕下來的紫色的便利貼。

「妳爸爸也是衛斯提許學院的學生？」

「一九七一年那一班。這下你該高興了吧，他跟你們兄弟是一夥的。」

亨利想到有次他端著兩杯牛奶上樓，艾弗萊校長剛好在他們寢室裡。

「那是什麼表情？」裴拉說。「你知道什麼事情嗎？」

「不……不知道。」

「但是……」

「但是……妳爸爸今年常來看我們比賽。」

裴拉點點頭。「我告訴自己這些都是我的胡思亂想。但是這本學生名冊剛好出現在你們寢室裡。還有你——你甚至不吃驚。我還需要什麼證據？」

她從亨利手中拿走學生名冊，砰地一聲躺在床上，靠到歐文的枕頭上。她盯著照片，一語不發，一下看了好久。窗外的小方院一片寂靜，時值星期天近午，方院宛若一個無聲的溝槽，沒有鳥鳴，沒有蟋蟀聲，巴掌大的楓樹落葉也沒有沙沙作響。當初亨利傳球打中歐文的臉，他的隊友們、球迷們、裁判們，甚至米爾弗德麋鹿隊的隊員們，全都靜默無聲，好像大家若不出聲，歐文的傷勢就會復原，或是根本不會受傷。昨天也是一樣，當他把球遞給史塔布萊德、走回休息區時，球場裡毫無聲響，甚至沒有任何寇斯瓦爾的球迷大喊：亨利，你爛透了！他的隊友們看都不敢看他，假裝專心盯著手中捏爛的紙杯，以及滿是葵花子殼的休息區地板。為什麼沒人說些粗魯、狠毒、或是不相干的話？如果大家看在他的份上沉默不語，對他可是一點幫助也沒有。他想要放聲尖叫，痛苦哀嚎，穿過故意不出聲的眾人。他想要永遠打破這片虛假的沉默。但是這會兒他卻置身此地，受困於同樣的沉默，只有他們兩人靜默不語，他卻依然不知該如何是好。

裴拉一縷酒紅色的髮絲散落在歐文淺綠的枕頭上，好像是一條被壓扁的正弦曲線、或是一道蟻群說不定會追蹤的路徑。他探過去用手指摸摸髮絲。這個舉動眞是怪異。

裴拉整個人先是緊繃，然後放鬆。

「那張照片很棒，」裴拉說。「我也想要一張。」

亨利可以看見她牛仔褲寬鬆的腰際露出一小截細長的布料，顏色雪藍，閃閃發光。他放開她的髮絲，手指稍微顫抖，輕撫她柔軟的臉頰。她微微抬高下巴，兩眼直直看著他。「緊張嗎？」

「不。」

「別緊張。」她抓住他的手腕，牽著他的手順著自己的胸前往下撫摸，直探那截亮晶晶的雪藍。「跟我說一說你走下球場的時候、心裡有什麼感覺。」

①馬克・羅斯科（Mark Rothko，1903—1970），現代主義色域繪畫大師。

②美國一家連鎖百貨公司，總部設於威斯康辛州。

56

亨利醒來時，午後的光影依然垂掛在空中。窗戶大開，冷冽的空氣從窗口湧入。他覺得陰莖根部的地方有些疼痛。他把手伸到毯子底下，發現保險套的套口掐入皮膚裡。裴拉躺在他身邊，散發出溫暖的氣息，大腿和臀部的曲線曼妙。他試著捲起保險套——那個保險套已經在他書桌抽屜裡躺了一、兩年，說不定更久——但是保險套像是ＯＫ繃一樣黏著他。最後他終於閉上眼睛，用力扯下來。

當他張開眼睛、從雙腳之間輕輕彈開用過的保險套時，他意識到裴拉已經醒了，而且正看著他。這下她八成以爲他在打手槍。他迎上她的目光，她露出帶著憐憫的微笑。

「現在怎麼辦？」他問。

「什麼意思？」

「我的意思是……接下來呢？」

「接下來沒怎樣。我回家。你待在這裡，說不定看在你室友的面子上、幫他換個床單。」

「喔。」

「你指望發生其他事情嗎？」她說。「上了床之後的大災禍？」

「不。」亨利想到自己穿著負重背心游了好遠，在湖裡待了好久，胸前圍著尼龍扣帶，身上負荷三十磅的重物，一邊打水，一邊聽著自己的呼吸聲。從來沒有人像他游得這麼遠，但是無所謂，因爲他游到了那裡。「妳不會告訴麥克吧？」

「老天爺啊，當然不會。但我得暫時跟你保持距離。你把我弄得全身瘀青。」

「我？」亨利慌張地說。「我才沒有呢。」

她推開被子，指指肩膀前面：那裡有個紅棕色、漸漸發青的印子，看起來簡直就像是一個大拇指的指印。亨利感到反胃。

「我確定還有幾個地方。」她轉過身子，亨利看到她肩胛骨附近有個類似的指印。「臀部也有一塊大大的瘀青。」

「眞是對不起，」亨利說。

「沒關係。這是互動的代價，不是嗎？」

歐文的床單感覺柔滑，觸感極佳。亨利不確定自己有沒有力氣站起來。他在湖中游泳，整個寒冷的夜晚待在外面，他從來沒有感到這麼疲倦。裴拉爬過他，下床幫兩人倒了一指深的威士忌。「他們什麼時候回來？」她問。

依照窗外的光線判斷，現在應該快要六點鐘。「寇斯瓦爾相當遠，」他說。「說不定再過兩、三個鐘頭，甚至更久。」他任憑威士忌燒灼喉嚨，溫暖空空如也的腸胃。

「嗯，還是小心一點比較好。」裴拉已經套上牛仔褲，穿上夾腳涼鞋。她拿起她的運動衫。「你看看這件運動衫還是好乾淨，」她說。「這裡連床底下都沒有灰塵。」

「我床底下說不定有一點，」亨利說。「但我想歐文也打掃過了。」

「這傢伙眞不賴。」裴拉一邊拉拉鍊，一邊在寢室裡走來走去。「我不曉得這件事情爲什麼讓我這麼生氣，」她說。「我的意思是，如果我爸爸快快樂樂，就算他是同志，又有什麼關係，對不對？即使他是同志，卻不怎麼開心，也沒什麼大不了。有些人是同性戀，就像有些人的眼睛是藍色的，或是患了狼瘡。別問我爲什麼忽然提到狼瘡，我幾乎不曉得那是什麼，但我也知道同性戀不是一種疾病。重點在於這些都是機率問題，純粹只是數字。我幹嘛生數字的氣？」

「妳不能，」亨利說。

「他是個大人，想做什麼，就做什麼。說眞的，如果歐文是個女孩，情況說不定更糟。如果他是個女孩，他說不定會告我爸爸性騷擾，這件事會變成一樁醜聞，我爸爸會丟了飯碗。那樣才糟糕呢。」她又幫自己倒了一指深的威士忌。

「我猜歐文想告也可以告，但不曉得爲什麼，我覺得這不大可能。說不定我有性別歧視。但是就算歐文沒有告發，他們還是可能被逮到。然後會發生什麼事？肯定天下大亂。」

「我想他們不會被逮到，」亨利說。「更何況歐文要去日本。」

裴拉仍然在房間裡走來走去，看起來心神不寧。就算她跟他一起坐在床上，他說不定也不敢抱抱她，或是拍拍她的肩膀，輕聲安慰她。他們幾乎是陌生人。他說不定再也沒有機會碰觸裴拉．艾弗萊。

「說不定妳應該跟妳爸爸談一談，」亨利勉強站起來，套上運動褲和T恤。他在發抖。「你們兩個感情似乎不錯。」

「感情不錯，」裴拉狠狠重複一次，好像出言咒罵。「是喔，我們感情不錯。」

在方博爾館住了三年之後，亨利已經善於辨識不同的腳步聲。當腳步聲一踏過二樓樓梯間，他馬上知道來人不是住在三樓的女孩，也不是對面寢室的亞裔史提夫。歐文回來了。但是還有另一個人的腳步聲。亨利站直，裴拉停下來看著他，她肯定不知道他爲什麼看起來如此嚴肅。如果還有力氣，他說不定會把她推進浴室、或是他的床下，結果說不定更像一場鬧劇。

眞實狀況如下：當歐文的鑰匙插進門鎖時，他呆站在寢室的角落，裴拉砰地一聲坐到一張又厚又軟的扶手椅裡，一隻腳勾在椅子的一側，從旁邊的書櫃抽出一本書。亨利頹然坐到地上，心裡想著：我沒穿襪子。我一向都穿著襪子。

歐文進門時，史華茲依然站在門口。「嗨，你們好，」裴拉邊說，邊抬頭看著他們——她正在閱讀《防守的藝術》——像個女演員一樣若無其事。

「嗨，」史華茲說。

「今天還好？」

「還不錯。」

被這種家常問候壯了膽子的亨利，話才出口就後悔莫及。他開口說道：「我們沒事吧？」

史華茲瞄了他一眼，然後瞄瞄裴拉，最後再看看他。「佛祖，」他說。

「是的，麥克。」

「你今天早上忘了鋪床嗎？」

歐文仔細打量床鋪，嘴唇緊閉，眉毛一皺，露出非常專注的表情。「有可能，」他過了好一會兒之後說。「非常有可能。」

「嗯、嗯，」史華茲指指歐文床鋪和壁爐架之間的角落。「那也是你的嗎？」

陰暗的角落有一件絲質、尼龍、或是其他質材的內褲，內褲揉成一團，顏色是亮閃閃的雪藍。歐文看了好久，好像想要藉由意志力讓內褲消失，最起碼讓它變得比較不顯眼，減少大家不必要的猜測。「不是，」史華茲顯然在等他回答，於是他終於開口，語氣柔和愼重。「我想不是。」

裴拉想要開口，但是史華茲揮手示意她閉嘴。「我沒有生氣，」他大聲而嘶啞地說。「我覺得妳是他媽的聖人。妳過來奉上聖療的雙手、聖療的嘴巴、聖療的鬼東西。我應該早點派妳過來。」

「你大可以派別人過來，」裴拉說。「老天爺啊，你可以自己過來。」

「這話是什麼意思？」

「你很清楚是什麼意思。我沒必要當中間人。亨利，這是麥克。麥克，這是亨利。」

歐文站到寢室中間，舉起雙手。「好、好，」他用他最柔緩、最像是和事佬的語調說。「我們何不——」

「你好什麼好，」裴拉狠狠瞪著歐文說。「我知道你的事。」

歐文看著她，臉上閃過一絲驚愕、心照不宣的表情，慢慢退到寢室角落。亨利只是站在那裡，覺得自己像是隱形人。有鑑於自己做出什麼好事，說不定他應該慶幸自己像是隱形人，但他反倒覺得氣憤，史華茲和裴拉當著他的面攤牌，好像他根本不在那裡似地，讓他好生氣。

「我很抱歉，」裴拉說，聲音變得比較柔和。

「抱歉什麼？解決每個人的問題？」史華茲搖搖頭。「不必了。」他琥珀色的雙眼迷濛，眼神空洞，好像瞎了。他轉身，走下樓梯。

57

麥卡勒斯特太太站在優美的舊式洗手台前面，這種洗手台有著黃銅盤狀水管，水管狀似伸縮喇叭或是長號的管子，而且被麥卡勒斯特太太擦得亮晶晶。她濃密的灰髮剛好長到可以紮成一個髮髻。裴拉走過來的時候，她正把一瓶蓋的白醋倒進玻璃咖啡壺裡，輕輕搖晃了幾下。「啊，小美人裴拉，」她輕聲吟唱。「妳人在何方？妳這傢伙人在何方？」

裴拉一個肩膀背著她的藤編包包，那個印了衛斯提許校徽的背包斜掛在另一個肩膀上。她所有家當都在包包和背包裡。「妳心情很好喔，」她說。「我爸爸在嗎？」

麥卡勒斯特太太朝著艾弗萊的辦公室翻個白眼。「親愛的，就這麼一次啊，」她說。「妳確實對他造成影響。自從妳來了之後，他跟我九歲大的孫子一樣興奮過度，什麼事情都沒辦法專心。我跟他說我打算把過動兒吃的藥加在他的蘋果醬裡，就像他們對待路克一樣。」

「我確定他終究會平靜下來，」裴拉說。

「當然。這裡有妳眞好。沒有任何事情比家人更重要。」

「謝天謝地喔。」

麥卡勒斯特太太笑笑，神情愉悅。「你們有彼此作伴，實在很幸運。」

她爸爸辦公室厚重的木門緊閉。裴拉敲了一下。她爸爸稍微把門打開，探頭出來看看，手機夾在他的肩膀和下巴之間。說不定他正在跟歐文講話——說不定歐文正以那種向來中立的語氣，跟他說他女兒是個人盡可夫的蕩婦。

「裴拉，」他啪地一聲蓋上手機。「妳來啦。」

「我來了。」

今天是星期一。他們上星期五在這個辦公室裡講過話，大衛也在場，在那之後就沒有聯絡。她昨天整個晚上都坐在麥克家前廊那把壞掉的鞦韆椅上，等著他回家，但是他始終沒有出現。她知道他人在體育館——但是她絕對不可能三更半夜破門而入。他還沒回她電話，這也不能怪他；他可能永遠都不跟她講話。

「晚餐的事情，眞是抱歉，」艾弗萊說。「我跟布魯斯．吉伯斯開會，沒辦法走開……」

「你說過了。」

「嗯，我是說眞的，而且我很抱歉，我想要過去幫妳打氣。」

這些謊言讓裴拉感到愧疚，而非憤怒——這會兒她站在這裡，手臂交疊在胸前，一隻腳輕踏地板，等著爸爸作繭自縛。

「妳整個周末都沒回家。我好擔心。我們必須幫妳買支手機。我以爲妳出事了。」

「比方說回去舊金山。」

「嗯，沒錯，確實有可能，但是躺在床上、睡不著的時候，我還想到其他更可怕的狀況。」他肩膀下垂，黑眼圈非常明顯，看起來相當憔悴。「我知道妳沒有義務跟我報告行蹤。但是我那麼久沒有見到妳，也沒有聽到妳的消息，不免胡思亂想——」

「上個禮拜六，」裴拉打斷他的話。「我看到你了。」

他看來吃驚。「哪裡？」

「棒球場。你在跟歐文講話。」

艾弗萊呆住了。「歐文……」他猶豫了一下，好像試圖想起這人是誰。當他開口時，他講話的速度非常快，想盡快帶過好讓裴拉忘記先前說了什麼。「沒錯。歐文好多了。我但願亨利．史格姆山德也是如此，唉，那個可憐的傢伙。妳知道嗎？妳年紀還小的時候，我幫《紐約客》寫文章，有個傢伙在那裡工作，大家都叫他『灰鬼』。他在六〇年代寫過一些很棒的報導——其中一篇關於韓戰的退伍軍人，讓我印象特別深刻——在那之後，他每天都出現在辦公室，周一到周五，暑假也不例外，但是從來沒有交出任何一篇稿子。你可以聽到打字機在他門後霹啪作響，大家謠傳他正在寫些什麼，說不定是曠世鉅作，但是沒有人看到任何成果。有時我過去雜誌社一趟，接受那些負責核對事實的人們拷問，他經常在走廊晃來晃去，一臉空虛、飽受打擊的表情。他已經江郎才盡，而且他自己也很清楚。亨利走下球場的時候，他臉上的表情讓我想到這人，《紐約客》的灰鬼。」世間有兩種差勁的老千，一種講得太多，一種講得太少。艾弗萊顯然屬於前者。他停下來搖搖頭。「可憐的小伙子。我但願能幫他做些——」

「你放心，」裴拉冷冷地說。「爸，你聽好，我們必須談談。我不能再住在這裡，我要搬出去。」

「什麼？」艾弗萊一臉困惑。「現在？因為大衛嗎？」

「不是。」她背包和包包的帶子掐進肩膀，她走到辦公室裡面，把背包和包包擱在雙人沙發上，暫時感到受挫。「我只是需要搬出去。這裡不夠大，容不下我們兩人，甚至對你而言都嫌小。這裡到處都是一疊疊的書，櫃子裡堆滿了沒有用的雜物。你已經六十歲了，你真的想要在一間宿舍裡度過餘生嗎？」

艾弗來呆呆望著天花板，樓上就是他的住處。「我喜歡這裡。」

裴拉穿著夾腳涼鞋輕輕踏一踏地板，她好氣自己講話如此拐彎抹角，她抱怨爸爸的居住狀況，其實想說的是爸爸應該過著合乎他年紀的「正常」生活——也就是說，他的生活中不應該包含歐文。但是她說了半天，依然沒辦法講得直接一點。「你為什麼不買房子？」

艾弗萊可憐兮兮地笑笑。「妳八年前人在哪裡？校方當時想把前任校長官邸賣給我們，而且價錢非常便宜。但我想與其一個人待在一間大房子裡碎念，感覺肯定更寂寞，因此，房子一上市，某個九〇年代因為科技股賺了大錢的物理系教授很快就買了下來。唉，我當初應該也這麼做。」

「你混得不錯。」

「我是混得不錯，」艾弗萊同意。

「反正啊，」裴拉說。「我已經不是小孩子，我們也不是結了婚的夫妻，我想我們如果擁有各自的住處，說不定比較不會起衝突，好嗎？」

艾弗萊慢慢點點頭。「好吧。」

「別板著一張臉，」她說。「這下你可以邀人來這裡過夜。」

艾弗萊輕笑，或說試圖笑笑。「是喔，」他說。「比方說是誰？」

這是典型的刑犯之誤，**比方說是誰**——這句話表明了他想要被逮到、想要為自己的錯誤負責。裴拉乘勝追擊。「比方說歐文。」

辦公室裡升起一陣龐大、深沉的沉默。最後艾弗萊終於開口：「我正打算告訴妳。」

「什麼時候？等到你臨終嗎？」

「或許吧，」他說。「說不定臨終之後。」

先前在棒球場醞釀的情緒，這時再度浮上心頭——她好想保護爸爸，讓他不要受到接踵而至的傷害。

他好天眞、好孩子氣。她想到他站在圍欄旁邊跟歐文說話的模樣，好像球場上其他數千人都不存在，好像就算其他人存在，他們也看不出他對歐文的感情，好像就算其他人看得出他對歐文的感情，他們也會寬容他、諒解他。但是依照感覺行事，不見得會得到其他人的寬恕——他們絕對不會因此而原諒你。

「這件事多久了？」她問。

「沒有很久。」

「跟歐文在一起沒有很久，還是……」——她不知道該怎麼說——「整體而言沒有很久？」

艾弗萊抬起頭來。「沒有所謂的『整體而言』，」他說。「只有歐文。」

他年紀不算太大，但是這會兒看起來像是上了年紀。他的手臂懶懶下垂，頭髮銀灰，額頭上出現一條條深深的皺紋，神情憂慮凝重，帶著一絲懇求。難道年紀較輕的一方始終值得爭取，而年紀較長的一方始終必須努力追求？從少女時代至今，裴拉始終是年紀較輕的一方，她是那個被人緊緊抓住、備受寵愛的獎品，在這方面經驗老道。人們向來鍾愛尚未定型的事物，眞的，人類就是麼愚蠢。說眞的，這樣一點都不合情理。上了年紀的人究竟希望年輕人變得怎樣？除了變老，年輕人還能變成什麼？年輕人終究會變老，只不過時候未到。但是上了年紀的人始終抱持希望。

她所謂的「上了年紀的人」，係指那些愛上小情侶的傢伙——不只是她爸爸，還包括大衛，甚至那些她高中的時候，跟她發生曖昧的二十幾歲小伙子。人們總是希望回到過去，總是夢想能忘記曾經犯下的錯誤。你可以說年輕人肌膚柔滑，生育機能極佳，因此值得追求，但你若這麼想，就劃錯重點了。其實這種事包含可悲的一面。比方說那股揮之不去的懊惱、那種你一輩子都錯了的感覺、那股你急著想要重新來過的衝動，爲此，你愛上某個年紀較輕的小情人。「他是個孩子，」她說。「年紀比我還輕。」

艾弗萊點點頭。「我知道。」

「如果有人發現，那該怎麼辦？我們會如何？」她特別強調我們，講得稍微戲劇化。

「我不知道，」艾弗萊說。

「但你愛上他了。」

「沒錯。」

「嗯，這下可好囉，」裴拉說。「愛情大過天。」其實她想的說的話更加殘酷：他會讓你心碎。

她拿起背包和包包，走向爸爸。在那短暫的一刻，艾弗萊以為她打算給他一個擁抱，心中不禁大喜，但她雙手緊緊抓住背包和包包的帶子，其實他只是擋了她的路。他退到一邊，讓出幾吋空間。低沉的氣氛中，他那一頭紅褐色秀髮的女兒悄悄走過他身旁，沿著走廊往前走，消失在視線之外。

58

你若假裝不認識寇克斯教練，逕自走進他空蕩蕩的辦公室，坐在唯一一張訪客座椅上，審慎地環顧四周，你絕對猜不到他已經執掌衛斯提許棒球隊十三年。他幾乎像是昨天才搬進來。他的門從來不上鎖，牆壁一貫粉白，墨綠色的金屬辦公桌毫無光澤，好像小學老師的辦公桌，牆上貼著一張棒球賽程，垃圾桶裡堆滿捏成一團的健怡可樂空罐，顯示辦公室裡面確實有人，其餘的擺設包括一個半滿的冰箱，冰箱上面堆著速食店的餐巾紙和芥末包。窄窄的窗戶望出去不見大湖。

辦公桌的桌面鋪著一塊玻璃，桌上只有一具電話和一張小小的照片，照片加了框，照片裡是寇克斯教練的兩個小孩，他們坐在一個滿是落葉的孩童泳池裡，女孩一手攬住男孩，一副保護弟弟的模樣，對著相機扮鬼臉。亨利拿起照片仔細瞧，兩個小孩身穿土黃色的秋季夾克，頭髮過長，亂七八糟。男孩看起來大約四歲，女孩大約七歲，但是亨利記得照片已經擺了好久，全部褪色，兩個小孩現在肯定大多了——說不定比亨利還大。寇克斯教練很少談到他的家人，想來奇怪；你跟你周遭的人居然如此陌生，想來也很奇怪。亨利印象中教練的女兒好像叫做凱莉，但是說不定她只是長得像是某個名叫凱莉的同學。凱莉和彼得，他一邊胡亂猜想，一邊把照片擺回原來的地方，這樣一來，照片面向寇克斯教練的椅子，而不是他自己的座椅。彼得和凱莉。

寇克斯教練走進來，從冰箱裡拿了一罐健怡可樂，重重坐到他那張仿皮辦公椅上。椅子的轉軸嘰嘎作響：轉軸鬆到他整個人往後仰，好像正要動某個牙科手術。

「寇克斯教練，」亨利說，「趁你還沒開口前，我想先爲昨天的事情跟你說聲對不起。我丟下球隊不管，我不該這麼做，我眞的非常抱歉。」

魚叉手隊星期天連勝兩場，一場二比一，一場十五比〇，擊敗寇斯瓦爾學院。第二場比賽遵照「上中西部小型學院運動員聯盟」的憐憫規則，打了四局之後提前結束比賽，這就是爲什麼歐文和史華茲提早回到學校。創隊一百零四年以來，魚叉手隊首度拿下聯盟冠軍。分區錦標賽還有一段時間才開打。

寇克斯教練在椅子裡往後一靠，躺得更低，整個人幾乎躺平。他摸摸臉上的小鬍子。「小史，你曉得我必須罰你暫時禁賽。我不想這麼做，但我沒有其他選擇。這是規定。你已經錯過兩場比賽，所以再禁賽兩場應該說得過去。如果運氣好，我們會打贏其中一場。你最好把握機會振作起來。」

「教練，」亨利說。「其實我想休息久一點。」

寇克斯教練皺起眉頭。「什麼意思？」

「我是說……我想退出球隊。」

寇克斯教練眉頭皺得更深，轉變成另一種表情。他往前靠，在椅子上坐直，兩腳穩穩踏在地上，直盯著亨利。「我眞希望自己是個二十歲的小伙子，而且具有跟你一樣的天賦，」他說。「但我們不能始終如願。我不准你退出球隊。」

「但是，教練，你不了解。我要退出球隊。」

「你怎樣都不准退出。事實上，你馬上給我歸隊。再過十五分鐘就開始練球。馬上換衣服！」

「我不行。」

「不行才怪。你馬上換上舊球衣，我不管球衣合不合身，我要把你操到吐。」

「教練，」亨利小聲說。「我已經完了。」

他的語氣讓寇克斯教練意識到他是認眞的。教練又摸摸小鬍子，最後終於開口：

「你跟麥克談了嗎？」

有那麼短暫的一刻，亨利以爲寇克斯教練說的是他跟裴拉的事情。他喉頭一緊，即便他曉得教練不是這個意思。寇克斯教練想說的是，史華茲絕對不會讓他放棄棒球。「不，」他坦承。「我沒有。」

「嗯，讓我們聽聽他對這件事的意見。」寇克斯教練稍微把頭往後仰，一臉決然，一口喝光健怡可樂。「來吧。」

他們一起離開辦公室，走向電梯。亨利大可拒絕跟教練一起下去更衣室——他大可按下一樓的按鈕，走出體育館大門，永不回頭。但某些因素阻止他這麼做。說不定他太習慣聽命於寇克斯教練，說不定是他自己想要下去更衣室。昨天晚上，麥克只是剛好轉過身去走下樓梯。

「史華茲，」寇克斯教練大喊。「我們能跟你談談嗎？」

史華茲坐在他的置物櫃前面，正把冰袋擱在大腿上，一聽到我們二字，他馬上抬頭看看，他臉色一沉，取下一隻耳朵的耳機。「什麼事？」

附近幾個魚叉手隊員——李克、史塔布萊德、勃丁頓、伊希、菲拉克斯——各自瞪著空空的置物櫃，假裝沒有注意到亨利走進來。他們有所不知呢，亨利心想。

「出來走廊上談談，」寇克斯教練對著門口擺擺頭。「來吧。」

「我在冰敷，」史華茲說。「什麼事？」

寇克斯教練一臉不耐，一連哼了好幾聲，你可以看得出來他快要大吼大叫，而他平時很少抬高嗓門。

亨利趕緊插了一句：「在這裡說也行。」他硬著頭皮，朝著史華茲跨出一步。「麥克，我很抱歉發生了那些事情。我讓你失望。我讓每個人失望。對不起，我犯了錯，我眞的非常、非常抱歉……」嚴格來說，他爲了昨天丟下隊友們而道歉，這已經是個不可原諒的過錯，但是他的意思當然不只如此。「寇克斯教練叫我跟你說，我已經決定退出球隊。」

史華茲冷冷盯著他的置物櫃，毛髮濃密的雙肩下垂，兩大袋冰塊擱在膝蓋上。他把手伸到置物櫃裡，拿出一管止汗劑，**啪地**一聲拔開管口，抬高一隻手臂。「伊希是我們的游擊手，」他說。「你連傳球都傳不好。」

「我知道。這就是我爲什麼想要退出。」

史華茲換擦另一邊腋下。「這倒有趣，」他說。「我還以爲是因爲你上了我的馬子。」

「我上了你每一個馬子！」亨利大喊。這話沒什麼道理，但他還是握緊拳頭，大聲喊了出來。他覺得自己說不定會撲向史華茲，開始揮拳。「幹你娘！誰在乎呢？」

史華茲從置物櫃裡拉出一件衛斯提許棒球隊運動衫，把頭套進領口，拉下運動衫，蓋住粗壯的身軀，每一個動作都慢得嚇人。「說不定沒人在乎，」他說，雙眼直直盯著置物櫃裡。「李克，你在乎史格姆山德上了我的馬子嗎？」

李克和史華茲的置物櫃剛好相鄰，他謹慎地抬頭看看，粉紅的臉頰一片陰沉。「我想我不在乎，」他說。

「史塔布萊德，你呢？」

「才不呢。」

「伊希？」

沉默不語。

「伊希?」

「我不在乎，**老傢伙**。」

史華茲一個接著一個詢問，每個傢伙輪流表示他們不在乎亨利跟史華茲的女朋友上床。最起碼歐文不在場。亨利不曉得應該爲誰感到難過，但他清楚應該怪誰——他自己。

「嗯，很好，」史華茲說。「我們練球吧。」

他從膝蓋上移開保鮮袋，把冰塊倒進長椅之間的環形排水管，然後弓著雙腳，一拐一拐走出更衣室，隊友們各自緊貼著置物櫃，以免碰到他粗壯的身軀。

「這下好了，」寇克斯教練說，他的聲音已經從低聲嘟囔提高爲士官長的怒吼。「他媽的這下可好。每個人都**馬上**滾去足球館！你們都得**跑到吐**爲止！」他看看亨利。「你一起來嗎?」

「不，」亨利說。

「小史，你眞的打算退出球隊?你他媽的眞想這麼做?」

亨利點點頭。「是的。」

59

艾弗萊坐在奧迪汽車裡，一邊偷偷摸摸抽著菸，一邊隔著車窗望穿沉靜的大街，觀看柏列曼家昂貴的前廊、高低起伏的圓屋頂，以及修剪得整整齊齊的草坪。暮光漸濃，青綠的草坪慢慢變得灰撲撲。裴拉走了之後，他想起柏列曼教授今年春天從物理系退休，正準備搬去新墨西哥州打高爾夫球、跟太太在沙漠裡散步、純粹爲了興趣在網路大學執教。柏列曼教授比艾弗萊年輕，但已經賺了一大筆錢。

沒錯，草坪上有個牌子：吉屋出售。

裴拉已在校區找到房子，她將跟幾個衛斯提許的女學生住到學期末。她已將此事告知艾弗萊，明知他會在他的辦公室，她卻在他住所的答錄機留話。她的新居有電話，但她請他短期之內不要打電話過來。她需要一些時間獨處。

艾弗萊在奧迪汽車的菸灰缸按熄香菸，凝視柏列曼家的門面。白色的房子面積龐大，絕對適合作爲校長宅邸，但是房子也有些俏皮之處，簡單大方，別具風情。即使以前認定自己會永遠待在哈佛，他也從來沒有想過買房子。租遍劍橋地區的一半住屋，感覺就夠久了。

他原本只想順便開車過來，看看草坪上是否眞有一個牌子，但是這會兒他卻不由自主地慢慢走到前廊的階梯。他還沒按電鈴，柏列曼教授的太太珊蒂就隱約出現在大門後面。

「啊，葛爾特，」她說。「眞高興在這裡看到你。」她剛打開大門，一隻大狗就從小小的門縫裡衝出來，跳上來撲向艾弗萊的胸前。「我正想帶康坦戈出去散步。」她抓住大狗的項圈，往後拉扯。「對不起，他今天很野。」

「沒關係。」艾弗萊把手伸過去讓狗兒聞一聞。這隻老狗長相尊貴，金黃色的鬃毛，藍色的眼睛，相當漂亮。

「湯姆出去慢跑，」珊蒂說。「有什麼急事嗎？」

「沒有、沒有，一點都不急。嗯，其實啊……我對房子有點興趣，所以過來看看。」

「啊哈。」珊蒂對著艾弗萊笑，笑意中帶點調戲，但是不至於踰矩，教授的太太們，最起碼那些比較有安全感的教授夫人，通常喜歡像這樣對著艾弗萊笑。珊蒂肌膚光滑，身穿黑白慢跑服，足蹬純白慢跑鞋。他曾不只一次猜想，跟一個像這樣的女人共同生活數十年，不曉得感覺如何——這麼一個女人把家庭當作一個大公司來管理，事事按部就班，有條不紊，她是理財高手，懂得善加利用有限的收入，讓它變成一筆似乎龐大的資產，她也知道如何運用金錢，添增生活的舒適與情趣。「你終於打算冒險一試？」

艾弗萊聳聳肩。「我看到牌子，」他說。「我有點好奇。」

「嗯，請進。讓我帶你仔細參觀。康坦戈，對不起，你以爲我們要出去散步，白高興一場囉。」她發出噓聲把狗趕進屋裡，然後一隻手擱在艾弗萊的背上，將他一併帶進屋裡。「來瓶啤酒好嗎？抱歉不能陪你喝一杯，我正在喝蔬果汁清腸胃，唉，誰叫我趕時髦呢？但我確定湯姆回來之後，一定會跟你喝一杯，他最近運動得非常勤快。」

艾弗萊握著冒著水滴的海尼根啤酒，乖乖跟著珊蒂穿過第一扇、第二扇門，珊蒂詳細解釋「加利福尼亞櫥櫃公司」的種種優點、天然採光，以及剛剛整修過的廚房。柏列曼家的兩個孩子都已經大學畢業，離家自立，他們的房間被改裝為陳設簡單、整齊清爽的客房，專為節慶及夏日來訪的親友們保留。「露西十月結婚，」珊蒂說，他們站在其中一間房間的門口，房裡擺放著比較多的抱枕。「時間過得真快。」她轉身帶著艾弗萊下樓。「你可以看得出來，這是一棟大房子，但也不是那麼大。三間臥房，湯姆的書房，樓上樓下各有一間浴室，這棟房子非常適合居住，它的歷史非常悠久——原始的設計點子來自農舍，而不是豪宅，一個人住也不會太奇怪。」她又對艾弗萊發出那種淘氣的微笑。「葛爾特，你還是一個人住吧？」

「算得上是。」

「啊，語焉不詳！意思是？」

他們坐在廚房餐桌旁，艾弗萊接下珊蒂遞給他的第二瓶啤酒，把手伸下去搔搔狗兒的肚子。裴拉從小到大一直吵著要養狗，但是他們始終沒有付諸實行。「我女兒正考慮到衛斯提許學院讀書，」他邊說邊用指關節敲敲木頭桌面，以免觸霉頭、有損此事的可能性。「我們不一定得住在一起，但是……」

「啊，但她當然需要自己的房間。她叫裴拉，對不對？好可愛的名字。但我以為她在耶魯大學？說不定現在已經畢業了？」

多年以來，大家在雞尾酒會上問起裴拉的去處，艾弗萊始終語焉不詳。這會兒他覺得自己洩漏了某些祕密。「耶魯大學終究沒能如願，」他說。

珊蒂點點頭，表示了解。「世事多半不如願，」她說，但她神情愉快，臉上綻放無比的光采，卻正顯示她一點都不了解。「你還想知道什麼？」

艾弗萊看看門外的後院以及遠方的大湖，銀白的月光照耀著整齊美觀的後院。這是一棟漂亮的房子。誠如珊蒂所言，房子雖大，但不誇張。但他為什麼會興起這個念頭？他已經在史庫爾館住了八年，幾乎不曾感到擁擠，或是有所不滿。如果垃圾處理器或是暖氣出了問題，他只要打電話給維修處，他們馬上派人過來。這裡可沒有維修處。他必須粉刷各個房間，更換壁爐，支付地價稅。更別提他的家具非常少，根本塡不滿這麼多房間。屋頂的狀況如何？他必須詢問珊蒂這類問題。如果他眞的買了一棟房子，他就得不停問自己這類問題。

他不是已經徹底看破「居者有其屋」的迷思嗎？他眞的想要放棄空閒的時光——以及存款的一大部分——換取一棟象徵中產階級的白色大房子嗎？嗯，說不定是的。他不禁想到裴拉會多麼喜歡這裡。整個二樓都可以是她的：一個房間作爲臥室，另一個房間作爲書房，第三個小房間可以作爲畫室、或是容人進出的衣帽間。他自己在一樓有足夠的空間。她可以在宿舍保留一間寢室——她不在家的時候，他可以假裝她待在寢室，這樣一來，他不必老是爲她操心，也不會輾轉難眠。她現在生他的氣，而且絕對有理由生氣，但他覺得她會喜歡這棟房子。他當然不是想要藉此贏回她的心。

雖然已經過了幾十年，但他可不是一個對於機械一竅不通的笨蛋——他在農場上長大，也在船上待了幾年。他不是那種依靠網路長大的小孩，他可以照顧一棟房子。柏列曼家採用一般的美式風格維修庭院，也就是鋪上一層完美無瑕的草地，但這並不表示他必須蕭規曹隨——他可以翻起整片濃密的草地，種上番茄、食用大黃和青豆。秋天收成大蒜，管他的，再加上南瓜。雖然聽起來瘋狂，但他可以種些南瓜，而南瓜是他小時候最喜歡的作物。誰能阻止他？誰規定草坪就得是個草坪、角落必須有個單調的花園？沒錯，說不定眞有這些規定——衛斯提許或許不乏毫無意義的法令，也不缺一些吹毛求疵的鄰居好言相勸。但是這位脾氣暴躁、專門研究梭羅、種植南瓜和青豆的校長，將會勇敢地對抗他們、把他們瞪得抬不起頭來、趕走他們……

他的手機在口袋裡振動。說不定是裴拉，說不定他可以說動她現在過來看看。他帶著歉意對珊蒂笑笑，悄悄掏出手機，瞄瞄來電顯示：歐文。

「沒關係，」珊蒂說。「我知道大家都在找你。」

但是艾弗萊選擇讓語音信箱接聽歐文奶油糖果般滑潤的聲音。如果這個衝動之舉是個宣示，如果他想藉由買房子對女兒做出表示——妳瞧，我很可靠，妳可以信賴我，我人在這裡，我愛妳——但若涉及歐文，這事的意義可就完全不同，艾弗萊甚至不敢設想。歐文九月就去日本，他會回來衛斯提許參加畢業典禮，僅此而已。他在世界的一隅毫無牽掛，艾弗萊卻得監掌一所大學和一個女兒，最起碼未來四年是如此。然後他將邁入六十五歲大關。他若購屋，無異於宣示他可以想像沒有歐文的生活——或者至少他不得不如此想像。

康坦戈安然坐在廚房潔白的地上，尊貴的頭顱靠在尊貴的爪子上，距離艾弗萊的椅子只有幾吋。他們兩個看著珊蒂把紅蘿蔔、橘子清洗乾淨，削掉果皮，準備把它們放入果汁機。「看來有人交了新朋友，」她說。「好吧，恕我粗率，但我們是不是應該談談價錢呢？」

「談一談也好。」

她告訴他定價。他輕輕吹了一聲口哨。「我以爲房市崩盤了呢。」

珊蒂笑笑。「一分錢一分貨。」

除了購買西裝和威士忌之外，艾弗萊習慣性地以爲自己是個窮人，也總是表現得好像手邊缺錢；成長環境造成這種心態，而他始終無法完全擺脫。其實他相當富裕；他幾乎沒什麼花費，薪水直接匯入銀行帳戶。他最近大筆揮霍買了一部奧迪，但那已是六年前的事。他透過前廊紗門望著大湖，大湖感覺好近，似乎摸得到。

「我們可以談得成！」珊蒂在果汁機的雜音中大喊。「如果趕快行動，我們可以辭退仲介——那個牌子今天早上才掛出去——自己處理買賣，這樣可以省下百分之六的費用。凱蒂·溫納德才不缺錢呢。我們也可以省略各種繁瑣的文件。我眞希望你和裴拉會愛上這個地方。我非常捨不得離開。」

有人砰地一聲打開前門，湯姆．柏列曼走了進來，湯姆身材結實、禿頭、而且滿身大汗。「校長先生好，」他說。「我先洗個手，再跟你握手。」

「葛爾特過來看房子。」

「是嗎？」湯姆親一親太太，從冰箱裡拿出兩罐啤酒，擺了一瓶在艾弗萊面前。「妳有沒有花言巧語、粉飾這棟老房子的缺點呢？」

「當然沒有，因爲這棟房子沒有任何缺點。」

「我知道我信得過妳。親愛的，妳就像是性感的利奇．洛瑪，每次都能成交①。但是這棟老房子的屋頂確實需要翻新。」

珊蒂給他一個白眼。「我們去年夏天才翻新屋頂。」她解釋。「湯姆和凱文自己動手。」

「連著五個禮拜，我們每天工作十四小時，幾乎賠上我這條老命以及父子關係。」他在桌旁坐下，舉起自己的海尼根，輕碰一下艾弗萊的那一瓶。「很高興見到你，」他邊說，邊扯下汗水淋漓的運動衫。

「珊蒂有沒有跟你說我們附送一隻無憂無慮的小動物？」

艾弗萊看看康坦戈，康坦戈也看看他。說不定因爲他喝了三瓶啤酒，但是康坦戈看起來好聰明，似乎是個好夥伴。「眞的嗎？」

「我來解釋一下吧，」珊蒂端著她的蔬果汁加入他們。「康坦戈是凱文的狗，而凱文即將前往斯德哥爾摩，套句他自己的話，『可能待一段時間，也可能永遠待下去』。」

「爲什麼？」艾弗萊一邊客氣地問問，一邊又伸手摸摸康坦戈。

湯姆迎上艾弗萊的目光，比畫出一個曲線姣好的瑞典女郎。

「湯姆，拜託喔，說眞的，我對所有寵物都非常敏感，即便我始終咬著牙不吭聲。況且過去幾個月，康坦戈已經非常習慣這裡，所以啊，不管買主是誰，如果他眞的對於這種安排感興趣……」

「我們還額外提供一年的狗食和跳蚤預防針，」湯姆把話說完。「這樣是不是讓你更心動了呢？」

「嗯，」艾弗萊說。「哇。」

---

①利奇．洛瑪（Ricky Roma），電影《大亨遊戲》（Glengarry Glen Ross）裡的紅牌房屋仲介，他的口頭禪是：「始每次都能成交（Always Be Closing）」。

60

魚叉手隊整裝待發，跟著史華茲走出去，在足球館裡跑到吐。沒有人發出半點怨言。伊希非常緩慢地戴上手環，把玩掛在脖子上的十字架金鍊子，一直逗留到其他人離開爲止。他看起來好像想說什麼，但反倒只是低著頭離開。走向走廊時，他啪地一聲用力捶打手套，表示向亨利致敬。

亨利坐在他的置物櫃前面。他剛才忽然對史華茲怒吼，連他自己也嚇了一跳；更令他驚奇的是，他心中的怒氣依然尚未平息。搞砸一切的是他，不是史華茲。應該受到責備的是他，不是史華茲。但當他坐在這間充滿回憶的更衣室，每一樁浮現在腦海中的回憶都是史華茲加諸在他身上的痛苦。他氣史華茲，甚至有點怨恨史華茲。記得當初他剛到衛斯提許，沒有朋友、毫無目標的那段日子嗎？史華茲把他帶到這裡，他以爲史華茲會提供指引，但是史華茲整整十二個禮拜不見蹤影，把他晾在一旁，等到終於打電話來的時候，史華茲只說忙著踢足球，用這件事當作藉口。當初亨利可憐兮兮，滿心感激，不敢表達心中的不悅，現在心中卻湧現當初那些傷痛。他好恨史華茲那樣對待他。他好恨史華茲逼著他穿負重衣在足球館練跑、清晨五點叫他健身、盯著他做上千次推舉、丟擲健身球折磨他……亨利以前渴求那種痛苦，因爲他吃的苦都有意義，最起碼當初感覺如此，現在心中湧現的傷痛卻只是純粹的痛苦，不具任何意義，也不能幫他贖罪，因爲他吃了苦，結果卻只走到目前這個地步，接下來不曉得何去何從。老天爺啊，他好恨史華茲。他恨史華茲的關注，他恨史華茲的輕忽。最近因爲裴拉，史華茲再度忽略他。若非史華茲的逼迫，他今天不會在這裡。史華茲帶領他走到這個地步，這下他卻玩完了。遇見史華茲之前，他的夢想只是夢想。假以時日，夢想總會漸漸消散，不會造成傷害。

他得走了，免得有人回來，發現他在這裡。他走防火梯，悄悄從側門溜出去。他遠離校園，朝著市中心前進。條條街道沐浴在午後的陽光中，看起來古怪而無意義。除非慢跑，否則他大白天從來沒有來過這裡。

格蘭街和梵蘭提街轉角、崑朵巴墨西哥快餐店旁邊有家銀行，銀行剛剛才關門，亨利走上得來速自動提款機的車道，球鞋吱吱嘎嘎踩過車子引擎空轉漏出的汽油。他按了提款卡密碼，領出帳戶裡僅存的八十美金。他把鈔票放進口袋裡，掉頭走回梵蘭提街，朝著巴雷比酒吧前進。

他大白天也從來沒有來過巴雷比酒吧。除了兩對中年夫妻之外，酒吧裡空空蕩蕩，兩對夫妻圍在一張桌子旁邊，桌上散置著吃了一半的漢堡、半滿的啤酒杯，以及殘缺不全的起司條，起司好像太妃糖一樣伸展。吧檯的酒保叫做傑米．羅帕茲，羅帕茲是足球隊員，亨利跟他有點熟。羅帕茲微微前傾，靠向一本攤開的教科書，脖子上披著一條酒吧的白毛巾。他穿著一件黑色運動衫，運動衫背後印著梅爾維爾各趟旅行的日期。亨利坐上高腳椅。

羅帕茲眉毛一抬，狀似驚奇。「嗨，小史。」他用一支攪拌雞尾酒的細棒夾住教科書。「你來這裡做什麼？」

亨利聳聳肩。「放鬆一下。」

羅帕茲讚許地點點頭，把一個厚厚的紙杯墊丟到亨利手肘旁邊。「你想喝什麼？」

亨利看著一長排生啤酒桶，他已經跟著球隊喝了好多攤，知道啤酒實在不好喝，但是其他種酒的味道更糟。

「這樣吧，」羅帕茲說。「我幫你調杯酒，好嗎？我今天頭一次當酒保，總得訓練一下。」

亨利打量羅帕茲的臉，試圖研判他知不知道上星期六出了什麼事。亨利看不出任何跡象。但是羅帕茲肯定知情。每個人都知道。學校裡一半的人都在場，另一半的人肯定馬上聽說。亨利憎惡羅帕茲裝沒事打招呼，嗨，小史，其實他八成同情亨利、以爲自己比亨利強。大家爲什麼不直接說出心底的想法？但是話又說回來，亨利也不想談這件事，羅帕茲就算裝作不知道，或許也算是一種善意。說不定羅帕茲眞的不知道。杯墊上冒出一個品脫杯，杯裡裝滿冰塊和墨黑的液體。亨利用藍色大吸管吸了一口。

「我的手藝如何？」

亨利趁著吞嚥的時候偷偷咳嗽，他伸手遮住嘴巴，這樣一來，羅帕茲就看不到他的表情。「不錯。」他點點頭。「棒極了。」

羅帕茲驕傲地咧嘴一笑。「這是我獨家調製的長島冰茶，配方比較猛。」

亨利盯著後面牆上那部大電視播放的「大力士競賽」，聽著羅帕茲滔滔不絕地講述調酒師訓練班。螢幕上不停變換的光線吸引了他的目光，羅帕茲的聲音輕輕飄進他耳裡，他呆呆地吸著吸管，不知不覺喝光他的調酒。羅帕茲又調了一杯，擱在杯墊上。外面天色漸暗。撞球霹霹啪啪碰撞。人們開始湧進酒吧。羅帕茲調暗燈光，最後酒吧裡盈滿青綠、陰暗的微光，大紅和大藍的電子啤酒廣告招牌點綴其間。

「嗨，小史，」他說。「你幫我播放點唱機，好嗎？」他把一張十塊錢的鈔票滑過吧檯。「放些比較柔和的歌曲。現在還早。」

亨利勉強走到點唱機旁，塞進紙鈔，按下翻轉光碟唱片的按鈕。他只認得U2——他們的歌曲算是柔和，是嗎？他選了一些U2的歌，但還得再選二十首。翻頁，翻頁，翻頁。他只曉得那些他們練舉重時，史華茲播放的歌曲，而那些歌曲一點都不柔和。他放棄，走向洗手間。

便池上方有個軟木板，板子上面釘著《美國今日報》和《衛斯提許號手報》的體育版。「終於踏上本壘！」《號手報》的通欄標題寫道，標題下方是一張半版照片，照片中的魚叉手隊員們高舉手臂、踩上寇斯瓦爾的本壘板，人人正在無聲歡呼，連歐文看上去都很興奮。這篇報導就像其他關於棒球隊的特寫，都是出自莎拉．X．派索之筆：

伊利諾州，寇斯瓦爾——百餘年來，魚叉手隊從未贏得聯盟總冠軍。百餘年來，他們的對手寇斯瓦爾麝香隊卻曾二十九度奪得聯盟總冠軍，甚至曾連續四年奪冠。比賽當中，他們的明星游擊手亨利．史格姆山德不見蹤影。

這些都無所謂。

星期日下午，魚叉手隊以一個驚嘆號，終結一世紀以來的挫敗。魚叉手隊以二比一、十五比〇的佳績，擊敗眾人看好的麝香隊，首度摘下UMSCAC的冠軍寶座。大四隊長麥克．史華茲以兩支全壘打、七個打點率先迎敵，一頭金髮、明星架式的投手／中外野手亞當．史塔布萊德貢獻四支安打，而且在首場比賽當中救援成功，即便比賽之後，他撩起球衣，露出瘀青但是鍛鍊得令人驚嘆的六塊肌，表示自己的腹肌非常痠痛。

新生伊希．亞威拉塡補史格姆山德的空缺，表現更令人激賞。他不但轟出幾分打點，而且好像《邁阿密風雲》影集的警探一樣鎭守球場中央，那副顧盼自若、神采飛揚的模樣，有如早期的瑪丹娜。他一、兩次展現高超靈巧的身手，就連在旁觀戰的球迷們都喋喋不休談論那位被他所取代的球員，也就是那位眾人認爲不可取代的天才游擊手史格姆山德。「伊希看起來很棒，」留著小鬍子的教練朗恩．寇克斯讚揚，而這位雄赳赳的總教頭講話向來含蓄保守。

在此同時，史華茲不理會史格姆山德將對魚叉手隊造成傷害的說法。魚叉手隊首次晉級分區錦標賽，史格姆山德卻毫無理由地缺席。史格姆山德近來信心漸失，表現欠佳，昨天比賽進行到一半的時候，無故走下球場。「小史明天會回來，」史華茲憤憤地說。「你們可以打賭看看——【完整報導續見3B】」

亨利扯下報紙，撕成像是彩紙一樣的細細長條，在上面撒泡尿。洗手的時候，他看到自己的模樣：運動衫髒兮兮，好幾天沒刮鬍子，也沒洗澡，羅帕茲不僅只是客氣——他是縱容亨利，就像你縱容一個發了瘋的神經病。

他兩膝發軟。他逗留在洗手間門口，直到羅帕茲擠過愈來愈擁擠的人群，走向酒吧另一頭。他悄悄在他喝乾了的品脫杯下面塞了一張二十美金鈔票，匆匆走出酒吧。他跨過鐵軌，來到市中心，學生們沒有理由來這裡，四下空空蕩蕩。

有人朝著他走過來，或者應該說試圖走過來，啊，裴拉．艾弗萊。

她起先沒看到他。她正忙著把一件四腳家具從路邊搬下來。她用力抬起家具，將平坦的一邊頂在胸前，四隻腳直直指向亨利。她用力把家具舉到空中，卻只能搖搖晃往前走幾步，邊走邊喃喃咒罵，然後又把家具放下來。

他走過她身邊，街上只有他們兩人，他不得不停下腳步。他們隔著桌子看著對方。

裴拉從厚運動衫的口袋裡掏出一包香菸和一個打火機，敲出一支菸，啪地一聲點燃。亨利伸出一隻手。裴拉看看他。「你確定？」她說。

亨利點點頭。她遞給他一支菸。「小心，勁道很強。」

亨利分不清勁道強弱。他把香菸放進嘴唇之間。

「這東西不像看起來那麼矬。」她一邊幫自己再點一支菸，一邊朝著書桌點點頭。「說不定確實很矬。我知道我沒辦法把它扛回家。但我眞的想要它。」

香菸起不了什麼作用。亨利試圖模仿裴拉，狠狠吸了一口。他馬上感覺頭冒金星，趕緊伸出拿著菸的那隻手扶著書桌，穩住自己。他把另一隻手伸到嘴邊，往手裡咳了幾口痰。

「亨利，你還好嗎？」

他點點頭。

「來，我們在這裡坐坐。」裴拉拉著他的手，把他帶到路邊。他們坐在路邊，雙腳伸到街上。「我找到一個新的住處，」她說，試圖轉移他的注意力。

「房子在谷羅姆街，我有兩個室友諾耶兒和寇特妮，都是大三的學生，原本還有一個女孩，但是學期當中輟學了——根據那個地方的氣氛研判，我想百分之八十是因爲厭食症而住院治療。我當了戒指支付押金，然後看到隔壁店裡擺了這張書桌，我想想，擁有一件屬於自己的家具也不錯，所以就花錢買下來。」

「書桌不錯。」

「謝謝。老闆問我什麼時候可以過來搬書桌。我說：你們送貨嗎？他支支吾吾地說：嗯，他的貨車不在這裡，說不定星期六可以送過來。我說：星期六？今天是星期一耶！他說他知道今天是星期幾。所以我說：算了，我現在就過來搬。我把桌子抬出店裡，走了一條街，整個人幾乎癱了。」

「我可以幫忙，」亨利說。

「你好好休息一下。」

他們靜靜坐在路邊，裴拉抽完她的菸，然後扶著亨利站起來，兩個人開始拖著書桌走向谷羅姆街。亨利必須往前走，以免頭昏，這表示裴拉必須倒退走，她走不快，跌跌撞撞，再加上亨利依然覺得頭昏，結果他們每隔半條街就得停下來休息，前進速度緩慢。

他們終於走到谷羅姆街，轉向東邊，朝著大湖前進。「嗯，」裴拉說。「我想房子在這條街上。」

「門牌號碼幾號？」

裴拉不記得。「爲什麼這些房子看起來都一樣？別說因爲天黑看不見。喔，等等——說不定是這一棟。」他們放下桌子，她衝上前廊，盯著窗戶裡瞧。「每棟房子眞的看上去都一樣，」她說。

亨利打個嗝。他感覺腳下的街道傾斜到一邊。「試試妳的鑰匙。」

「我忘了拿鑰匙。」她又走上前廊階梯，試試大門——門沒鎖。她偷偷看裡面。「就是這一棟，」她說。「我們別出聲。」

他們把書桌搬上前廊，走過漆黑的客廳，進入裴拉的房間。她打開電燈，眼前出現一間空空蕩蕩、鋪了地毯的房間，角落擺了幾個吸塵邦妮寶寶，地上擱著一個床墊，她的藤編包包和背包裡的東西散落在房間各處。床墊旁邊的地上有個電子鬧鐘，鬧鐘剛從盒子裡拿出來，電線彎彎曲曲繞過地毯，依然糾成一團。「你瞧瞧，」她說。「這就是我的城堡。」

他們把書桌抬到顯眼的地方，也就是床墊的斜對面，然後挪動一下，讓書桌緊靠著牆壁。裴拉退後一步，手臂交叉，檢視一下，然後用臀部把書桌朝著窗戶移動半碼。「我想這樣就行了，」她說。

亨利走到走廊盡頭上洗手間。回來的途中，他瞄了一眼廚房，水槽上方的小燈發出微弱的亮光，流理台上擺著一瓶酒，瓶口有個塑膠酒瓶塞。他從來沒有嘗過烈酒；即使上教堂，他也略過那部分。酒還剩下大半瓶。他拔下酒瓶塞，咕嚕咕嚕喝下去，兩大口就喝乾。他把酒瓶塞進垃圾桶最裡頭。

餐桌桌面是藍色的美耐板，搭配四張同樣款式的椅子，但是這裡只住了三個人。裴拉的新書桌沒有椅子，所以他把其中一張椅子抬起來，扛回裴拉的房間，經過時，他試著不要讓椅子撞到走廊牆壁。

「喔，」裴拉說。「我說不定不應該使用這張椅子。」

「妳說什麼？爲什麼？」亨利覺得自己有點搖晃。「隨便妳吧。」他用力把椅子推到書桌下。

「嗯。」裴拉手臂交叉，檢視一下擺設。「你或許沒錯。這樣看起來相當不錯。」

他轉身面向她，伸出手臂。「妳看起來相當不錯。」

「亨利，別鬧了，你喝醉了。」

他一隻手遮著嘴，偷偷打個嗝。「我愛妳。」

「不，你不愛我。」

「我愛你。」

「你這個大白癡。你怎麼喝醉了？你以前喝醉過，但不像這樣。」

「我喝了酒。」

「酒？什麼酒？」

「廚房的酒。」

「你喝了廚房的酒？好吧，你想喝多少酒都行。你確實應該喝一杯。但是你不要四處嚷嚷、隨便說你愛誰。好嗎？」

亨利點點頭，然後閉上眼睛。裴拉牽著他的手，帶著他走到客廳。幾個小時之後，他在黑暗中醒來，整個房間天旋地轉。他把臉埋進沙發裡。有人伸手猛搖他的肩膀。「亨利，」裴拉輕聲說。

他嘟囔了一聲。

「快要五點半了，我得去上班，去我房間睡，這樣我的室友們才不會生氣。」

61

分區錦標賽開打的前一天，史華茲開車過去看他的骨科醫生。診所位於商店街，夾在手機量販店和福音書房之間。史華茲把別克汽車停在殘障人士專用的停車位，算是跟自己開個小玩笑。接待員茱莉舉起兩隻指頭，示意他到第二診療室。他始終掛凱爾納醫生午餐之後的第一號，這樣他才不必等候。

「麥克。」凱爾納醫生用力握他的手，握住不放。根據史華茲以往的經驗，骨科醫生都非常陽剛；他們野心勃勃，虎背熊腰，跟他自己同一個德行，只不過數理成績比較強。「我一直很關心你們球隊的消息。聯盟總冠軍喔，恭喜。」

「謝謝。」

「今年猶太籍棒球員表現得特別好。那個釀酒人隊的小伙子布勞恩①太棒了。」

「『希伯來鐵槌』，」史華茲愉悅地說。凱爾納醫生喜歡用猶太人背景跟他套交情：這倒情有可原，因為這一帶的當地人士多半是金髮，或是德國裔，或是兩者皆是。

「好吧，今天有什麼狀況？」

「只是每個月的例行檢查。」

「好，跳上來吧，Crepitus 隊長。」

史華茲勉強跳上鋪了墊子的檢診檯，身子躺平，把運動褲的伸縮褲管拉到小腿之上。凱爾納醫生測量一下關節活動度，抬一抬膝蓋骨，試一試關節對於內外彎力的反應。「哪裡痛得最過癮？」他問，這是他們兩人之間的老笑話。

Crepiturs：軟谷表層不規則，相互摩擦發出咿軋聲，骨關節炎的症狀之一。每次抬舉，史華茲的膝蓋就咿軋作響，而且愈來愈大聲，彷彿要蓋過前一次的聲響。不到一分鐘，凱爾納醫生就聽夠了。他砰地一聲坐到椅子上，搔搔短袖襯衫裡的壯實手臂。「我們都很清楚這些狀況，」他說。「正常人都有軟骨，你的軟骨則像是絞肉。愈常比賽，愈常蹲下來接球，你愈需要接受全膝關節置換手術。」

「球季快結束了，」史華茲說。「只剩下這個周末幾場分區錦標賽。」如果他們打贏——**或說當他們**打贏——接下來就是全國錦標賽。現在沒空管這件事。

凱爾納醫生在史華茲的病歷表上作筆記。「愈早結束愈好，」他頭也不抬地說。「我們得把你抬到手術房、打麻藥、徹底醫治。軟骨，疤痕組織，全都一併處理。我們必須幫你作好準備，讓你迎接退出球場後的生活。我們不能再像這樣臨時應急，敷衍了事。你的背還好嗎？你有沒有去看你的脊骨治療師？」

「每個禮拜都去。」

「你要我幫你看看嗎？」

史華茲聳聳肩。「現在看也沒用。」

凱爾納醫生點點頭。「繼續吃消炎藥。你人高馬大，每天三次、一次一千兩百毫克，應該沒關係。」

「我一直都有吃藥。」史華茲暫不作聲，假裝研究掛在檢診檯上方的海報，海報上的大力士伸展筋骨，看上去很俗氣。「但我既然來了……說不定你可以再開一些維柯丁給我。」

凱爾納醫生將頭一歪。「麥克，我們已經討論過這件事。」

「十幾顆就好。只要讓我撐過這幾場比賽。」

「我們都明白你對這些止痛藥的依賴，已經相當嚴重。」

「我沒有依賴止痛藥，我很痛，我想要減輕疼痛。」

凱爾納醫生頭歪得更偏。「我了解你的痛苦，麥克。請相信我，我絕對了解。我因爲膝蓋疼痛，所以放棄馬拉松，而我的膝蓋還沒有你的一半糟，更別說我年紀大你一倍。你很清楚情況有多糟。如果我現在幫你照片子，馬上看結果，我就得逼你永遠放棄打球——你我都心知肚明。任何一個在正當情況下受傷、痛到受不了的人，都可能依賴藥物。這些藥會上癮。」

「我不在乎吃什麼藥。我只是不想讓疼痛影響表現。」

「那麼我們再幫你打一劑可體松加上鹽酸利度卡因。」

「那不夠，」史華茲說。「上回一點用都沒有。」

凱納爾醫生往後一靠、雙臂交叉、若有所思地看著史華茲。「你最近一次吃止痛藥是什麼時候？」

史華茲回溯日期。今天是禮拜三；上個禮拜六、亨利走下球場的那一天，他的止痛藥就吃完了。就疼痛程度而言，這個球季非常不好受；比前幾個球季更糟，甚至比今年足球球季更慘。直到最近爲止，他始終從凱納爾醫生和蜜雪兒那裡取得止痛藥，蜜雪兒是聖安妮醫院的護士，他從大二開始就跟她約會，兩人一直分分合合。但是自從遇見裴拉之後，他就不回蜜雪兒的簡訊，現在蜜雪兒當然也不回他的簡訊。愚蠢、愚蠢、他眞是愚蠢。

「你睡得好嗎？」

「還不錯。」史華茲撒謊。「背有點痛。」

「有沒有發冷，或是流太多汗？」

「我一直很會流汗。」幸好他沒有脫下擋風夾克。不然凱納爾醫生會看到他的運動衫濕透了。

「最近有沒有特別焦慮、或是急躁？」

「我哪會急躁？」史華茲開開玩笑。

凱納爾醫生一臉嚴肅。「你喝酒又吃藥嗎？三不五時喝幾瓶啤酒？」

史華茲不理會這個問題。「我們說的不是藥物上癮，」他說。「而是臨時狀況。我只需要撐到禮拜天，讓我的球隊有機會贏球。」

金髮的茱莉探頭進來。「凱醫生，你兩點鐘的病人已經到了。」

她的一隻眼睛老是一眨一眨，否則還算可愛。她在這裡工作，肯定可以任意分發各種藥物。史華茲早該跟她打好關係；現在太遲了。他已經背著隊友們在學校裡打聽，以免隊友們起疑，但是學生們只有Adderall和古柯鹼，不是古柯鹼，就是Adderall。

凱納爾醫生以噓聲趕走茱莉。史華茲繼續說：「只要適量服用，這些藥物不具危險性，對不對？這種治療方式合情合理，很多人都吃藥，而他們疼痛的程度比我輕微多了。我的意思是說，你可以捧著下巴、走進鎮上任何一間牙醫診所，他們都會開藥——」

凱納爾醫生搖搖頭。「別說了，麥克，不然我會打電話給方圓五十哩之內的醫生、牙醫和藥劑師，警告他們特別注意你。所謂的『適量』是指輕微、不會上癮的劑量。你已經過量。麥克，你對這些藥物已經上癮，事實就是如此。你已經出現藥物戒斷症候群的徵兆，愈早熬過這個階段愈好。我應該馬上把你送到聖安妮醫院跟諮商師談一談，但我知道你不會去，我也沒有時間當你的保母。你要可體松，我這裡就有。倘若，你要跟我談談最近碰到哪些狀況，讓你想要暫時忘卻一切，我絕對洗耳恭聽。否則的話，我們下個月見。」

醫生是全世界最自以為是的一群人，史華茲心想。他們自己身體健康，經濟富裕，身邊都是生病和瀕死之人——這讓他們感到萬夫莫敵，而這種態讓他們變成混帳。他們天天看到病人受苦，所以覺得自己了解痛苦。其實他們一點都不了解。更何況他們需要什麼藥，就可以開給自己，甚至不必聽那些沒有讀過《倫理學》的人闡述何謂「適量」。

凱納爾醫生站起來，看了看他的手錶。

「好吧，」史華茲說。「幫我打一針該死的可體松。」

① 布勞恩（Ryan Braun），密爾瓦基釀酒人隊的明星球員，二〇一一年職棒大聯盟國聯最有價值球員，後來涉嫌用藥，被罰禁賽五十場，布勞恩不服上訴，案情逆轉，成為大聯盟有史以來第一位因藥檢被判禁賽、而後上訴成功的球員。

62

回學校的路上，史華茲告訴自己不要這麼做。但他還是掉頭把別克汽車開向谷羅姆街，查證一下他所聽到的傳言是否屬實。他把車停在屋子斜對面、一棵大楓樹的樹蔭下，屋子前側的房間沒有拉上窗簾，電視微微閃爍著藍光，根據史華茲的觀察，屋裡沒有人在看電視。他關掉引擎。可體松起了功效；他必須承認。他感覺糟透了，他滿身大汗，心臟不停狂跳，但是他的膝蓋應該可以撐過周末的比賽。他隨手脫下手錶，把手錶纏繞在方向盤最上方。十分鐘、十五分鐘。如果現在不走，他會趕不上練球。

從方向盤解下手錶時，他看到有人沿著谷羅姆街往前走，走進門牌號碼339、低矮鐵絲網圍成的入口。那人一頭黑色的長髮，穿著及膝的皮靴，披著Burberry大衣，啊，那是諾耶兒．皮爾森。這麼說來，就是這裡囉；他已經聽說他們住在諾耶兒那裡，但是屋裡沒有他們的蹤跡。史華茲啟動引擎。諾耶兒爬上三階階梯，走上前廊。她是歷史系三年級的學生；他大二的時候，她還沒有搬出宿舍，他們上過幾次床。她靴子的鞋跟踏過前廊，電視馬上停止發出閃光。一個穿著褪色紅運動衫的人從沙發上跳起來，匆匆走進房間。剛才他一直坐在那裡。史華茲慢慢把別克駛離路邊。

63

那天下午，魚叉手隊無精打采，練球練得相當散漫。大夥連續兩天都是如此，連寇克斯教練都一副昏昏欲睡。史華茲沒辦法練球，也實在看不下去，所以他回去更衣室，準備泡個澡。當他坐進按摩浴缸，這時，他的隊友們晃了進來。門口半開，因此他聽得到大夥說些什麼。

「跟寇斯瓦爾比起來，」一個年輕小伙子說，大概是盧朵夫。「你們覺得這些球隊的實力如何？」

「這麼說吧，」李克回答。「十年之中，寇斯瓦爾拿過幾次聯盟總冠軍？大概八次吧。」

「嗯。」

「但是他們從來沒有打入全國錦標賽。向來是『河域九校聯盟』的某支球隊晉級，要不就是WIVA，但大多是『河域九校聯盟』。那些傢伙非常狠。」

「誰是『河域九校聯盟』？」

「北密蘇里的那些傢伙。」

「他媽的。北密蘇里。」

「二〇〇六年，他們所向無敵，包辦所有冠軍。」

「他們跟我們同一區嗎？」

「我想是的。如果我們打敗麥克肯隆學院，就會遇上他們。」

「他媽的。北密蘇里。這麼說我就懂了。」

「沒錯。」

「天啊，我們肯定用得上亨利，就算他只是指定代打。」

「我完全贊同。」

「不管輸贏，這將是很好的經驗。」

「誰曉得呢？說不定我們會打敗麥克肯隆。史塔布萊德主投，然後我們看著辦。」

「我們還是需要亨利的打擊火力。」

「不管怎樣，等到一切結束之後，我們開個派對，好好狂歡，這點我相當確定。」

史華茲已經從按摩浴缸裡站起來。他走過門口，全身赤裸，身上滴著水，快步向前，雙腳在水泥地上急急滑動。他用力把李克推向置物櫃，雙手扯住李克的運動衫。「你想要開派對狂歡？」他大聲嘶喊，聽起來不像講話，而像是瘋子的吶喊。「那就是你想要的？」

李克搖搖頭表示不是。他稍微顫抖，縮起肚子，不敢呼吸，好像史華茲說不定會痛扁他。他想的沒錯。史華茲可不是作作樣子，假裝生氣。這可不是大學男孩史華茲、輕簡版的史華茲。這是百分之百、貨真價實的史華茲，也是這些娘娘腔私校生從來沒看過的史華茲。沒有人出手干預。根本沒有人敢動。

「這個周末不是終點！」史華茲放開李克；這下他對著大家說話。他握拳猛打置物櫃，甚至忘了用左手。金屬置物櫃被打凹了下去，他的指關節流出鮮血。「你們哪個人看法不同，你們哪個人寧願幫麥克肯隆、修特，或是北密蘇里打球，現在馬上收拾東西滾出去。我要拿下分區冠軍，我要拿下全國冠軍。你猜怎麼著？幹！你們這群他媽的混蛋都得跟著一起湊熱鬧。」

寇克斯教練走進更衣室，他兩手插在口袋裡，一臉淡然地觀看。盛怒之中，史華茲依稀看到盧朵夫手裡拿著一瓶斯樂寶果汁；他搶下果汁，猛然往前扔，不為什麼，只因為他想這麼做。果汁飛了一、兩呎，從寇克斯教練頭上飛過。這個舉動實在糟糕，但他必須引起大家注意。寇克斯教練急忙閃躲。果汁霹啪一聲撞上時鐘和飲水機之間的磁磚牆上，玻璃碎片濺向室內各處。

「你們想要開派對？」史華茲猛拍置物櫃，猛拍自己胸膛，猛拍所有笨到靠近自己的東西。「那就非得等到拿下該死的全國總冠軍。你們聽好，只有那個時候，你們才可以開派對，所以我們絕對不能搞砸。我們是衛斯提許魚叉手隊。你們聽到我在說什麼嗎？你們聽到了嗎？」

他砰地一聲坐在一張龜裂的板凳上。他的肩膀起起伏伏，好像正在啜泣，但是他沒有流淚，也沒有發出任何聲音。他覺得可悲。在此之前，他激昂的訓話一向經過算計，帶著一絲表演成分。然而這一次純粹是出於必要。因這個球季結束之後，他將一無所有。沒有棒球。沒有足球。沒有止痛藥。沒有公寓。沒有工作。沒有朋友。沒有女友。什麼都沒有。他們都這麼想，每個人都抱持同樣的心情。他們不能光是想贏。其他球隊也想贏，並且其他球隊也更有天賦。魚叉手隊必須跟他一樣抱著必勝之心，一旦輸球，就是死路一條。

64

裴拉在破曉前的微暈中醒來。鬧鐘開始嗶嗶叫，還沒響完一聲，她就立刻按掉，以免吵醒亨利。他的運動衫、襪子和運動褲捲成一團，散落在他那邊的地毯上。自從她——或說**他們**——搬進來之後，他每天都穿著同樣這些衣服。她一一拾起，抱著成堆衣物走到地下室，塞進老舊的洗衣機裡，倒進半匙她室友的洗衣粉。她刷刷牙，悄悄走出前門，跟往常一樣繞遠路，走過麥克住的那條街。她打卡的時候，胡洛開玩笑地對她捲舌頭，發出嘖嘖的噪音：遲到三分鐘囉。

學生們不斷弄髒盤子、馬克杯、玻璃杯和餐具；廚師們不斷燒焦食物，黏在鍋底；其他洗碗工陸續辭職，因爲時值五月，外面天氣非常好，而且期末考將至。裴拉只好接下更多輪班。她已經不去上課。你永遠不曉得你在禮堂或是方院裡會碰到什麼人，更何況她想要躲在吵雜、悶熱的廚房裡賺取工資。她想念英格蘭登教授，但她不打算回到口述歷史學的課堂，面對那些棒球員。她已經買了英格蘭登教授秋季班專題講座的課本，到那時候，麥克和歐文都已離開，其餘球員們大概也忘了她。至於亨利嘛，誰曉得他會怎樣。

洗完早餐餐盤之後，她走向體育館，身上厚運動衫的帽子緊緊裹住她的頭，好像回教女子的長袍。她當然無意藉此躲避眾人的注意——但她可以藉此不要看到大家。這些日子以來，她游泳的速度日漸進步。

她以平常的速度游了十五趟，沖個澡，走回學校餐廳值中午的班。

快到傍晚時，她幫忙準備晚餐的沙拉吧。斯師傅從他的小辦公室走出來，他剛才一直躲在裡面處理文件。「今天，」他說。「我們燒一道我最喜歡的菜：班尼迪克蛋。」

他們從基本課程著手，比方說怎樣拿刀，怎樣切片、切塊、切絲、切雕、剁砍，怎樣的站姿不會扭傷背部。裴拉兩手上下都是割痕——她的中指依然紅腫，結果只是更加礙事——但她的廚藝一天比一天進步。斯師傅說她秋天之前就可以升爲二廚，因爲餐廳的菜餚愈來愈乏味。

荷蘭醬成果不錯，滑潤適口，而且不會過分油膩。裴拉把燒好的菜餚擺得漂漂亮亮，跟其他值晚班的工作人員分享，大家莫不點頭讚賞。她想要帶一些回去給亨利，但她知道他不會碰如此油膩的食物。他幾乎不吃東西。她反倒從沙拉吧的大鍋子盛了一些湯，裝滿一個塑膠罐子，然後把罐子塞進背包。

她回到家裡的時候，亨利坐在客廳沙發上，電視機關著，遙控器擱在他身旁，放眼望去沒有書籍，也沒有雜誌。裴拉摸摸電視機頂端，看看是否溫熱——是的。你整天坐在別人的客廳裡，什麼事情都不做，卻不想讓人逮到你在看電視，這是哪門子奇怪的自尊？

「有人在家嗎？」她口氣輕快地問道。

「只有我在家。」

「今天過得如何？」

「還不錯。」

「那就好。」

她不適合照顧、或是輔導一個如此沮喪的人；她太縱容，太容易站在別人的角度著想。他最好跟一個比較狠心、從來不曾感覺沮喪、從來不曉得沮喪是什麼滋味的人在一起。最起碼他自己會把衣服從洗衣機裡拿出來、放進乾衣機、穿回身上。那眞是不得了。

他那種屈服、空洞的神情，讓她想起過去那段成天躺在床上的日子，床邊一扇扇高聳的大窗，白花花的日光從窗戶流瀉進來（**某個陽光斜照的時刻……**）①。

那段日子眞悲慘。「你餓了嗎？」她問。「我帶了一些湯回來。」

他猶豫了一下，他不想吃東西，但如果婉拒，他不免受到指責，他暗自衡量何者比較嚴重。「我來熱湯，」裴拉邊說，邊走向廚房。她把湯倒進鍋子裡，扭開瓦斯，等著爐火燃起。

亨利跟著她走進廚房，他走到水槽旁邊，在他的開特力瓶子裡裝滿水。他到哪裡都帶著那個東西。或說，他帶著瓶子從臥室走到洗手間、客廳和廚房——據裴拉所知，他一天到晚只在這幾個地方走來走去。他咕嚕咕嚕，一口氣喝光瓶裡的水，再度裝滿瓶子，旋緊橘色的瓶蓋。他臉上和脖子上的細毛愈來愈粗硬。男人和他們的鬍子喔。「你洗碗了，」她說。

「是的。」

「謝謝。」

「不謝。」他扭開瓶蓋，又喝了一大口。「妳爸爸打電話來。」

「什麼時候？」

「我去上課的時候。他留了話。」

裴拉懷疑亨利根本沒去上課——其實啊，她想到今天是禮拜六。這表示明天是禮拜天，她不必上班。熱湯冒泡，她用湯匙攪拌了一下，走回客廳聽聽答錄機的留言。

「我刪掉了，」亨利說。「妳叫我刪掉的。」

「喔。」沒錯，幾天前她確實叫亨利刪除留言——她暫時不想理會爸爸，她也不想讓諾耶兒和寇特妮聽到任何慘兮兮的留言，好讓她們講校長閒話——但是亨利果眞動手刪除，這麼做眞有點過分，甚至無情。「好吧。」

「他說有件事情想跟妳談一談。他說他今天晚上會過去看球賽，但他會帶著手機。」

「好，謝謝。」

亨利不停扭轉瓶蓋，顯然想著心事。「今天是星期幾？」

「星期六。」

「喔，哇，眞的？」

「這讓你訝異嗎？」

他頹然在桌邊坐下，扭轉橘色的瓶蓋。「他們星期六晚上打決賽。如果打贏了，他們就晉級全國錦標賽。」

裴拉不曉得如何回應。她從碗架上取下兩個湯碗，順著鍋子的邊邊把湯倒到碗裡，盡量不要灑出來。廚房其中一個抽屜說不定有把杓子，但她不曉得是哪一個。住在一個什麼東西都不屬於你的地方，一舉一動都感覺自己像個小偷，眞令人心煩。諾耶兒已經厭倦亨利整天待在這裡；她一直半開玩笑地說房租應該由四人分攤。裴拉必須跟亨利談談，但是明天早上再說吧。

即使吃了班尼迪克蛋，裴拉依然很餓；她最近上班游泳，結果胃口大開。熱湯飄著濃濃的咖哩香，味道好極了，說不定她應該研究一下佐料的成分，但她第一個念頭是亨利肯定覺得湯的味道太濃、太過油膩。果然不出所料，他嘗了幾口就把湯匙擱在湯碗旁邊。麵條雞湯之類的東西說不定比較適合，口味最好清淡一點。其實她別無選擇；當天有什麼湯，他們就喝什麼湯。她說不定患了「人質情結」、或是「逆向人質情結」，全視他們兩人誰是人質、誰是綁匪而定——她自己甚至嘗不出湯的味道，反倒只能想像亨利喝到嘴裡的滋味。

她喝完自己那一碗，然後喝掉亨利那一碗。他們把髒碗放到水槽裡，走到臥房。床墊貼著地面，裴拉站在床墊一邊，脫得只剩下內衣褲，亨利站在另一邊，同樣也脫到只剩下內衣褲。最近勤於游泳，再加上刷洗鍋子，她的手臂變得比較結實；她的曲線也變得比較明顯，更加曼妙。不久的將來，她會跟爸爸和好，永遠不再爭吵。她跟爸爸吵了大半輩子，但是感覺只像偶爾失和。不管他們鬧得多僵，她始終可以回到過去，抓住那遙遠的一刻，感覺父女兩人就像她六歲或是十歲的時候一樣親密。

她彎下身子，從床墊的一邊跨上去，亨利在另一邊也照著做。他們在冰涼的床單下面對面，兩人各自躺在枕頭上。床單和枕頭都是前一任房客留下來的，原本擺在玄關的櫃子裡；裴拉洗了兩次，而沒有買新的。她最近養成節儉的習慣。她側身橫躺，臉向著亨利，身體左側壓著床墊，感覺沉沉的。他憋著氣打個呵欠，她知道他的呵欠跟自己的呵欠不一樣，他的精力無處發洩，轉而流向體內，一股股精力相互吞噬，終究令人打不起精神。她眞同情他。他們好像小孩子、或是病人，晚上七點就上床休息。她一隻手悄悄滑到他的臀部。他稍微畏縮，然後放鬆下來。

今天晚上感覺不同，比他們的第一次更奇怪，有點像是勉強承認自己是個大人。他留著鬍碴，她不打算讓他親她，他也沒有試圖吻她。除了鬍子之外，他的身體帶著柏拉圖式的純潔，宛如一座平滑的大理石雕像，即便已經不像她記憶中那麼結實。他們鬆鬆地抱著對方，眼睛大張，看著彼此。他靜靜地達到高潮，只是輕輕嗚咽了一聲。大家以爲長大成人，意味著所有的行爲都要付出代價；其實剛好相反。

窗外一片春意，星期六周末夜才剛剛開始——蟋蟀喳喳叫，擴音機轟轟響，兄弟會的男孩們在一個個前廊上大喊大叫。裴拉把手伸下去，搜尋擱在地毯上的書。她正在閱讀普魯斯特，過去她從來沒有讀過普魯斯特。多年以來，她始終打算練好法文，以便閱讀法文原著。但是誰曉得她何時才辦得到。

亨利在床單下套上四角內褲，這是他們兩人怪異而客套的習慣之一，他起身離開臥房，隨手輕輕帶上門。恍惚睡著時，裴拉聽到澡缸嘩啦嘩啦的水聲。他會躺在澡缸裡，直到聽到諾耶兒或是寇特妮進門為止，今晚是星期六，這表示她們說不定再過六、七個小時才會進門，甚至根本不回來。

① 語出美國女詩人艾米莉・狄金生的詩作〈There's a Certain Slant of Light〉，詩中描述人們痛苦的心情，猶如憂鬱症患者的寫照。

65

艾弗萊跟校董們開會拖得太久，即使冒險超速，車程依然超過兩個小時，因此，他直到八局上半才抵達修特體育館。不管大家多麼想喝啤酒，這座體育館的販賣部不賣啤酒。他買了兩份熱狗，抹上芥末醬和酸黃瓜，在本壘後方找到一個空位子——這裡的看台可不是一排排波紋形的鋁板，而是可以上下翻摺的眞正座椅。威斯康辛大學修特分校太陽神隊的隊服是天藍和金黃，主色是天藍，因此，當艾弗萊瞇起眼睛、看一眼球場時，很容易把一群群觀眾誤認爲衛斯提許的球迷。

魚叉手隊表現得相當不錯，只以〇比三落後。分區錦標賽採雙淘汰制，魚叉手隊在頭先四場比賽當中已經拿下三勝，這樣的成績著實令人激賞，遠遠超乎在場每個人的預期，特別是那些原本以爲可以輕易取勝的對手們——但是誠如歐文今天早上在電話裡跟艾弗萊所言，想要打贏這場比賽說不定是個愚蠢的夢想。威斯康辛大學修特分校屬於另一個層級，這所州立大學有一萬五千名學生，棒球校隊資源豐富，聲譽卓著，從他們這座綠草如茵、具備職業水準、合適主辦分區錦標賽的球場就看得出來。更何況，歐文加了一句，對於太陽神隊而言，這場比賽等於在他們的主場進行。

「藉口、都是藉口，」艾弗萊半開玩笑地說。

「喔，我們會過去比賽，」歐文回答。「麥克絕對不會允許我們不出賽。最大的問題是投手。我們從來沒有在這麼短的時間裡、打過這麼多場球。你記得以前那首打油詩嗎？**史潘恩與賽恩先上場，祈求老天降下甘霖？我們的情況則是：史塔布萊德和菲拉克斯先上場，然後被打得慘兮兮。**」①

「還有多次保送。」

「**還有可憐的寇克斯教練**。我不知道我們能撐多久。亞當已經主投整整兩場比賽，他眼神中帶著那種『我什麼都辦得到』的瘋狂，但是我不確定他還能不能把手舉高到肩膀。」

雖然看了好多場比賽，但是艾弗萊還沒看過歐文上場。這會兒他安然坐在座位上，英挺的歐文站上左打者的打擊位置，一個透明的塑膠面罩扣在他的頭盔上，以免正在復原的臉頰再度受傷。歐文已經連珠砲似地多次抱怨，他覺得這個奇怪的裝置不雅觀，甚至可能影響打擊，但是寇克斯教練——多虧了這個大好人——不予理會。

等待投手投球時，其他打者往往會重重跺腳、左右搖晃、把球棒揮向好球帶，歐文卻動也不動，散發沉著的氣場。你說不定以為他站在方院，拿著雨傘遮擋春天的細雨，加入課後討論。第一球飛過內角，距離他的臀部只有幾吋，砰地一聲擊中捕手的手套。艾弗萊從來沒有聽過這麼宏亮的撞擊聲，衛斯提許的投手們投不出力道如此強勁的球，甚至連亞當．史塔布萊德也不行。艾弗萊為歐文的安全擔憂，不禁畏懼退縮，手指輕輕壓入他的熱狗麵包；歐文只是轉身看著球飛過，一臉沉思地把頭歪向一側，抗議主審「好球」的裁示。

第二球的球速同樣強勁，但是偏向壘板中央。歐文等著揮棒，等待的時間感覺格外漫長，然後雙手放低，揮動球棒。艾弗萊小時候是個半吊子的勇士隊球迷，他依稀記得，棒球界咸認相較於右打者，左打者揮棒的姿勢更為優雅。左打者從容一揮，球棒輕而易舉掃過好球帶，擊中朝向鞋尖飛過來的球，艾弗萊看不出為何如此——除非身體左右兩側各自具有特點，天生就不一樣，說不定跟大腦的左右兩側有關——但是歐文慵懶一揮，球棒畫個大圓弧，那副姿勢的確證實左打者揮棒較爲優雅。

球飛過三壘手的頭頂，直直落在左外野壘線上，揚起一陣白粉。這球是界內球。主場的球迷們發出苦惱的嘆息聲，彷彿是在感嘆現在壘上無人、而且魚叉手隊落後三分，一支安打算得了什麼。歐文安全登上二壘時，他們幾乎同時站起來，鼓掌叫好。艾弗萊覺得他們這麼熱心爲對手加油，實在很有氣度；不知道爲什麼，歐文就是有本事激發人們的氣度。

艾弗萊也站起來拍手，但當掌聲持續高漲時，投手卻膽怯地輕輕碰一下棒球帽。艾弗萊大惑不解，於是問隔壁的女子怎麼回事。女子穿著金黃和天藍色的厚運動衫，上頭印著「CHUTE YOUR ENEMIES」②。「那個幸運的傻蛋，」她說，她指的是歐文，「他剛剛打破崔弗的無安打紀錄。」

中外野的電子看板上，衛斯提許的安打數已從〇變成一。艾弗萊暗中責備自己；一個眞正的球迷應該馬上注意到這一點。他又罵了自己一聲，因爲他把芥末醬沾到自己領帶上。姑且不論他家裡還有三打魚叉手圖案的領帶。「嗯，」他說。「我覺得那一球打得相當好。」

女子咯咯輕笑。「我確定他是閉著眼睛打的。」

下一位打者亞當・史塔布萊德四壞球保送。「你們的投手似乎有點慌張，」艾弗萊說。

「崔弗?拜託喔。這些嬌生慣養的公子哥兒拿十呎長的球棒都打不到他的球。」

艾弗萊本來想要強調魚叉手隊某些隊員的家世相當普通，甚至算得上清寒，魚叉手隊的球場也絕對比不上這裡——一所州立大學怎麼負擔得起如此豪華的球場?——但他身穿昂貴的義大利西裝，講這番大道理欠缺說服力，更何況球賽已經進行到緊要關頭，壘上有兩位跑者試圖奔回本壘。下一位打者是取代亨利・史格姆山德的游擊手——艾弗萊向來以認得每一個學生而自豪，但是他經常忘記大一新生的名字。這個拉丁美洲裔、不管叫什麼名字的小伙子一邊揮舞球棒，一邊踏進打擊區。一好球，兩好球。接下來的兩球球路詭異，他球棒一揮，兩次都是界外球。然後他擊出一記中間方向的滾地球，球滾過二壘手的手套指尖，形成滿壘的局面。

「勝利在望！」艾弗萊大聲歡呼，幾乎是帶著嘲弄。話一出口，他很快就感到懊惱。如果二壘手是那個女人的小孩呢？不管怎樣，他都是某個人的小孩。

「妳有沒有小孩在球隊裡？」他問個問題試圖補償，但是女人只是指指球場，噓了一聲叫他安靜。他女兒那個不忠實的男朋友麥克．史華茲正走向本壘。

崔弗退到投手丘後面，一邊繞圈子，一邊喃喃自語。捕手叫暫停，慢慢跑過去安撫崔弗。艾弗萊專心看著俊俏的歐文，歐文兩腳站在小小的三壘壘包上，一隻手伸到後面的口袋裡，掏出一條薄荷涼糖。他把涼糖遞給寇克斯教練，教練兩隻手臂交握在胸前，搖頭婉拒，他也把涼糖遞給三壘裁判，裁判聳聳肩，對著他伸出一隻手掌。

相較於歐文——嗯，老實說吧，相較於任何人——麥克．史華茲一站上打擊區就流露出怒氣勃勃、全神貫注的架勢，好像是隻幾乎關不住的公牛。他的後腳跟不停踢著地面，直到找到他喜歡的立足點爲止：他扭動臀部，身子一蹲，雙腳略彎，降低重心；他一邊搖動肩膀，一邊揮球棒，球棒斜斜劃過空中。他側身擠向本壘板，用他龐大的身軀佔據本壘，挑戰投手是否膽敢把球投過來。艾弗萊看不出史華茲是否自然而然擺出這副張牙舞爪的模樣，或者只是擺個樣子嚇唬對手；說不定兩者之間沒什麼差異。投手一出手，他才鎮定下來，球棒一揮，乾淨俐落，極具威脅性，而那一球——那是一記上飄球，速度說不定超過九十哩——立即飛離球棒，鋁合金球棒隨之發出純淨、鏗鏘的巨響。艾弗萊站起來，對著空中揮起拳頭。球飛過左外野的高牆，落入高高的杉樹林中，魚叉手隊的四位球員——歐文、史塔布萊德、那位不是亨利的小伙子，以及史華茲——依序高興地重重踏上本壘板。四比三，魚叉手隊領先。

亞當．史塔布萊德原本守中外野，這時站上投手丘，主投最後兩局。八局下半，太陽神隊留下三壘慘壘；九局下半，那位不是亨利的小伙子和谷藍德尼教授的兒子亞傑演出漂亮的雙殺，結束這場比賽。艾弗萊擠過看臺上的群眾，走向衛斯提許學院體育處主任度恩．傑金斯，度恩站在魚叉手隊休息區的後方，正拿著手機拍攝慶祝場面。

「全國錦標賽！」度恩神采飛揚地說。「南卡羅萊納。你能相信嗎？」

「現在可以了。」艾弗萊伸出一隻手。「度恩，恭喜、恭喜。你花了不少精神。」

「我樂意居功，但是我們都知道應該感謝誰。」度恩對著球場甩甩頭，麥克．史華茲不曉得從哪裡拿來一把摺疊椅，這會兒一個人靜靜坐在球場一旁，低頭解開護膝的扣帶，在此同時，亞當．史塔布萊德作勢高舉一座冠軍獎盃，隊友們圍著他跳來跳去。

艾弗萊一手攬住度恩軟趴趴的雙肩。「我正想跟你討論這件事。」

---

① 華倫史．潘恩和強尼．賽恩是一九四八年亞特蘭大勇士隊兩大名投，兩人先發之後，球迷們莫不希望老天爺幫忙，連下兩天大雨，好讓兩大名投再度登場先發，《波士頓郵報》的編輯賀恩（Gerald V. Hern）甚至寫一首打油詩消遣：First we'll use Spahn／then we'll use Sain／Then an off day／followed by rain／Back will come Spahn／followed by Sain／And followed／we hope／by two days of rain。

② 修特分校（Chute）諧音近似Shoot，意思是「射殺你的敵人」。

66

根據美國大學體育協會的規定，更衣室禁止飲酒，但是史華茲用手邊僅存的一點錢買了三箱香檳——錢是寇克斯教練借他的，他已經用這筆錢付了五月的房租和信用卡帳單——亞許幫他偷偷把香檳搬到修特分校體育館一個空的置物櫃裡，蓋上一袋袋冰塊。魚叉手隊的隊員們領取獎盃、與家人相擁、擺姿勢拍照，熱熱鬧鬧慶祝了好一陣子，等到他們回到更衣室的時候，冰塊已經融化，冰水從置物櫃的縫隙中滲了出來，天藍與金黃相間的棋盤格石板地上積了一大灘水。亞許開鎖，幾分鐘後，他們脫光上衣，只穿著一件不停往下溜的短褲。伊希帶著上路的手提式音響播放西班牙嘻哈舞曲，他們一邊喝香檳，一邊隨著震天響的樂聲起舞，好像已經在電視上看了好多次的慶祝狂歡，現場唯獨少了攝影機。

史華茲喝了一大口自己那瓶香檳——他才不打算拿來濺灑、浪費美酒——看看歐文在哪裡，歐文正站在一張更衣室的長椅上兜圈子，他的棒球帽扭到一側，蓋在頭上，一副來自黑人街頭的模樣。他暫停一下，跟史華茲擊掌慶賀。「我把棒球帽歪著戴，」他說。

「帥呆了。」史華茲靠過去一點，這樣一來，他不必大聲喊叫，歐文也聽得見他在說什麼。「喂，佛祖，你動了手術之後——他們有沒有開什麼藥給你？」

歐文點點頭。「Percocet 止痛藥。」

史華茲又仰頭喝了一大口香檳。「是喔。」

歐文把手伸進置物櫃，拉開袋子的拉鍊，拿出一個透明的橘色小藥瓶。「只剩下這些。」他悄悄把藥瓶放在史華茲手中，闔起史華茲的五指，好像外公外婆把一張張一元鈔票、或是一塊塊不准吃的糖果偷偷塞給孫子。

史華茲不想表現出猴急的樣子，因此，他沒有當場搖起藥瓶，但他掂了掂，藥瓶幾乎沒什麼重量，不免失望。「謝啦，佛祖。」

「不客氣，隊長大人。」

史華茲躲到洗手間，只想一個人安靜一分鐘，藥瓶裡只剩下三顆膠囊，他把其中兩顆丟進嘴裡，他原本希望保留一顆，稍後再服用，但是那顆藥丸孤零零地在瓶裡搖晃，好像某種紀念品，看起來實在荒謬，所以他也一併吞了下去。反正三顆 Percocet 也起不了什麼作用。

即使在最好狀態之下，他也沒辦法全心享受這種歡欣的時刻；他已經開始盤算下一場比賽，研判怎樣才不會輸球。通常只有教練和戰地指揮官才會這麼想，而他也同樣戰戰兢兢，永遠處於備戰狀態，因爲災禍始終虎視眈眈。他只願在下一回盤算之前享受片刻安寧，在那短暫的一刻，他得以放鬆一下，心裡想著：**好、沒事、我們辦到了**。

但是今天他連這點都做不到。只能藉著香檳加止痛藥麻醉自己。在令人作嘔的飄飄然中，他很清楚頂多再打兩場比賽——全國錦標賽採取雙淘汰制——他就必須面對自己一敗塗地的人生。如果亨利在這裡，亨利百分之百會很開心跳著他那種大傻瓜的舞步，恐怕連佛祖都自嘆弗如。但是亨利不在這裡。他畏懼成功，無法跨越最後這道障礙，一旦跨過去，世界將會豁然開朗，海闊天空。史華茲永遠沒辦法立足於如此開闊的世界。他很清楚自己的野心遠遠超過自己的天賦，他將永遠受制於自己的極限。他永遠無法像他想要的那樣傑出：打棒球，踢足球，研讀希臘文，LSAT考試，樣樣都沒辦法。非但如此，他的心中始終不存在百分百的純淨與良善。他總是模稜兩可，舉棋不定，輕易改變心意。他試圖找到那般純淨，卻屢試屢敗；當然他會繼續嘗試，繼續挫敗，否則他會乾脆放棄，從此一敗塗地。他毫無技能。他知道怎樣鼓舞大家、操縱大家、指揮大家；這是他唯一的技能。他就像是一個你幾乎沒聽過的希臘小神，小神能夠看穿盔甲，直探每位士兵的內心，但是終究無法締造屬於自己的願景，最後還是必須仰賴地位高超、專橫武斷的神祇。

跟亨利共事的那些日子，他幾乎找到了那種純淨，因爲亨利只懂得一件事、只想要做一件事。亨利的專注讓他自己——讓他們兩人——內心一片純淨。但是亨利想要打敗自己，他不僅只想成爲有史以來最棒的游擊手，反而擔心自己是否完美。現在他比史華茲好不了多少。他就像是史華茲，兩人都是生活一敗塗地的廢物。

「史華茲！」李克大喊。「你他媽的給我出來。」

亨利來了，史華茲心想。他原本窩在水槽前面，這會兒勉強站直，看看鏡中的自己。在沾滿乾牙膏和點點痰液的鏡子裡，他看到自己削瘦、但是刮得乾乾淨淨的臉頰。亨利來了。他走回更衣室，手中依然掐著喝乾了的香檳酒瓶。魚叉手隊的球員們已在更衣室中央圍成圓圈，人人衣衫不整，香檳滴滴答答，伸手攬住彼此的肩膀。李克和歐文站到一邊，讓出位子給史華茲，大家往後一站，拉大圓圈，納入史華茲。亨利不在那裡。其他每個球員太陽穴貼著太陽穴，前後輕輕搖晃，好像一群參加最後一次舞會的初中生，扯著嗓門大唱校歌。

67

那天深夜，球隊從修特分校回來之後，歐文過來找他。當他們做愛、以及事後躺在黑暗裡的時候，艾弗萊始終豎著耳朵，聽聽裴拉有沒有回來。裴拉先前斷然宣稱想要獨處幾個禮拜，不太可能沒有事先通知就跑過來，更何況現在已經過了半夜，機會更是渺茫。就算她眞的回來，她也不會貿然闖進他黑漆漆的臥房。話是這麼說，但是小方院一旦傳來任何聲響，他馬上提高警戒。屋裡夜晚發出種種噪音——冰箱裡層的結霜碎裂，牆壁和地板一縮一脹，嘎嘎作響，那隻艾弗萊從未看過、卻曉得它存在的老鼠張著爪子亂抓一通——雖非不尋常，但每個聲音都嚇得他屛住氣息、一秒鐘不敢呼吸。而他經常屛息，因爲屋裡噪音不斷。

「你還好嗎？」歐文問。「你好像很緊張。」

「我沒事。」他覺得非常愧疚。他覺得虧欠裴拉，因爲歐文在這裡；他覺得虧欠歐文，因爲他自己如此心不在焉，注意力好像花粉一樣飄散在方院裡。

「跟我說說那棟房子。」

這會兒他人不在那棟房子裡，身旁也沒有堆滿柏列曼一家人的各種物品，他不會因爲珊蒂高明的推銷話術而分心，也不必猜想他們的生活爲什麼如此一絲不苟，那棟房子的模樣慢慢浮現在他眼前。他跟歐文描述，剛開始有點猶豫，但他逐漸記起房間的形狀、窗戶的尺寸、廚房西洋杉地板的氣味，愈講愈起勁。說著說著，他開始計畫換掉地毯，整修房間，把柏列曼的書房改裝成一個像樣的圖書室，訂做專門的書架。後院夠大，甚至可以加蓋一座俯瞰大湖、專供寫作的小木屋；這樣或許有點揮霍，因爲房子本身已經夠大，但有座陳設簡單的小木屋，你大可以待在裡面釐清思緒，沉思寫作，不會受到外界干擾，倒也不失樂趣。說不定啊——他不敢相信自己居然大聲說了出來——他會受到感動，重新改寫那部好久以前開始動筆的小說《幾顆巨星的夜晚》，那份一百五十三頁的初稿還躺在抽屜某個角落呢。更棒的是，說不定他可以撰寫一部新的作品——何必追逐許久之前的夢想呢？但是有座小木屋，裹著毯子、升起小小的爐火、眺望遠方的大湖，想來確實美好。如果來訪的客人們想要提筆寫作——說到這裡，他瞄歐文一眼——他們也可以使用小木屋，嗯，這麼說來，他更有理由蓋座小木屋。

「聽起來你想要買下來。」

艾弗萊猶豫了一下。「沒錯。」他眨眨眼睛，緊張地看看歐文。他覺得自己好像是在提議分手，即便歐文看上去無動於衷；其實艾弗萊也很清楚，他無法跟歐文分手，就像他無法拿著拆信刀鋸斷自己的腳；他願意鋸斷自己的腳，解救裴拉的性命，但若是爲了救自己一命，那就難說了。

「我覺得這個點子不錯，」歐文說。

「眞的嗎？」

「當然，就像我媽說的，這間公寓有點陰鬱。如果屋裡多一些明亮、屬於你的空間，你多出一些地方四處走動，我想對你比較好。這樣對裴拉也好，尤其是如果你讓她負責布置的話。」

「我們怎麼辦？」艾弗萊說，話語之中特別強調**我們**。

「我們怎麼辦？」歐文說，話語之中特別強調**怎麼辦**。

「我的意思是……你要離開了。」

「這並不表示你不應該買房子。你是不是希望我說服你不要買？我應該叫你不要買嗎？」

「沒錯，拜託。」艾弗萊側躺，一隻腳跨在歐文的大腿上，一邊臉頰貼在歐文的肩頭。女人才會擺出這種姿態，比方說，過去四十年來，他每當跟另一個人同床共枕時，女人總會擺出這種姿態——男人仰躺，雙手擱在腦後，女人緊緊貼在男人身邊——但是這一刻他卻自然而然貼向歐文。他伸出可以活動的那隻手愛撫歐文的小腹，歐文的小腹稱不上結實，但是流露出強健的青春朝氣，觸感柔滑，幾乎像是女人的小腹。他依然提高警戒，但是方院漸漸寂靜下來。時間已經太晚，學生們不會上酒吧喝酒，但是也還太早，學生們還沒回宿舍。

歐文換上說教的語氣。「這還不簡單。葛爾特，你漫不經心提到的這棟房子，其實非常不符合環保概念。姑且不管現在冬天的氣溫已經普遍上升，如果冬季嚴寒，你想想，你需要多少桶石油才能讓這種面積龐大的老房子保持溫暖？更別說整棟房子只住了兩個人？」

艾弗萊不禁猜想他所謂的「兩個人」是誰。兩個人都姓艾弗萊？抑或是一個人姓艾弗萊、一個人姓鄧恩？「我聽說硬梆梆的人在高聳的天花板下、以及開闊的廳堂裡，表現得比較不古怪，」艾弗萊引用愛默森的《論行爲》。

「我才不會說你硬梆梆呢。」歐文悄悄把手伸到艾弗萊兩腿之間，輕輕把玩他的陽具。「最起碼不是現在。」

「我們才剛做完，」艾弗萊抗議，他已經上了年紀，即使是半開玩笑，他也不願被對方戳中自己可能力不從心。但在歐文的撫弄下，他又開始勃起。

「根據梭羅所言，」歐文說。「『當一個哲學家需要高聳的天花板時，他就走到戶外。』他不會買一棟冬天需要耗費大量能源來保暖的屋子，更別提夏天——你可以想像冷氣要耗費多少電力嗎？爲什麼不乾脆買一棟高速公路旁邊的醜陋豪宅、在後院加蓋直升機停機坪算了？你以爲房子古老而優雅，你就可以爲所欲爲嗎？葛爾特，沒這回事。浪費就是浪費，城市擴張就是城市擴張。你高尚的品味算不了什麼。如果天堂像個會員專屬的鄉村俱樂部，那麼聖彼得不會在天堂門口問問題。只要你拖著在世時、爲了自己而焚燒的煤炭和石油，一旦擠得過門口，你就可以上天堂。我跟你說啊，那個門口不大，跟個針眼一樣大。那就是如今上天堂的評判標準——而不是誰加害他人、或是誰被他人所害。

「葛爾特，說不定你留在這裡比較好。這個地方符合你簡約的風格，我個人相當仰慕你這種風格。你生來不役於物，非常特別。」

「哇，歐文，」艾弗萊悶悶地說。「你大可不必講得這麼具有說服力。」

「對不起，」歐文放開艾弗萊半勃起的陽具，輕輕吻了一下他的額頭。「我太激動了。」

有時艾弗萊擔心歐文之所以跟他廝混，原因只在於趁機跟他建議學校應該採行哪些環保措施。但是這種念頭就算稱不上偏執，說不定也是過度簡化，更何況那些建議確實值得一提。艾弗萊待過的學術機構——六〇年代後期的衛斯提許學院，八〇和九〇年代的哈佛大學——不管在學術或是公開場合，一直以來不是非常重視環保，他個人的研究偏向政治及社會主張，從性別和馬克思主義探討男性的身分認同。但他出生農家，大學攻讀生物學，接受嬉皮的洗禮，勤讀愛默森和梭羅，因此，他不難認同歐文對於環境生態的堅持。說不定從學術研究的觀點而言，他始終搶搭流行列車，當初盛行人道主義時，他就是人道主義者，現在轉移目標，趕搭另一部流行列車，但是某些流行的風潮值得追求，總比遲遲不肯採取行動來得好。

「嗯，現在想想，」歐文說。「那棟房子只有一個中央空調，對不對？」

「沒錯。」

「這麼說來，晚間和周末、樓下都沒人的時候，整棟房子只為了你一個人開著暖氣，說不定有時再加上我。但你想想，房子的壁爐肯定非常老舊，窗戶也透風，那得浪費多少暖氣？你最好還是別買那棟房子。」

「沒錯，」艾弗萊說。「但是他們說不定一直以來都開著暖氣。」

「**他們**是誰？你是校長耶。」

事情沒有那麼單純，但是艾弗萊無法不贊同歐文的原則。歐文開始熱心策畫如何促使衛斯提許學院更加環保，如何在艾弗萊的新家加裝太陽能面板。艾弗萊真喜歡歐文興高采烈的模樣，他甚至喜歡歐文的計劃，但他的心思卻愈飄愈遠，不停飄向裴拉。他為了她才買房子，他希望她會跟他待個四年，或者三年——她說不定打算在三年內畢業。然後她可以前往耶魯或是哈佛攻讀碩士，如果她願意的話，說不定甚至前往史丹福。艾弗萊不想把她送到加州，雖然歐文來自加州，但是他依然心懷舊恨，因為加州已經吞噬過裴拉一次，把她困住漫長的四年。

研究所並非唯一值得追求的目標；裴拉說不定另有規畫。艾弗萊不打算過分干預。她什麼時候想要造訪他的房子都行——她可以過來吃晚飯，喝盅南瓜湯。如果願意的話，她可以使用樓上的任何房間；他自己的房間則在樓下。歐文說的沒錯，房子對兩個人而言確實太大，更別提其中一人甚至不住在那裡，但是太陽能面板耶！他打算裝設太陽能面板，他才不管花多少錢。即使根據成本效益分析，這項投資必須等到他過世很久之後才會回本，他也不在乎。他的壽命會超過那些精算師預估的年歲，他會讓那些精算師滿心沮喪，因為自己的無能而感到羞愧。他會待在這個了不起的地球上，直到這批設計精巧、不至於貴得離譜的太陽能面板發揮功效，取代一千、一萬桶邪惡石油產製的能源。到了那時，裴拉和歐文大概已近中年，全球暖化勢必更加嚴重——此時歐文滔滔不絕，即便艾弗萊頂多只是心不在焉地聆聽——，造成貧窮赤道地區國家大量傷亡，地緣政治的狗屎風暴也降臨——歐文繼續滔滔不絕，艾弗萊稍微豎起耳朵聆聽，因爲歐文講話很少帶著髒字。雖然睡意漸濃，現實漸漸融入夢境中，艾弗萊依然無法想像歐文、裴拉，以及裴拉將來的小寶寶們，說不定都將生活在歐文所描述的世界。但是最起碼他可以留給裴拉（說不定歐文和裴拉，因爲誰曉得呢？說不定他們會變成好朋友）一棟美觀優雅、位於北威斯康辛州湖畔、裝了太陽能面板的白房子，當夏天不再像是夏天、沿海地區水患成災、單一作物不再生長、超級強國爭辯不休、全球居民日漸恐慌時——歐文正用他那有如奶油般濃膩的聲音，大聲描述種種可怕的細節——或許待在北威斯康辛州不算太差。

68

亨利站在裴拉、諾耶兒和寇特妮的廚房裡，一邊洗盤子，一邊啜飲剛才泡的咖啡。自從住到這裡之後，他開始喝咖啡。他總得做些事情。洗了盤子之後——水槽裡只剩下幾個玻璃杯和馬克杯；裴拉在工作的地方吃飯，諾耶兒和寇特妮什麼都不吃，只喝紅酒和紅牛能量飲料——他在水槽裡噴上漂白清潔劑，拿塊海綿擦拭。時值傍晚，窗外的陽光逐漸黯淡，但是依然閃爍著金黃的光澤，天空尚未全黑。一天當中，唯有這般朦朧淒美的一個鐘頭，他的心情勉強過得去。他在這個時候起床，如果察覺諾耶兒和寇特妮不在家，他也會踏出裴拉的房門。

他扭乾海綿，放在水槽上。再過幾分鐘，陽光即將消逝。如果他早點起床——比方說八點、十點，甚至中午——他今天的心情說不定會不錯。明天他最好早起。**明天我會早起**，他心想，然後對自己笑笑，因爲咖啡讓他感覺心情不錯，因爲他昨天、前天、大前天都如此對自己承諾，因此，這已經變成只有他才了解的笑話。

他清洗凝結在洗碗精瓶蓋周圍的橘紅色肥皀渣。諾耶兒和寇特妮在家的時候，或者當他感覺她們在家的時候，他待在裴拉房間，躲在裡面，尿尿在他的開特力塑膠瓶裡。裴拉似乎不介意。他說的不是尿尿的事——她不曉得他這麼做——而是她不介意他待在這裡。她似乎覺得沒關係。他想到自己在英格蘭登教授課堂上約略讀過的《奧德賽》——尤里西斯被困在海上女神卡呂菩娑的小島，虛擲光陰，但他不是尤里西斯，也無需返回家鄉綺色佳。他的鬍子已經留到比預期中更粗黑、更濃密，再留一、兩個月，你說不定會在尤里西斯的雕像上看到這種粗硬、黃褐的落腮鬍，那座位於小方院角落、遙望大湖的梅爾維爾雕像，也有一臉同樣的鬍鬚，但他依然不是尤里西斯。

他無聊至極，打開櫥櫃。裡面沒有太多東西。橄欖油，食鹽，胡椒，大蒜，鋁箔紙包裝的高蛋白棒。全麥細麵，四罐裝的無糖紅牛能量飲料。一罐黑豆。以前有兩罐；他剛住進來、試圖增進胃口的時候，吃掉了其中一罐。他也吃了一條女孩子在吃的高蛋白棒。有一次他甚至嘗試在爐子上煮細麵，他從來沒有煮過麵，更別說他還得不停跑到客廳窗戶旁邊，確定寇特妮和諾耶兒不會忽然回家、逮到他偷吃她們的東西，他水燒得不夠多，放進太多細麵，烹煮的時間也太長，水從鍋子裡蒸發，一團細麵黏在鍋底，看起來像是動物的腦漿。如今他寧願不吃東西。倒不是因爲不吃東西表示不必偷竊，也不是因爲不吃東西表示不必燒飯，只是因爲他不想吃。

我應該也戒掉咖啡，他心想。他幾乎想說放棄咖啡，但這麼說有點誤導。這種說法似乎包含某種意義。當你放棄某樣東西，你是爲了誰或是爲了什麼而放棄？你若放棄某樣東西，意味著你的犧牲具有意義，但亨利知道他的情況並非如此。不管多麼善用時間，每一天的日子有何不同？他不知道怎麼過下去。他沒有任何計畫。他已經不打棒球，也已經不吃豆子，現在他打算戒掉咖啡。如此而已。

大門開了。

亨利動也不動，聽著自己的心跳聲。他是這棟屋子裡的老鼠，或蟑螂——自己一個人在家的時候，他稱霸天下，像個蟑螂王一樣縱橫各處，一旦有人走進家門，他馬上匆匆逃跑，躲到安全的角落。這會兒他無處可躲。他抓起已經洗乾淨的鍋子，把海綿沾上肥皀水，動手再洗一次。裴拉値晚餐的班，現在還不到她回家的時候，即使是裴拉，後果也可能好壞參半。她已經多次敦促他利用白天出去走走，他也點頭表示同意。他始終不知道應該跟她說些什麼。

他一直刷洗那個乾淨的鍋子，假裝水聲嘩啦啦，他聽不到客廳的腳步聲，也假裝感覺不到有人站在門口盯著他。

「亨利。」

聲音輕柔，如果他沒聽見，倒也說得過去。

「亨利。」

聲音再也不輕柔，如果他還是沒聽到，那就說不過去。

他讓水繼續流，轉過身來，手上都是肥皀泡。裴拉的頭髮紮了起來，兩隻耳朵脹得發紅。她嘆了一口氣，把那個裝滿湯和游泳裝備的藤編包包，砰地一聲甩到地上。

「我們必須談談。」

說不定他把盛滿尿液的開特力塑膠瓶留在床邊。他盡量小心，試圖記得每天把尿液倒進抽水馬桶、沖洗塑膠瓶，但他內心最眞實的自我不想記得，反而想要永遠保留尿液。說不定他讓最眞實的自我戰勝了理智。畢竟他只剩下這麼一點自由：隨心所欲睡到中午，膀胱漲滿咖啡和水，在臥室裡對著塑膠瓶撒一泡長長、清澈的尿，不必走到走廊另一邊，不必擔心洗手間有人，小解的時候，也不必擔心會有人敲敲洗手間的門，氣他佔用了這間根本不屬於他的洗手間。

沒錯，他知道三歲的小孩才會隨心所欲做出這種事情。好比那些八月的夜晚，史華茲拚命逼他健身，他累得直接在湖裡撒尿，或是那次他一口氣游得好遠，回頭看看衛斯提許湖畔點點閃爍的燈光。他不想清洗開特力塑膠瓶，行嗎？他要永遠保留他的尿、他的屎，行嗎？即便他現在已經不吃東西，幾乎不上大號。

「好吧，」他說。肥皂泡泡從他的手臂滴落。「我們談談。」

「好。」她指指美耐板餐桌，以及款式相同的三張椅子。「坐下。」

亨利坐下。裴拉從廚櫃裡拿了一個馬克杯，幫自己倒了一杯咖啡。她坐在桌旁，雙手捧住杯子。她的臉頰比亨利剛認識她的時候削瘦，但也比較健康。他想過跟她求婚。他只是隨便想想，純屬假設性的念頭，比方說有時他跟歐文靠得太近，他心裡不禁想道，如果他們親了一下，結果不曉得會如何。

「亨利，你在這裡做什麼？別跟我說你在這裡洗盤子。」

他看看水槽、海綿、依然滴水的水龍頭。「我喜歡這裡。」

「不，你不喜歡，」裴拉說。「但這不是重點。我們談過這件事，記得嗎？我們都同意你不能成天待在這裡。你會害我們被趕出去。然後我們要住哪裡？」

亨利點點頭。

「你爲什麼點頭？」裴拉問道，聲音大了起來。「這不是『對或不對』的問題。」

他停止點頭。裴拉低頭看著她的杯子。「對不起，」她說。「我想說的是，我今天跟斯師傅談了，他說如果你想回去工作，他非常歡迎。你知道他多麼喜歡你，你也知道每年這個時候有多少人辭職，因爲天氣很好、期末考等等。」

亨利看著她。

「這甚至不是我的點子。斯師傅提起的。」

他搖搖頭。「我辦不到。」

「我知道你不想碰到任何人。但是你不必跟任何人碰面，我們可以一起值班，我負責沙拉吧、果汁販賣機，以及用餐區其他事情，你只要待在後面洗盤子就行了。稍微活動一下，賺一點錢。」

「我辦不到，」亨利說。「還不行。」

「好吧，」裴拉說。「好。那麼我還有一個建議。你聽我說，好嗎？」她把手伸進她的運動衫口袋，掏出那個裝了天藍色藥丸的小瓶子，打開瓶蓋，倒了一顆藥丸在手上。

亨利搖搖頭。

「藥丸很有用，」裴拉說。「我知道的。」

「我不想靠藥丸發揮作用。」

「沒什麼好怕的。藥丸不會改變你的個性。你還是你。你會比較像你。」老天爺啊，裴拉心想，我應該去拍廣告。

「藥丸會發揮某種作用。」

廚房裡愈來愈暗。裴拉站起來，把咖啡壺端過來，幫他們再倒一些咖啡，再度坐下。

藥丸代表別人花了好多精神才研究出來的解答，跟他想要的相反。藥丸微小而功效卓著，他卻想要某種巨大而空虛的東西。他已經決定再也不喝咖啡，光想到這一點，杯子冒出的味道就讓他作嘔。他攤開一隻手蓋住杯口，任憑熱氣凝聚在他的掌心。

「說話啊。」裴拉一隻手托住臉頰，注視著他。「跟我說話。」

說眞的，他一向不知道怎麼跟人說話。話語是個問題，最爲麻煩。不知怎麼地，話語總是受到曲解——嗯，不對，不知道怎麼回事，他的話語總是零零落落、辭不達意、受到曲解，因爲他除了「嗨」或是「我餓了」之外，什麼話都說不好。

每件事情都困在他心裡。他所經歷的種種情緒，也全都困在心中。只有在棒球場上，他才有辦法表達自己。走下球場之後，你只能藉由話語表達，除非你是個藝術家、歌手或是默劇演員，但他不是。他倒不是想死。並非如此。他不是因爲尋死而不吃東西。這跟追求完美也沒關係。

如果打算坦誠相告，他該怎麼跟她說？他不曉得。講話就像傳球。你不能預先設想。你只能放手一擲，然後看著辦。雖然不確定有沒有人接得到，你依然必須丟出去——這麼說吧，明知沒有人接得到，你還是必須放手一擲。你必須把你的話語丟到那個一字一句都不再屬於你的地方。手裡拿著棒球，講話比較自在；讓球幫你講話，感覺比較舒坦。但是棒球場之外的世界、這個屬於愛情、性愛、職場和朋友的世界，卻是由話語所構成。

裴拉一邊喝咖啡，一邊看著他，等著他開口。你沒辦法預測她三年、十三年、或是三十年之後的模樣。說不定她會冒出第三隻眼睛，說不定她那頭略帶紫色光暈的秀髮，會在一夜之間變得蒼白。隨著歲月的增長，她可能只是變得愈來愈漂亮，即便沒有人能夠預料漂亮到什麼地步，至少他預料不到。光是這一點，她就不同於衛斯提許的其他女孩子。他倒不是愛上裴拉。其實他不愛她。但他可以想像別人愛上她，而那個人是史華茲。他們眞是天生一對。如果當初那個尚未抵達衛斯提許的亨利，能夠想像校園裡的女孩是什麼模樣——也就是一千兩百個史華茲看得上眼的那一型女孩——他腦海中肯定浮現出一千兩百個裴拉·艾弗萊。

如果裴拉和史華茲是天生一對，好比那件歐文心愛睡衣的陰陽圖案，或是棒球外皮的左右兩半——兩張各種形狀的皮革，被情意綿綿的紅線縫合在一起——亨利。如果你是個男孩，而且愛上一個女孩，你會想辦法跟她在一起。如果你是個男孩，而且愛上一個男孩——他想到歐文和傑森·戈明坐在柏科館的階梯上，兩個人頭靠著頭，合抽一根大麻；至於歐文和艾弗萊校長，他想像不出類似的畫面——你也會想辦法跟他在一起。世人會跟你們作對，他們會威脅你們、辱罵你們，但是最起碼大家都了解，你們的行爲也可以用話語解釋。但是如果你是亨利，而且你需要史華茲，那麼你就完蛋了。你沒辦法用話語解釋，也沒有儀式保障你們的未來。每天都是一片空白，你必須從頭開始塑造自己，定義友情，每一天都是如此。你所承受的負擔都沒有意義，一切都可能消失無蹤，轉眼成空。就像現在這樣。

「我告訴自己，」裴拉輕聲說。「如果你不願回去工作、不願試著吃藥、也不同意去看醫生，那麼我就要把你趕出去。」

亨利點點頭，盯著那隻遮住咖啡氣味的手，凝視手背。

「你打算什麼都不做，對不對？」

他把手移開，看著輕輕晃動的咖啡。他心想，**我打算再也不喝咖啡**。咖啡顏色太黑，太骯髒，太像食物。一想到不喝咖啡、不吃東西，他馬上感到喜悅。他想要追隨這股喜悅——他想要跟著走，也願意跟著走。他正踏上這趟旅程。他已踏上這趟旅程：他已經多少天只喝不到一湯匙的濃湯？每一天、每一小時、每一分鐘，他都愈走愈遠。他知道吃了東西之後會怎樣；他的身體會把食物一一消化，食物隨著尿液、汗水、糞便排出，只剩下一小部分蛋白質儲存在肩頭，直到他看起來像是快速健罐子上的傢伙。他知道怎樣投入這段過程。但是不吃東西倒是全新的經驗。不但全新，而且只有他能夠體會：他不能告訴裴拉。她不會了解的。

「我說的對不對？」裴拉又說一次。

亨利點點頭。「我辦不到。」

「好吧。」他看著她鼓起決心。他好抱歉逼她這麼做。「好吧，」她說。「那麼我想你或許該走了。」

亨利把椅子往後一推，站了起來。他膝蓋有點發軟，但感覺還不差；他覺得輕飄飄，好像一顆大遊行的氣球。當他回到寢室的時候，歐文不在。

69

一個鐘頭之前已經練完球，這會兒只有他們兩人待在體育館陰暗的三樓。個頭較小的那個傢伙跨蹲在打擊練習場裡，好像玩遊戲似地不停揮棒，另一個傢伙站在練習場的尼龍繩網後面，下巴低垂，雙手交握在胸前。連續打了十二個平飛球之後，伊希擊出一記界外球，史華茲把手伸出去徒手接球，球和手掌之間彷彿夾帶著一條條尼龍繩網。

「把手抬高，」他說。

「遵命，老傢伙。」

史華茲不介意這個綽號，每一個大一新生也都這樣稱呼他。這個綽號意指他額頭的髮線、他嘎嘎作響的膝蓋、他脾氣暴躁，以及他經常像個坐在前廊上的老人般講述大道理。但是這個綽號也包含某個有趣的意涵。對於伊希和其他資淺的球員而言，亨利是個父親般的人物，他一天接著一天逼迫他們、哄騙他們、安撫他們，強迫他們背誦亞帕瑞奇歐的文章——他以他自己那套沉靜自在的方式，傳授他曾經教導過亨利、李克和史塔布萊德的所有知識。亨利是他們的父親，而史華茲是他們的老傢伙。但現在他們的父親拋棄他們，就像父親們經常掉頭離去，老傢伙回來重掌大局。

「重心放低，」他說。「不要動來動去。」

砰。

砰。

砰。

砰。

「他媽的，伊希。別像那樣猛揮棒。這又不是幹架。」

其實這個小伙子似乎不錯。他不是亨利，但他會是一個非常優秀的大學棒球球員。很可能比史塔布萊德更優秀。當然比史華茲更強。

他打球的姿態跟小史一模一樣；膝蓋自然彎曲，一臉肅穆沉靜，緊盯著球，雙手用力一揮。優秀的球員通常擅長模仿；如果你跟史華茲一樣熟悉亨利的動作和姿態，那些亞帕瑞奇歐打球的舊帶子，簡直像是亨利的翻版，熟悉得嚇人。現在情況相當，你看看伊希的動作和姿態，再想想亨利的模樣，感覺也是熟悉得嚇人。他們顯然是一脈相傳。

學校的體育處主任度恩．傑金斯站在體育館的遠遠一頭，雙手插在卡其褲口袋裡。「嗨，麥克，」他大喊。「有空談談嗎？」

史華茲隔著尼龍繩網跟伊希輕輕擊掌。「打擊不錯，」他說。「我們這個周末用得上。」

「我練完球了，**老傢伙**？」

「球永遠練不完。去吃飯吧。」

史華茲跟著傑金斯走到樓上的辦公室，試圖擠進一張小椅子裡。如果世界由大個子統御——事實也經常如此——他們難道不能選擇一些合適的家具嗎？

「**全國錦標賽**。」傑金斯搖搖頭，一臉讚嘆。「你的感覺如何？」

「感覺好極了，如果我們贏了的話。」

傑金斯笑笑。「不管輸贏，今年的表現好極了。特別是你。足球聯盟冠軍，棒球分區冠軍，課業名列前茅，創下學校的全壘打紀錄。」

史華茲低頭看手錶。他實在沒有心情回顧麥克．史華茲的光榮事蹟。

「衛斯提許各項運動都創下史無前例的佳績，麥克，這大部分是你的功勞。寇克斯教練在這裡待了十三年，弗斯特教練待了十年，事出必有因，我覺得他們不可能四年前忽然變成天才。我也不敢說自己變得比較聰明。你改變了整個運動場的文化。」

「度恩，你想說什麼？」史華茲喜歡傑金斯，他始終欣賞傑金斯，因爲即使傑金斯不曉得自己在做什麼，他也不會講廢話。但是現在像是廢話，聽起來可疑。

傑金斯不好意思地笑笑。「對不起，我試著慢慢切入正題，但我曉得你不喜歡拐彎抹角。」

史華茲背部一陣緊縮，臀部上方略感抽搐。他推一推扶手，撐起身子，在這張太小的椅子裡動了動，一臉苦相。

「我們想要聘請你擔任足球隊副教練、棒球隊副教練，以及負責招募新人和募款的體育處副主任。基本上，你的職責跟你過去四年做的事情差不多，只不過以前你享有一些特權，現在則支領薪水。」傑金斯翻開桌上的一個文件夾，從裡面抽出一張紙遞給史華茲。紙上全是小字，中間的部分有個黑筆圈出的數字。

史華茲已經花夠多時間爲足球和棒球校隊籌措經費，他非常清楚體育處有多少預算。「你們付不起這筆錢。」

傑金斯聳聳肩，笑了笑。「已經核准了。」

這個數目雖然比不上耶魯法學院畢業生的薪資，也比不上第一輪選秀的簽約金，但是還算可以，甚至稱得上不錯。他可以用這筆錢支付房租和信用卡帳單。他甚至很快就可以付頭期款，買一部不會漏油的車子，免得佛祖老是碎念他浪費太多能源。

「這筆經費至少爲期三年，」傑金斯說。「但是如果你打算提早辭職，比方說回去上研究所或是其他任何事情，你隨時可以離開。我個人認爲，不管是一年、三年或是三十年，我們能留你多久，都算我們運氣好。」

史華茲心想他哪來這筆錢。傑金斯不是那種呼風喚雨、能夠憑空湊出經費的人物。這就是爲什麼他掌管一所不怎麼重視校隊的大學體育處。

「你意下如何？」傑金斯問。

史華茲搖搖頭。「不，謝了。」

傑金斯一臉困惑，說不定甚至氣餒。「你這話什麼意思？」

「我的意思是，不，謝了。我不想當教練。」

傑金斯搔搔耳朵後面稀疏的頭髮。「但是你已經是教練，」他說。「你是本校有史以來最優秀的教練，而我們從來沒有付你一分錢。你不如讓我們好好補償，即使只有一年也沒關係。」

「我辦不到，度恩。」

傑金斯在椅子裡往後一靠，試圖重新擬定策略。他瞄了辦公室一眼，好像試圖從大局著想。「我可以請問你有什麼其他計畫嗎？」

「我不知道。」

傑金斯點點頭。「但你不想再過得那麼辛苦。出外比賽、一天連打兩場球、監督大家健身、一輩子大半時間待在室內，對不對？」

「我不討厭這些事情，」史華茲說。「我只是——」只是什麼？只是不想過了二十年，一覺醒來，想想自己造就了多少人、幫多少球隊加油打氣、改變了多少人的一生，而自己卻依然在原地踏步，凝滯不前，毫無成就，依舊穿著運動褲去上班。成不了大事的人才會當教練。

「還有一些福利，」傑金斯說。「健保、牙醫保險等等。至於休假，我們整個七月都不上班。你還可以免費在學校餐廳吃飯，但我不確定這一點是否吸引人。」

「這個工作機會很棒。」

「我說不定可以再加一、兩千美金，」傑金斯說。「再多就沒辦法了。」

「這個工作機會很棒，」史華茲重複一次。「我不可能要求更多。」

「這麼說來，你會考慮一下？」

「不會。」

「考慮看看吧。」傑金斯從史華茲手裡拿走合約，放回文件夾裡。他把文件夾擺進他的抽屜。「這份工作八月十五日開始。我們沒有其他人選。」

70

艾弗萊坐在書桌前，他的腳背有點發癢，因此，他悄悄脫下一隻酒紅色的皮鞋，伸出穿著襪子的腳，在硬硬的鞋跟上搓揉腳背。他的面前擺著各種不同版本的預算報告，還有「衛斯提許環保促進學生會」的正式提案，以及艾弗萊跟環保顧問、環保人士、建築師開會的紀錄，這些人都曾協助經費較為充裕、財務狀況較為良好的學校推行這類改造計畫。他最近工作得相當辛苦，麥卡勒斯特太太甚至又開始哼著歌跟他打招呼。

康坦戈躺在他腳邊的地氈上，這隻大狗一向靜悄悄不出聲，儀態尊貴的頭顱搭在白色的爪子上。珊蒂・柏列曼前往新墨西哥州的陶斯佈置新家，他趁機看顧康坦戈，彼此磨合看看。

艾弗萊覺得頭昏眼花；眼前的數字模模糊糊，飄來飄去。他必須喝杯咖啡提神，但是現在已經四點三十七分，歐文所在的南卡羅萊納州則是五點三十七分，麥卡勒斯特太太離開之前肯定倒掉剩下的咖啡，他必須重新泡一整壺。說不定他應該帶狗出去散散步，提振一下精神。

他從鼻孔一角挖出一小塊乾枯的鼻屎，輕輕彈到字紙簍裡。然後他抓著古董皮椅的扶手，撐起身子，拖著椅子往左邊轉九十度，面向窗戶。皮椅堅固舒適，撐得起校長的派頭——歷屆衛斯提許的校長都坐過這張椅子，包括亞瑟・哈特・勃爾克本人——但是艾弗萊有時想要一張比較摩登的座椅，比方說那種配有腳輪椅軸、可以自由旋轉的辦公椅。他把椅子拖到窗邊，傾身向前，把額頭貼在玻璃上，雖然陽光普照，但感覺還是涼涼的，他用修剪得整整齊齊的指甲輕刮紗窗，隨之發出刺耳的噪音。「自由旋轉」，他始終想不透為什麼用這個字形容一張椅子。梅爾維爾曾說美國設有自由文明之席；艾弗萊卻只想要一張自由旋轉的椅子。

窗戶外面，一個身穿藍色工作服、戴著棒球帽的學校餐廳員工，匆匆跑出來抽菸。另外一個身穿天藍色短褲、臀部部位繡著一排希臘字母的女孩擲出飛盤，粉紅色的飛盤剛好卡在兩棵樹之間。一群野鴨從高空飛過。魯汶館的屋頂漏水，鷹架已經架在一側。白色的木棍之間懸掛著黃色的繩索，保護剛剛翻過土的校園一角；維修處喜歡讓校園在畢業典禮的時候看起來充滿田園風情，有時甚至在草坪枯死的地方噴上亮綠的油漆。鋼琴琴聲有如煙霧一般飄盪，夾雜著嘰嘰啾啾的鳥鳴。一個送披薩的小弟從魯汶館裡走了出來，重新拉上紅色保溫盒的拉鍊。

艾弗萊心情舒暢，好像剛喝完一杯威士忌，正考慮要不要再喝一杯。裴拉還不知道關於那棟房子的事——他們最近只靠電子郵件溝通，而他不想藉由電子郵件透露這樁驚喜——但是他跟柏列曼夫婦已經迅速展開議價。令人高興的是，裴拉已經決定秋天正式回到學校上課。他想念她，她只離他不到一哩，他卻比她人在一千哩之外時更想念她。在他心目中，他們已對彼此許下新的承諾：他買下那棟房子，她進衛斯提許學院讀書。十年來，他似乎總算可以扮演父親的角色。事情確實有些進展，麥克．史華茲還沒接受傑金斯提議的工作，但是他有權多加考慮。再說不管如何，艾弗萊之所以努力挪出一筆經費雇用史華茲，原因不在於裴拉，甚至也不是因為史華茲的貢獻肯定超過他薪資的二十倍。史華茲善於募款，再加上球隊的表現將大幅提振學校的形象，雖然金額難以估算，但是絕對超過學校付給他的薪資。

艾弗萊之所以爭取經費，原因在於他看得出史華茲對於衛斯提許學院，抱持著像他一樣的感情。如果艾弗萊打算列出自己心愛的事物，衛斯提許恐怕不會上榜——如果他將之列入，不免顯得愚蠢，因爲你怎能說你最愛自己？大多時候，這個地方讓他氣惱、挫折、不知所措。但是任何有助於改善衛斯提許學院命運的事情，不管多麼微小，艾弗萊全都放在心上；衛斯提許學院碰上任何事情，甚至任何關於學院的傳言，艾弗萊也全都謹記在心。他關心衛斯提許學院，更勝於關心自己。他願意保護衛斯提許，使之免於遭受任何傷害。這種心態相當耗神——你無時無刻都必須提高警戒——但也令人振奮。你因此超越自我，遠遠超過原本的極限。麥克·史華茲對於衛斯提許也懷有同樣感情。史華茲說不定還沒有意識到這一點——去他的，艾弗萊花了三十年才想通——但是他可以感同身受。

康坦戈已經熟睡；這下別指望帶他出去散步健身。艾弗萊走出去泡壺咖啡，趁熱品嘗之際——他依然使用那個印著「如果老媽不高興，誰也不會開心」的馬克杯——他決定好好犒賞自己一下，暫且放下預算，開始撰寫畢業典禮致詞。畢竟學期已經快要結束。他把椅子挪到中間——一邊是桌子，一邊是窗戶——翻開一本空白的筆記本。「我們可用南瓜、防風草、胡桃木釀製美酒，滋潤我們的嘴唇，」①他喃喃自語。

艾弗萊覺得畢業典禮趣味橫生。受邀致詞的主要嘉賓——通常是中量級政治人物、作家，或是企業老闆；衛斯提許學院始終請不到大人物蒞臨——滔滔不絕，自命不凡，講述艱辛奮鬥的故事，透過奇怪的觀點表達新科畢業生的恐懼和渴望。相較之下——他可不想跟他們較勁——艾弗萊始終略勝一籌。他的致詞簡短，而且充滿衛斯提許學院師生們才聽得懂的幽默和俏皮話，被迫聆聽特別嘉賓訓示的學生們，在聽了他的致詞後莫不抱以熱烈笑聲。這才是**他們**的俏皮話、**他們**的學校、**他們**的校長，別人都不了解。艾弗萊嚴肅地舉起一隻手，假裝責備學生們大笑，這麼做卻讓大家笑得更厲害。

基於自己學生時代的經驗，他知道最令人敬畏的教授始終博得最多笑聲；教授們只要表現得稍微輕率，不管多麼不情願，依然足以讓演講廳裡傳遍一陣又一陣咯咯的笑聲。你瞧瞧，某某教授也是平常人呢！如今艾弗萊成了受益者，幾十年來，他已經能秉持這個原則，輕而易舉博得學生們的笑聲。人們認爲他具有某種高尚莊重的氣質——不管是對是錯，在人們眼中，他是一位花了六十年專心苦讀、功成名就的學者。他並非不在乎人們視他爲學者——至少更勝於被人看成是個毛頭小伙子。

每一次致詞到了最後，他總是轉換語氣，一下子變得高亢激昂。他引用一兩句拉丁文，謝謝教授和家長們，懇求大家永不放棄求知的熱誠——他幾乎不費吹灰之力就能勾起眾人心中強烈的感傷，因爲他每一句話都是發自眞心。學生們開始掉淚，部分家長也跟著啜泣。

學生們未來終究會犯錯，錯誤在所難免，因而値得稱道。他自己所犯下的錯誤說不定也値得稱道——至少那些是他自己犯的過錯，他不願跟任何人交換。他只後悔自己失去與裴拉相處的歲月——他後悔自己在裴拉的生命中缺席，一連串的錯誤造成這種損失，而且錯上加錯，他根本無從追溯源頭，循線探索，找出答案。說不定他這個爸爸太被動、太縱容，逼得裴拉太快走進成人世界。說不定他始終不夠寬容，無法接納一個像裴拉這麼有天賦的女孩。說不定他教養方式沒有問題，只不過全天下的父母都免不了會犯錯，因此，教養良好的裴拉，反而被迫自己尋找出路。

這麼說眞可笑，艾弗萊不禁莞爾。一連串的錯誤可能糾結纏繞，根本找不到源頭。人生沒有爲什麼，也無需過問怎麼會這樣。最終而言，你若想要追尋有用的人生智慧，你只能回頭遵照那些老派的觀念，比方說善良、寬容、無窮無盡的耐心。所羅門王和林肯總統曾說：一切終究都會過去。這句話對極了，一切終將成爲過去。或者如同契訶夫所言：**一切總會留下蹤跡**。這麼說倒也同樣眞切。

他在筆記本裡記下這些想法，寫了幾分鐘之後，他放下鉛筆，檢視自己的指尖，點點光影由紗窗流瀉而入，指尖蒙上半月形的灰白。他草草寫下的字句有點悲觀，拿來當作畢業典禮的講詞略嫌含混，但是他可以改寫潤飾。那位受邀擔任重要嘉賓的中量級政治人物將會高聲疾呼，說些「貢獻自身眾多才華，造福全體人類」的訓示。艾弗萊則將秉持幽默溫煦的風格。

他的手機響了。康坦戈好奇地揚起鼻子。艾弗萊刻意讓手機響了幾聲才接聽，以免顯得太急躁。

「我們又贏了，」歐文在鬧哄哄的更衣室裡扯著嗓門說。「八比七。」

「哇！」艾弗萊用力一拍大腿。「太棒了。」

「你知道什麼！你應該看看我們的對手。他們學校肯定囤積大批類固醇，他們的球迷還跳波浪舞加油呢。」

「然而魚叉手隊獲勝。」

「嗯，我們贏了。薩爾主投，表現得超乎尋常。亞當和麥克各轟出一支全壘打。那兩個傢伙好像打球打瘋了。」

「太棒了，」艾弗萊再說一次。「你呢？」

「我大概貢獻了一、兩支安打。」

「兩支？」

「兩支，」歐文確認。「教練把我排在第三棒。」

「太棒了，」艾弗萊說了第三次，而且決定不再重複。跟歐文講話的時候，他有時口若懸河，辯才無礙，有時卻啞口無言，滿口傻話。

「你明天會來囉？」歐文問。「過來看看總決賽？」

「我已經訂了機票。我原本不想告訴你，我怕這樣做不吉利，害你們輸球。我明天凌晨就出發。」

「太好了。葛爾特，你知道嗎？過去比賽之前，我從來不會緊張，我甚至不曉得什麼叫做緊張。我的意思是說，再糟糕又會怎樣？你可能贏球，也可能輸球。但現在一想到明天、全國錦標賽、ESPN現場轉播，那種感覺好像……」他放低聲音，好像不好意思地懺悔。「我想要贏球。」

艾弗萊笑笑。歐文向來冷靜自持，凡事無動於衷，現在聽到歐文臣服於某種強烈的情緒，艾弗萊不免欣喜。

「你有沒有過去看看亨利？」歐文問。

「我昨晚有過去，」艾弗萊說。「今天早上也去敲門。他似乎始終不在。」

「噢，他在，」歐文說。「他只是不想應門。你必須冷不防地過去。你可不可以從維修處拿到鑰匙？」

艾弗萊把手伸進口袋，摸摸那把歐文住院的時候、他已經借到的鑰匙。他把鑰匙像個護身符似地帶在身邊。「我想可以。」

「你人眞好，葛爾特，你不介意吧？」

「當然不介意。」

艾弗萊掛掉電話。下午的課程已經結束，學生們尚未趕著出去吃飯，窗外的方院暫且寂靜。陽光低低垂掛在樹梢，散發者電影銀幕般的柔和光澤。根據艾弗萊的觀察，從來沒有人在這個時候完成任何事情，即使是那些最勤奮的學生也不例外。圖書館裡或許小貓兩三隻，但是體育館的跑步機上說不定擠滿了人。

麥卡勒斯特太太的黃玫瑰正在發芽，玫瑰種在史庫爾館狹窄的一側，僅僅冒出芽頭；他掏出萬用手冊記上一筆，提醒自己讚美一下玫瑰花。門口響起敲門聲。

---

① We can make liquor to sweeten our lips, Of pumpkins and parsnips and walnut tree chips. 語出梭羅《湖濱散記》。

71

「Entrez you，」①艾弗萊大喊。這是他從裴拉小學法文課堂上聽到的笑話，如果你認爲這稱得上有趣的話。

學生事務處主任伊凡．邁爾金走了進來。伊凡自己也算是半個學生——他是一九九二年班，圓圓胖胖，幾乎沒下巴，畢業後一直留在衛斯提許，不像艾弗萊離開了再回來。他的穿著打扮跟那些進不了東西兩岸長春藤名校的貴族子弟們一樣：皺巴巴的卡其褲，藍色牛津襯衫，輕便的麂皮皮鞋。唯獨只缺一頂棒球帽，邁爾金說不定就適合戴頂棒球帽，因爲他細細的金髮已經日漸稀疏，只有這一點透露出他已年屆四十。艾弗萊站起來跟他握手，不知怎麼地，邁爾金似乎有點吃驚，他在門口徘徊，布魯斯．吉伯斯把他推到一邊，蹣跚走了進來。

最起碼布魯斯知道怎麼跟人握手。「葛爾特。」

「布魯斯。」

「這隻狗眞漂亮。」

康坦戈搖搖晃晃站起來，豎起雙耳，似乎對訪客們存有戒心。他把鼻口湊到邁爾金的胯下，低聲怒吼。邁爾金慢慢往後退。「他是湯姆和珊蒂．柏列曼的狗，」艾弗萊解釋。

「他們快要跟我們說再見囉，」吉伯斯說。

艾弗萊點點頭。「但是狗說不定會跟著我，這幾天由我照顧，算是試驗一下。」

康坦戈又對著邁爾金低聲怒吼。吉伯斯把手伸下去摸摸狗兒雙耳之間，很有技巧地叫他安靜下來。

「好俊的狗，」他又說了一次。「他叫什麼名字？」

「康坦戈。」

「巴西哈士奇犬？」

「這個名字其實是個經濟學用語：contango，也就是正價差的意思，」艾弗萊解釋。「這是新創的字。但是說來有趣，tango 並非源自羅曼語系，跟我以前料想的不一樣——那是尼日利亞語，意思是……」

等到這番小小的解說告一段落時，艾弗萊已經察覺事情不對勁。邁爾金太焦躁，吉伯斯太冷靜，而且一臉嚴肅。康坦戈也起了疑心。

布魯斯清清喉嚨。「葛爾特，我們恐怕碰到一個問題。或者，從我的觀點來看，似乎是個問題，除非你有辦法做一些澄清，化解這種麻煩的局面。」

艾弗萊腦中一片空白。布魯斯的聲音似乎從四面八方飄過來：「我不在乎一個人私下做什麼事情。我在這方面沒有任何偏見。但是你知道的，校方確實嚴格規範學生和老師之間的互動，行政人員必須遵守同一套規定，尤其是代表校方跟社區互動的高階行政人員。」

「你們怎麼發現的？」

布魯斯看著他。「你聽起來像是承認了，葛爾特。我們不一定要你承認任何事情。」

「跟我說你們怎麼發現的。」

邁爾金翻開手中的文件夾。艾弗萊剛才沒有注意到那個文件夾。這件事已經建檔囉，他心想。邁爾金緊張地清清喉嚨，開始念道：「家長甲最先提出這個問題。家長甲前往衛斯提許參加五月一日舉行的兩場棒球賽，途中暫作停留，在五十號公路旁邊的『軍團旅社』過夜。五月一日早晨，家長甲看到閣下——艾弗萊校長——跟一位學生走出上述旅社的一個房間。家長甲馬上打電話到學生事務處告知此事。這份報告顯然應該按照正當管道呈報，但是我不想散播任何損傷閣下聲譽的指控，結果發現只是一場誤會。因此，我決定自己先進行非正式調查。」

邁爾金從文件夾裡抽出一張「軍團旅社」車牌號碼紀錄的影本。「艾弗萊校長，這是你的筆跡嗎？」他指指奧迪車牌號碼旁邊的名字。艾弗萊點點頭。

「我想也是。」邁爾金雖然一臉嚴肅，但你可以看得出來他因爲自己的偵察能力而竊喜。「證實你的確到過那家旅社之後，我跟那位學生的宿舍舍監談談，訪談過程當然儘量小心。她說她四月三十日下午曾經看到你走進宿舍，而且神情相當焦慮。

「幾天之後，我親眼看見那名學生清晨時分從私人入口離開史庫爾館，那時我就打電話給校董會主席吉伯斯先生。」

換言之，邁爾金已經開始監視他們的住處。艾弗萊低頭看著領帶。他的椅子和書桌依然呈四十五度角，因此，他必須轉頭看布魯斯和邁爾金。他覺得自己好像是個被逼到角落的小孩，但他沒有力氣閃躲，避開他們。「你們跟歐文談了嗎？」

「那名學生現正出外參加運動競賽，因此，目前爲止尚未——」

布魯斯舉起一隻手示意邁爾金別講話。「我想先跟你談談。」他把手杖靠在雙人沙發的扶手上，重重坐下。「葛爾特，即使歐文否認任何不當行爲，我們依然必須調查。就這方面而言，我眞的幫不上忙。這種情況算不上犯罪，我們不會使用受害者、加害者之類的字彙，也不會過問個人隱私。那間旅社房間裡發生了什麼事都無所謂，但是你公然當著其他學生的家長面前，跟一位學生在一起，光是這一點就已經嚴重違反校譽以及職業操守。」

「如果我們展開調查，」布魯斯繼續說。「調查活動將由行政委員會主持，委員會也將約談各方人士。」

「這是什麼意思？」

「這表示一切將會公諸於世。學生們會知道你跟鄧恩先生的關係，家長們和校友們也會知道。儘管這是一所崇尚自由的人文社會學院，但是你我都知道校方沒有開放到那種地步。」

「布魯斯，別跟我拐彎抹角。」艾弗萊原本整個人像洩了氣，這下子氣急攻心，明知徒然，他依然握起拳頭捶打椅子的扶手。

吉伯斯舉手表示歉意。「葛爾特，我知道這種情況對你而言相當棘手。我想說的是，我很難找出任何可行的辦法，讓你保住目前的職位。」

「你要我辭職。」

「與其讓你自己和衛斯提許學院面臨前所未有的審查和嘲諷，我想請問你是否願意採取其他解決方式。這種負面消息可能嚴重影響我們的募款。本來已經很難爭取經費、執行你所謂的『環保綠化』方案，萬一這件事傳了出去，我們就等著瞧吧。」

「就是因爲這樣？你不喜歡我編列的預算？」

「葛爾特，別鬧了。我們沒有搞陰謀論。」

「不、不，你們當然沒有。這只是給你們方便。」

布魯斯嘆了口氣，往後靠在雙人沙發上，頭一次看起來有點無話可說。如果你曉得我們在這張沙發上做了什麼，艾弗萊刻薄地心想，你肯定不會如此自在。

「既然你提到方便，」布魯斯說。「我非得提一提下列幾點不可。第一，那位學生是『瑪莉亞．衛斯提許』獎學金的得主，過去三年沒有支付半毛錢學費，而獎學金的評審主席剛好是你。根據會議紀錄，雖然那位學生的數理成績平平，你依然大力薦舉。」

「他提交的論文水準極高，」艾弗萊說。「他非常聰明。」

「第二，那位學生是好幾個環保社團的一員，同時參與擬定『碳中和草案』，在我的印象裡，你也大力薦舉這項草案。」

「人人都應該倡導這些方案，」艾弗萊說。「這是一種道德責任。」

「葛爾特，你現在最好不要從道德的角度談事情。」

艾弗萊靜了下來。他可以滔滔不絕，爭辯細節——歐文是衛斯提許學院十年以來最優秀的學生；預算草案正大光明——但這些都不重要。他已經做出那麼多魯莽的事情——他忘了自己是誰，無視自己的身分，造訪歐文的寢室，跟歐文到旅社開房間——一個愚蠢、輕率的男人才會犯下這些錯誤，然而他卻是真心誠意做出這些事情。

他知道這件事跟預算沒關係；他知道布魯斯不希望他辭職。畢竟他是一位稱職的校長。布魯斯以為他一點都幫不上忙。但是啊，如果歐文是個女孩，他們會怎麼討論這件事？布魯斯還是會用些一般人聽不懂的法律術語，臉上也會帶著嚴厲的表情，但是他會幫自己倒杯威士忌，兩眼發光，似乎說道：**不錯嘛，葛爾特，你還有兩把刷子，不是嗎？**因為隨時都可能發生這種事情，說不定一天一百樁。跟一個誘人的女學生上床，是美國文學的次要主題，僅次於普普通通、稀鬆平常的出軌。每個人都會碰到這種事情，而你不可能解聘每個人。

這種事情當然也可能發生在同性之間——而且已經發生了好多次。艾弗萊並非首開風氣之先，愛上一個聰慧的年輕男孩。但是話又說回來，人們因為各種不同的理由被解聘，或者主動遞上辭呈，而你從頭到尾甚至不知道為什麼。

我們可以逃跑，艾弗萊心想。我們可以放手就走。歐文和我。我和歐文。我可以撤回出價，放棄那棟房子。我們可以搬去紐約，在雀兒喜區租一棟公寓，手牽著手，沿著第八大道漫步。我們可以無拘無束，自由自在。

「珍妮芙知道嗎？」他問，即便他不確定這有什麼關係。如果老媽不高興，誰也不會開心……

「家長甲尚未直接聯絡威斯特女士。這件事已經交由我們全權處理。」

「如果這位家長的孩子是棒球隊球員，那麼這位家長一定跟珍妮芙一樣在南卡羅萊納州。所有家長都在那裡。」

邁爾金擱下文件夾，抬起頭來。「家長甲的孩子目前沒有跟著球隊前往外地。」

「什麼？」艾弗萊問。「但這怎麼可能……」他愈說愈小聲，彷彿了解邁爾金正在告訴他什麼。他但願邁爾金沒有告訴他。「噢，我知道了。」

世事就是這麼回事：不留餘地，無可挽回。總是有些人們無法接受。艾弗萊頭昏腦脹，感覺不太舒服。他看看康坦戈，康坦戈趴在地上，頭擱在爪子上，再度露出多疑的神情。狗兒黑黑的鼻子和一隻藍色的眼睛似乎離他愈來愈遠，正以奧迪的最高車速迅速後退。艾弗萊緊緊抓住椅子的扶手。「裴拉怎麼辦？」

布魯斯稍微轉頭。「你說什麼？」

「他的女兒，」邁爾金說。

「我的女兒。她已經拿到秋季班的入學許可，但尚未收到正式通知。她的情況有點不尋常，她還差幾個學分。」

「那應該不成問題。」

「她的學費呢？」

布魯斯猶豫了一下。艾弗萊看不出自己是否太大膽，或者根本沒有膽量。他難道不該反擊嗎？他難道不該拍桌子大罵、怒斥這種假道學、他媽的抹黑嗎？康坦戈的藍眼睛忽然望向遠處，然後眨眨眼，很快回過神來。布魯斯開口了。

「我無法想像衛斯提許學院要求前校長的女兒、孫子、或是曾孫支付學費，這不是我們的治校方式。」

啊，治校方式。艾弗萊點點頭，低頭看看領帶，明知毫無意義，他依然抬起一隻顫抖的手撫平領帶。他試圖想像雀喜兒區、雀喜兒區的公寓、他和歐文手牽手漫步在第八大道或是東京街頭，但是怎樣都無法想像。他的手頹然垂到膝上，整個人深深陷進椅子裡，無法動彈，再也使不上力。忽然之間，他變成一個憔悴、聽話的老人。

「如果你這個學期末遞上辭呈，」布魯斯說。「校董們不會繼續深入調查，而校董會將由我全權代表。你可以留在本校擔任教授，或是到其他學校擔任校長。邁爾金主任會把這份文件銷毀。」

艾弗萊感到頸部和肩膀交界處隱隱作痛。他從上衣口袋裡掏出香菸，笨手笨腳地點燃，布魯斯繼續說話。他們最起碼必須幫他保留這點顏面。

「戲劇系已經聘請鄧恩先生擔任夏季班的講師，夏季班六月十二日開始，過了那個日期之後，如果你依然打算留任原職，我們就不得不告知威斯特女士，展開詳細調查。」布魯斯抬頭看看艾弗萊，他的官僚面孔稍微軟化，在那短暫的一刻，他似乎幾乎跟艾弗萊一樣困惑沮喪。「我們說清楚了嗎？」

①正確用法是「entrez vous」，意思是「請進」。「vous」是「you」的受詞，發音類似，有些人搞不清楚，把「entrez vous」說成「entrez you」。

72

艾弗萊輕輕敲門。沒有反應。他從口袋裡掏出偷借來的鑰匙，插進洞孔。

還沒跨過門口，他就聞到一股強烈的怪味，聞起來好像是臭氣沖天的更衣室。他退回樓梯間，深深吸了一口新鮮的空氣，走進寢室。室內已經蒙上傍晚的幽暗。亨利不見人影。他拉開百葉窗，推開窗戶，亨利的褐色木頭書桌上散置著幾個像是盛放優格或是人造奶油的橢圓形小盒，幾隻果蠅動也不動，另外幾隻像是小黑點似地嗡嗡飛舞，果蠅們看起來好像飽嘗各種不同濃稠的湯汁。艾弗萊發出噓聲趕走果蠅，拾起其中兩個小盒，拿著盒子走向貼了棋盤地磚的浴室，打算把盒裡的東西倒進馬桶。

浴室的燈關著，但是亨利全身光溜溜躺在浴缸裡，整個人泡在微微發黃、看起來不太乾淨的水裡，只露出頭部。他的胸腔一起一伏，洗澡水跟著顫動。他睡著了。

艾弗萊低頭看看手裡的小盒。左手那個裝著麵條雞湯，右手那個裝著豆子湯，雞湯上浮著薄薄的一層油。除了亂七八糟的褐色鬍子和同樣顏色的體毛之外，亨利蒼白得嚇人。他細長的雙手好像白葡萄乾一樣皺巴巴，身體的水分慢慢滲入一大缸洗澡水裡，下巴一縮一張，整個人縮在過小的浴缸裡，臉頰冒出水面，鬆弛的肌肉泡在汙濁的洗澡水裡，就他的個子而言，他好像太健壯，又好像太瘦弱，怎麼看就是不對勁。

艾弗萊悄悄走出浴室，把湯放在書桌上，點了一支菸。疼痛消失了一陣子，但這會兒又回來了，而且痛在胸腔。他坐在那張玫瑰色椅子的扶手上，抽香菸，等著疼痛消失。胸腔痛得厲害，但沒什麼好擔心的——最近不管是跟歐文在一起，或是在樓上使用慢跑機，他經常感覺到類似的疼痛。他知道疼痛總會消失。過了一會，疼痛的感覺稍緩，他思考應該拿亨利怎麼辦。

亨利的五斗櫃裡似乎沒有乾淨的衣服，因此，他打開歐文的五斗櫃，拿出一件看起來最陽剛的內褲。他又翻了翻，最後終於找到一件乾淨的白襯衫和寬鬆的體育褲。他從衣櫃的架子上拿了一條毛巾，把衣物包起來。他脫下鞋子以免發出太多噪音，悄悄溜回浴室，把這堆東西擱在浴缸旁邊的棋盤磁磚地上。然後他關上浴室的門，敲了幾下。「亨利？」他大喊。「你在裡面嗎？」

門後傳來嘩啦嘩啦的水聲。「等等，」亨利呻吟了一聲，聽起來虛弱而氣惱。艾弗萊聽到浴缸裡的水流得一滴不剩，洗澡水順著水管咕嚕咕嚕響，最後噗通一聲流得乾乾淨淨。他按熄香菸，把菸彈到窗外。過了一分鐘，亨利從浴室門口走出來，身上穿著歐文的衣服。他雙眼昏暗，空洞無神，好像被一副厚厚的眼鏡遮擋。「嗨，」他說。

「嗨，」艾弗萊佯裝輕快地回答，天曉得他打哪裡裝出這種輕鬆的語調。「我希望沒有打擾到你泡澡。我只想跟你說——」嗯，怎麼措詞來著？魚叉手隊？棒球隊？你們？我們？艾弗萊比此刻的亨利更算不上是棒球隊的一分子，即便亨利並不曉得。「——我們今天贏了。」

「我知道。」亨利的聲音平板沉悶，好像打鐵似地。「歐文打電話來了。」

「噢，你跟歐文通過電話？」

「他留了話。」

「啊。」亨利看起來相當糟糕，骨瘦如柴，落腮鬍之上的臉頰凹陷，面色灰黃。「你最近一次吃東西是什麼時候？」艾弗萊問。

亨利想了想。「我不知道。」

「那些湯呢？」

他聳聳肩。「裴拉留下來的。」

「但是你沒吃。」

「沒有。」

衛斯提許學院聘雇多位專業的諮商人員，專門輔導暴食症、厭食症、酗酒、憂鬱、沮喪、藥物上癮、有自殺傾向的學生。想必他應該把亨利交給他們。校園裡肯定有熱線，二十四小時都有專人守候在現今所謂的醫護室裡。亨利應該跟一個立場客觀公正的人談談：艾弗萊和亨利相處的時間加起來說不定不到十分鐘，但是他們的生活有太多重疊。歐文、裴拉、亨利的爸媽，這些人的影子縈繞在寢室裡，他們根本沒辦法好好交談。

那本該死的學生名冊依然擺在壁爐架上。艾弗萊拿起擱在名冊上的棒球。棒球潔白光滑，只有幾處磨損輕輕刮過他的指尖。頭昏腦脹、迷迷糊糊之中，他忽然覺得棒球的設計眞是精巧——似乎誘使人們丟擲，讓他想把球用力扔過開著的窗外，擲向灰暗小方院的另一端。他把球從掌心滾到指尖，然後再滾回掌心，滾著滾著，他意識到自己已經開口說話。

「你明天早上飛去南卡羅萊納州。」

亨利呆呆看著他。

「我已經幫你買了機票，」艾弗萊說。

亨利在亂七八糟的床上躺下，一隻耳朵貼在枕頭上。他整個人縮成一團，好像老人家患了風濕痛的手，或是一朵夜間的百合花。「不行，」他說。「我明天期末考。」

「明天是星期六，只有大一新生才有期末考。」

「今天，」亨利一臉疲倦地說。「我今天要考期末考。」

「其他隊友們補考的時候，你可以跟著一起補考。」

天色漸暗。艾弗萊穿著襪子，站在寢室中央的地氈上，棒球在兩隻手裡丟來丟去。「你不能永遠待在這裡，」他一臉嚴肅地說。「宿舍下個周末之前就得搬空。」

亨利的臉垮了下來，他開始啜泣，哭聲大到艾弗萊不得不跟他一起坐在床上，拍拍他的肩膀，說些自己希望具有安撫作用的話語，比方說噓、嗨、沒事等等。亨利慢慢轉為嗚咽，呼吸似乎快要恢復正常，但是忽然又哭了起來，頭往後仰，嘴巴大張，幾乎歇斯底里。他開始打嗝，拚命呼吸，鼻水流個不停，脖子後面冒出一顆顆閃亮的汗珠。「噓、噓，」艾弗萊輕聲說，一隻手以順時鐘方向揉揉他的肩胛骨之間。

「沒事、沒事。」他感覺寢室裡一陣寒意，特別是他褲腳摺邊和襪子之間的那一圈腳踝。

「對不起，」亨利說，哭了幾回之後，他伸手擦擦眼睛。

「別說話，」艾弗萊說。「慢慢來。」

艾弗萊幫亨利拿了一疊衛生紙過來，亨利接過來擤擤鼻子。窗台上擺了一串香蕉、一大盒早餐穀片和一個餐碟。艾弗萊打開小冰箱，找到半加侖牛奶——即使人不在，歐文顯然也不願亨利餓肚子。艾弗萊倒了一碗早餐穀片，用湯匙把香蕉切片，加進牛奶。他沒有拿起湯匙餵亨利，但是他坐到亨利旁邊，一隻手搭在亨利肩上，亨利每吞下一口，他就喃喃說句鼓勵的話。他用空著的那隻手點了菸，一支抽完再點一支。亨利本來一臉苦相地瞪著滿滿一匙，當食物吞進胃裡時，他看起來好像快吐了，但是吃了幾口之後，他就不再反胃。他幾乎吃完一整碗，頭昏腦脹地躺了下來。

「你明天必須早起趕搭飛機，」艾弗萊說。「我會幫你調鬧鐘。」

亨利點點頭。

「我開車載你去機場。六點整在雕像旁邊等我。」

亨利打了個呵欠，再度點點頭。他不知道是否真的聽了進去，也不知道明天早上艾弗萊會不會過來叫他起床；兩者都無所謂。艾弗萊把早餐穀片餐碟和滿是蒼蠅的小盒拿到浴室，把湯倒進水槽，沖洗餐碟和小盒，放在歐文的桌上風乾。出去的時候，他順手把燈關上。

「艾弗萊校長？」亨利說。

艾弗萊在門口停下來。「什麼事？」

「晚安。」

艾弗萊笑笑。「別忘了你的球服。」

73

使勁把門帶上時，艾弗萊踢到某樣東西，東西被踢得翻了過去——那是一個擺在地上的容器，好像他剛才倒空的小盒。幸好容器密封，裡面的東西沒有流出來。他拾起容器，他可以感覺盒裡的湯依然溫熱。他帶著容器下樓，一邊走向外面，一邊點了支菸。

夜晚清涼乾爽。艾弗萊坐在梅爾維爾雕像寬廣的石頭底座上，兩手之間的湯盒冒著暖意，感覺不錯；他打開盒蓋，讓熱氣飄向他的鼻子。波士頓蛤蠣濃湯。聞起來好香。他把湯盒湊到嘴邊，喝了一口。口感，奶油的濃度，鹽和胡椒的比例，這些看似簡單，其實經常有所偏差——艾弗萊已經品嘗夠多蛤蠣濃湯，而手中這盒濃湯幾近完美。大湖在他眼前延展，勝過任何海洋。近來學校餐廳都供應這種食物嗎？不可能吧。如果是的話，他們應該削減成本。如果是的話，他應該更常到那裡用餐。

喝完湯之後，他又點了一支菸。他的胸腔再度感到疼痛，而且疼痛蔓延到肩膀、鎖骨、或是附近某一處。每吸一口百樂門，就痛得更厲害。如果疼痛再不消失，倘若又感覺疼痛，他說不定必須考慮打電話給醫生。

等到他走進辦公室時，胸腔的感覺好多了。康坦戈熱烈歡迎他。艾弗萊搔搔狗兒金黃色的頸毛，打開辦公室和外面的門，好讓康坦戈到方院走走。然後他打電話給航空公司把機票換成亨利的名字，聯絡專車接送公司，請他們六點鐘過來接人。他不必開車送亨利去機場。亨利可以自己決定要不要去南卡羅萊納州，正如麥克．史華茲可以決定要不要接下體育處的工作。他們不是他的小孩；他們早就已經不是小孩。

他鬆開領帶，倒了一大杯威士忌，書架上有套閃閃發亮的音響，他放上古諾的《浮士德》，點了一支百樂門，坐在他的電腦前，寫封電子郵件給裴拉。

親愛的裴拉

我只想跟妳說我今天見到亨利。他看起來有點糟糕，但他會沒事的。

他停了下來，不確定還能說什麼。他想要坦誠寫封郵件，但是他不打算老實跟她說那個最重大、最棘手的消息。如果他老實跟裴拉說，她會離開這裡，永遠不會原諒他。他要她待下來。這樣比較實際，他告訴自己；畢竟她已經被錄取。假如吉伯斯遵守承諾，她不必支付學費。更何況她在泰爾曼蘿斯的操行不良，LSAT成績已經過期，高中也沒畢業，她說不定得花費兩年才可能被其他像樣的學校錄取。

但是基於一些私人因素，他希望她留在此地，或許這些才是他眞正在乎的理由。校方打算迅速俐落、徹底抹去他在這個地方的印記；但是她是他的女兒，校方也准許她留下來，他們已經達成這個協議，他需要她留下來，因爲這樣一來，他的一部分才會留在衛斯提許。即使他前往其他地方——天知道他會去哪裡——他也需要她待下來。這樣聽來瘋狂嗎？或許吧，尤其是經歷了今天的事情之後。但是他不能僅僅因爲聽來瘋狂就改變他的心願。他不能僅僅因爲衛斯提許學院驅逐他，他就憎恨這個地方。他也不能讓裴拉或是歐文憎恨這裡。其他地方說不定跟這裡差不了多少，更何況這裡是他們的歸屬。

康坦戈晃回室內，在辦公室繞了一圈，安然躺在地氈上，頭靠在爪子上。他不確定應該跟裴拉說些什麼；說不定暫且什麼都不說，這樣比較理想。他必須自己先想清楚。跟歐文也一樣。歐文那邊更加棘手——他怎能跟歐文分手、卻不說出爲什麼？歐文肯定想得出來，他有足夠的線索可以猜出大概，但是艾弗萊不能讓他想出來。他不能讓歐文因爲自己被開除受到譴責，或是背負任何罪惡感。他不能變成歐文的負擔，也不需要歐文的同情。思及至此，他內心感到一陣痛楚，幾乎比眞正的疼痛更加難過，除非那是眞正的疼痛，否則他已經分辨不出兩者的差別。無論如何，他必須自己先想清楚，然後再告訴裴拉。提早退休，醫生的吩咐，壓力，渴望旅行、寫作、重執教鞭——諸如此類的鬼話。他關閉郵件，關掉電腦，就跟每天晚上一樣。

關機之後，他覺得好疲倦、好慵懶，甚至沒辦法上樓。他費勁把大大的皮椅往後推，慢慢走向雙人沙發。他坐下來，吃力地解開皮鞋的鞋帶。康坦戈在地氈上睡著了。艾弗萊躺下，一雙長腳的腳踝交叉，他把外套平鋪在自己身上，以免著涼。他已經習慣在工作快要結束時，調低室內的溫度。

樂聲緩緩飄進他的夢中，不是古諾，不是莫札特，也不是他心愛的音樂，而是以前那首衛斯提許戰歌開頭的幾個音符，樂聲優美憂傷，眞摯動人，先是長笛或是其他高音部的木管樂器，銅管隨之跟進，高亢激昂。八六楓樹向前衝。八六楓樹向前衝。*Hut*、*hut*。奈吉爾金黃的大腿把球夾住，球啪地一聲彈進艾弗萊的手裡。粗糙的皮革貼著他的掌心，感覺眞好。全隊速度最快的卡瓦諾夫往前衝，後退傳球，交叉傳球，後退，交叉，而他始終敗在傳球的盲點。卡瓦諾夫喜歡往前衝，這個大個子眞能跑，但始終接不到球。他可眞會逗弄人，他像匹賽馬一樣大步奔馳，營造勝利在望的假象，你跟在他身旁一起往前衝，但始終衝不了多遠；對方的游衛還沒出手，他就漏接丟球。但總是還有下一次。下一次總會達陣。

自從他在圖書館地下室發現那捆文件，已經過了多少天？這會兒並排搶球的前鋒們一邊喘氣、一邊朝他圍攻，他忽然想起梅爾維爾宛如音樂般的文句，著實奇怪。他通常全神貫注，每個人都必須專心，也都同意球賽最重要，這是大家的共識，也是致勝的關鍵，這會兒他分了心，感覺卻相當舒坦，好像足球場外的大千世界跟他打了招呼。他退後七步，耳邊響起梅爾維爾的文句，眼見卡瓦諾夫拉大與球員的距離。就在那一刻，艾弗萊知道自己從今以後再也不踢足球了。他明年不打算歸隊。大千世界，機會無限。年少時，曾經充滿嚮往，青春歲月眞美好。他怎能捨棄茅塞漸開的機會？他握緊足球，輕輕一拍。重重的腳步聲朝他逼近。沒有半點風聲，船長視為惡夢，卻是四分衛的美夢。**我明年不打算歸隊**。他往後推擠，使盡全力把球傳得好高、好遠，球在蔚藍的空中畫個圓弧，飛向卡瓦諾夫笨拙的雙手，但他已經不在乎卡瓦諾夫接不接得到。臨終時刻、最後一絲鼻息飄離他的身軀時，他想不起來、也無法想像自己是否在乎過。他是五、六歲的小男孩，正在陽光下跟爸爸收割南瓜。南瓜根莖尖銳的小刺刺穿他的棉手套，刺傷他的雙手。但他還是喜愛南瓜，他搬不動那些大南瓜，周遭整片田野盡是秋日的褐黃。

74

魚叉手隊員們沿著三壘壘線並肩排成一列，大家抓著棒球帽擺在胸前，遮住條紋球衣胸前的魚叉手標誌。史華茲凝視棒球場，球場一片寶綠，是亞特蘭大勇士隊在南卡羅萊納州新設的小聯盟訓練場地之一。燈光高高架起，球場瀰漫著神奇的氣氛，草坪經過修剪，呈現星光圖形，一道道淺綠與深綠的草地，宛如光芒四射。一壘壘線附近的安默斯特球迷們已經站了起來，一邊高聲歡呼，一邊揮舞著他們紫色的三角旗。一個粗壯的男人從觀眾席的第一排冒出來，大搖大擺走向本壘，他手裡拿著無線麥克風，身上那套禮服顯然小了一號，後面跟著一位身穿ＥＳＰＮ運動衫的攝影人員。這位繫著領結的男人轉身面向群眾，脫下寬邊高呢帽，把帽子貼在粗壯的胸前。

「他爲什麼站在打擊區？」伊希喃喃自語。「他弄亂了石灰粉。」

站在伊希旁邊的栗凱斯點點頭，吐了一口口水。「拜託喔，這是全國錦標賽耶，他們最起碼可以找個小妞來唱國歌吧。」

「沒錯，找個穿洋裝的小妞，很困難嗎？」

「噓，」盧朵夫叫他們安靜。「那是艾瑞克．史垂爾。」

「他是什麼人？」

「艾瑞克．史垂爾。『不要阻攔我』？記得嗎？」盧朵夫是衛斯提許合唱團的男高音，他輕輕唱起抒情曲：「不要……阻攔我／我的心裡沒有懷疑……」

「唱鄉村歌曲的同性戀，」伊希說。

「那首歌不錯，」盧朵夫抗議。「我說不定會獨唱一段。」

「同性戀。」

「那是關於墨西哥移民，就跟你爸爸一樣。」

「同——性——戀。」

歐文清清喉嚨。

伊希拿起棒球帽遮住嘴巴。「佛祖，對不起。」

「你們全都閉嘴。」史華茲語調嚴厲，但他看到比較資淺的球員們放鬆到可以胡鬧，心裡其實相當愉快。他自己已經緊張得吐了兩次——一次小心地吐在更衣室的水槽，另一次比較不小心，暖身的時候吐在左外野的界外標竿旁邊。如果有人把球打到那個角落，奎斯或是安默斯特的左外野手就有得瞧囉。

艾瑞克．史垂爾唱得眞賣力。他的身材可不瘦小——他只比史華茲矮一點——整個人塞進那件禮服，穿上靴子，繫著領結，臉頰脹得跟韃靼牛排一樣鮮紅，尤其是唱到高音的時候，他把帽子舉在胸前，扯著嗓門，大唱最後一句 HOME……OF THE……BRAAYYYVE，他故意憋氣，拉得好長，整個人弓起身子，好像亞許繞著燈塔跑了一圈之後一樣筋疲力竭。群眾歡聲雷動，艾瑞克．史垂爾站得挺直，朝著觀眾席揮揮寬邊高呢帽。他把麥克風湊到紅通通的臉頰旁邊，粗壯的手緊緊捧住防風罩，凝視鏡頭，爲了每一位轉到ＥＳＰＮ２，希望收看保齡球或是撞球重播，卻看到大學棒球錦標賽的美國觀眾，唱出甜美的情歌。「開……開……球！」他以愉悅的顫音宣布。

史華茲戴上帽子，眨眨眼睛，強忍一滴快要流下的眼淚。他對國歌始終毫無抵抗能力，再加上這個美得不像話的專業棒球場，草坪碧綠豐美，壘上擺著扇形壘板，整座球場宛如一件鮮活的藝術品。當他轉身朝向休息區、瞄一眼觀眾席時，那一小群身穿天藍色衣服的啦啦隊似乎全都是媽媽們——李克的媽媽被夾在奧沙家十歲的雙胞胎之間；薩爾．菲拉克斯的媽媽上了年紀，一頭白髮，靠向他爸爸的手肘；大家都站著，只有亞許的媽媽因為痛風而坐下，她幾乎佔了兩張椅子，整個人圓滾滾，穿著她那件超大號的衛斯提許運動衫。伊希和歐文的媽媽像是啦啦隊員一樣揮舞衛斯提許的三角旗。還有盧朵夫的媽媽，這個球季之中，她不曉得已經幫大家烤了多少個甜麵包。亞傑的印地安媽媽個頭嬌小，雙手戴了好多手環；他可以一直說下去。球場上不乏母親們，但是你想要看到的那個人，卻始終沒有出現。

他啪地一聲坐在長椅上，套上他的護胸。旁邊有個手機嗡嗡響，他四下張望，準備大罵某人——休息區不准打手機——然後他發現那是自己手機的鈴聲。他拉開他背包一側的口袋，瞄一眼來電顯示：裴拉的新電話號碼。手機上還有好幾通未接來電，全都是她打來的。她怎麼選了這個時候跟他聯絡？他關掉手機，抓起面罩和手套，走向休息區的階梯，跟聚集在外面的隊友們集合。

寇克斯教練跟平常一樣念出打擊順序，但從他急切地摸摸鬍子的模樣，你看得出來他感到緊張。「史塔布萊德，亞威拉，鄧恩，史華茲，奧沙，勃丁頓，奎斯，菲拉克斯，谷藍德尼。」他暫停一下，仔細端詳大家，再度摸摸鬍子。「今天的比賽非常重要，但你們已經準備好了，大家同心協力，一切就會非常順利。你們都知道我的口才不好，但我只想說……我真的以你們每個人為傲。你們是百分之百的棒球員。」寇克斯教練一邊看看大家，一邊摸摸鬍子，因為自己這番花俏的訓話感到不好意思。「麥克，你有什麼想要補充嗎？」

昨天晚上，當他醒著躺在旅館的床上、聽著亞許打呼時——最起碼這回他們各自睡一張床——史華茲興起一股強烈的預感，覺得亨利今天會出現。這沒什麼道理，他不可能過來，但是預感只是隨著時間增強，因此，當史華茲掃描擠成一團的隊友們、卻沒有看到小史湛藍的雙眼，不免感到訝異。亨利倒不是非來不可。他如果出現，即使只是在一旁觀賽，也會造成干擾。史華茲看看圍在一起的隊友們，雙眼灼灼盯著大家，把瞪視的火力調到七或是七又二分之一。他自己的臉刮得乾乾淨淨，刮臉引發的紅腫終於消失，但是他的隊友們都爲了季後賽留了落腮鬍。有些人的鬍子稀疏可笑，有些人的鬍子濃密、可以用洗髮精清洗；整體看來，魚叉手隊看起來像是一群兇狠、鬍鬚斑白的棒球選手。沒錯，亨利幫他們晉級至此，不管最終結果如何，都不能抹煞他的功勞。但是過去十二場勝仗當中，他們必須盡快補上他留下的空缺，空缺一旦補上，亨利再無立足之地。就連歐文臉上也有一層柔軟灰白的鬍碴。

醒著躺在床上時，史華茲試圖想出一段讓隊友們聽了發狂的賽前訓話。講詞慷慨激昂，沿用他最喜歡的主題，也就是永遠不會過時的純眞理想：處於劣勢的一方擊敗眾人看好的對手，受到壓迫的一群人痛擊壓迫者。他打算先提到安默斯特矯揉造作的吉祥物：他們的球隊叫做「爵爺傑夫隊」，此名來自傑弗瑞・安默斯特爵爺，這位十八世紀的英軍將領，曾經主張使用被天花病毒汙染的毛毯攻擊印地安人。而且啊——訓話之中繼續闡述——過去三百年來也沒什麼改進。安默斯特的球員們依然是個爵爺，全都享有舊時代的權勢和特權——大家想想他們專屬的練習設施！大家想想他們畢業之後可以獲得哪些工作機會！相較之下，魚叉手隊不如被塞到天花毛毯裡算了。終其一生，他們都將聽命於諸如安默斯特的傢伙。雙方畢業之後的起薪簡直是天壤之別——史華茲已經查了資料。雙方被哈佛、耶魯和史丹福法學院錄取的比率也相差甚遠。今天晚上，此時此地，他們終於有了搶先報復的機會，這是他們頭一回、最後一回打垮爵爺們的最佳時機，不然就將永遠被打垮。

昨天晚上，當他置身出奇舒適的康姆斯塔飯店、瞪著天花板、聽著亞許呼呼大睡時，他就盤算著這類錯綜複雜的鬼話。但是賽前訓話靠的不是統計數據、或是無傷大雅的比較。除了他之外，沒有另一個魚叉手隊的球員在乎安默斯特和衛斯提許畢業生的社經地位，唯一的例外說不定是李克，這個貴族子弟喝酒喝到丟掉進入長春藤盟校的機會，被貶到衛斯提許學院。史華茲的隊友們沒有史華茲式的野心，他們只想贏一場棒球比賽。這樣也好，其實是棒極了，但卻讓他找不到訓話的主題。他精神緊繃。最終也只能這麼說。

他想把瞪視的火力提高到八，然後慢慢降緩，這時，他卻發現大家狂熱地瞪著他，火力說不定是九，甚至是九又二分之一，人人一臉落腮鬍。史塔布萊德穿著釘鞋猛踏地上，好像一頭憤怒的公牛。就連一臉柔軟鬍碴的歐文，柔和的灰色雙眼中也露出致命的殺氣。在他的運動員生涯當中，史華茲已經講了很多勇往直前之類的鬼話，尤其是足球比賽中場休息的時候，但此時此刻，他頭一次感覺隊友們其中一人——其中任何一人——說不定會擺好架勢，一拳打中他的喉嚨。小史是他們最有天賦的球員，但現在他走了，其他十八位魚叉手隊員發現自己也有兩把刷子。若是隊裡最佳球員還在，他們說不定永遠無法晉級全國錦標賽。想來有點自相矛盾，最好還是不要深究。史華茲再次環顧隊友們，他感受到一股比自信心更強烈的氛圍，好像比賽已經開始。他不知道自己是否已經準備就緒——他想東想西，睡眠不足，思緒紊亂，滿懷感傷——但他確定隊友們已經做好上場的準備。如果他是這次任務的亞哈船長，這場錦標賽將會是他狂熱追求的目標，而他們就是魚叉手菲達拉的神祕船員們。

「你們這些傢伙，」他輕聲地說，聲音充滿真摯的崇敬。「是一群讓人害怕的混帳。」

大家聽了甚至沒有露出微笑，更別提大笑；他們只是點點頭，走上球場。

75

亨利沒有穿上隊服，儘管斜斜背著一個大得可笑的衛斯提許背包，他沒有門票，帶位人員依然不讓他進場。「比賽再過五分鐘就開始，」帶位人員邊說，邊站到亨利前面擋住入口，他是個老先生，鬢角細長而花白。「球員們好幾個鐘頭之前就進去了。」

「你看看這個大背包，」亨利疲倦地拍拍衛斯提許學院的校徽。今天背包感覺沉重，確實是個負擔。

「如果不是球員，我會背著這個跑來跑去嗎？」

「我不知道。」

「你看看這個。這是棒球球員的背包。這個部分特別長，球棒才擺得進去。」

「我沒看到什麼球棒。」

「我沒有球棒，」亨利說。

「我不知道你爲什麼沒有球棒，」帶位人員揮揮手把亨利趕到一邊，好幫兩個身穿碎花洋裝的小女孩撕門票，拍拍她們的頭。「你幫哪一隊打球？」

「衛斯提許，你看，這是我的——」

帶位人員抽出節目表。「球員名單裡第一個選手是誰？」他質問。「他體重多少？我對你特別通融，哪一隊都可以。」

亨利按照隊友們的姓氏字母順序，暗自想了想。「伊希・亞威拉，游擊手，球衣號碼一號，芝加哥，伊利諾州，體重……我不知道他多重，一百五十磅？」

「抱歉，小伙子，應該是狄米垂斯・亞許，球衣號碼二十六。」帶位人員捲起節目表朝向停車場揮。「另外找個心腸軟的傢伙吧。」

直到亨利放下背包、拉開拉鍊、東翻西找、掏出他那件皺巴巴的球衫，老先生才一邊嘟囔、一邊揮手放行，好像整個過程都是亨利的錯。亨利猶豫地穿過魚貫的人潮，背包啪啪拍打著他的背。這是一座嶄新且設備一流的小聯盟球場——僅僅幾個禮拜之前，他似乎註定要登上這種球場。他手裡依然拿著隊衫，他對著另一個帶位人員揮揮球衫，混入一壘附近的觀眾席。

兩隊的球員們已經做完內野練習，聚集在各自的休息區前面，在此同時，兩隊的總教練跟裁判們會談。史華茲背上大大的球衣號碼「44」向著亨利，一隻手攬住亞許，另一隻手攬住伊希，頭慢慢地轉來轉去，說出那番他已經等了一輩子想要說的訓話。

亨利在一個靠走道的空位上坐下。他不能更靠近他的球隊。他不曉得自己爲什麼靠得這麼近。他不想幫大家帶來霉運，成爲沉重的累贅，毀了魚叉手隊的連勝紀錄。他上場的最後兩場比賽，他們場場敗北；他沒有上場的最近十二場比賽，他們場場得勝。這種數據不言自明。

「對不起，年輕人。」一個圓胖、身穿大衣、打著領帶的男人愼重地拍拍亨利的手臂。「我想你坐到我的位子。」

一個頭髮染成金色、披條大圍巾的女人站在男人後面，她的雙手裹在圍巾裡，好像天氣非常冷。她比這個開始禿頭的男人高多了。

「對不起，」亨利邊說邊把他的背包推到走道上。他站起來的時候，圍成一圈的魚叉手隊員們正好散開。歐文迎上亨利的目光，他一邊揮手，一邊咧嘴笑，其他幾個傢伙轉過身來看。歐文揮揮手套叫他過去，李克和伊希也是。如果附近有個空位，他說不定可以留在原地，但是附近沒有空位，他不知所措，呆呆站著，最後似乎只能走下階梯，跳上安默斯特球員休息區上面的水泥地，水泥地上漆著全美大學世界大賽的天藍和萊姆綠標誌。他先把背包扔下去，感覺有點頭昏腦脹，然後雙腳踏上優美雅致的球場。

魚叉手隊丟銅板贏了，因此，他們將擔任主場，先守後攻。擴音器大聲介紹魚叉手隊的先發球員，在觀眾歡樂的掌聲中，球員們慢慢跑到各自的位置。安默斯特的球迷人數遠遠超過衛斯提許的球迷，但是大部分的觀眾跟兩隊都沒關係——他們都是本地人、或是其他已經遭到淘汰的球隊的球迷。

亨利踏進界外球區，整個人呆住了。寇克斯教練也看到他，教練揮揮手叫亨利過去，但是若要走到衛斯提許的休息區，他非得經過史華茲身邊不可，而史華茲正跨蹲在本壘板後方，跟史塔布萊德進行最後暖身。亨利站在原地，猶豫不決，感覺比在裴拉的廚房裡更曝光、更像隻蟑螂，一個ESPN的攝影人員站在離他兩步的地方，他覺得好像被一萬個人盯著看。最後史華茲終於舉起右手，他沒有轉身，而是直接比向衛斯提許的休息區：**過來，過來**。

亨利趕快走過去。他顯然沒有想清楚。魚叉手隊如果輸了，他們一定會把帳記到他頭上，他們會怪他大老遠飛過來觸大家霉頭，而他們也應該怪他。他怎麼可以過來這裡？艾弗萊校長到底在想什麼？他不能責怪艾弗萊校長，這是他自己不智的決定，但這是是艾弗萊校長的提議，而當學校校長提出某個建議，你怎能不照辦？我是個累贅，他心想。廢物，廢物，廢物，廢物。

寇克斯教練在休息區入口等著他，一臉愉快、非常用力地跟他握手。「趕快去換衣服，」他低聲嘟囔。

「噢，我想不行，」亨利說。「那樣將會——」

「我需要你過去指導一壘，趕快換上你該死的球衫。」

亨利走向通往更衣室的黑暗走道，進去換衣服。他的裝備自從寇斯瓦爾的比賽之後就沒有清洗，看起來骯髒，而且微微發臭，但是爲了祈求好運，他跟往常一樣慢條斯理、一臉肅穆地套上裝備，最起碼模仿過去的模樣。指導一壘還算不錯——不管多麼微小，最起碼他有機會做些貢獻，況且這表示輪到魚叉手隊打擊、史華茲在休息區等候時，他已經站到球場上。

亨利走進休息區時，史塔布萊德已經很快解決兩名打者。後補球員們高高坐在後方的長凳上，瞪著球場。自從分區錦標賽開打之後，大家就不刮鬍子，即便盧朵夫和小金看起來幾乎是老樣子。大家的表情一致，人人面露兇光，好像正在投球。亨利慢慢走到最旁邊，在這個角落，大家如果不想看到他，就不必看到他。他挑了一個離亞許遠遠的座位。

「亞當最好別讓對方得分。」亞許丟了一顆葵花子到嘴裡。「我們沒有投手了。」

「還剩下誰？」亨利問。

「薩爾昨天投了八局，所以他沒辦法囉。奎斯也投了好多球，連李克都投了幾局——眞不敢相信我們熬過那種狗屎場面。至於後援頭手嘛，小盧……」亞許瞄了休息區裡一眼。「……基本上，我們只剩下小盧。」

「我的手臂相當痠痛，」盧朵夫提醒他。「我使不上勁了。」

「小盧使不上勁了，」亞許重複一次，悲傷地搖搖頭。

史塔布萊德把安默斯特的第三棒三振出局，揮著拳頭走向休息區。亨利走向高架燈光下的球場，慢慢走向一壘指導教練的位置，他雙膝發軟；他必須專心。指導一壘並不難，但你當然也可能搞砸。

史塔布萊德第一球就打出一支左外野方向的一壘安打，伊希接著擊出一支漂亮的犧牲打把他送上二壘，伊希走回休息區，接受隊友們的道賀，目前爲止，一切尚可。歐文站上打擊區，伸出戴著手套的手背，悄悄制止自己打呵欠。投手投出第四球時，他擊出一支中間方向的一壘安打，史塔布萊德以跑百米的速度衝過三壘，滑進本壘，對方傳球失準，他成功得分。一比○，衛斯提許先馳得點。

「你眞行！」亨利跟歐文說。

「我眞行！」歐文斜斜站上壘包。「你有沒有見到葛爾特？」

「他臨時有事，」亨利說。「沒辦法過來。」他在說謊，其實他不曉得眞正的原因。今天早上鬧鐘響了的時候，他從床底下抓起他的背包，不確定昨晚是否眞的跟艾弗萊校長見了面。從某個層面而言，就是因爲不確定，所以他才採取行動；他之所以下樓，倒不是因爲他確定自己想要飛往南卡羅萊納州，而是因爲他想看看艾弗萊的來訪是不是一場夢。

艾弗萊校長跟他約在梅爾維爾雕像旁邊，但是亨利沒看到他，反倒有部黑色轎車在學校餐廳的卸貨區等候。司機搖下車窗說：「你是史格姆山德嗎？」

「是的。」

司機打開行李箱，亨利跟他說他在等人。司機說：**你是史格姆山德，對不對？**教堂鐘聲悶悶地響了一次，表示已經六點一刻；艾弗萊校長昨天說六點。說不定亨利聽錯了；說不定艾弗來不打算跟他一起去。他只花了一秒鐘就把背包扔進行李箱，爬進後座。司機一關上厚重、具有隔音效果的車門，他就無法反悔。

「他跟我說祝你好運，」亨利跟歐文說。

「好運？我不需要好運。但是葛爾特不能來，眞可惜。」

魚叉手隊領先到第三局，三局下半，安默斯特靠著打者被觸身球保送上壘、一支一壘安打，以及一支高飛犧牲打，把比數拉成平手。情況可能更糟，因爲安默斯特依然兩人在壘，兩人出局，幸好伊希俯身接下一記飛向中間方向的平飛球，儘管整個人撲倒在外野草地上，他依然及時把球傳給亞傑，將打者封殺出局。

「他不是亨利．史格姆山德，」亞許說。「但他很棒。」

伊希衝向休息區，一邊握拳猛打手套，一邊大喊大叫，守備出色，就是這麼熱血沸騰。快步走向一壘時，亨利用力拍了一下伊希的臀部。「接得好帥，」他說。

伊希笑得好開心。「謝謝，亨利。」

六個女學生排成一排，站在安默斯特的休息區後方，女孩子臉上塗著紫色印花，身穿大號的紫色運動衫，每個人的運動衫上都有一個白色英文字母，合起來拼成 A-M-H-E-R-T①。其中四個女孩矮壯結實，多少有點男性化。第五個女孩——也就是E女郎——身高大約六呎，黑色的頭髮紮成馬尾辮，站在風中左右搖擺。第六個女孩——也就是A女郎——個頭嬌小，戴著一頂紫色的棒球帽，金髮馬尾辮從帽子後面的縫口垂下來。亨利看得出來她們是安默斯特的壘球球員，特地開車南下，爲她們學校的棒球球員加油。那個缺席的S女郎說不定跑趴跑得太兇，留在汽車旅館睡大覺。

雖然個子只有隊友們的一半，但是A女郎卻是大夥的隊長：她帶頭一邊頓足，一邊歡呼，M女郎和R女郎偷帶幾瓶粉紅色的飲料，倒進體育館分發的可樂杯分給大家，A女郎開懷暢飲，喝得比誰都多，而且愈來愈明目張膽。她靠著欄杆，整個人往前彎，臉頰受到酒精和喊叫聲的催化而通紅。亨利馬上注意到她，很不幸地，到了第四局，她也注意到亨利。

「喂，亨利！」

他嚇了一跳，但他不能轉身，也絕對不能搭理。

「喂，亨利！他們爲什麼不讓你上場？」

那個聲音尖銳、刻薄、帶著一絲挑釁的惡意，他確定說話的人是A女郎，一顆心沉到谷底。另一個比較低沉、但比較猶豫的聲音加了進來：

「說不定他會怯場。」

「怯場？」A女郎假裝驚訝地問道。「亨利會怯場？」

「大家都這麼說。」

「亨利爲什麼會怯場？」A女郎質問。

「說不定他承受不了壓力，」有人操著濃重的波士頓口音說。

「壓力？！亨利承受不了壓力？」A女郎聽起來大惑不解，好像她跟亨利相識甚久，卻想像不到會發生這種狀況。

亨利緊盯著潔白的一壘壘包，假裝不理會她們，同時卻拚命聆聽每句話。這局一開始，史華茲四壞球保送，他把球棒扔到一邊，脫下前臂護罩，快快奔向一壘。亨利拍拍手，繼續盯著壘包。

A女郎在精美的節目單裡找到亨利的生平簡介——文長四行，比其他隊友的簡介都長。「亨利．史格姆山德，」她大聲朗讀。「大三。蘭克頓。南達科塔州。五呎十。一百五十五磅。大二獲選爲年度分區最佳球員。今年打擊率.448，九支全壘打，十九次盜壘。創下全美大學游擊手連續無失誤紀錄，追平棒球名人堂亞帕瑞奇歐．羅德里奎茲的紀錄。」

她一字不漏、清晰穩定地對著球場眾多球迷分享這些資訊，令亨利大爲折服，心裡也一陣刺痛。一壘附近的觀眾席靜了下來；他們全都聽她說話。

「嗨，珍妮，對於一個一壘教練而言，這些數據聽上去還不賴吧？」

「我覺得不錯，」珍妮回答。

「說不定亨利太優秀，這支爛隊配不上他，珍妮，妳同意嗎？」

「我同意。」

「說不定亨利寧可站在那裡，當著我們大家的面搖搖他的小屁股。」

「沒錯！」珍妮大喊，然後大笑幾聲。亨利悄悄叮嚀自己，確定自己的臀部動也不動。

「這群觀眾有夠辣，」史華茲說，說話的對象不是亨利，而是一壘手。

一壘手聳聳肩。「那是敏姿。」

「敏姿？」

「伊莉莎白．敏姿斯基。壘球隊的二壘手。」

「眞討人喜歡，」史華茲說。

一壘手又聳聳肩。「她特別偏愛中間野手。」

奧沙揮棒一擊，球直直飛入安默斯特三壘手的手套，三壘手從容出手，輕易造成雙殺。勃丁頓擊出中間方向的高飛球，三人出局，結束這一局。亨利不想顯得過於急切，所以他等了一下才跑回休息區。安全躲進休息區之後，他終於可以轉過身來，隔著一段距離，仔細瞧瞧這位非常漂亮、非常討人厭的伊莉莎白．敏姿斯基。

五局上半，記分板上顯示兩隊都是一分、三支安打、0失誤。球場泛著寶藍的光澤，有如故事書中的夢境。史塔布萊德連續投出四個壞球，保送打者站上一壘，四球之中，沒有一球接近好球帶。

「噢，」亞許說。「這下糟了。」

史塔布萊德也保送下一位打者。他兩球之間停太久，對著自己喃喃低語，費勁抹去金色額頭上的汗水。史華茲喊暫停，蹣跚走向投手丘，好跟他談談。寇克斯教練摸摸鬍子，環顧休息區。「小盧，」他說。「你的手臂如何？」

「我不知道，教練，我可以試試看。」

寇克斯教練猛盯著史塔布萊德，好像試圖看穿他的細紋球衫，直視他的靈魂。「亞許，」他說。「把小盧帶到牛棚，暖身一下。」

「是的，教練。」亞許一把抓起護胸，跟著盧朵夫走向界外線。史塔布萊德踢踢投手板，看看壘上的跑者，投出一記快速球，打者用力揮棒，球落到左外野牆邊，二壘跑者輕鬆跑回本壘，攻下一分；奎斯把跑者牽制在二、三壘：二比一，安默斯特領先，無人出局。

「該死！」寇克斯教練拿起牛棚電話，等著亞許接起。「叫小盧趕快準備上場。」他舉手叫暫停，慢慢走到投手丘跟史塔布萊德談談，但是亨利知道此舉的目在於讓盧朵夫有機會暖身放鬆。寇克斯教練講話的時候，史塔布萊德認真點頭，猛然把球扔進手套。每一位衛斯提許的後補球員都看得出來他在說什麼：**我還好、我還好**。「他才不好呢，」粟凱斯嘟囔一句，從門牙牙縫吐出一小片葵花子殼。「他沒有體力了。」

下一位安默斯特的打者四壞球保送，造成滿壘的局面。一位左打者上場，這人瘦得跟隻牙籤一樣，他豎直球棒，高高舉過頭頂，好像想要被閃電擊中。兩壞球，沒有好球，史塔布萊德投出一記球速緩慢的曲球，打者往後一仰，球棒一揮，勃丁頓俯衝接球，但是球剛好飛過他的手套。

三壘的跑者回到本壘得分，二壘的跑者也跟著踏上本壘。奎斯跑到左外野、撈起偏低的球時，一壘的跑者衝過三壘，奎斯拿著球站起來，集中精神往前一衝，先抬起右膝，然後高高提起左膝，好像一個哥薩克舞的舞者。他使盡全力把球傳向本壘，球一脫手，整個人就往前跌到草地上。

球與頭部齊高，一路直飛本壘，距離跑者只有一步之遙。這球傳得又快又直，簡直像是一條曬衣繩，相當罕見。史華茲在本壘板的內野把球接住，跑者滑進本壘，史華茲轉身把球貼向跑者的手臂。

裁判雙手用力一揮，掌心向下。「安全上壘！」

「什麼？」史華茲一躍而起，狠狠盯著裁判，然後雙手一攤、雙腳一軟跨蹲下來，他一臉困惑、懇求、好像在說「你怎麼可以這樣對待我」，一副沒有做錯事、卻受到虧待的模樣。他從手套裡把球抓出來甩了甩，姿態相當凶狠，好像打算拿球猛敲裁判的頭。

「三壘！」亨利看到跑者拔腿奔跑，大聲喊叫。「三壘！三壘！三壘！」史華茲飛快轉身面向三壘，但是已經太遲，那個跟牙籤一樣瘦弱的左打者平安滑進三壘。史華茲用力把球丟進手套裡，因爲他的疏忽，安默斯特又多了一個跑者上壘，但是最起碼他和裁判的緊張對峙到此爲止。只要再多半秒鐘，他可能做出讓自己被驅逐出場、甚至受到逮捕的事情。這會兒他氣沖沖地沿著三壘壘線往前走，遠離裁判。寇克斯教練跑到場上，表面上是質疑裁判的判決，其實最主要是預防史華茲再度失控。

奎斯臉朝下躺在左外野。「奎仔怎麼了？」亨利問。大家還來不及回答，牛棚電話就響了。亨利離電話最近。「哈囉？」他說。

「他不行了嗎？」亞許問。

「看起來不行了。」

「他媽的。」亞許輕輕咒罵一聲，似乎宣告失敗。「小盧沒辦法上場，他的球速才六十哩。」

「好吧，」亨利說。

「教練這一局已經跟史塔布萊德談過了，如果再走上投手丘，他就非得換投手不可。」

「沒錯。」亨利掛了電話，飛快衝到場上，拉住寇克斯教練的手臂，教練正要走到投手丘換下史塔布萊德。「菲爾沒辦法上場，」亨利說。「手臂無力。」

他們站在投手丘和本壘板之間，亨利不知道你得走到距離投手丘多近，才算是走上投手丘。「那麼我們就派奎斯上場，」寇克斯教練說。

亨利指指左外野。「奎斯也不行了。」

「他媽的，」寇克斯教練喃喃低語。「他媽的怎麼回事？」

兩位健身教練慢慢跑過去看看奎斯的狀況，奎斯剛才用了好大力氣演出漂亮的傳球，結果拉傷了腹肌。他終於站起來，在寇克斯教練和史提夫．威洛比的攙扶下，一拐一拐走回休息區。小金抓起他的手套，慢慢跑向左外野，他一邊跑步、一邊踢腿，活動一下冰冷的雙腳。五比一，安默斯特領先。三壘有人，無人出局，下一位打者是具有高打點的強棒。**A-M-H-E-R-T** 眾女郎靠著欄杆往前彎，拿著可樂杯子權充麥克風大喊大叫，好像身穿紫衣的復仇女神。我是個累贅，亨利心想，這些傢伙永遠不會原諒我。

比賽似乎已經暫停了好久，但打者正要站上打擊區時，史華茲又叫暫停。裁判應允，但顯然不情不願。史華茲衝過去跟史塔布萊德很快說了幾句，史塔布萊德點點頭，抹去額頭的汗水。

史塔布萊德狠狠瞪了三壘跑者一眼，投出一記四線快速球，球朝向打者的下巴飛過去，打者趕快伸出雙手蒙住臉，急急臥倒在地，試圖躲避，球碰到球棒的棒頭，彈跳到安默斯特的休息區。安默斯特的教練已經準備衝到場上大罵史塔布萊德，這會兒特別繞道，怒氣沖天地踢踢那顆仍在滾動的球。裁判大可驅逐史塔布萊德出場——史華茲也會跟著受罰，因為這一球顯然由他授意——但是裁判僅僅發出警告，請安默斯特的教練回到休息區，說不定是藉此補償剛才在本壘的誤判。

打者撢撢球衫上的灰塵，雄糾糾地走回打擊區，但是潛意識裡已經蒙上陰影，感覺禍事即將臨頭。下一球是個緩慢的曲球，打者膝蓋一彎，再記好球一次。史塔布萊德接著投出一記普通的快速球，球高而偏向外角，打者勉強揮棒，三振出局。

史塔布萊德跳下投手丘，揮揮拳頭。他抬頭挺胸，下巴放鬆，似乎重新恢復活力。他對著下一位打者投出一記整場比賽最漂亮的快速球，打者被誘揮棒，擊出高飛球，被亞傑接殺出局，接著他三振安默斯特的一壘手，留下三壘慘壘。魚叉手隊的球員們一邊走下球場，一邊跟彼此大喊比賽還沒結束、絕對別說完了、輪到我們得分等等，亨利再一次佩服史華茲研判情勢的能力。他怎麼知道裁判不會把史塔布萊德驅逐出場、害得魚叉手隊沒有半個投手？他怎麼知道那位打者這麼容易被嚇到？他怎麼知道一次三振會重振史塔布萊德的士氣、最起碼暫時起了功效？

史華茲肯定全都不知道。但是他想出一個值得一試的點子，而他也大膽到放手一試。

盧朵夫和亞許從牛棚回來。「小盧，」亨利邊說，邊伸手攬住這個大一新生下垂的肩膀。「你過去指導一壘。」

「好，亨利。」盧朵夫快步走向**A-M-H-E-R-T**眾女郎。歐文坐到亨利旁邊，從長凳底下抽出一本圖書館借來的《恐懼與戰兢》②「來，保護我一下，免得我被傳偏的球打中，」他邊說，邊把書籤夾到天藍色的棒球帽底下。「我的骨頭脆弱得很。」

「我以爲寇克斯教練不准你在休息區看書。」

「他的確不准。你也別讓寇克斯教練逮到我。」

直到八局下半，雙方才有得分的機會。史塔布萊德和伊希各擊出一支一壘安打，兩人在壘，無人出局。歐文擊出一壘方向的平飛球，球打得不錯，但是落點不太好，他快步走回休息區，繼續看書。

史華茲昂首走向本壘，伸出那隻穿著十四號釘鞋的大腳踢踢打擊區的白線，亨利可以感覺到一股電流悄悄流竄在球場中，史華茲是衛斯提許學院的全壘打王，而且看起來確實有此架勢。除了伊莉莎白·敏姿斯基之外，安默斯特的球迷們全都安靜下來，一小群衛斯提許的家長們站起來，一邊吹口哨，一邊鼓掌。其他六千名觀眾不約而同往前移動幾吋，場上的能量悄悄起了變化，整個球場都感覺得到。除了歐文和亨利之外，魚叉手隊的隊員們全都靠在休息區入口，嘴裡大罵髒話讓投手分心，心裡卻暗自祈禱，大家彎起手指和腳趾，人人姿態各異，盡量祈求好運。每個人都坐立難安，動來動去——沒有人動得太誇張，因爲這樣不吉利，但是大家也不願意一直垂頭喪氣。

亨利坐在他那群緊張的隊友後面，距離歐文只有幾吋，他也試著祈求好運。他心想，我們每個人內心深處都相信自己是上帝。我們偷偷相信比賽的結果全靠我們，即便我們只是坐在一旁觀看——我們呼氣的模樣，我們吸氣的模樣，我們身上的運動衫，投手一出手、球飛向史華茲的時候，我們有沒有閉起眼睛，我們相信比賽的結果都仰賴這些因素。

史華茲揮棒落空，一好球。

在我們的內心深處，我們都認爲世界是自己的延伸，好像一個微小投影片的種種影像，投射到一個跟地球一樣宏偉的螢幕。然而，在我們內心深處，我們也都知道自己是錯的。

揮棒落空，兩好球。

「勝利球帽！」李克·奧沙從打擊準備區大喊。每個人都把球帽翻面——除了歐文之外，他依然埋頭繼續閱讀——露出白燦燦的裡層。亨利也跟著做。

但是事與願違。史華茲第三次用力揮棒，然後怒氣騰騰地看著落空的球棒，低頭慢慢走回休息區。安默斯特的球迷們高聲歡呼。兩人出局。

李克·奧沙踱步走向打擊區，擺出左打的姿勢，試圖履行史華茲的使命。拜託，亨利心想，一次就好。一壘的伊希已經悄悄向前，拔腿開跑。投手投出一記快速球，球低而偏向內角，正是李克喜歡的球路。一次就好。李克雙手一低，屁股用力一扭，細紋球衫裡的小腹跟著搖動。這球與腳踝齊高，但是李克用力一甩，球棒最粗的部分砰地一聲打中這記快速球，清脆的聲響劃破群眾的呼叫。球好像拋物線一樣劃過卡羅萊納漆黑的夜空，一直攀升，愈飛愈高，超過高架燈的支柱；飛到這麼高，最終也只能直直下墜，不是飛過圍牆，就是落到手套裡。右外野手慢慢後退，一直退到背抵著圍牆，他彎下膝蓋，打算像隻小貓一樣，然後縱身一跳，一手抓住圍牆頂端，戴著手套的那隻手伸向快速落下的球……

「好耶！」歐文原本似乎根本不關心賽事，這會兒把書甩到一邊，跳過休息區的階梯。「好耶、好耶、好耶、好耶、好耶！」球飛向安默斯特的牛棚，落在圍牆牆外一英碼之處。歐文率先衝到本壘，發狂似地拍打李克的頭盔，蛙跳到李克的肩上，全體隊員圍成一圈手舞足蹈，也包括亨利。「好耶！」

魚叉手隊只落後一分。勃丁頓接著擊出一支右野方向的強勁一壘安打，安默斯特的教練終於示意牛棚準備上場。那位慢慢跑到投手丘的右投投手看起來不像明星投手，反而比較像個會計師——他跟亨利差不多高，髮色淡淡的，下巴瘦削，肩膀低垂瘦弱。「他叫度戈爾，」亞許告訴亨利。「安默斯特前幾天跟西德州對打的時候，由他主投，全場只讓對方擊出兩支安打。這個人好可怕。」

亨利點點頭。投球傳球的能力像是神祕的鍊金術，也是超級英雄的神祕力量。你始終看不出來誰擁有這種能力。

小金站上打擊區。度戈爾先看看跑者，然後充滿自信地側跨一步，投出一記球速超過九十哩的快速球，直撞小金的肩膀，小金跌到地上，痛苦翻滾了一會兒，然後站起來走向一壘，邊走邊揉上臂。

「他故意的嗎？」亞許大聲說出心中的疑問，語調中卻藏不住一絲佩服。這會兒裁判已經完全失去耐性，一臉不悅地警告兩隊。

亨利聳聳肩。這球看起來當然像是故意。度戈爾似乎有意報復史塔布萊德三局之前投出的一記近身球——在一場比數如此接近的比賽中，此舉相當魯莽，甚至瘋狂。**你想要投球K我們的打者？好，我就故意把你們的打者送上壘，然後再來解決這種場面**。這會兒他正是這麼做，只投了四球就把薩爾．菲拉克斯三振出局。「**可怕，**」亞許重複一次。「眞可怕。」

九局上半，史塔布萊德暖身時，寇克斯教練一直掃描整個休息區，從頭到尾皺著眉頭，好像一個肚子餓的人不停打開空空的冰箱，明知機會渺茫，但依然希望自己說不定看漏了什麼。他需要一位投手，但是他找不到。史塔布萊德不行了，基本上，他簡直就是把球甩向本壘，他必須再撐一局。

第一棒轟出一支落在薩爾和小金之間的二壘安打，下一位打者擊出一支強勁的平飛球，球沿著左外野線直直飛去，安默斯特的球員們衝出休息區，興奮不已，但球稍微一轉，落到界外。史塔步萊德看起來累趴了，似乎耗盡精力。史華茲拉起面罩，帶著哀求的眼光看著休息區。**讓我來吧**，他的眼神說道，**說不定連我都投得比較好**。

或許我應該志願上場，亨利心想，我可以投得跟史塔布萊德一樣猛。說不定更猛。讓我登上投手丘，投出幾記快速球，防止再度失分。我們九局下半全力進攻，反敗爲勝。童話故事般的結局。就算我已經好久沒吃東西，那又如何？

他還來不及繼續幻想，史塔布萊德又投了一記爛球，打者轟出一支中間方向的平飛球，安默斯特的球員們又衝到球場上，準備慶祝再下一城。這時，伊希忽然不曉得從哪裡衝了出來，他騰空飛起，使盡全力伸長身子，球消失在他的手套中，他整個人趴到地上，伸出右手觸碰二壘壘包，跑者遭到雙殺，一臉錯愕。兩人出局。接下來史塔布萊德不知道怎樣竟然誘使打者擊出高飛球，解決了這一局。魚叉手隊衝下球場，大喊一些沒有意義的話。落後一分，只剩下九局下半。

「亞許，」寇克斯教練大叫。「過去拿球棒，你幫亞傑代打。」

亞許毅然地點頭，球棒已經拿在手上。「可怕？」他喃喃自語，盯著外面的投手丘。「我讓他看看什麼叫做可怕。」

牛棚電話響了。寇克斯教練下去休息區，一把抓起聽筒。「麥克？」他說。「麥克現在很忙，哇，拜託鎮定一點。」他稍作停頓。「等等、等等，我叫他過來聽電話。」

亨利一隻眼睛盯著亞許站上打擊區、面對看來溫順的度戈爾，一隻眼睛盯著史華茲，史華茲一隻耳朵貼著聽筒，伸出一隻骯髒的手遮住另一隻耳朵，擋住隊友們的說話聲。史華茲剛開始也看著球場——亞許錯失一好球——但他很快就低頭看著水泥地。「你確定嗎？」他輕聲說。

一壞球。史華茲重重坐在長凳上，距離亨利十呎。

「小寶貝，喔，小寶貝，我很遺憾。」

他骯髒的手慢慢摸過額頭的髮線，然後重重落在膝上，一臉無助。他全身上下裝備齊全，唯獨沒戴面罩。他又對著聽筒說了幾句話，聲音太小，亨利聽不見他說些什麼，然後他把聽筒遞給詹恩森，掛掉電話。

亞許揮棒落空，三振出局。這個球季只剩下最後兩個機會。歐文猛然闔起書本，站了起來，他手指交纏，高高舉起手臂，哼著小調；如果史塔布萊德或是伊希上壘，他就有機會上場打擊。亨利看看史華茲，史華茲低頭盯著揉成一團、丟了一地的錐形紙杯。

歐文從褲子後面的口袋裡抽出打擊手套，一臉決然地拿著手套在大腿上拍拍，走向擺球棒的架子。

「佛祖，」史華茲輕聲說。歐文轉身。

史華茲的臉上帶著亨利從來沒有見過的猶豫。「佛祖，」他再叫一次，聲音更加輕緩。「剛才是裴拉，事關艾弗萊校長，麥卡勒斯特太太今天早上發現他……」史華茲說不下去，他的眉頭深皺，劃穿額頭上的灰土。亨利已經知道史華茲要說什麼——他一整天都有此預感。「他過世了。」

歐文僵住了。「你在開玩笑。」

「不。」

他們瞪著對方，歐文淡灰的雙眼迎上史華茲琥珀黃澄的大眼睛，感覺好像過了好久。史塔布萊德的球棒發出砰然巨響，聽上去有希望。亨利瞄了外面一眼，看到安默斯特的三壘手伸手接住這記強勁的直飛球。兩人出局。史塔布萊德氣得大叫，拿著球棒猛敲本壘板。歐文面無表情，看著地上點點頭，好像在說好吧，我相信你。

「我很抱歉，」史華茲說。

「爲什麼抱歉？你殺了他嗎？」歐文面無表情地走過史華茲身旁，砰地一聲坐在長凳上。史華茲在他旁邊坐下，亨利悄悄靠近一點，他們三人坐成一排，歐文坐在中間，稍微往前傾身。「你該準備上場了，」亨利說。

「是嗎？」

「嗯……」亨利看著史華茲，向他求助，但是史華茲要嘛沒有注意到，要嘛根本不看他。亨利想要告訴歐文上場爲艾弗萊校長轟出一支安打、現在也只能這麼做、稍後再處理其他事情等等，但是他說什麼都顯得荒謬，話到嘴邊又吞了下去。他輕輕拍一拍歐文的背。「我跟寇克斯教練說一聲。」

伊希一隻腳已經踏進打擊區，正跟往常一樣在胸前快快畫五次十字。「伊希！」亨利從休息區的階梯上大喊。「離開打擊區！」他的聲音消失在群眾的嘶吼之中。「伊希！離開打擊區！」

伊希一臉困惑，乖乖照辦。亨利跑出去找寇克斯教練，試圖跟他解釋艾弗萊校長過世了、歐文沒辦法上場打擊。寇克斯教練摸摸八字鬍，一臉惱怒，而且聽不太懂。

「歐文不能上場打擊，」亨利說。「他就是不行。」

「他媽的爲什麼不行？」

「請相信我，」亨利哀求。「他就是不行。」

寇克斯教練環顧休息區，長凳上只剩下那些很少上場的球員——這些傢伙碰到像度戈爾這種可怕的投手，簡直毫無勝算。「過去拿球棒。」

「我？」亨利說。「但是，教練……我連護襠都沒穿。」

「你要我的護襠嗎？過去拿球棒，他媽的轟一支安打，小史。」

老天爺啊，亨利心想。他不知道應該祈求什麼。如果他沒機會上場，那就表示伊希出局，比賽也就此結束。但是如果他有機會上場，他就完蛋了。他趕快跑到擺球棒的架子旁邊——他選了一支比平常輕的球棒，力道放弱——朝著空中揮了幾下。球棒拿在手裡，感覺像是鉛塊一樣沉重。

度戈爾動了動，投出一記快速球，球低而偏向外角，伊希應對不及，匆促揮棒，球繞了一圈，慢吞吞地飛過二壘手上方，落在右外野前方，一壘安打！這下可好。

寇克斯教練從長褲後面的口袋裡掏出皺巴巴的打擊順序卡，對著本壘裁判揮手。度戈爾在投手丘後方生氣地跺腳，指關節輕輕敲打止滑粉袋。亨利戴上打擊頭盔，慢慢走向本壘板。他一隻腳輕輕踏一下打擊區，狀似在試游泳池的水溫。

「快點，小伙子，」裁判嘟囔一聲。「球季不能拖個沒完。」

亨利踏進打擊區，拍三下胸前的魚叉手標誌。他原本已經習慣摸到胸前結實的肌肉，這會兒粗粗的布料摸起來不像以往那麼結實。度戈爾窺探一下，認同捕手的暗號。安默斯特的球迷們開始齊聲呼喊。第一球是個非常可怕的滑球，球飛過他身旁，一好球。

亨利知道自己完蛋了。度戈爾可以再投兩記像那樣可怕的滑球，而他根本不可能打得到。那是一記具有職業水準的滑球，球速極快，路徑詭異，你若想要摸準時機，打中這種球，不但要靠技巧，更需要不停練習。休息一天已經很難打中；休息一個月根本不可能。就算史華茲說不定會原諒他跟裘拉的事情，這下他永遠等不到那一天——因爲史華茲肩上架著兩支球棒，站在打擊準備區觀看，他如果被三振出局，史華茲絕對不會放過他。

度戈爾投出第二球之前，他已經決定揮棒，別的不說，就讓度戈爾傷傷腦筋也好。度戈爾擦去額頭上的汗水，查看一下一壘的伊希。這球也是滑球，跟剛才那球一模一樣。亨利揮棒落空。兩好球。

看來，他的某些舉動肯定引起度戈爾的注意，因爲度戈爾搖頭否定捕手的暗號，然後再度搖頭，最後招手叫捕手過來。捕手叫暫停，慢慢走過去跟他商量。安默斯特的球迷們陷入瘋狂。度戈爾舉起手套遮住臉，隔著手套姆指和食指之間的網狀分片說話，以免亨利讀出他的唇語。亨利心中然興起一股濃烈的同情；不曉得爲什麼，說不定因爲他的頭好昏，他忽然覺得他跟度戈爾是兄弟，他們都是臂力強勁、不會打馬虎眼的傢伙，他們看起來不太起眼，但是蘊含強大的力量，他們決心打敗你、不顧一切地打敗你、就算陪上自己性命也要打敗你。他也明白度戈爾哪一點跟捕手意見不合。捕手認爲亨利容易上當——他想要趕快解決亨利，度戈爾只要再投一記滑球就行了。捕手說不定沒錯，但是度戈爾覺得亨利沒有那麼單純，他嗅到一絲危險（**我們是兄弟，度戈爾，兄弟喔……**），他覺得必須設下圈套，然後再解決亨利——先投一記內角偏高的快速球，然後再以一記外角偏低的滑球把他三振。從某個層面而言，像度戈爾這樣的投手，居然大費周章只爲了把他三振，他感到有點榮幸。從某個層面而言，既然度戈爾對自己的球技如此自豪，大可以放手讓亨利自行落敗，他卻花了這麼多工夫算計，實在愚蠢。

亨利故意站的離本壘板遠一點，企圖引誘度戈爾把那記內角偏高的快速球，投得更偏內角一點。他重複一次向來的儀式——拿起球棒碰碰本壘板，拍三下胸前的魚叉手標誌，朝著打擊區揮一下球棒——但是現在這些動作具有不同意義，或者說虛假的意義，甚至一點意義都沒有，因為他根本不打算揮棒。度戈爾查看一下跑者，迅速優雅地朝著本壘方向側跨一步。亨利牙齒打顫。天空如此清晰、如此澄淨，感覺好奇怪。他的思緒靜了下來，化為某種禱詞。對不起，史華茲，請原諒我退出球隊。他朝向本壘板跨出一大步，與此同時，稍稍放低肩膀，彷彿在等待一記外角偏低的滑球，然後俯衝過去。

---

① 安默斯特的原文是「Amherst」，這裡少了字母「S」。

②《恐懼與戰兢》（*Fear and Trembling*），丹麥哲學家齊克果的重要著作。

76

他的第一個念頭是艾弗萊校長。校長過世了，但光是這麼想，並不表示事情是眞的。不管他置身何處，眼前一片昏暗。他試圖舉起左手摸摸頭上疼痛的地方，但兩根管子黏貼在他的前臂，阻礙他抬手臂。他嘴裡苦苦的。史華茲坐在床邊的椅子上，在暗處動也不動。

光是想要動動下顎，他就感到一陣前所未有的劇痛。當他終於勉強開口時，說出來的話含混不清，而且非常小聲。「誰贏了？」

史華茲把頭歪向一側。「你不記得？」

「不記得。」他記得那一球，小小的白色子彈朝著他肩膀飛過來，愈升愈高。他只記得自己試圖閃到一邊，這樣一來，球會打到他的頭盔，而不是他的臉頰。

「你拿下致勝的一分，」史華茲皺著眉頭說。

「眞的嗎？」

「那記快速球直直打到你頭盔的耳罩，球場裡每個人都以爲你掛了，我也一樣，但是你馬上跳起來，跑向一壘，教練們上前試圖幫你檢查一下，但你不讓他們動手。**打球**，你一直說，**打球**！說了又說，說了又說。寇克斯教練試圖換上小盧代跑，但是你對著他大吼大叫，直到他退回休息區。」

亨利一點都不記得。「然後呢？」

「度戈爾被裁判驅逐出場，他大聲抗議，但是之前兩隊都收到警告，所以他出局了。他們派了第二號強投上場。

「投手一出手，我就把球轟到全壘打牆的牆邊，我幾乎用力過猛，球直接彈向左外野手，但是你拔腿就跑。我從來沒看過你跑得這麼快。我到達一壘時，你已經跑過三壘，寇克斯教練試圖制止你，但你根本看都不看他。

「你只差半吋就被觸殺出局。大家都壓到你身上，包括寇克斯教練在內。去他的，連一半的家長都壓了上去。當大家都站起來的時候，你卻依然躺在地上。」

亨利在黑暗中仔細端詳史華茲的臉，或是仔細研究他看得到的部分。史華茲從來不說謊，但是他依然想要看看史華茲是不是說眞話；他想要看看艾弗萊之死引發的悲傷當中，摻雜著多少贏得全國錦標賽的喜悅；他想要看看他的朋友是否有意選擇原諒他。

「你不應該這麼做，」史華茲嚴肅地說。

「我做了什麼？」

「你知道你做了什麼。湊過去挨了一球。」

亨利張口結舌，花了好久才擠出一句話。「我以爲度戈爾打算投一記滑球。」

「胡扯。」

他覺得反胃，他想要伸手遮嘴，但是塑膠管子防礙他的行動。一小團濕答答的早餐穀片流過他的下唇，黏在他的下顎。

「胡扯，」史華茲又說一次。「我在現場就看到了，剛才在急診室的時候，我在他媽的候診室看到電視重播。你朝著那一球俯衝過去，好像跳下游泳池似地。」

亨利什麼都沒說。

「你甚至故意站離壘包，好讓他把球投得更偏向內角來K你，你騙他上當。」

亨利不想承認，也不想爭辯。

「亨利，你到底是怎麼回事？你一天之內想要惹多少麻煩？」

史華茲當然非常生氣，但是他沒有提高音量，臉上的肌肉也幾乎動都不動，好像他已經累到再也喊不動，或是動不了。「佛祖呢？可憐的佛祖，他剛剛得知艾弗萊校長過世了——這會兒還得坐在那裡、看著你試圖讓自己送命？你應該乖乖待在寢室裡。」

「我以為我只要把肩膀湊過去，然後就可以被保送上壘，」亨利說。「我不曉得他會投得那麼高。」

「嗯，度戈爾是個瘋狂的混蛋，只不過沒有你那麼瘋。」

史華茲的口氣從來沒有這麼溫和。雖然頭痛得不得了，但是亨利依然高興得頭昏眼花，那股奇怪的暈眩感流竄全身。

「我沒有太多選擇，」他說。

「你可以揮棒落空，大夥坐飛機回家。那就是一種選擇。」

「你不高興我們贏了嗎？」

病房裡只有一扇窗戶，窗簾被拉上，這時，窗簾後面開始隱隱出現亮光。史華茲的手錶在昏暗中閃著黃綠的光芒，錶面顯示五點二十三分——亨利頭腦太不清楚，算不出減掉四十二是幾點幾分，不過現在大概是清晨四點多。

「是的，」史華茲終於說。「我很高興。」

快樂的暈眩感從亨利的腳趾流竄到頸部，他整個人飄飄然，感覺真好，彷彿聽到天使在唱歌。史華茲雖然生氣，但是某方面來說，史華茲說不定認爲亨利已經戴罪立功。

快樂逐漸加深，變成一種無憂無慮的感覺。他的四肢依然無力，沒辦法移動，但是他的體內湧現一股截然不同的精力，最先出現在骨頭和各個器官之間，然後往外蔓延，洗滌了他的內心，彌漫到他的全身。說不定這是因爲史華茲在他身邊，說不定這是因爲魚叉手隊贏得全國錦標賽——但是相較於無憂無慮的感覺，這些事情像是小巫見大巫，而且，亨利意識到自己不是因爲這些事情而感到無憂無慮。說不定死亡就是這種感覺。

「我還好嗎？」他說。

「那得看你所謂的『還好』是什麼意思。你有腦震盪，而且相當嚴重，度戈爾的球速高達九十二哩，你知道的。

「但是醫生們認爲你不是因爲這樣才昏倒。根據你的驗血報告，你缺乏每一種人體賴以維生的礦物質和養分，連鹽分都不足。缺乏鹽分可眞少見，我想你得在這裡待一陣子。」

「——」

「試圖掏空自己，自行了斷，其中一位醫生這麼說。」

亨利看著自己蒼白的手臂，手臂內側貼著一截透明的膠帶，固定住針頭和紗布。「這些是嗎啡嗎？」

史華茲聽了似笑非笑。「如果是的話，我早就把針頭扯下來，插到我自己手臂裡。這些只是營養劑。」

「嗯。」他剛才已經想像是嗎啡，或是醫生幫他打了某種效果神奇的藥劑，所以他才感到無憂無慮。但是說不定僅僅因爲食物與養分。如果眞是如此，那麼幾個禮拜不吃東西倒也值得。不然他怎能體會得到如此極致的無憂無慮？

「歐文還好吧？」

史華茲搖頭，好像表示別提了。「比賽結束之後，他馬上趕回去照顧裴拉。」

「裴拉還好吧？」

史華茲站起來，看看手錶。「我打算趕搭早班飛機，」他說。「其他人說不定待會兒就過來看你，如果他們及時醒過來的話。他們現在還在外面瘋。」

「好，」亨利說。

「別提到艾弗萊的事情。他們很快就會曉得。」

「好。」

一縷朝陽悄悄滲進醫院厚厚的窗簾。史華茲站在那裡，昏暗之中，他龐大的身影朦朧。他吃力地抬起那個破爛的背包，然後甩到肩頭，調整一下肩帶，以免帶子掐進胸前。然後他再背上一個同樣龐大的裝備背包。

「這層樓是精神科，」他說。

亨利點點頭。「好。」

「我想事先跟你提一下，他們會請心理醫生跟你談談你為什麼不吃東西。按照他們的說法，你患了厭食症。」

「好。」

「我跟他們說只有啦啦隊員才會患厭食症，你是棒球員——你的病是心靈危機。」史華茲又笑了笑，這回充滿憐憫。「他們以為我是認真的。」

「嗯，」亨利說。「你這個人很正經。」

史華茲看起來始終不像是個大學生，現在他一夜沒睡，筋疲力盡，額頭的皺紋加深，看起來更是不折不扣上了年紀的人。他背起兩個超重的背包，膝蓋有點發軟，連忙抓住病床床尾的欄架，方能站穩。「好好休息，小史。」

他龐大的身軀擋住大半邊的門，然後慢慢消失在走廊盡頭。他腳步聲沉重而蹣跚，背包貼著他的夾克窸窸作響，聲音隨著他的離去逐漸消逝。

77

電話響了，他不想接，但他剛跟瑞秋醫生談到面對現實、碰到問題就要解決、一次解決一個問題等等，這會兒電話響了，或許正好是個他可以解決的問題。他已經在這裡待了十天。

「亨利，我是杜艾，杜艾．羅傑爾。」

「嗨，杜艾。」

「恭喜了，我特別打電話來通知你，聖路易紅雀隊在業餘選秀會的第三十三輪選上了你。」

「什麼？」亨利頹然坐到亂七八糟的病床上。他起先以為是亞當、或是李克在跟他開玩笑，這個玩笑荒謬到稱不上是惡作劇的地步。「你在開玩笑吧。」

「我知道從輪次而言，這跟你的期望有些差距，但我認為對你而言，這是一個不錯的機會。對聖路易紅雀隊而言，坦白說，球團在這個輪次選到像你這麼有實力的球員，算是相當幸運。」

「但是……」亨利表示反對。「我的意思是……我甚至已經不打球了。我退出球隊了。」

「亨利，我知道你這個球季很不順利。但是選秀會的重點只有兩個字，那就是潛力。我絕對不相信紅雀隊能夠在第三十三輪選到另一個跟你一樣具有潛力的選手，我閉上眼睛就可以想像你是大聯盟的明日之星，一個實力堅強、職業生涯長遠的球星。」

亨利什麼都沒說，但似乎沒關係，因爲杜艾講個不停。「你們學校的資源有限，但是你和麥克運用得宜，培養出非常優秀的球員。儘管如此，衛斯提許學院和聖路易紅雀隊的差別很大，你若加入我們的球團，你會得到最好的教練、訓練師和設備。我們所做的每一件事都只有一個目的，那就是讓你成爲一位更優秀的棒球員。」

「我最近體重掉了，」亨利說。

「你會增加回來的。我們會慢慢幫你調整，沒有人期望你明天就登上大聯盟，我們只期望你每天認眞練球，追尋你的夢想。」

「我人在醫院裡，」亨利大聲說。「我在精神病房，我沒辦法傳球。」他用力拍了一下病床，怒氣流竄全身。他不想談到夢想。他想談談現實。

「我知道你最近過得不順利，」杜艾說。「我們最優秀的球員都碰到過這種事。」

「你們是認眞的，」亨利說。「你們選了我？」

「我們確實選了你，你比大多數後段輪次的選手有潛力多了，相對地，我們願意支付較高的簽約金，說服你加入我們球團。你覺得一百如何？」

「一百元？」

杜艾笑笑。「一百乘以一千，十萬美金，預先支付。我們可以稍後再討論。你最晚可以等到八月底，如果你決定不簽約，我們將失去簽約權，你明年重新參加選秀會，無論如何，我會仔細追蹤你的進展。」

亨利什麼都沒說。他還能說什麼？他們願意支付十萬美金讓他打棒球；這正是他自始至終的心願。

「對了，」杜艾繼續說，「芝加哥小熊隊選了你的隊友亞當．史塔布萊德，他最近一個月的表現，讓他們印象深刻。」

「哇，那眞是……哇。」拜託，讓他排在我後面，只要讓他比我晚幾輪就行了。「他哪一輪被選上？」

「三十二，」杜艾說。「剛好比你早一輪。」

78

裴拉走過大方院，感覺比較像是平日的自己。那是八月初的一個夏日，天氣酷熱，自從爸爸去世之後，今天是最忙碌的一天。她爸爸去世已經兩個月，頭一個禮拜相當糟糕，各方湧來鮮花和弔唁，麥卡勒斯特太太全權處理葬禮事宜和謝卡，裴拉躺在客房的床上忍住淚水，麥克靜靜陪伴在她身邊。

她今天早上在學校餐廳工作了一會兒，然後跟英格蘭登教授吃午飯，英格蘭登教授已經表示願意提供一對一輔導，協助裴拉準備秋季班課程，她還堅持裴拉叫她「茱蒂」。裴拉擔心英格蘭登教授——嗯、茱蒂——只是好心，但是話又說回來，她似乎輔導得相當起勁，有她這麼一個輔導老師，實在是太好了，如果不算過分奢求，她們說不定還會成為朋友。英格蘭登教授一邊隨便吃兩口卡布里沙拉，一邊跟裴拉討論課程綱要，最後決定專攻瑪莉．麥卡錫①和漢娜．鄂蘭②的書信集。整體而言，這頓午餐愉快而且頗有收穫。

現在她正前往邁爾金主任在格藍登寧館一樓的辦公室，商討秋季班入學的最後細節。裴拉不確定還有多少細節需要商榷，也不曉得這位她從沒見過面的邁爾金主任為什麼急著把細節搞定。沒錯，現在已經八月，但他整個暑假不停打電話到校長宿舍，幾乎從她爸爸屍骨未寒就哀求她碰面。裴拉回了幾封簡短、空行很寬的電子郵件表示自己並不想見面談，但她已經跟註冊組、入學處和學生健康中心聯絡。衛斯提許學院的其他部門只是把文件用電子郵件傳送給她，麥克幫她填好文件繳交。但是邁爾金主任不停在她的答錄機上留言，懇求跟她見面。

邁爾金主任辦公室的大門半掩，裴拉謹慎地朝裡面張望，邁爾金正在講電話，他笑著搖搖兩隻指頭，表示他還需要兩分鐘。整整兩分鐘之後，他請她進來，一秒不差。他個子瘦高，身穿卡其褲和犬牙織紋的外套，外套過大，手肘部位均有補丁貼布，整個人看起來有點孩子氣，好像具有英國血統，淡色的頭髮已經日漸稀疏。

「裴拉。」他跟她笑笑，臉色稍微潮紅。「謝謝妳過來一趟，我知道這個夏天肯定相當難過。」

裴拉淡然地點點頭，意思是他們沒有必要多談這些。

「如果妳想找人聊聊，」他繼續說。「白天、中午或是晚上都可以打電話給我，請別客氣，我已經把我的手機號碼留在妳的答錄機上，但我現在可以再給妳一次。」

「謝謝，」裴拉說。

他們坐下。邁爾金主任的桌上擺著一大疊文件，文件最上方有張便利貼，上面寫著她的名字——文件中包含必修科目、網上註冊、外語要求、大學先修課程學分、學校餐廳供餐須知，以及學生健康保險。他開始逐項說明，或是試圖解釋，但是裴拉只是客氣地點頭，然後盡快回答是、是、是、已經處理好了。逐項說明之際，邁爾金主任似乎出奇緊張，他一邊讚許她處理得當，一邊繼續說明下一項已經處理好的項目。

「最後還有一件重要的事情，」他說。「也就是住宿問題。學校不太容易幫妳找到宿舍——比較晚註冊的新生沒有太多選擇——但我略施小計，幫妳找到一間寢室，不單只是一間寢室，而且是個絕佳安排。」他在椅子上往後一靠，神情愉快。「妳將跟一位叫做安琪拉．范恩的年輕女孩一起住，這位小姐不但是今年『瑪莉亞．衛斯提許獎學金』的得主——誠如妳所知，這表示她的成績相當優秀——而且她的詩集已由波特蘭的一家小出版社發行。她去年高中畢業、拿到大學入學許可之後，暫時放下學業，在馬里蘭州的一個有機農場工作了一年，因此，她比其他可能跟妳同一間寢室的室友成熟一點。」

「噢、不，」裴拉說。「眞是對不起，我眞不敢相信我沒有先跟你提起，我已經在校外找到房子，事實上，我剛跟我的男朋友一起簽了一年租約。」她不曉得自己爲什麼扯上男朋友——這話聽在主任稍微通紅的耳裡，似乎有點離經叛道。

邁爾金主任看上去很難過。「啊，」他說。「嗯……學校規定新生必須住校，我們認爲這樣有助於學生融入校園，即使是那些跟一般新鮮人不一樣的學生……」他試圖恪守學校政策，卻又非常想要通融，內心似乎相當掙扎。裴拉不禁擺出垂頭喪氣的模樣，藉此強調自己多麼哀傷——她才不要假裝住在宿舍裡，然後每個禮拜從她和麥克的住處趕到宿舍輔導員那裡參加爆米花派對呢。

「我確定我們可以做些安排，」邁爾金主任很快做出決定，看在她的面子上微笑以對。「最重要的是妳在衛斯提許適應良好。」

裴拉大聲致謝，一連說了好幾次，然後起身告辭。但是邁爾金主任的表情始終很困惑，似乎想賴著她不放，所以她又坐了下來。

「妳還好嗎？」他說。

裴拉點點頭。

「令尊是個非常有趣的人。他……他很有自己的風格。」邁爾金主任拉拉外套袖口的鑲金鈕扣。「對他而言，沒有任何一件事情比妳待在這裡更重要。」他抬頭看看她，臉上的表情更加困惑，甚至可以說是痛苦。

「那相當突然，」他說。

「沒錯。」裴拉點點頭，她一臉肅穆，這種表情不但合乎大家的期望，也是自然流露。

「也就是說……他走得非常突然，是吧？沒有任何……嗯，誘發病因？」

「沒有，」裴拉說。「一點都沒有。」

「啊，啊哈。」邁爾金主任皺起帶點孩子氣的朝天鼻。他一聽到沒有誘發病因，似乎感到意志消沉。「這麼說來，那確實相當突然，而不是……也就是說，他不是……」他猶豫了一下，噘起嘴巴。「他是自然死亡囉？」

「當然。」裴拉盯著邁爾金主任，試圖理解他想說什麼。「不然還有其他死因嗎？」

「噢、這個嘛，我想沒有吧。」他抬頭看看她，一臉哀傷。「但是有沒有其他因素……或是任何跡象……顯示他是**故意**的？」

什麼？忽然之間，這次會晤，更別提邁爾金整個夏天都急著找她，似乎都只是爲了這番緊張的探詢。

「我爸爸因爲心臟病過世，」裴拉沒好氣地說。「我們家族有嚴重的心臟病史，至少男士們一向如此，女士們通常會長命百歲。」

「啊。」邁爾金主任頹然陷到椅子裡。雖然依然一臉不自在，但是他看起來顯然安心多了。「嗯，這麼說來，那是無法避免囉？」

這是怎麼回事？邁爾金主任認爲她爸爸意圖**自殺**嗎？他究竟爲什麼這麼想？說不定因爲她爸爸向來臉色紅潤、精力充沛；說不定邁爾金主任就是無法接受她爸爸已經過世的事實。但是她爸爸在公開場合始終那麼開心、百分之百擁抱生命，她實在無法想像哪個人會以爲爸爸可能意圖**自殺**。而且不光只是這麼想，甚至似乎相當肯定，以至於當面**詢問**她。邁爾金主任正是如此，他的探詢不但非常奇怪，更別提違反職業操守。

除非邁爾金主任有理由認爲她爸爸意圖自殺。說不定他握有一些關於她爸爸私生活的醜聞、或是內幕消息。她自己毫不知悉，其他人卻曉得這些消息會傷害到她爸爸。她想得太多了嗎？她是不是又生活在自己的想像之中？

但是邁爾金主任坐在她面前，表現得如此奇怪，手中依然不停把玩外套袖口上的鈕扣。他身穿那件過大的外套，裝出主任的派頭，雖然他確實是個主任，但這會兒看起來比較像是一個愛哭鬼、盼望將來可以當上主任的小孩。她今天原本心情不錯，說眞的，她整個夏天的心情都沒有這麼好，但是邁爾金主任的焦慮牽動她的焦慮，他奇怪的舉動和言詞引發她心中奇怪的念頭。她沒問題，有問題的是他，而她必須問清楚。如果哪些醜聞或是消息可能傷害到她爸爸，那麼只有一種可能性；只可能牽涉到一個人。

「這些事情啊，」她非常嚴肅地說。「當然對歐文造成很大的打擊。」

邁爾金主任看起來比先前更困惑、更難過，但是不是那種「歐文是誰」、或是「妳爲什麼突然冒出這句話」的困惑。不，他的表情比較像是他已經知道答案、卻努力裝糊塗。「當然，」他愼重地點點頭。「我看得出來他一定很難過。」

他曉得，裴拉心想。他曉得歐文的事情。學生事務處的主任曉得歐文的事情。他知道有歐文這個人，而且他懷疑她爸爸可能是自殺。這下她也懷疑她爸爸是否自殺。因爲學生事務處的主任知道此事。如果他知道，其他人也會知道，這表示她爸爸一定爲此緊張不安，或是即將緊張不安。

他可能結束自己的生命嗎？有沒有哪種自殺方式看起來像是心臟病發作、藉此騙過那些以爲你會心臟病發作的人？嗯，有的，絕對有的。但是怎麼可能？她爸爸沒有任何陰鬱的念頭，而且一牽扯到死亡，他始終是個不折不扣的膽小鬼。他不喜歡醫生——最起碼他爲她媽媽稍微破了例——也不喜歡吃藥，因爲很諷刺地，藥品讓他想到自己終究難免一死。不，他不可能自殺，即便他最近抽菸抽得兇——她懊悔自己沒有及早發現這一點，也沒有多嘮叨幾句。麥卡勒斯特太太發現他的右手按在胸口，手裡抓著一包百樂門，而整包香菸已經被捏得皺成一團。

「據我猜想，」她說。「行政部門大概每個人都知道他和歐文的事。」

「不、不。」邁爾金主任坐直，拉拉白色牛津襯衫的衣領。「不、不，只有我和布魯斯．吉伯斯曉得，我相信吉伯斯先生徵詢了一、兩位其他校董，而且保持高度機密，我們只想看看還有哪些選擇，或是有沒有任何選擇。」

原來如此。他被逮到了。他被逮到，而且被開除。這些混帳。而她爸爸是個傻瓜。他沒有告訴她。他有沒有跟任何人說？他跟歐文說了嗎？不——他不可能告訴歐文。他不會的。如果歐文知道，她也會知道，他們說不定有辦法讓他鎮定下來，找到方法安撫他、幫他打氣。但他卻把一切埋在心裡。她必須離開這裡。不只是邁爾金主任的辦公室——而且是衛斯提許。她必須遠離衛斯提許，永遠不回頭。

邁爾金主任依然擔心他袖口的鈕扣。他顯然一直在等待這一刻，整個夏天都活在這種怪異的罪惡感之中。

「裴拉，」他說。「我眞的非常抱歉，我但願我們有其他的處理方式，沒錯，令尊是我的上司，我無權干預他的決定，但是妳如果認爲他的辭職和他的過世有任何關連，嗯，那就太糟糕了……」

「我非常同意，」她粗魯地說，接下來她大可以破口大罵，但是她難過得不想當眾大吵大鬧。她不曉得從哪裡找到力氣站了起來，慢慢走出辦公室，離開格藍登寧館，把她那一疊課程大綱和影印文件留在邁爾金主任的桌邊。

她必須遠離這裡。麥克今晚在巴雷比酒吧打工，說不定已經過去上班——當她鎮定下來時，她會過去那裡喝杯威士忌，告訴他自己爲什麼必須離開。他會跟她一起離開嗎？他當然會。只要不留在衛斯提許，他想去哪裡，她都願意跟他走。甚至連芝加哥都夠遠。

她置身戶外，午後陽光熾熱，她熱得全身大汗。她無助、無望地在校園繞圈子，胡亂繞了好久。她走到沙灘邊，再走回來，她走到足球館，再走回來，到處亂逛。她想著爸爸，以及如何爲他報仇；她想著怎樣才能一了百了，永遠跟衛斯提許斷絕關係；她想著如何才能讓整個學校、以及每一個跟校方有所牽扯的人，都明瞭她和爸爸已經一了百了，從此跟衛斯提許毫無瓜葛。她滿心憤怒，但卻想不出什麼主意。

她不願再想邁爾金主任，也不想歸罪於他，但是他說的某些話不斷飄進她腦海之中，飄了又飄，最後停駐在腦海中央，阻隔了其他思緒。「對他而言，」邁爾金說，「沒有任何一件事情比妳待在這裡更重要。」這話沒錯，不是嗎？這話完全沒錯。她永遠不會知道爸爸在世的最後幾分鐘、幾小時、或是幾天是什麼光景，但她知道邁爾金主任說的沒錯。不管爸爸跟衛斯提許學院之間出了什麼事，爸爸會要她待在這裡。如果她任著性子，想盡各種無關緊要的方式抨擊衛斯提許學院，那麼她是爲了自己出氣，而不是爲了爸爸。如果她想爲他做些什麼，這樣是行不通的。

她不會告訴歐文。這麼做只會讓歐文傷心、充滿罪惡感，好像是他造成爸爸的死。她幹嘛這麼做？只爲了讓自己大聲嚷嚷嗎？告訴麥克也沒什麼意義。她會把這件事埋藏在自己和爸爸之間。她絕對不會讓衛斯提許學院忘了爸爸，她會一直提起，說了又說，但不是提及這件事，也不是爲了報復——她會遵照爸爸的安排。她會安頓下來。她會閱讀瑪莉．麥卡錫和漢娜．鄂蘭的書信。她會盡量保持心平氣和。

不知不覺中，裴拉已經慢慢晃到墓園，自從葬禮之後，這是她頭一次來到墓園，這會兒她鼓起勇氣，穿過入口，走到看得到爸爸的墳墓的地方。她沒有走得太近；這裡已經夠近，走到此處已經不容易了。爸爸的墳墓在四十碼之外，平坦的墓碑附近有一棵寬廣多節的大樹，葬禮的過程一片模糊，但她依稀記得那棵大樹。

未來四年，她將待在這裡，但是他已經不在了，他已經離開此地，與世長辭。**那就是協議**，她心想，然而，有個念頭似乎忽然冒出來，有如突發奇想。**那就是協議**。

她轉身背對墓碑，面向大湖。波濤及腰，前仆後繼地拍打堤岸。她想到爸爸曾說愛默生從墓中挖出他太太艾倫的屍體，每次置身在墓園時，她總是想到這個小故事。她凝視大湖，忽然想起爸爸以前在哈佛大學的電子郵件密碼，她小時候曾經背著他偷偷破解：landlessness，無陸地，這不是太容易被人猜到嗎？有個念頭在她心中成形。爸爸過世的時候是衛斯提許學院的校長，葬禮備極哀榮，下葬在這個尊榮之處。這些雖然非同小可，但他在此入土爲安，感覺也有點虛假。如今他已經過世，他在不在這裡只是一種形式；邁爾金、吉伯斯跟**他們那夥人**認爲他葬在此地，但她知道眞相。大湖才是他眞正的歸屬。他心愛的大湖。

藉由電子郵件密碼來詮釋一個人最誠摯的心願，說不定有點愚蠢，但是念頭一旦浮現，她馬上知道錯不了。大海奔騰，再度追尋海中無陸地的浩瀚③。她一個人當然做不來。她走回校長宿舍——她和麥克現在還住在那裡——等著麥克回來。

---

① 瑪莉・麥卡錫（Mary McCarthy，1912—1989），美國小說家暨文學評論家。

② 漢娜・鄂蘭（Hannah Arendt，1906—1975），德裔美國哲學家暨政治學者。

③ All the lashed sea's landlessness again. 語出《白鯨記》第二十三章。

79

八月中旬，當足球季正式展開、新學年的預算開始啓用時，史華茲才開始上班，之前，他一直在巴雷比酒吧工作，他能值幾次班，就值幾次班，不過夏天是淡季，酒吧不太需要雇用看門的守衛，所以今晚他在吧台輪值，照樣是喝得半醉地回家，口袋裡剩不到四十美金。

當他回到校長宿舍時，裴拉坐在她爸爸以前的書房裡，窩在一張皮扶手椅上睡著了。史華茲一把將她抱起——她比四月的時候輕了幾磅，他可不喜歡她體重下降。她喃喃低語，扭動身體，兩隻手臂圈住他的脖子，但是沒有醒過來。他一隻手托著她的臀部；另一隻手從椅子的凹處抽出她的書。

他把她放在他們的床上，她嘟囔一聲，翻身仰躺。他稍微拉起她的無袖上衣，解下她的胸罩，輕輕撫摸胸罩肩帶在她皮膚上留下的兩道粉紅色印痕。目前的情況還算不錯。她整個夏天都無所事事，睡醒了就看書，讀書讀累了就睡覺，雙眼因爲服用抗焦慮劑而迷濛乾澀，不過她最近似乎慢慢從悲傷中走了出來。幾個晚上之前，他們又開始做愛，感覺像是他們的第一次。

夜晚溫煦，不需要被毯。史華茲在走廊的櫃子裡找到多餘的床單，他把這張貝殼圖案的床單蓋在沉睡的裴拉身上，如今他們都已失去了雙親。

他走到廚房，燒水泡杯即溶咖啡。他泡得很濃，正好是他喜歡的味道，然後加了一指深的威士忌，威士忌來自艾弗萊校長的酒櫃，他最近開始有系統地慢慢品嘗櫃中的藏酒，從最便宜的幾瓶開始喝起。裴拉上個禮拜請他倒一些在她的杯子裡；這是另一個好預兆，表示她已經一步步地重拾喜好。

已經過了一點。他走下狹窄的樓梯，來到艾弗萊校長的辦公室，他曾經在這裡度過許多夜晚和清晨。康坦戈跟著他下樓，窩在地氈上的老位置。會計師和律師們已經搬走一箱箱財務文件，但是艾弗萊的書籍和資料還在這裡，這些是他畢生的研究成果，他們必須好好整理，最起碼八月底新校長就任之前，他們必須把這些東西搬走，但是直至目前爲止，裴拉拒絕走進這個她爸爸過世的地方，因此，史華茲必須一一檢閱打字機打好的授課大綱和發黃的筆記；沾了咖啡漬的論文草稿，皺巴巴、爲期幾十年的舊信件；購物清單和信手塗鴉的札記；一本本寫滿注釋的南北戰爭時期祈禱書、以及詩集入門；他必須決定哪些值得保留，哪些應該丟棄。到處都是紙張——他已經從樓上書房搬了二十幾個紙箱下來，疊放在辦公室的各個角落。艾弗萊的書桌上有個電腦，但電腦似乎只是當作擺飾。

其中一個箱子裡擺著四乘六的索引卡，箱子上面只寫著演說二字。有些卡片寫著笑話或逸聞，同時加註使用的日期和場合。史華茲記得其中一些場合，也記得那些笑話。其他卡片提供一些值得參考的準則，艾弗萊用工整的字跡寫道：小團體之中，宜用諧音法，誠如寫作；大團體之中，宜用頭韻法。

歐文時常半夜三、四點捧著一杯茶，過來陪他。史華茲會跟他分享自己發現了什麼；歐文一邊聆聽，一邊噘起嘴唇，似乎微微一笑。他們時常坐在史庫爾館的階梯上，一語不發地抽支大麻，藉此爲兩人的夜晚畫下句點。但是歐文今晚沒過來，史華茲想要閱讀文學書籍，因此，他搬下艾弗萊的《河邊版莎士比亞全集》，坐到書桌旁邊逐頁翻閱。他瀏覽旁注，偶爾停下來讀讀熟悉的句子。不知怎麼地，置身在艾弗萊的辦公室，與艾弗萊的思緒爲伍，鄰近艾弗萊的謝世之處，他感覺相當自在。自在中卻也帶著一絲不安；他等於是艾弗萊文件的監護人，他將之視爲殊榮，在此同時，他也擔心某位跟艾弗萊較爲親近的人士，或是哪個比較熟悉美國文學的傢伙，說不定會現身把他趕走。但是目前不曾遇到，隨著夏天逐漸接近尾聲，看來也愈來愈不可能。對此，史華茲卻有點難過；艾弗萊如此聰穎、如此體貼，卻沒有幾個人記得他。《壓榨精蟲者》是一本精美的書籍，爲早期的文學批評界立下標竿；說不定接下來十年，研究生將繼續閱讀，再過十年，學術界的歷史學家也將提及這本著作。整理所有文件、將之送交大學圖書館時，史華茲心想，說不定他可以另外編一本遺作，彙整艾弗萊的論述和講稿，交由大學出版社出版。但是葛爾特·艾弗萊不是赫曼·梅爾維爾；離開人間、遭到遺忘五十年之後，他不會忽然重享盛名。他的肖像將隨同其他歷任校長的肖像，一起懸掛在學校餐廳；四年之後，只有餐廳職員認得他是誰。爲了紀念他，某個會議廳、或是圖書館的某個樓層肯定會重新命名——這會兒史華茲想了想，何不幫棒球場重新命名？球場現名爲「衛斯提許棒球場」，純粹是因爲缺乏其他名稱。「艾弗萊棒球場」聽起來相當悅耳。這是頭韻法、還是諧音法？以往棒球場通常沒有太多觀眾，但他們現在是全國總冠軍，情況已經不可同日而語。

有人輕輕推開辦公室的門，史華茲原本趴在艾弗萊的書桌上打瞌睡，這會兒醒了過來。晨光透過百葉窗流洩而入，史華茲趕快跳起來，他可不想被麥卡勒斯特太太逮到，麥卡勒斯特太太不喜歡看到他和康坦戈睡在樓下。但那是裴拉，她已經洗了澡，穿好衣服準備上班。她整個夏天頂多只探頭看看辦公室。「嗨，」她說，然後砰地一聲坐在雙人沙發上，跟他說她想要做什麼。

史華茲沉默了一會兒；只是坐在校長的椅子裡往後一靠。她看太多書，他心想——她已經分不清書裡讀到什麼、以及想要做什麼。「我想我們應該考慮一下，」他終於說。

「我一直在考慮。」

說不定是晨光，說不定是洗澡水的熱氣染紅她的臉頰，但她看起來精神奕奕，恢復昔日的神采。「我們非做不可，」她說。「我們非做不可。」

「我們不能把屍體挖出來。」

「爲什麼不能？那是我爸爸。那是我的墓地，那是我的棺材。」她伸手一揮，掃過室內。「你最近一直整理這些東西，你拿出來給我看看哪裡寫著：『把我放進一個鑲了假金邊的盒子裡，然後把盒子埋到土裡。』你指給我看看啊。」

史華茲走向雙人沙發，在她旁邊坐下。他把她連帽運動外套的拉鍊拉到下巴，輕輕繫上線繩。她以前討厭他這麼做——她現在還是不喜歡——但是最起碼她已經明白他的意思是：妳屬於我。

「這樣做才合理，」她說。「我爸爸喜歡大湖。他花了三年的時間出海航行，我小時候，他一半時間都在查爾斯河上划船。那是他原本的心願。」

史華茲整個夏天置身在這個艾弗萊評注的梅爾維爾國度，處處皆是捕鯨船、商船、海軍艦船，他無法不同意。「我了解妳爲什麼想要這麼做——」

「我們一開始就應該這麼做。當初如果我有時間好好想想，我們就會這麼做。但是我太難過了。」

「我知道妳的意思，但是這樣不可行。首先，這是重罪」——史華茲在唬人，但他覺得這種行爲很可能是重罪——「妳也記得那個地洞有多深、那副棺材有多重。那會花好多時間，只要有一個人經過，我們就會被抓去關起來。」

「我不在乎，」裴拉笑笑，史華茲知道他已經吵輸了，甚至還沒開始爭執就輸了。他伸手撥弄愈來愈後退的髮線，搔搔日漸鬆弛的肚皮，他從五月起就沒有上健身房了。

他多少希望歐文會表示反對，但是歐文只是點點頭說：「打電話給亨利。」

80

「亨利，」歐文親切地打招呼，細長的手指圈住他室友手臂上殘存的二頭肌。「這是你嗎？簡直比我還瘦。」

史華茲伸出拳頭，亨利也握起拳頭輕輕碰一下，從他們這種蠻不在乎、稀鬆平常的表情當中，裴拉認爲兩人之間的爭執、過節、或是隨便你怎麼形容的狀況，現在都沒事了。男人眞是一種奇怪的動物。他們如今再也不決鬥，連互毆都顯得野蠻，儘管昔日的肢體衝突全都法治化，但他們還是樂於遵循傳統，更是樂於原諒彼此。裴拉覺得自己相當了解男人，但是她無法想像當一個男人是什麼感覺。滿屋子都是男孩、沒有半個女孩是什麼感覺？你又如何什麼話都不說、默默跟彼此致歉、悄悄做出補償？

「嗨，」亨利對她說。

「嗨。」擁抱致意似乎不太恰當，因此，他們呆呆站了一下子，好像參加學校派對一樣尷尬，最後終於擁抱對方。他聞起來有點酸臭，好像一個還不習慣自己必須塗抹止汗劑的青少年。說不定他搭了一整天的巴士，她心想，最起碼她希望原因正是如此——他不至於自從六月之後就帶著這股味道吧。她再擁抱他一秒鐘，剛好嗅出他身上飄著一絲灰狗巴士假皮座椅的味道。

他們約在梅爾維爾雕像前見面，下午非常悶熱，盛暑的濕氣凝聚化作傾盆大雨，現在太陽剛下山，雨早下山。

勢已經減緩，四周一片霧濛濛，一陣翻騰的湖水平靜下來，彷彿剛剛鋪好的水泥。太陽已經比六月的時候

兩把鐵鏟、一個小保冷箱、一個野餐竹籃、一個超大的尼龍足球裝備袋靠在史庫爾館陳舊的磚牆邊，他們背起裝備，啓程上路。亨利沒問他們上哪兒，也沒問爲什麼；說不定他已經想出來，說不定他忘了在不在乎。你很難看出亨利在想些什麼。裴拉不知道這個夏天對他造成什麼影響，當她打電話到他爸媽在南達科塔州的家中時，她只說：「歐文離開之前，我們需要你幫忙做件事。」他只說：「誰是我們？」

他們走過小方院，然後穿過大方院，四個人沉默地並肩而行。康坦戈跟在後面慢慢走，偶爾帶著懷疑的眼光懶懶瞪著突然飛出來的麻雀。練球場的草坪已被無盡的熱氣烤成土黃色。

「我們暫停一下，我兩隻手臂好累。」歐文放下裝滿啤酒的保冷箱，從裴拉手中接下他一手準備的野餐竹籃。他掀開藤編的蓋子，拿出一瓶艾弗萊收藏的威士忌。「妳先喝，」他邊說、邊遞過去。她把酒瓶舉到唇邊，慢慢喝了一大口，灼熱的感覺一路燒到胃部，非常帶勁。英雄所見略同，她心想，她一邊拍擋風夾克的口袋，一邊把酒瓶遞給歐文，歐文喝了一口，然後遞給麥克，接下來是亨利，最後傳回她手中。當酒瓶半空的時候，他們把威士忌放回竹籃裡，繼續前進。

艾弗萊的墳墓蓋了三捲草皮，雖然草已經長高，但是草皮的邊緣依然清晰可見。一把鐵鏟的鏟頭扁平方正，另一把的鏟頭則是心形。麥克拿起扁平鏟頭的那一把，用力插進草皮邊緣。他把整個人的重量壓在把手上，草皮啪啪響了幾聲，根部開始鬆動。他慢慢撬起三捲草皮，然後跟亨利聯手把草皮搬離墳墓，擱在一旁。

他們大多靜靜幹活。麥克使用扁平鏟頭的那一把，亨利使用心形鏟頭的另一把，歐文把閱讀書燈夾在帽緣，他舉著電池發電的露營燈，分送保冷箱裡的啤酒。裴拉坐在附近一塊墓石上，一邊品嘗威士忌，一

邊輕輕撫摸康坦戈。表層土因為下午那場大雨變得鬆軟，容易挖掘，但是下方的泥土蒼白堅硬，他們的進度馬上慢了下來。

有時夜空清朗，雲開月明，裴拉可以看到麥克的輪廓變得比較明顯。他以一種奇怪的方式愛著她：他愛得毫不刻意，幾乎漫不經心，好像愛上她就是天經地義，沒什麼好說的。當初他們在體育館階梯上初次相逢時，他幾乎連看都沒看她。包括大衛跟之前的每個男人，他們始終堅持眼對著眼、鼻貼著鼻，認為這樣才稱得上愛情；她只覺得被窺伺、被觀察，好像是隻動物園裡的得獎珍禽，逼得她只好亦步亦趨配合、注重打扮、小心翼翼，結果為了符合他們的期望令自己遍體鱗傷。麥克不一樣，他始終站在一旁。有時她站在廚房窗邊，遙望方院、梅爾維爾雕像、遠方的湖岸，以及起伏的大湖，看著看著，才忽然意識到麥克站在她旁邊，跟她一起遙望遠方的景物，誰曉得他在那裡站了多久。

天空飄下細雨。亨利停手，靠在他的鐵鏟上。地洞深及小腿。康坦戈已經熟睡。「我們換手吧，」歐文說，但是亨利揮手叫他走開。夜晚空氣凝重，雨絲感覺不像是飄落，反倒像是從潮濕的空氣中滲出。汗水順著麥克和亨利的臉頰和鼻子慢慢流下，汗珠交雜著雨絲。亨利看起來筋疲力盡。歐文宣布休息一下；他們坐在墓石上，吃些夾著肉醬的蘇打餅乾，再喝幾罐啤酒。裴拉把手中的威士忌輪流遞到大家手上。休息一陣子之後，亨利拿著露營燈，歐文和裴拉輪流站在麥克身邊挖掘。

過了不久，史華茲的鏟頭撞上棺材蓋的一個金屬滑槽。這股突如其來的反作用力讓他手臂一陣酸麻，感覺好像寒冷的天氣裡用力揮棒、把一記快速球打到界外。他們一聽到碰撞聲就停手，四個人在黯淡無光的夜色中互看彼此。這下子他們的計畫不再是紙上談兵。史華茲愈來愈擔心。他倒不是擔心被逮到；他的心情比較難以言喻。他想到他媽媽，心裡不免恐懼。他看一眼裴拉，裴拉拚命點頭，表情堅決，說不定是酒精的作用。「沒關係，」她說。

史華茲打算盡量小心地挖墳。首先，他們把地洞挖得更寬、更深，這樣一來，棺材的四邊才可以自由移動；然後他們在棺材最前頭挖出一個大到足以容納史華茲的空間，好讓史華茲爬下去站在地洞裡。他從殯儀館負責人那裡得知，橡木棺材重達兩百四十磅；再加上艾弗萊的體重，整副棺木的重量相當可觀，但他只要抬高其中一邊就行了。他擺出捕手的姿勢，盡量跨蹲到最低，伸出雙手抓住棺材最前頭的金屬把手，暗自祈禱他的背撐得住。他雙腳踏穩，手臂和肩膀往上一抬，一陣劇痛直竄脊椎，這就是所謂的「硬舉」嗎？當然不是，但動作倒是相似。

他必須先用力把棺材從地洞的泥土裡抬出來，接下來就有點棘手；不是硬舉，反倒像是挺舉。他蹲下去，比剛才跨得更低，然後使盡吃奶的力氣往上一挺，雙手朝著下顎的方向猛力一推。棺材最前頭往上移動時，史華茲雙手一鬆，重心放低，調整一下雙手和肩膀的位置，及時頂住棺材的底端。接下來他只要把棺材頂直，讓它稍微傾斜，上下直立靠在地洞的另一端。細雨綿綿，這個過程稱不上隆重——他可以感覺艾弗萊的屍體在棺材裡滑動——但是至少行得通。

亨利、歐文和裴拉從上面緊緊抓住棺材的把手，他們從上面拉抬，他從下面推。他以為這樣比較容易，但是他的朋友們力氣不大，草地濕滑，他們很難站穩。棺材一吋一吋地移動，他在下面承擔了所有重量。「數到三，」他說。「來、歐文，開始數。」歐文記數時，史華茲盡量蹲低、嘟囔一聲、像個奧運選手似地最後再推一下。亨利、裴拉和歐文跌跌撞撞往後退，棺材滑過地洞的邊緣，上下顛倒，翻覆在他們剛才疊起的土堆上。

雨勢再度減緩，史華茲從裝備袋裡翻出先前購買的衛生用品——面罩，塞鼻子的軟塞，長及手肘的橡膠手套。他把整套用品遞給亨利。裴拉和歐文把康坦戈牽到離墓園遠遠的另一頭。麥克可以聽到她的笑聲迴盪在黑暗之中；她聽起來似乎有點興奮，但不是那種令人擔心的亢奮。他很高興她終於喝醉了。

他把戴著橡膠手套的手伸進保冷箱裡，掏出兩罐啤酒，其中一罐遞給亨利。他們一口氣喝乾一整罐。

「準備好了嗎？」他說，亨利點點頭。

他們使勁把棺材翻過來，史華茲打開扣環，掀開棺材時，他憋著氣，盡量站遠一點，他把頭轉開，讓第一股飄散出來的氣味融入夜晚濡濕的空氣之中。

「沒事，」亨利說。「我們辦得到。」

史華茲點點頭。他心想愛默生是怎麼辦到的——但是話又說回來，他怎麼知道愛默生是否親自動手。聆聽艾弗萊校長說故事是一回事，想像愛默生穿著西裝跪在泥土裡、鬍子沾滿淚珠、掀起木製棺材的樸質棺蓋，又是另一回事。你的思想聽命於感情、智識，以及種種象徵意涵，愛默生變成一個戲劇中的人物，他的行爲舉止成爲一種迷思，讓人做出各種詮釋。你不會想著艾倫・愛默生腐敗的屍體看起來是什麼模樣，或是聞起來是什麼味道；就算你試圖想像，你也無法猜到。

史華茲感覺自己站不穩，他始終把頭轉開，他甚至想要一直把頭轉開。

「沒事，」亨利說。「沒有那麼可怕。」

小史如此冷靜，讓史華茲又安心、又慚愧。他把頭轉過來，心中泛起一陣驚恐，再度充滿難以言喻的恐懼。但是驚恐的感覺逐漸消散，而且亨利說的沒錯，確實沒有那麼可怕——最起碼不比瞻仰遺容的時候可怕。艾弗萊的屍體已經滑到棺材尾端，整個人扭成一團，看起來怪異而可悲，但是防腐處理的效果似乎持續了整個炎熱的夏天，屍體看起來依然像是他本人。

他們拉住他西裝的翻領和長褲的口袋，把他抬起來。史華茲從體育館偷來一個巨大的尼龍袋，裡面擺上鐵槓，確保屍體會往下沉。他們屍體把放進袋子裡，拉起袋子的拉鍊。然後拔下手套和面罩扔進棺材裡，扣上棺蓋。他們鼻子裡依然塞著軟塞，匆匆在兩隻手臂灑上稀釋過的漂白水，抬起袋子走到沙灘上。

歐文和裴拉跟他們在湖邊碰面，一艘長長的小船已經等著他們。很幸運地，湖面相當平靜。他們把康坦戈綁在小小的防波堤上，滑向湖中心。小船一下子朝東，一下子朝西，因爲他們都醉了，而且沒有人懂得怎麼划船。

81

他們遠離岸邊，划得好遠，就連遠方幾縷衛斯提許的燈光，似乎也快要消失。如果你覺得這種距離相當危險，說不定也沒錯。麥克划得最賣力，大部分時候都是由他負責這項吃力的差事，始終帶著痛苦的表情用力划船，這時他停下來，把船槳抬離水面，亨利坐在他後面，跟著舉起船槳。船槳不再吱嘎作響，槳柄濺起的規律水聲也隨之停歇，四下只聽得到湖水拍打著船身，漆黑的夜空籠罩四方。

裴拉坐在船尾，衛斯提許在她的後方，大湖在她的前方，即便大多時候，她只看到麥克汗水淋漓的胸膛和寬厚的雙肩。他划得上氣不接下氣，肩膀劇烈起伏，好一張俊俏的臉，她心想，拜託他永遠不要再留鬍子。

歐文一個人坐在船頭，背對著他們。他遙望漆黑的湖水，一隻手輕輕擱在裝著艾弗萊屍體的袋子上。這會兒他們慢慢漂流，船尖順著湖水，緩緩漂向北方的港埠。時候到了，麥克看看她，等著她開口，但即使這是她的父親、她的點子，她明瞭自己在等歐文開口。歐文知道該怎麼辦。她在她座位底下找到一罐微溫的啤酒——他們把剩下的啤酒帶過來，但是沒帶保冷箱——拉開瓶蓋，遞過去給麥克。麥克把啤酒遞給亨利，裴拉又找到一罐。

歐文最後終於轉身，他戴著衛斯提許的棒球帽，帽子上有個歪斜、形似魚叉的W，閱讀書燈發出微弱的燈光，燈光中，他的臉頰一片濡濕。他帶著微笑看看裴拉。「我可以說幾句話嗎？」

他們換個座位，歐文和亨利坐在一邊，麥克和裴拉坐在對面，她爸爸在中間。歐文把威士忌酒瓶傳給大家。

「說不定我們應該低頭致意，」歐文說。「別擔心，我不會強迫你們加入任何必須留鬍子的宗教團體。」

他們低下頭，歐文閱讀書燈的燈光飄過每個人，最後停駐在他們腳邊的天藍色尼龍袋。「葛爾特，」他開始說。

「或許顯得濫情，但我還是必須這麼說。好久以來，你始終是我生命中不可或缺的一部分。我十四歲的時候讀了你寫的書，在那個最需要勇氣的時刻，你的著作給了我所需要的勇氣。

「三年前，我受到你的拔擢，拿到『瑪莉亞．衛斯提許獎學金』，我們因而見了面——這是另一件令我始終心存感激的事。如果不是這樣，我非但永遠不會來到衛斯提許，我也永遠不會碰到我身邊這幾個人，你們是我親愛的友伴，誠如詩人惠特曼的讚頌，我少不了你們。

「直到不久之前，你我才變成朋友。我當然遺憾我們擁有的時間、你擁有的時間居然如此短暫。」

歐文的聲音微微發顫。他閉上眼睛，然後又張開。

「你曾經跟我說，一個人的靈魂不是與生俱來，而是必須經由努力、過失、學習和愛情加以打造。你孜孜不懈打造你的靈魂，比大部分的人投注更多心力——不僅為了你自己，更是為了那些了解你的人。

「我們之所以難以接受你的死訊，或許部分歸因於此。像你這樣一個靈魂、一個花了一輩子打造的靈魂，怎麼可能就此消失？這讓我們好生氣，我們心中充滿怒火，怨恨宇宙之中從此失去了你。

「但是，葛爾特，你的靈魂依然存在，因為你把你的靈魂留贈在世上，一點都不吝嗇。它存在於你的著作和這所學校之中，也存在我們每個人心中。對此，我們永遠都會說聲謝謝。」歐文抬頭，閱讀書燈的燈光隨之昂揚，然後再一次又飄過每個人面前。他微微一笑。「我們也想念活生生的你，你那副軀體也挺不錯的。」

裴拉不停啜泣，盡量壓低哭聲。靈魂需要打造——她不知道爸爸是否眞的說出那番話，說不定是歐文彙整爸爸的信念，自己編寫出來。無論如何，那番話說得非常好，她頭一次領悟到他們多麼親近，她原本懶得多想，以爲他們的感情只是單方面的崇拜，殊不知歐文和爸爸的感情如此誠摯、如此堅定。

她在發抖，麥克伸手攬住她。儘管白天熱得讓人發昏，明天也將同樣酷熱，儘管她猛灌自己和歐文手中的威士忌，喝得全身發燙，但是清晨四點湖面吹拂的微風，感覺卻是冷得徹骨。該她說幾句話了，她必須幫爸爸說些公道話，但這是不可能的，她有太多話想說，卻不知從何說起。

歐文把手伸過去，遞給她某樣東西。那是一張摺成四折的紙，她把紙攤開，但是周圍太暗，她看不到上面寫些什麼。

「來，」歐文脫下他那頂魚叉手隊的棒球帽，裴拉往前一傾，歐文幫她把帽子戴在頭上。在電池發電的燈光中，她看到他遞給她一份用打字機打出來的〈臨風之岸〉。〈臨風之岸〉出自《白鯨記》，篇幅不長，是她爸爸最喜歡的段落，也是他電子郵件密碼的出處。很湊巧地，文中也對一位勇敢而英挺的男士發出禮讚。

她從六歲就熟記這段句子，一開始朗讀，她就不需要那張紙。以前在課堂上朗讀〈臨風之岸〉的時候，爸爸始終像個精力充沛的舞台劇演員，高聲念出一個又一個驚嘆號，似乎想要提醒學生們，古典小說也包含強烈的情感。她現在辦不到，但她靜靜朗讀，試圖以自己的方式表達這段優美的文句。麥克捏一捏她的手。

她念完之後，麥克從口袋裡掏出一把剪刀在袋子上劃幾刀，這樣一來，袋子才會進水下沉。他和亨利跪在屍體旁，兩手各抓住袋子的一頭，然後，爲了避免大家滅頂，他們非常緩慢地抬起艾弗萊，從船邊推下水。

82

他們四個——或者說五個，如果包括康坦戈的話——站在沙灘上多石之處，早在夏天的時候，公園處曾經派了牽引機過來整地，地面上依然可見一道道平行的軌跡，好像剛剛耙過草的棒球場內野。

「你可以帶狗嗎？」裴拉問麥克。「我得去上班。」

史華茲皺皺眉頭。「妳答應今天休假。」

她把皮繩交給他，對著亨利眨眨哭乾了的眼睛。「你可以放自己一天假……」她摟住歐文，抱了好久，兩人講了一些悄悄話，然後她劈劈啪啪朝著學校餐廳走去，夾腳涼鞋踏過密實的細沙。

雲層漸散，太陽已在湖面上露臉。歐文即將前往東京，順道停留聖荷西，他馬上就要離開。亨利好想說幾句像樣的話，謝謝歐文這個好朋友、好室友，他想要告訴歐文他會非常想念他，但是這會兒他眼中盈滿淚水，嘴裡甚至擠不出好好保重、後會有期。歐文帶著安慰的表情緊緊抓住他的肩膀。「亨利，」他說。「你聽清楚，你很有天賦，別忘了我的叮囑。」

然後只剩下亨利和史華茲，兩人穿著沾了砂土的運動衫站在原地。史華茲臉上的塵土、以及一副沒睡飽的凶惡模樣，讓亨利想起兩人第一次在皮歐里亞碰面的情景。史華茲的髮線比當初後退，肩膀和胸膛也比較寬厚，看似過早邁入中年。但是他的眼睛依然閃耀著純蜂糖漿的色澤，那種會讓人們像飛蛾一樣撲上去的光彩。

「什麼時候練球？」亨利問。

「七點才開始。」史華茲看看他的手錶。「如果動作快一點，我們可以把那個地洞填起來。」

他們慢慢走回墓園，動手把泥土塡進先前曾是艾弗萊墳墓的地洞。重新鋪上草皮之後，地面看起來有點凹凸，好像經歷了一次不大不小的地震，但是似乎沒有人會注意、或是在乎。他們把鐵鏟架在肩上，走回校園。

「你的新家在哪裡？」亨利問。

「格蘭街，距離舊家一條街半。」

他們靜靜走了一會兒，雖然時間還早，但是亨利看到一、兩部搬家卡車遠遠駛過。今天是新生搬進校園的日子。

「這一屆的足球隊員還不壞，」他們在體育館的停車場停下來，史華茲說。「我今天說不定會把其中某些傢伙操到吐。」

待在南卡羅萊納州的醫院時，亨利每天跟瑞秋醫生面談。瑞秋醫生是精神科大夫，她相當欣賞亨利，至少對他的狀況感興趣，現在她每個周末過來衛斯提許，繼續跟他面談。有時候他們一談就是兩個小時，甚至更久。對瑞秋醫生而言，亨利之所以做出這些看似有違道德的事情——跟裴拉上床，退出球隊——不但情有可原，甚至稱得上勇氣十足，因爲亨利藉由這些事情宣稱自己脫離史華茲，成爲一個獨立的個體。瑞秋醫生認爲史華茲是亨利生命之中一個獨裁、專權、壓榨者的人物，象徵亨利心中的伊底帕斯情結。亨利提到他和史華茲頭一次在皮歐里亞碰面的時候、史華茲怎麼辱罵他，瑞秋醫生聽了更是斷定自己的分析沒錯。

「娘炮，」瑞秋醫生邊說，邊用鉛筆敲敲椅子的扶手，幾乎掩飾不住臉上的笑意。「你們還不認識對方呢。」

然而，他當時那個說不定被人視爲英勇的舉動——爲了球隊，俯衝迎向飛奔而來的快速球——反而稱得上懦弱。

「當我說到『犧牲』，你想到什麼？」瑞秋醫生問。

「Bunting。」

「你是說裝飾性的布料？比方說復活節的彩旗①？」

「Bunting，」亨利一邊說，一邊擺出把球棒握在胸前的模樣。瑞秋醫生的辦公室沒有沙發，跟他想像的不一樣；他坐在一把硬硬的木頭椅子上。「比方說 Laying down a bunt ②。」

「噢，這是一個棒球術語？麻煩你用一個句子表示。」

「與其打出犧牲打，我反倒隨意揮棒。」

「我覺得有趣的是，」瑞秋醫生說，「你用了『Laying down a bunt』這種說法，好比其他人或許會說『Laying down my life』③。你是否熟悉聖經《約翰福音》的這句話：人爲朋友捨命，人的愛心沒有比這個大的？」

「我沒有特別選用『Lay down a bunt』，」亨利說。「大家都這麼說。」

「你隨時都在做出選擇，」瑞秋醫生回答，聲音之中稍微帶點怒意。「但誰是麥克．史華茲？你爲什麼非得爲他犧牲生命？」

「我不必爲他犧牲生命。」

她啪地一聲闔起雙手。「正是如此！這麼說來，你以前爲什麼做出犧牲？你眞的是個娘炮嗎？」

亨利大半個夏天都在思索這個問題，直到問題本身似乎比《防守的藝術》、或是奧理略的《沉思錄》、或是歐文眾多書架上的任何一本書更富哲理。他已經花了很多時間沉思，先是在南卡羅萊納州的醫院裡，回到蘭克頓之後，他也時常一邊沉思、一邊推著一長排蛇行的銀色購物車越過超市的停車場。他昨天就是這麼做，明天也會繼續下去。

現在，他把手伸到牛仔褲口袋裡掏出一張摺得厚厚的紙片，遞給史華茲。「我猜你已經聽說了，」他說。

史華茲攤開合約，快快檢閱，白紙黑字：十萬美金。他把合約遞回去。「你最好把合約寄出去，」他說。「快要八月底了。」

「我不想把它寄出去，」亨利說。「我想回來。」

「那麼你就回來，你是這裡的學生。」

「我想要打棒球。」

史華茲專心盯著左手大拇指，好像發現指甲裡冒出什麼有趣的東西。

「史塔布萊德加入小聯盟，」亨利說。「歐文去了日本，球隊只剩下李克一個大四學生，但他不太行，你需要某人帶領球隊，你需要一個隊長。」

史華茲一直把玩指甲。他不打算輕易放亨利一馬。

「你現在是領薪水的職員，」亨利繼續說。「球季結束之後，你不可以帶著大家操練，這樣不合規定。從現在到球季開始之間，誰負責每天帶領這些傢伙訓練？誰來把他們操練到嘔吐？」

史華茲抬頭一看，直直盯著亨利。「所以寇克斯教練和我應該請你擔任隊長，接下來諸事順利，直到你又碰到問題，然後呢？」

亨利試圖回答，但是史華茲不讓他開口。「如果你把合約寄出去，你可以爲自己著想，一天二十四小時，時時刻刻想著你的比賽。如果你留下來，那就不一樣了。」

「我知道。」

「不管你的手臂怎麼回事，不管你的腦袋想些什麼，這些都無關緊要。球隊永遠是最重要的考量。」

史華茲緊盯亨利的雙眼，提高瞪視的強度。

「我們也不保證你會回到原來的守備位置，我們靠著伊希擔任游擊手，拿下全國錦標賽冠軍，就我看來，他應該擔任游擊手。」

無論史華茲剛才說什麼，亨利始終不停點頭，現在他卻低頭看著柏油路。放棄游擊手的位置——還有什麼比這麼做更像是犧牲、更像是侮辱？

「如果我們需要你擔任二壘手，你就守二壘。如果我們需要你擔任右外野手，你就守右外野。同意嗎？」

他點頭表示同意，再一次屈從於史華茲的條件和原則，此舉或許有違瑞秋醫生的勸誡，但是亨利知道史華茲是對的。

霧氣在湖邊逗留，等著陽光將之蒸發。他點點頭。「同意。」

史華茲打開體育館的門鎖，悄悄走進去，過了一會兒，他帶著一支球棒、一個五加侖的桶子和他的防守手套走出來。他把手套丟給亨利，他們穿過焦黃的練習場，康坦戈高高興興跟在旁邊跳躍。遠遠望去，大方院喧鬧而忙碌，迎新會的大三、大四學生忙著擺設一排排摺疊椅，爲薇樂麗．摩莉達娜校長的首次公開演說做準備。

史華茲把康坦戈的皮繩繫在圍籬上，亨利用力拔起被一根金屬桿固定在地上的一壘壘包，隨手丟到一邊，然後把鐵鏟的木頭把手塞到插金屬桿的小洞，把手緊緊插入，方方正正的鏟頭好像胸骨一樣直直豎立，正好在李克把手套伸展出去的位置。

他走到游擊手的位置，套上史華茲的手套。自從九歲以來，這是他頭一次戴上別人的手套，感覺沉重笨拙，況且史華茲向來只用捕手手套，這副手套幾乎還是緊緊的。亨利昨晚沒喝水，一整晚只喝威士忌和啤酒，嘴巴非常乾澀，他把嘴裡僅存的唾液吐在手套凹處，伸出拳頭把唾液揉進手套裡。

今年夏天創下高溫紀錄，昨晚雖然下了大雨，內野的泥土依然乾硬。他用腳尖踢一踢泥土，踮起腳跟跳一跳，久未活動的手腳劈啪作響。

史華茲舉起一球。「準備好了嗎？」

亨利點點頭。一隻海鳥孤零零地從頭上飛過。史華茲懶懶一揮，球朝著亨利的方向彈跳兩下，一記普通的滾地球。一部分的他能看出來顆球會如何緩慢移動，突然間球卻飛快滾到他面前，他幾乎沒有時間反應。他急急把史華茲的手套往前一推，球啪地一聲重重打中手套凹處，感覺疼痛。他抓住球，把球轉動一下摸索縫線，他的手指因爲先前的挖掘而僵硬。他朝著鏟頭的方向側跨一步。他的手臂感覺沉重而陌生，好像死人的臂膀。**拜託**，他心想，一**次就好**。

球遠遠偏離鏟頭，彈跳一下，落在圍籬旁邊略長的草地上。史華茲蹲下去再抓起一顆球。

又是一記緩慢的滾地球，距離他左邊兩步。亨利的雙腳感覺沉重，他穿著牛仔褲，而且整夜沒睡。他伸出史華茲的手套，笨拙地把球攔下。這次傳得太高、太偏右。

下一球打到碎石，彈跳起來，重重打到他的肩窩，或是肩膀肌肉曾經鼓脹之處。他把球撿起來，用力側身擲出，卻完全失去準頭。球一個接著一個飛來，早晨的空氣如今凝滯悶熱，接了十二個滾地球之後，他筋疲力竭，汗水淋漓，頭部因爲威士忌和缺乏睡眠而隱隱作痛，但是他的手臂漸漸放鬆，傳過去的球也愈來愈接近鏟頭。

史華茲蹲下、站起、用力揮棒，蹲下、站起、用力揮棒。他不必計算，因爲桶子裡總是擺著五十顆球，但他還是默默數著。十八，十九，二十。小史看上去雖然技巧生疏，球鞋在土裡滑來滑去，史華茲那雙過大的手套不停從他手上滑落，傳球偏高、偏低、偏左、偏右，但是他的姿態依然優雅，依然帶著堅決的使命感。不管是棒球場上、或是其他任何地方，史華茲從來沒有看過那種神情。

四打棒球很快散落在圍籬附近，好像一堆豐收的白色果實。史華茲暫停揮棒，把球高高舉起：最後一顆。

亨利點點頭。汗水一滴滴流下他的鼻尖。**拜託**，他心想，**一次就好**。球轟然飛離球棒，低低衝向三壘手和游擊手之間的防守漏洞。他往右狂奔，邁開發抖的雙腳，使盡吃奶的力氣急急後退。退到外野草地的邊緣時，他往前一撲，若是戴著「小零」，他肯定會漏接，但是史華茲的手套比「小零」多出一吋。球懸在手套的虎口邊緣，像是冰淇淋甜筒似地，不知怎麼做到地，他整個人撲到地上時，球依然穩穩落在他的手套裡。他跌跌撞撞站起來，站穩後腳跟，感覺一個水泡破了。**拜託**。霧氣或是汗珠阻擋了他的視線，因此，他看不清楚鏟頭，只是朦朧看到不遠處有一團不算太大的灰影。他的手指摸到縫線。他屁股一扭，手臂一揮，沒有任何感覺，內心一片空白；沒有不祥的預感，沒有既定的預期；沒有蓬勃的朝氣，沒有沉重的負擔；他的指尖沒有發癢、沒有知覺；沒有恐懼，沒有期盼。

球劃穿晨間的霧氣，似乎朝正確的方向飛去。球愈靠近目標，亨利愈以爲它會偏離方向，但是球已經飛到中途，看起來好極了；然後飛過四分之三的路徑，看起來更棒了。**一次就好**。

鏟頭鏗鏘一響，好像一個被撞到的銅鐘。聲音靜止之後，鏟頭持續顫動。康坦戈高聲狂吠，似乎要跟這顆球一較高下。球直直墜落在內野。那股流竄過亨利全身的感覺，比南卡羅萊納州醫院施打神奇藥劑更帶勁，他在棒球場上從未如此輕鬆暢快。半秒鐘之後，那種感覺消失了。這一球傳得無懈可擊。然後呢？

史華茲慎重地彎下腰，把手伸進桶子裡。「開開玩笑而已，」他說。「我還有一顆球。」

亨利點點頭，蹲低身子，擺出準備接球的架勢。球飛離球棒。

① bunting：節日裝飾街道或是房屋的彩旗、旗幟，另外一個意思是短打、觸擊。
② 擊出犧牲短打。
③ 犧牲我的生命。

推薦跋

一切完美，一切缺憾，皆因棒球！

——美國夢、《防守的藝術》與小說況味

詹偉雄

……棒球發明於美利堅，在歡樂的氣氛與狡詐的喧鬧之下，失敗的機會是每個人的權利，就從棒球開始。

——約翰．厄普代克，詩作〈棒球〉

坐在電視機前收看美國大聯盟棒球，忽悠已過三十年，想當初，台灣有線電視剛剛開放，亞特蘭大勇士隊投手葛雷格．麥達克斯（Greg Maddux，自芝加哥小熊隊出道）便微嘟著嘴唇、頂著剛剃完鬍鬚的一縷墨青，把一顆顆毫釐不差的直球、伸卡或變速球，射進本壘板上空那塊大概一百四十三公升上下的好球帶，打者要不打成軟弱的滾地球，要不就是喘口大氣地被凍結三振，那畫面直至今日仍是栩栩如生，當時的主播最愛說：麥達克斯投手的入射角微調，可以犀利到半顆球或一顆球（也就是三．七至七．五公分）的準度，如大廚切削板豆腐那般順心順手。

在麥達克斯投球的巔峰年分（一九九二至九五年間四度拿下投手最高榮譽塞揚獎），對手總是三上三下，球賽不免沉悶，總教練鮑比．考克斯（Bobby Cox，從一九九〇年執教到二〇一〇年的勇士傳奇教

頭）趴在球員休息室（dugout）的鐵網上嗑著葵瓜子，等到七局攻守交換時觀眾席上傳來例行的「戰斧之歌」（Tomahawk Chop）時才醒轉過來。也就是在那個年代，我開始喜歡觀看休息室裡的動靜變化，看一位揮空三振的球員怒發脾氣（有些會乾脆折斷球棒）、看剛完成一局宰制的投手坐下陷入禪境（沒有隊友敢接近他）、看接下來要先發的幾位投手懶散的插科打諢（其實是壓抑緊張）、看沒上場的野手瞅望著天空（是否明天就會被指定讓渡，失了頭路）、看投手教練打牛棚電話的唇形變化（那外遇的左投手還能有準星嗎）等等。

休息室的氣氛和情感紋理，反映的是這一季球隊的整體心靈狀態，反之，拿起手套或球棒慢慢往俗稱「鑽石」的內野草坪走去，攻守各自就位，那就是讓身體展露本能的時刻，人人都明白：這球員已練就了一身準確重複的本領，等一下那幾分幾秒的表現，不過是從他幾噸如大理石結晶般的生命中用水刀切下來的一小片而已，分子式和母體一模一樣。然而，多思心靈（thoughtful）和無思身手（thoughtless）怎麼維持平衡，始終引人好奇，在這幾十年來讀過的棒球經典書裡，罕有哪位作者去碰觸這個議題，直到某個機緣，這本《防守的藝術》出現在我的桌前。

和書架上幾本棒球文學——泰德・威廉斯（Ted Williams）《打擊的科學》（*The Science of Hitting*）、羅傑・安吉爾（Roger Angell）《五個球季》（*Five Seasons: A baseball companion*）、約翰・厄普代克（John Updike）《本城粉絲向小子告別》（*Hub Fans Bid Kid Adieu*）——不一樣，《防守的藝術》不是技術指導，不是散文，不是謳歌，而是一本小說；但這麼說也未盡準確，在小說《防守的藝術》裡，確實有一本以散文寫就的技術指導，名字就叫「防守的藝術」，作者是一位虛構的退役名人堂球星，曾效力聖路易紅雀隊，並創下游擊手連續五十一場比賽零失誤的委內瑞拉人亞帕瑞奇歐・羅德里奎茲（Aparicio Rodriquez），沒錯，這是一本書中有書的小說！且慢——名字中有「亞帕瑞奇歐」的游擊手歷史上也確有其人，也來自委內瑞拉，只不過他叫路易·亞帕瑞奇歐（Luis Aparicio），六〇年代的九屆金手套獎得主與名人堂成員。在小說的一開頭，主人翁——瘦小的美國中西部高中生亨利·史格姆山德懷裡就是揣著這本《防守的藝術》，前往密西根湖西岸的老派人文大學報到，他是一位渾然天成的游擊手——「想都不想就把球扣進手套裡，簡直就像是母親接下新生的小寶寶」，被大學裡的棒球隊長與當家捕手麥可·史華茲看中，這位具有遠大雄心和過人意志的男子漢一心要打造隊史從未有過的陣容，「天才小史」就是「鑽石」（四邊各九十英尺的內野，傾斜四十五度角，看起來就像是一顆鑽石）的核心，麥可說服學校挖角他加入校隊，整部小說便從「棒球小說」的類型方向發展，亨利與麥可的隊友接連露臉，大學運動員的浴血訓練和拉鋸賽事一幕幕登場，表彰著團隊情誼中的憎恨、嫉妒、扶持與奉獻。

而當大學聯盟賽事逐漸進入高潮，故事也氣力放盡的時候，亨利出現了一只暴傳，就在他即將突破亞帕瑞奇歐連續五十一場賽事零失誤的那一場，他一向不用思考的「6-3」（游擊傳一壘）的傳球卻傳偏了，球兒越過一壘手直直飛進球員休息室，砸中了自己的隊友——小說中另一位重要的主角：歐文·鄧恩，他是亨利的宿舍室友——「我將是你的黑白混血、同性戀室友」是歐文的自我介紹詞——球兒飛來時，他正就著帽簷上的小燈看著一本書。這一記暴傳，扯開了小說的另一層帷幕，原來歐文正與大學校長葛爾特·艾弗萊暗地裡談著一場暮年之戀，藉著這位校長，讀者慢慢認識了大學近半世紀來的身世轉折，它之所以能從募款競賽中崛起，擦亮沒落已久的光芒，全賴以《白鯨記》樹立美國文學獨立旗幟的赫曼·梅爾維爾在七十年前於此做過一場演講，「並且獲得人生全新的領悟」，而當年在圖書館隱密角落發現梅翁演講稿、扭轉大學聲望的，正是還是研究生的艾弗萊校長本人。

自從「天才小史」丟失了第一球開始，亨利便念茲在茲地想要彌補那一記失誤，而自此，他便再也傳不出一顆像樣的球，有時，手套中的棒球像一塊黏膠似地黏在他的右手拔不出來，觀眾不再是以英雄崇拜的眼光看他，反而是看好戲似地等待悲劇的到來。在此，小說逐漸拋下了棒球，進入了「校園小說」、「心理小說」和「同志小說」（Bromance）三個支流的廣域沖積扇，艾弗萊校長遠從加州飛來團聚的早熟女兒裴拉是第五個主角，他/她們各有自己的憂慮，彼此做愛、酗酒、幽閉、流浪、鬥毆……意外的是，以trouble maker形象現身的裴拉，在一眾男性主角的情緒崩解中，扮演著神奇的仲介、撫慰與斡旋角色。

小說的結尾，再度回歸到棒球賽事，走過創傷經驗的球員一路過關斬將地來到最後一場，原本離隊出走的亨利．史格姆山德也硬是被校長拉回隊伍之中，而且以魔幻的代打表現幫助球隊獲得最後勝利（如果他以游擊手的角色回歸，那簡直糟蹋了作者在中段的費心鋪陳）；小說傑出的是：在這些各色各樣的生命掙扎和理想幻滅之間，作者遠遠點了一杜《白鯨記》的經典文學香氛，讓主角們得以參照著亞哈船長的無畏勇氣，在密西根湖西岸封閉的青春校園裡，各自描摹、尋找或獵殺著生命中各自的白鯨「莫比敵」：人，並不是向著理想目標邁進而打造出他自己，而是在追索的各個失敗過程中，一步步成爲自己，如果以此類比，一支棒球隊和一艘捕鯨船並無不同。

讀完這本小說，情感狀態是複雜的，它不是一本如上市時有些文評家期待那樣可以列諸「偉大美國小說」的作品，它的地理不夠遼闊、歷史欠缺縱深、人物未必典型（清教主義、猶太、拓荒者、移民），但它確實是一本宜人的小說，切中時代核心，並不厚重長大，在它輕量的閱讀稠密度下，既不媚俗，也不說教，而它出人意表的結局——在那場冠軍戰之後的葬禮，仍然會施加予讀者一定的重量。

當然，它的棒球篇幅爲數雖然不多，但說的都是內行門道，其延伸的哲學寓意拳拳到位：

3. 防守三階段：不假思索，善加思考，回到不假思索。

33. 切勿混淆第一和第三階段。每個人都可以做到不假思索，但是只有少數人能回到不假思索的狀態。

（頁二十）

在接受《巴黎評論》的訪問中，作者查德．哈巴克說道，像任何一個美國小男孩一樣，他從五歲開始就被父親帶入棒球世界，一直到十七歲「退役」爲止，他一直是校隊裡的游擊手或二壘手，直到確認離高手的標竿愈來愈遠，才高掛手套進入哈佛大學讀文學，這個經歷——無論是棒球還是哈佛——是《防守的藝術》小說的基底，正如梅爾維爾的捕鯨船資歷是《白鯨記》看不見的布幕背景一般。

身爲讀者，不要太小看了棒球，當哈巴克起心動念要寫《防守的藝術》時，那就意味這不是一本平常的小說了，它必得跟棒球歷史對話，也要跟球星傳記互文，它要跟所有看球的老球皮心靈互通，也要和冊頁灰黃的棒球經典拔河拉鋸。現代棒球發端於十九世紀中的美國東北，理由莫衷一是，但一般人咸信：跟夏日碧草如茵的平疇田野有關，所以球場才有了「field」這個通稱，而當觀眾多了，「park」這個詞就成了新歡。公元一八四五年，一群紐約貴族俱樂部成員制定「尼克博克規則」（Knickerbocker Rules, Knickerbocker也是NBA職籃尼克隊名字由來），並組織了第一支正式球隊，四處找對手相互較量，隨著時日漸進，這種以棍擊球的運動逐漸蔚爲風潮，因此當一八七一年美國國家聯盟成立，南征北討、以季爲度的城市對抗聯賽開始成爲日常（一九〇一年另一個美國聯盟成立），棒球已被看作是美國獨有的「國民消遣」（national pastime）。

中文世界裡對「游擊手」的理解，望文生義雖未必準確，但也離事實不遠：他就是個四處打游擊的內野手，那裡需要他就往那裡去，而既要如此，也代表選手對比賽的理解程度要很深（特別是和二壘手合作策動雙殺時），身體左右移動速度要敏捷，向左疾奔捕球後長傳一壘要有如子彈一樣地暴力和準確等等；但在美語棒球世界裡，游擊手（Shortstop）有更悠遠的含義：在早先的棒球裡，外野手的臂力是無法直接將一顆飛到全壘打牆邊的棒球長傳回內野的，因此任何外野的回傳都得靠著一位內野手來中繼（Shortstop的名字即由此而來），他接完球後回身——電光石火地判斷該把球傳給哪一位野手，想當然爾，這位球手就是綜觀全局的人、鑽石區域的核心。

一九八〇年代之前，大聯盟球隊游擊手的拔擢標準是他的守備能力，但隨著棒球技藝在資本與運動科學推動下的進化，上個世紀末開始出現打擊能力十足慓悍的游擊手，譬如我在觀賞投手麥達克斯出神入化的投擲時，波士頓紅襪隊的諾瑪．賈席亞帕拉（Norma Garciapara）、西雅圖水手隊的艾力克斯．羅德里奎茲（Alex Rodriquez）和紐約洋基隊的德瑞克．基特（Derek Jeter）就曾被美國《GQ》雜誌編組在一起製作成「New New Shortstop」封面故事：諾瑪在世紀之交時是兩屆美國聯盟打擊王，艾力克斯生涯擊出六百九十六支全壘打，基特則是游擊手最多安打紀錄締造者，古柏鎮棒球名人堂成員。在小說裡，「天才小史」當然是守優於攻的球員，但也不時地揮出強而有力的長打，我回頭翻翻作者的維基，知道他動筆寫這本小說早在二〇〇一年（小說寫了十年，這歷程被他的文學朋友Keith Gessen寫成了另一本書，成了「書外書」），明白了他剛好經歷棒球史上新興的游擊手盛世，哈巴克的鍵盤，致敬了只有看球老手才懂得的歲月。但我想《防守的藝術》眞正的迷人之處，是讓所有事件的起因和結果，都發生在棒球場上，美國小說家厄普代克在《本城粉絲向小子告別》這一長文中，曾這麼分析棒球的哲學人類學起源：「在所有的團體運動中，棒球，以其優雅的間歇性動作，以其巨大、寧靜草地上稀疏分布的蓄勢待發的白球服野手，以其冷靜的數學，在我看來，最適合接納一位孤獨者，也只能被這位孤獨者榮耀。」

在棒球場上，除了投手和捕手，所有的球手大部分時間都處在靜止狀態，和足球或籃球的快節奏不同，棒球總讓人陷入沉思（不論是球員還是觀眾）：我們共同在一場賽事百分之九十七的沉靜時光裡揣度百分之三動作時間所決定的成敗；不管是輸還是贏，棒球總是把人帶向超越性的世界，鼓舞你去咀嚼存有與意義，當賽事結束後慢慢走出球場，棒球人總感覺著某些回憶片段神祕而不可解，哈巴克在小說中透過隊長史華茲的腦海說出來：這就是「Human Condition」，是的，大寫英文：人類的處境。一本小說要好看，要讓讀者一開始就放下心防，亦步亦趨跟著作者進入虛構世界，不是一件容易的任務，《防守的藝術》說的是一個現代美國夢的故事：一位像神一樣、也自許為神的游擊手，努力讓生活過得愈簡單愈好，最好簡單到像棒球一樣，但世俗生活怎會放過他，直到有一天，他發覺連他的棒球都變得像生活一樣複雜與齷齪。哈巴克由棒球入手，交織著當代不免複雜卻眞實的情慾互動，旁引各路文學典故，讀來興味盎然，你可以當它是運動文學也可以看作是成長小說，我讀著讀著，不免心想：啊，它眞是一本為暮年的我而寫的書啊。

推薦跋

《防守的藝術》

張瀞仁

如果有一份超高薪的工作合約，簽約十四年、薪水九十五億台幣；工作內容分成兩大部分，各佔一半時間，你覺得錄取的會是什麼樣的人？這麼高的薪水，我想我會找兩部分能力都超強的人。

但棒球不是。若是以防守能力和攻擊能力作比較的話，防守重要性大概只佔三成：薪水、談合約時的籌碼、有沒有機會被視爲「偉大的球員」，七成都看攻擊能力。講白一點，棒球比賽中甚至設計了DH（指定打擊，designated hitter）這種角色，就是在規則中明確允許只要攻擊能力夠強，幾乎沒有防守能力的人也能上場。我講的是眞實故事，聖地牙哥教士隊的年輕大將塔帝斯（Fernando Tatis Jr.）在二〇二一年初簽下破歷史紀錄的九十五億台幣天價合約，當然跟他的票房吸引力有關係，不過大部分取決於他出類拔萃、在所有球員中位居前百分之一的攻擊能力。「棒球是得分的運動」，某個超人氣球星跟我這麼解釋。難怪跟某些前輩們聊天時，閱人無數的他們常說：即使到了職業選手等級，大概只有一成到兩成的球員樂於練習防守。

相較於塔帝斯那種受到萬眾矚目、站在專業領域金字塔頂端的天之驕子，一般人可能比較像故事中那個瘦小又不起眼的亨利。每個人或許都有一些才華，但絕大多數會被埋沒；就算有機會施展出來，也不會搏得滿堂采。我有朋友可以把摺傘收得又快又漂亮，我也認識冷知識界的王者，但我們都知道他們不會因此得到十大傑出青年或因此大富大貴，頂多就是在某些場合得到幾秒鐘的驚嘆。大部分的人是這樣抱著小小的才華，試圖在世界上找到一點立足之地。

在不受注目的領域裡專注練習

在熱血的青春歲月裡，主角亨利不但選擇投身棒球，一項如此安靜、大部分時間都在等待的運動；而且在這個看似無聊的運動裡，又鑽研在最不起眼的防守，聽起來邊緣到不行。高層不重視防守、大部分人也不喜歡鍛鍊防守，無可厚非，感覺就像在公司裡負責某項專職任務，做得好大家覺得理所當然，偶爾出一點差錯，馬上被檢討得狗血淋頭：「連這點例行公事都做不好，我還敢交代你其他的事嗎！」我就曾聽見一個老闆對著一名盡心負責總務的同事如此咆哮。把大家虛擲在談戀愛、跑派對的時間花在枯燥又痛苦的守備練習、重量訓練、負重跑步上，幾乎是種苦行僧式的自我折磨。想想或許這樣的場景你我也不陌生，我們甚至不過是被迫接受：冗長的會議、不斷鬼打牆的客戶、做不完的家事、每天要遛的狗、陀螺般的接送小孩……「但是在『相同』和『反覆』之中，生命浮現出意義。」這是亨利的境界。這樣無趣、安靜的亨利，卻擁有一股內向者獨有的專注力。亨利在生活中幾乎毫無存在感：害羞、簡單樸素（衣著甚至有點過時）、從沒去過酒館、不參加派對、寢室裡甚至幾乎沒有他生活的痕跡，跟其他大學生顯得格格不入。但他卻有辦法心無旁騖、精準且專注地在特定領域中努力，從一個名不見經傳的小鎮選手到成為學校招牌球星、全國焦點，最後更拿到進入大聯盟的門票。看著看著，我甚至覺得他無比幸運，畢竟能夠專心、且知道自己要在哪裡專心是一種特權。想想看我們身上有多少角色、需要讓多少人滿意，有時我們或許都被自己迷惑了，總自以為可以斜槓、多工；只要少睡一點覺，任何事情都做得到。但或許亨利才是對的，就像世界知名講師葛瑞格・麥基昂在暢銷書《少，但是更好》中說的：「唯有允許自己不再照單全收，不再對每個人都說好，你才能對真正緊要的事情做出最高貢獻。」

「關鍵在慎選夥伴」

亨利身邊充滿各種類型的人。發掘亨利天賦，並把他推向棒球最高殿堂的推手是麥可．史華茲。我想史華茲就是典型美國人心目中理想型的大學男生，是在青春校園片中女生都想要約會的對象：高大帥氣、同時擔任美式足球和棒球隊隊長、講話激勵人心、功課名列前茅、卻又一點也不膚淺，醉心於詩歌並崇拜哲學家。他出身自芝加哥低收入地區的單親家庭，母親在他中學時過世，家族裡許多人因飲酒過量喪命，但他目標明確，不管白天多拼命、忙碌，他一定會用功到半夜，朝名校法學院努力。亨利的室友歐文則是另一種讓人羨慕的類型：總是優雅從容、品味超群；只要有他在，再怎麼血脈賁張的場面都會輕盈地被安撫。他充滿智慧、與世無爭，大家叫他「佛祖」。女主角裴拉則是不受拘束的靈魂：雖然貴為校長女兒、但高中沒畢業就跟一個來學校演講的講師結婚，後來帶著一件泳衣逃家、對未來也是一片茫然。

但就像球技進步的秘訣一樣，「關鍵在於慎選夥伴，只與那些能夠提高你的層次、激發你最佳潛能的人為伍。」書中的三位人物身上，都呈現出能幫助亨利脫胎換骨的特質：就是腳踏實地的努力和突破現狀的勇氣。史華茲雖然在球場上呼風喚雨，但他不願當個頭腦簡單的運動員：從高中開始就到圖書館翻閱財經新聞、並持續苦讀拉丁文和希臘文，未來還想選州長。裴拉長得漂亮，又是大學校長女兒，但她每天清晨就到食堂報到，在悶熱的廚房裡擔任洗碗工，透過汗水和勞力付出，逐漸放下過去的自我中心，找到方向，甚至開始照顧別人。歐文的勇氣則是展現在對理想與愛情的追求，他帶著一小群人直搗校長室要求學校制定碳中和策略，又不顧世俗地追求自己渴望的愛情。

俄羅斯文學之父普希金說過：「不論是多情的詩句，漂亮的文章，還是閑暇的歡樂，都不足以代替親密的友情」，這四人間的友情不僅止於陪伴、啓發，更包括吵架之後的退讓、理解和包容，一直到書的最終章彼此都是強大而美好的羈絆。

「痛苦的感覺就像氣體：你容許多少空間，痛苦就占滿多少空間」

雖然場景是大學校園、主角大多正值躍躍欲試、探索極限的年紀，但現實卻不總是節奏輕快的青春浪漫喜劇：這本書講的是一勝難求的校隊、渾身是傷且藥物成癮的隊長、年紀輕輕就輟學又離婚的女孩、還有毫無所長正打算到五金廠上班的魯蛇主角，這群不同的生命在掙扎中成長的故事。跟棒球一樣，靠強投壓制全場的無安打比賽雖然很厲害，但看起來似乎有點無聊。少了對抗、奮起追擊、纏鬥，再怎麼偉大的紀錄看起來也會讓人昏昏欲睡。如果受苦之後都能取得勝利，或者邁向更好的人生，大家都會願意受苦。但真正讓人折磨的是那股漫長而晦暗的不確定感，是那種不知道是否應該再堅持下去、或者乾脆換條路比較聰明的時刻。如果注定必須咬牙撐過，或許更重要的是找到正確的指引，無論是透過閱讀、跟朋友聊聊、找前輩開導、或自己想出辦法，「好的教練讓你承受你適合的苦，壞的教練則讓每個人承受同一種苦」。生活中必定充滿辛苦，除了鍛鍊自己的心智強度之外，也別忘了用對的方法讓這些付出有所代價。

用努力、過失、學習和愛情打造美技

除了球場與人生的智慧，這本書優美的字句也屢屢像完美的守備一樣，「投射出沉穩之氣」，行雲流水般直達靈魂深處。每次翻開書本，彷彿鼻腔裡就充滿威斯康辛州冷冽的空氣，身處魏斯提許校園，或許就在梅爾維爾雕像旁，看著主角們的故事在身邊穿梭發生。譯者施清眞老師（第三十六屆師大梁實秋文學大師獎翻譯大師首獎得主）對於棒球與文學的深刻理解，加上優美的譯筆，總讓人驚嘆不已，不捨略讀。

新一代管理大師、人氣演說家賽門．西奈克，在著作《無限賽局》裡提倡一種觀念：「比賽的重點不是輸贏，而是一直留在場上。」多年後重看《防守的藝術》，我覺得亨利或許就是西奈克描寫的那種贏家的樣子：雖然經歷許多困難、自我懷疑、甚至有些身心症狀，但仍然戰勝一切回到場上努力。「一個人的靈魂不是與生俱來，而是必須經由努力、過失、學習和愛情加以打造」，這本書就是一部打造靈魂的作品。

噢，對了，你知道嗎？體育新聞每天都會挑出最精彩的十大好球，據說那是收視率最高的時段之一。十大好球裡面，當然也會有關鍵時刻的全壘打，但讓大家鼓掌叫好的大多是教練和球員都沒那麼重視的防守。「棒球是得分的運動，但要贏球更需要防守。像《孫子兵法》就是一本防守書。」文章開頭那位超人氣球星，完整的論點是這樣。或許我們都是亨利，在名爲人生、漫長而艱難的比賽中，不斷對抗自己的不足。這個反覆而煎熬的過程，即使沒有觀眾、計分板，或慷慨激昂的轉播，仍值得奮力不懈。總有一天，我們可以打磨一套專屬於自己、優雅而從容的，防守的藝術。

*本文作者著有暢銷書《安靜是種超能力》，售出美、日等七國語言版權。曾任職運動經紀，現為國際慈善策略顧問。

藍小說 352

防守的藝術

作　者—查德・哈巴克
譯　者—施清真
美術設計—蔡佳豪
總 編 輯—嘉世強
董 事 長—趙政岷
出 版 者—時報文化出版企業股份有限公司
108019臺北市和平西路三段二四〇號三樓
發行專線—（〇二）二三〇六—六八四二
讀者服務專線—〇八〇〇—二三一—七〇五・（〇二）二三〇四—七一〇三
讀者服務傳真—（〇二）二三〇四—六八五八
郵撥—一九三四四七二四時報文化出版公司
信箱—（一〇八九九）臺北華江橋郵局第九九信箱
時報悅讀網—http://www.readingtimes.com.tw
電子郵件信箱—liter@ readingtimes.com.tw
法律顧問—理律法律事務所　陳長文律師、李念祖律師
印　刷—勁達印刷有限公司
初版一刷—二〇一二年七月二十七日
二版一刷—二〇二四年七月十二日
定　價—新臺幣五〇〇元
（缺頁或破損的書，請寄回更換）

時報文化出版公司成立於一九七五年，
並於一九九九年股票上櫃公開發行，於二〇〇八年脫離中時集團非屬旺中，
以「尊重智慧與創意的文化事業」為信念。

防守的藝術 / 查德・哈巴克（Chad Harbach）著；施清真譯. -- 二版
-- 臺北市：時報文化, 2024.7
面；　公分. --（藍小說；352）
譯自：The Art of Fielding
ISBN 978-626-396-291-0（平裝）

874.57　　113006594

ISBN 978-626-396-291-0
Printed in Taiwan